을유세계문학전집 · 141

루공가의 치부

LA FORTUNE DES ROUGON

에밀 졸라 지음 · 조성애 옮김

을유문화사

옮긴이 조성애

연세대학교 불문학과를 졸업하고 파리 소르본 누벨 대학에서 에밀 졸라에 대한 연구로 문학 박사 학위를 받았으며 전 연세대 강사로, 현 연세대 인문학연구원 전문연구원으로 활동하고 있다. 연구 분야는 19세기 프랑스 사실주의와 자연주의 문학, 대중문화 연구, 축제 문화 연구 등이며 저서로는 『자연주의 미학과 시학』, 『사회 비평과 이데올로기 분석』, 『목로주점: 불안의 시대 파리를 살아간 군상의 기록』, 『공간, 어떻게 읽을 것인가』, 『도박하는 인간』(공저), 『프랑스 작가, 그리고 그들의 편지』(공저), 『축제 문화의 제현상』(공저), 『축제와 문화적 본질』(공저) 등이 있으며 역서로는 『쟁탈전』, 『로마에서 중국까지』, 『사실주의 문학의 이해: 비평, 역사, 시학에 대해』, 『상투어: 언어, 담론, 사회』, 『유토피아』, 『소설 분석. 현대적 방법론과 기법』, 『중세 미술』, 『잘못된 길-1990년대 이후의 급진적 여성 운동에 대한 비판적 성찰』 등이 있다.

을유세계문학전집 141

루공가의 치부

발행일·2025년 3월 30일 초판 1쇄
지은이·에밀 졸라 | 옮긴이·조성애
펴낸이·정무영, 정상준 | 펴낸곳·(주)을유문화사
창립일·1945년 12월 1일 | 주소·서울시 마포구 서교동 469-48
전화·02-733-8153 | FAX·02-732-9154 | 홈페이지·www.eulyoo.co.kr
ISBN 978-89-324-0541-4 04860 978-89-324-0330-4(세트)

차례

서문

한 집안, 즉 한 작은 집단이, 한 사회에서 어떻게 행동하고, 열 명이나 스무 명의 개인을 탄생시키면서 어떻게 성장해 나가는지 설명해 보고자 한다. 이들은 언뜻 보기에는 아주 다르게 보이지만, 이들을 분석하면 서로 긴밀히 연결되어 있는 것이 보인다. 유전은 중력처럼 그 나름의 법칙이 있다.

나는 기질과 환경의 복합적 문제를 해결하면서, 한 인간과 다른 인간이 필연적으로 이어지는 끈을 찾아내고 추적하려 한다. 내가 모든 연결 고리를 찾아내고, 한 사회 집단을 완전히 파악하게 되었을 때, 나의 작업을 통해 이 집단을 한 역사적 시대를 살아간 당사자로서 보여 주고자 한다. 나는 다양한 노력 속에서 행동하는 집단의 모습을 그려 내는 동시에, 집단 개개인의 의지력과 집단 모두에게서 보이는 전반적인 성향을 모두 분석하고자 한다.

루공·마카르 일가는 내가 연구하려는 집단, 가계이며, 이들의 특징은 이익을 얻고 누리기 위해 달려드는, 폭발적인 욕망이며, 우리 시대의 엄청난 지각 변동이다. 생리학적으로 볼 때, 이들은 한 종족에게서 나타나는, 최초의 기질적 병변의 결과로, 긴 시간을 두고 신경과 피에 기인한 사건들을 계승하고 있다. 그 사건들은, 환경에 따라, 이 종족의 각 개개인에게서 감정, 욕구, 열정 그리고 그 결과물이 선과 악이라는 의례적인 이름을 취하는, 인간적이고 자연적이고 본능적인 모든 출현을 결정짓는다. 역사적으로 볼 때, 이들은 민중에서부터 시작되며, 현대 사회 전체로 퍼져 나가서, 모든 위치로 올라간다. 사회를 뚫고 나아가는 하층 계급이 무엇보다도 현대적인 충동을 받아들인 덕분이다. 그들은 그렇게, 쿠데타의 음모에서부터 스당의 배반에 이르기까지 그들 각자의 드라마를 통해, 제2제정을 들려준다.

3년 전부터, 나는 이 방대한 작업을 위한 자료들을 모으고 있었는데, 작가로서 필요하고 소설 끝에 필히 넣으려고 했던 나폴레옹파의 몰락이 그렇게 빨리 닥치리라고는 생각지도 못한 데다, 그때 이미 이 소설을 쓰던 중이어서, 나의 작업은 끔찍하고 필연적인 결말로 나아가야 했다. 이 작업은 오늘부로 완료되었다. 이 작업은 닫힌 원 안에서 움직인다. 이것은 몰락한 체제, 광기와 수치의 이상한 시대의 그림이 될 것이다.

여러 이야기로 구성될 이 작업은, 내가 보기에는, 제2제정하의 한 가문의 자연사와 사회사이다. 첫 번째 이야기 『루공가의 치부』는, 과학적인 제목을 붙여야 한다면 '기원'이 될 것이다.

에밀 졸라

1871년 7월 1일, 파리에서

1장

시(市) 남쪽에 있는 로마 문을 통해 플라상에서 나와, 도성 밖 첫 집들을 지나면, 니스로(路) 오른쪽에, 그 지역에서 생미트르* 공터라는 이름으로 알려진 넓은 땅이 나타난다.

생미트르 공터는 상당히 넓은 장방형으로, 도로의 인도와 같은 높이로 길게 뻗어 있는데, 사람들에게 밟혀서 뭉개진 긴 풀 띠로만 도로와 구분되고 있다. 오른쪽에는 막다른 골목으로 끝나는 골목길과 그 길을 따라 늘어선 누추한 집들이 공터와 접해 있다. 왼쪽 끝에는 이끼로 무성한 두 개의 담벼락으로 막혀 있다. 담벼락 위로, 도성 밖 아래쪽에 입구가 있는 아주 넓은 농지인 자스·메프랑의 높게 올라온 뽕나무 가지들이 보인다. 이처럼 삼면이 막힌 공터는 어디에도 이르지 못하는 장소 같고, 산보객들만 지나다니는 곳 같다.

예전에 이곳은 이 지방에서 매우 공경받는 프로방스의 성인, 성 미트르가 수호성인인 묘지였다. 플라상의 노인들은, 1851년에 이 묘지의 벽들이 수년 동안 닫혀 있긴 했어도 건재했음을 여전히 기억하고 있었다. 백 년 이상 지나면서, 시신들이 꽉 들어찬 땅은 영면을 힘들게 했고, 시의 반대편에 새로운 묘지를 열어야 했다. 옛 묘지는 버려진 채, 봄이 올 때마다 짙고 울창한 초목으로 뒤덮이면서 정화되었다. 묘혈을 파는 인부들이 삽질할 때마다 인간의 유해가 발견되지 않은 적이 없었던 기름진 땅은 경이로운 풍요를 누렸다. 도로에서도, 5월에 비가 내린 다음 6월의 햇살을 받은 후, 담을 넘을 정도로 자란 풀들이 보였다. 그 안은, 커다란 꽃들이 독특한 빛을 발하며 여기저기 꽂혀 있는 짙고, 깊은, 푸른 바다였다. 그 밑에서, 빽빽한 줄기들의 그늘 속에서, 수액을 끓어오르게 하고 배어 나오게 하는 축축한 부식토의 냄새가 났다.

이 넓은 터에서 놀라운 것 중 하나는 뒤틀린 가지에, 흉물스러운 마디를 가진 배나무였다. 플라상의 주부라면 어느 누구도 그 거대한 배를 따 먹으려 하지 않았을 것이다. 시내에 사는 사람들은 그 과일에 대해 말할 때면 혐오스러운 듯 얼굴을 찡그리곤 했다. 그러나 도성 밖 아이들은 그렇게까지 예민하지 않아서, 해가 진 밤이면, 익기도 전에 배를 훔치러, 떼 지어 벽을 기어오르곤 했다.

초목의 강렬한 생명력은 생미트르 옛 묘지의 모든 주검을 빠르게 삼켜 버렸다. 썩은 인간의 몸은 꽃과 과일들에 의해 탐욕스럽게 먹혔고, 그 끔찍한 곳을 따라 지나갈 때면, 코를 찌르는 야생 꽃무의 강렬한 향기밖에는 못 느낄 정도였다. 그게 여름철의 난제였다.

그즈음 시는 쓸모없이 잠자고 있는, 그 공공 재산에서 이익을 끌어낼 생각을 했다. 도로와 막다른 골목을 따라 길게 이어진 담벼락을 헐고 풀과 배나무들을 뽑아냈다. 그리고 묘지를 옮겼다. 땅은 몇 미터나 파헤쳐졌고, 한쪽 구석에 땅이 되돌려주려 한 뼈들을 쌓아 올렸다. 거의 한 달 동안, 배나무들이 없어져 애석해하던 아이들은 해골을 가지고 페탕크 놀이를 했다. 짓궂은 악동들이, 어느 날 밤, 시내의 모든 초인종 줄에 넓적다리뼈와 정강이뼈들을 매달아 놓았다. 플라상 사람들이 아직도 기억하고 있는 그 끔찍한 소동은, 쌓아 둔 뼈들을 새 묘지에 파 놓은 구덩이에 버리기로 결정한 날에야 멈추었다. 그런데 시골에서, 작업은 아주 천천히 이루어지는 법이라, 주민들은, 족히 일주일 동안, 겨우 짐수레 한 대가 마치 철거 잔해물을 옮기듯 간간이 인간의 유해를 옮기는 것을 보았다. 최악은 이 짐수레가 이쪽 끝에서 저쪽 끝까지 플라상을 정통으로 지나야 했다는 것과 울퉁불퉁한 도로 포석 때문에 덜컥거릴 때마다 뼛조각들과 기름진 흙들을 몇 움큼씩 흩뿌리며 갔다는 것이다. 최소한의 종교의식도 없이, 느리고 적나라한 짐수레 운반이었다. 도심이 그토록 혐오스러웠던 적은 일찍이 없었다.

몇 년 동안, 생미트르 옛 묘지 땅은 혐오의 대상으로 남았다. 누구나 들어올 수 있는, 대로변의 그곳은 다시 잡초들만 무성한, 황량한 곳이 되었다. 시는, 이곳이 팔려서 집들이 들어서는 것을 당연히 원했지만, 구매자를 찾을 수 없었다. 어쩌면 끈질기게 짓누르는 악몽처럼 수북이 쌓여 있던 뼈들과 도로를 오가던 짐수레에 대한 기억만으로도, 사람들을 물러서게 했을 것이다. 아니면 시골 사람들의 굼뜬 기질이나, 무너뜨리고 다시 세우는 것에 느끼는 거부감 때문일지도 모른다. 어쨌거나 시는 그 땅을 그대로 두었고, 그것을 팔려는 생각도 결국에는 사라지고 말았다. 시는 그 땅에 울타리조차 치지 않았다. 그래서 아무나 들어갈 수 있었다. 세월이 점차 흐르면서, 사람들은 그 구석진 빈 공간에 익숙해졌다. 길가 풀 위에 앉기도 하고, 땅을 지나가기도 하면서, 그곳을 드나드는 사람들도 많아졌다. 산보객들의 발길에 풀밭이 짓밟히고, 땅이 다져져 회색빛이 되고 단단해지면서, 옛 묘지는 평평하게 다듬어지지 못한 광장과 닮아 보였다. 혐오스러웠던 모든 기억을 제대로 없애고 싶었던지, 주민들은 부지불식간에 서서히 그 땅의 이름을 바꾸어 부르기 시작했다. 결국 성인의 이름만 남게 되었다. 이 공터의 구석에 쑥 들어가 있는 막다른 골목에도 같은 이름이 붙여졌다. 그래서 생미트르 공터가 있고, 생미트르 막다른 골목이 있게 된 것이다.

이러한 일들은 오래전부터 일어난 것이다. 30년도 넘게, 생미트르 공터는 색다른 모습을 보여 왔다. 시는, 지나칠 정도로 무관심했고, 그 땅에서 상당한 이익을 끌어낼 생각도 없어, 적은 돈을 받고 도성 밖 수레 제조업자에게 임대했다. 그는 그곳에 목재 야적장을 만들었다. 공터에는 지금도 길이가 10미터에서 15미터나 되는 거대한 목재들이 어지럽게 널려 있는데, 여기저기 쓰러져 쌓여 있는 모습이 바닥에 넘어진 커다란 기둥 더미처럼 보였다. 깃대처럼 나란히 놓인 목재 더미들이 공터 이쪽 끝에서 저쪽 끝까지 이어져 있어 아이들에게는 늘 즐거운 곳이 되었다. 어떤 곳은 나뭇조각들이 떨어져 나와 불룩한 판자 모양으로 완전히 바닥재처럼 땅에 덮여 있어, 그 위에서 균형을 잡고 걷는 것이 기적일 정도였다. 몇몇 아이들 무리가 온종일, 이 놀이에 빠져 있곤 했다. 아이들이 두꺼운 널빤지 위로 뛰어오르고, 좁은 모서리들을 차례차례 따라가거나, 걸터앉은 채 뭉그적거리는 모습이 보이곤 하는데 이런 다양한 놀이는 늘 소란과 눈물로 끝난다. 그렇지 않으면 열두어 명이 땅 위로 1미터쯤 올라와 있는 어떤 목재의 좁은 끝에 서로 바짝 붙어 앉아서 시소를 타듯 오랫동안 몸을 흔들곤 한다. 생미트르 공터는 이렇게 25년이 넘도록 도성 밖 아이들의 바짓가랑이를 닳게 만든 놀이터가 되었다.

이 한적한 곳이 이질적으로 느껴지는 것은 바로 유랑 집시들이 그곳에 전통적인 방식으로 거처를 정하고 살기 때문이다. 일족 모두를 싣고 가는 이들 포장마차 하나가 플라상에 도착하면 즉각 생미트르 공터 안의 덤불숲으로 숨어 들어간다. 그래서 그곳은 비어 있던 적이 거의 없다. 거기에는 늘 낯선 외양의 몇몇 무리가, 거칠어 보이는 남자들과 비쩍 마른 여자들의 무리가 있고, 그들 틈에서 땅바닥에서 뒹구는 사랑스러운 아이들 무리가 보인다. 이들은 조금도 부끄러워하지 않고, 노상에서, 모두가 보는 앞에서, 국을 끓이고, 생소한 것들을 먹으며, 구멍 난 꾀죄죄한 옷들을 널어놓고, 잠을 자고, 싸우고, 사랑하고, 불결함과 가난의 고약한 냄새를 풍긴다.

예전에 말벌들만 탐스러운 꽃들 주위에서 붕붕거리고, 뜨거운 햇빛만 숨 막히게 짓누르는, 죽은 것 같고 황량한 이 넓은 터에, 지금은 집시들의 싸움과 도성 밖 불량소년들의 날카로운 외침으로 채워지는 떠들썩한 장소가 되었다. 한쪽 구석에서 작업장의 목재를 자르는 제재소의 끽끽거리는 소리는, 둔탁하고 연속적인 저음부가 되어, 날카로운 소리와 어우러졌다. 제재소는 완전히 원시적이었다. 목재가 두 개의 높은 지지대 위에 놓이면, 두 명의 세로톱 제재공 중 한 사람은 목재 바로 위로 올라가고, 아래쪽에 있는 사람은 떨어지는 톱밥 때문에 아무것도 보이지 않은 채, 넓고 강력한 톱날이 계속 오가도록 민다. 몇 시간 동안이나, 제재공들의 몸은, 조종되고 있는 꼭두각시처럼, 기계같이 정확하고 가차 없이 구부러진다. 그들이 자른 나무는, 구석 담벼락을 따라, 2미터에서 3미터 높이의 더미로 자리 잡고, 널빤지들은 완벽한 정육면체 모양으로 질서 정연하게 쌓인다. 네모난 건초 더미 같은 이 더미들은, 그곳에서 종종 여러 번의 계절을 보내면서, 지면과 닿은 부분이 잡초에 잠식된 모습은 생미트르 공터의 매력에 속한다. 이 더미들 덕에 비밀스럽고 은밀한 소로(小路)가 만들어지고, 그 소로들은 더미들과 담벼락 사이에 남겨진 더 넓은 오솔길로 이어지고 있었다. 그곳은 무인 지대이며, 우거진 초목 사이로 조각난 하늘만 드문드문 보이는 곳이었다. 담벼락은 온통 이끼가 덮여 있고, 땅바닥은 털이 긴 양탄자가 깔린 것 같은 이 오솔길에는, 무성한 초목과 옛 묘지의 섬뜩한 정적이 서려 있다. 거기에서는 뜨거운 태양으로 달구어진 오래된 무덤들에서 흘러나오는 죽은 이들의 뜨겁고 희미한 관능적 숨결이 느껴진다. 플라상의 전원에서 이보다 더 감동적이고, 포근하고, 고독, 사랑이 진동하는 장소는 없다. 사랑하기에 너무나 감미로운 곳이 바로 그곳이다. 사람들이 묘지를 헐었을 때, 그 구석에 뼈들을 쌓아 놓아야 했기 때문에, 지금도 축축한 풀을 발로 들추기만 해도, 두개골 조각들이 자주 발견되곤 한다.

하지만 이제는 그 누구도 그 풀들 아래 잠들었던 고인들을 생각하지 않는다. 낮에는 숨바꼭질하는 아이들만 목재 더미 뒤로 간다. 초록빛 오솔길은 그 누구도 간 적 없고 그 누구에게도 알려지지 않은 곳이다. 사람들에게는 목재로 가득 찬 먼지 쌓인 회색 작업장만 보일 뿐이다. 아침이나 오후가 되어, 따뜻한 햇살이 비치면, 공터 전체가 북적거린다. 이 모든 소란 너머, 나무토막들 사이에서 노는 아이들과 냄비를 올려놓고 불을 돋우는 집시들 너머, 목재 위에 올려진 세로톱의 날카로운 윤곽이 하늘을 배경으로 뚜렷하게 드러나 보인다. 세로톱은, 예전의 영원한 휴식의 땅이었던 이곳에서 돋아났던 강렬한 새로운 생명을 조절하려는 듯, 시계추처럼 규칙적으로 오가고 있다. 그곳에는 목재 위에 앉아 석양의 따사한 햇볕을 즐기는 노인들밖에 없는데, 그들은, 전설이 되어 버린 짐마차가 뼈들을 싣고선 플라상의 거리들을 지나가는 것을 보았다며 지금까지도 종종 그 뼈들에 대한 이야기를 주고받는다.

밤이 되면, 생미트르 공터는 텅 비고, 시커먼 커다란 구멍처럼 움푹 꺼져 보인다. 안쪽으로, 집시들의 사그라드는 불빛만 보일 뿐이다. 이따금 어렴풋한 형체들이 짙은 어둠 속으로 조용히 사라진다. 특히 겨울이 되면, 이곳은 음울해진다.

어느 일요일 저녁 일곱 시경, 한 젊은이가 생미트르 막다른 골목에서 조용히 나와 벽에 바짝 붙어서 작업장의 목재들 사이로 들어갔다. 1851년 12월 초였다. 건조하고 추운 날씨였다. 지금 만월인 달은, 겨울 달답게 지독히도 밝았다. 그날 밤, 작업장은 비 오는 밤처럼 그렇게 음울하게 움푹 꺼져 있지 않았다. 넓게 깔린 하얀 달빛으로 환한 작업장은 적막이 감도는 추위 속에서 조용히 우수 어린 모습으로 펼쳐져 있었다.

젊은이는 잠시 마당 가장자리에서 멈추었고, 경계하듯 앞을 살폈다. 그는 윗도리 안에 숨긴, 소총의 개머리판을 잡고 있었고, 바닥을 향한 총신은 달빛을 받아 반짝거렸다. 총을 가슴에 꼭 안으면서, 그는 널빤지 더미들이 공터 안쪽에 만든 어둠의 사각지대를 주의 깊게 훑었다. 그곳은 빛과 그림자로 반듯하게 칸이 나뉜, 흑백 체커 판 같았다. 마당 한가운데에, 아무것도 없는 한 조각 회색 땅에, 세로톱이 놓인 발판대가, 잉크로 종이에 줄을 그어 놓은 듯 기하학적인 기형적 모습과 닮은, 좁고, 길게 늘어난, 이상한 모습을 드러냈다. 그 외 작업장은 마루처럼 깔린 목재들로, 두꺼운 널빤지들을 따라 흐르는 그림자 선에 의해 가느다란 검은 줄무늬가 살짝 있는, 달빛이 잠드는 그저 넓은 침대였다. 겨울의 달빛 아래, 얼어붙은 고요 속에서, 잠과 추위에 뻣뻣해진 듯, 부동의 가로누운 수많은 깃대는, 옛 묘지의 주검들을 상기시켰다. 젊은이는 아무도 없는 그 공간을 재빨리 훑어보았다. 아무도 없고, 숨소리 하나 없으니, 들키거나 들릴 염려도 없었다. 안쪽의 짙은 점들이 그를 한층 불안하게 했다. 그래도 빠르게 살핀 후, 그는 결심한 듯, 민첩하게 작업장을 가로질렀다.

안전하다는 생각이 들자, 그는 걸음을 늦추었다. 그는 지금 판자들 뒤, 담벼락을 따라 길게 난 오솔길로 들어와 있었다. 그곳에서는 자신의 발소리조차 들리지 않았다. 얼어붙은 풀들이 그의 발밑에서 희미하게 바스락거렸다. 어떤 행복감이 그를 엄습한 듯 보였다. 그는 그 장소를 사랑하는 것이 분명했다. 그곳에서는 어떤 위험도 두렵지 않고, 행복하고 좋은 것만 찾으러 오는 곳임이 분명했다. 그는 총을 숨기는 일을 멈추었다. 오솔길은 어두운 참호처럼 길게 뻗어 있었다. 이따금, 두 널빤지 더미 사이로 미끄러져 들어온 달빛이, 한 줄기 빛으로 풀밭을 갈랐다. 모든 것이, 어둠과 빛이, 조용히 슬픈 잠에 깊이 빠져 있었다. 그 오솔길의 평화로움은 무엇과도 비교할 수 없으리라. 젊은이는 그 길을 쭉 따라갔다. 그 끝에, 자스·메프랑의 담벼락이 꺾어지는 곳에, 그는 멈추었고, 옆 농지에서 무슨 소리라도 나지 않는지 들어 보려는 듯 귀를 기울였다. 아무 소리도 들리지 않자, 그는 몸을 낮추었고, 널빤지 하나를 벌려 나뭇더미 속에 총을 숨겼다.

그 모퉁이에는, 옛 묘지를 이전할 때 버려진 묘비가 하나 있었는데, 풀밭에 약간 비스듬히 놓여 있어, 일종의 그럴듯한 벤치가 되었다. 비 때문에 묘비 가장자리는 부스러졌고, 이끼로 서서히 잠식되고 있었다. 그래도 달빛의 도움을 받아 땅속에 박힌 앞면에 새겨진 비문 일부를 읽을 수 있었다. **여기 잠들다…… 마리…… 사망……**. 나머지 글자는 세월로 인해 지워져 버렸다.

총을 숨기고 나서, 젊은이는 다시 귀를 기울였고, 여전히 아무 소리도 들리지 않자, 묘비 위로 올라가기로 했다. 담은 낮았다. 그는 갓돌에 팔꿈치를 올렸다. 담벼락을 따라 늘어선 뽕나무들 위로 훤한 달빛밖에 보이지 않았다. 나무 한 그루 없이 평평한 자스·메프랑의 농지는 달빛 아래 거대한 천연 리넨처럼 펼쳐져 있었다. 백 미터쯤에, 주거지와 소작인들이 사는 부속 건물들이 더 선명한 하얀 점들로 나타났다. 시의 괘종시계가 진중하고 느리게 일곱 시를 울리기 시작하자, 그는 불안하게 그쪽을 기웃거렸다. 그는 타종 수를 세 보았고, 놀랐지만 안도한 듯, 돌에서 내려왔다.

그는 오래 기다릴 모양새로, 묘비 위에 앉았다. 그는 추위도 느끼지 못하는 듯했다. 거의 반 시간 가까이, 그는 짙은 어둠을 응시하며, 생각에 잠긴 채, 꼼짝도 하지 않았다. 그는 컴컴한 구석에 앉아 있었다. 그러나 조금씩 올라오는 달이 그를 비추었고, 그의 얼굴이 환하게 드러났다.

그는 원기 왕성해 보이는 청년이었다. 얇은 입술과 아직 여린 피부는 그가 어리다는 것을 말해 주었다. 그는 17세 정도로 보였다. 그는 개성미 있는 잘생긴 소년이었다.

마르고 긴 얼굴은, 힘 좋은 조각가가 엄지로 꾹꾹 눌러 놓은 것 같았다. 높이 솟은 이마, 튀어나온 눈두덩, 매부리코, 넓고 두꺼운 턱, 불룩한 광대뼈로 우묵하게 들어가 보이는 뺨 때문에, 그의 부조 같은 얼굴은 묘한 활력을 띠었다. 나이가 들면서, 유난히 뼈가 불거져 보이는 그 얼굴은 떠돌이 기사*의 야윈 모습을 연상시켰다. 그러나 청년기로 접어든 때라, 뺨과 턱에 수염이 막 생기기 시작하면서, 거칠어 보일 수 있는 그의 얼굴은 매력적인 어떤 부드러움, 어린 티가 어렴풋이 남아 있는 모습들로 중화되었다. 아직도 소년처럼 촉촉한, 다정한 검은 두 눈은 그 열정적인 얼굴에 온화함을 띠게 했다. 모든 여성들이 이 청년을 미남으로 보기에는 거리가 있어 그를 사랑하지 않았을지도 모른다. 그러나 그의 용모를 전체적으로 볼 때면, 열렬하고 매우 호의적인 활기를 띠고 있고, 열정적이고 강한 아름다움이 있어 그 지역 소녀들, 남부의 열정적인 소녀들은, 7월의 뜨거운 밤에 그가 그녀들 집 앞을 지나갈 때면, 그를 갈망하지 않을 수 없었다.

그는 묘비 위에 앉아, 달빛이 지금은 그의 가슴과 다리를 따라 밝게 비추고 있는지도 느끼지 못한 채, 계속 생각에 잠겨 있었다. 그는 중간 정도의 키에, 약간 다부진 편이었다. 지나치게 발달한 팔과 그 끝에, 벌써 노동으로 굳어진 노동자의 손이 단단하게 달려 있었다. 끈 달린 커다란 구두를 신은 두 발은, 발부리가 네모난 것이 튼튼해 보였다. 관절과 수족들을 봐도, 사지의 둔중한 모습을 봐도 그는 서민층이었다. 하지만 그 아이 안에는, 똑바로 목을 세운 모습과 두 눈의 생각 깊어 보이는 눈빛 속에는, 그를 땅을 향해 굽히게 만들고 우둔하게 만드는 육체노동에 대한 소리 없는 저항이 보였다. 그는 자신이 속한 종족과 계층의 무게에 짓눌려 허우적거리는 지성으로 보였다. 튼튼한 몸에 깃든 다정다감하고 상냥한 기질을 가진 아이, 두꺼운 덮개를 벗어던지고 빛나는 모습으로 빠져나올 수 없음을 고통스러워하는 아이로 보였다. 불완전하게 느껴지는 자신에 대해, 그리고 그런 자신을 완성하는 방법을 모르는 것에 무의식중에 수치를 느껴서인지, 활기 넘치는 모습 속에서도 그는 소심하고 불안해 보였다. 선량한 아이, 여자처럼 포기할 수도, 영웅처럼 용기도 낼 수 있는, 소년다운 이치를 그대로 간직한 채, 그의 무지는 열정이 되었고, 남자다운 용기가 되었다. 그날 밤 그는 긴바지와 작은 골이 진 푸르스름한 코르덴 상의 차림이었다. 뒤로 살짝 젖혀 쓴 펠트 중절모로 그의 이마에 그림자 한 줄이 드리워졌다.

근처 괘종시계가 반을 알리는 소리에, 그는 화들짝 몽상에서 깨어났다. 환한 달빛에 드러난 자신을 보자, 그는 불안스레 앞을 주시했다. 그는 급히 어둠 속으로 들어갔지만, 생각을 다시 깊게 이어 갈 수 없었다. 자신의 손과 발이 꽁꽁 얼어 가고 있음을 느끼며, 다시 불안해졌다. 그는 다시 올라가 자스·메프랑을 살펴보았지만, 여전히 조용했고 아무도 없었다. 무료함을 달랠 길이 없자 그는 다시 내려와, 널빤지 더미 속에 숨겼던 총을 집어 들고, 전투 놀이를 하며 시간을 보냈다. 그 총은 길고 무거운 소총으로 원래 소유자는 밀수꾼임이 분명했다. 개머리판의 두께와 총부리의 강력한 노리쇠 부분에서 그 지역 총기 판매업자가 예전 화승총을 피스톤 밸브 총으로 개조한 것임을 알 수 있었다. 이런 종류의 소총이 농장에, 벽난로 위에 걸려 있는 것을 볼 수 있다. 젊은이는 자신의 총을 사랑스럽게 어루만졌다. 그는 스무 번도 더 방아쇠를 당겼고, 새끼손가락을 총부리에 넣어 보았고, 개머리판을 꼼꼼히 살폈다. 서서히, 그는, 치기도 좀 섞여 있는, 젊은 혈기로 달아올랐다. 그는 훈련하는 신병처럼 소총을 뺨에 갖다 대고 허공을 조준하기까지 했다.

얼마 지나지 않아 여덟 시가 울렸다. 그는 꽤 오랫동안 총을 뺨에 대고 있었다. 그때 미풍처럼 가볍고, 나지막한 숨찬 소리가 자스·메프랑에서 들려왔다.

"실베르, 거기 있어?" 목소리가 물었다.

실베르는 소총을 내던지고 단번에 묘비 위로 올라갔다.

"응, 응." 그도 소리를 죽이며 대답했다. "기다려, 도와줄게."

그가 팔을 내밀지도 않았는데, 소녀의 얼굴이 담 위로 나타났다. 그 아이는 놀라울 정도로 민첩하게, 어린 암고양이처럼 뽕나무 줄기를 타고 올라왔다. 그녀의 움직임이 안정되고 편안해 보이는 것이, 예사롭지 않은 그 길이 그녀에게 익숙해 보였다. 눈 깜짝할 새 그녀는 담의 갓돌 위에 앉았다. 그러자 실베르가 그녀를 두 팔로 안아 돌의자에 앉혔다. 하지만 그녀는 버둥거리며 벗어나려 했다.

"놓으라니까." 그녀가 장난치는 개구쟁이처럼 웃으며 말했다. "그냥 놔둬……. 나 혼자서도 잘 내려가잖아."

그리고 묘비 위에 올라서며 물었다.

"오래 기다렸어? 달렸더니, 너무 숨차."

실베르는 대답하지 않았다. 그는 전혀 웃는 낯빛이 아니었고, 슬픈 표정으로 소녀를 바라보았다. 그가 그녀 옆에 앉으며 말했다.

"미에트, 너를 보고 싶었어. 밤을 새워서라도 너를 기다렸을 거야……. 난 내일 아침, 날이 밝으면 떠나."

미에트는 방금 풀밭에 놓인 소총을 알아보았다. 그녀는 심각해졌고, 작은 소리로 말했다.

"아! 결정했구나……. 저기 네 총도 있고……."

침묵이 흘렀다.

"그래." 실베르는 더욱 자신 없는 목소리로 다시 대답했다. "내 총이야……. 오늘 밤 집에서 가지고 나오는 게 더 낫다고 생각했어. 내일 아침에는, 디드 아줌마가 그걸 가져가는 걸 볼 수도 있고…… 그럼 아줌마가 불안해할 테니까……. 그걸 숨겨 둘 거야. 떠날 때 찾으러 오면 돼."

미에트가 풀밭에 바보같이 놓아둔 총에서 눈을 떼지 못하자, 그는 일어나 그것을 다시 판자 더미 속으로 밀어 넣었다.

"오늘 아침에 알았어." 그가 다시 앉으며 말했다. "라 팔뤼와 생마르탱드보에서 저항군이 행군하고 있고, 어젯밤에 알부아즈를 지나갔다는 것을. 우리도 그들과 합류하기로 결정되었어. 오늘 오후 플라상 노동자들 일부가 시를 떠났고, 내일은 남은 사람들이 동지들을 만나러 가게 될 거야."

그는 동지라는 말을 소년다운 자부심을 보이며 발음했다. 그리고 활기를 띠며, 더 떨리는 목소리로 덧붙였다.

"전투는 피할 수 없게 되었어. 하지만 우리 쪽이 정당하니, 우리가 승리할 거야."

미에트는 앞을 물끄러미 응시하며, 실베르의 말을 듣고 있었다.

그가 입을 다물었다.

"그래." 그녀는 그렇게만 말했다. 그리고 잠시 침묵하더니 입을 열었다.

"나에게 미리 말해 주었잖아. 그래도 계속 바랐었는데…… 결국, 그리되었네."

그들은 달리 할 말이 없었다. 작업장의 적막한 구석, 푸른 오솔길은 우수 어린 고요함을 되찾았다. 풀밭 위로 널빤지 더미들의 그림자를 지나가게 하는 환한 달빛밖에 없었다. 묘비 위에 함께 앉아 있는 두 아이의 둥그스름한 형상은 희미한 빛 속에서 움직임이 없었고 조용했다. 실베르는 팔로 미에트의 허리를 감쌌다. 그녀가 그의 어깨에 기댔다. 그들은 입맞춤은 하지 않고, 동지애라는 찡한 순수함을 지닌 사랑이었기에 포옹만 했다.

미에트는 발까지 내려와 그녀를 완전히 감싸고 있는, 두건 달린 커다란 갈색 망토에 파묻혀 있었다. 그녀의 얼굴과 손만 보였다. 프로방스에서는 서민층 여자들, 여성 농부들과 여성 노동자들은 여전히 이렇게 소매 없는, 품이 넉넉한 외투를 입는다.

그 지역에서는 플리스라고 부르는데, 아주 오래전부터 입어 왔다. 그곳에 도착할 때, 미에트는 두건을 뒤로 젖힌 채였다. 늘 노지에서 일해도, 혈기 왕성한, 그녀는 보닛을 쓴 적이 없었다. 그녀의 맨머리 얼굴이 달빛을 받아 하얀 담 위에서 아주 뚜렷하게 보였다. 아이의 얼굴이지만, 여자가 되어 가는 아이였다. 그녀는 말괄량이 소녀에서 아가씨로 바뀌는, 애매하면서도 매혹적인 그런 시기에 있었다. 모든 소녀에게는 봉오리가 싹틀 때의 예민함이, 체형적으로 뭔가 달라 보이는 그런 미묘한 매력이 있다. 아이의 순결하고 마른 몸매에 성숙한 여자의 풍만하고 육감적인 선들이 깃들어 있다. 여성은, 여전히 소녀의 몸을 어중간하게 간직한 채, 자신도 모르게, 자신의 모든 외양에서 자신의 성을 고백하면서, 수줍어하며 당혹스러운 첫 순간들과 함께 나타난다. 어떤 소녀들에게는, 이 시기가 나쁠 수 있다. 이들은 갑자기 웃자라고, 바로 추해지며, 빨리 자란 식물처럼 생기 없고 허약하다. 미에트나, 노지에서 생활하는 혈기 왕성한 여자아이들에게, 이 시기는 두 번 다시 만날 수 없는 놀라운 축복의 시간이다. 미에트는 열세 살이었다. 벌써 체격이 좋은 편이지만, 그 나이 이상으로는 보이지 않는 것이, 그녀의 얼굴이, 때때로, 밝고 천진난만한 웃음으로 웃고 있기 때문이었다. 그래도 그녀는 다 큰 처녀로 보였다. 기후와 그녀가 살아가는 거친 삶 덕분에 그녀 안에서 여성이 빠르게 피어나고 있었다. 그녀는 거의 실베르만큼 키가 크고, 살도 찌고, 원기 왕성했다. 그녀의 연인처럼, 그녀도 세상 사람들 기준의 미인은 아니었다. 하지만 못생겨 보이지는 않았다. 그런데도 많은 멋진 청년들이 보기에는 적어도 별나 보였다. 그녀의 머리카락은 굉장했다. 이마 위로 빳빳하게 올라선 머리칼은 솟구치는 파도처럼 뒤로 힘차게 넘겨지고, 무수히 굽이치면서, 수시로 변하는 물거품 가득한 새까만 바다처럼 머리와 목을 따라 흘러내렸다. 머리숱이 너무 많아서 그녀는 그것을 어떻게 다루어야 할지 몰랐다. 머리 때문에 불편할 정도였다. 그녀는 머리카락들을, 부피가 커 보이지 않도록 최대한 힘을 주어, 아이 손목만 한 굵기로 여러 가닥으로 꼰 다음 머리 뒤에서 하나로 모았다. 그녀는 머리 맵시를 생각할 겨를도 없었고, 거울도 없이 급히 틀어 올려, 크게 쪽 찐 머리는, 늘 그녀의 손길을 타고 강렬한 매력으로 살아나곤 했다. 생기 넘치는 투구를 쓰고, 동물 가죽*의 황갈색 털처럼 관자놀이와 목 위로 산더미처럼 흘러내리는 곱슬머리의 그녀를 보면, 그녀가 모자 없이 나가도 비나 강추위를 전혀 걱정할 필요가 없다는 것을 이해하게 된다. 머리카락의 짙은 선 아래, 매우 좁은 이마는 노란 초승달처럼 보인다. 커다란 퉁방울눈, 짧은 들창코에 넓은 콧구멍, 너무 두툼하고 너무 붉은 입술. 따로따로 살펴보았다면 추하게까지 보였을 것이다. 그러나 사랑스러운 통통한 얼굴, 활기가 넘쳐흐르는 모습 덕분에, 얼굴의 이런 세세한 부분은 전체적으로 묘하게 눈부신 아름다움을 만들어 냈다. 미에트가, 머리를 오른쪽 어깨 쪽으로 살짝 기울이고 뒤로 젖히면서 웃을 때면, 즐겁게 들썩이는 가슴, 아이의 뺨처럼 통통한 뺨, 넓고 하얀 이, 터져 나온 기쁨에 목 위에서, 포도나무 가지 화관처럼, 흔들리는 숱 많고 곱슬곱슬한 땋은 머리는, 그녀를 고대 바쿠스 신전의 여제관처럼 보이게 했다. 그래도 그녀 안에서, 순결함을, 열세 살 소녀를 알아보려면, 성인 여자처럼 걷지고 빠른 웃음 속에서도 얼마나 순수함이 깃들어 있는지 봐야 할 것이다. 특히 아직도 어린애처럼 여린 턱과 순수하고 말랑한 관자놀이를 눈여겨봐야 할 것이다. 햇볕에 탄 미에트의 얼굴은 어떤 날에는 황갈색 빛이 깃들곤 했다. 검은 솜털이 윗입술에 옅은 그림자를 드리우고 있었다. 그녀의 작고 짧은 손은, 일하지 않고 편히 지냈다면 부유층 여자의 통통하고 곱디고운 손이 될 수도 있었을 텐데, 노동으로 변형되고 있었다.

미에트와 실베르는 한참 동안 말없이 있었다. 그들은 자신들의 불안한 마음을 읽고 있었다. 다음 날 일어날 일에 대해 함께 두려워하고 낯설어할수록, 그들은 서로를 더 꽉 껴안았다. 그들은 서로의 마음마저 통했고, 큰 소리로 탄식해 봤자 쓸모없고 참담하다고 느꼈다. 하지만 소녀는 더는 참을 수 없었다. 그녀는 숨이 답답해 왔고, 한마디로 두 사람 모두의 불안을 드러냈다.

"돌아올 거지?" 실베르의 목을 꽉 껴안고 그녀가 더듬거리며 말했다

실베르는, 대답 없이, 목이 메어 그녀처럼 울게 될까 두려워, 달리 위로해 줄 방법을 찾지 못한 동지로서, 그녀의 뺨에 입을 맞추었다. 그들은 포옹을 풀고 다시 침묵에 빠졌다.

잠시 후, 미에트가 몸을 떨었다. 그녀는 이제 실베르의 어깨에

기대지 않았고, 몸이 꽁꽁 얼고 있음을 느꼈다. 전날 밤, 그녀는 이 적막한 오솔길 끝, 묘비 위에서, 계절이 여러 번 바뀌는 긴 시간, 오래된 주검들의 평화 속에서, 아주 행복하게 서로 사랑했던 그곳에서, 그렇게까지 몸이 떨리지는 않았었다.

"정말 춥네." 그녀가 망토의 두건을 다시 쓰면서 말했다.

"걸을까?" 청년이 그녀에게 물었다. "아홉 시도 안 됐어. 길을 따라 잠깐 걸어도 돼."

미에트는 자신의 하루하루를 버티게 해 주었던 즐거웠던 만남을, 밤에 수다 떠는 즐거움을 어쩌면 오랫동안 누릴 수 없을지도 모른다고 생각했다.

"그래, 걷자." 그녀는 활기차게 대답했다. "방앗간까지 가자…… 너만 좋다면 밤새 이렇게 보내도 돼."

그들은 벤치를 떠나, 널빤지 더미의 그림자 속으로 몸을 감추었다. 거기서 그녀는 작은 마름모꼴로 누빈, 다홍빛 날염 옥양목으로 안을 댄 자신의 망토를 벌렸다. 그런 다음 실베르의 어깨에 따뜻하고 넓은 망토 자락을 걸쳐 주면서 그를 완전히 감쌌고, 그녀와 같이, 하나의 옷 속에서, 그와 몸을 꼭 붙였다. 그들은 팔로 서로의 허리를 감싸며 오로지 하나가 되었다. 그들은 그렇게 단 하나의 존재로 합쳐지고, 어디에도 사람의 형태를 알아볼 수 없을 정도로 너울거리는 망토 속에 파묻혔다. 그들은 종종걸음으로 걸으며 도로 쪽으로 나아갔고, 달빛으로 환히 드러난 작업장도 두려워하지 않고 가로질렀다. 미에트는 실베르를 감쌌고, 매일 밤 똑같이 망토로 그렇게 그들을 감싸곤 했는지, 그는 아주 자연스럽게 받아들였다.

1851년, 길 양쪽에 도성 밖 마을이 들어서 있는 니스로에는, 권력의 찬란하고 완전한 유물인 몇백 년 묵은, 오래된 거대한 느릅나무들이, 몇 년 전부터 깔끔 떠는 시가 작은 플라타너스로 대체해 버렸어도, 여전히 도로변을 따라 뻗어 있었다. 달빛을 받으며 인도를 따라 늘어선 나뭇가지들이 괴물스럽게 보이는 나무들 아래 있을 때, 실베르와 미에트는, 두세 번쯤, 집들 가까이에서 조용히 움직이는 검은 덩어리들을 만났다. 그것들은, 그들처럼, 망토 자락으로 완전히 몸을 감추고 어둠 속에서 그들의 은밀한 애정을 나누는 연인들이었다.

남부 지방 도시의 연인들은 이런 방식의 산책을 택했다. 서민층의 소년 소녀들은 언젠가 결혼해야겠지만, 그전에 서로 입맞춤하는 것을 불쾌하게 여기지 않았기에, 사람들 입에 지나치게 오르내리지 않고도, 마음 편히 입맞춤할 만한 피난처가 없었다. 시내에서, 부모들이 그들에게 전적으로 자유를 주더라도, 그들이 방을 빌리거나 단둘이 만나기라도 하면, 바로 그다음 날, 그들은 마을의 추문거리가 될 것이다. 게다가 그들은 매일 밤 인적 없는 들판으로 나갈 시간도 없다. 그래서 절충안을 찾은 것이다. 도성 밖, 넓은 공터, 도로의 산책로 등, 통행인이 거의 없거나 어두운 구석들이 많은 장소를 택했다. 그리고 주민들 모두가 서로 잘 알고 있는 이상, 더 신중을 기하고자, 알아보지 못하도록, 온 가족이 다 들어갈 수도 있는 커다란 망토 같은 것에 몸을 감추는 것이다. 부모들은 완전한 어둠 속에서의 이런 산책을 용인해 주었다. 시골의 엄격한 도덕이 이런 것에는 놀라지 않는 것 같다. 다만 연인들은 구석진 곳에서는 절대 멈추지 말아야 하며, 공터 깊숙이 들어가 앉지 말아야 한다. 그것만으로도 겁 먹은 조신함을 진정시키기에 충분하다. 연인들은 걸으면서 입맞춤밖에 할 수 없다. 그래도 종종 탈선하는 소녀도 있다. 연인들이 앉았기 때문이다.

사실, 이런 사랑의 산책만큼 더 매력적인 것은 없다. 거기에는 남부 지방의 달콤하고 독창적인 상상력이 온전히 다 담겨 있다. 그것은 가난한 사람들이 누릴 수 있는, 작은 행복들로 풍요로운, 진정한 가장무도회이다. 사랑에 빠진 여자가 자신의 망토를 열기만 하면, 연인을 위해 완전히 준비된 피난처가 되는 것이다. 그녀는, 소시민층 여자가 자신의 애인들을 침대 밑이나 옷장 속에 숨기듯이, 그를 그녀의 가슴 위에, 자기 옷의 온기 속에 숨긴다. 금지된 과일은 이곳에서 특별히 감미로운 맛을 낸다. 야외에서, 무심한 사람들 속에서, 도로를 따라가며, 먹는 과일이라 그렇다. 진미(珍味)의 맛, 주고받는 입맞춤에서 오는 짜릿한 쾌감은, 들키거나 손가락질받을 위험을 감수할 필요도 없이, 벌 받지 않고도 사람들 앞에서 입 맞출 수 있다는 것과 밤마다 버젓이 서로의 팔짱을 낀 채 보낼 수 있다는 확신 때문일 것이다. 한 쌍의 연인은 그냥 갈색 덩어리로 보일 뿐이고, 다른 연인들도 똑같은 모습이다. 늦은 산보객에게는 희미하게 움직이는 덩어리들로 보이지만, 정확하게는 사랑이, 말로 형용할 수 없는 사랑, 짐작만 하는, 경험하지 못한 사랑이 스치며 지나가는 것이다. 연인들은 자신들을 숨기는 법을 잘 알고 있다. 그들은 낮은 소리로 이야기하고, 그곳이 자신들의 집처럼 편안하다. 대체로 그들은 아무 말도 하지 않으며, 하나의 날염 옥양목 자락 속에 같이 꼭 붙어 있음에 행복해하며, 몇 시간이고 발 가는 대로 걷는다. 그것은 매우 관능적인 동시에 매우 순결하다. 날씨야말로 진짜 주인공이다. 무엇보다 날씨가 연인들을 은신처용 도성 밖 한적한 곳을 찾도록 이끄는 유일한 요소이기 때문이다. 아름다운 여름밤, 플라상을 한 바퀴 돌라치면, 늘 담벼락 그림자 속에서 두건 달린 망토를 뒤집어쓴 연인들을 만나게 된다. 생미트르 공터 같은 곳에는, 청명한 밤의 포근함 속에서, 천천히, 소리 없이, 스치며 지나가는 짙은 두건 달린 망토들로 붐빈다. 그들은 별들이 가난한 이들의 사랑에게 베푼 신비로운 무도회의 초대 손님들인 것 같다. 너무 더운 날이거나 소녀들이 망토를 더는 걸치지 않을 때는 그녀들의 겉치마를 말아 올리기만 하면 된다. 겨울이 와도, 가장 열렬한 사랑꾼은 강추위도 마다하지 않는다. 실베르와 미에트는 니스로를 내려가는 동안, 12월의 추운 밤을 불평할 생각조차 들지 않았다.

두 아이는 말 한마디 없이 잠든 동네를 가로질렀다. 그들은 무언의 기쁨과 함께, 포옹의 마력인 포근함을 다시 한번 누렸다. 그들의 마음은 슬펐다. 그들이 서로 꼭 껴안고 있으면서 느낀 행복에는 작별의 고통스러운 감정이 스며 있었다. 그들이 침묵 속에서 천천히 한 걸음씩 뗄 때마다, 감미로움과 고통 사이를 오가는 그 발걸음이 절대 끝나지 않을 것 같았다. 집들이 점점 드물어지더니 그들은 동네 끝에 도착했다. 자스·메프랑의 정문이 있는 곳이다. 양쪽에 견고한 두 개의 기둥이 있는 철책의 창살 사이로, 긴 뽕나무 길이 보였다. 지나가면서, 실베르와 미에트는 본능적으로 저택 쪽을 쳐다보았다.

자스·메프랑에서부터, 대로는 완만한 내리막길로, 여름에는 개울이었다가 겨울에는 격류가 되는 샛강인 비요른강의 바닥이 되어 주는, 계곡 깊숙이까지 이어졌다. 그즈음에는, 아름드리나무로 자란 느릅나무들이 두 줄로 길게 늘어서서, 밀과 앙상한 포도나무들이 심어진 구릉을 가로지르는, 도로를 멋진 가로수 길로 만들어 주었다. 12월의 밤, 차가운 환한 달빛 아래, 갓 일구어 놓은 밭들이, 어떤 바람 소리도 잠재울 것 같은 솜이불처럼 뿌옇게 길 양쪽으로 넓게 펼쳐져 있었다. 멀리서, 희미하게 들려오는 비요른 강물 소리만이 들판의 깊은 정적을 잔잔히 흔들어 댔다.

아이들이 가로수 길을 내려가자, 미에트의 생각은 그들이 방금 지나쳤던 자스·메프랑으로 돌아갔다.

"오늘 밤은 빠져나오기가 너무 힘들었어." 그녀가 말했다. "고모부가 나를 내보낼 생각을 안 했어. 지하 저장실에 들어가서 나오질 않았어. 거기에 돈을 파묻고 있었던 것 같아. 오늘 아침, 일어날 사태 때문에 무척 겁먹은 것 같았어." 실베르는 더 다정하게 소녀를 안았다.

"용기를 내." 그가 대답했다. "우리가 낮에도 자유롭게 만날 때가 올 테니…… 슬퍼하지 마."

"오!" 소녀가 고개를 가로저으면서 대답했다. "너, 너는 희망이 있구나……. 나는 정말로 슬픈 날들이 많아. 험한 일 때문에 괴로운 게 아니야. 오히려 고모부가 나를 엄하게 대하고 그가 시키는 일 때문에 행복할 때가 많아. 나를 농부로 만들려는 것이니 그가 맞아. 어쩜 나는 잘못될 수 있었을 거야. 그래, 실베르, 나를 저주받은 아이로 생각한 때가 있었어. 그래서 죽고 싶었지…… 너도 아는 그것을 생각하고 있지……."

이 말을 하면서, 흐느끼느라 아이의 목이 메었다. 실베르는 몹시 거친 말투로 그녀의 말을 막았다.

"그만!" 그가 말했다. "그런 건 생각 않기로 약속했잖아. 네가 저지른 잘못도 아니잖아."

그러고는 더 부드러운 말투로 덧붙였다.

"우리는 서로 사랑하고 있잖아? 우리가 결혼하면, 너는 더는 불행하게 살지 않을 거야."

"알아." 미에트가 작은 소리로 말했다. "너는 착하고, 나를 도와주지. 그런데 어쩌라고? 나는 두려워. 때때로 분노가 치밀어. 사람들이 부당하게 나에게 덮어씌운 것 같아. 그래서 나도 고약해지고 싶어. 나는 너한테만 마음을 털어놓지. 사람들이 내 앞에서 아버지 이름을 들먹일 때마다 온몸이 불에 덴 듯 아파. 내가 지나갈 때 사내애들이 소리 질러. 이야! 샹트그레유 딸! 그러면 나는 폭발할 것 같아. 개들을 잡아 패 주고 싶어."

그리고 잠시 씩씩거리다가 그녀가 다시 말했다.

"너는 남자니까, 총을 쏘겠지…… 정말 좋겠다."

실베르는 그녀가 말하도록 가만있었다. 몇 걸음을 걸은 후, 그가 슬픈 목소리로 말했다.

"미에트, 네가 틀렸어. 너의 분노는 잘못된 거야. 법에 대항해서는 안 돼. 나는 우리 모두의 권리를 위해 싸우려는 거야. 나는 갚아야 할 복수 같은 것은 전혀 없어."

"상관없어." 소녀가 계속 말했다. "나는 남자이고 싶고, 총을 쏘고 싶어. 그게 나한테 도움이 될 것 같아."

실베르가 침묵하자, 그녀는 그의 기분을 언짢게 했다는 것을 깨달았다. 그녀의 흥분이 바로 가라앉았다. 그녀는 애원조로 더듬거리며 말했다.

"나한테 화난 것 아니지? 내가 슬퍼지고 그런 생각 하게 된 것은 네가 떠나서 그런 거야. 네가 옳다는 것 잘 알지, 또 내가 겸손해야 하는 것도……."

그녀가 울기 시작했다. 실베르는 마음이 찡해져, 그녀의 두 손을 잡고 입을 맞추었다.

"자." 그가 다정하게 말했다. "화냈다가 금방 우는 거 보면 아이 같아. 잘 판단해야 해. 너를 나무라는 게 아니야…… 더 행복해진 너를 보고 싶을 뿐이야. 그건 아주 많이, 너한테 달려 있어."

미에트가 좀 전에 매우 고통스럽게 기억을 떠올린 그 기막힌 이야기는 연인들을 얼마 동안 몹시 슬프게 했다. 그들은 머리를 숙인 채, 자신들의 생각으로 혼란스러운 마음으로, 계속 걸었다. 잠시 후, 실베르가 물었다.

"내가 너보다 훨씬 더 행복하다고 생각해? 할머니가 나를 거두어 키워 주지 않았다면 내가 어떻게 되었을 것 같아? 앙투안 삼촌만 빼고, 나처럼 노동자이고 나에게 공화국을 사랑하도록 가르치신 분이지, 다른 모든 친척은 내가 그들 가까이 지나가기만 해도, 자기들 체면이 깎일까 봐 겁내는 것 같아."

그는 활기를 띠며 말했다. 그러고는 길 한가운데서 멈추더니 미에트를 붙잡았다.

"하느님께 맹세컨대!" 그가 계속했다. "나는 누구도 부러워하지도, 증오하지도 않아. 그러나 우리가 승리하면, 잘 차려입은 그 사람들에게 그들의 행동에 대해 솔직히 다 말해 주어야 할 거야. 거기에 대해 자세하게 아는 사람이 바로 앙투안 삼촌이야. 우리가 돌아오면 너도 알게 될 거야. 우리는 모두 자유롭고 행복하게 살아갈 거야."

미에트는 그를 다정하게 이끌었다. 그들은 다시 걷기 시작했다.

"너는 정말 좋아하는구나, 네 공화국을." 소녀는 농담하듯이 말했다. "나도 그만큼 좋아해?"

그녀는 웃고 있었지만, 그녀의 웃음 속에는 일말의 씁쓸함이 배어 있었다. 그녀는 어쩌면 실베르가 저항 운동에 합류하기 위해 그녀를 너무 쉽게 떠나는 게 아닌가 생각하고 있었다. 젊은이는 엄숙한 투로 대답했다.

"너는, 너야말로 내 아내지. 나는 너에게 내 온 마음을 주었어. 그래, 내가 너를 사랑하기 때문에, 공화국을 사랑하는 거야. 우리가 결혼하면, 우리는 많이 행복해야 돼. 내일 아침 너를 떠나는 것은 바로 그런 행복을 위한 거지……. 나더러 집에 남아 있으라고는 하지 않을 거지?"

"그럼, 당연하지." 소녀가 활발하게 외쳤다. "남자는 강해야 해. 아름다워, 용기란! ……내가 질투한 것 용서해 줘. 나도 너처럼 강해지고 싶어. 그래도, 나를 훨씬 더 많이 사랑할 거지, 그렇지?"

그녀는 잠시 침묵하다가 매혹적일 정도로 쾌활하고 천진난만하게 덧붙였다.

"아! 네가 돌아오면, 나는 기꺼이 너에게 입 맞출 거야!"

사랑스럽고 용기 있는 그런 마음의 소리에 실베르는 깊이 감동했다. 그는 미에트를 안고 여러 번 그녀의 뺨에 입을 맞추었다. 소녀는 웃으면서 살짝 밀어냈다. 그녀의 두 눈 가득히 감동의 눈물이 차올랐다.

연인들 주위로, 들판은 온통 적막한 한기 속에 여전히 잠들어 있었다. 그들은 언덕 중간까지 왔다. 거기서 왼쪽으로 꽤 높은 언덕이 있는데, 꼭대기에는 폐허가 된 물레방앗간을 달이 하얗게 비추고 있었다. 탑만 한쪽이 완전히 무너진 채 남아 있었다. 그곳이 두 젊은이가 가기로 한 산책의 목적지였다. 도성 밖에서부터, 그들은 자신들이 가로지른 들판에 눈길조차 주지 않고, 곧장 걸어왔다. 실베르가 미에트의 뺨에 입을 맞추고, 머리를 들었다. 그는 물레방앗간을 알아보았다.

"많이도 걸어왔군!" 그가 외쳤다. "여기 방앗간이야. 거의 아홉 시 반이 된 것 같은데, 돌아가야겠다."

미에트는 싫은 낯을 했다.

"좀 더 걷자." 그녀가 간절히 원했다. "몇 걸음만, 저기 작은 샛길까지…… 정말로 딱 저기까지만."

실베르는 미소 지으며, 그녀의 허리를 다시 안았다. 그들은 언덕을 내려가기 시작했다. 그들은 이제 보는 눈이 두렵지 않았다. 마지막 집들을 지나온 후, 사람이라곤 그림자조차 보이지 않았다. 그래도 그들은 여전히 커다란 망토 속에 꼭꼭 싸여 있었다. 공동의 옷인 망토는, 그들의 사랑의 보금자리 그 자체였다. 그 망토는 그들의 수많은 행복한 밤 동안 그들을 숨겨 주지 않았는가! 그들이 서로 꼭 붙어서 걸을 때, 드넓은 평원 속에서 아주 작고, 완전히 고립된 자신들을 느꼈을 것이다. 오로지 하나가 된다는 것, 그것이 그들을 안심시켰고 그들을 성장시켰다. 그들은, 인간적 사랑을 짓누르는 무심한 드넓은 지평선의 위협은 느끼지 못한 채, 망토의 여민 부분 사이로, 길 양쪽에 펼쳐진 들판을 바라보았다. 두 사람에게는 그들과 함께 그들의 집을 갖고 가는 것 같았고, 창문을 통해 보듯이 들판을 보며 좋아했고, 평온한 적막, 고요히 펼쳐진 달빛, 겨울과 밤의 수의(壽衣) 아래 흐릿하게 보이는 자연의 끝자락을, 계곡 전부를 사랑했고, 그들을 매료시켜도 서로 꼭 껴안은 그들의 사랑을 헤치고 들어갈 정도는 아니었다.

게다가 그들은 대화를 이어 갈 필요도 없었다. 그들은 다른 이들에 대해 더는 말하지 않았고, 자신들에 대해서도 말하지 않았다. 그들에게 중요한 것은 바로 그 순간뿐이었다. 번갈아 서로의 손을 꼭 쥐거나, 어떤 풍경에 감탄하거나, 드문드문 몇 마디 하면서, 서로의 따뜻한 체온에 나른해진 듯 서로의 말이 잘 들리지도 않았다. 실베르는 공화파로서의 열정을 잊었다. 미에트도 자신의 연인이 한 시간 뒤에, 오랫동안 어쩌면 영원히 떠나야 한다는 것도 더는 생각나지 않았다. 그렇게 평상시처럼, 어떤 작별 인사도 그들 데이트의 평화를 깨뜨리지 않았고, 그들은 사랑의 황홀경 속에 잠겨 있었다.

그들은 계속 걸었다. 그리고 미에트가 말했던 작은 샛길에, 비요른강 가에 자리 잡은 작은 촌락으로 이어지는 좁은 골목길 끝, 들판으로 접어드는 길에, 바로 도착했다. 그러나 그들은 멈추지 않고, 그 이상 더 가지 않기로 약속했던 샛길을 보지 못한 양, 계속 내려갔다. 얼마 동안 조금 더 내려가서야 실베르가 속삭였다.

"정말로 늦겠어. 너도 지치게 될 거야."

"아니, 정말로, 지치지 않아." 소녀가 대답했다. "이렇게 몇십 리도 더 걸을 수 있어."

그리고 살짝 어리광 섞인 목소리로 덧붙였다.

"어때? 생트클레르 초원까지 내려가자…… 정말로 거기까지만 갔다가, 되돌아오자."

좌우로 규칙적으로 흔들리는 소녀의 걸음걸이에, 실베르는 두 눈을 뜬 채, 서서히 잠에 빠지고 있던 터라, 반대하지 않았다. 그들은 다시 그들만의 무아지경에 빠졌다. 그들은 언덕을 되올라가야 하는 순간이 두려워, 발걸음을 늦추며 나아갔다. 앞으로 걸어가는 동안은, 그들을 서로 이어 주는 포옹이 영원히 계속되는 가운데 걸어가는 것 같았다. 돌아오는 길은 이별, 잔인한 작별이었다.

차츰, 길의 경사가 완만해졌다. 계곡 아래쪽은 초지였고, 이어 나타나는 낮은 언덕들을 따라, 반대쪽으로 흐르는 비요른강까지 펼쳐져 있었다. 대로와는 산울타리로 분리된 이 초지가 생트클레르 초원이다.

"와!" 이번에는 넓게 펼쳐진 풀밭을 본 실베르가 외쳤다. "다리까지 가 보자."

미에트가 생기발랄한 웃음을 터뜨렸다. 그녀는 젊은이의 목을 껴안고 요란스레 입을 맞추었다.

산울타리가 시작되는 곳에, 나무가 심어진 긴 가로수 길은, 다른 나무보다 훨씬 더 큰 두 거목, 두 그루의 느릅나무로 끝나고 있었다. 땅은 도로와 같은 높이로, 아무것도 없이, 넓은 초록색 양모 띠처럼, 강가 버드나무와 자작나무까지 펼쳐져 있었다. 마지막 느릅나무들에서 다리까지는 3백 미터쯤 되었다. 연인들은 이 거리를 가는 데 족히 15분이나 걸렸다. 아주 천천히 걸었음에도 결국 다리 위까지 왔다. 그들은 멈추었다.

그들 앞에, 계곡 반대쪽 비탈에 니스로의 오르막길이 보였다. 그러나 니스로가, 다리에서 5백 미터쯤에서 갑자기 꺾여 나무가 우거진 언덕 사이로 사라지는 바람에, 그들은 그 끝만 조금 볼 수 있었다. 되돌아오면서, 그들은 방금 지나갔던 니스로의 다른 쪽 끝을 보았다. 그 길은 플라상에서 비요른강까지 똑바로 나 있었다. 겨울의 밝고 아름다운 달빛 아래, 그 길은 긴 은빛 리본 같았고 죽 늘어선 느릅나무들이 양쪽 가장자리를 짙게 두른 듯했다. 오른쪽과 왼쪽으로, 구릉의 갈아 놓은 땅들은 희미한 넓은 회색 바다 같고, 리본 같은 도로, 서리가 하얗게 낀, 금속처럼 빛나는 도로로 갈라져 있었다. 그 위로, 지평선 가까이에, 도성 밖 불 켜진 몇몇 창문들이 밝은 별처럼 빛났다. 미에트와 실베르는 한 걸음씩 걷다 보니, 아주 멀리까지 와 있었다. 그들은 지나왔던 길을, 하늘까지 올라가는 거대한 원형 극장을, 엄청난 폭포처럼 쏟아지는 푸르스름한 달빛을 가득 받은 모습을, 말없이 감탄하며 바라보았다. 그 놀라운 무대는, 그 엄청난 절정은 죽음 같은 적막과 침묵 속에 우뚝 서 있었다. 그보다 더한 위용은 없었다.

그 후 젊은이들은 다리 난간에 가서 기대어, 발밑을 내려다보았다. 비로 불어난 비요른강이, 그들 밑에서, 끊임없이 둔탁한 소리를 내며 흘러갔다. 상류와 하류에, 유난히 어두운 움푹한 곳 속에서, 그들은 강변에 자라고 있는 나무들의 검은 윤곽을 알아보았다. 여기저기, 달빛이 스며들어, 물 위에, 활기찬 동물의 비늘에 반사되는 햇빛처럼 반짝이며 부산스레 움직이는, 긴 쉿물 띠를 만들어 냈다. 그 빛들은 회색빛 급류를 따라, 희미한 유령처럼 보이는 나뭇잎들 사이로, 묘하게 사람을 매료시키며 흘러갔다. 마법에 걸린 계곡 같고, 어둠과 빛이 한데 어우러져 별다른 삶을 살고 있는 경이로운 은둔처 같았다.

연인들은 강의 이쪽을 아주 잘 알았다. 7월의 더운 밤이면, 그들은 시원한 곳을 찾아 거기로 내려오곤 했다. 오른쪽 강가에, 늘어진 버드나무 가지 속에 숨어, 생트클레르 초원의 잔디밭이 강가까지 펼쳐지는 그곳에서 한참을 보내곤 했다. 그들은 강변의 작게 굽이진 곳도 다 기억하고 있었다. 실개천처럼 좁아진, 비요른강을 건너갈 때 뛰어넘기에 좋은 디딤돌이 있는 곳이며, 그들의 사랑에 대해 꿈에 부푼 시간을 보냈던 풀이 우거진 구석이며. 미에트는, 다리 위에서, 급류의 우안(右岸)을 그리워하는 눈빛으로 바라보았다.

"좀 더 따뜻한 날씨라면……." 그녀가 한숨을 쉬었다. "언덕을 되올라가기 전에, 내려가 잠깐 쉬었을 텐데……."

그리고 잠시 말이 없다가, 계속 비요른 강가를 응시하면서 그녀가 다시 말했다.

"실베르, 봐 봐. 저 아래, 수문 앞에, 저 검은 더미…… 생각나? ……우리가 지난 성체 축일 날 앉아 있던 덤불이잖아."

"그래, 그 덤불이네." 실베르가 나직이 대답했다

그들이 용기를 내어 서로의 뺨에 입 맞추었던, 바로 그곳이었다. 소녀가 상기시킨 그 기억은 두 사람 모두에게 감미로움을, 지난날의 즐거움과 내일의 희망이 뒤섞인 그런 감정을 느끼게 해 주었다. 그들에게, 섬광에 스치듯, 함께 보낸 멋진 밤들, 특히 성체 축일 날 밤이 보였고, 그날의 세세한 부분들, 따뜻한 넓은 하늘, 비요른강의 버드나무가 선사한 상쾌함, 그들이 나눈 달콤한 말들이 모두 떠올랐다. 과거의 일들이 달콤하게 떠오른 동시에, 미지의 미래를, 그들이 꿈을 이룬 모습을, 그들이 방금 대로를 걸으며 했던 것처럼, 하나의 망토로 따뜻하게 감싸듯, 서로의 팔짱을 끼고 삶을 살아가는 모습을 본 듯했다. 그래서 그들은 다시 기쁨에 넘쳐, 서로의 눈을 마주 보며, 서로에게 미소 지으며, 조용한 빛 속에 고즈넉이 잠겨 있었다.

갑자기 실베르가 머리를 들었다. 그는 망토 자락을 걷고 귀를 기울였다. 미에트도 놀라서, 그가 왜 그렇게 재빨리 그녀와 떨어지는 이유를 알지 못했지만, 그를 따라 했다.

조금 전부터, 어수선한 소리가, 시야에서 사라진 니스로의 양쪽 언덕 뒤에서 들려왔다. 그 소리는 마치 멀리서 들리는, 덜컥거리는 마차 대열 소리 같았다. 게다가 비요른강의 요란한 물소리와 뒤섞여 무슨 소리인지 더 알기 힘들었다. 그러나 점차 그 소리가 뚜렷해지면서, 행진하는 군대의 발소리처럼 들렸다. 그 뒤로 점점 크게 들리는 지속적인 굉음 속에서 박자가 있고 규칙적인 리듬이 있는 이상한 폭풍 소리 같은 군중의 함성이 분명히 들려왔다. 가까이 온 것만으로도 잠든 대기를 흔들어 놓는 폭풍, 곧바로 닥칠 폭풍을 알리는 벼락 같았다. 실베르는 귀를 기울였으나, 가로막힌 언덕 때문에 그에게까지 소리가 미치지 않아 폭풍처럼 우르릉거리는 소리들을 제대로 알아들을 수 없었다. 갑자기 검은 무리가 꺾인 길에서 나타났다. 「라 마르세예즈」가, 격렬한 복수에 찬 노래가 어마어마하게 터져 나왔다.

"그들이야!" 실베르가 솟구치는 기쁨과 열광 속에서 외쳤다.

그는 미에트를 이끌고, 언덕을 올라가면서, 달리기 시작했다. 그리고 소녀와 함께, 파도처럼 밀려오며 포효하는 군중에 휩쓸리지 않도록, 도로 왼쪽, 푸른 떡갈나무가 심어진 비탈로 기어 올라갔다.

그들이 비탈 위, 어두운 잡목 숲에 다다랐을 때, 아이는 약간 창백한 얼굴로 그 사람들을 슬프게 바라보았다. 멀리서 들려오는 그들의 노래는 실베르를 그녀의 품에서 빼앗아 가기에 충분했다. 무리 전체가 그와 그녀 사이를 밀치고 들어오는 것만 같았다. 그들은 바로 조금 전까지 얼마나 행복했었던가. 아주 단단하게 하나로 일치되었고, 고요한 천지와 은은한 달빛 속에서 단둘뿐인 딴 세상에 있지 않았던가! 지금 실베르는, 머리를 돌린 채, 그녀가 거기 있다는 것도 잊어버린 듯, 그가 동지라고 불렀던 낯선 사람들에게 시선이 꽂혀 있었다.

그 무리는 무적의 놀라운 기세로 밀고 내려왔다. 죽은 듯 고요하고 냉랭한 지평선 안으로 수천 명 남자의 생각지도 못한 출현보다 더 치명적으로 장엄한 장면은 없을 것이다. 도로는 급류가 되어, 거침없이 흐르는 물결처럼 사람들이 밀려왔다. 꺾인 길에서, 또 다른 검은 무리가 연이어 나타났고, 그들의 노랫소리는 점점 더 인간 폭풍의 으르릉대는 소리로 커졌다. 마지막 무리까지 나타났을 때는, 귀가 먹먹할 정도의 굉음이 되었다.「라 마르세예즈」가 하늘 가득 울려 퍼졌고, 마치 거대한 입들이 거대한 나팔을 불어 대는 것처럼, 계곡 사방에, 진동하는, 관악기의 쨍쨍한 소리였다. 그러자 잠들었던 들판이 화들짝 깨어났다. 들판 전체가, 북채로 두들기는 북처럼, 부르르 떨었다. 땅속 가장 깊은 곳까지 흔들렸고, 사방에서 애국가의 격렬한 곡조가 메아리가 되어 들려왔다. 이제는 그 무리만의 노래가 아니었다. 지평선 구석구석, 먼 곳의 바위들, 경작지, 초원, 작은 숲, 아주 작은 덤불숲에서도, 인간의 목소리가 흘러나오는 듯했다. 강에서부터 플라상까지 올라가며 넓어지는 원형 극장, 푸르스름한 달빛이 쏟아지는 거대한 폭포, 모두 저항군을 환호하는 보이지 않는 수많은 군중으로 가득 차 있는 것 같았다. 비요른강의 으슥한 곳들 깊숙이에는, 쇳물처럼 신비롭게 반사하며 물결치는 강을 따라, 모든 어두운 구석마다, 숨어 있던 사람들이 더 크게 분노하며 후렴을 따라 부르는 것 같았다. 대기와 땅이 진동하는 가운데, 들판은 복수와 자유를 외치고 있었다. 작은 군대 하나가 언덕을 내려온 만큼, 군중의 포효는 갑작스러운 굉음을 실은 음파처럼 전해지면서, 길의 돌멩이에도 진동이 느껴졌다.

실베르는 감동으로 얼굴이 하얘져, 귀를 기울이며 계속 지켜보았다. 선두에 서서 행진하던 저항군은, 복작거리며 시끄럽게 흘러가는 무리를, 어둠 속에서 전혀 분간이 안 되는 무리를 이끌고, 빠른 걸음으로 다리를 향해 가고 있었다.

"너희가 플라상을 지나가지 않을 줄 알았는데?" 미에트가 작은 소리로 말했다.

"작전 계획이 바뀌었을 수도 있어." 실베르가 대답했다. "실제로는 플라상과 오르셰르를 왼쪽으로 끼고, 툴롱로(路)를 지나 도청으로 향해야 했어. 저 사람들은 오늘 오후에 알부아즈를 떠나서 오늘 밤에 튈레트로 가야 하는 거지."

대열의 선두가 두 아이 앞에 이르렀다. 작은 군대지만 훈련받지 않은 무리라고 보기에는 그런대로 질서가 잡혀 있었다. 각 시, 각 읍에서 임시로 구성된 소집병들이 부대를 형성하고, 각 부대끼리 몇 걸음 거리를 두고 행진했다. 부대들은 그들 대장의 말을 따르는 것 같았다. 게다가 지금 언덕 비탈길에서 그들을 뛰게 했던 그 기세는 그들을 불굴의 힘을 가진 단단하고 굳건한 무리로 보이게 했다. 거기에는 거센 분노에 이끌려 단번에 모인 대략 3천 명의 남자들이 있었다. 경사가 높은 비탈길 때문에 도로를 따라 짙은 그림자가 드리워져 있어, 현장의 별다른 점들은 세세히 보이지 않았다. 그렇지만 미에트와 실베르가 몸을 숨긴 덤불숲에서 대여섯 발자국 정도 거리에, 비요른강을 따라 오솔길을 내기 위해 왼쪽 비탈길이 낮아지는 바람에, 달이 그 틈으로 들어와 아주 넓게 도로를 비추어 주었다. 첫 번째 저항군이 그 빛 속으로 들어오자 그들은 갑자기 자신들이 밝은 빛으로 환해졌음을 보았다. 새하얀 달빛으로 얼굴과 복장의 세세한 윤곽이 기이하리만큼 선명하게 드러났다. 소집병들이 열을 지어 행진해 올수록, 두 아이도 바로 앞에서, 성난 얼굴의 그들을, 끝없이 되살아나면서, 어둠 속에서 갑자기 튀어나오는 그들을 보았다.

빛 속으로 들어온 첫 번째 남자들을 보자, 미에트는 눈에 띄지 않는 곳에, 안전하게 있다고 느끼면서도, 본능적으로 실베르에게 바짝 다가갔다. 그녀는 젊은이의 목을 껴안고 그의 어깨에 머리를 기댔다. 망토 두건 속의 얼굴은 창백했고, 그녀는 선 채로, 네모난 빛을 응시했다. 그 빛 속으로, 열광으로 변모된, 너무나 낯설어 보이는 얼굴들이, 크게 벌린 검은 입들로, 복수의 외침인 「라 마르세예즈」를 부르며, 빠르게 통과했다.

그녀는 자기 옆에서 실베르가 떨고 있음을 느꼈는데, 그는 그녀의 귀에 몸을 기울이고 몇몇 소집병들이 나타날 때 그들 이름을 알려 주었다.

대열은 한 줄에 여덟 명씩 행진하고 있었다. 선두에는 각진 얼굴의, 헤라클레스처럼 힘세 보이고, 거인들의 순진한 믿음을 보여 주는 듯한, 키가 큰 건장한 남자들이 섰다. 공화국은 그들의 모습에서 맹목적이고 용감한 수호자를 보았음이 분명했다. 그들은 어깨 위에 커다란 도끼를 짊어졌는데, 새로 간 도끼날이 달빛을 받아 번쩍였다.

"세유 숲의 벌목꾼들이야." 실베르가 말했다. "그들로 공병 부대를 만들었어……. 그들 대장의 신호 한 번이면, 이 사람들은 파리까지 가서, 도끼로 성문들을 부술걸…… 산속의 오래된 코르크나무를 쓰러뜨리듯이……."

젊은이는 동지들의 커다란 주먹에 대해 자랑스레 말했다. 벌목꾼 뒤로, 거친 수염과 햇볕에 그을린 노동자들과 남자들 무리가 오는 것을 보며, 그가 계속했다.

"라 팔뤼의 소집병이야. 제일 먼저 봉기에 나선 마을이지. 작업복을 입은 이들은 코르크나무를 작업하는 노동자들이고, 나머지 벨벳 상의를 입은 사람들은 세유 협곡에 사는 사냥꾼과 숯장수들이 분명해. 미에트, 사냥꾼들은 네 아버지를 잘 알고 있어. 그들은 능숙하게 다루는 좋은 무기들을 갖고 있어. 아! 모두

저 정도로 무장만 되었어도! 소총이 부족하거든. 봐, 노동자들은 몽둥이밖에 없어.”

미에트는 말없이 바라보며, 듣고 있었다. 실베르가 그녀의 아버지에 대해 말하자, 그녀의 뺨이 급격히 뻘겋게 달아올랐다. 화끈거리는 얼굴로, 그녀는 분노와 묘한 동정심이 어린 표정으로 사냥꾼들을 주의 깊게 바라보았다. 그때부터 그녀는 열광적인 저항군의 노래에 전율을 일으키며 조금씩 흥분되는 것 같았다.

좀 전에 「라 마르세예즈」를 다시 부르기 시작한 대열은, 미스트랄의 매서운 바람에 쫓기는 듯, 연이어 내려왔다. 라 팔뤼 사람들에 이어 또 다른 노동자 부대가 뒤따랐고, 그들 중에는 짤막한 외투를 입은 중산층도 상당수 보였다.

“저들은 생마르탱드보 사람들이야.” 실베르가 다시 말했다. “이 마을도 라 팔뤼와 거의 동시에 봉기했어…… 주인들도 노동자들과 합류했어. 저기 부자들이 있어, 미에트, 집에 머물면서 편히 살 수 있는 부자들인데도 자유를 수호하기 위해 자신들 목숨을 거는 거야. 이 부자들을 사랑해야겠지……. 무기는 여전히 부족해. 겨우 사냥총 몇 개야……. 미에트, 왼쪽 팔꿈치에 빨간 천으로 완장을 찬 사람들 보이지? 그들이 대장이야.”

그러나 실베르는 다 따라잡지 못했다. 그의 말보다 더 빨리, 소집병들이 언덕을 내려오고 있었다. 그가 아직 생마르탱드보 사람들에 대해 말하는 중인데, 두 부대가, 벌써 도로를 하얗게 밝히는 빛살 속을 통과해 버렸다.

"봤어?" 그가 물었다. "알부아즈와 튈레트의 저항군이 방금 지나갔어. 대장장이 뷔르가를 알아보았어……. 저 사람들은 오늘에나 우리와 합류하는 거였는데…… 정말 빨리도 달려왔네!"

미에트는 젊은이가 가리키는 소부대들을 더 오래 볼 수 있도록 몸을 구부렸다. 그녀를 엄습한 전율이 가슴으로 올라왔고 그녀의 목을 옥죄었다. 바로 그때 다른 부대보다 수도 더 많고 더 질서 정연한 부대가 나타났다. 그 부대의 저항군은 거의 모두 푸른색 작업복을 입었고, 허리에 붉은 허리띠를 매고 있었다. 그들이 군복을 갖춰 입었다고 생각할 정도였다. 그들 가운데 말을 타고 칼을 찬 남자가 행진하고 있었다. 급조된 이 병사들 대부분이 소총, 카빈총이나 국민병의 구식 보병총으로 무장하고 있었다.

"저기 저 사람들은 잘 모르겠네." 실베르가 말했다. "말 탄 사람은 전에 들은 적이 있는 대장이 분명해. 그는 파브롤과 이웃 마을들의 소집병을 함께 데리고 왔어. 전 대열이 저렇게 무장해야 할 텐데."

그는 숨 돌릴 겨를도 없었다.

"아! 저기 농촌 사람들이다!" 그가 외쳤다.

파브롤 사람들 뒤로, 기껏해야 열에서 스무 명 정도의 소그룹이 진군하고 있었다. 모두 남부 지방 농부들의 짧은 윗도리를 입고 있었다. 그들은 노래하면서 쇠스랑과 낫을 휘둘렀다. 몇몇은 커다란 삽밖에 없었다. 촌락마다 자신들의 건장한 인물들을 파견했다.

실베르는 대장에 따라 무리를 알아보았고, 그들을 열띤 목소리로 열거했다.

"샤바노즈의 소집병!" 그가 말했다. "여덟 명뿐이지만, 강한 사람들이지. 앙투안 삼촌이 그들을 알아……. 저기는 나제르이고! 또 저기는 푸졸! 모두 다 있네, 한 사람도 빠지지 않았어……. 발케라야! 아니, 신부님도 계시네. 저분에 대해 들었어. 훌륭한 공화파라고."

그는 열광했다. 지금은 각 부대가 서너 명의 저항군밖에 없었지만, 그는 그들의 이름을 급히 말해야 했고, 그런 급함 때문에 그는 무척 흥분해 보였다.

"아! 미에트." 그가 계속했다. "너무 멋진 행진이야! 로장! 베르누! 코르비예르! 아직 더 있어, 너도 보게 될 거야……. 저들은 낫밖에 없어. 하지만 초원의 풀을 짧게 쳐내듯 군대를 쓰러뜨릴걸……. 생튀롭! 마제! 레가르드! 마르산! 세유강 북쪽 측면 전부 다 왔어! 자, 우리가 승리할 거야! 온 나라가 우리 편이야. 저 남자들의 팔을 좀 봐, 강철처럼 단단하고 까맣잖아……. 끝이 없네. 저기는 프뤼나! 레 로슈누아르! 저 사람들, 저 끝이 밀수업자들이야! 저들은 카빈총이 있어……. 여전히 낫하고 쇠스랑이네. 농촌 소집병들이 계속 이어지고 있어. 카스텔비으! 생탄! 그라유! 에스투르멜! 뮈르다랑!"

그리고 그 사람들을 가리킬수록 어떤 회오리바람에 휩싸인 듯, 그는 감동에 겨운 목멘 소리로, 사람들을 열거하기를 마쳤다. 허리를 쭉 펴고, 붉게 달아오른 얼굴로 그는 소집병들을 긴장한 듯한 손짓으로 가리켰다. 미에트는 그의 손짓을 따라갔다. 마치 낭떠러지의 깊은 곳에 끌리듯, 그녀의 몸이 도로 아래쪽으로 끌려 당겨지는 것을 느꼈다. 그녀는 비탈을 따라 미끄러지지 않으려고, 젊은이의 목을 꼭 붙들었다. 소음, 용기, 믿음으로 취한 군중으로부터 이상한 취기가 올라왔다. 달빛 속에서 언뜻 보이는 사람들, 청소년들, 성인들, 엉뚱한 무기를 휘두르고 있는 노인들, 노동자 작업복에서부터 부유층의 연미복까지 너무나 다양한 의상으로 차려입은 사람들. 끝없는 얼굴들의 행렬, 그 시간과 그 상황은 힘과 광적인 황홀감을 지닌 잊을 수 없는 얼굴들을 만들어 냈고, 급기야 소녀의 눈앞에서 현기증을 불러일으키는 격렬한 급류처럼 나타났다. 어떤 때는, 그들이 더는 걷고 있지 않고, 「라 마르세예즈」에 휩쓸려, 엄청난 울림을 가진 그 시끌벅적한 노래를 타고 떠내려가는 것 같았다. 가사를 알아들을 수 없는 데다, 웅웅대는 낮은음에서, 변덕스럽게, 그녀의 살에 박히는 송곳 같은 날카로운 음으로 가곤 하는 노래에서, 그녀는 연속적인 굉음만 들렸다. 항거의 포효, 투쟁과 죽음으로 부르는 그 소리는, 그 안에 담긴 분노로 흔들리면서, 자유에 대한 불타는 듯한 열망과, 학살과 숭고한 도약이 놀랍게 섞이면서 그녀의 마음을 끊임없이 두들기며, 리듬이 격해질 때마다 더 깊게, 채찍을 맞아도 웃으며 다시 일어서는 순교자 처녀의 달콤한 공포 같은 것이 그녀의 마음에 들어왔다. 군중은 여전히 소리 내며 흐르는 물결을 따라 흘러갔다. 행렬은 겨우 몇 분간 지속되었지만, 그 아이들에게는 절대로 끝나지 않을 것처럼 보였다.

미에트가 아이인 것은 분명했다. 무리가 가까이 올수록, 그녀의 얼굴은 창백해졌고, 날아가 버린 그녀의 사랑을 슬퍼했다. 그러나 그녀는 용기 있는 아이였고, 열정에 쉽게 고무되는 뜨거운 기질의 아이였다. 그래서 그녀를 점차 사로잡은 감동은, 그녀를 완전히 뒤흔들어 놓았다. 그녀는 소년이 되었다. 그녀는 기꺼이 무기를 들고 저항군들을 따랐다. 소총과 낫들이 행진할수록 그녀의 하얀 이들은, 물어뜯고 싶어 하는 어린 늑대의 이빨처럼, 더 길고 더 뾰족하게 그녀의 붉은 입술 사이에서 모습을 드러냈다. 점점 더 빠른 목소리로 농촌의 소집병들을 열거하는 실베르의 목소리가 들렸을 때, 그녀는 젊은이의 한마디 한마디에, 대열의 속도에 더 가속이 붙는 것 같았다. 곧바로 모두가 쓸려 가 버렸고, 폭풍에 휩쓸려 간 수많은 사람들이었다. 모든 것이 그녀 앞에서 빙빙 돌기 시작했다. 그녀는 두 눈을 감았다. 뜨거운 굵은 눈물이 그녀의 두 뺨 위로 흘러내렸다.

실베르 역시, 눈가에 눈물이 맺혔다.

"어제 오후에 플라상을 떠났던 사람들이 보이지 않아." 그가 중얼거렸다.

그는 아직 어둠 속에 있는 대열의 끝을 자세히 보려고 애썼다. 그런 다음 승리의 기쁨에 차 외쳤다.

"아! 그들이 저기 있어! ……깃발을 들고 있어. 그들에게 깃발을 맡겼어!"

그는 자기 동료들과 합류하려고 비탈에서 뛰어 내려가려 했다. 그런데 바로 그때 저항군이 멈추었다. 행렬을 따라 명령이 전달되었다. 「라 마르세예즈」가 마지막으로 웅웅거리다가 사라지자, 아직도 물결처럼 일렁이는, 군중의 어수선한 웅성거림밖에 들리지 않았다. 귀를 기울이던 실베르는 소집병들이 전달받은 명령이, 플라상 사람들을 무리 앞으로 불러낸 명령임을 이해할 수 있었다. 각 부대가 깃발이 지나가도록 도로변에 정렬하자, 젊은이는 미에트를 이끌고 비탈을 다시 오르기 시작했다.

"가자." 그가 그녀에게 말했다. "저들보다 먼저 다리 건너편에 가 있자."

두 아이는 맨 위쪽, 농경지에 들어선 후, 수문이 강물을 막고 있는 방앗간까지 달렸다. 거기에서, 그들은 방앗간 주인이 그곳에 던져 놓았던 나무판자에 올라타고 비요른강을 건넜다. 그다음 그들은 서로의 손을 맞잡은 채, 말 한마디 나누지 않고, 계속 달려 생트클레르 초원을 비스듬히 가로질렀다. 대열은 대로 위에 어두운 선을 만들어 냈고, 그들은 울타리를 따라 그 선을 좇아갔다. 산사나무들 사이에 틈들이 있었다. 실베르와 미에트는 그 틈 중 하나를 통해 도로 위로 뛰어올랐다.

길을 우회했음에도, 두 아이는 플라상 사람들과 동시에 도착했다. 실베르는 그들과 서너 차례 악수를 나누었다. 사람들은 그가 저항군의 새로운 행진 경로를 알아내서 그들을 만나러 왔다고 생각했음이 분명했다. 미에트는, 얼굴이 망토의 두건으로 반쯤 가려져 있어, 사람들이 호기심을 가지고 쳐다보았다.

"어, 샹트그레유 딸이구먼." 도성 밖 사람 중 누군가가 말했다. "자스·메프랑의 소작인 레뷔파의 조카네."

"너 어디에서 오는 거냐, 바람둥이 같으니라고." 또 다른 목소리가 외쳤다.

열정에 도취한 실베르는 자신의 연인이 몇몇 노동자들의 분명한 희롱 앞에서 짓게 될 어색한 낯빛을 생각하지 못했다. 미에트는 당황해서 도움과 구원을 간청하듯 그를 쳐다보았다. 그러나 그가 입을 열기도 전에 그 무리에서 새로운 목소리가 거침없이 튀어나왔다.

"저 아이 아버지는 감옥에 있어. 우리는 도둑질하고 살인한 놈의 딸이 우리와 함께하는 것은 원치 않아."

미에트의 얼굴이 무서울 정도로 창백해졌다.

"거짓말이에요." 그녀가 작은 소리로 말했다. "우리 아버지는 사람은 죽였어도, 훔치지는 않았어요."

실베르가 두 주먹을 불끈 쥐고, 그녀보다 더 하얗게 질려, 부들부들 떨었다.

"가만있어." 그녀가 다시 말했다. "이건 내 문제야……."

그리고 무리를 향해 몸을 돌리면서, 당당하게 다시 말했다.

"거짓말이에요, 거짓말하고 있잖아요! 우리 아버지는 그 누구에게서도 단 한 푼도 뺏은 적이 없어요. 아저씨도 잘 아시잖아요. 왜 아버지가 없는 곳에서 아버지를 욕하세요?"

그녀는 분노 속에서도 훌륭하게, 당당히 맞섰다. 그녀는 길들지 않은, 불같은 성격이지만, 살인에 대한 비난은 매우 차분하게 인정하는 것 같았다. 그러나 도둑질에 대한 비난은 그녀를 격분시켰다. 사람들도 그 점을 잘 알고 있었지만, 심술궂은 악의로 바로 그녀 앞에서 종종 이렇게 비아냥거리곤 했었다.

방금 그녀의 아버지를 도둑이라고 했던 남자는 자신은 오래전부터 들어 온 대로 읊었을 뿐이라고 둘러댔다. 아이의 격한 태도 앞에서 노동자들은 비웃었다. 실베르는 계속 두 주먹을 불끈 쥐고 있었다. 상황이 점점 악화되고 있을 때, 다시 행진하기를 기다리며, 도로변, 돌 더미 위에 앉아 있던 세유의 한 사냥꾼이 소녀를 도우러 왔다.

"꼬마 말이 맞아." 그가 말했다. "샹트그레유는 우리 동료였지. 나는 그와 알고 지냈어. 결단코 사람들은 그 사건을 제대로 보려 한 적이 없었지. 하지만 나는 그가 법정에서 말한 것이 진실임을 항상 믿었어. 그가, 사냥에서, 총으로 쏘아 죽인 헌병도 이미 카빈 총부리를 그에게 겨누고 있었던 게 틀림없었어. 자신을 방어해야지, 어떻게 하겠는가! 그런데 샹트그레유는 정직한 사람이었고, 샹트그레유는 훔치지 않았어."

그런 경우 종종 그러듯이, 그 밀렵꾼의 증언 덕분에 미에트를 옹호해 줄 다른 지지자들이 나타났다. 몇몇 노동자들도 샹트그레유를 잘 알고 있었다고 공언했다.

"그래, 그래, 정말이야." 그들이 말했다. "그는 도둑은 아니었어. 플라상에는 그 사람 대신 감옥에 보내야 할 몹쓸 놈들이 따로 있지……. 샹트그레유는 우리의 형제야. 자, 진정해라, 꼬맹이야."

미에트는 아버지에 대해 좋게 말하는 것을 정말이지 들어 본 적이 없었다. 보통 그녀 면전에서 그를 부랑자, 흉악범으로 취급했다. 이제서야 그녀는 그를 용서하는 말을 하고 그를 정직한 사람이라고 말해 주는 순박한 마음씨들을 만났다. 그러자 그녀는 눈물을 펑펑 흘렸고, 그녀의 목까지 차올랐던 「라 마르세예즈」의 감동을 다시 느끼며, 불행한 이들을 다독이는 이 따뜻한 사람들에게 감사할 방법을 찾았다. 남자처럼 그들과 모두 악수하려는 생각이 잠깐 들었었다. 그러나 그녀의 마음은 더 좋은 것을 찾아냈다. 그녀 옆에 깃발을 들고 있는 저항군이 서 있었다. 그녀는 깃발의 깃대에 손을 댔다. 그리고 감사하기 위해 간절한 목소리로 말했다.

"그것 제게 주세요, 제가 들고 갈게요."

노동자들은 단순한 사람들이어서, 그런 감사 표시의 꾸밈없는 숭고한 면을 이해했다.

"그렇지." 그들이 외쳤다. "샹트그레유 딸이 깃발을 들어야지."

한 벌목꾼이 그녀가 금방 지칠 것이라고, 멀리 가지 못할 것이라고 지적했다.

"아! 저는 튼튼해요." 그녀가 자신의 양 소매를 걷어 올리고, 벌써 다 큰 처녀의 팔뚝만큼이나 굵은, 통통한 두 팔을 보여 주면서 자랑스레 말했다.

사람들이 그녀에게 깃발을 내밀었다.

"잠깐만요." 그녀가 다시 말했다.

그녀는 자신의 망토를 급히 벗어, 붉은 안감이 있는 쪽으로 뒤집은 다음, 다시 입었다. 그러자 하얀 달빛 속에서, 발목까지 내려오는 넓은 자줏빛 망토를 두른 그녀가 나타났다. 그녀의 틀어 올린 머리에 걸쳐진 두건 때문에, 그녀가 프리지아 모자*를 쓴 것처럼 보였다. 그녀는 깃발을 들었고, 깃대를 가슴에 꼭 품고, 그녀 뒤에서 펄럭이는 핏빛 깃발 자락 속에서, 똑바로 섰다. 아이의 열정적인 얼굴이, 숱 많은 곱슬머리, 촉촉이 젖은 커다란 두 눈, 미소로 약간 벌어진 입과 함께, 살짝 하늘을 올려다볼 때, 강한 자부심이 열렬하게 드러났다. 그 순간, 그녀는 자유의 여신이었다.

저항군의 박수 소리가 터졌다. 남부인들은 상상력이 풍부해, 온통 붉은색인 이 키 큰 소녀가 가슴에 아주 힘 있게 그들의 깃발을 꼭 안고 불현듯 나타나자 감동했고 열광했다. 사람들에게서 함성이 터져 나왔다.

"브라보, 샹트그레유 딸! 샹트그레유 딸 만세! 저 아이가 우리와 함께하니, 우리에게 행운을 가져다줄 거야!"

다시 행군하라는 명령이 내려오지 않았던 터라, 사람들은 한참이나 그녀에게 환호를 보냈다. 그리고 대열이 움직이기 시작하자, 미에트는 방금 그녀 옆으로 온 실베르의 손을 꼭 쥐며, 귀에 대고 조용히 말했다.

"들었지! 너와 함께 있을게. 그래도 괜찮지?"

실베르는 대답 없이 그녀를 끌어안았다. 그는 인정했다. 깊이 감동한 그가, 동지들의 열광에 동참하지 않는 것은 불가능했다. 그에게 미에트는 너무나 아름답고, 너무나 대단하고, 너무나 성스러워 보였다. 언덕을 다 올라가는 동안에도, 그는 자기 앞에 있는, 자줏빛 후광 속에서, 환하게 빛나는 그녀를 다시 보았다. 지금 그는 자신이 흠모하던 또 다른 연인인 공화국과 그녀를 혼동하고 있었다. 그는 벌써 다 도착해서, 어깨에 소총을 걸고 싶었다. 그러나 저항군은 느리게 올라갔다. 될 수 있는 한 소리 내지 말라는 명령이 주어졌다. 대열은 두 줄로 늘어선 느릅나무들 사이로 나아갔고, 마디 하나하나마다 이상하게 떨리는 거대한 뱀처럼 보였다. 12월의 얼어붙은 밤은 다시 고요해졌고, 비요른 강만 더 크게 으르렁거리는 것 같았다.

도성 밖 집들이 나타나자, 실베르는 생미트르 공터로 소총을 찾으러 가기 위해 먼저 달려 나갔다. 그가 저항군과 다시 합류했을 때, 그들은 로마 문 앞에 도착해 있었다. 미에트가 몸을 기울이고 천진난만한 미소를 띠며 그에게 말했다.

"성체 축일 날 행진하는 것 같아. 나는 성모 마리아 깃발을 들고 있는 것 같고."

2장

플라상은 약 만 명 정도가 사는 군청 소재지이다. 비요른강이 내려다보이는 고원에 세워지고, 북쪽으로는 알프스산맥의 최종 갈래에 속하는 가리그* 언덕을 등지고 있는, 이 시는 마치 막다른 골목 안쪽에 자리 잡은 모습이다. 1851년에 주변 지역과는 도로 두 개로만 연결되었다. 동쪽으로 내려가는 니스로와 서쪽으로 올라가는 리옹로(路)가 있고, 두 도로는 거의 평행적 위치에서 이어진다. 그 시절, 시의 남쪽을 지나가는 철도가, 예전 강둑의 가파른 경사인 언덕 아래 놓였다. 지금은, 작은 개울 오른쪽에 있는, 역에서 나와 고개를 들면, 정원이 테라스처럼 형성된, 플라상의 첫 번째 집들이 보인다. 그 집들에 도달하려면 족히 15분 정도 올라가야 한다.

20여 년 전에, 당연히 교류가 부족한 덕분에, 시는 다른 어떤 시보다도, 남부 옛 도시들의 경건하고 기품 있는 특성을 가장 잘 간직하고 있었다. 시는 지금까지도 루이 14세와 루이 15세

때 지은 대저택이 즐비한 지역, 12개 정도의 교회, 예수회와 성 프란체스코회의 집들, 수많은 수도원이 있다. 계층 간의 분류는 구역의 분리로 정확히 갈라진 채 오랫동안 그대로 유지되고 있다. 플라상은 세 구역으로 분리되는데, 각 구역은 별개의 완전한 자치 지역처럼 자기들만의 교회, 산책로, 풍습, 조망이 있다.

귀족들 구역은 생마르크 지구로 불리는데, 이 지역을 담당하는 교구 중에서 한 교구의 이름을 붙인 것이다. 풀이 무성한, 직선 길을 가진 작은 베르사유궁 같은 이 구역은, 이들의 네모반듯한 넓은 집들 때문에 넓은 정원은 보이지 않아도, 남쪽으로, 고원의 가장자리까지 펼쳐져 있다. 몇몇 저택들은 비탈 가까이에 세워져 있으며, 2층으로 된 테라스를 가지고 있다. 거기에서 비요른강 계곡 전체, 그 지방에서도 대단히 자랑스레 내세우는 놀랄 만한 전망을 보게 된다. 구시가지는 예전의 도심으로, 북서쪽에, 무너질 것 같은 누옥들 사이로, 좁고 구불구불한 골목길들이 층을 이루고 있다. 거기에 시청, 민사 재판소, 시장, 헌병대가 있다. 플라상에서 가장 서민적인 이 구역은 노동자들, 상인들, 일하는 모든 비참한 하층민들이 살고 있다. 마지막으로 신시가지는 북동쪽에 있는, 장방형의 형태이다. 중산층이, 알뜰하게 돈을 모은 이들과 자유업을 가진 이들이, 반듯하게 줄지은, 옅은 노란색으로 칠해진 집들에 살고 있다. 이 구역은, 원화창(圓華窓)으로 꾸민 추한 회벽 건물인 군청 덕분에 돋보이긴 해도, 1851년에는 기껏해야 대여섯 개의 도로가 있었다. 이 구역은 최근에 형성되었으며, 특히 철도 건설 이후 유일하게 성장하고 있는 구역이다.

지금까지도, 플라상이 독립적인 별개의 세 구역으로 나뉘게 된 데에는, 이 구역들이 대로들로 뚜렷하게 경계를 짓기 때문이기도 하다. 소베르 중앙로*와 로마로(路)는, 그런 분리를 압축하여 길게 늘여 놓은 것처럼, 서쪽에서 동쪽으로, 그랑포르트에서 로마 문까지, 시를 두 조각으로 갈라놓으면서, 귀족들 구역과 다른 두 구역을 분리하고 있다. 이 두 구역도 라 반로(路)로 나누어진다. 라 반로는 그 지방에서 제일 아름다운 길로, 소베르 중앙로 끝에서 시작해 북쪽으로 올라가는 길이며, 왼쪽에는 구시가지의 우중충한 덩어리가 있고, 오른쪽에는 신시가지의 밝은 노란색 집들이 있다. 바로 거기, 이 길의 중간 근처에, 빈약한 나무들이 심어진 작은 광장 안쪽으로, 플라상의 부유층이 매우 자랑스러워하는 군청이 우뚝 서 있다.

더욱더 고립되고 더 편히 자기 집에 틀어박히고 싶은 것처럼, 시는 옛 성벽들에 둘러싸여 있는데, 지금은 그 성벽들이 시를 더 컴컴하고 더 협소하게 만들었다. 담쟁이덩굴이 무성하고 꼭대기에는 야생 꽃무들로 뒤덮이고 기껏해야 높이나 두께가 수도원의 벽 정도밖에 안 되는 어쭙잖은 성벽들은 소총 사격으로도 쉽게 무너질 것이다. 성곽에는 여러 개의 성문이 뚫려 있는데, 제일 중요한 두 입구가 로마 문과 그랑포르트이며, 전자는 니스로 쪽으로, 후자는 시의 또 다른 끝인 리옹로로 나가는 문이다. 1853년까지 이 입구들에는 두 개의 거대한 문짝이 달린 문이 있었는데, 문 위쪽은 아치형이며, 얇은 철판들이 문을 보강하고 있었다. 이 문들은 여름에는 열한 시, 겨울에는 열 시에 이중으로 잠긴다. 시는, 겁 많은 소녀처럼 그렇게 빗장을 밀어 넣은 다음, 평화로이 잠드는 것이다. 관리인 한 명이 각 관문의 안쪽 모퉁이에 자리한 작은 집에 거주하면서, 늦어진 사람들에게 문을 열어 주는 일을 맡고 있다. 그러나 오랜 시간의 담판이 필요했다. 관리인이 등불을 비추어 보고 구멍을 통해 주의 깊게 얼굴을 살핀 후에야 사람들을 들여보냈기 때문이다. 조금이라도 그의 마음에 거슬리면, 사람들은 도성 밖에서 자야 했다. 비겁함, 이기주의, 타성, 외부에 대한 증오, 은거하는 삶에 대한 종교적 열망, 이 모든 것이 버무려진 도시의 정신은 매일 밤 열쇠를 돌려 문을 걸어 잠그는 그 모습 속에 다 담겨 있었다. 플라상은, 자물쇠로 잘 잠그고 있을 때면, 금고 때문에 두려워할 것도 없고, 괜한 소동으로 잠을 깰 일도 없이, 자신의 기도를 바치고 기분 좋게 침대에 자러 가는, 독실한 부자처럼 만족스럽게, '내 집에 있으니'라고 생각했다. 마치 수녀처럼 폐쇄적으로 사는 것에 그토록 늦게까지 고집하는 도시는 어디에도 없을 듯하다.

플라상의 주민은 세 집단으로 나뉜다. 나뉜 구역만큼이나 그에 따른 별도의 작은 세상이 있다. 관리들, 군수, 시 징세관, 등기소 직원, 우체국장, 그 고장과는 무관한 모든 사람으로, 별로 사랑받지는 못해도 매우 부러움을 받는 대상들, 자기들 마음대로 사는 그들은 열외로 놓아야 한다. 진짜 주민들은 거기서 자라고 거기서 죽기로 확고하게 결심한 이들로, 관습과 확립된 경계선들을 너무 존중하다 보니 스스로 알아서 시의 공동체 중 하나에 들어갈 수밖에 없다.

귀족들은 완전히 은둔 생활을 한다. 샤를 10세의 몰락 이후, 그들은 거의 나오지 않고, 자신들의 고요한 대저택으로, 마치 적국에 있는 사람들처럼 도망치듯 걸으며, 서둘러 돌아간다. 그들은 누구의 집도 방문하지 않고, 그들끼리도 서로 초대하는 법이 없다. 그들의 거실에 자주 드나드는 사람들이라곤 몇몇 사제들뿐이다. 그들은 여름에는 근처에 소유한 성에서 살고, 겨울에는 자신들의 난롯가에 머문다. 그들은 사는 것이 권태로운 죽은 자들이다. 그래서인지 그들 구역은 묘지처럼 적막하다. 문과 창문들은 철저하게 방책이 쳐져 있다. 마치 바깥세상의 모든 소음에서 차단된 수도원들 같다. 이따금, 한 사제가 닫힌 집들을 따라 조심스러운 발걸음으로 더 조용히 지나가는, 그리고 그림자처럼 어떤 문틈으로 사라지는 모습이 보이기도 한다.

부유층, 은퇴한 상인들, 변호사들, 공증인들, 신시가지에 살고 있는 안락하고 야심에 찬 이들은 플라상에 생기를 불어넣으려고 애쓴다. 이들은 군수의 만찬에 가고, 그와 비슷한 잔치를 베풀기를 꿈꾼다. 그들은 기꺼이 좋은 평판을 얻기 위해 일하고, 노동자를 "여보게, 자네"라고 친근하게 부르며, 농부들에게는 수확에 대해 말하고 신문을 읽고, 일요일에는 아내와 산책을 한다. 그들은 그 지역의 진보적 사상의 소유자이며, 성벽에 대해 말할 때 웃어도 되는 유일한 사람들이다. 그들은 여러 번 '시청 간부들'에게 '구시대적 유물'인 낡은 성벽을 허물어 달라고 요청하기도 했다. 한편으로는 그들 중에서 가장 회의적인 사람들도 후작이나 백작이 가벼운 묵례라도 해 주면 격한 충격을 받을 정도로 기뻐한다. 신시가지에 사는 모든 부자의 꿈은 생마르크 지구의 살롱에 입회하는 것이다. 그들은 이런 꿈이 실현될 수 없으리라는 것도 잘 알고 있다. 바로 그런 것 때문에, 그들은 자신들이 자유사상가라고 아주 큰 소리로 외치는데, 말로만 자유사상가일 뿐이고, 권력의 견고한 우방으로, 민중이 조금만 불평해도, 제일 먼저 도착하는 구원자의 품 안으로 뛰어든다.

구시가지에서 일하며 근근이 살아가는 집단은 다른 구역만큼 명확하게 규정되어 있지 않다. 서민들, 노동자들이 대다수이다. 그래도 작은 규모의 소매상들과 몇 안 되지만 도매상인들도 포함되어 있다. 사실, 플라상은 상업의 중심지와는 거리가 멀다. 기름, 포도주, 아몬드 같은 그 지방의 생산물들을 처분할 정도로만 거래가 이루어진다. 산업이라고 해 봐야, 구시가지의 길 중 하나를 오염시키고 있는 서너 개의 피혁 공장, 중절모 제작소들과 도성 밖 구석으로 밀려난 비누 공장 하나가 전부이다. 이런 소규모 상공업 지역은, 특별한 날들에, 신시가지의 부자들이 드나들지라도, 특히 구시가지의 근로자들이 주를 이루고 있다. 상인들, 소매상들, 직공들은 그들을 단 하나의 가족으로 묶어 주는 공동의 관심사 속에서 살아간다. 그러다가 일요일만 되면, 주인들은 말쑥하게 차려입고 다른 파가 된다. 반면 겨우 5분의 1인 노동자 인구는 지역의 백수들 속으로 어울리러 간다.

일주일에 딱 한 번, 햇빛 좋은 계절이 되면, 플라상의 세 구역은 서로 아주 가까이서 만난다. 시 전체가 일요일 저녁 예배 후,

소베르 중앙로로 간다. 귀족들도 모험을 한다. 플라타너스가 두 줄로 심어진 이 중앙로 위에 분명히 구별되는 세 가지 흐름이 있다. 신시가지의 부자들은 지나가기만 할 뿐이다. 그들은 그랑포르트로 나와서, 오른쪽으로, 마유 가로수 길로 들어선 다음, 밤이 될 때까지 그 길을 따라 오간다. 그동안 귀족과 서민은 소베르 중앙로를 공유한다. 백 년이 넘도록, 귀족들은 해가 제일 먼저 지는 대저택들이 죽 늘어선 남쪽 거리를 선택했다. 서민들은 카페, 호텔, 담배 가게들이 있는 북쪽의, 다른 산책로로 만족해야 했다. 오후 내내, 서민과 귀족들이 중앙로를 오가며 산책하지만, 거리를 바꿀 생각을 하는 노동자나 귀족은 한 명도 없다. 그들은 6미터에서 8미터 정도 떨어져 있지만, 여기 이 세상에서는 결코 서로 만나서는 안 될 것처럼, 조심스레 두 평행선을 이루며 오가는 모습이, 천 리나 떨어져 있는 사람들 같다. 혁명기에도, 각자 자신의 산책로를 지켰다. 일요일의 이런 산책 규칙과 밤마다 열쇠를 돌려 문을 잠그는 일들은 같은 규정에서 나오는 행동들로, 이 도시에 사는 만 명의 정신들을 판단하기에 충분하다.

1848년까지 별로 존중받지 못하던 무명의 한 가족이 살았는데, 그 가족의 수장인 피에르 루공이, 차후 어떤 상황 덕분에, 중요한 역할을 수행했던 것이 바로 이런 특이한 환경 아래서였다.

피에르 루공은 농부의 아들이었다. 그의 어머니 가계는 푸크가(家)로 불렸으며 지난 세기 말경, 도성 밖, 생미트르 옛 묘지 뒤의 넓은 땅을 소유하고 있었다. 이 땅은 나중에 자스·메프랑과 합쳐졌다. 푸크가는 그 지방에서 가장 부유한 채소 재배업자들로 플라상의 한 구역 전체에 채소를 공급했었다. 이 가문의 이름은 혁명 몇 년 전에 사라져 버렸다. 1768년에 태어난 아델라이드라는 딸 하나만 남았는데, 그녀는 열여덟 살에 고아가 되었다. 아이의 아버지는 미쳐서 죽었으며, 키가 크고, 날씬하고, 창백한 데다, 시선은 몹시 불안한 아이는, 소녀였을 때에는 비사교적이라고도 여길 수 있겠지만, 조금 이상한 구석이 있었다. 그런데 커 가면서, 그녀는 훨씬 더 이상한 사람이 되었다. 그녀는, 도성 밖 가장 반골인 사람들도 어지간해서는 설명할 수 없는 그런 행동들을 저질렀다. 그때부터 그녀도 그녀의 아버지처럼 미쳤다는 소문이 돌았다. 그녀가 혼자 살아가게 된 지, 겨우 여섯 달이 되었을 때, 모두가 탐내는 상속녀가 될 만큼 부유한 여주인이었던 그녀가 바스잘프에서 온 루공이라는 촌뜨기 채소 재배자와 결혼했다는 것이 알려졌다. 이 루공이라는 자는 한 계절 동안 그를 고용했던 푸크가의 마지막 자손이 죽은 후, 고인의 딸을 위해 계속 일하고 있었다. 고용된 머슴에서 갑자기 남편이라는, 모두가 부러워하는 자리로 올라간 것이었다. 이 결혼은 사람들을 놀라게 한 첫 번째 사건이었다. 그 누구도 아델라이드가 가난하고, 뚱뚱하고, 둔하고, 평범하고, 프랑스어도 제대로 못 하는 그런 놈을, 그녀 주위를 맴돌던 부유한 농부들의 아들들인 이러저러한 젊은이들을 제치고 더 좋아했는지 이해하지 못했다. 지방에서는 어떤 것도 설명되지 않은 채 남아 있지 못하는 이상, 사람들은 이 사건 이면에 어떤 미스터리가 있다고 생각하며, 그 젊은이들 사이에 결혼을 꼭 할 수밖에 없는 일이 있었다고 주장하기까지 했다. 그러나 이런 비방들이 거짓임을 드러내는 사실들이 있었다. 아델라이드는 정확히 열두 달 뒤에 아들을 낳았다. 마을 사람들은 화를 냈다. 그들이 틀렸다는 것을 인정할 수 없었고, 자칭 비밀을 파고들고자 했다. 그래서 아낙네들 모두 루공 집안을 염탐하기 시작했다. 그녀들은 지치는 법 없이 수다용 소재를 수북하게 만들어 냈다. 루공은 결혼하고 열다섯 달 만에, 어느 오후, 당근밭을 매다가, 일사병으로 갑자기 죽었다. 젊은 과부가 전대미문의 스캔들을 일으킨 것은 겨우 1년이 흘렀을 때였다. 사람들은 그녀에게 애인이 있다는 것을 분명히 알게 되었다. 그녀는 그것을 감추려는 것 같지도 않았다. 여러 사람이 그녀가 그 불쌍한 루공의 후임자를 공개적으로 친밀하게 부르는 것을 들었다고 확신했다. 기껏 1년 동안 과부로 지내고는 애인이라니! 예법을 잊어버린 그런 행동은 도리에 맞지 않고, 극악무도해 보였다. 그런 추문을 더 폭발시킨 것은 아델라이드의 기괴한 선택이었다. 그 당시 생미트르 막다른 골목 끝에, 뒤쪽은 푸크가의 땅과 접해 있는 누추한 집에, 평판이 나쁜 남자가 살았는데, 사람들은 그를 '거지 마카르'라고 불렀다. 그 남자는 몇 주 동안 온전히 사라지곤 했다. 그러고 나서 어느 저녁에, 일없이, 두 손은 호주머니에 찌른 채 어슬렁거리며 다시 나타난 그가 보이곤 했다. 그는 휘파람을 불면서, 어디 잠시 산책 갔다가 돌아오기라도 한 듯했다. 문턱에 앉아 있던 아낙네들은 지나가는 그를 보면서 이렇게 말하곤 했다. "이런! 거지 마카르네! 자기 봇짐과 총은 비요른강 어디 구석진 곳에 숨겨 놓았겠군." 사실인즉, 마카르는 연금이 없어도, 시내에 잠깐 머무는 동안, 행복한 놈팡이처럼 먹고 마신다는 것이다. 특히 그는 못 말릴 정도로 집요하게 마셨다. 술집 구석, 테이블에 혼자 앉아, 주변에 귀 기울이거나 쳐다보는 법도 없이, 자신의 잔만 멍청하게 응시하면서, 매일 밤 자신을 잊곤 했다. 술집 주인이 문을 닫을 때면, 그는 확고한 걸음으로, 술기운 덕분에 똑바로 펴진 것처럼, 머리를 꼿꼿이 세우고 자리를 떴다. "마카르가 아주 똑바로 걷네. 완전히 취했구먼." 집으로 가는 그를 보며 사람들이 말했다. 평상시, 마시지 않았을 때는, 그는 약간 꾸부정하게, 호기심 많은 이들의 시선을 피해, 사람을 두려워하는 듯 소심하게 걸었다. 피혁공인 그의 아버지가 생미트르 막다른 골목의 오두막을 유산으로 남겨 놓고 죽은 후, 그의 일가친척이나 친구에 대해 알려진 바가 없었다. 국경과 가깝고 세유강의 숲들과도 인접해 있어서, 게으른 데다 별난 구석이 있는 아이는 밀렵도 하는 밀수꾼으로 자랐고, 행인들이, "저런 사람은 한밤중에 으슥한 숲속에서 만나고 싶지 않아"라고 말하는 그런 수상쩍은 사람에 속했다. 큰 키에, 엄청나게 수염으로 덮인, 야윈 얼굴의 마카르는 도성 밖 부인네들에게 공포의 대상이었다. 그녀들은 그가 어린아이들을 산 채로 잡아먹는다고 비난했다. 이제 겨우 서른 살인 그는 쉰 살은 되어 보였다. 털이 북슬북슬한 푸들처럼 얼굴을 덮은 덥수룩한 수염과 머리카락 아래로 반짝이는 갈색 눈만, 유랑의 본능을 가진 한 남자의 힐끗거리는 슬픈 시선만, 술과 천민의 삶으로 불량해진 시선만 보였다. 그가 어떤 범죄를 저질렀는지 명확히 알 수 없었음에도, 절도나 살인 사건이 일어나면 제일 먼저 그가 의심을 받았다. 그런데 아델라이드가 택한 이가 바로 그 식인귀, 그 불한당, 그 거지 마카르였다니! 스무 달 만에 그녀는 두 아이를 낳았는데, 첫째는 아들이었고, 둘째는 딸이었다. 그들 사이에 결혼은 한순간도 전혀 문제가 되지 않았다. 도성 밖 사람들은 아무리 방탕해도 그렇게까지 뻔뻔스러운 경우를 본 적이 없었다. 너무나 경악한 나머지, 마카르가 젊고 부유한 정부를 가졌다는 생각에, 아낙네들의 생각은 아델라이드에게는 거의 우호적일 정도로 방향이 바뀌었다. 그녀들은 이렇게 말하곤 했다. "불쌍한 것! 완전히 미쳐버린 거야. 그녀에게 친척이라도 있었다면, 오래전에 가둬 놨을 텐데." 사람들은 이 이상한 사랑에 대해 여전히 그 내막을 알지 못했기 때문에, 아델라이드의 돈을 훔치기 위해 그녀의 병약한 뇌를 악용했다고 비난받은 것은 언제나 그 거지 마카르 놈이었다.

적자인 어린 피에르 루공은, 어머니의 사생아들과 함께 자랐다. 아델라이드는, 동네에서 늑대 새끼들이라고 불렀던 앙투안과 위르쉴을 곁에 두고, 첫 결혼에서 얻은 아들과 똑같은 사랑으로 키웠다. 그녀는 그 가련한 두 아이가 실제 삶에서 맞이하게 될 상황에 대해 잘 인식하지 못한 것 같았다. 그녀에게, 두 아이는 그녀의 첫째 아들과 똑같은 자식들이었다. 그녀는 이따금 한 손에는 피에르를, 다른 손에는 앙투안을 잡고 외출했지만,

사람들이 그녀의 사랑하는 아이들을 벌써 매우 다른 방식으로 바라보는 것을 알아차리지 못했다.

정말 이상한 집이었다.

거의 20여 년 가까이, 아이들이나 어머니나, 각자 자기 마음 내키는 대로 살았다. 거기에서는 모두가 자유롭게 자랐다. 결혼했어도, 아델라이드는 열다섯 살 때의 비사교적인 아이로, 그런 이상한 아가씨로 살았다. 도성 밖 사람들이 주장하듯이, 그녀가 미쳐서가 아니라 그녀의 피와 신경 사이에 어떤 균형의 결핍이, 머리와 심장에 일종의 고장이 나 있었기 때문에, 그녀가 일반 사람과 다르게 일상적인 생활을 벗어나 살게 되었다는 것이다. 그녀는 분명히 타고난 그대로이고, 자기 나름대로는 매우 논리적이었다. 단지 그녀의 논리가 이웃 사람들 보기에는 완전히 미친 짓이었다. 그녀가 순전히 자신의 충동적인 욕구에 따랐을 때, 남의 눈을 꺼리지도 않고, 자신의 집은 정말로 모든 것이 악화 일로가 되도록 놔두는 듯했다.

초기 출산 때부터, 그녀는 신경상의 발작을 일으키고 끔찍한 경련을 겪곤 했다. 이런 발작들은 두세 달 간격으로 주기적으로 찾아왔다. 그녀를 진찰한 의사들은 할 수 있는 일이 아무것도 없다고, 나이가 들면 이런 발작들이 잠잠해질 거라고 대답했다. 그녀는 단지 설익힌 고기와 기나피(幾那皮)가 든 포도주 처방만 받았다. 반복되는 경련이 결국 그녀의 건강을 해쳤다. 그녀는 매일매일, 어린아이처럼, 본능을 따르며 애무를 좋아하는 짐승처럼 살았다. 마카르가 자기 구역을 돌아보는 동안, 그녀는 아무것도 하지 않고 멍하니 지냈으며, 아이들을 돌보는 일은 안아 주고 같이 놀아 주는 것이 다였다. 그리고 그녀의 애인이 돌아오면 그때부터 그녀는 사라졌다.

마카르의 오두막집 뒤에는 작은 안뜰이 있었는데, 푸크가의 땅과 담으로 분리되어 있었다. 어느 날 아침, 이웃들은 이 담벼락에 바로 전날 밤에는 없었던 문이 뚫려 있는 것을 보고 크게 놀랐다. 한 시간 만에, 도성 밖 전체가, 그 옆집들 창문에 줄지어 나타났다. 연인들은 벽을 뚫고 문을 내기 위해 밤새 일했음이 분명했다. 덕분에 그들은 서로의 집을 자유롭게 드나들 수 있게 되었다. 비난이 다시 시작되었다. 사람들은 아델라이드에게 덜 부드러워졌고, 그녀는 결국 마을의 스캔들이 되었다. 그 문은 조용하지만 노골적으로 동거를 고백했고, 그녀의 두 사생아보다 더 격렬하게 비난의 대상이 되었다. "적어도 체면은 차려야지." 가장 너그러운 아낙네들도 말했다. 아델라이드는 사람들이 말하는 '체면 차리다'가 무슨 말인지 알지 못했다. 그녀는 자기가 만든 문에 매우 행복했고, 매우 자랑스러웠다. 그녀는 마카르를 도와 벽의 돌들을 빼냈고, 일이 더 빨리 끝나도록 회반죽을 이겨 주기도 했다. 다음 날, 그녀가 아이처럼 기뻐하며, 대낮에 자신의 작품을 보러 왔을 때, 아직 덜 마른 벽돌 공사를 감탄하며 바라보고 있는 그녀를 발견한 세 명의 아낙네에게는 방탕의 절정으로 보였다. 그때부터 마카르가 모습을 드러낼 때마다, 젊은 부인이 보이지 않으면, 사람들은 그녀가 생미트르 막다른 골목의 오두막집으로 가서 그와 함께 살고 있다고 생각했다.

밀수꾼은 매우 불규칙하게, 거의 항상 느닷없이 돌아오곤 했다. 그가 가끔 시내에서 보내는 사흘 동안, 사람들은 그 연인들의 삶이 어떨지 도무지 짐작할 수 없었다. 그들은 두문불출했고, 작은 집은 사람이 사는 것 같지 않았다. 도성 밖 사람들은 마카르가 단지 아델라이드의 돈을 탐내 그녀를 꾀었다고 단정 내렸었는데, 그 남자가 과거처럼, 예전과 똑같이 제대로 된 장비도 없이, 산과 골짜기를 헤매고 다니며 사는 것을 보자, 결국, 놀라고 말았다. 어쩌면 젊은 부인이 그를 띄엄띄엄 만나는 만큼 더 그를 사랑했을 수도 있다. 어쩌면 그는 모험적인 삶을 너무나 원한 나머지, 그녀의 애원을 거절했는지도 모른다. 사람들은 수많은 이야기를 지어냈지만, 모든 평범한 관계를 벗어나서도 관계가 맺어지고 이어지는 이유를 마땅히 설명하지 못했다. 생미트르 막다른 골목의 오두막은 완전히 폐쇄적이어서 비밀이 새어 나갈 수 없는 곳이었다. 그 집에서 다투는 소리가 들린 적은 없지만, 사람들은 마카르가 아델라이드를 때렸음이 분명하다고 추측만 했다. 여러 번, 그녀가 멍든 얼굴에, 쥐어뜯긴 머리로 나타났기 때문이다. 그런데 고통이나 슬픔에 짓눌린 흔적도 전혀 없었고, 자신의 멍을 감출 마음도 조금도 보이지 않았다. 그녀는 미소 짓고 있었고, 행복해 보였다. 그녀가 말 한마디 지르지 못한 채, 두들겨 맞고 있다는 것은 분명했다. 15년 이상, 그런 삶이 지속되었다.

아델라이드가 자기 집으로 돌아갈 때면, 자신의 집이 약탈당한 것 같아 보여도, 추호도 동요하지 않았다. 그녀는 생활 감각이 전혀 없었다. 물건들의 정확한 가치, 질서의 필요성이 그녀에게는 없었다.

그녀는 때맞게 내리는 비와 햇빛으로, 도로를 따라 자라는 자두나무처럼 아이들이 자라도록 내버려두었다. 접목과 전지용 낫도끼의 도움을 전혀 받지 않은 야생 묘목 같은 아이들은, 자연적인 열매를 맺었다. 본성을 방해받은 적도 전혀 없이, 꼬맹이 악동들이 참으로 그렇게 자기들의 본능에 따라 자란 경우는 없었다. 그들은 채소 모종들 속에서 뒹굴었고, 바깥에서 살면서, 부랑자처럼 놀고 싸웠다. 그들은 집의 식품들을 훔쳤고, 담 안의 몇몇 과수들을 못 쓰게 만들었고, 약탈을 일삼고 요란하게 떠들어 대는, 의식이 맑은 광기의 현장인 그 이상한 집에 걸맞은, 악마 같은 영혼들이었다. 그들의 어머니가 며칠 동안 완전히 사라져 있는 동안, 너무나 악랄한 것들을 찾아내 사람들을 괴롭히는 바람에, 아이들이 일으키는 소동에 이웃 사람들은 그들을 채찍질로 다스리겠다고 겁을 주어야 했다. 그런데도 아델라이드는 그들을 전혀 혼내지 않았다. 그녀가 집에 있을 때면, 그들은 다른 사람들에게 덜 끔찍하게 굴었는데, 일주일에 대여섯 번 어김없이 학교를 빼먹고, 악을 쓰고 울게 할 만한 매 맞을 짓은 다 일으키면서, 그녀를 대신 괴롭혔기 때문이었다. 하지만 그녀는 그들을 때린 적이 없었고, 화를 낸 적도 없었다. 그녀는 소란 속에서도 무기력하게, 평온히, 정신이 나간 채, 아주 잘 살았다. 이 악동들의 끔찍한 소동은 나중에는 결국 그녀의 텅 빈 머리를 채우기 위해 그녀에게도 필요한 것이 되었다. "자식들이 그녀를 때리게 될 텐데, 자업자득이지"라고 말하는 소리를 들으면, 그녀는 조용히 미소 짓곤 했다. 그런 모든 상황에서, 그녀의 무심한 태도는 이렇게 대답하는 것 같았다. '상관없어요!' 그녀는 자식들보다 재산은 더 돌보지 않았다. 푸크가의 소유지는 이런 이상한 삶이 이어지던 오랜 시간 동안, 젊은 부인이 다행히도 한 능숙한 채소 재배업자에게 채소 재배를 맡기지 않았더라면 황무지가 될 뻔했다. 그녀와 이익을 같이 나누기로 한 농부는, 파렴치하게 그녀의 돈을 훔쳤으나, 그녀는 전혀 알아차리지 못했다. 그래도 그 정도는 행복한 편이었다. 그녀에게서 더 많이 훔쳐 내기 위해 채소 재배업자는 땅을 최대한 이용했고, 거의 두 배 정도의 가치를 끌어냈다.

내적 본능으로 알았는지 또는 외부인들이 자신들을 대하는 방식이 다르다는 것을 인지했기 때문인지는 몰라도, 적자인 피에르는 어렸을 때부터 이복남매 위에 군림했다. 그들이 다툴 때면, 그가 앙투안보다 훨씬 약했지만 주인처럼 그를 때리곤 했다. 연약하고 창백한, 가여운 어린 위르쉴의 경우, 둘 모두에게 가차 없이 맞았다. 게다가 열다섯에서 열여섯 살까지, 서로 간의 막연한 증오에 대한 이유도 알지 못한 채, 그들이 얼마나 국외자들인지 분명하게 이해하지 못한 채, 세 아이는 우애 좋게 서로 치고받으며 자랐다. 그들이 자신들의 완성된 개성을 자각하며, 서로 마주 보게 된 것은 바로 이 나이쯤이었다.

열여섯 살이 된 앙투안은 다 큰 악동이었다. 그의 안에는 마카르와 아델라이드의 결함들이 이미 하나로 융합된 듯 나타나 있었다. 특히 마카르의 방랑벽, 음주벽, 야성적인 격정이 더 두드러지게 나타났다. 그러나 아델라이드의 신경질적 영향도 받아, 이 결함들이 아버지 쪽에서는 일종의 다혈질적인 정직성으로 나타나지만, 아들에게서는 위선과 비겁함으로 가득 찬 음험함으로 나타났다. 앙투안은 진정한 의지력이 절대적으로 부족하다는 점에서, 편하게 뒹굴 수 있고 따뜻하게 잘 수만 있다면 아무리 치욕스러운 침대라도 받아들이는 향락적인 여자처럼 이기적이라는 점에서, 어머니 쪽에 속했다. 사람들은 그에 대해 말하곤 했다. "아! 파렴치한 놈! 마카르처럼, 건달로 살 용기도 없어. 그가 혹여 살인하게 된다면, 가시 돋친 말로 할 거야." 외양 면에서 앙투안은 아델라이드의 두툼한 입술만 닮았다. 그 외 다른 윤곽들은 밀수꾼과 닮았지만, 약하게 나타나 뚜렷하지 않고, 바뀌기 쉬웠다.

위르쉴의 경우는 반대로, 젊은 부인의 신체와 정신이 우월하게 나타났다. 그것은 언제나 뒤죽박죽이었다. 아델라이드가 이미 사랑이 식어 가는 마카르를 사랑으로 이끌고 갈 때, 둘째로 태어난 가련한 여자아이는, 같은 여성이라서 그런지, 어머니 쪽의 기질이 더 깊게 각인되어 있는 듯했다. 게다가 그녀에게서 두 기질은, 융합이라기보다 차라리 병렬과 같이, 매우 밀접하게 이어 붙여진 것 같았다. 위르쉴은 변덕스러웠는데, 이따금 거친 면, 슬픔, 천민의 분노를 드러내곤 했다. 게다가 대개는 신경질적인 웃음을 터뜨리곤 했고, 마음과 머리가 병든 여자로서, 무기력하게 몽상에 빠져 살았다. 아델라이드의 두려움에 떠는 눈빛이 나타나곤 하던 그녀의 두 눈은 수정처럼 투명했고 허약해서 죽어 가야만 하는 어린 고양이들의 눈 같았다.

두 사생아와 함께 있는 피에르를 보면, 그는 외부 사람 같았고, 그의 실체의 뿌리를 잘 알지 못하는 누군가가 보아도, 그는 사생아들과 완전히 달랐다. 그 아이는 그를 만들어 냈던 두 사람이 딱 반반씩 균형을 이루었다. 그는 농부 루공과 신경증 소녀 아델라이드의 딱 중간이었다. 그의 어머니는 그의 안에서 아버지의 투박함을 살짝 없애 버렸다. 결국 한 종족의 향상이나 쇠락을 결정짓는 기질의 이런 은밀한 작업은 피에르에게서 최초의 결과로 나타난 것 같았다. 그는 언제나 농부일 뿐이었지만, 덜 거친 피부, 덜 두꺼운 얼굴에, 더 폭넓고 더 유연한 두뇌를 가진 농부였다. 그의 아버지와 그의 어머니조차 그에게서는 서로 중화되어 나타났다. 신경의 반격으로 특이하게 정제된 아델라이드의 기질이, 루공의 혈색 좋은 둔중함을 억제하고 완화했다면, 루공의 육중한 덩치는 그 아이가 젊은 부인의 혼란들에서 받았던 영향에 맞서게 했다. 피에르는 마카르의 사생아들의 격정도, 병적인 몽상도 겪지 않았다. 제대로 배우지 못한 데다, 자유롭게 방임된 환경에서 자란 아이들처럼 사고뭉치지만, 그럼에도 그는 비생산적인 어리석은 짓을 저지르지 않게 해 주는 이성적인 분별력을 내면에 가지고 있었다. 그의 악행, 그의 나태, 그의 쾌락 본능은 앙투안이 본능적으로 악행에 뛰어드는 것과 달랐다. 그는 그런 것들을 연마해서 공명정대하게, 명예롭게 충족시키고자 했다. 아버지의 특징과 아델라이드 얼굴의 어떤 섬세함을 물려받은, 뚱뚱하고, 보통 키에, 생기 없는 긴 얼굴에서, 그의 어머니의 재산과 신경증을 이용해 부자가 된 농부 자식의 음험하고 약빠른 야망을, 끝없는 포식의 욕망을, 인정머리 없는 마음과 증오를 품은 갈망을 이미 볼 수 있었다.

열일곱 살에, 피에르가 아델라이드의 탈선과 앙투안과 위르쉴의 야릇한 상황을 알고 이해했을 때, 그는 슬퍼하지도 분노하지도 않은 것 같았고, 자신의 이익을 따져 어느 편을 들어야 할지에만 마음을 썼다. 세 아이 중에서, 그 혼자만 열심히 학교에 다녔다. 교육의 필요성을 느끼기 시작한 농부는 대체로 이해관계에 따라 행동하는 냉혹한 사람이 된다. 그의 친구들이 자신의 남동생을 대할 때 보여 주는 야유와 모욕적인 태도에 그가 처음으로 의심을 품게 된 곳이 바로 학교였다. 나중에야, 그는 그 수많은 시선과 말들의 이유를 알았다. 그리고 마침내 약탈당하는 집안을 명백히 보게 되었다. 그때부터 앙투안과 위르쉴은 뻔뻔스러운 기생충 같은 존재로, 자신의 재산을 삼키는 입으로 보였다. 그의 어머니도, 도성 밖 사람들과 같은 눈으로, 결국 자신의 돈을 먹어 치울 여자로, 그가 수습에 나서는 즉시, 가두어야 마땅한 여자로 보았다. 그를 끝내 가슴 아프게 만든 것은, 채소 재배업자의 도둑질이었다. 비통한 마음 없이는 볼 수 없는 현재 자기 주변에서 일어나는 기묘한 탕진의 삶으로 인해, 본능에 부합해 성급하게 성숙해지다 보니, 악동은 어느 순간 인색하고 이기적인 소년으로 변했다. 채소 재배업자가 엄청난 이윤을 챙기고 있던 판매용 채소들은 바로 그의 것이었다. 어머니의 사생아들이 마신 포도주, 먹어 치운 빵도 바로 그의 것이었다. 집 전체, 재산 모두 다 그의 것이었다. 자신의 농부다운 논리 속에서, 자기만이 정식 아들이고 상속받아야 했다. 재산이 파멸해 가고 있는 이상, 모든 사람이 자신의 미래 재산을 탐욕스럽게 물어뜯고 있는 이상, 그는 그 사람들을, 어머니, 남동생, 여동생, 하인들을 쫓아낼 방법, 그리고 즉각 상속받는 방법을 찾아다녔다.

그 싸움은 잔인했다. 젊은이는 제일 먼저 어머니를 쳐야 한다는 것을 깨달았다. 그는 신중하게, 끈질긴 인내를 가지고, 오랫동안 계획한 모든 세세한 부분이 무르익자 곧바로 실행에 옮겼다. 그의 계략은 아델라이드 앞에서 무언의 비난을 하는 것이었다. 화를 내는 것도 아니고, 그녀의 외도에 대해 가시 돋친 말을 내뱉는 것도 아니었다. 아무 말 없이 바라보며 그녀를 겁주는 그런 방식을 찾아냈다. 그녀가 마카르의 오두막에서 며칠 머문 후, 다시 나타날 때면, 그녀는 아들을 쳐다볼 때마다 벌벌 떨었다. 그녀는 강철 칼날처럼 차갑고 날카로운 아들의 시선을 느꼈고 그 시선은 오랫동안 그녀를 가차 없이 난도질했다. 피에르의 말없이 준엄한 태도, 그녀에게서 너무나 빨리 잊혔던 한 남자의 아이는 그녀의 병든 가련한 머리를 이상하리만큼 뒤흔들어 놓았다. 그녀는 자신의 방종을 벌하기 위해 루공이 되살아났다고 생각했다. 지금, 매주, 그녀는 자신을 산산조각 내는 신경성 발작에 사로잡혔다. 사람들은 그녀가 발작하도록 내버려두었다. 그녀는 제정신으로 돌아오면, 자신의 옷을 여미고, 더 유약해진 모습으로, 간신히 몸을 이끌었다. 종종, 밤이면, 그녀는 두 손으로 머리를 감싸고, 피에르의 모욕들을 복수의 신이 주는 벌로 감수하며, 흐느껴 울었다. 그녀가 그를 부정하는 때도 있었다. 자식의 냉정함이 너무나 고통스러울 정도로 그녀의 열기를 가라앉히자, 그녀는 그 뚱뚱한 사내아이가 자신의 배 속에서 나왔다는 것을 인정하지 못했다. 그렇게 똑바로 쳐다보는 것보다 차라리 맞는 것이 천만번 더 나았을 것이다. 어디서나 따라다니는 그 냉혹한 시선에, 그녀는 결국 참을 수 없을 정도로 흔들렸고, 자신의 정부를 더는 만나지 않을 생각도 여러 번 했다. 그런데 마카르가 오기만 하면 즉각, 자신의 맹세를 잊어버리고, 그에게 달려갔다. 그리고 그녀가 돌아오면, 다시 전보다 더 끔찍한, 무언의 싸움이 시작되었다. 몇 달이 지나자, 그녀는 자기 아들의 손아귀에 떨어졌다. 그녀는 아들 앞에서는 자신의 분별력에 대해 자신이 없고, 채찍 맞을 짓을 하지 않았는지 두려워하는 어린 소녀처럼 되었다. 피에르는, 교활한 소년으로, 그녀의 팔다리를 옭아 버렸고, 그녀를 입도 벙긋 못 하는, 어렵고 불리한 설명이 필요 없는, 복종 잘하는 하녀로 만들었다.

젊은이가 그녀의 어머니를 손에 넣었다고, 그녀를 노예처럼 부릴 수 있다고 느꼈을 때, 그는 자신의 이익을 위해 그녀의 무력한 머리와 그가 한 번만 쳐다보아도 미치게 만들 정도로 그녀에게 공포를 줄 수 있다는 점을 이용하기 시작했다. 집에서 우두머리가 된 그가 제일 먼저 한 일은 채소 재배업자를 내쫓고, 자신이 총애하는 인물로 교체하는 것이었다. 그는 팔고, 사고, 회계를 맡으면서, 집안의 최고 경영자가 되었다. 그런데도 아델라이드의 행동을 규제하지도, 앙투안과 위르쉴의 게으른 행태를 고치려 하지도 않았다. 기회 닿는 대로 그들을 내쫓을 생각이었기 때문에, 그에게는 상관없는 일이었다. 그는 그들이 먹고 마시는 빵과 물만 따져 보았다. 그리고 이미 모든 재산을 장악한 이상, 자기 마음대로 그것을 처분하게 해 줄 사건이 일어나기를 기다렸다.

희한하게도 상황이 그에게 유리하게 돌아갔다. 그는 과부의 장자라는 이유로 징집을 피했다. 하지만 2년 후, 앙투안이 제비뽑기에 걸렸다. 동생의 불운은 그와 아무 상관이 없었다. 그는 어머니가 동생을 대신할 다른 사람을 매수하리라고 보았다. 아델라이드는 실제로 그를 군 복무에서 구해 내려고 했다. 하지만 돈을 쥐고 있던 피에르는 묵살했다. 동생이 어쩔 수 없이 떠나게 된 사건은 그의 계획에 큰 도움이 되는 행복한 일이었다. 그의 어머니가 그에게 그 일을 꺼낼 때, 그는 그녀가 감히 말도 끝맺지 못할 정도로 냉랭하게 그녀를 쳐다보았다. 그의 시선은 말하고 있었다. '그러니까 당신의 사생아를 위해 나더러 그 많은 돈을 쓰라고요?' 그녀는 무엇보다 평화와 자유를 원했기 때문에, 앙투안을 포기했다. 폭력적인 수단을 원치 않았던 피에르는 분쟁 없이 남동생을 쫓아낼 수 있어 내심 기뻤지만, 절망적인 사람처럼 굴었다. 올해는 나빴다. 집에 돈이 부족하고, 땅 한 귀퉁이 팔아야 할지 모르니, 곧 파산이 시작되고 있다. 그러고 나서 아무것도 하지 않을 생각이었지만, 앙투안에게 다음 해에 그를 빼내 주겠다고 약속했다. 앙투안은 속은 줄도 모르고 그 정도로 만족한 채 떠났다.

피에르는 훨씬 더 예상치 못한 방식으로 위르쉴도 치워 버렸다. 무레라는 이름의, 도성 밖 한 모자 제조인이, 생마르크 지구의 숙녀처럼 가냘프고 하얀 아가씨에게 푹 빠져 버렸다. 그는 그녀와 결혼했다. 그로서는 어떤 계산도 없는, 사랑의 결혼, 정말로 충동적인 결정이었다. 위르쉴은, 큰오빠로 인해 견디기 힘든 삶을 살아야 하는 집에서 도망치기 위해 그 결혼을 받아들였다. 그녀의 어머니는, 자신의 쾌락 속에 빠져, 자신을 지키려고 마지막 기력을 쏟다 보니, 완전히 무관심으로 일관했다. 그녀의 입장에서는 딸이 떠나는 것이 차라리 나았는데, 피에르가 아무런 불만도 표현하지 않고 그녀를 평화롭게, 그녀 마음대로 살도록 내버려두기를 바랐기 때문이었다. 젊은이들이 결혼하자마자, 무레는 아내와 장모에 대한 불쾌한 이야기들을 매일 듣지 않으려면, 플라상을 떠나야 한다는 것을 깨달았다. 그는 떠났고, 위르쉴을 마르세유로 데려가, 거기서 본래 하던 일을 계속했다. 게다가 그는 지참금을 한 푼도 요구하지 않았다. 피에르가 이런 무관심에 놀라, 그에게 설명할 말을 찾느라 더듬거리자, 그는 자신의 아내는 자기가 먹여 살리는 것이 더 좋다고 말하면서, 그의 입을 다물게 했다. 농부 루공의 아들답게 그는 불안한 마음이 되었다. 그런 행동 방식은 그에게 뭔가 함정을 숨겨 놓고 있는 것 같았다.

이제 아델라이드만 남았다. 피에르는 그녀와 계속 같이 살 마음이, 단연코, 없었다. 그녀는 그의 평판에 해가 되었다. 사실 그녀부터 시작하고 싶었었다. 그러나 그는 매우 곤혹스러운 양자택일의 상황에 처해 있었다. 그녀를 데리고 있으면서, 수치스러운 그녀의 오점을 같이 뒤집어쓰는 것, 그의 야심의 도약을 멈추게 할 족쇄를 자신의 발에 채우는 것과 그녀를 내쫓는 것, 그리고 불효자로 확실하게 손가락질당하기, 그 경우 선량함을 내세우려는 그의 전략에 해가 될 것이다. 세상 사람들이 그에게 필요할 것 같다는 생각에, 자신의 이름이 플라상 어디서나 총애받는 이름이 되기를 원했다. 유일한 방법은 아델라이드 스스로 사라지도록 하는 방법을 찾는 것이었다. 피에르는 이런 결과를 얻기 위해 그 어떤 것도 소홀히 하지 않았다. 어머니의 방종에 대해 그가 냉혹하게 대하는 것이 완전히 허용된다고 생각했다. 그는 사람들이 아이를 벌하는 것처럼 그녀를 벌주었다. 역할이 바뀌었다. 늘 쳐들린 회초리에, 가련한 부인은 복종했다. 그녀는 기껏해야 마흔두 살이었지만, 공포에 질려 말을 떠듬거렸고 어린아이로 되돌아간 노파처럼 정신 나간 모습으로 공손한 태도를 취했다. 그의 아들은 언제나 험상궂은 시선으로 그녀를 죽이고 있었고, 그녀가 더는 버틸 힘이 없어 도망가 버리기를 바랐다. 가련한 여인은 수치, 억눌린 욕망, 감수한 비굴 때문에 끔찍하게 고통받았지만, 말없이 당했고 그래도 다시 마카르에게 돌아갔으며, 물러서기보다는 차라리 그 자리에서 죽을 각오였다. 불안에 떠는 여인의 무기력한 몸이 죽음에 대한 끔찍한 두려움만 없었다면, 비요른강으로 달려가 몸을 던지려고 일어나고 싶었던 밤들도 있었다. 여러 번, 그녀는 도망쳐서, 국경에 있는 애인을 만나러 가기를 꿈꾸었다. 아들의 경멸적인 침묵과 은밀한 폭력 속에서도 그녀를 집에 붙들어 놓은 것은, 어디로 도피해야 할지 몰랐기 때문이었다. 피에르는 그녀에게 피신처가 있다면 이미 그를 떠났으리라는 것을 오래전부터 감지하고 있었다. 그는 그녀에게 어딘가에 작은 거처를 빌려줄 기회를 기다리고 있었다. 바로 그때 생각지도 못한 사건이 갑자기 그의 희망을 앞당겨 실현시켰다. 마카르가 제네바 시계 보따리를 프랑스로 밀반입하려다가, 세관원의 총에 맞아 얼마 전에 죽었다는 소식이 도성 밖 사람들에게 알려졌다. 그 이야기는 사실이었다. 밀수꾼의 시신이 산악 지방 어느 작은 마을 묘지에 묻혔기 때문에 시신조차도 집으로 돌아오지 못했다. 아델라이드는 고통 앞에서 얼이 빠져 있었다. 그녀를 주의 깊게 지켜보던 그녀의 아들은 그녀가 눈물 한 방울도 흘리지 않는 것을 보았다. 마카르는 그녀를 자신의 상속자로 해 놓았다. 그녀는 생미트르 막다른 골목의 오두막과 세관원의 총알을 피해 한 밀수꾼이 그녀에게 충성스럽게 가져다준 고인의 소총을 물려받았다. 바로 그다음 날부터 그녀는 그 조그만 집에 틀어박혔다. 그녀는 벽난로 위에 소총을 걸어 놓고 그곳에서 세상을 등진 채, 외로이 말없이 살았다.

마침내 피에르 루공이 집의 유일한 주인이 되었다. 푸크가의 토지는 법적으로는 아니지만 사실상 그의 것이 되었다. 그는 거기에 그렇게 자리 잡게 될 줄은 생각도 못 했었다. 그곳은 그의 야심에 비해 턱없이 좁았다. 땅을 일구고 채소를 키우는 것은 그에게 비천한 일로, 자신의 능력과 어울리지 않는 일로 보였다. 그는 농부라는 신분을 떼 버리기 위해 서둘렀다. 어머니 쪽의 신경질적인 예민한 기질이 보다 정련되어 있는 그의 기질은 부자들이 누리는 향락에 대한 억제할 수 없는 욕망으로 나타났다. 그래서 그가 계산을 두드릴 때마다, 푸크가의 땅을 파는 것으로 결론 났다. 땅을 팔아 상당히 큰 금액을 손에 넣는다면, 상인과 동업자가 되고 그의 딸과 결혼하는 것도 분명 가능했다. 그때는 제국의 전쟁들로 신랑감들이 유난히 눈에 띄던 시절이었다. 부모들은 사위를 선택할 때 보다 덜 까다로웠다. 피에르는 돈이면 다 해결될 것이고, 동네 험담들에서도 쉽게 벗어날 수 있으리라 생각했다. 그는 자신이 희생자인 양, 집안의 수치로 고통받는, 그런 수치에 물들지 않고 그렇다고 해서 용서하지도 않으면서 그 수치들에 대해 개탄하는, 순박한 사람으로 자처했다. 몇 달 전부터 그는 기름 장수의 딸인 펠리시테 퀴에슈를 주목했다. 구시가지의 가장 음침한 골목 중 하나에 가게들이 자리하고 있는, 퀴에슈와 라캉 상사는, 번창과는 거리가 멀었다. 그 업계에서 회사의 평판은 의심스러웠고, 파산이라는 말이 어렴풋이 들려오고 있었다. 루공이 그쪽을 공략하려 한 것은 바로 이런 나쁜 소문 때문이었다. 부유한 상인은 절대 자신의 딸을 주지 않을 것이다. 그는 퀴에슈 영감이 어떻게 해야 할지 몰라 난감한 때가 와서, 그에게 펠리시테를 팔고 그의 지성과 열정으로 회사를 다시 일으켜 세우게 해 줄 때를 기다렸다. 그것은 한 계층을 올라가고, 자신의 계층을 넘어 한 단계 높아지는 약삭빠른 방법이었다. 그는 무엇보다 자신의 가족에 대해 공공연히 떠들어 대는 그 끔찍한 도성 밖 마을에서 벗어나고 싶었고, 푸크가의 땅이라는 이름까지 지워 버리고, 그 더러운 전설들이 묻히게 하고 싶었다. 그래서 구시가지의 악취 풍기는 거리라도 그에게는 천국 같아 보였다. 그곳만이 그를 완전히 딴사람으로 만들어 줄 것이었다.

곧 그가 노리던 시간이 왔다. 퓌에슈와 라캉 상사는 마지막 숨을 몰아쉬고 있었다. 젊은이는 신중하고도 능란하게 그의 결혼을 협상했다. 그는 구세주까지는 아니지만, 적어도 필요하고 원만한 수단으로 받아들여졌다. 결혼이 결정되자, 그는 적극적으로 땅을 파는 일에 매달렸다. 자스·메프랑의 주인이 자신의 땅을 넓히고 싶어 했기 때문에, 그에게 여러 번 제의가 왔었다. 두 소유지 사이에는 낮고 얇은 공동 벽 하나밖에 없었다. 피에르는 매우 부유한 이웃집 남자의 욕망을 알아채고 적당한 기회를 노렸다. 그 남자는 일시적 기분을 만족시키고자, 그 땅에 5만 프랑까지 주려고 했다. 그것은 땅의 가치의 두 배를 지불하는 것이었다. 하지만 피에르는 농부답게 의뭉스럽게, 팔 생각이 없다며, 그의 어머니가 푸크 일가가 2백 년 넘도록 대대손손 살았던 재산을 처분하는 데 결코 동의하지 않을 거라고 핑계 대면서, 좀처럼 승낙하지 않고 애를 태웠다. 겉으로는 주저하는 척하면서, 그는 매각을 준비하고 있었다. 그럼에도 불안했다. 그의 난폭한 논리에 따르면, 토지는 그의 것이었고, 그는 그것을 자기 마음대로 처분할 권리가 있었다. 그렇지만 이런 확신 속에서도,

법 때문에 일어날 분규에 대한 막연한 예감으로 불안해했다. 그는 도성 밖 집행관에게 넌지시 상의해 보기로 마음먹었다.

그는 기막힌 이야기를 들었다. 집행관에 따르면, 그는 아무것도 할 수 없는 처지였다. 그의 어머니만이 토지를 양도할 수 있었고, 그 점에 대해서는 그도 예상은 하고 있었다. 하지만 그가 몰랐던 것은, 철퇴를 맞은 것처럼 그에게 큰 충격을 준 것은, 위르쉴과 앙투안, 그 사생아들이, 그 늑대 새끼들이 그 재산에 대한 권리를 갖고 있다는 것이었다. 뭐라고! 그 천민들이 그의 것을 빼앗고, 그의 것을 훔치다니, 적자인 그의 것을 감히! 집행관의 설명은 분명했고 정확했다. 아델라이드가 공유 재산제로 하고 루공과 결혼했다는 것은 맞다. 그러나 부동산으로 구성된 모든 재산은, 법에 따라, 남편이 사망한 후, 젊은 부인이 그 재산을 다시 회수하게 되어 있었다. 게다가 마카르와 아델라이드는 자신들의 자녀들을 인정했고, 그때부터 그들은 분명히 그들 어머니의 상속자가 되었다. 그나마 적자 자녀들을 위해 사생아들의 몫을 삭감할 수 있다는 법이 존재한다는 사실을 안 것이 피에르에게 유일한 위안이 되었다. 그래도 전혀 위로가 되지 않았다. 그는 전부 다 원했다. 그는 위르쉴과 앙투안에게 한 푼도 나누어 주고 싶지 않았다. 법적 분규에 대한 이런 전망은 그에게 새로운 지평을 열어 주었고, 그는 야릇하게 생각에 잠긴 모습으로 타진했다. 그는 약빠른 사람이라면 법을 자신에게 유리하도록 사용해야 한다는 것을 재빨리 깨달았다. 그래서 그는 찾아냈다. 괜히 주의를 끌게 될까 봐 두려운 마음에, 아무하고도, 집행관하고도 상의하지 않았다. 그는 자신의 어머니를 물건처럼 마음대로 사용할 줄 알았다. 어느 날 아침, 그는 그녀를 공증인에게 데리고 가서 매각 서류에 서명하게 했다. 사람들이 그녀에게 생미트르 막다른 골목의 누추한 집을 주기만 한다면, 그녀는 플라상도 팔았을 것이다. 게다가 피에르는 매년 6백 프랑의 소득을 보장했고, 어머니에게 남동생과 여동생을 보살피겠다고 하늘에 대고 맹세했다. 그 선량한 부인에게는 그런 맹세 하나만으로도 충분했다. 그녀는 아들이 일러 준 대로 암송하듯 공증인에게 읊었다. 다음 날, 젊은이는 인수증 아래에 그녀의 이름을 쓰게 했다. 그 인수증에서 그녀는 토지 가격으로 5만 프랑을 수령했음을 보았다. 그 일은 그의 천재적인 솜씨였고 양아치나 하는 짓이었다. 5만 프랑에서 1상팀도 보지 못했는데도 인수증에 서명해야 했다는 것에 경악한 어머니에게, 그는 그건 별로 중요하지 않은 그냥 형식적인 일이라는 말만 했다. 서류를 주머니에 슬그머니 넣으면서 그는 생각했다. '지금, 늑대 새끼들이 나한테 추궁할 수 있겠지만, 노인네가 다 먹어 치웠다고 말하면 돼. 감히 나한테 소송 걸지는 못할 거야.' 일주일 후, 공용 벽은 더는 존재하지 않았다. 쟁기가 채소들이 자라는 땅을 갈아엎었다. 푸크 가문의 토지는, 아들 루공의 욕망에 의해, 전설에만 존재하는 기억으로 남을 것이다. 몇 달 후, 자스·메프랑의 주인은 거의 무너져 가는 채소 재배업자들의 낡은 숙소마저 허물어 버렸다.

5만 프랑을 손에 넣은 피에르는 펠리시테 퓌에슈와 최대한 지체하지 않고 결혼했다. 펠리시테는 남부에서 흔히 만나는 작고

까무잡잡한 여성이었다. 그녀는 아몬드나무 속에서 머리를 부딪히며, 부산스럽게 날아다니며, 높고 날카로운 소리를 내는, 메마른 갈색 매미와 닮았다. 마른 몸에 납작한 가슴, 뾰족한 어깨, 묘하게 깊이 새겨지고 강조된, 흰담비 같은 얼굴의 그녀는 나이를 가늠할 수 없었다. 그녀의 실제 나이는 남편보다 네 살 아래인 열아홉이지만 열다섯 살로도 보이고 서른 살로도 보였다. 그녀의 검고, 좁은, 작은 눈 속에는 암고양이의 교활함이 보였다. 튀어나온 낮은 이마, 콧등 끝 쪽이 약간 움푹 팬 코, 그리고 냄새를 더 잘 맡기 위한 것처럼 나팔같이 벌어진 얇고 떨리는 콧구멍, 얇은 붉은 선으로 보이는 입술, 이상하게 움푹 파인 두 뺨과 이어져 있는 돌출된 턱. 약삭빠른 난쟁이 같은 그 용모는 술책, 적극적이고 질투 많은 야심의 살아 있는 가면 같았다. 추하긴 해도, 펠리시테는 사람들이 끌리게 만드는, 고유의 매력이 있었다. 사람들은 그녀에 대해 자기 마음 내키는 대로 예쁘게 보이기도, 추하게 보이기도 한다고 했다. 그것은 그녀가 매우 아름다운 자신의 머리를 묶는 방식 때문임이 분명했다. 그러나 그것보다는 그녀가 누군가를 이겼다고 생각했을 때, 그녀의 노란 안색을 환하게 밝히는 승리의 미소 때문임이 더 분명했다. 일종의 불운을 가지고 태어난 그녀는 자신이 행운을 제대로 분배받지 못했다고 생각했고, 자신은 그저 못생긴 여자밖에 안 된다는 것에 대체로 동의했다. 하지만 그녀는 싸움을 포기하지 않았고, 언젠가는 모두를 경악시킬 만한 행복과 호사를 과시함으로써 도시 전체가 부러워 죽을 정도로 만들겠다고 다짐했다. 그녀가 더 넓은 무대에서 목숨을 건 승부를 겨룰 수 있었다면, 그런 곳에서 그녀의 명민한 정신이 쉽게 성장할 수 있었다면, 그녀는 분명 자신의 꿈을 빠르게 이루었을 것이다. 그녀는 같은 계층의, 같은 교육을 받은 소녀들보다 훨씬 더 뛰어난 두뇌의 소유자였다. 독설가들은, 그녀가 태어나고 몇 년 뒤에 죽은 그녀의 어머니가 신혼 때, 생마르크 지구의 젊은 귀족인 드 카르나방 후작과 내연 관계였다고 주장했다. 사실 펠리시테는 그녀의 기원인 노동자 출신에 어울리지 않아 보이는 후작 부인다운 손과 발을 가지고 있었다.

한 달 내내 구시가지는, 거의 촌놈 때를 벗지도 못한 피에르 루공이라는, 도성 밖에 살며, 전혀 존중받지 못하는 집안의 남자와 그녀가 결혼하는 것을 보고 놀라워했다. 그녀는 사람들이 험담하도록 내버려두었고, 묘한 미소로 친구들의 어색한 축하 인사를 받았다. 그녀는 계산을 끝냈고, 공모자를 택하듯 루공을 선택했다. 그녀의 아버지는 젊은이를 받아들이면서, 파산을 면하게 해 줄 5만 프랑의 출자금만 보았다. 그러나 펠리시테는 더 꿰뚫어 보는 눈이 있었다. 그녀는 저 멀리 미래를 보았고, 약간 촌스러울지라도, 아주 건강한 남자를, 그의 등 뒤에 숨어서 자기 마음대로 수족처럼 부릴 수 있는 남자가 필요하다는 생각이었다. 그녀는 시골의 좀스러운 남자들을, 공증인 사무소 서기들과 고객의 생각에 따라 부들부들 떠는 미래의 변호사들 같은 말라빠진 족속을 따져 보면서 혐오감을 가졌다. 지참금 한 푼도 없이, 도매상의 아들과 결혼하는 것이 절망스러웠던 그녀는, 중학교 졸업생이라는 우월감으로 그녀를 깔아뭉개고, 공허한 자만심만 내세우며 그녀까지도 평생 비참하게 살아가게 할 빈약한 대학 입학 자격 취득자보다, 말 잘 듣는 도구로 사용할 생각인 농부가 더할 나위 없이 좋았다. 그녀는 여자가 남자를 만들어야 한다고 생각했다. 그녀는 자신이라면 시골뜨기도 장관으로 만들어 낼 수 있다고 생각했다. 루공에게서 그녀의 마음에 들었던 점은 넓은 가슴, 작지만 다부진 몸통이었고, 멋스러움도 없지 않았다. 그 정도 체격의 젊은이라면 그녀가 그의 어깨 위에 올려놓고 싶어 하는 음모의 세계를 쉽고 쾌활하게 짊어질 수 있을 것 같았다. 그녀가 남편의 힘과 건강을 높이 평가한 것도 있지만, 그가 전혀 바보가 아니라는 것도 알아보았기 때문이었다. 그녀는, 그의 두꺼운 피부 아래 숨어 있는 교활하고 민첩한 정신을 알아보았다. 하지만 그녀는 자신의 루공을 너무도 잘 몰랐다. 그녀는 실제의 그보다 더 그를 어리석게 보았다. 결혼 며칠 후, 우연히 책상 서랍을 뒤지다가, 아델라이드가 서명한 5만 프랑 수령증을 보았다. 그녀는 눈치챘고 섬뜩함을 느꼈다. 어느 정도는 정직한 본성을 가지고 있는 그녀라 그런 방식을 싫어했다. 그러나 질겁하면서도 탄복하는 마음이 일었다. 그녀의 눈에 루공은 아주 강한 남자로 보였다.

젊은 부부는 거금을 벌기 위해 용감하게 뛰어들었다. 퓌에슈와 라캉 상사는 피에르가 생각한 것만큼 위태롭지 않았다. 부채 총액은 그만그만했고 돈만 조금 모자란 것이었다. 지방에서는 장사하려면 조심해야 큰 재앙을 피할 수 있다. 퓌에슈와 라캉 상사는 조심스러워도 너무나 조심스러운 축에 속했다. 겨우 5천 프랑에 겁을 먹었던 것이다. 그래서 그들의 가게, 진짜 구멍은 사실 별것 아니었다. 피에르가 가져온 5만 프랑은 부채를 청산하기에 충분했고 가게를 더 확장할 기회가 되었다. 시작은 행복했다. 3년 연이어 올리브나무에서 풍부한 수확물을 거두었다. 펠리시테는, 특히 피에르와 퓌에슈 영감을 놀라게 할 정도로 대담하게, 엄청난 양의 올리브유를 사들인 뒤 가게에 쌓아놓고 보관했다. 다음 두 해 동안 젊은 부인의 예감대로, 수확량이 부족했고 엄청나게 가격이 올라, 그들은 저장해 놓은 것을 팔아 높은 수익을 올렸다.

이런 대어(大漁) 이후, 퓌에슈와 라캉 나리는, 최근에 몇 푼 번 것에 만족하고, 연금 수령자로 살다 죽고 싶은 열망에 사로잡혀, 동업 전선에서 물러났다.

젊은 부부는, 가게의 유일한 주인이 되자, 마침내 큰 재산을 이룰 기반이 자리 잡혔다고 생각했다.

"당신이 나의 불운을 물리쳤어요." 펠리시테는 종종 남편에게 말하곤 했다.

그런 열정적인 기질이 가진 의외의 약점은 자신이 불운에 심하게 당했다고 생각하는 것이었다. 그때까지, 그녀는 자신이나 자신의 아버지나, 노력에도 불구하고, 전혀 성공하지 못했다고 강변했다. 남부 지방의 미신도 한몫해서, 마치 자신을 목 졸라 죽이려고 하는, 살과 뼈가 있는 산 존재와 맞서 싸우는 것처럼, 운명에 맞서 싸울 준비가 되어 있었다.

희한하게도 그녀의 두려움을 증명해 줄 일들이 바로 일어났다. 불운이, 가차 없이, 다시 돌아왔다. 매년, 새로운 재앙이 루공 상사를 흔들어 놓았다. 어떤 사람의 파산으로 몇천 프랑을 날렸다. 수확물의 풍작에 대한 예측은 어처구니없는 상황들이 연달아 일어나면서 뒤틀려 버렸다. 가장 확실한 투기도 비참하게 실패했다. 그것은 중단도 자비도 없는, 끝없는 싸움이었다.

"내 팔자가 센 게 분명하네요." 펠리시테가 씁쓸하게 말하곤 했다.

그럼에도, 첫 번째 투기에서 그렇게나 기민한 직감을 발휘했던 자신이, 왜 남편에게 한탄스러운 조언밖에 해 주지 못하는지 알 수 없어, 그녀는 분노하며, 악착스레 매달렸다.

피에르는, 지친 데다, 그녀만큼 집요하지 않아, 아내의 팽팽하고 고집스러운 태도만 아니었다면 수없이 걷어치워 버렸을 것이다. 그녀는 부자가 되고 싶었다. 그녀는 자신의 야망이 큰 재산 위에서만 이뤄질 수 있다고 생각했다. 그들이 몇십만 프랑을 가지게 되면, 도시의 주인이 될 수 있을 텐데. 그녀는 자신의 남편을 중요한 자리에 앉히고, 자신은 그 위에 군림할 수 있을 것이다. 그녀가 노심초사하는 것은 명예의 정복이 아니었다. 그녀는 자신이 그런 싸움을 위해 완벽하게 잘 무장되어 있다고 생각했다. 그러나 그녀는 종잣돈도 마련하지 못한 채 무력하게 살아가고 있었다. 사람들을 다루는 일은 그녀에게 두렵지 않았지만, 생명도 없고, 하얗고 차가운 동전들 앞에서, 모사꾼으로서의 그녀의 정신이 소용없는, 어처구니없게도 그녀에게 속하지 않으려는 돈 앞에서, 그녀는 일종의 무력한 분노를 느꼈다.

전투는 30년 넘게 계속되었다. 퓌에슈가 죽었을 때, 그것은 새로운 결정타였다. 4만 프랑 정도 물려받을 거라고 예상했던 펠리시테는, 이기적인 노인네가 자신의 편안한 노후를 더 잘 돌보기 위해 얼마 안 되는 재산마저 원금 회수가 안 되는 종신 연금에 넣었다는 것을 알았다. 그녀는 그것 때문에 몹시 괴로워했다. 그녀는 점점 까다로운 사람이 되었고, 더 억세지고, 더 쇳소리를 냈다. 아침부터 저녁까지, 기름 단지 주위를 부산하게 돌아다니는 그녀를 보고 있으면, 초조한 파리처럼 끊임없이 날아다니면서 판매에 활기를 불어넣고 있다고 믿는 것 같았다. 그녀의 남편은, 반대로 활동이 둔해졌다. 불운으로 뚱뚱해졌고, 더 두꺼워지고, 더 물렁해졌다. 그렇다고 이 30년의 투쟁이 그들을 파산으로 몰고 가지는 않았다. 매해 대차 대조표를 보면, 가까스로 수입과 지출을 맞추었다. 그들이 한 철 동안 적자를 봤다면, 다음 철에는 만회하곤 했다. 펠리시테를 화나게 한 것은 하루하루 먹고사는 그런 삶이었다. 그녀는 멋지고 그럴듯한 파산을 차라리 좋아했을 것이다. 지극히 작은 일에 몰두하는 것 말고, 최소한의 필요한 것밖에 못 버는데도 죽도록 일하는 것 말고, 그들은 자신들의 삶을 다시 시작할 수 있을까. 30년이 넘게 지났는데도, 그들은 5만 프랑도 벌어 놓지 못했다.

요컨대 신혼 때부터, 그들에게 결국 매우 버거운 짐이 되어 버린 가족이 많이 생겨났다는 이야기이다. 펠리시테는, 자그마한 부인들처럼, 그녀의 가냘픈 몸매를 보면 결코 예상하지 못할 터이지만, 수태 능력이 아주 뛰어났다. 5년 만에, 1811년부터 1815년까지 그녀는 2년 터울로 아들 셋을 낳았다. 그다음 4년 동안 딸 둘을 더 낳았다. 동물처럼 먹고 자는 시골의 조용한 삶보다 아이를 더 잘 만들어 내는 것은 없다. 부부는 마지막 두 여자애를 박대했다. 딸들은, 지참금이 부족할 때는, 끔찍한 걱정거리가 된다. 루공은 이젠 지긋지긋하다고, 악마가 여섯 번째 아이를 보내 준다면 악마를 끝장내겠다고 모든 사람에게 말했다. 정말로, 펠리시테는 딱 거기서 멈추었다. 그녀가 몇 명에서 멈추었을지는 아무도 모르는 일이다.

하지만 젊은 아내는 자식들을 파산의 원인으로 여기지 않았다. 오히려 그녀는 아들들의 머리 위에, 자신은 이루지 못했던, 엄청난 재산을 가져올 사원을 다시 짓고 있었다. 그녀가 그들의 미래를 꿈꾸며 기대한 때는, 그들은 열 살도 되지 않았었다. 자신의 힘으로 언젠가 성공하리라는 것을 믿지 않게 된 그녀는, 가차 없는 운명과 싸워 이기기 위해, 아들들에게 희망을 걸기 시작했다. 그들은 그녀의 이루지 못한 허영심을 채워 줄 수 있을 거고, 그녀가 헛되이 뒤쫓았던 부유하고 탐나는 자리를 그녀에게 줄 수 있을 것이리라. 그때부터, 그녀는 상점을 위한 지속적인 싸움을 포기하지 않으면서도, 자신의 지배 본능을 만족시켜 줄 제2의 전략을 세웠다. 아들 셋 중에서 그들 모두를 부자로 만들어 줄 뛰어난 놈 하나 없다는 것은, 말도 안 되는 일 같았다. 그녀는 느낌이 온다고 말하곤 했다. 그래서 그녀는 어머니의 엄격함과 고리대금업자의 애정이 깃든 열정을 가지고 자식들을 돌보았다. 나중에 엄청난 이익을 가지고 올 자본처럼 그녀는 즐거운 마음으로 정성을 기울여 아이들의 살을 찌웠다.

"그만해!" 피에르가 소리쳤다. "자식들이란 모두 배은망덕이지. 당신이 애들을 애지중지 키우느라, 우리를 파산시키고 있어."

펠리시테가 아이들을 중학교에 보내겠다고 말하자, 그는 화를 냈다. 라틴어는 쓸모없는 사치였고, 그들을 가까운 작은 기술 학교에 보내 수업을 듣게 하면 충분할 터였다. 그러나 젊은 아내는 굴복하지 않았다. 그녀는 교육받은 아이들을 과시하는 것에 대단한 자부심을 갖는, 그런 더 고상한 취향을 가졌다. 게다가 자식들이 어느 날 상류급 남자가 되어 있는 것을 보고 싶다면, 그들을 자신의 남편처럼 무식한 사람으로 놔둘 수 없다고 생각했다. 그녀는 정확히 말하지는 않았지만, 아이 셋 다 파리에서 높은 지위에 있는 것을 꿈꾸었다. 루공이 양보하여 세 아들이 중학교에 들어가자, 그녀는 여태 느껴 본 적 없었던, 자존심이 충족되는 최고의 기쁨을 누렸다. 그녀는 아이들끼리 선생과 학업에 대해 말하는 것을 황홀해하며 듣곤 했다. 장남이 그녀 앞에서 동생들 중 하나에게 rosa, la rose를 어미 변화시키는 날이면, 그녀는 감미로운 음악을 듣는 것 같았다. 그런 때의 그녀의 찬양은 어떤 계산도 들어 있지 않은 순수한 기쁨이었다고 해야 할 것이다. 루공 자신도 자식들이 자신보다 더 학식이 많은 사람으로 커 가는 것을 보게 된 무식한 자로서 이런 만족감에 걸려들었다. 그들의 자식들이 시내 최고 거물급의 아들들과 자연스레 우정을 쌓아 가자 부부는 결국 도취되고 말았다. 아들들은 시장의 아들, 군수의 아들, 생마르크 지구가 고맙게도 플라상 중학교에 입학시킨 두세 명의 어린 신사분들과 반말하는 사이가 되었다. 펠리시테는 그 정도 영광을 누린다면 지나치게 돈을 들인 것이 아니라고 생각했다. 그러나 세 아이의 교육비는 루공 부부의 가계에 엄청난 부담을 지웠다.

아이들이 대학 입학 자격자가 아닌 만큼, 엄청난 희생을 치러 가면서 그들을 중학교에 보내고 있는 동안, 부부는 자식들의 성공에 대한 희망 속에서 살았다. 그들이 학위를 땄을 때도, 펠리시테는 자신의 작품을 완성시키고자 했다. 그녀는 남편을 설득해 그들 셋 다 파리로 보내도록 했다. 둘은 법학을 했고, 하나는 의대에서 공부했다. 그리고 그들이 성인이 되고, 루공 집안을 거덜 냈을 때, 다시 시골로 돌아와 정착할 수밖에 없는 처지가 되었을 때, 가련한 부모들은 꿈에서 깨어나기 시작했다. 지방은 자신의 먹이를 다시 덮친 듯했다. 세 젊은이는 무기력에 빠졌고, 뚱뚱해졌다. 펠리시테의 목구멍에서 불운이라는 신물이 다시금 올라왔다. 아들들이 그녀를 거덜 냈다. 자식들은 그녀를 파산시켰고, 투자금으로 상징되었던 그들은 그녀에게 이익을 가져오지 않았다. 운명의 마지막 타격은, 아내로서의 야심과 동시에 어머니로서의 자존심과 관련된 만큼 훨씬 더 충격적이었다. 루공은 그녀에게 밤낮으로 말했다. "내가 당신한테 분명히 말했었지!" 그 말은 그녀를 더욱더 분노하게 만들었다.

어느 날, 그녀가 장남에게 그의 교육에 들어간 돈에 대해 쓰라린 마음으로 원망했을 때, 그는 그녀만큼 비통하게 말했다.

"할 수만 있다면, 나중에 다 갚을 거예요. 그런데 그럴 만한 재력이 없는 이상, 우리를 노동자로 만들어야 했어요. 우리는 낙오자예요. 우리는 어머니보다 더 고통스럽다고요."

펠리시테는 이 말의 오묘함을 이해했다. 그때부터 그녀는 아들들에 대한 비난을 그만두었고, 끝없이 그녀를 후려치는 운명을 향해 분노의 방향을 돌렸다. 그녀는 다시 하소연하기 시작했고, 항구까지 다 와서 돈 때문에 좌초하게 된 것을 더 심하게 한탄했다. 루공이 그녀에게 "당신 아들들은 게으름뱅이들이야. 우리를 끝까지 갉아먹을 거야"라고 말할 때마다, 그녀는 신랄하게 응대하곤 했다. "애들한테 줄 돈이 더 있으면 좋겠어요. 그 불쌍한 아이들이 아무것도 못 하는 것은, 돈이 없기 때문이에요."

1848년 초, 2월 혁명 직전에, 루공의 세 아들은 플라상에서 매우 불안정한 위치에 있었다. 그들은 같은 뿌리에서 나왔을지라도, 내면적으로 다른, 매우 특이한 유형들을 보여 주었다. 요컨대 그들은 부모보다 나았다. 루공 집안은 여성들에 의해 정화되었음이 분명했다. 아델라이드는 피에르를 낮은 야망에 적합한 보통 정도의 정신으로 만들었다. 펠리시테는 자식들에게, 큰 악덕과 높은 덕을 행할 수 있는, 더 높은 지성을 주었다. 그때 장남 으젠은 마흔 살에 가까웠다. 그는 보통 키, 약간 대머리에, 벌써 뚱뚱해지고 있는 남자였다. 그는 아버지를 닮아, 긴 얼굴에, 이목구비가 넓은 편이었다. 포동포동한 몸이 물러 보이고, 하얀 얼굴은 밀랍처럼 누런 안색을 띤 것이, 피부 속에 지방이 꽤 있음을 짐작하게 된다. 둔중하고 네모난 골격을 가진 얼굴에는 여전히 농부의 모습이 남아 있는 반면, 무거워진 눈꺼풀을 들어올리고 시선이 깨어났을 때는, 얼굴 모습이 바뀌고 안에서부터 환한 빛을 발했다. 이 아들에게서 아버지의 둔중함은 근엄함으로 나타났다. 평소에 이 뚱뚱한 남자는 졸음에 깊이 빠진 듯한 태도를 유지했다. 피곤한 몸짓을 크게 할 때면, 행동할 때를 기다리며 기지개를 켜는 거인 같았다. 과학이 그 법칙들을 찾아내기 시작한 기질의 예기치 못한 변덕으로, 으젠에게서 피에르의 신체 특징이 완전하게 나타났다면, 펠리시테는 지적 기질을 제공하는 데 기여한 듯했다. 으젠은 아버지의 두꺼운 피부 속에, 어머니 쪽의 윤리적이고 지성적인 어떤 기질들을 감추고 있는 흥미로운 경우였다. 그는 높은 야망, 권위적인 본능을 가졌고, 특이하게도 평범한 능력과 빈약한 재산을 경멸했다. 그는 펠리시테의 혈관 속에 귀족의 피가 좀 들어갔다고 의심하는 플라상 사람들이 어쩌면 틀리지 않았다는 증거였다. 루공 가계에서 맹렬하게 발달하고 있던, 그리고 이 집안의 특징과 같았던 향유에 대한 욕망은, 그 남자 안에서는 가장 고귀한 어떤 면으로 나타났다. 그는 소유하고 누리기를 원하지만, 자신의 정복욕을 만족시키면서 누리는, 정신적 쾌락을 통한 것이었다. 지방은 그런 남자가 성공하기에는 적당치 않았다. 그는 파리 쪽으로 눈을 돌리고, 기회를 노리면서, 지방에서 15년을, 그럭저럭 버티며 살았다. 고향인 소도시에 돌아오자마자, 부모님의 빵을 축내지 않기 위해, 그는 변호사 명부에 이름을 올렸다. 그는 이따금 변호를 맡으며, 겨우 먹고살았고, 별 볼 일 없이 성실하게 사는 정도를 넘어서는 것 같지 않았다. 플라상 사람들은, 그가 흐릿한 목소리에, 몸짓은 둔중하다고 생각했다. 그가 고객의 소송에서 승소한 경우는 드물었다. 그는 곧잘 문제에서 벗어나, 그 방면 수완가들의 표현에 따르면, 횡설수설하곤 했다. 특히 어떤 날은, 손해 배상 사건을 변론하면서, 그는 자신을 잊어버리고, 재판장이 그의 말을 중단시킬 정도로, 정치적인 의견 속에서 헤맸다. 그는 야릇한 미소를 띠며 바로 앉았다. 그의 고객이 엄청난 금액을 지급하라는 선고를 받았어도, 그는 주제를 벗어난 그의 말에 대해 조금도 후회하지 않는 듯했다. 그는 자신의 변호사 업무를 나중에 자신에게 도움이 되는 단순한 연습으로 생각하는 듯했다. 펠리시테가 이해하지 못하고 실망했던 것이 바로 그 부분이었다. 그녀는 자기 아들이 플라상의 민사 재판소에서 조목조목 법에 대해 말해 주기를 바랐다. 그녀는 결국 자신의 장남을 매우 탐탁지 않게 여기게 되었다. 그녀에 따르면, 그렇게 무기력한 아이가 집안의 명예가 될 수는 없었다. 반대로, 피에르는 그 아들에 대한 절대적인 신뢰가 있었는데, 자신의 아내보다 더 통찰력 있는 눈을 가져서가 아니라, 그에게는 무엇보다 겉모습이 중요했고, 자신과 판박이인 아들의 천재성을 믿으면서 스스로 우쭐했기 때문이었다. 2월 혁명이 일어나기 한 달 전, 으젠은 초조해했다. 특유의 육감으로 그는 위기 상황을 간파하고 있었다. 그때부터, 플라상의 길거리를 바쁘게 오갔다. 사람들은 그가 고통받는 영혼처럼 거리를 배회하는 것을 보았다. 그리고 그는 별안간 결정을 내리고, 파리로 떠났다. 그의 주머니에는 5백 프랑도 없었다.

루공의 아들 중 막내인 아리스티드는 말하자면 으젠과 완전히 반대였다. 그는 얼굴은 어머니를 닮았지만, 탐욕스럽고, 천박한 계략에 적합한, 음험한 성격이라는 점에서, 무엇보다 아버지의 본능들이 큰 영향력을 발휘했다. 본성은 종종 균형이 필요하다. 작고, 지팡이의 둥근 장식에 조각된 폴리치넬라 얼굴과 닮은, 간사해 보이는 아리스티드는, 빨리 누리고 싶어, 거침없이, 꼬치꼬치 캐고 다녔으며, 사방을 들쑤시고 다녔다. 그의 형이 권력을 사랑했다면, 그는 돈을 사랑했다. 으젠이 자신의 뜻에 따라 한 민족을 복종시키기를 꿈꾸면서 전능한 자신의 미래에 도취했다면, 그는 엄청난 부호가 된 자신, 황족처럼 호화로운 저택에 살면서 잘 먹고 잘 마시고, 육체의 모든 감각과 기관들을 통해 삶을 만끽하는 자신을 꿈꾸었다. 그는 특히 빨리 한 재산을 모으고 싶어 했다. 그가 공중누각을 쌓아 올릴 때, 그 성(城)은 그의 마음속에서 마법처럼 세워지곤 했다. 하룻밤 새 금이 가득 찬 큰 통들이 그의 것이 되었다. 그 방법에 대해 전혀 걱정하지 않은 만큼, 가장 빠른 방법이 가장 좋은 방법으로 느껴질수록, 그런 몽상은 무기력한 그와 잘 맞았다. 루공가(家)라는 종족, 맹렬한 식욕을 가진, 뚱뚱하고 탐욕스러운 그 농부들은 너무 빨리 무르익어 버렸다. 물질적 향유에 대한 모든 욕구가 아리스티드에게서 활짝 피어났고, 성급한 교육에 의해 세 배로 커진, 그 욕구들은 체계적이라는 점에서, 결코 만족을 모르고 위험했다. 펠리시테는 여성적인 섬세한 직관에도 불구하고, 이 아들을 더 좋아했다. 그녀는 으젠이 더는 자신에게 속하지 않는다고 느꼈다. 그녀는 막내아들이 집안에서 제일 잘난 남자가 될 거라며, 잘난 남자는 그 재능이 힘을 발휘하는 날까지 점잖지 못하게 살아도 된다면서, 그의 어리석은 짓들과 게으름을 변호했다. 아리스티드는 그녀의 관대함을 가차 없이 시험했다. 파리에서 그의 생활은 지저분했고 게을렀다. 라탱 지구의 술집들에 등록하는 학생 중 하나였다. 게다가 그에게는 2년밖에 남지 않았다. 그가 아직까지 단 한 번의 시험도 치르지 않았다는 것을 안 아버지가 놀란 나머지, 그를 플라상에 붙잡아 놓고, 가정을 꾸리면 좀 반듯한 남자가 될 것 같아, 그에게 아내를 구해 보라고 권했다. 아리스티드는 시키는 대로 결혼했다. 그 당시, 그는 자신의 야망에 대해 분명히 깨닫지 못했다. 그에게 지방에서의 삶은 나쁘지 않았다. 그는 자신의 소도시에서 먹고, 자고, 빈둥거리면서, 빌붙어 살았다. 펠리시테가 그를 열렬히 싸고도는 바람에 피에르도, 젊은 놈이 열심히 가게 일을 한다는 조건으로, 그 부부를 먹이고 재우는 데 동의했다. 그때부터 녀석은 무위(無爲)라는 멋진 삶을 시작했다. 그는 중학생처럼 아버지의 사무실에서 도망 나와 어머니가 몰래 챙겨 준 금화 몇 개를 들고 도박하려고 나갔고, 낮에도 그리고 밤 대부분을 클럽에서 살았다. 그가 그런 식으로 멍청하게 보냈던 4년간이 어땠는지 잘 이해하려면, 지방의 삶을 깊숙이 살아 보아야 한다. 소도시마다, 가끔 일하는 척하지만 실제로는 일종의 굳센 신념을 가지고 자신들의 게으름을 키우며 부모에 얹혀사는 사람들이 있다. 아리스티드는 지방의 공허함 속에서 나른한 쾌감에 젖어 어물쩍 빈둥거리며 살아가는 치유 불능의 유형이었다. 그는 4년 동안 에카르테 카드놀이를 했다. 그가 클럽에서 사는 동안, 무르고 온화한 금발 여자, 그의 아내는 화려한 옷치장을 매우 좋아하는 데다, 그렇게 가냘픈 사람치고는 아주 흥미롭게도, 엄청난 식욕으로 루공 상사의 파멸을 앞당겼다. 앙젤은 하늘빛 리본들과 쇠고기 안심구이를 끔찍이 사랑했다. 그녀는, 시카르도 사령관이라고 불리는, 은퇴한 대위의 딸이었는데, 호인인 아버지는 딸에게, 자신이 모은 돈 전부인, 만 프랑을 지참금으로 주었다. 그래서 피에르는 아리스티드를 별 볼 일 없다고 본 만큼, 아들을 위해 앙젤을 선택한 것이, 예상 밖으로 잘 끝낸 일이라고 생각했다. 만 프랑의 지참금 덕분에 결정했지만, 바로 자기 목에 무거운 돌덩이를 매단 꼴이 되었다. 아들은 진즉부터 교활한 사기꾼이었다. 그는 아버지에게 만 프랑을 맡겼고, 그와 손을 잡았더라도, 한 푼도 받지 않고, 열성을 다하겠다고 천명했다.

"우리는 아무것도 필요하지 않아요. 아버지가 우리를, 제 아내와 저를 돌보아 주시면 돼요. 우리 사이의 계산은 나중에 하기로 해요."

피에르는 궁했던 처지라, 아리스티드의 무심함이 약간 걱정되었지만, 받아들였다. 아리스티드는 오래지 않아 아버지가 그에게 돌려줄 만 프랑이 없어질 테고, 동업이 깨지지 않는 한, 그와 자신의 아내는 아버지 돈으로 넉넉하게 살 수 있으리라 생각하고 있었다. 바로 그런 생각에서 몇 장의 수표가 멋지게 투자된 것이다. 기름 장수 아버지가 어떤 사기를 당했는지 알아차렸을 때는, 더는 아리스티드에게서 벗어날 방법이 없었다. 앙젤의 지참금은 악화되고 있는 투기에 출자된 다음이었다. 그는 며느리의 엄청난 식욕과 아들의 나태에 화나고 충격받은 가운데, 집안 살림을 꾸려 가야 했다. 수없이, 그들과의 관계를 끝낼 수만 있다면, 그의 단호한 표현대로라면, 그의 피를 빨아먹는 그 기생충을 내쫓았을 것이다. 펠리시테는 은밀히 그들을 지원했다. 그녀의 야심 찬 꿈을 파악한 젊은이는 그녀에게 매일 밤 그가 머지않아 실현할 게 틀림없는 거액의 돈에 대한 찬란한 계획을 피력했다. 상당히 드문 우연이지만, 그녀는 며느리와 사이가 좋았다. 요컨대 앙젤은 의지라곤 하나도 없고, 가구처럼 마음대로 비치할 수 있는 사람이라는 이야기이다. 피에르는 아내가 막내아들의 미래 성공에 대해 말할라치면 화를 내곤 했다. 그는 그 아들이 언젠가 그들 가게를 망하게 할 거라고 그를 비난했다. 아들 부부가 그의 집에 빌붙어 사는 4년 동안, 그는 불같이 화를 냈지만, 아리스티드나 앙젤을 그들의 웃음 띤 평온의 세계에서 조금도 끌어내지 못하면서, 아무 힘도 못 쓰는 자신의 분노를 싸움으로 소진했다. 그들은 거기에, 무거운 덩어리처럼, 자리 잡고 살았다. 마침내 피에르에게 행복한 기회가 왔다. 그는 아들에게 만 프랑을 돌려줄 수 있게 되었다. 그가 아들과 계산을 끝내려 했을 때, 아리스티드는 수많은 억지를 찾아냈고, 그는 그를 먹이고 재워 준 비용에 대해선 한 푼도 받아 내지 못하고 그를 내보내야 했다. 부부는 아주 가까운 곳, 구시가지의 작은 광장인, 생루이 광장에 가서 자리 잡았다. 만 프랑은 빠르게 없어졌다. 안정된 지위가 필요했다. 그러나 아리스티드는 집에 돈이 있는 한, 삶의 방식을 전혀 바꾸지 않았다. 그에게 마지막 백 프랑 수표가 남았을 때에야, 그는 초조해졌다. 그가 수상쩍은 태도로 시내를 어슬렁거리는 모습이 보였다. 그는 이제는 클럽에서 즐겼던 작은 커피 한 잔도 하지 않았다. 그는 카드를 치지는 않고, 노는 것만 열렬히 바라보았다. 곤궁한 삶이 그를 본래의 그보다 훨씬 더 고약하게 만들었다. 오랫동안 그는 버텼고, 고집스레 아무것도 하지 않았다. 1840년에 그는 아들, 꼬마 막심을 얻었고, 막심의 할머니 펠리시테는 다행히도 그를 중학교에 보내 주고, 손자의 기숙사비를 몰래 대 주었다. 아리스티드에게는 입 하나를 던 셈이었다. 그렇지만 불쌍한 앙젤은 굶주렸고, 결국 남편은 일자리를 찾아야 했다. 그는 군청에 들어가는 데 성공했다. 거기서 10년 가까이 있었지만, 겨우 1천8백 프랑의 급료를 받았다. 그때부터 앙심을 품고, 원한을 쌓으며, 빼앗긴 즐거움을 누리고자 하는 끝없는 욕망 속에 살았다. 그는 최하급인 자신의 위치에 매우 격분했다. 그의 손에 쥐어진 초라한 150프랑은 큰 재산에 대한 조롱 같았다. 그의 몸을 충족시켜 줄 그와 같은 욕망이 그렇게까지 한 남자를 불태운 적이 없었다. 펠리시테에게 자신의 고통을 이야기했지만, 그녀는 굶주린 아들 때문에 화가 난 것은 아니었다. 그녀는 빈곤이 그의 게으름을 채찍질할 것으로 생각했다. 그는 멋지게 속여 먹을 기회를 노리는 도둑처럼 몰래 숨어 귀를 기울이며, 주변을 살피기 시작했다. 1848년 초에, 그의 형이 파리로 떠났을 때, 그도 형을 따라 갈 생각을 잠깐 했다. 그러나 으젠은 미혼이었다. 자신은 주머니 속에 큰돈도 없이, 아내를 그렇게 멀리 끌고 갈 수는 없었다. 그는 어떤 파국의 냄새를 맡았고, 제일 먼저 등장할 먹이를 목조를 각오와 함께, 기다렸다.

루공의 또 다른 아들 파스칼은 으젠과 아리스티드 사이에 태어난 둘째 아들이지만, 한집안 식구로 보이지 않았다. 파스칼은 유전의 법칙에 오류가 있음을 보여 주는 경우에 속했다. 자연은 종종, 한 종족 안에서, 자연의 창조력에서 모든 요소를 끌어내어 한 존재를 탄생시키는, 그런 일을 한다. 파스칼에게서는 기질이나 용모에서나 루공 집안을 떠올리는 것이 전혀 없었다. 키가 크고 온화하고 진지한 얼굴에, 공정한 정신과 연구에 대한 열정, 절제 욕구가 있는 그는 자기 집안의 야심 어린 열기와 양심적이지 못한 술책과는 묘하게 대조를 이루었다. 파리에서 의학 공부를 탁월한 성적으로 마친 후, 교수들의 제안에도 불구하고, 자신이 좋아하는 바대로 플라상으로 내려와 은둔했다. 그는 지방의 평온한 삶을 사랑했다. 그는 학자에게는 그러한 삶이 파리의 소란보다 더 바람직하다고 옹호했다. 플라상에서도, 환자들의 수를 늘리는 데는 전혀 신경 쓰지 않았다. 매우 검소하고, 자산에 대해 상당히 무관심한 그는 그저 우연히 그에게 온 몇몇 환자들에 만족했다. 자연사에 대한 열정에 사로잡혀, 그가 경건하게 칩거하고 있는, 신시가지의 환하고 작은 집이 그가 누린

사치 전부였다. 그는 특히 생리학에 진정 아름다운 열정을 품었다. 시내에서는 그가 종종 구제원의 무덤 파는 인부들에게서 시체들을 사 간다고 알려졌다. 그 때문에 예민한 부인들과 몇몇 부자 겁쟁이들에게 그는 공포의 대상이었다. 그를 마술사로 취급할 정도까지 가지 않은 것은 다행이었다. 그런데도 그의 환자들은 계속 줄어들었다. 사람들은 그를, 상류 사회 사람들이라면 연루되지 않도록, 그들의 새끼손가락 끝도 맡기지 말아야 하는 괴짜처럼 여겼다. 언젠가 시장 부인이 이렇게 말했다는 소문이 돌았다.

"그 의사한테 치료받느니 차라리 죽는 게 나을 거야. 그에게선 죽음의 냄새가 난다고."

그때부터, 파스칼에 대한 판정이 끝났다. 그는 자신이 불러일으킨 그런 은밀한 두려움에 만족한 듯 보였다. 환자들이 적을수록, 그는 자신이 사랑하는 학문에 몰두할 수 있었다. 그는 아주 저렴한 가격으로 왕진했기 때문에, 서민들은 변함없이 그를 지지했다. 그는 딱 먹고살 정도로만 벌었고, 고향 사람들과 뚝 떨어진 채, 연구와 발견에 대한 순수한 기쁨 속에서, 만족하며 살았다. 이따금 그는 파리 과학 아카데미에 논문을 보내곤 했다. 플라상 사람들은 이 괴짜가, 죽음의 냄새를 풍기는 이 남자가, 학계에서는 매우 유명하고 많은 관심을 받는 사람이라는 것을 아예 몰랐다. 일요일이면, 식물학자의 상자를 목에 걸고, 손에는 지질학자의 망치를 들고, 가리그 언덕으로 떠나는 그를 볼 때면, 사람들은 반듯한 정장 차림에, 부인들에게 아주 상냥하고, 옷에서는 늘 감미로운 제비꽃 향수 냄새를 풍기는 시내의 다른 의사들과 비교하곤 했다. 파스칼은 그의 부모들한테서는 더더욱 이해받지 못했다. 그렇게 이상하고 보잘것없는 방식으로 살아가는 아들을 보았을 때, 펠리시테는 충격받았고, 자신의 희망을 배신했다고 그를 비난했다. 아리스티드의 게으름은 크게 잘될 거라고 믿으며 참아 주었던 그녀지만, 파스칼의 보잘것없는 삶과 은둔에 대한 사랑, 부에 대한 경멸, 사람들과 떨어져서 살려는 굳은 결심을 볼 때마다 화가 나지 않을 수 없었다. 언젠가 그녀의 허영심을 채워 줄 아이는 확실히 이 아들은 아니고 말고!

"도대체 너는 누구 자식인 거니?" 그녀는 가끔 그에게 말했다. "너는 우리 자식이 아니야. 네 형과 동생을 봐. 그 아이들은 찾아다니며, 우리가 시켜 준 교육을 유익하게 사용하려고 애쓰잖아. 그런데 너는 고작 바보 같은 짓만 하는구나. 우리에게 제대로 보상도 하지 않고, 너를 키우려다 파산한 우리에게 말이지. 정말, 너는 우리 자식이 아니다."

화를 내야 할 때에도 웃음으로 넘기는 파스칼은, 약간은 빈정대듯이, 쾌활하게 대답하곤 했다.

"자 자, 한탄하지 마세요. 두 분이 완전히 파산해도 걱정 마세요. 아프시면, 두 분 다 무료로 치료해 드릴 테니."

게다가 그는 자기 가족을 거의 만나지 않았고, 어쩔 수 없이 자신의 고유한 천성으로 혐오감을 느꼈어도 전혀 내비치지 않았다. 군청에 들어가기 전, 아리스티드는 작은형에게 여러 번

도움을 청하러 왔었다. 그는 미혼으로 지냈다. 그는 곧 닥칠 중대 사건들에 대해 낌새만 채고 있을 뿐이었다. 2~3년 전부터, 그는 동물과 인간을 비교하면서, 유전이라는 난제를 다루고 있었으며, 자신이 얻은 흥미로운 결과들에 몰두했다. 자신과 자신의 가족에 대한 관찰이 연구의 출발점이 되었다. 사람들은, 무의식적인 직관력으로, 그가 얼마나 루공 집안과 다른지, 그가 가족의 성을 전혀 덧붙이지 않고, 자기 이름을 그냥 파스칼이라고 말하는 것을, 너무나 잘 이해했다.

1848년의 혁명이 일어나기 3년 전, 피에르와 펠리시테는 그들의 가게를 청산했다. 둘 다 나이가 들어 50대를 넘었으며, 싸우는 것에 지쳤다. 행운이 거의 따르지 않았던 삶에서, 계속 고집하다가, 거렁뱅이 신세가 될까 두려워했다. 자식들은 그들의 기대를 저버렸을 뿐 아니라, 그들에게 최후의 일격을 가했다. 자식 덕으로 언제 부자가 될지도 믿지 못하게 된 지금, 그들은 적어도 그들의 노후를 위해 빵 한 조각이라도 지키고 싶었다. 그들은 겨우 4만여 프랑을 챙기고 은퇴했다. 그 돈은 시골에서 옹색하게 살 정도인 2천 프랑의 연금을 제공했다. 다행히, 그들의 딸 마르트와 시도니를 결혼시키면서, 한 딸은 마르세유에 또 다른 딸은 파리에 정착했기에, 그들만 남았다.

가게를 처분하고 나서, 그들은 은퇴한 상인들 구역인 신시가지에 살고 싶었다. 하지만 그럴 수 없었다. 그들이 받는 연금이 너무나 적었다. 그들은 거기서 기가 죽어 살게 될까 두려웠다. 일종의 절충안으로, 그들은 구시가지와 신시가지를 나누는 도로인 라 반로에 집을 빌렸다. 그들의 거주지는 구시가지 가장자리에 늘어선 집 중에 있었고, 그들은 또다시 하층민 구역에 살게 되었다. 그래도, 창문으로, 지척에서, 부자들 구역이 보였다. 그들은 약속의 땅을 바로 앞턱에 두고 있었다.

그들의 거주지는 3층이었고, 세 개의 큰 방으로 되어 있었다. 그들은 그 방을 식당, 거실, 침실로 만들었다. 2층에는 지팡이와 우산을 파는 주인이 살았고, 1층은 그의 가게였다. 좁고 깊숙하지도 않은 3층짜리 건물이었다. 펠리시테는 이사 왔을 때, 너무나 비통한 심정이었다. 지방에서, 세 들어 산다는 것은 가난을 고백하는 것이나 마찬가지이다. 플라상에서 건물들은 아주 싼 값에 팔리기 때문에, 웬만한 가정들은 모두 자기 집이 있다. 피에르는 허리띠를 졸라맸다. 그는 집을 꾸미는 것에 관한 이야기는 들으려고도 하지 않았다. 예전의 퇴색하고, 닳은, 덜걱거리는 가구들은 수리조차 하지 못한 채 사용해야 했다. 펠리시테도 그런 인색함의 이유를 너무나 잘 알고 있던 터라, 파손된 모든 것에 새로 광택을 내기 위해 고심했다. 그녀는 다른 것보다 더 손상된 가구들은 직접 못질을 다시 하고, 안락의자의 해어진 벨벳을 짜깁기했다.

뒤쪽의 식당과 부엌에는 거의 아무것도 없었다. 식탁 하나와 열두 개 정도의 의자들은, 창문 하나가 이웃집 회색 벽 쪽으로 나 있는 어두운 넓은 방에서는 잘 보이지도 않았다. 사람들이 침실로 들어갈 일은 전혀 없어서, 펠리시테는 거기에다 쓸모없는 가구들을 숨겨 놓았다. 침대, 옷장, 개폐식 뚜껑이 달린 책상,

화장대 말고도, 노부인이 차마 버리지 못했던 중요한 잔해들이, 겹쳐서 올려놓은 유아용 침대 두 개, 문짝이 떨어진 찬장과 텅 빈 책장이 있었다. 그럼에도 그녀의 모든 노력은 거실에 집중되었다. 그녀는 그곳을 그럭저럭 살 만한 장소로 만들어 놓았다. 거실에는, 반들반들한 꽃무늬가 있는, 노르스름한 벨벳 가구도 갖추어져 있었다. 복판에는 대리석 판이 깔린 작은 원탁이 있었다. 거울이 달린 콘솔들은 방 양쪽 가장자리에 붙여 놓았다. 마루 중앙에만 깔린 양탄자와 검은 파리똥으로 얼룩진 하얀 모슬린 갓을 단 샹들리에도 있었다. 벽에는 나폴레옹 대전(大戰)들을 그린 여섯 개의 석판화가 걸려 있었다. 이런 식으로 실내를 꾸미는 것은 제국 초기 때부터 유행했다. 실내 장식을 위해, 펠리시테가 유일하게 밀어붙인 것은 커다란 당초 문양이 있는 오렌지색 벽지로 방을 도배하는 것이었다. 그렇게 거실의 야릇한 노란색은 눈부신 가짜 채광으로 방을 가득 채웠다. 가구, 벽지, 창문 커튼도 노란색이었다. 양탄자와 원탁과 콘솔들의 대리석까지 노란 기가 돌았다. 그래도 커튼을 닫으면, 전체 색조가 꽤 조화를 이루어 거실은 상당히 깔끔해 보였다. 하지만 펠리시테는 호사스러운 다른 모습을 꿈꾸었었다. 그녀는 제대로 가려지지 않은 가난을 말없이 절망적으로 바라보곤 했다. 평상시에 그녀는 집에서 제일 아름다운 방인 거실에서 지냈다. 가장 달콤하면서도 동시에 가장 쓰디쓴 그녀의 즐거움 중에는 라 반로를 향한 방의 창문 중 하나 앞에 앉아 있는 것이었다. 그녀는 군청의 광장을 비스듬하게 볼 수 있었다. 그곳은 바로 그녀가 꿈꾸던

천국이었다. 아무것도 없고, 깨끗하고, 환한 집들이 있는 작은 광장은 그녀에게 에덴동산 같았다. 그 집들 중에서 하나를 가질 수만 있다면, 자신의 목숨 10년과도 바꾸었을 것이다. 왼쪽 모퉁이를 차지하고 있는 집, 시 징세관이 사는 그 집에 특히 그녀의 마음이 맹렬하게 끌렸다. 그녀는 임신부가 입덧하듯이 그 집을 주시하곤 했다. 이따금, 그 아파트의 창문이 열려 있을 때면, 화려한 가구들의 모서리들, 호화로운 공간이 살짝 보일 때마다, 그녀의 마음이 요동치곤 했다.

그 당시, 루공 부부는 충족되지 않는 자만심과 욕망이라는 이상한 위기를 겪고 있었다. 그들의 얼마 안 되는 행복한 감정은 쓰디쓰게 변했다. 그들은 스스로 불운의 희생자들로 자처했으며, 절대 포기하지 않고, 만족하기 전에는 죽지 않겠다며 더욱 맹렬하고 더욱 단호한 마음이었다. 실상 그들은 고령에도, 자신들의 희망 가운데 어떤 것도 포기하지 않았다. 펠리시테는 막연히 자신은 부자로 죽을 거라는 예감이 든다고 강변했다. 그러나 비참한 나날은 그들에게는 참기 힘들었다. 그들의 노력이 쓸모없었음을 돌아보거나, 그들의 30년 투쟁과 자식들의 배반을 떠올릴 때면, 그들의 사상누각이 더러움을 감추기 위해 커튼을 쳐 놓아야만 하는 그 노란 거실로 끝난 것을 볼 때면, 그들은 격렬한 고통에 휩싸였다. 그래서 마음을 달래기 위해, 엄청난 재산을 모으는 계획을 세우고, 성공 수단을 찾으려고 애썼다. 펠리시테는 복권에서 10만 프랑이라는 떼돈에 당첨되는 것을 꿈꾸곤 했다. 피에르는 자신이 놀라운 투기를 고안해 낼 거라고 상상하곤 했다. 그들은 오로지 한 가지 생각만을 품고 살았다. 즉각, 몇 시간 내에, 거부(巨富)가 되는 것이었다. 부자가 되고, 즐기고, 설령 그것이 1년 동안이라 해도, 그들의 전 존재는, 노골적으로, 필사적으로 바로 그것만을 목표로 했다. 그러고는 자식들을 중학교에 보냈으면서도, 일신상의 어떤 혜택도 받지 못한다는 생각에 익숙해질 수 없는 부모들 특유의 이기주의로, 여전히 막연하게 자식들을 기대했다.

펠리시테는 조금도 나이를 먹지 않은 듯했다. 한자리에 있지 못하고, 매미처럼 붕붕거리는, 여전히 똑같이 거무스레한 작은 부인이었다. 길에서 그녀의 뒷모습을 본 행인이라면, 빠른 걸음걸이에, 메마른 어깨와 허리를 보고, 열다섯 살 소녀로 생각했을 것이다. 그녀의 얼굴도 전혀 변하지 않았고, 단지 더 움푹하게 들어가 흰담비 얼굴과 점점 더 닮아 갔다. 윤곽도 그대로여서, 누런 양피지처럼 쭈글쭈글해진 소녀의 얼굴이라 할 수 있을 것이다.

피에르 루공으로 말할라치면, 배가 나왔다. 그는 매우 존경할 만한 부르주아가 되었으나, 완전히 위엄 있게 보이는 데 필요한 두툼한 연금이 부족할 뿐이었다. 그의 살찐 창백한 얼굴, 육중함, 선잠에 빠진 듯한 모습은 돈 냄새를 풍기는 듯했다. 어느 날 그는 잘 알지 못하는 한 농부에게서 이런 말을 들었다. "저 뚱뚱이, 좀 벼락부자 같은데. 이런, 저녁거리는 걱정하지 않겠군!" 그런 지적은 정말이지 그의 마음을 후려쳤다. 왜냐면 백만장자의 기름기와 근엄함을 가진 용모이면서도 거지로 사는 것을 잔인하게 조롱하는 듯 여겼기 때문이었다. 그가 일요일마다 창문 문고리에 걸어 둔 싸구려 작은 거울 앞에서 면도할 때면, 정장과 하얀 넥타이 차림의 자신이, 군수네 집에 모이는 플라상의 이런저런 관리보다 더 훌륭할 거라는 생각을 하곤 했다. 장사 걱정에 창백하고, 앉아서 일한 덕분에 뚱뚱해진 얼굴에서 보이는 자연스러운 평온함 밑에 증오에 찬 욕망을 숨기고 있는, 농부의 아들인 그는 사실 근엄해 보이지만 무능한 모습, 공인된 사교계에 들어가기에 알맞은 둔한 몸집의 남자였다. 사람들은 그의 아내가 그를 마음대로 조종한다고 단언하지만, 그들이 잘못 생각한 것이었다. 그는 고집스러운 짐승 같은 데가 있었다. 어떤 의도가 생소할지라도, 명백하게 인식되면, 사람들을 때릴 정도로 거칠게 화를 낼 수도 있을 것이다. 그러나 펠리시테는 그를 저지하기에는 너무 유순했다. 이리저리 뛰어다니기를 좋아하고, 활발한 성질의 왜소한 그 여자는 장애물들과 정면으로 부딪치는 것을 전략으로 삼지는 않았다. 그녀가 남편으로부터 뭔가를 얻어 내려 할 때나, 자신이 최상이라고 생각되는 길로 그를 밀어 넣으려 할 때는, 격하게 날아다니는 매미처럼 그의 주변을 맴돌았고, 그를 사방에서 찔러 댔으며, 그가 굴복할 때까지, 그가 알아차릴 틈도 없이, 수없이 다시 시도했다. 그는 그녀가 자신보다 더 똑똑하다고 생각했기 때문에 웬만큼 꾹 참고 그녀의 충고들을 받아들였다. 펠리시테는 도움도 안 되면서 공연히 법석만 떠는 사람보다는 더 쓸모 있었고, 종종 피에르의 귀에 대고 붕붕거리면서 모든 일을 다 해냈다. 그 부부가 자신들의 실패에 대해 서로에게 대놓고 탓한 적은 거의 없었다. 아이들 교육 문제만 그 가정에 폭풍을 몰고 왔다.

1848년의 혁명은, 루공 집안 모두를 경계 태세에 들게 했는데, 그들이 자신들의 불운에 격분한 상태라, 오솔길 모퉁이에서 큰돈을 만나기만 한다면 언제든 가로챌 준비가 되어 있었기 때문이다. 그들은 매복한 채, 결과물을 강탈할 준비가 되어 있는 가족 강도단이었다. 으젠은 파리를 감시했다. 아리스티드는 플라상을 제물로 바칠 때를 노렸다. 그들의 아버지와 어머니는 어쩌면 가장 맹렬한 사람들로 자신들의 몫을 위해 일하는 것은 물론이고, 나아가 그들 자식의 일에서도 이익을 취할 생각이었다. 과학의 소박한 열애자인 파스칼만이 신시가지의 환한 작은 집에서, 사랑에 빠진 연인처럼 다른 것에는 무심한 채 행복한 삶을 살고 있었다.

3장

플라상이라는, 1848년에도 계급 간의 분리가 너무나 뚜렷하게 보이는 닫힌 그 도시에서, 정치적 상황의 여파는 매우 은밀했다. 오늘날에도, 그곳 사람들은 목소리를 죽인다. 부유층은 신중함 때문에, 귀족들은 무언의 절망에 빠져서, 성직자들은 교활하고 의뭉스럽기 때문이었다. 왕들이 서로의 왕관을 뺏고 뺏기든, 공화국이 성립되든, 그 도시는 거의 동요되지 않는다. 파리에서 사람들이 서로 치고받을 때, 플라상 사람들은 자고 있다. 그렇게 표면은 조용하고 무심해 보이지만, 그 밑에는 연구가 필요한 매우 흥미로운 작업이 숨겨져 있다. 거리에서 총격이 일어날 일은 거의 없어도, 신시가지와 생마르크 지구의 살롱에서는 음모들이 넘쳐 난다. 1830년까지 사람들은 계산하지 않았다. 오늘날도, 사람들은 누구의 편에도 끼지 않았던 것처럼 행동한다. 모든 것은 성직자들, 귀족, 부유층들 사이에서 일어난다. 사제들은 매우 수가 많고, 그 지방의 정치에 소리를 낸다.

그들은 지하 탄광이고, 어둠 속에서 이루어지는 타격이며, 매 10년마다 기껏해야 앞으로 한 발 내디딜지 또는 뒤로 한 발 뺄지를 결정하는 현학적이고 소심한 전술이다. 무엇보다 소란을 피하고 싶은 남자들의 비밀스러운 싸움은 특유의 정밀함, 작은 일에 발휘되는 능력, 열정 잃은 이들에게서 보이는 그런 인내심을 요구한다. 파리에서 흔히 비웃는 지방의 굼뜸은 배반, 은밀한 도살, 비밀스러운 패배와 승리로 점철된다. 이 훌륭한 사람들은 특히 그들의 이해관계가 걸려 있을 때면, 우리가 공공장소에서 대포를 쏘아 죽이듯, 자기 집에서 가볍게 손가락 튕기는 것으로 죽인다.

플라상의 정치사와 프로방스의 모든 소도시의 정치사는, 흥미로운 특색이 있다. 1830년까지, 주민들은 충실한 가톨릭 교인들이었고 열렬한 왕당파였다. 민중도 신과 그들의 적법한 왕들 앞에서만 맹세했다. 그런데 갑자기 이상한 변화가 일어났다. 신앙이 사라지고, 노동자들과 중산층은 정통성의 근거를 저버렸고, 점차 우리 시대의 민주주의적 대변혁을 위해 헌신했다. 1848년의 혁명이 일어났을 때, 귀족들과 성직자들만 유일하게 앙리 5세의 승리를 위해 일했다. 그들은 오랫동안 오를레앙파(派)의 즉위를 조만간 부르봉 왕가를 다시 데려오게 할 우스꽝스러운 시도로 여겼다. 그들의 희망이 어처구니없이 타격을 받았어도, 오랜 충성파들의 탈퇴에 분노한 그들은, 다시 그들을 데려오기 위해 애쓰면서, 싸움을 포기하지 않았다. 생마르크 지구는 모든 교구의 도움을 받아 작업을 시작했다. 2월 혁명 직후, 중산층 사이에서, 특히 서민들 사이에서, 열정은 엄청났다. 이들 공화파 초보들은 자신들의 혁명적 열정을 속히 사용하고 싶어 했다. 그러나 신시가지의 연금 생활자들에게, 이 아름다운 불은 짚불처럼 빨리 사그라지는 불이었다. 소규모 부동산을 갖고 있는 이들, 은퇴한 상인들, 아침 늦잠을 즐기는 이들이나 군주제하에서 재산을 불린 이들은, 이내 공포에 사로잡혔다. 공화국이 그들의 생활 방식에 혼란을 불러오는 양상을 보이자, 자신들의 금고와 소중한 이기적 삶 때문에 불안에 떨었다. 그래서 1849년에 성직자들의 반발이 나타났을 때, 플라상 중산층 대부분이 보수파로 돌아섰다. 그들은 열렬히 환영받았다. 신시가지가 그렇게까지 생마르크 지구와 긴밀한 관계를 맺은 적이 없었다. 몇몇 귀족들은 소송 대리인들과 예전 기름 장수들의 손을 잡기까지 했다. 생각지도 못한 이런 친밀함은 신시가지 사람들을 열광케 했고, 그때부터 공화파 정부와 가차 없는 전쟁을 벌였다. 그런 관계를 끌어내기 위해 성직자들은 자신들의 노련함과 끈기라는 유용한 능력들을 사용했다. 실상 플라상의 귀족들은, 빈사 상태에 놓인 병자처럼, 어찌해 볼 수도 없는 무력증에 빠져 있었다. 그들은 자신의 신념을 지켰으나, 무거운 잠에 빠져 있었고, 움직이지 않기로, 하늘에 맡기는 것을 선호했다. 그들은 하느님이 어쩌면 자신들을 떠났고, 그래도 하느님에게 되돌아가는 것밖에 할 수 없음을 막연히 느끼면서, 기꺼이, 자신들의 침묵만으로 항변했을지도 모른다. 이 혼란의 시기에, 1848년의 파국으로 잠시나마 부르봉 왕가의 귀환을 희망하게 되었을 때, 그들은 혼전(混戰)에 뛰어든다고 말하면서도, 난롯가를 마지못해 떠나는 듯, 둔하고 무심한 모습을 보였다. 성직자들은 쉼 없이 이런 무능과 체념의 감정과 싸웠다. 그들은 거기에 어떤 열정 같은 것을 불어넣었다. 사제란, 절망할 때 오히려 더 치열하게 싸우는 수밖에 없다. 교회의 전체 방침은, 자신들의 계획을 성공시키는 데 필요하다면, 몇백 년 뒤가 될지라도, 단 한 시간도 낭비하지 않고 직진하는 것이며, 꾸준한 노력으로 계속해서 나아가는 것이다. 플라상에서, 반동 세력을 이끈 것이 바로 성직자들이었다. 귀족들은 성직자들이 빌린 이름이었다. 성직자들은 귀족들 뒤에 숨어, 그들을 질책했고, 그들을 이끌었고, 완전히 날조된 삶을 그들에게 만들어 주기까지 했다. 성직자들이 귀족들로 하여금 중산층에 대한 혐오감을 극복하고 함께 공동 전선을 펴도록 이끌었을 때, 그들은 성공을 확신했다. 전쟁터는 아주 훌륭하게 준비되었다. 오래된 왕당파 도시, 평온한 부자들과 겁쟁이 상인들은 조만간 반드시 질서당 편에 서게 되어 있었다. 성직자들은, 사정에 정통한 전략과 함께, 방향 전환을 서둘렀다. 신시가지 집주인들의 신뢰를 얻은 후, 그들은 구시가지의 소매상들까지 설득했다. 그때부터 반동파가 도시의 중심 세력이 되었다. 모든 여론은 이런 반동적 측면에서 형성되었다. 변심한 자유당원들, 정통 왕조파, 오를레앙파, 나폴레옹파, 성직자들이 그토록 잘 뭉친 적은 일찍이 없었다. 하지만 그 당시, 그런 것은 상관없었다. 공화국을 죽이는 일만이 관건이었기 때문이었다. 그렇게 공화국은 죽어 갔다. 만

명의 주민 중에서 일부 서민들, 기껏해야 천여 명의 노동자들이 군청 광장 복판에 심어진 자유의 나무에 여전히 경의를 표하고 있었다.

플라상의 가장 약빠른 정치가들, 반동파 조직을 이끄는 이들은 아주 늦게서야 제국의 냄새를 맡았다. 그들에게 루이 나폴레옹 왕자의 인기는 쉽게 사라질 수 있는 군중의 일시적인 열광으로 보였다. 왕자라는 인물도 그들에게는 변변찮은 찬탄 정도만 불러일으켰다. 그들의 눈에는 그가 프랑스를 장악할 수 없을 뿐더러, 특히 지배력을 지속시킬 수 없는 무능한 사람, 몽상가로 보였다. 그들에게 그는 그들이 사용할 수 있고, 확실하게 길을 터 주는 도구일 뿐, 진정한 왕위 승계자가 나타나면, 적당한 때에 내버릴 패였다. 그럼에도 시간은 속절없이 흘렀고, 그들은 불안해졌다. 기만당한 것은 아닐까 하는 자각이 들었을 때였다. 그러나 방침을 정할 시간이 없었다. 쿠데타는 그들의 머리 위에서 터졌고, 그들은 박수갈채를 보내야 했다. 대역 죄인 공화국은 바로 살해당하고 말았다. 어쨌거나 승리이기는 했다. 성직자들과 귀족들은 체념하고 사실을 받아들였으며, 그들의 희망을 실현할 계획은 차후로 미루었고, 마지막 공화파들을 박살 내기 위해 나폴레옹파와 협력하면서 자신들의 오산을 그렇게 복수했다.

그 사태가 루공 집안이 엄청난 재산을 모으는 근간이 되었다. 그들은 이 급변이 가져온 다양한 국면과 뒤섞여, 자유가 쓰러진 폐허 위에서 더욱 커졌다. 매복하고 있던 그 강도떼들이 빼앗은 것이 바로 공화국이었다. 공화국이 도살된 후, 그들은 공화국을 강탈하는 일에 일조했다.

2월 혁명의 3일간 직후, 가족 중에서 가장 예민한 코를 가진 펠리시테는 자신들이 마침내 제대로 된 길로 들어섰음을 깨달았다. 그녀는 남편 주위를 맴돌면서, 그가 뛰어들도록, 그를 자극했다. 혁명에 대한 최초의 소문들에 피에르는 겁먹었다. 격변 속에서 자신들은 잃을 게 거의 없는 반면, 얻을 것은 많다고 아내가 말해 주었을 때에야, 그는 빠르게 그녀의 의견에 동조했다.

"당신이 뭘 할 수 있는지는 모르겠지만……." 펠리시테가 반복했다. "뭔가 할 게 있을 거예요. 저번에 드 카르나방 씨가 우리에게 말하지 않았어요? 언젠가 앙리 5세가 복귀한다면 부자가 될 거라고, 왕이 자신의 복권을 위해 노력한 이들에게 멋지게 보상해 줄 거라고요. 어쩌면 거기에서 우리가 큰돈을 벌지도 요. 하는 일마다 행운이 따라오는 때가 될지도 몰라요." 드 카르나방 후작, 시에 떠도는 추문에 의하면, 이 귀족은 펠리시테의 어머니를 은밀히 알고 지냈고, 실제로, 가끔 부부를 방문하곤 했었다. 독설가들은 루공 부인이 그를 닮았다고 주장했다. 그는 키가 작고, 말랐지만, 활발한 남자로, 75세였는데, 루공 부인은 나이 들면서 그의 윤곽과 외관을 닮은 듯했다. 후작의 아버지는 이주하면서 이미 상당한 재산을 써 버린 데다, 그나마 그에게 남아 있는 재산을 여자들이 털어먹었다는 이야기가 돌았다. 그는 매우 유쾌하게 자신의 빈곤한 처지를 털어놓곤 했다. 그의 친척이 되는 드 발케라 백작이 그를 거두어 준 덕분에, 백작의 식탁에서 먹고, 그의 저택 지붕 아래 있는 좁은 거처에 살면서, 그에게 빌붙어 살았다.

"아가." 그는 종종 펠리시테의 뺨을 토닥이며 말하곤 했다. "언젠가 앙리 5세가 나에게 큰 재산을 준다면, 너를 내 상속인으로 만들 거다."

펠리시테가 쉰 살이 되었는데도 그는 여전히 그녀를 '아가'라고 불렀다. 루공 부인이 남편을 정치로 내모는 것은 바로 이렇게 허물없이 톡톡 치면서 계속 유산을 약속한 것 때문이기도 했다. 종종 드 카르나방 씨는 그녀를 도와줄 수 없음에 비통하게 한탄하곤 했다. 그가 힘을 가지는 날이면, 그녀에게 아버지로서 행동하리라는 것은 분명했다. 아내가 암시적인 몇 마디 말로 상황을 설명해 주자, 피에르는 그에게 가르쳐 준 방향으로 걸어갈 준비가 되었다고 선언했다.

후작의 특별한 위치 때문인지, 공화정 초기부터, 그는 플라상에서 반동파의 적극적인 주동자가 되었다. 가만히 있지 못하는 이 작은 남자는, 자신의 적법한 군주들이 복귀하면 모든 것을 얻을 수 있기에, 그들의 대의가 승리하도록 열렬히 일했다. 생마르크 지구의 부유한 귀족들이 아마도 연루될까 봐, 그리고 자신들이 다시 유배되는 것이 두려워, 조용히 절망 속에 잠들어 있는 동안, 그는 다방면으로 활약했고, 선전 활동을 했으며, 지지자들을 끌어모았다. 그는 어떤 보이지 않는 손이 조종하고 있는 병기였다. 그때부터 그는 매일 루공 부부를 방문했다. 그는 작전 본부가 필요했다. 그의 친척인 드 발케라 백작이 자신의 저택에 가입자들을 데려오는 것을 금했기 때문에, 그는 펠리시테의 노란 거실을 택했다. 게다가 그는 피에르가 아주 유용한 조력자가 될 것을 금방 알아차렸다. 후작이 소매상인들과 구시가지의 노동자들에게 직접 가서 왕위의 정통 계승권이라는 대의를 설파할 수는 없었다. 야유받을 수도 있기 때문이었다. 반면 그 사람들 속에서 살았던 피에르는 그들의 언어로 말했고, 그들의 욕구를 잘 알고 있었으며, 그들을 조용히 설득하는 데 성공했다. 그는 그렇게 꼭 필요한 사람이 되었다. 2주일도 안 되어, 루공 부부는 왕보다 더한 왕당파가 되었다. 피에르의 열성을 본 후작은 그의 뒤에 교묘하게 숨었다. 튼튼한 어깨를 가진 남자가 한 진영의 모든 허튼짓을 기꺼이 짊어지려 하는데, 굳이 나서서 이목을 끌 필요가 있겠는가? 그는 피에르가 상석을 차지하도록, 중요한 인물로 커지도록, 거물급처럼 말하도록 놔두었고, 대의상 필요에 따라 그를 제지하거나 선두로 내보내거나 할 뿐이었다. 그러다 보니 예전의 기름 장수는 곧 저명인사가 되었다. 밤마다, 부부끼리 있을 때면 펠리시테는 그에게 말하곤 했다.

"전진하세요, 아무것도 두려워하지 말고. 성공이 목전에 있어요. 이렇게 계속 나아가면 우리는 부자가 될 거예요. 우리도 시 징세관의 거실과 같은 거실을 갖게 될 거고, 야회도 열 수 있어요."

루공 부부의 집에 공화국을 맹렬히 비난하기 위해 매일 저녁 노란 거실에 모이는 보수파들의 핵심부가 형성되었다.

그곳에는 자신들의 연금 걱정에 떨면서 맹세코 현명하고 강한 정부를 소망하는 서너 명의 은퇴한 도매상인들이 있었다. 시의원이며, 예전 아몬드 판매업자인 이지도르 그라누는, 그 집단의 우두머리 같았다. 코에서부터 5센티미터에서 6센티미터 정도 갈라진 언청이 입, 놀란 듯 동그랗게 뜬 눈, 만족스러워 보이면서도 얼빠진 모습은, 요리사를 구세주처럼 경외하며 먹이를 소화하고 있는 살찐 거위와 닮아 보였다. 그는 무슨 말을 해야 할지 알 수 없는지라 거의 말이 없었다. 사람들이 부자들의 집을 약탈하려는 공화당원들을 비난할 때면, 뇌졸중이 걱정될 정도로 벌게져, "게으른 놈들, 흉악범들, 도둑놈들, 살인자들"이라는 말들이 오가는 가운데, 들리지도 않는 욕설을 중얼거릴 뿐, 듣기만 했다.

사실, 노란 거실의 모든 단골은 이 살찐 거위처럼 뚱뚱하지는 않았다. 부유한 지주이며, 피둥피둥하고 구슬리는 데 능란해 보이는 얼굴의 루디에 씨는, 루이 필립이 퇴위하는 바람에 자신의 계산대로 이루지 못했던 오를레앙파로서의 열정을 가지고, 그곳에서 장시간 이야기를 늘어놓았다. 그는 파리의 양품류 판매상로 예전 궁정 납품업자였으며, 은퇴 후 플라상에 자리 잡았다. 그는 아들을 고위직으로 밀기 위해 오를레앙파들에 의지하면서, 아들을 행정관으로 만들었다. 혁명 때문에 자신의 희망이 끝장나자, 그는 필사적으로 반동파에 투신했다. 그의 재산, 호의적 관계를 맺었다고 하는 튈르리궁(宮)과의 예전 사업 관계,

파리에서 번 돈을 촌구석에서 쓰려고 과감하게 온 사람들이 지방에서 누리는 영예 덕분에, 그는 그 지역에서 매우 큰 영향력을 행사했다. 어떤 사람들은 대가가 하는 말처럼 그의 말을 경청하곤 했다.

그러나 노란 거실에서 가장 강력한 우두머리는 분명 시카르도 사령관이었고, 그는 아리스티드의 장인이었다. 헤라클레스처럼 건장하고, 상처 자국이 있는, 회색 털이 수북이 난, 불그스레한 얼굴의 그는, 대육군에서 가장 영광스러운 이들 중 하나로 손꼽혔다. 2월 혁명의 3일 동안, 그가 몹시 화난 것은 오로지 시가전 때문이었다. 그는 그런 식으로 싸운 것이 수치스러웠다고 분연히 말하면서 한도 끝도 없이 그 이야기를 했다. 그는 나폴레옹의 위대한 통치를 자랑스레 떠올리곤 했다.

루공 부부의 집에는, 축축한 손에, 곁눈질하는 인물, 시의 신앙심 깊은 모든 여신자에게 성화와 묵주를 판매하는 출판업자 뷔예라는 인물도 보였다. 뷔예는 고전과 종교 서적을 파는 서점을 운영했다. 그는 독실한 가톨릭 신자였고, 그 덕분에 수많은 수도원과 본당을 단골로 확보했다. 천재적 수완을 발휘해 그는 자신의 사업에 주 2회 발간되는 작은 신문 『라 가제트』를 겸했다. 그 신문에서 그는 성직자의 관심사들만을 다루었다. 이 신문은 매년 그에게 천 프랑의 적자를 안겨 주었다. 그러나 그 신문은 그를 교회의 투사로 만들어 주었고 그의 서점에서 재고로 남은 책들을 팔아 치우게 해 주었다. 철자법도 잘 모르는 것 같은 무식한 그 남자는 재능이 없는 대신 수치심과 원한을 가지고, 『라 가제트』의 기사들을 직접 썼다. 그런데 활동을 개시한 후작은, 그 종지기의 납작한 얼굴을, 그의 조잡하고 타산적인 펜을 이용할 수도 있다는 것에 강한 인상을 받았다. 2월 혁명 이후부터, 『라 가제트』의 기사들에서 오류가 덜 보였다. 후작이 그 기사들을 재검토했던 것이다.

지금, 루공 부부의 노란 거실이 매일 저녁 제공하는 흥미로운 광경을 추측할 수 있다. 모든 입장이 서로 가까워지면서 공화국을 반대하며 동시에 짖어 댔다. 그들은 증오 속에서 서로의 의견이 일치했다. 게다가 모임에 단 한 번도 빠지지 않았던 후작은, 사령관과 다른 지지자들 사이에서 일어나는 작은 다툼들을 자신의 존재만으로 가라앉혔다. 그들 평민은 도착하고 떠날 때 후작이 그들에게 수여한 악수를 남몰래 자랑스러워했다. 오직 생토노레로(路)에 사는 자유사상가 루디에만 후작이 돈 한 푼 없다고, 자신은 후작을 무시한다고 말했다. 그러나 후작은 귀족다운 친절한 미소를 잃지 않았다. 그는, 생마르크 지구의 다른 주민이라면 당연히 그래야 한다고 생각했을 경멸의 표정 한 번 없이, 귀족으로서의 품위를 생각하지 않고 그들 중산층과 어울렸다. 빌붙어 사는 삶이 그를 유연하게 만들었다. 그는 그 집단의 정신이 되었다. 그는 정체불명의 인물들 이름으로 명령을 내렸고, 절대로 그 이름을 내비치지 않았다. "그 사람들이 이것을 원합니다. 그 사람들은 이것을 원치 않는답니다"라고 말하곤 했다. 공적인 일들에 직접 나타나는 법 없이, 구름에 싸여 플라상의 명운을 지켜보고 있는 이들 숨은 신들은 몇몇 사제들, 지역의 대정치가들이 분명했다. 후작이 신비에 싸인 '그 사람들'을 발음할 때면, 모인 사람들에게 경이로운 존경심을 불러일으켰고, 뷔예는 과할 정도로 행복한 표정으로 그가 그들과 전적으로 잘 아는 사이임을 고백하곤 했다.

이 모든 사람 중에서 가장 행복한 사람은 펠리시테였다. 그녀는 마침내 자신의 거실에 사람들을 맞이하기 시작했다. 노란 벨벳의 낡은 가구들이 조금 창피하게 느껴지곤 했다. 그러나 대의가 승리했을 때, 그녀가 사들일 값비싼 가구류를 생각하면서 위안받았다. 루공 부부는 마침내 자신들의 왕정주의를 진실한 것으로 받아들였다. 펠리시테는 루디에가 없을 때는, 그들이 기름 장사에서 돈을 벌지 못했다면, 그 잘못은 7월 군주제 때문이라고 말하기까지 했다. 자신들의 가난에 정치색을 입히는 방식이었다. 그녀는 모든 사람에게 호의를 표시하는 방법을 찾아냈고, 매일 밤 떠나야 할 시간에 그라누를 정중히 깨우는, 매번 다른 방식을 찾아내면서 그에게도 호의를 표현했다.

거실은 모든 당파가 다 모인 보수파들의 중심으로, 매일 늘어났고, 곧 대단한 영향력을 갖게 되었다. 구성원이 다양하다 보니, 특히 그들 각자가 성직자들에게서 은밀히 고무된 덕분에, 거실은 전체 플라상 위에서 환히 빛나는 보수파의 중심이 되었다. 배후에 숨은, 후작의 전략은 루공을 그 무리의 수장으로 보이게 하는 것이었다. 모임은 그의 집에서 행해졌고, 그것만으로도 대다수 통찰력이 별로 없는 이들이라 그를 집단의 수장으로 삼게 하고 그에게 대중의 관심을 끌어들이는 데 충분했다. 사람들은 그에게 온갖 일을 맡겼다. 그를, 최근의 열정적인 공화당원들을 보수파 당으로, 서서히, 다시 데려오는 운동의 중요한 일꾼으로 생각했다. 부패한 자들만이 혜택을 보는 그런 상황들이 있다. 그들은 좀 더 나은 위치와 더 영향력 있는 사람들이라면 감히 자신들의 재산을 위태롭게 하지 못할 그런 곳에서 그들의 재산을 만들어 낸다. 확실히, 루디에와 그라누와 나머지 사람들은, 부유하고 존경받는 위치로 볼 때, 보수파의 적극적인 수장으로서 피에르보다 훨씬 더 선호될 만했다. 그러나 그들 중 어느 누구도 자신의 거실을 정치적 본부로 만드는 데 동의하지 않았을 것이다. 그들의 신념은 공개적으로 연루될 정도까지는 아니었다. 요컨대 그들은 이웃집에 가서 공화국을 반대하며 험담이나 하고 요란스레 떠드는 사람들, 수다스러운 시골 아낙네들일 뿐이었고, 그들의 험담을 책임지는 것은 바로 그 이웃이었다. 너무 불확실한 승부였다. 그 시합을 치르려면, 플라상의 중산층 중에서는, 채워지지 않는 엄청난 욕구로 극단의 해법으로 내몰린 루공 부부밖에 없었다.

1849년 4월, 으젠은 갑자기 파리를 떠나 아버지한테 와서 보름간 지냈다. 아무도 이 여행의 목적을 알지 못했다. 으젠이 차후 입헌 의회를 대체하기로 되어 있는 입법 의회의 대의원으로 성공적으로 입후보하기 위해 자신의 고향을 타진하러 왔다고 생각하는 정도였다. 그는 실패의 위험을 무릅쓰기에는 너무 명민했다. 그가 어떤 시도도 하지 않았기 때문에, 여론은 당연히 그에게 우호적이지 않은 듯했다. 게다가 플라상 사람들은 파리에서 그가 어떤 인물인지, 무엇을 하는지 몰랐다. 그가 도착하자, 사람들은 그가 살도 빠지고 덜 무기력해 보인다고 생각했다. 사람들은 그를 둘러싸고, 그에게서 말을 끌어내려 했다. 그는 아무것도 모르는 척했고, 넘어가지 않으면서, 오히려 다른 사람들이 토로하도록 이끌었다. 좀 더 명민한 사고를 하는 이들은, 그가 빈둥거리는 것처럼 보여도, 시의 정치적 여론에 대해서는 지대한 관심을 가졌음을 알아차렸다. 그가 자신의 사적 이익보다는 어떤 정당을 위해 상황을 훨씬 더 면밀하게 조사하는 것 같았다.

그가 자신의 개인적 희망을 모두 포기했을지라도, 그래도 플라상에는 월말까지 있었고, 특히 노란 거실 모임에는 매우 열심이었다. 첫 번째 초인종이 울리면 바로, 등불에서 가능한 한 가장 멀리, 창가 구석으로 가 앉았다. 그는 거기에서 오른손으로 턱을 괴고, 주의 깊게 귀를 기울이며, 저녁 내내 머물렀다. 가장 야비한 어리석은 말에도 그는 아무 표정을 드러내지 않았다. 그는 그저 머리를 끄덕였는데, 놀란 그라누가 툴툴거릴 때도 그랬다. 누군가 그에게 의견을 물을 때면, 다수의 의견을 정중하게 되뇌었다. 그날이 1815년 바로 다음 날인 듯 부르봉 왕가에 대해 말하는 후작의 공허한 꿈도, 예전 시민 왕의 납품업자가 되어 제공한 양말 수를 계산하면서 마음이 말랑말랑해진 루디에의 중산층다운 감동도, 그 어떤 것도 그의 참을성을 꺾지 못했다. 오히려 그는 이 바벨탑 가운데서 아주 편안해 보였다. 때때로 그 모든 기괴한 사람들이 공화국을 힘껏 때릴 때면, 입술은 근엄한 남자처럼 한결같이 불만스럽게 내밀고 있어도, 그의 눈은 웃고 있었다. 깊이 생각하는 듯한 경청 방식, 한결같은 배려로 그는 온갖 호감을 얻었다. 사람들은 그를 무능하지만, 좋은 사람으로 여겼다. 예전 기름이나 아몬드를 판매한 어떤 사람이, 소란한 가운데에서, 자신이 우두머리가 된다면 프랑스를 어떤 방식으로 구할지를 말하지 못하게 되자, 으젠 옆으로 피해서, 그의 귀에 대고 자신의 놀라운 계획들을 소리쳤다. 으젠은 마치 그가 들은 위대한 일에 매료된 듯, 천천히 머리를 끄덕였다. 뷔예만이 의심스러운 눈빛으로 그를 바라보았다. 성당 관리인 겸 신문 기자인 이 서적상은, 다른 이들보다 덜 말하고, 더 많이 관찰했다. 그는 변호사가 때때로 시카르도 사령관과 구석에서 이야기하는 것을 주목했다. 그는 그들을 잘 지켜보리라 다짐했지만 그들 말에서 단 한 마디도 전혀 알아들을 수 없었다. 으젠은 그가 다가오면 바로, 눈을 껌벅이며 사령관이 말하지 못하도록 했다. 시카르도는 그때부터, 나폴레옹파들에 대해 말할 때는 늘 수수께끼 같은 미소를 띠면서 말했다.

으젠이 파리로 돌아가기 이틀 전, 그는 소베르 중앙로에서 뭔가 조언을 간절히 찾고 있던 동생 아리스티드를 만나 잠시 그와 같이 걸었다. 아리스티드는 매우 혼란스러운 상태에 있었다. 공화국이 선포되자, 그는 새 정부를 위해 가장 적극적인 열정을 보여 주었다. 파리에서 2년 머문 덕분에 유연해진 그의 지성은, 플라상의 무딘 머리들보다 더 멀리 내다보았다. 그는 정통 왕조 지지파와 오를레앙파의 무력을 알아보았지만, 공화국을 강탈하러 올 세 번째 날강도가 누가 될지는 분명히 알 수 없었다. 요행을 바라고 그는 승리자 편이 되었었다. 그는 아버지를 공공연히 미친 노인네, 귀족들에게 농락당하는 늙은 얼간이라고 부르면서, 그와의 관계를 완전히 끊어 버렸다.

"그래도 어머니는 영리한 여성이지." 그가 덧붙였다. "나는 어머니가 몽상적인 희망밖에 없는 그런 당에 자기 남편을 밀어 넣을 거라고 절대로 보지 않아. 그들은 결국 파산하게 될 거야. 그렇지만 여자들은 정치에 관한 한 아는 것이 아무것도 없거든."

그야말로 그는, 자신을 가능한 한 가장 비싸게 팔고 싶어 했다. 그때부터 그가 제일 걱정하는 것은 바람을 잘 타는 것이고, 승리의 날에 그를 화려하게 보상해 줄 수 있는 자들 편에 서는 것이었다. 불행히도, 그는 장님처럼 더듬거리며 가고 있었다. 그는 시골구석에서, 나침반도 없이, 정확한 정보도 없이 길을 잃었다고 생각했다. 사건의 추이가 그에게 분명한 길을 보여 주기를 기다리면서, 그는 첫날부터 그가 취한 열정적인 공화당원의 태도를 유지했다. 그런 태도 덕분에 그는 군청에 남았다. 사람들은 그의 봉급까지 올려 주었다. 역할을 맡고 싶은 절절한 욕망에, 그는 뷔예의 라이벌인 한 서적상에게 민주주의 신문을 창간하게 했고, 자신은 거기서 가장 신랄한 기자 중 하나가 되었다. 『랑데팡당』은 그를 주축으로 반동파들에게 가차 없는 전쟁을 펼쳤다. 그러나 상황은 자기 뜻과 다르게 그가 가고자 원하는 것보다 더 멀리 그를 끌고 갔다. 그는 결국 자신이 다시 읽어 볼 때도 몸서리쳐지는 선동적인 글까지 쓰게 되었다. 플라상 사람들은, 아버지는 매일 저녁 그 유명한 노란 거실에서 사람들을 맞아들이고, 아들은 그 사람들에 대한 일련의 공격들을 이끌고 있다는 것에 상당히 주목했다. 루디에와 그라누 집안의 부유함은 아리스티드가 자신의 신중함을 완전히 잃을 정도로 그를 몹시 화나게 만들었다. 굶주린 자의 질투 어린 앙심에 사로잡힌 그는 부자들을 화해할 수 없는 적으로 간주했다. 그런 때에 으젠이 왔고 플라상에서 보여 준 그의 행동 방식에 그는 깜짝 놀랐다. 그는 자신의 형을 대단한 능력자로 보았다. 그가 보기에, 졸려 보이는 그 뚱뚱한 남자는, 쥐구멍 앞에서 매복 중인 고양이처럼, 한 눈은 뜬 채 자는 사람이었다. 그런 으젠이 저녁 내내 노란 거실에서, 아리스티드가 그렇게 가차 없이 조롱했던 그 우스꽝스러운 사람들의 말을 경건하게 듣고 있는 것이었다. 시내에서 떠드는 말들을 통해, 자신의 형이 그라누와 악수하고 후작에게서도 악수를 받았다는 것을 알았을 때, 그는 무엇을 믿어야 할지 불안한 마음으로 자문했다. 그가 그 점에 대해 잘못 생각한 것이라면? 정통 왕조 지지파들이나 오를레앙파들이 성공할 기회를 가지게 된다면? 그런 생각은 그에게 공포심을 일으켰다. 그는 평정심을 잃었고, 종종 그렇게 하는 것처럼, 무분별한 자신에게 복수하듯, 더 격렬하게 보수파들을 공격했다.

소베르 중앙로에서 으젠을 멈춰 세웠던 날 하루 전에, 교회를 허물려 한다고 공화파들을 비난한 뷔예의 짤막한 기사에 대한 대응으로, 성직자들의 음모들에 대해 무시무시한 글을 『랑데팡당』에 게재했었다. 뷔예는 아리스티드가 제일 미워하는 이였다. 이 두 기자가 가장 상스러운 모욕들을 주고받지 않고 지나가는 주는 한 주도 없었다. 지방에서는, 여전히 완곡한 표현에 전념하고 있는 탓인지, 대의를 다투는 논쟁에서 상스러운 말투는 고운 말로 표현되었다. 아리스티드는 자신의 적을 "유다 형제"라거나 "성 앙투안의 종"이라 불렀고, 뷔예는 공화파를 "기요틴이 역겹게 제공한 피로 채워진 괴물"로 대하면서 점잖게 응했다.

형을 탐색하기 위해, 감히 드러내 놓고 불안한 모습을 보이지 못하며, 아리스티드는 이렇게 묻기만 했다.

"어제 내가 쓴 기사 읽었어. 어떻게 생각해?"

으젠은 가볍게 어깨를 으쓱했다.

"동생아, 너는 어리석더구나." 그는 그렇게만 말했다.

"그래서……." 기고가는 창백해지면서 소리쳤다. "뷔예가 바르다고 인정하는구나. 형은 뷔예의 승리를 믿는 거지."

"내가! ……뷔예라……."

그는 분명히 이렇게 덧붙일 참이었다. '뷔예도 너처럼 어리석어.' 그러나 그를 향해 걱정스럽게 다가오는 동생의 찡그린 얼굴을 보고, 그는 갑자기 경계심을 품은 듯했다.

"뷔예는 훌륭한 점이 있어." 그가 차분히 말했다.

형과 헤어지면서 아리스티드는 전보다 더 혼란스러움을 느꼈다. 뷔예는 사람들이 생각하는 것보다 더 추잡한 사람이었으니, 으젠이 그를 조롱했음이 분명했다. 그는 어느 날 공화국을 교살할 당을 도와야 한다면 자유롭게 움직일 수 있도록 신중하기로,

더는 엮이지 않기로 다짐했다.

출발하는 날 아침에도, 기차에 오르기 한 시간 전에, 으젠은 아버지를 침실로 데려가 오랜 시간 이야기를 나누었다. 거실에 남아 있던 펠리시테가 들어 보려 했지만 그럴 수 없었다. 두 남자는 그들이 하는 말 한마디라도 밖으로 새어 나가는 것이 두려웠는지, 작은 소리로 이야기했다. 마침내 방에서 나왔을 때, 부자는 매우 활기차 보였다. 아버지와 어머니에게 작별 인사를 한 후, 본래 단조롭게 길게 끄는 소리로 말하는 편이었던 으젠이 감격한 목소리로 활발하게 말했다.

"아버지, 제 말을 잘 이해하셨지요? 바로 거기에 우리의 행운이 있어요. 그 방향에서, 전력을 다해 일해야 해요. 나를 믿으세요."

"네가 가르친 대로 충실히 하마." 루공이 대답했다. "단, 내가 쏟은 노력의 대가로 너에게 요구한 것을 잊지 말아라."

"우리가 성공한다면, 아버지가 원하는 대로 될 겁니다. 약속드립니다. 게다가, 편지하겠어요. 상황에 맞는 방침에 따라, 아버지를 안내하겠습니다. 지나친 불안도, 지나친 열정도 금물입니다. 그저 나만 무조건 따르세요."

"그런데 두 사람은 무엇을 모의했나요?" 펠리시테가 궁금해하며 물었다.

"어머니." 으젠이 미소를 띠며 대답했다. "지금 어머니에게 아직 가능성에 근거한 내 희망들을 털어놓기에는 나를 너무 믿지 않네요. 나를 이해하려면 어머니 믿음이 필요할 거예요. 그리고 때가 되면 아버지가 어머니에게 알려 드릴 겁니다."

펠리시테가 마음이 상한 듯하자, 그녀의 뺨에 다시 입 맞추며 귀에 대고 덧붙였다.

"내가 엄마를 닮았잖아, 엄마가 나를 인정하지 않더라도. 지금은 지나치게 영리하면 해가 될 수 있어요. 급변이 생겼을 때, 위험한 일을 이끌고 갈 사람은 바로 엄마야."

그가 떠났다. 그런데 문을 다시 열며 매우 엄한 목소리로 말했다.

"특히 아리스티드를 경계하세요, 모든 걸 망칠 수도 있는 말썽꾼이니. 그 아이를 살펴보니, 별 탈 없이 난관을 타개할 수 있다는 확신이 들어요. 불쌍하게 여기지 마세요. 우리가 출세하면, 우리한테서 자기 몫을 훔쳐 가고도 남을 애니까요."

으젠이 떠나자, 펠리시테는 자신에게 감춘 비밀을 알아내려고 애썼다. 그녀는 남편을 너무나 잘 알고 있어서, 그에게 대놓고 묻진 않았다. 그는 그녀와 상관없는 일이라고 화를 내며 대답할 테니까. 하지만 그녀가 전략을 노련하게 펼쳤어도, 전혀 아무것도 알아내지 못했다. 무엇보다도 입이 무거워야 하는 그런 혼란의 시간에, 으젠은 자신의 심복을 아주 잘 선택했다. 피에르는 아들의 신뢰에 기뻐하며, 자신을 신중하고 속을 알 수 없는 덩치로 만든, 그런 답답한 수동성을 지나치게 고수했다. 펠리시테는 아무것도 알아내지 못할 것을 깨닫자, 그의 주변을 맴도는 일을 그만두었다. 그녀에게는 가장 맹렬한 호기심만 남았다. 그 두 남자는 피에르 본인도 분명히 언급한 대가에 대해 말했었다. 그 대가란 것이 무엇이지? 정치 문제라면 완전히 무시하는 펠리시테지만, 그것은 지대한 관심사가 되었다. 그녀는 남편이 자신을 분명히 비싸게 판 것은 알았지만, 무엇을 거래했는지 알고 싶어 미칠 지경이었다. 피에르가 기분 좋아 보이는 어느 날 밤, 두 사람이 잠자리에 막 들었을 때, 그녀는 그들의 가난으로 인한 걱정을 화제로 삼았다.

"정말 끝내야 할 때가 왔어요." 그녀가 말했다. "그 사람들이 우리 집에 오면서부터, 나무와 기름에 돈이 많이 들어가고 있어요. 그런데 누가 셈을 치르나요? 아마 아무도 안 할 거예요."

그녀의 남편은 함정에 걸려들었다. 그는 우월감에 흐뭇한 미소를 띠었다.

"기다려 봐." 그가 말했다.

그리고 아내의 눈을 바라보며, 묘한 태도로 덧붙였다.

"당신이 시 징세관의 부인이 되면 좋을 것 같소?"

펠리시테의 얼굴이 기쁨으로 붉게 물들었다. 그녀는 일어나 앉아, 작은 노부인의 메마른 손으로 아이처럼 손뼉을 쳤다.

"정말로요?"……그녀가 떠듬거리며 말했다. "여기 플라상에서요?"

피에르는 대답 없이, 한참이나 고개를 끄덕였다. 그는 아내의 몹시 놀라는 모습을 즐겼다. 그녀는 감동으로 숨이 막혔다.

"그러나……." 그녀가 간신히 다시 말했다. "엄청난 공탁금이 필요하잖아요. 우리 이웃인 페로트 씨가, 재무부에 8만 프랑을 공탁금으로 내놓았다는 소리를 들었어요."

"오호!" 예전 기름 상인이 말했다. "그건 나와 상관없소. 으젠이 모든 일을 알아서 한다오. 파리의 한 은행가가 공탁금을 빌려줄 거요……. 이제 알겠소, 나는 이익을 톡톡히 낼 수 있는 자리를 골랐소. 아들이 나한테, 그런 자리를 맡으려면 부자가 되어야 한다고, 보통은 영향력 있는 사람들을 택한다고 말했지만, 나는 꿋꿋이 버텼고 그가 양보했지. 징세관이 되는 데는 라틴어도 그리스어도 알 필요가 없지. 페로트 씨처럼 나도 모든 일을 해 줄 대리인을 두면 되고."

펠리시테는 황홀해하며 그의 말을 들었다.

"나도 짐작은 했소." 그가 계속했다. "우리 사랑하는 아들을 불안케 하는 것이 무엇인지. 우리는 이곳에서 거의 존중받지 못했지. 사람들은 우리가 돈이 없다는 것을 알고 있으니, 우리를 험담하겠지. 그러나! 급변의 순간에는, 어떤 일이든 일어나는 법이오. 으젠은 내가 다른 도시에서 임명받기를 원했지만, 내가 거절했지. 플라상에 그대로 있고 싶거든."

"맞아요, 맞아요. 여기 있어야 해요." 노부인이 급히 말했다. "우리가 고통받았던 곳도 여기이고, 우리가 승리해야 하는 곳도 여기예요. 아! 내 모직 드레스를 경멸하듯 위아래로 훑어보는 마유의 잘난 산보객 부인들을 모두 납작하게 만들어 버릴 거예요! ……징세관 자리는 생각도 못 했어요. 나는 당신이 시장이 되고 싶은 줄 알았어요."

"시장이라니, 그럴 리가! 그 자리는 무보수라고! ……으젠도 나한테 시장직에 대해 말했지. 내가 그 애에게 대답했소. '네가 나에게 연금으로 1만 5천 프랑을 준다면, 받아들이마.'"

어마어마한 숫자들이 불꽃을 쏘아 올리듯 튀어나오는 그런 대화에 펠리시테는 흥분했다. 그녀는 안절부절못했고, 안에서부터 뭔가 근질거림을 느꼈다. 마침내 그녀는 경건한 자세로, 생각에 잠겼다.

"자! 계산해 봅시다." 그녀가 말했다. "당신이 얼마나 벌 것 같아요?"

피에르가 말했다. "고정 급료는 3천 프랑인 것 같소."

"3천." 펠리시테가 계산했다.

"거기에 징수된 것에 대한 몇 퍼센트가 있으니, 플라상에서는 1만 2천 프랑 정도 나올 수 있소."

"1만 5천 프랑이 되네요."

"그렇지. 대략 1만 5천 프랑이지. 그 정도가 페로트가 버는 것이지. 그게 다가 아니오. 페로트는 자기 돈으로 은행 업무를 하고 있소. 그건 허용된 거고. 내게 행운이 왔다고 생각되면 바로 나도 해 볼 수 있다오."

"그럼 2만 프랑으로 합시다. 2만 프랑의 연금이라!" 펠리시테가 이 숫자에 얼이 빠진 듯 되풀이 말했다.

"선불금을 갚아야지." 피에르가 지적했다.

"상관없어요." 펠리시테가 말했다. "그 사람들 대다수보다 더 부자가 될 테니……. 후작과 다른 이들도 당신과 이득을 나눠야 하나요?"

"아니, 아니, 전부 다 우리 것이지."

그녀가 계속 이야기하려 들자, 피에르는 그녀가 그의 비밀을 캐내려 한다고 생각했다. 그는 눈살을 찌푸렸다.

"이제 이야기는 그만." 그가 불쑥 말했다. "늦었소. 잡시다. 미리 계산하면 액이 낄 수 있다오. 내가 아직 그 자리에 앉아 있는 것은 아니잖소. 특히 입조심하시오."

불이 꺼져도, 펠리시테는 잠을 이룰 수 없었다. 눈을 감은 채, 그녀는 사상누각을 쌓아 올리고 있었다. 연금 2만 프랑이 그녀 앞에서, 어둠 속에서, 악마의 춤을 추고 있었다. 그녀는 신시가지의 멋진 아파트에 살면서, 페로트 씨처럼 사치를 누렸고, 야회를 베풀고, 온 도시에 자신의 재산을 과시하고 있었다. 그녀의 자만심을 가장 기쁘게 한 것은, 남편이 차지하게 될 멋진 위치였다. 그라누, 루디에를 비롯해, 매일의 소식들을 으스대며 떠들어 대거나 알기 위해, 카페라도 오듯이 오늘도 그녀의 집에 오는 부자들 모두에게 연금을 지급하는 사람이 바로 그녀의 남편이 되리라. 그녀는 그 남자들이 자신의 거실에 무례한 태도로 들어오는 것을 알아차렸고, 그들에 대해 반감을 갖게 되었다. 후작도, 정중한 가운데 빈정거림이 보여, 그녀의 기분을 상하게 만들기 시작했다. 그래서, 그들만이 승리하고, 그녀의 표현대로라면, 케이크를 독차지하는 것이, 그녀가 애지중지하는 복수 방식이었다. 나중에, 그 무례한 사람들이 징세관 루공 씨의 집에 경의를 표하러 온다면, 그때는 그녀가 그들을 납작하게 눌러 줄 것이다. 밤새도록 그녀는 이런 생각들로 뒤척였다. 다음 날, 덧창을 열면서, 그녀의 시선은 제일 먼저 본능적으로 길 맞은편,

페로트 씨의 창문으로 향했다. 그녀는 창문에 쳐 놓은 넓은 다마스쿠스산 커튼을 응시하며 미소 지었다.

펠리시테의 희망 사항들은, 방향이 바뀌면서 더 맹렬해졌다. 모든 여성이 그렇듯이, 그녀도 비밀 같은 것을 싫어하는 편이 아니었다. 그녀의 남편이 추구하고 있던 비밀스러운 목표는, 예전에 그녀에게 찬탄을 불러일으켰던 드 카르나방 씨의 정통 왕조 지지파 술책들보다 그녀를 더 열광시켰다. 그녀는, 자신의 남편이 다른 방편을 통해 엄청난 이익을 볼 수 있다고 주장한 그 순간부터, 후작의 성공에 대비한 계략들을 아무 미련 없이 버렸다. 게다가 그녀는 경탄할 정도로 입이 무겁고 신중했다.

사실, 그녀를 짓누르는 호기심이 그녀를 계속 괴롭히고 있었다. 그녀는 피에르의 일거수일투족을 놓치지 않았고, 뭔가 알아내려 애썼다. 그가 혹여 잘못된 길을 가는 것이라면? 으젠이 자신을 따르게 하면서 그를 무모한 곳으로 끌고 들어간다면? 그래서 거기서 더 굶주리고 더 가난하게 끝난다면? 그렇지만 그녀에게 신뢰가 생겼다. 으젠이 너무나 권위 있게 명령했기 때문에, 그녀도 결국 그를 믿게 되었다. 그렇게 된 데에는 여전히 미지의 인물이 영향을 끼쳤다. 피에르는 그녀에게 그들의 장남이 파리에서 어울리는 높은 분들에 대해 비밀스러운 태도로 말하곤 했다. 그녀도 그가 거기서 무엇을 하고 있는지는 알지 못해도, 아리스티드가 플라상에서 저지르는 경솔한 행동들에 대해 모른 척하기는 불가능했다. 바로 자신의 거실에서도, 사람들은 개의치 않고 그 민주주의 집필자를 아주 가차 없이 대했다. 그라누는 그를 산적 놈이라고 입안에서 중얼거렸고, 루디에는, 일주일에 두세 번, 펠리시테에게 반복하곤 했다.

“아드님께서 멋진 걸 쓰시더군요. 어제도 우리 친구 뷔예를 가증스러울 정도로 파렴치하게 공격했더군요.”

거실 전체가 합창했다. 시카르도 사령관은 자기 사위의 뺨을 올려붙이겠다고 말했다. 피에르는 자기 자식이 아니라고 단호하게 말했다. 가련한 어머니만 머리를 숙인 채, 눈물을 삼키곤 했다. 이따금, 그녀는 루디에에게 자신의 사랑하는 아들은, 실수는 했지만, 그와 거기 있는 사람들 모두보다 낫다고 화를 내며 소리치고 싶었다. 하지만 그녀는 그들과 묶여 있었고, 그토록 고생하며 얻은 자리를 망치고 싶지 않았다. 온 도시가 아리스티드를 집요하게 공격하는 것을 보며, 그녀는 그 불쌍한 녀석이 실패할 거라는 절망적인 생각을 했다. 두 번이나, 그녀는 그를 몰래 만나, 자신들에게 돌아오라고, 더는 노란 거실을 화나게 하지 말라고 간곡히 말했다. 아리스티드는 그녀가 그런 사항들에 대해 아무것도 모른다며, 남편이 후작을 위해 일하게 만든 중대한 잘못을 저지른 사람은 바로 그녀라고 대답했다. 그녀는 그를 포기해야 했고, 으젠이 성공하면, 그녀가 제일 좋아하는 그 불쌍한 녀석에게 노획물을 나누어 줘야겠다고 마음먹었다.

장남이 떠난 후, 피에르 루공은 계속해서 철저하게 반동파로 살았다. 그 대단한 노란 거실의 견해들은 전혀 변한 것이 없어 보였다. 매일 밤, 똑같은 남자들이 와서 왕정을 위해 똑같은 선전을 했고, 집주인은 그들의 말에 동의했고 예전과 다름없이 열성적으로 그들을 도왔다. 으젠은 5월 1일에 플라상을 떠났었다. 그리고 며칠 후 노란 거실은 열광했다. 그 사람들은, 로마 점령이 결정되었다는, 공화국 대통령이 우디노 장군에게 보낸 편지에 대해 언급했다. 그 편지는, 반동파의 완강한 태도 덕분에 이루어진, 빛나는 승리로 여겨졌다. 1848년부터 법정은 로마 문제를 논하고 있었다. 나폴레옹파에게 프랑스 자유 연대가 절대 비난받지 않는 개입을 통해 태동하는 공화국을 제압하러 가는 임무가 부여되었다. 후작은 왕위의 정통 계승권이라는 대의를 위해 더 잘 일할 수 있게 되었다고 선언했다. 뷔예는 웅장한 기사를 썼다. 한 달 후, 어느 날 저녁 시카르도 사령관이 루공 부부의 집에 들어가면서, 프랑스 군대가 로마 성벽 아래에서 싸우고 있다고 알리자, 사람들은 끝없이 열광했다. 모두가 함성을 지르고 있는 동안, 그는 피에르에게 가서 의미심장하게 악수를 했다. 그리고 자리에 앉자마자, 그가 프랑스를 무정부 상태에서 구할 수 있는 유일한 사람이라고 늘 말하던 공화국 대통령에 대해 찬사를 늘어놓았다.

"그가 최대한 빨리 프랑스를 구하기를." 후작이 끼어들었다. "그리고 프랑스를 자신의 정당한 주인들의 손에 돌려주는 일이 자신의 의무라는 것을 이해하기를!"

피에르는 그 멋진 응답을 격하게 인정하는 것 같았다. 그렇게 열렬한 왕당파임을 보여 준 후, 그는 그 일에서, 루이 나폴레옹 보나파르트* 왕자가 자신의 공감을 얻고 있다고 대담하게 말했다. 그런데 그것은, 그와 사령관 사이에서, 대통령의 탁월한 의

도들을 찬양하며 짧게 주고받은 말이었고, 미리 준비되고 배운 것 같았다. 처음으로 나폴레옹파가 공개적으로 노란 거실로 들어왔다. 게다가 10월 10일 선거 이후로, 왕자는 이곳에서 어물쩍 언급되고 있었다. 사람들은 왕자를 카베냑보다 훨씬 더 좋아했고, 반동파들은 모두 그에게 투표했다. 그러나 사람들은 그를 동료라기보다 오히려 공범처럼 간주하고 있었다. 사람들은 여전히 그 공범을 믿지 않았고, 불에서 밤을 꺼낸 다음, 자신만 가지려 한다고 비난하기 시작했다. 그렇지만 그날 밤, 로마 원정 덕분에, 사람들은 호의를 갖고 피에르와 사령관의 찬사를 들었다.

그라누와 루디에 그룹은 벌써부터 대통령이 공화국 흉악범들을 모두 총살시키기를 요구하고 있었다. 후작은 벽난로에 기대, 골똘히 생각에 잠긴 모습으로 양탄자의 색 바랜 꽃 원형 장식을 바라보고 있었다. 마침내 그가 머리를 들자, 피에르는, 그의 얼굴에서 자신의 발언에 대한 그의 반응을 몰래 살피는 것 같았는데, 갑자기 입을 다물었다. 드 카르나방 씨는 묘한 표정으로 펠리시테를 바라보며 미소 짓기만 했다. 재빨리 해치운 이 일에서 거기 있던 부르주아들은 별다른 것을 알아차리지 못했다. 뷔예만이 날카롭게 말했다.

"나는 당신들의 보나파르트를 파리보다 런던에서 더 만나고 싶군요. 우리 상황이 더 빨리 진행될지도 몰라요."

은퇴한 기름 장수는 자신이 너무 앞서 나간 것은 아닌가 두려워하면서, 살짝 창백해졌다.

"나는 '나의' 보나파르트를 특별 대우하는 것이 아니오." 그가 매우 단호하게 말했다. "내가 수장이라면, 내가 그를 어디로 보낼지 아시잖소. 나는 그저 로마 원정이 바람직하다고 주장하는 바요."

펠리시테는 그 장면에 놀랐지만 호기심을 가지고 지켜보았다. 그녀는 그것에 대해 남편에게 말하지 않았는데, 그녀도 그 장면을 예측에 따른 비밀스러운 작업의 시작으로 보고 있음을 입증하는 것이었다. 정확히 그 의미를 알 수 없었던 후작의 미소는, 그녀에게 많은 생각을 불러일으켰다.

그날부터, 루공은 이따금, 기회가 되면 공화국의 대통령을 옹호하는 말을 흘리곤 했다. 그들 밤 모임에서, 시카르도 사령관은 기꺼이 공범 역할을 했다. 그런데 성직자들의 생각은 여전히 그 노란 거실에서 절대적이었다. 이 반동파 그룹이 시에서 결정적인 영향을 가지게 된 것은 특히 그다음 해였는데, 파리에서 일어나고 있는 반동적인 운동 덕분이었다. 국내에서의 로마 원정이라고 불린 온갖 반자유주의적 조치는 결정적으로 플라상에서 루공파의 승리를 보장해 주었다. 마지막 남은 열광파 중산층들은 공화국이 죽어 가는 것을 보고서야 서둘러 보수파와 합류했다. 루공 부부의 시대가 왔다. 군청 광장에 심어진 자유의 나무가 베어지는 날, 신시가지 대부분은 그들에게 갈채를 보냈다. 비요른강 가에서 옮겨 와 심은 그 어린 포플러는 조금씩 시들어서, 일요일마다 공화파 노동자들은 점점 더 심해지는 피해를 보러 와서는, 그 나무가 왜 그렇게 서서히 죽어 가는지 이유를 알 수 없어, 엄청나게 낙담했었다. 그런데 한 모자 수습공이 루공 집에서 어떤 부인이 나와 나무 밑동에 독이 들어 있는 물동이를 붓는 것을 결국 보게 되었다. 그때부터 펠리시테가 직접 매일 밤 일어나 포플러에 황산을 부었다는 이야기가 확실해졌다. 나무가 죽자, 시는 공화국의 고위직이 그것을 없애라는 명령을 내렸다고 밝혔다. 노동자층의 불만을 꺼린 나머지, 이른 밤 시간을 택했다. 신시가지의 보수파 연금 생활자들은 축하 행사의 냄새를 맡았고, 그들 모두 자유의 나무가 어떻게 쓰러지는지 보기 위해 군청 광장으로 내려왔다. 노란 거실의 회원들은 창문에 모였다. 포플러가 우지끈하고 둔중한 소리를 내며 치명상을 입은 영웅처럼 비통하게 단번에 어둠 속에서 쓰러졌을 때, 펠리시테는 하얀 손수건을 흔들어야 한다고 생각했다. 그리고 군중들 속에서 박수가 쏟아졌고, 구경꾼들도 그들의 손수건을 흔들면서 답례했다. 한 무리가 창문 아래까지 와서 외쳤다.

"묻어 버립시다, 묻어 버립시다!"

분명 공화국을 두고 하는 말이었다. 펠리시테는 감동한 나머지, 신경성 발작을 일으킬 뻔했다. 노란 거실 사람들에게는 정말 멋진 밤이었다.

그러나 후작은 펠리시테를 바라보면서 언제나 알쏭달쏭한 미소만 짓고 있었다. 그 작은 노인은 프랑스가 어디로 가고 있는지 이해하지 못하기에는 너무나 기민했다. 그는 제일 먼저 제국을 눈치챈 사람 중 하나였다. 나중에 입법 의회가 쓸모없는 논쟁으로 힘을 소진할 때, 오를레앙파와 정통 왕조 지지파들이 쿠데타 계획을 암암리에 인정했을 때, 그는 승부에 결정적으로 졌다고 생각했다. 하지만 그 혼자만이 명확하게 보았다. 뷔예는 자신의 신문에서 옹호한 앙리 5세 사건이 고약하게 되었다는 것을 통감했다. 그러나 그에게는 별로 중요하지 않았다. 그는 성직자들에게 순종하는 사람이 된 것으로 족했다. 그의 모든 정책은 가능한 한 많이 묵주와 성화들을 팔아 치우는 것이었다. 루디에와 그라누의 경우, 그들은 너무 놀라 아무 생각도 못 하는 상태였다. 그들 자신이 어떤 의견이나 가졌는지도 분명치 않았다. 그들은 평화로이 먹고 잠들고 싶었다. 그들의 정치적 열망은 딱 거기까지였다. 후작은 자신의 희망들에 작별을 고한 후에도, 루공 부부의 집에는 정기적으로 출석했다. 그는 그곳이 재미있었다. 야심들이 부딪치고, 부자들의 우둔함이 자랑스레 펼쳐지니, 그에겐 매일 밤 가장 즐거운 광경을 제공하는 곳이 되어 버렸다. 그는 드 발케라 백작의 호의 덕분에 살고 있는 자신의 좁은 거처에 틀어박혀 있을 생각만 해도 몸서리쳐졌다. 그가 부르봉 왕가의 시대가 다시 오리라는 신념을 간직하고 있는 것은 일종의 심술궂은 기쁨 때문이었다. 과거처럼 정통성의 승리를 위해 일하면서, 언제나 성직자들과 귀족들의 명령을 따르고, 아무것도 모르는 척했다. 처음부터, 그는 피에르의 새로운 전략을 꿰뚫어 보았고, 펠리시테도 그와 공범이라고 생각했다.

어느 날 밤, 제일 먼저 도착한 그는 혼자 거실에 있는 노부인을 보았다.

"이런! 얘야." 그가 미소를 띠며 스스럼없이 그녀에게 물었다.

"일은 잘되어 가느냐? 도대체! 왜 나한테 숨기는 거냐?"

"숨기는 것 없어요." 펠리시테가 당황하며 대답했다.

"이런, 나 같은 늙은 여우를 속일 수 있다고 생각하다니! 우리 예쁜 아가, 나를 친구로 대하렴. 너희를 비밀리에 도와줄 준비가 다 되어 있으니……. 자, 솔직히 말해 보렴."

순간 펠리시테의 총명이 빛을 발했다. 그녀는 할 말이라곤 아무것도 없었으나, 그녀가 입을 다물 수 있다면, 어쩌면 모든 것을 알게 될지도 몰랐다.

"미소를 짓는구나?" 드 카르나방 씨가 다시 말했다. "그건 고백의 시작인데. 나는 네 남편 뒤에 네가 분명히 있다고 생각했다! 피에르는 네가 준비하고 있는 멋진 배반을 만들어 내기에는 너무 둔하지…… 정말이지! 내가 너를 위해 부르봉 왕가에 요구했을 것을 나폴레옹파가 너희에게 해 주기를 나는 진심으로 바란단다."

단순한 이 말이 노부인이 언제부턴가 품었던 의심들을 확인해 주었다.

"루이 왕자가 가능성이 매우 크지요?" 그녀가 재빨리 물었다.

"내가 그렇게 생각한다고 말해 주면 나를 배반할 거니?" 후작이 웃으면서 대답했다. "애야, 나는 체념했단다. 나는 이미 끝난, 잊힌 노인이란다. 내가 일하는 것은 너를 위해서지. 너는 나 없이도 길을 잘 찾아갈 줄 아니, 나는 내가 패배해도 너의 승리를 보며 위안 삼을 테니, 힘든 일이 있으면 나를 찾아오너라."

그리고 그는 비천해진 귀족의 회의적인 미소와 함께 덧붙였다.

"쯧, 나도 너를 살짝 배반할 수도 있겠군."

그때 은퇴한 기름 상인들과 아몬드 상인들이 도착했다.

"아! 친애하는 반동파들이군!" 드 카르나방 씨가 낮은 목소리로 말했다. "알겠니, 얘야, 정치에서의 위대한 기술은 다른 사람들이 모두 장님일 때, 두 개의 훌륭한 눈을 갖는 거란다. 너는 너의 승부에 필요한 온갖 좋은 카드를 다 가지고 있구나."

다음 날, 펠리시테는, 그 대화에 분발하여, 뭔가 확인해 보고 싶었다. 때는 바야흐로 1851년 초였다. 열여덟 달이 넘도록, 루공은 정기적으로, 보름마다, 아들 으젠에게서 편지를 받고 있었다. 그는 이 편지들을 읽을 때는 침실에서 나오지 않았고, 읽은 다음에는 낡은 책상 깊숙이 감추었고, 조끼 주머니에 열쇠를 소중히 간직했다. 아내가 물어보면 그는 이렇게만 대답했다. "으젠이 잘 지내고 있다고 나한테 쓴 거야." 펠리시테는 오래전부터 아들의 편지를 손에 넣기를 열망했다. 다음 날 아침, 피에르가 자고 있을 때, 그녀는 일어나, 뒤꿈치를 들고 걸어가, 그의 조끼 안에 있는 책상 열쇠를 크기가 같은 옷장 열쇠로 바꿔치기했다. 그리고 남편이 외출하자 그녀가 틀어박혀서, 서랍에 있는 것을 모두 비워 내고 미치도록 궁금해하며 편지들을 다 읽었다.

드 카르나방 후작의 생각이 틀리지 않았고, 그녀 자신의 추측이 확실해졌다. 거기 있는 40통가량의 편지에서, 그녀는 제정으로 가기 위한 나폴레옹파의 중요한 움직임을 파악할 수 있었다. 그것은 일어난 사건들을 제시하고 그 사건들에서 희망과 조언들을 끌어낸 일종의 간략한 일지였다. 으젠은 믿고 있었다. 그는 아버지에게 루이 나폴레옹 보나파르트 왕자가 상황을 해결할 수 있는 필요하고 운명적인 유일한 인물이라고 말하고 있었다. 그는 왕자가 프랑스로 돌아오기 전부터, 나폴레옹파가 우스꽝스러운 망상으로 여겨질 때도, 그를 믿었다. 펠리시테는 아들이 1848년부터 비밀 요원으로 매우 활발히 활동했다는 것을 알았다. 그가 정확하게 파리에서의 자신의 입지에 관해 설명하지는 않았지만, 일종의 친밀감을 가지고 부르는 인물들의 명령하에, 제정을 위해 일하는 것은 분명했다. 편지마다 일의 진행을 설명하고 앞으로의 전개를 예측했다. 그것들은 대체로 피에르가 플라상에서 취해야 할 방침들을 제시하는 것으로 끝났다. 펠리시테는 왜 그런지 이유를 알 수 없었던 남편의 어떤 말들과 행동들이 이해되었다. 피에르는 아들에게 순종했고, 그의 명령에 무조건 따랐던 것이었다.

노부인은 다 읽고 나자, 확신이 섰다. 으젠의 모든 생각이 그녀에게 분명히 보였다. 그는 싸움판 속에서 정치적 출세를 이룰 생각이었고, 그렇게 해서, 이전투구의 시기에, 노획품 일부를 부모에게 던져 주면서 자신이 받은 교육에 대한 빚을 청산할 생각이었다. 아버지가 그의 일에 조금이라도 도움이 되고, 필요한 사람이 된다면, 그를 시 징세관으로 임명하는 것은 쉬워질 터였다. 사람들은 가장 비밀스러운 임무에 뛰어들 그에게 아무것도 거절할 수 없을 것이다. 그의 편지들은 간단하지만 그 나름의 세심한 배려가 담겨 있었고, 루공 부부로 하여금 많은 실수를 피하는 방법이었다. 그래서 펠리시테는 크게 고마운 마음이 들었다. 그녀는 으젠 편지의 몇몇 구절을 다시 읽었는데, 최종 파국에 대해 모호한 말로 언급하고 있었다. 그 파국이라는 것이 어떤 종류이고, 그 범위가 어떤지, 도통 짐작도 하지 못한 그녀에게, 그것은 일종의 세상 종말이 되었다. 하느님이 선택받은 자들을 그의 오른편에, 저주받은 자들을 그의 왼편에 놓는다면, 그녀는 선택된 자들 편에 자신을 놓았다.

그녀는 다음 날 밤, 책상 열쇠를 조끼 주머니에 성공적으로 다시 넣어 놓으며, 새 편지가 오는 족족 같은 방식을 사용하리라 마음먹었다. 그녀는 계속 모르는 척하기로 했다. 그 전략은 탁월했다. 그날부터, 그녀는 모르는 척하기로 한 만큼 더욱더 남편을 도왔다. 피에르가 혼자서 일한다고 생각할 때, 원하는 주제로 대화를 끌어내는 것은 대부분 바로 그녀였다. 그녀는 으젠의 경계심에 고통을 느꼈다. 그녀는 성공한 후, 그에게 이렇게 말할 수 있기를 원했다. "나는 다 알고 있었어. 뭔가를 망치기는 커녕, 나는 승리를 공고히 했단다." 소리 없이 그렇게나 더 많은 일을 한 공범은 없었다. 그녀가 속내를 털어놓는 후작은, 그 점에 대해 경탄했다.

그녀를 늘 불안하게 하는 것은 그녀가 아끼는 아리스티드의 운명이었다. 그녀가 장남의 믿음을 공유하면서부터, 『랑데팡당』의 분노에 찬 글들은 그녀를 더욱 불안에 떨게 했다. 그녀는 열심히 그 가련한 공화파를 나폴레옹파로 개종시키고자 했다. 그러나 어떻게 그를 이끌어야 할지 알 수 없었다. 그녀는 으젠이 그들에게 아리스티드를 경계하라고 얼마나 강조했는지 잊지 않았다. 그녀는 이 상황을, 그녀와 생각이 완전히 같은, 드 카르나방 후작에게 털어놓았다.

"애야." 그가 말했다. "정치판에서는, 이기적이 될 필요가 있단다. 네가 아들의 생각을 바꾸어 『랑데팡당』이 나폴레옹파를 옹호한다면, 그것은 정당에 만만치 않은 타격을 줄 수 있단다. 『랑데팡당』이 비난받고 있기 때문이지. 제목만으로도 플라상의 부르주아들을 격분시키기에 충분하지. 너의 소중한 아리스티드가 허우적대도록 놔두렴. 그래야 젊은 애들이 성장하는 법이지. 오랫동안 순교자 역할을 하지 않게 하려면 그게 좋겠구나."

그녀가 진상을 파악했다고 믿고 있는 지금, 자식들에게 좋은 길을 가르쳐 주고자 하는 열정에서, 펠리시테는 파스칼을 교화시키러 가기까지 했다. 연구에만 몰두하는 학자다운 이기심으로, 의사는 정치에 별 관심이 없었다. 제국이 무너지든 말든, 그는 고개조차 돌리지 않고, 실험하고 있었을 것이다. 그럼에도 그는, 폐쇄적으로 사는 그를 그 어느 때보다 더 비난하며 애원하는 어머니의 말에 결국 따르기로 했다.

"네가 사교계를 자주 드나들면……." 그녀가 말했다. "상류 사회 고객을 확보할 수도 있을 거야. 적어도 우리 거실에서 열리는 저녁 모임에 들르렴. 너는 루디에, 그라누, 시카르도 같은 분들, 그리고 네가 진료하러 갈 때 4프랑이나 5프랑을 지급할 만한 사람들을 사귈 거야. 가난한 사람들은 너를 부자로 만들어 주지 못해.”

성공해서, 자신의 가족 모두 큰 자산을 가진다는 생각은 펠리시테의 편집증이 되었다. 파스칼은 그녀를 슬프게 하지 않으려고, 노란 거실의 밤 모임에 몇 번 들렀다. 그는 거기에서 걱정했던 것보다 덜 무료했다. 처음에, 그는 건장한 남자들이 그렇게까지 어리석어질 수 있다는 데 아연실색했다. 은퇴한 기름과 아몬드 상인들, 후작과 사령관까지, 그에게는 그때까지 연구해 본 적이 없었던 기묘한 동물들 같았다. 그는 자연주의 과학자다운 성찰로, 그 사람들의 관심사와 욕망을 발견하게 되는, 찌푸린 얼굴 속에 고정된 그들의 가면을 관찰했다. 그는 야옹대는 고양이나 멍멍 짖고 있는 개의 말을 알아들으려고 애쓰는 것처럼, 그들의 공허한 수다에 귀를 기울였다. 그 당시, 그는 비교 자연사에 몰두하고 있었는데, 동물들의 행동에서 나타나는 유전 방식에 대해 그가 해 왔던 관찰들을 인간에게 적용하는 것이었다. 그 때문에 노란 거실에 있으면서, 자신이 다양한 동물들 속에 떨어져 있다고 생각하면서 즐거워했다. 그는 그 기묘한 사람들 각자와 그가 알고 있는 동물 사이의 유사점을 세웠다. 후작은, 홀쭉한 몸에, 교활해 보이는 얇은 얼굴을 볼 때, 정확히 커다란 초록 메뚜기를 연상시켰다. 뷔예에게서는 창백하고 점액질로 뒤덮인 두꺼비라는 인상을 받았다. 루디에는 뚱뚱한 숫양으로, 사령관은 이 빠진 늙은 개로 비교하면서, 그들을 좀 더 배려해 주었다. 그러나 그를 계속 놀라게 하는 이는 불가사의한 그라누였다. 그는 저녁 내내 그의 얼굴 각도를 측정하면서 보냈다. 공화파들을 흡혈귀로 여기는 그가 몇 마디 알아듣지 못하는 말로 중얼거리며 욕하는 것을 듣고 있으면, 언제나 송아지처럼 음매 소리를 낸다는 생각이 들었다. 그는 그 남자가 일어날 때마다, 네발로 기어서 거실을 나갈 거라고 상상했다.

"이야기 좀 하렴." 어머니가 그에게 속삭였다. "이분들을 고객으로 만들도록 노력해 봐."

"나는 수의사가 아닙니다." 참다못한 그가 결국 말했다.

펠리시테가, 어느 날 저녁, 구석에서, 그를 붙들고 설득하려고 했다. 그녀는 그가 열심히 그녀 집에 오는 것을 보고 만족했다. 그녀는 아들이 그 사람들과 잘 어울린다고 생각했지, 그가 부유층 사람들을 희화화하며 즐긴다고는 한순간도 예상하지 못했다. 그녀는 그를 플라상에서 인기 있는 의사로 만들 은밀한 계획을 세우고 있었다. 그라누와 루디에 같은 사람들이 그를 띄우는 데 동의만 해도 충분할 것이다. 무엇보다, 그녀는 그에게 가족의 정치사상을 심어 주고 싶었는데, 의사로서 공화국 다음에 들어설 체제의 열혈 당원이 되면 전부 다 얻을 수 있다고 생각했기 때문이었다.

"애야." 그녀가 말했다. "이제 네가 사리 판단을 하니, 너도 미래를 생각해야 해……. 사람들은 네가 공화파라고 비난한단다. 네가 너무 어리석어서 돈도 안 받고 시의 모든 가난뱅이를 치료하기 때문이지. 솔직히 말해 보렴. 너의 진짜 생각은 무엇인게냐?"

파스칼은 정말로 놀란 얼굴로 어머니를 바라보았다. 그리고 미소를 띠며 말했다.

"나의 진짜 생각이오?" 그가 대답했다. "잘 모르겠어요……. 내가 공화파라며 비난하고 있다지요? 그런데! 나는 전혀 그 말에 상처받지 않아요. 그 말이 모든 사람의 행복을 원하는 사람을 가리킨다면, 나는 당연히 그렇지요."

"그러면 너는 어디에서도 성공하지 못할 거다." 펠리시테가 재빨리 끼어들었다. "너는 짓밟힐 거야. 네 형과 동생을 봐. 그들은 성공하려고 애쓰고 있잖니."

파스칼은 자기만 생각하는 이기적인 학자라는 사실에 대해 자신을 변호할 말이 조금도 없음을 알았다. 그의 어머니는 정치적 상황을 이용하지 않는다는 것만으로 그를 비난했다. 그는 약간 슬퍼져서, 웃기 시작했고, 대화를 다른 방향으로 돌렸다. 펠리시테는 그가 정당들의 가능성을 따져 보도록, 분명히 승리할 것으로 보이는 당에 가입하도록 끌어들이지 못했다. 그럼에도 그는 이따금이지만 노란 거실의 밤 모임에 계속 참석했다. 그라누는 태곳적 동물처럼 그의 흥미를 끌었다.

그러나 정세는 움직이고 있었다. 1851년은, 플라상의 정치가들에게는 불안과 경악의 해였고, 루공 집안은 은밀히 그 점을 이용했다. 완전히 상반되는 소식들이 파리에서 왔다. 때로는 공화파가 이겼고, 때로는 보수파가 공화국을 박살 냈다. 입법 의회를 찢어 놓았던 분쟁들이 시골구석까지 밀려와 메아리쳤고, 어느 날은 증강된 소리로, 다음 날은 약해진 소리로, 가장 통찰력 있다는 사람들도 오밤중을 걷고 있다고 할 정도로, 분쟁의 양상이 시시각각 변했다. 대다수가 똑같이 느끼는 것은 결말이 다가오고 있다는 것이었다. 겁 많은 부유층을 얼이 빠질 정도로 두려움에 떨게 만든 것은 바로 이 결말을 모른다는 것 때문이었다. 모두가 빨리 결말이 나기를 바라고 있었다. 그들은 불확실성 때문에 병이 났고, 튀르키예 황제가 무정부 상태에서 프랑스를 구해 준다면 그 품에 왈칵 안길 수도 있을 정도였다.

후작의 미소는 더욱 날카로워졌다. 밤마다, 노란 거실에서, 공포 때문에 그라누의 중중대는 소리가 알아들을 수 없는 지경까지 이르자, 그는 펠리시테에게 다가가, 귀에다 대고 말하곤 했다.

"애야, 과일이 익었구나……. 그러나 너를 유용하게 만들어야 한단다."

펠리시테도, 으젠의 편지들을 계속 읽으면서, 언젠가 결정적 급변이 일어날 수 있다고 생각하던 때라, 그런 필요성을 자주 느꼈다. 자신을 쓸모 있게 만들기, 그리고 어떤 식으로 루공 집안이 쓰일지를 생각하고 있었다. 그녀는 결국 후작에게 조언을 구했다.

"모든 것은 정세에 달려 있단다." 작은 노인이 대답했다. "도(道)가 조용하다면, 어떤 폭동도 일어나지 않아 플라상이 불안에 떨지 않을 경우, 너희를 돋보이게 하고 너희가 새 정부에 도움을 주는 것은 어려울 거다. 그러니 집에 머물면서 조용히 너희 아들 으젠이 줄 혜택을 기다리는 게 좋을 거다. 그러나 민중이 일어나면 우리 정직한 부자들은 위협받았다고 생각할 테니,

그때는 아주 멋진 역할을 할 수 있을 거다. 네 남편이 좀 육중하다 보니…….”

“오!” 펠리시테가 말했다. “그를 날렵하게 만들겠어요……. 도(道)가 저항하리라 보세요?”

“그건 분명한 일이지, 내가 보기엔. 어쩌면 플라상은 움직이지 않을지도 몰라. 반동파가 워낙 대대적으로 승리한 곳이니. 그러나 이웃 도시들, 촌락들과 특히 시골은 오래전부터 비밀 집단이 공작하던 곳이라 진보 공화파에 속해 있어. 쿠데타가 터진다면, 세유 숲에서 생트루르 고원에 이르기까지, 전 지역에서, 경종 소리가 들릴 거야.”

펠리시테는 깊은 생각에 빠졌다.

“그렇다면…….” 그녀가 다시 말했다. “우리의 행운이 확실해지려면 폭동이 일어나야 한다고 보세요?”

“그게 내 의견이지.” 드 카르나방 씨가 대답했다.

그리고 약간 냉소적인 미소를 띠며 덧붙였다.

“난투극이 벌어져야 새로운 왕조가 세워지는 법이니까. 피는 좋은 밑거름이지. 루공가도, 여느 명문가처럼, 학살에서 시작되는 것이 좋겠지.”

얼마간 조롱이 담긴 그 말에 펠리시테의 등에 오싹하니 전율이 흘렀다. 하지만 그녀는 유능한 여자였고, 매일 아침 경건하게 바라보았던 페로트 씨의 멋진 커튼들이 그녀의 용기를 북돋워 주었다. 자신이 약해졌다고 생각되면, 창문으로 가서 징세관의 집을 응시했다. 그 집이, 그녀에게는 튈르리궁이었다. 그녀는 신시가지로, 오랜 세월 문턱에 서서 뜨거운 욕망으로 바라보았던 저 약속된 땅으로 들어가기 위한 것이라면, 가장 극단적인 행동도 할 생각이었다.

후작과 나눈 대화로 그녀는 마침내 상황이 뚜렷하게 보였다. 며칠 후, 그녀가 으젠의 편지를 읽게 되었을 때, 그 편지에서 쿠데타를 위해 일하는 그도 자신의 아버지가 어떤 중임(重任)을 해내려면 폭동이 일어나야 한다고 생각하는 듯했다. 으젠은 자신의 도(道)를 잘 알고 있었다. 그의 모든 조언은, 노란 거실의 반동파들이 최대한 영향력을 행사하도록 만들어서, 루공 부부가 결정적인 순간에 도시를 장악할 수 있도록 하는 것이었다. 그의 소원대로, 1851년 11월에, 노란 거실은 플라상의 우두머리가 되었다. 루디에는 거기에서 부유한 부르주아들을 대표했다. 그의 행동은 신시가지 전체의 행동을 확실히 결정지을 수 있을 것이다. 그라누는 훨씬 더 가치가 높았다. 그의 뒤에 시 의회가 있었고, 그는 가장 영향력 있는 시 의원이어서, 다른 의원들의 생각을 결정해 주는 위치에 있었다. 끝으로, 후작이 국민병 우두머리로 임명되도록 손쓴 덕분에 사령관이 된 시카르도를 통해, 노란 거실은 마침내 무장한 군대를 소유하게 되었다. 평판이 나쁜 가련한 이들로 살았던 루공 부부는, 자신들을 부자로 만들어 줄 모든 도구를 집결시키는 데 성공했다. 저마다 비겁하거나 어리석어서, 그들의 말을 따르고 그들의 출세를 위해 맹목적으로 일할 수밖에 없었다. 그들은 그들처럼 행동할 수 있고, 노력해서 승리의 공훈을, 일부분 빼앗아 갈 수 있는 다른 세력들을 두려워할 줄밖에 몰랐다. 바로 그것이 그들이 제일 두려워하는 것인데, 자신들만이 구원자 역할을 하기를 원하기 때문이었다. 사전에, 그들은 성직자들과 귀족들에 의해 제재받기보다 오히려 도움받게 된다는 것을 알고 있었다. 하지만 군수나 시장 그리고 관리들이 앞장서서 즉각 폭동을 막아 버릴 경우, 그들의 공훈은 빛이 바래고, 중단될 수도 있을 것이다. 그들은 자신들을 유용하게 만들 시간도 수단도 갖지 못하게 될지도 모른다. 그들이 바라는 것은, 관리들이 완전히 아무것도 못 하는, 총체적 공황이었다. 모든 정규직 관리들이 사라지면, 그래서 그들이 단 하루 만에 플라상의 운명을 결정할 주인들이 된다면, 그들의 출세는 굳건하게 구축된다. 그들에게는 다행히도, 공직자 중에는 위험한 일을 감행할 만큼 확신이 있거나, 궁핍한 사람은 하나도 없다는 것이다. 군수란 사람은, 당연히 좋은 평판을 받는 시 덕분에, 행정부가 플라상에 놔두고 잊어버린 자유주의자였다. 소심한 성격상, 월권하지 못하는 그는, 봉기 앞에서 크게 당황한 태도를 보일 것이 분명했다. 루공 부부는 그가 민주주의적 논거에 우호적임을 알고 있던 터라, 그의 열의를 두려워하지 않았고, 단지 그가 어떤 태도를 취할 것인지 궁금할 뿐이었다. 시청 사람들도 부부에게 전혀 두려움을 주지 않았다. 가르소네 시장은 1849년에 생마르크 지구가 성공적으로 임명시킨 정통 왕조 지지파였다. 그는 공화파들을 아주 싫어했고 그들을 매우 경멸적인 태도로 대했다. 그럼에도 그는 나폴레옹파의 쿠데타를 거들기에는 몇몇 성직자들과 너무나 친밀한 관계를 맺고 있었다. 나머지 다른 관리들도 마찬가지였다. 치안 판사, 우체국장 그리고 시 징세관 페로트 씨, 이들은 성직자 계열 반동파로 그 자리를 차지한 이상, 제정을 열렬히 받아들일 수 없는 사람들이었다. 루공 부부는 자신들만 주목받기 위해서 어떻게 그들을 쫓아내고 방해물을 치워야 할지 알 수 없었지만, 자신들의 구원자 역할에 대적할 만한 사람들이 아무도 없다는 것에 큰 희망을 품었다.

대단원의 시간이 다가오고 있었다. 12월 말, 쿠데타에 대한 소문이 돌고 자신을 황제로 임명하고자 하는 대통령 왕자가 비난받을 때였다.

"이런! 그가 원하는 대로 임명해야지." 그라누가 외쳤다. "그가 그 빌어먹을 공화파들을 총살하기만 한다면!"

졸고 있다고 생각했던 그라누가 그렇게 외치자, 감동의 큰 물결이 일었다. 후작은 듣지 못한 척했다. 그러나 부자들 모두 고개를 끄덕이며 은퇴한 아몬드 상인을 인정했다. 자신이 부자이기 때문에, 거리낌 없이 큰 소리로 찬성하는 루디에도, 드 카르나방 후작을 곁눈질하면서, 더는 감당할 수 있는 상황이 아니라고, 최대한 빨리 누구든 권력을 잡은 이를 통해 프랑스를 바로잡아야 한다고까지 주장했다.

후작은 여전히 침묵을 지키고 있었는데, 그것은 묵인으로 보였다. 보수파 패거리는, 왕위의 정통 계승권을 포기하면서, 뻔뻔스럽게도 제정을 위해 염원했다.

"여러분." 시카르도 사령관이 일어나 말했다. "지금은 나폴레옹 같은 사람만이 위협받은 사람들과 재산을 보호할 수 있습니다……. 두려워하지 마시오. 플라상에서 질서가 잘 유지되도록 필요한 대비를 취해 놓았습니다."

사실, 사령관은 루공과 몰래 협력하면서 성벽 가까이, 마구간 같은 곳에 실탄과 상당히 많은 소총을 숨겨 놓았다. 동시에 그는 그가 믿을 수 있다고 생각한 국민병의 협력도 확보했다. 그의 말에 매우 행복한 감동의 물결이 일었다. 그날 밤, 노란 거실의 평화로운 부유층은, 헤어지면서, '빨갱이들'이 가당찮게 움직이면, 그들을 학살하는 것에 대해 말했다.

12월 1일, 피에르 루공은 으젠의 편지를 받았고, 평소처럼 신중하게 침실에 들어가 읽으려 했다. 펠리시테는 방에서 나온 그가 매우 흥분한 것을 알아차렸다. 그녀는 온종일 책상 주변을 서성거렸다. 밤이 되자, 그녀는 더는 참을 수 없었다. 그녀의 남편이 가까스로 잠들자 그녀는 조용히 일어나, 조끼 주머니에서 책상 열쇠를 꺼내, 최대한 소리를 내지 않으면서 편지를 차지했다. 으젠은, 열 줄로, 아버지에게 곧 급변이 일어날 거라면서 어머니에게 상황을 알려 주라고 권했다. 그녀에게 알릴 시간이 온 것이다. 그는 아내의 조언이 필요할 것이다.

다음 날, 펠리시테는 남편이 털어놓기를 기다렸지만 아무 일도 없었다. 그녀는 감히 자신의 궁금증을 고백하지 못했고, 당연히 그녀도 다른 여자들처럼 수다스럽고 무익하다고 보는 남편의 어리석은 불신에 대해 화가 나면서도, 계속 모른 척했다. 피에르는, 가정에서 남자가 우월하다고 믿는 남편의 자존심으로, 결국에는 과거의 모든 불운을 아내 탓으로 돌렸다. 그들의 사업을 자기 혼자 이끌고 가리라 마음먹은 이후로, 모든 것이 그가 바라는 대로 풀리는 듯했다. 그래서 그는 완전히 아내의 조언 없이 지내기로, 아들이 충고했음에도 그녀에게 아무것도 털어놓지 않기로 마음먹었다.

펠리시테는, 피에르만큼이나 승리를 열렬히 원하지 않았다면, 훼방을 놓고 싶을 정도로, 마음이 상했다. 그녀는 계속 적극적으로 성공을 위해 일하면서 복수할 기회를 노렸다.

"아! 그가 겁이라도 먹고, 큰 실수라도 저지르게 되면! ……나한테 기가 죽어 조언을 구하러 오는 것을 보았으면, 그럼 내가 지시를 할 텐데."

그녀를 불안하게 하는 것은, 그가 자신의 도움 없이 성공했을 때, 당연히 그가 취하게 될 절대 권력을 가진 주인의 태도였다. 그녀가 공증인 사무소 서기보다 오히려 농부 아들과 결혼한 것은, 튼튼하게 만들어진 꼭두각시로 써먹을 생각 때문이었고, 자기 마음대로 줄을 조종할 수 있을 것 같아서였다. 그런데 결정적인 순간에, 그 꼭두각시가, 판단력도 없는 우둔한 주제에, 혼자 나아가려 하다니! 작은 노부인의 책략에 능한 마음, 활동성이 불붙은 듯 빳빳이 고개를 들고 일어났다. 그녀는 피에르가 자기 어머니에게 5만 프랑의 영수증에 서명하게 했을 때 그랬듯이, 그런 식의 당돌한 결정을 쉽게 내릴 수 있는 사람임을 알고 있었다. 도구는 훌륭하지만, 주도면밀하지 않았다. 그런데 그녀는 많은 유연함을 요구하는 현 상황에서 특히, 그를 이끌어

줄 필요가 있다고 생각했다.

쿠데타에 대한 공식적 소식은 플라상에 12월 3일 목요일 오후에나 도착했다. 저녁 일곱 시부터, 노란 거실에는 전원이 모여 있었다. 급변이 오기를 마냥 원하기는 했어도, 대부분의 얼굴에는 막연한 불안이 드러났다. 사건들이, 끝없이 이어지는 수다 속에서 언급되었다. 다른 사람들과 마찬가지로 약간 창백한 피에르는, 조심성이 지나친 나머지, 거기에 와 있는 정통 왕조 지지파들과 오를레앙파들 앞에서 루이 왕자의 결정적 행동을 비호해야 한다고 생각했다.

“국민 투표에 대해 말들 하더군요.” 그가 말했다. “국민은 자기 마음에 드는 정부를 자유롭게 선택할 것입니다……. 대통령은 우리의 합법적인 주인들 앞에서 물러날 사람입니다.”

오직 후작만이, 귀족다운 냉정을 온전히 유지한 채, 그 말들을 미소로 맞았다. 나머지 사람들은, 현재의 열기 속에서, 다음에 일어날 일은 아랑곳하지 않았다! 모든 의견이 좌초되고 있었다. 루디에는 오를레앙파들을 위한 예전 상인으로서의 상냥함을 잊고, 피에르의 말을 거칠게 가로막았다. 모두가 외쳐 댔다.

“그 문제를 논하지 맙시다. 치안 유지를 생각합시다.”

그 충실한 사람들은 공화파들을 끔찍이 두려워하고 있었다. 그렇지만 시는 파리 사태가 알려졌어도 약간 흥분할 뿐이었다. 군청 문에 붙은 게시문 앞에 사람들이 모여 있었다. 몇백 명의 노동자들이 조금 전에 일을 접고 저항을 조직하려 한다는 소문도 돌았다. 그게 다였다. 어떤 심각한 혼란도 일어나는 것 같지 않았다. 그와는 달리 이웃 도시들과 농촌 지역들이 취할지도 모를 태도는 불안을 야기했다. 그러나 그 사람들이 쿠데타에 대응한 방식에 대해서는 여전히 알려진 게 없었다.

아홉 시경, 그라누가 숨을 헐떡거리며 왔다. 그는 급히 소집된 시 의회 회의에서 나온 참이었다. 감정이 북받쳐 목멘 소리로, 가르소네 시장이 유보 조항을 달면서도, 결연한 모습으로 가장 단호한 수단들을 통해 치안을 유지하기로 했다고 전했다. 그러나 노란 거실을 가장 짖어 대게 만든 소식은 군수의 사임 소식이었다. 그 관리가 내무 장관의 통신문을 플라상 주민들에게 알리는 것을 전적으로 거부한 다음이었다. 그라누가 단언하기를, 그는 방금 시를 떠났고, 전보가 게시된 것은 시장의 배려 덕분이었다. 그는 아마도 프랑스에서 자신의 민주주의적 소견에 대해 용기를 냈던 유일한 군수일 것이다.

루공 부부가 가르소네 시장의 확고한 태도에 은근히 불안해하는 반면, 사람들은 그들에게 자리를 비워 놓고 도망간 군수를 조롱했다. 노란 거실이 쿠데타를 인정하고 기정사실들을 공개적으로 찬성하는 의사를 표명하기로 한 것은 바로 기념비적인 이날 밤이었다. 뷔예는 그런 견지에서 즉각 기사를 쓰는 일을 맡았고, 다음 날 『라 가제트』에 게재될 것이다. 그와 후작은 어떤 반대도 하지 않았다. 당연히 그들은 그들이 때때로 경건하게 암시하는 그 신비에 싸인 인물들의 지침을 받았다. 종교계와 귀족들은 이미 체념하며 공동의 적인 공화국을 박살 내기 위해, 정복자들을 지지하기로 받아들였다.

그날 저녁, 노란 거실에서 논의가 벌어지는 동안, 아리스티드는 불안으로 식은땀을 흘리고 있었다. 위험을 무릅쓰고 한 장의 카드에 마지막 루이 금화를 거는 도박꾼으로서 그렇게까지 불안에 떨었던 적이 없었다. 낮에, 그의 수장의 사임에 많은 생각이 들었다. 군수가 그에게 쿠데타는 실패할 것이 분명하다고 여러 번 되풀이 말하는 것을 들었다. 그 관리는, 양심적이지만 편협한 편이어서, 민주주의가 결국엔 승리할 것을 믿으면서도, 그렇다고 해서 그런 승리를 위해 저항하려는 용기는 없었다. 아리스티드가 정확한 정보를 얻는 방법은, 보통 군청에서 염탐하는 것이었다. 그는 자신이 맹목적으로 걸어간다고 생각했기 때문에, 관료들에게서 훔친 정보들에 매달렸다. 군수의 의견은 그를 흔들어 놓았다. 그럼에도 그는 매우 혼란스러웠다. 그는 생각했다. '그가 왕자 대통령의 실패를 확신한다면, 왜 떠나는 거지?' 하지만 어느 한 당을 택해야만 하는 상황에서, 그는 계속 공화파에 남아 있기로 결심했다. 그는 쿠데타에 매우 적대적인 기사를 썼고, 다음 날 『랑데팡당』 아침 호에 실으려고, 바로 그날 밤, 가져갔다. 그는 그 기사의 판쇄를 교정했고, 거의 진정되어 집으로 돌아갈 때, 라 반로를 지나면서, 아무 생각 없이 루공 부부의 창문들을 쳐다보았다. 창문들은 아주 환하게 불이 켜져 있었다.

'저 위에서 무슨 음모를 꾸미고 있는 거야?' 기고가는 의아한 생각에 알고 싶은 조급한 마음이 들었다.

그러자 최근 사태에 대한 노란 거실의 판단을 알고 싶다는 욕망이 맹렬하게 일었다. 그는 이 반동파 집단의 판단력이 보잘것 없다고 보았다. 그러나 그는 다시 의심이 들었다. 지금 그는 네 살 아이의 충고도 받아들일 수 있는 상황이었다. 그가 그라누와 다른 사람들 모두를 공격해 왔던 시점에 자기 아버지 집에 들어갈 생각은 할 수 없었다. 하지만 그는 올라갔고, 누군가가 계단에서 뜻밖에 그를 보게 된다면, 그 사람이 짓게 될 묘한 표정이 떠올랐다. 루공 부부의 문 앞에 왔지만, 그는 어수선한 소음밖에 들을 수 없었다.

"내가 아이 같군." 그는 말했다. "두려움 때문에 바보가 된 거야."

그가 도로 내려가려 할 때, 누군가를 배웅하는 어머니 소리가 들렸다. 집의 다락방으로 가는 작은 계단 밑 어두운 구석에 몸을 감출 시간밖에 없었다. 문이 열렸고, 후작과 그 뒤로 펠리시테가 나타났다. 드 카르나방 후작은 보통은 신시가지 연금 생활자들보다 먼저 자리를 뜨곤 했다. 당연히 도로에서 그들에게 악수를 수여하는 모습을 보이지 않기 위해서였다.

"얘야." 후작이 층계참에서 소리를 죽이며 말했다. "이 사람들은 내가 생각하는 것보다 훨씬 더 겁쟁이야. 이런 사람들과 함께라면, 프랑스는 언제나 프랑스를 용감하게 가지려는 자들 것이지."

그러고는 마치 자신에게 말하듯이 씁쓸하게 덧붙였다.

"군주제는 정말이지, 현대에 맞기에는 너무 올바르지. 그 시대는 끝났구나."

"으젠이 피에르에게 급변을 알려 주었어요." 펠리시테가 말했다. "루이 왕자의 승리는 그에게 확실한 것 같더군요."

"오! 너희는 과감하게 나아가도 돼." 후작이 계단을 내려가면서 대답했다. "2~3일 후, 나라는 완전히 손발이 묶일 것이다. 얘야, 내일 보자꾸나."

펠리시테가 다시 문을 닫았다. 아리스티드는, 어두운 구석에서, 방금 찬란함을 보았다. 후작이 도로로 접어드는 것도 기다리지 않고, 그는 계단을 부리나케 내려가서는 미친 사람처럼 밖으로 뛰쳐나갔다. 그리고 그는 랑데팡당 인쇄소를 향해 달렸다. 그의 머릿속에서 온갖 생각들이 몰려왔다. 그는 격분했고, 가족이 자신을 속였다고 비난했다. 뭐라고! 으젠은 부모에게 상황을 알려 주고 있었는데, 어머니는 자신에게 형의 편지들을 보여 준 적이 없었다. 그랬다면 무조건 어머니의 조언들을 따랐을 텐데! 그리고 바로 이제서야 우연히 자신의 큰형이 쿠데타의 성공을 확신하고 있었음을 알게 되다니!

다른 한편, 그 바보 같은 군수 때문에 그가 지나쳐 버렸던 몇몇 예감들이 그에게 확실해졌다. 그는 아버지가 정통 왕조 지지파로 있는 것이 아주 어리석다고 여겼는데, 때맞춰 아버지가 나폴레옹파로 나서자, 그에 대해 특히 화가 치밀었다.

"바보짓을 하도록 날 내버려두었다니." 그는 달려가면서 중얼거렸다. "나는 지금 한심한 놈이 되었어. 아! 제대로 배웠네! 그라누가 나보다 강해." 그는 랑데팡당 사무실에 폭풍이 휘몰아치듯 들어가, 목멘 소리로 자신의 글을 요구했다. 기사는 이미

조판 중이었다. 그는 인쇄판을 해체하게 했고 본인이 직접 나서 도미노 게임처럼 글자들을 맹렬히 뒤섞으며 기사를 분해하고 나서야 진정했다. 신문을 운영하는 서적 상인이 그런 행동을 하는 그를 어안이 벙벙한 태도로 바라보았다. 사실 그는 기사가 약간 위험해 보여서 그런 뜻밖의 사태가 기뻤다. 그래도 그는 『랑데팡당』이 발행되기를 바라기 때문에, 자료가 꼭 필요했다.

"나한테 다른 글을 주려는 겁니까?" 그가 물었다.

"물론이죠." 아리스티드가 대답했다.

그는 탁자에 앉더니, 쿠데타에 대해 아주 열렬한 찬양을 쓰기 시작했다. 첫 줄부터, 그는 루이 왕자가 방금 공화국을 구했다고 단언했다. 그러나 그는 한 페이지를 다 쓰지 못하고 멈추더니, 다음을 이어 가려고 애쓰는 것 같았다. 족제비를 닮은 그의 얼굴이 불안에 사로잡혔다.

"집에 가야겠소." 마침내 그가 말했다. "조금 후에 이것을 당신에게 보내리다. 여차하면, 조금 늦게 내보냅시다."

집으로 되돌아가면서, 그는 생각에 잠겨, 천천히 걸었다. 그는 다시 망설여졌다. 그렇게 빨리 합류할 필요가 있을까? 으젠은 똑똑한 남자지만, 어머니는 어쩌면 그의 편지의 단순한 문장을 확대 해석한 건지도 모른다. 어쨌든 잠자코 기다리는 게 차라리 나았다.

한 시간 후, 앙젤이 매우 흥분한 척하며, 신문사를 찾아왔다.

"남편이 방금 심하게 다쳤어요." 그녀가 말했다. "들어오면서 문에 네 손가락을 찧었어요. 극심한 고통 속에서도, 나에게 이 짧은 메모를 불러 주었는데, 당신이 내일 발간해 주기를 부탁드린답니다."

다음 날, 『랑데팡당』은 거의 전부 잡보로 채워진 채, 첫 번째 난 맨 위에 이처럼 몇 줄을 실었다.

"우리의 걸출한 기고가이신 아리스티드 루공 씨에게 유감스러운 사건이 생겨, 한동안 글을 실을 수 없게 되었습니다. 지금과 같은 엄중한 상황에서 침묵을 지키는 것은 그에게 무척 힘든 일이 될 것입니다. 그러나 우리 독자 중 어느 누구도 프랑스의 행복을 염원하는 그의 애국심을 의심하지 않을 것입니다."

두리뭉실한 이 짧은 글은 숙고해서 나온 것이었다. 마지막 문장은 어떤 당이건 다 우호적으로 받아들일 수 있었다. 그런 방식으로, 승리 후, 아리스티드는 승리자들을 찬양함으로써 멋진 복귀를 준비했다. 다음 날, 그가 팔에 붕대를 맨 채, 도시 어디서나 모습을 드러냈다. 그의 어머니가, 신문에 실린 짧은 보도에 매우 놀라 달려왔고, 그가 어머니에게 손을 보여 주는 것을 거부하면서 뭔가 원한 맺힌 듯 말하자, 노부인은 이내 알아차렸다.

"괜찮아질 거야." 그녀가 그를 떠나면서, 안심하면서도 약간 놀리듯이, 말했다. "잘 쉬고만 있어."

바로 이 가짜 사건과 군수가 떠난 일 덕분에, 도의 대부분의 민주주의 신문들이 불안해했던 것과 달리 『랑데팡당』은 불안에 떨지 않아도 되었다.

4일은 플라상에서 비교적 평온하게 흘러갔다. 밤에는 민중의 시위가 있었으나 헌병들이 나타나자 곧바로 흩어졌다. 한 떼의 노동자들이 몰려와서 가르소네 시장에게 파리의 통신문들을 보여 달라고 요구했지만 그는 거만하게 거절했다. 사람들이 물러가면서 외쳤다. **공화국 만세! 헌법 만세!** 그리고 모두 질서 있게 돌아갔다. 노란 거실은 이 소박한 산책을 오랫동안 입에 올리면서, 상황이 아주 만족스럽게 흘러가고 있다고 확신했다.

그러나 5일과 6일은 불안하게 돌아갔다. 이웃 소도시들의 저항이 연달아 알려졌다. 도의 남부 지역은 전부 무기를 들고 일어났다. 라 팔뤼와 생마르르탱드보가 제일 먼저 봉기했고, 그들을 선두로 샤바노즈, 나제르, 푸졸, 발케라, 베르누와 같은 촌락들이 뒤따랐다. 그러자 노란 거실은 심각할 정도로 공포에 사로잡히기 시작했다. 그들이 특히 불안해하는 것은, 플라상이 저항군에 둘러싸인 채 고립되어 있다고 느꼈기 때문이었다. 반도 무리는 분명히 농촌들을 장악할 것이고, 모든 연락망을 끊을 것이다. 그라누는 황망한 표정으로 시장에 대한 소식이 없다는 말을 반복했다. 사람들이 마르세유에서 사상자가 있다고, 그리고 엄청난 격변이 파리에서 터졌다고 단언하기 시작했다. 부자들의 비겁함에 분노한 시카르도 사령관은 부하들의 선두에 서서 죽겠다고 말했다.

일요일인 7일에, 공포는 극에 달했다. 여섯 시부터, 반동파 위원회로서 상시 열리고 있던 노란 거실은 창백한 얼굴로 부들부들 떨고 있는 많은 사람으로 꽉 찼고, 그들은 마치 시신을 안치해 놓은 방에 있는 것처럼, 작은 소리로, 끼리끼리 이야기를 나누고 있었다. 그들은 낮에, 약 3천 명가량의 반도군 대열이, 기껏해야 3리(1.2킬로미터) 떨어진 알부아즈에 집결했다는 것을 알았다. 이 대열이 플라상을 왼쪽으로 끼고, 도청으로 향하는 것이, 정말이지 분명하다고 주장했다. 그러나 전투 계획은 바뀔 수 있었고, 겁 많은 연금 생활자들은 저항군이 몇 킬로미터 떨어져 있다는 것만으로도, 노동자들의 무서운 손들이 벌써 그들의 목을 조르는 것처럼 느끼기에 충분했다. 아침에 그들은 봉기에 대한 예감이 들었다. 플라상의 몇몇 공화당원들은 시에서는 진지하게 아무것도 할 수 없다고 생각해, 라 팔뤼와 생마르탱드보의 동지들과 합류하러 가기로 결정했다. 첫 번째 무리가 열한 시경에, 「라 마르세예즈」를 부르면서 유리창 몇 장을 깨뜨리고는 로마 문을 통과해 떠났다. 그라누 집의 유리창 하나가 훼손되었다. 그는 그 사실을 공포에 질려 떠듬거리며 이야기했다.

노란 거실은, 그 정도에도 몹시 불안해하며 동요했다. 사령관은 저항군의 행로를 정확히 알기 위해 자신의 하인을 보냈고, 사람들은 그가 돌아오기를 기다리면서 말도 안 되는 억측을 했다. 전원이 다 모여 있었다. 루디에와 그라누는 안락의자에 털썩 주저앉은 채, 서로 애처로운 시선으로 바라보았고, 그들 뒤에서는 얼이 빠진 듯한 은퇴 상인들 무리가 앓는 소리를 내고 있었다. 그 정도까지 심하게 놀란 것 같지 않은 뷔예는 자신의 가게와 자신의 측근을 보호하려면 어떤 조치를 취해야 할지 깊은 생각에 잠겨 있었다. 다락방이나 지하 저장고에 숨어도 될지 생각해 보았는데, 지하 저장고 쪽으로 마음이 기울었다. 피에르와 사령관은 이리저리 걸으면서, 이따금 몇 마디 나누었다. 은퇴한 기름 장수가 자신의 친구 시카르도의 용기에 힘을 얻고자 그에게 다가갔다. 아주 오래전부터 이런 급변을 기대하고 있던 그는, 숨 막히는 흥분 속에서도, 침착하려고 애썼다. 후작은, 평상시보다 더 기분 좋은 듯, 쾌활하게 구석에서 펠리시테와 이야기를 나누며, 매우 즐거워 보였다.

마침내, 초인종이 울렸다. 남자들은 마치 총소리라도 들은 것처럼 소스라쳤다. 펠리시테가 문을 열러 가는 동안, 죽음과 같은 정적이 거실에 퍼졌다. 창백하고 불안한 얼굴들이 모두 문으로 향했다. 사령관의 하인이 심하게 헐떡거리며, 문턱에 나타나 주인에게 느닷없이 말했다.

"주인님, 저항군이 한 시간 후에 여기로 온답니다."

그것은 청천벽력이었다. 모두가 일어나 부르짖었다. 팔들은 천장을 향해 쳐들려 있었다. 몇 분 동안, 서로 무슨 말을 하는지 알아들을 수 없었다. 사람들이 심부름꾼을 둘러싸고, 질문을 쏟아 냈다.

"이런, 젠장!" 사령관이 결국 소리쳤다. "그렇게 고함치지 마시오. 조용히, 그렇지 않으면 더는 아무 말도 하지 않겠소!"

모두 크게 한숨을 내쉬며, 자리에 쓰러지듯 다시 앉았다. 그제야 좀 더 자세히 들을 수 있었다. 심부름꾼은 튈레트에서 대열을 만났고, 급히 되돌아왔던 것이다.

"적어도 3천 명은 됩니다." 그가 말했다. "군인들처럼, 부대별로 행진하고 있어요. 그들 중에서 포로들을 보았던 것 같습니다."

"포로들이라고!" 공포에 사로잡힌 부자들이 소리쳤다.

"당연히 그렇지요!" 후작이 맑고 높은 목소리로 끼어들었다. "저항군이 보수파로 알려진 사람들을 체포했다는 말을 들었소."

그 소식에 노란 거실은 얼어붙고 말았다. 몇몇 부자들이 안전한 은신처를 찾아내려면 시간이 얼마 없다는 생각에 슬그머니 일어나 문으로 향했다. 공화파들이 나서서 체포를 집행했다는 소식은 펠리시테를 놀라게 한 것 같았다. 그녀는 후작을 따로 붙들고 물었다.

"그들은 체포한 사람들을 어떻게 할까요?"

"함께 데리고 가겠지." 드 카르나방 후작이 대답했다. "그들을 특급 인질로 생각하는 것이 분명해."

"아!" 노부인이 묘한 목소리로 대답했다.

그녀는 거실에서 일어나고 있는 이상한 공포의 장면을 생각에 잠겨 지켜보기 시작했다. 하나둘씩, 부자들이 사라졌다. 곧 뷔예와 루디에만 남았는데, 위험이 닥쳐오니 그들에게 왠지 용기가 생겼다. 그라누는, 다리 때문에 아무것도 할 수 없어, 자기 자리에 남아 있었다.

"정말이지! 나는 이게 더 낫소." 시카르도가 당원들이 죄다 도망가는 것을 확인하면서 말했다. "저 겁쟁이들 때문에 화가 나는군. 2년 전부터, 그들은 지방의 모든 공화파를 총살해야 한다고 말해 왔지. 그런데 지금 저들은 그들 앞에서 싸구려 폭죽 하나도 터뜨리지 못할 거야."

그는 모자를 집어 들고 문 쪽으로 향했다.

"자." 그가 계속했다. "꾸물거리고 있을 시간이 없소. 갑시다, 루공."

펠리시테는 그 순간을 기다린 것 같았다. 그녀는 무시무시한 시카르도를 미적거리며 따라가는 남편을 문 앞에서 재빨리 가로막았다.

"당신이 가지 않았으면 좋겠어요." 그녀가 돌연 절망에 빠진 척 외쳤다. "절대로 당신이 나를 떠나도록 놔둘 수 없어요. 부랑자들이 당신을 죽일 거예요."

사령관이, 놀라며, 멈춰 섰다.

"제기랄!" 그가 투덜거렸다. "이제는 여자들이 훌쩍거리기 시작하누먼……. 루공, 갑시다."

"안 돼요, 안 돼." 노부인이 점점 더 커져 가는 공포심을 연기하면서 말했다. "남편은 당신을 따라가지 않을 거예요. 차라리 그의 옷자락에 매달리겠어요."

후작은, 그 장면에 매우 놀라워하며, 흥미롭게 펠리시테를 지켜보았다. '저 아이가 좀 전에 그토록 쾌활하게 이야기하던 부인이 맞는가? 이 아이는 도대체 뭘 연기하는 거지?' 그렇지만 피에르는, 아내가 자신을 붙들자, 그때부터 온 힘을 다해 나가려는 듯한 태도를 보였다.

"가지 말라고 당신한테 말하는 거예요." 그의 팔에 매달리며 노부인이 되풀이해서 말했다.

그리고 사령관을 향해 돌아서면서 말했다.
"당신은 어떻게 맞설 생각을 할 수 있나요? 그들은 3천 명이고, 당신은 용기 있는 사람 백 명도 모으지 못할 거예요. 당신은 보람도 없이 희생될 거예요."
"바로 그게 우리의 의무요!" 초조해진 시카르도가 말했다.
펠리시테가 울음을 터뜨렸다.
"그들이 내 남편을 죽이지 않는다고 해도, 포로로 만들 거예요." 그녀가 남편을 응시하며 계속 말했다. "맙소사! 버려진 도시에서 혼자 남은 나는 어떻게 살라고요!"
사령관이 외쳤다. "우리가 폭도들을 조용히 들어오게 해 준다면, 우리가 체포되지 않을 거라고 보시오? 맹세컨대 한 시간 후면, 시장과 모든 관리가 포로가 될 거요. 당신 남편과 이 거실 단골들은 말할 것도 없고."
후작은 공포에 사로잡힌 모습으로 대답하는 펠리시테에게서, 그녀의 입술에 희미한 미소가 스치는 것을 본 듯했다.
"그렇게 생각하세요?"
"틀림없소!" 시카르도가 말했다. "공화파들은 그들 뒤에 적을 남겨 둘 정도로 어리석지 않소. 내일 관리들과 선량한 시민들이 플라상에서 빠져나갈 것이오."
펠리시테는 교묘하게 이런 말이 나오도록 유도한 다음, 남편의 팔을 놓았다. 피에르는 더는 나갈 기세를 보이지 않았다. 아내 덕분에, 처음에는 그녀의 놀랄 만한 전략을 눈치채지 못했지만, 한순간도 은밀한 공모를 의심하지 않았던, 그는 방금 작전 계획을 언뜻 알아차렸다.

"결정을 내리기 전에 숙고할 필요가 있을 것 같군요." 그가 사령관에게 말했다. "아내가 우리 그룹의 진정한 관심들을 잊었다고 우리를 비난한다면, 그녀가 틀리지 않을 수도 있지요."

"확실히 그렇습니다, 부인 말이 틀리지 않습니다." 펠리시테의 공포에 찬 외침을 겁쟁이답게 황홀하게 듣고 있던 그라누가 외쳤다.

사령관은, 힘찬 몸짓으로, 머리에 모자를 눌러쓰고는, 단호한 목소리로 말했다.

"옳건 그르건, 그건 나에게 중요하지 않소. 나는 국민병의 사령관이오. 벌써 시청에 가 있어야 했소. 당신이 겁내는 덕분에, 나 혼자 가게 되었음을 인정하시오……. 그럼, 잘 있으시오."

문고리를 돌리는 그를 루공이 급히 잡았다.

"이봐요, 시카르도." 그가 말했다.

그리고 뷔예가 귀를 쫑긋 세우는 모습을 보자, 그를 구석으로 이끌고 갔다. 거기서, 낮은 목소리로, 폭도들 뒤에 시에 질서를 다시 세울 수 있는 활력적인 몇몇 사람들을 남겨 두는 것이 합당하고 정당한 행동이라고 그에게 설명했다. 격앙된 사령관이 자신의 직무를 저버리지 않겠다고 고집부리자, 자신이 예비군의 선두에 서겠다고 제안했다.

"나에게 무기와 탄약이 있는 창고 열쇠를 주시오." 피에르가 그에게 말했다. "그리고 우리 쪽 사람 50여 명에게 내가 부를 때까지 움직이지 말라고 전해 주시오."

시카르도는 결국 이 신중한 방법에 동의했다. 그도 지금은 저항이 무익하다는 것을 알면서도, 위험을 몸소 감당하고 싶었지만, 그에게 창고 열쇠를 맡겼다.

담화가 진행되는 동안, 후작은 묘한 표정으로 펠리시테의 귀에다 몇 마디 속삭였다. 그는 당연히 그녀가 가져온 반전에 대해 그녀에게 치하했다. 노부인은 가벼운 미소를 억누를 수 없었다. 시카르도가 루공에게 악수한 다음 떠나려 할 때였다.

"결국, 우리를 떠나시기로 한 건가요?" 그녀가 다시 당황스러운 태도를 취하며 그에게 물었다.

"나폴레옹의 노병은……." 그가 대답했다. "절대로 천한 것들에게 겁먹지 않소."

그가 벌써 층계참에 있을 때, 그라누가 급히 뛰어가 그에게 소리쳤다.

"시청에 가시거든 시장에게 지금 상황에 대해 알려 주시오. 나는 집으로 달려가 아내를 안심시키렵니다."

이번에는 펠리시테가 후작의 귀에 몸을 기울이고 은근히 기뻐하며 속삭였다.

"아이고! 저 사나운 사령관이 체포나 당하면 좋겠어요. 그는 열정이 너무 지나쳐요."

그동안 루공은 그라누를 거실로 다시 데려갔다. 루디에는, 앉아 있던 구석 자리에서, 모든 장면을 조용히 지켜보았고, 신중한 방법이 제안될 때는 열정적인 신호를 보내다가, 그들과 이야기하러 다시 왔다. 후작과 뷔예도 똑같이 일어났을 때, 피에르가 말했다.

"지금, 우리끼리, 평화로운 사람들끼리 있는 지금, 분명히 있을 체포를 피하고, 우리가 다시 최강자가 되었을 때 자유로우려면, 여러분은 숨어 계시기를 바랍니다."

그라누는 그를 끌어안고 뺨에 입을 맞출 뻔했다. 루디에와 뷔예는 한결 마음이 편해졌다.

"여러분, 앞으로 당신들 도움이 필요할 것입니다." 예전 기름장수가 엄숙하게 말을 이어 갔다. "플라상에 다시 치안을 세우는 영예를 안게 되는 것은 바로 우리입니다."

"우리를 믿으십시오." 펠리시테가 불안할 정도로 뷔예가 열정적으로 소리쳤다.

머뭇거릴 시간이 없었다. 플라상의 야릇한 수호자들은 시를 더 잘 수호하기 위해, 어느 구석 깊숙이 숨기 위해 각자 서둘러 돌아갔다. 아내와 함께 남은 피에르는 그녀에게 숨어 있는 실수를 저지르지 말고, 누군가 그녀에게 와서 물으면, 그가 잠깐 여행을 떠났다고 대답하라고 일렀다. 그리고 그녀가 여전히 두려워하는 척하며, 바보처럼 굴면서, 앞으로 이 모든 것이 어떻게 될지 묻자, 그는 퉁명스럽게 대답했다.

"그건 당신과 상관없소. 나 혼자 우리 일들을 끌고 가도록 두시오. 앞으로 더 잘될 수밖에 없을 거요."

몇 분 후, 그는 라 반로를 따라 급히 뛰었다. 소베르 중앙로에 도착했을 때 구시가지에서 무장한 노동자 무리가 「라 마르세예즈」를 부르며 나오는 것을 보았다.

'이럴 수가!' 그가 생각했다. '때가 왔군, 지금, 반란을 일으킨 도시가 바로 여기에 있어.'

그는 걸음을 서둘러, 로마 문으로 향했다. 거기에서, 수위가 그에게 문을 굼뜨게 열어 주는 동안, 그는 식은땀을 흘렸다. 도로로 나서자마자, 그는 달빛 아래, 도성 밖 맞은편에, 저항군의 대열을 보았는데, 그들의 소총이 작은 하얀 불꽃처럼 번쩍거렸다. 그는 달리며 생미트르 막다른 골목으로 들어갔고, 그가 오랜 세월 가지 않았던, 어머니 집에 도착했다.

4장

앙투안 마카르는 나폴레옹 실각 이후 플라상으로 돌아왔다. 그는 많은 인명이 죽어 간 제국의 마지막 전투 어디에도 출전하지 않는, 믿을 수 없는 행운을 누렸다. 그는 군인의 어리벙벙한 삶에서 빠져나올 방도도 없이, 이 막사에서 저 막사로 끌려다녔다. 그런 삶은 결국 그의 타고난 악덕을 발달시켰다. 그의 게으름은 논리가 정연했다. 그의 음주벽은, 그에게 셀 수도 없는 많은 징계를 받게 했지만, 그때부터 그에게는 진정한 종교가 되었다. 그러나 특히 그를 망나니 중에서 가장 악질의 망나니로 만든 것은 근근이 살아가는 가련한 사람들에 대해 품고 있는 경멸이었다.

"나는 고향에 돈이 있어." 그는 종종 동료들에게 말하곤 했다. "임기를 다 마친 다음, 나는 부자로 살게 될 거야."

그런 믿음과 그의 무지몽매함 때문에 그는 하사 계급장을 달지도 못했다.

그가 입대한 후부터, 그의 형이 그를 멀리 떼어 놓기 위해 온갖 구실을 만들어 내는 바람에, 그는 플라상에 단 하루도 휴가를 보내러 오지 못했다. 그래서 그는 피에르가 어머니의 재산을 독차지한 교묘한 방법을 전혀 모르고 있었다. 완전히 무심하게 살아가는 아델라이드는 그에게 편지를 쓴 게 세 번도 되지 않았고, 그조차 자신은 잘 지내고 있다는 간단한 안부 편지였다. 그가 수없이 돈을 보내 달라는 편지를 해도 아무것도 받지 못했지만, 그는 어떤 의심도 하지 않았다. 인색한 피에르는 지금 곤란한 상황이라고 그에게 설명하는 것으로, 그리고 어쩌다 쥐꼬리만 한 20프랑을 주는 것이 전부였다. 그런 행동은 그의 형에 대한 원한만 키울 뿐이었다. 형은 돈을 써서 그를 다시 빼 주겠다고 분명히 약속했음에도, 군에서 그를 목이 빠져라 기다리게 만들었다. 집으로 돌아갈 때, 그는 어린 꼬마처럼 더는 복종하지 않겠다고, 자기 마음대로 살기 위해서라도, 단호하게 자신의 몫을 요구하겠노라 다짐했다. 그를 싣고 가는 합승 마차 안에서, 그는 아무것도 하지 않고 사는 감미로운 삶을 꿈꾸었다. 하지만 그의 사상누각은 참혹하게 무너져 버렸다. 그가 도성 밖에 도착해서, 푸크가의 땅을 더는 알아보지 못했을 때, 그는 멍하니 있었다. 그는 어머니의 새 주소를 물어보아야 했다. 거기에서, 처참한 광경과 맞닥뜨렸다. 아델라이드는 부동산을 팔았다고 그에게 차분하게 알렸다. 그는 격분한 나머지, 그녀를 향해 손까지 올릴 태세였다.

가련한 부인은 되풀이 말했다.

"네 형이 다 가져갔단다. 형이 너를 돌볼 거야. 그렇게 합의되었어."

그가 그제야 집을 나와 피에르의 집으로 달려갔고, 그가 돌아온 것을 알고 있던 피에르는, 첫마디부터 험한 말로, 그와 결판 짓기 위해 그를 맞이할 대책을 세워 놓고 있었다.

"여보시오." 기름 장수가 그와 더는 친밀한 관계가 아님을 드러내려는 듯 그에게 존칭을 쓰며 말했다. "나의 화를 돋우지 마시오. 그렇지 않으면 당신을 문밖으로 쫓아내겠소. 어쨌든 나는 당신과는 모르는 사이요. 우리는 같은 성(姓)도 아니오. 내 어머니가 행실을 잘못했다는 것은 이미 나에게도 상당히 불행한 일이오. 그녀의 사생아들이 나를 욕되게 하러 오지 않아도 말이오. 나는 당신에게 호의를 갖고 있소. 하지만 당신이 무례하게 군다면, 아무것도 하지 않을 거요, 절대로 아무것도."

앙투안은 화가 나서 숨이 막힐 뻔했다.

"그럼 내 돈은?" 그가 소리쳤다. "이 도둑놈아, 내 돈 내놔. 아니면 내가 너를 재판정에 세워야 할까?"

피에르는 어깨를 으쓱 올렸다.

"내가 당신에게 줄 돈은 없소." 그러고는 더 차분하게 대답했다. "내 어머니는 자신이 원하던 대로 그녀의 재산을 처분했소. 그녀의 일에 간섭하러 갈 사람은 내가 아니지. 나는 유산 받을 희망을 기꺼이 모두 포기했소. 나는 당신의 그 추잡한 비난을 받을 이유가 없소."

그 냉혈한 때문에 격분하고, 그 말을 믿는 것 외에는 아무것도 할 수 없게 된 동생이 할 말을 잃고 더듬거리자, 그는 눈앞에 아델라이드가 서명한 영수증을 내놓았다. 그 종이를 읽고 앙투안은 완전히 낙심하고 말았다.

"좋아." 그가 거의 차분해진 목소리로 말했다. "내가 뭘 해야 할지 알겠군."

사실은, 그는 누구 편을 들어야 할지 몰랐다. 자신의 몫을 되찾고 복수할 방법을 즉각 찾아낼 수 없는 자신의 무능함에 그는 다시 맹렬한 분노에 휩싸였다. 그는 어머니 집으로 다시 가, 그녀에게 수치스러운 심문을 가했다. 가련한 부인은 그를 피에르에게 되돌려 보낼 수밖에 없었다.

"두 사람이 나를 북 치듯 이리 보내고 저리 보내고 할 생각이야?" 그가 무례하게 소리쳤다. "당신들 중에 누가 돈을 챙겼는지 알 것 같네. 아마도 엄마가 돈을 벌써 먹어 치웠겠지?"

그녀의 예전 행동을 빗대면서, 그는 어떤 개자식에게 마지막 푼돈까지 털어 넣은 것은 아닌지 물었다. 그는 자신의 아버지를 술꾼 마카르라고 부르며, 죽을 때까지 그녀를 갉아먹은 게 분명하다고, 그리고 자식들을 거렁뱅이 신세로 만들었다면서 아버지도 너그럽게 봐주지 않았다. 가련한 부인은 망연자실 듣고 있었다. 굵은 눈물이 그녀의 두 뺨 위로 흘러내렸다. 그녀는 아이처럼 두려워하며 부인했고, 마치 판사의 질문에 답하듯이 아들의 질문에 대답하면서 그녀는 맹세코 처신을 바르게 했다고, 자신은 한 푼도 없다고, 피에르가 다 가져갔다고, 계속해서 반복했다. 결국 앙투안도 그녀의 말을 믿게 되었다.

"아! 이런 나쁜 놈이 다 있나!" 그가 중얼거렸다. "그래서 나를 빼내지 않았군."

그는 어머니 집에서, 구석에 처박아 놓은, 짚을 넣은 매트에서 자야 했다. 그는 돌아왔지만 완전히 빈털터리였고, 그를 화나게 만든 것은 특히, 그가 한 푼도 없는 데다 집도 절도 없이 떠돌이 개처럼 버려졌다고 느꼈기 때문이었다. 반면 그의 형은, 그에 따르면, 장사로 톡톡히 재미도 보면서, 흥청망청 잘 먹고 잘 자고 있었다. 다음 날 그는 옷을 살 돈이 없어, 군대에서 입었던 바지와 군모 차림으로 나갔다. 나행히 옷장 안에서 마카르가 입었던, 해어지고 기운 노르스름한 낡은 벨벳 상의를 찾았다. 그가 시내를 이리저리 돌아다닐 때, 그의 역사를 이야기해 주고 정의를 요구하는, 바로 그런 이상한 옷차림이었다.

그가 조언을 구하러 간 사람들이 그를 무시하며 대하는 바람에 그는 분노의 눈물을 쏟았다. 지방에서는, 몰락한 집안에 가혹하다. 중론에 의하면, 루공·마카르 집안이 그들끼리 서로 잡아먹으니 혈통은 속일 수 없다는 것이다. 세간은 그들을 말리는 대신, 오히려 서로 물어뜯도록 부추기고 싶은지도 모른다. 게다가 피에르는 자신의 태생적 오점을 씻어 내기 시작했다. 사람들은 그의 사기질을 비웃었다. 실제로 그가 돈을 독차지했다면, 시정잡배에게는 좋은 교훈이 될 테니, 그가 잘했다고 말하는 사람들도 있었다.

앙투안은 낙담한 채 돌아왔다. 한 소송 대리인은 경멸하는 표정을 지으며 그에게, 소송을 추진하는 데 필요한 금액을 가지고 있다면, 잘 알아본 후에 묵은 빨래를 하라고 조언했다. 그 남자 말에 따르면, 그 사건은 매우 얽히고설킨 듯 보이고, 심리가 아주 오래 걸리는 데다, 성공은 불확실했다.

그날 밤, 앙투안은 자기 어머니를 더 거칠게 대했다. 누구한테 복수해야 할지 몰라, 그는 전날 했던 비난을 되풀이했다. 그는 수치와 공포로 온몸을 떨고 있는 가련한 부인을 자정까지 붙들고 있었다. 아델라이드가 자신은 피에르에게 보조금을 받고 있다는 사실을 알려 주자, 그는 형이 5만 프랑을 받아 챙겼다는 것을 확신했다. 하지만 화가 단단히 난 터라, 지독히 심술궂은 말로, 계속 의심하는 척했고, 그러자 그의 마음이 좀 위로가 되었다. 그는 그녀가 자신의 재산을 애인들과 함께 먹어 치웠다고 계속 그렇게 생각한다는 것을 보여 주려는 듯, 그녀를 의심하는 태도로 질문을 멈추지 않았다.

"이봐요, 우리 아버지 한 사람이 아니었잖아." 그가 마침내 야비하게 말했다.

이 결정적 타격에, 그녀는 비틀거리며 낡은 궤로 가서 주저앉았다. 거기에서 그녀는 밤새도록 흐느껴 울었다.

앙투안은, 혼자서 돈도 없이, 형과 맞서 싸울 수 없다는 것을 곧 깨달았다. 그래서 아델라이드를 소송에 끌어들이고자 했다. 그녀가 고발한다면 중대한 결과를 초래할 것이 분명했다. 그러나 가련한 부인은, 너무나 나약하고 너무나 무력했음에도, 앙투안이 자신의 계획을 말하자마자, 큰아들을 괴롭히는 것을 격렬히 거부했다.

"나는 불행한 여자야." 그녀가 중얼거렸다. "네가 화내는 건 당연해. 그러나, 얘야, 내가 자식 하나를 감옥에 보내게 한다면, 몹시 후회하게 될 거야. 아니, 내가 차라리 너한테 맞는 게 나아."

그는 그녀에게서 눈물밖에 끌어내지 못하리라는 것을 알았고, 그녀가 제대로 벌 받았으니, 전혀 불쌍하게 여기지 않는다는 말로 끝냈다. 그날 밤, 아델라이드는 아들과 끝없는 말다툼에 휘둘린 나머지, 신경성 발작을 일으켰고, 두 눈을 뜬 채 죽은 사람처럼 뻣뻣해졌다. 그 아들놈은 그녀를 침대 위로 내동댕이쳤다. 그러고는 그녀의 옷을 느슨하게 풀어 주지도 않고, 그 가련한 여자가 어딘가 숨겨 놓은 돈이 없는지 찾으려고, 집 안을 뒤지기 시작했다. 그리고 40프랑 정도 찾아냈다. 그는 그 돈을 탈취하고선, 자신의 어머니가 뻣뻣하게 굳어 숨도 제대로 못 쉬고 있는데도, 마르세유행 역마차를 타기 위해 태연하게 떠났다.

그는 좀 전에, 누이 위르쉴과 결혼한 모자 제조인 무레라면 피에르의 사기 행각에 틀림없이 분노할 것이고, 당연히 자기 부인의 이익을 지키려 할 거라고 생각했다. 하지만 그는 그가 기대했던 사람을 구하진 못했다. 무레 자신은 위르쉴을 고아처럼 생각하는 데 익숙해졌으며, 절대로, 그녀의 가족과 분쟁을 일으키고 싶지 않다고 그에게 단호하게 말했다. 그 부부의 사업은 번창하고 있었다. 문전박대를 당한 앙투안은 서둘러 다시 역마차를 탔다. 그러나 떠나기 전에 모자 제조인의 시선에서 보았던 은근한 경멸에 복수하고 싶었다. 누이가 창백하고 호흡 곤란이 있어 보였던 터라, 그는 떠나면서 음험하고 잔인하게 말했다.

"조심하시오. 누이는 항상 허약했는데, 많이 달라진 것 같구려. 그녀를 잃을 수도 있겠소."

무레의 눈에 차오른 눈물은 그의 아픈 상처를 건드렸다는 것을 분명히 보여 주었다. 이 장인들 또한 자신들의 행복을 지나치게 과시하고 있었다.

앙투안이 다시 플라상에 왔을 때, 속수무책인 자신을 분명히 알게 된 그는 훨씬 더 위협적으로 변했다. 한 달 내내, 시내에서는 그 남자만 보였다. 그는 거리를 쏘다녔고, 자신에게 귀 기울이는 이들에게 자신의 이야기를 들려주었다. 어머니한테서 20수(sou) 동전 하나를 성공적으로 얻어 내는 날이면, 선술집에 가 몽땅 마셔 버렸고, 아주 큰 소리로 자기 형이 비열한 놈이라고 곧 복수할 거라고 외쳤다. 그런 곳에서는, 술꾼들 사이에서 넘치는 기분 좋은 우정으로 말미암아, 그의 말을 호의적으로 들어주었다. 시내의 방탕꾼들은 죄다 그를 지지했다. 그것은 선량한 군인을 굶어 죽도록 내버려둔 그 우라질 루공에게 퍼붓는 끝없는 욕설이었고, 그렇게 한 차례 끝나면, 보통 모든 부자에 대한 일반적인 규탄으로 끝나곤 했다. 앙투안은 극도의 복수심에서, 그의 어머니가 더 단정한 의복을 사 입으라고 돈을 주었어도, 군모에 군용 바지 그리고 낡은 노란 벨벳 윗도리를 입고 계속 돌아다녔다. 그는 보란 듯이 자신의 누더기를 걸치고 다녔고, 일요일마다 소베르 중앙로 한복판에서 그것들을 확실하게 보여 주었다.

그가 은근히 가장 즐기는 일 중 하나가 하루에도 열 번씩 피에르의 가게 앞을 지나는 것이었다. 그는 손가락으로 윗도리의 구멍들을 더 크게 뚫었고, 발걸음을 늦추며, 이따금 길에 더 오래 있으려고, 문 앞에서 이야기를 나누곤 했다. 그즈음에 그는, 공모자 역할로, 자신의 친구 중 아무 술꾼이나 데리고 갔다. 그는 그 사람에게 5만 프랑을 훔쳐 간 이야기를 욕설과 위협을 섞어서, 온 거리에 그의 말이 들릴 정도로, 그의 욕지거리가 그들의 주소까지 들리도록, 가게 안까지 들리도록, 큰 소리로 말했다.

"그는 나중에는 우리 집 앞에 와서 구걸하고 있을 거예요." 절망한 펠리시테가 말했다.

자만심 강한 조그만 부인은 그런 소동에 끔찍하게 고통받았다. 그녀는, 그때, 루공과 결혼한 것을 후회하기까지 했다. 루공에게도 너무 견디기 힘든 가족이었다. 그녀는 앙투안이 누더기 차림으로 돌아다니는 것을 멈추게 할 수 있다면 어떤 대가라도 치를 작정이었다. 피에르도 동생의 행동 때문에 미칠 지경이었지만, 사람들이 자기 앞에서 동생 이름을 언급하지 않는 것만 바랐다. 그의 부인이 돈 몇 푼 주어 동생에게서 벗어나는 것이 차라리 나을지도 모른다고 그에게 말했을 때, 그가 격분하여 외쳤다.

"아니, 아무것도, 한 푼도 안 돼. 그놈 뒈져 버렸으면!"

하지만 그도 마침내 앙투안의 태도가 점점 참을 수 없음을 인정하고 말았다. 어느 날, 펠리시테가 끝을 내려고, 그를 언급할 때면 늘 그러듯이 경멸하듯 삐죽거리며, 그 남자를 불렀다. '그 남자'는 길 한복판에서, 그보다 훨씬 더 심한 누더기를 걸친 그의 동료와 함께, 그녀를 음탕한 여자라며 심하게 욕하고 있었다. 둘 다 취해 있었다.

"같이 가자. 저 안에서 우리를 부르네." 앙투안이 동료에게 빈정대는 목소리로 말했다.

펠리시테가 뒷걸음치며 중얼거렸다.

"우리는 당신하고만 얘기하고 싶어요."

"턱도 없지!" 젊은이가 대답했다. "이 친구는 좋은 사람이야. 그는 다 들어도 돼. 내 증인이거든."

그 증인이 의자 위에 어설프게 앉았다. 그는 모자도 벗지 않고, 술꾼답게 그리고 자신이 무례하다고 느끼는 비루한 사람답게 어리벙벙한 미소를 띠며, 주변을 둘러보기 시작했다. 펠리시테는 창피스러워, 자신이 얼마나 이상한 사람들을 상대하고 있는지 밖에서 보이지 않도록 가게 문 앞에 섰다. 다행히 그녀의 남편이 도우러 왔다. 그와 동생 사이에 격렬한 언쟁이 시작되었다. 동생은 말주변이 달려 욕설을 제대로 쏟아 내지 못하자, 똑같은 불평만 스무 번도 넘게 되풀이했다. 그는 마침내 울음을 터뜨렸고, 그의 감정이 동료까지 울릴 뻔했다. 피에르는 매우 위엄 있게 자신의 입장을 변호했다.

"이보시오." 마침내 그가 말했다. "당신은 불행하고, 나는 그런 당신을 동정하오. 당신이 나를 무참히 모욕했을지라도, 우리 어머니가 같다는 사실은 잊지 않고 있소. 그러나 내가 당신에게 무언가를 준다면, 그것은 호의로 그러는 것이지 두려움 때문이 아님을 알아 두시오……. 곤경을 벗어나는 데 백 프랑이면 되겠소?"

백 프랑이라는 갑작스러운 제안에 앙투안의 동료는 경탄해 마지않았다. 그는 앙투안을 명백하게 이런 의미로 황홀하게 바라보았다. '저 부자가 백 프랑을 주는 순간부터, 그에게 더 군말할 필요가 없지.' 그러나 앙투안은 형의 기분 좋은 상태를 이용할 생각이었다. 그는 자신을 조롱하느냐고 그에게 물었다. 그가 요구하는 것은, 만 프랑, 자신의 몫이었다.

"네가 틀렸어, 네가 틀렸다고." 그의 친구가 더듬더듬 말했다.

결국, 참다못한 피에르가 그들 둘 다 내쫓겠다고 말하자, 앙투안은 자신의 요구를 낮추었고, 곧장 천 프랑만 요구했다. 그들은 이 금액을 가지고 족히 15분이나 더 다투었다. 펠리시테가 개입했다. 사람들이 가게 앞으로 모여들기 시작하고 있었다.

"이봐요." 그녀가 단호하게 말했다. "내 남편은 당신에게 2백 프랑을 줄 겁니다. 나는 당신에게 양복 한 벌을 사 줄 거고, 1년 동안 당신이 지낼 거처를 얻어 주겠어요."

루공이 화를 냈다. 그러나 앙투안의 동료는 신이 나서 외쳤다. "이야기된 겁니다. 내 친구도 승낙합니다."

앙투안은 시무룩한 표정으로, 그 말대로 받아들인다고 선언했다. 그는 더 이상은 얻어 내지 못할 것을 알았다. 다음 날 그에게 돈과 옷을 보내기로, 그리고 며칠 후 펠리시테가 그의 거처를 찾아내는 대로 그가 가서 살 수 있도록 합의되었다. 젊은이를 따라갔던 술꾼은, 물러날 때, 좀 전에 무례했던 것만큼이나 공손했다. 루공이 마치 그에게 기부라도 한 것처럼, 그는 어정쩡한 감사의 말을 더듬거리면서, 열 번도 더 일동에게, 공손하면서도 어설픈 모습으로, 인사했다.

일주일 후, 앙투안은 구시가지의 커다란 방 하나를 차지했다. 그 방에 펠리시테는 차후 그들을 조용히 놔둔다는 젊은이의 명백한 약속에 따라, 자신이 약속한 것보다 더 많이, 침대 하나, 테이블 하나 그리고 의자 몇 개를 들여놓았다. 아델라이드는 아무 미련 없이 아들이 떠나는 모습을 지켜보았다. 그녀의 집에 짧게나마 머물렀던 아들 때문에 그녀는 석 달 이상 빵과 물만 먹고 살아야 했다. 앙투안은 2백 프랑을 빠르게 먹어 치우고 마셔 버렸다. 그는 그 돈을 그가 살아가는 데 도움이 될, 어디 작은 가게에 투자할 생각은 잠깐이라도 해 본 적이 없었다. 다시 빈털터리가 되자, 아무 직업도 없이, 게다가 꾸준히 하는 일은 모두 싫어하던 그는 다시 루공의 지갑을 털려 했다. 그러나 상황이 더는 예전 같지 않았고, 그는 그들을 질겁하게 하는 일에 성공하지 못했다. 피에르는 오히려 그를 내쫓기 위한 호기로 여겼고, 그가 그의 집에 발을 들여놓는 것을 아예 금했다. 앙투안이 다시 비난하고 나서도 소용없었다. 펠리시테가 이미 크게 떠들고 다닌 터라, 사람들은 형의 너그러움을 알게 되었고, 동생을 비난했으며, 그를 아무짝에도 쓸모없는 인간으로 취급했다. 그러나 굶주리게 되자 다급해졌다. 그는 자신의 아버지처럼 밀수꾼이 되겠다고, 가족의 명예를 실추시킬 나쁜 짓을 저지르겠다고 협박했다. 하지만 루공 부부는 어깨를 으쓱 올렸다. 그들은 그가 위험을 무릅쓰기에는 너무 겁쟁이라는 것을 알고 있었다. 결국 앙투안은 자신의 친지들과 사회 전체에 대한 맹목적인 분노로 가득 찬 채, 일거리를 찾기로 마음먹었다.

그는, 도성 밖 선술집에서, 자기 집에서 광주리를 만드는 작자를 알게 되었다. 그 남자가 그를 도와주겠다고 했다. 그는 바구니와 장바구니 짜는 법을 금방 배웠는데, 조악하지만 싸구려라, 잘 팔리는 물건들이었다. 그는 곧 자신을 위해 일했다. 별로 힘들이지 않아도 되는 그 일은 그의 마음에 들었다. 그는 마음껏 게으름을 피웠고, 그게 바로 그가 무엇보다도 찾던 것이었다. 어쩔 수 없을 때만 일을 했고, 열두어 개 바구니를 서둘러 짠 다음 시장에 내다 팔았다. 주머니에 돈이 있는 동안은, 빈둥거리며, 술집들을 순회하다가, 햇볕을 쬐며 삭이곤 했다. 그런 다음, 온종일 굶은 날은, 나지막이 욕설을 퍼부으며, 아무것도 하지 않고도, 부자로 사는 이들을 비난하면서, 다시 버들가지들을 집어 들곤 했다. 바구니 짜는 일은 잘 알려져 있듯이, 상당히 척박한 일이었다. 그가 싼값으로 버들가지를 얻기 위해 손을 쓰지 않았다면, 그 일로 제 술값도 낼 수 없었을 것이다. 그가 플라상에서 그것을 산 적이 없었기 때문에 그는 달마다 이웃 시에 구매하러 간다고 말하면서, 거기에서 더 나은 거래를 한다고 강변했다. 사실은 그가 어두운 밤, 비요른강의 버드나무 숲에서 직접 조달했던 것이다. 한번은, 전원 감시인이 그를 현장에서 잡았고, 그는 며칠간 구류를 살았다. 바로 이때부터 그는 맹렬 공화주의자로 자처했다. 전원 감시인이 그를 체포했을 때, 그는 강가에서 조용히 담배를 피우고 있었다고 주장했다. 그리고 그가 덧붙였다.

"그들은 나를 없애 버리려고 하는데, 내가 어떤 사상을 가졌는지 알기 때문이지. 하지만 나는 그들을 두려워하지 않아, 그 우라질 부자들을!"

그렇게, 게으른 부랑자로 10년을 산 끝에, 마카르는 자신이 지나치게 일을 많이 한다고 생각했다. 그의 꿈은 한결같이 아무것도 하지 않고 잘 사는 방법을 찾아내는 것이었다. 그의 게으름은, 무위도식만 할 수 있다면 배가 차지 않아도 괜찮은 그런 게으름뱅이와는 달리, 빵과 물만으로는 채워지지 않을 것이다. 그는 맛있는 식사와 백수로 사는 멋진 나날들을 원했다. 그는 잠깐이지만 생마르크 지구의 귀족 집 하인으로 들어갈까도 생각했다. 그러나 마부로 지내는 친구 하나가 주인들의 깐깐함을 이야기해 주면서 그에게 겁을 주었다. 자신의 바구니에 진저리가 난 마카르는 필요한 버들가지를 사야 할 날이 다가오자, 돈을 받고 대리 복무자가 되어, 노동자의 삶보다 천 배나 더 낫다고 본 군 생활을 다시 하려고 했다. 그때 한 여자를 알게 되었는데, 그 만남으로 그는 자신의 계획을 수정했다.

조제핀 가보당, 항간에서는 핀이라는 허물없는 애칭으로 잘 알려졌는데, 키가 크고 뚱뚱한 30대의 쾌활한 여자였다. 남자처럼 큼지막하고, 네모진 얼굴에, 턱과 입술에는 드문드문 아주 긴 털이 나 있었다. 그녀는 필요한 경우에는 주먹을 휘두를 수 있는 여장부로 불렸다. 그래서인지 그녀의 넓은 어깨, 그녀의 엄청난 팔에 꼬맹이들은 굉장한 존경심을 품었고, 그녀의 수염에 대해 감히 웃지도 못했다. 그런 외관과는 달리, 핀의 목소리는 매우 여리고, 아이 같은, 가늘고 맑은 소리였다. 그녀와 가까이 어울리는 이들은, 그녀가 무섭게 보여도, 양처럼 온순하다고 주저 없이 말했다. 일에서는 매우 열심인, 그녀는 술을 좋아하지 않았다면, 돈도 조금 모아 놓았을 것이다. 그녀는 아니스 술을 너무 좋아했다. 종종 일요일 저녁이면, 사람들은 그녀를 그녀의 집에 갖다 놓아야 했다.

일주일 내내, 그녀는 미련한 짐승처럼 일했다. 그녀는 서너 가지의 일을 했는데, 계절 따라, 시장에서 과일이나 삶은 밤을 팔았고, 몇몇 연금 생활자들의 가사를 돌봐 주었고, 부유한 집에 큰 잔치가 있는 날에는 설거지하러 갔고, 한가할 때는 낡은 의자의 짚을 갈아 넣는 일을 했다. 그녀가 온 도시에 잘 알려진 것은 무엇보다도 짚을 갈아 넣는 일꾼으로서였다. 남부에서는, 통례적으로, 밀짚 의자들을 많이 사용한다.

앙투안 마카르는 시장에서 핀을 알게 되었다. 겨울에, 자신의 바구니들을 팔러 갔을 때, 몸을 덥히려고 그녀가 밤을 익히는 화덕 옆에 가 앉곤 했다. 가장 작은 일에도 기겁하는 그는, 그녀의 힘에 경탄했다. 튼튼한 아낙네의 거칠어 보이는 외양 아래에서 수줍음, 숨은 온정을 조금씩 발견하게 되었다. 누더기를 걸친 아이들이 김이 모락모락 나는 그녀의 냄비 앞에서 걸음을 멈추고 넋을 빼고 있으면, 몇 움큼씩 밤을 퍼 주는 그녀를 보곤 했다. 한번은, 시장 감독관이 그녀를 야단쳤을 때, 그녀는 거의 울기 직전이었는데, 자신이 거대한 주먹을 가지고 있는 것도 모르는 듯했다. 마침내 앙투안은 그녀가 자기에게 필요한 여자라고 생각했다. 그녀는 두 사람 몫을 일할 테고, 그는 가장으로 군림할 수 있을 것이다. 그녀는 자신의 가축이, 지칠 줄 모르는 순종적인 짐승이 될 것이다. 그녀가 술을 좋아하는 것을, 그는 아주 당연하다고 생각했다. 결혼이 가져올 이익을 잘 따져 본 후, 그는 자기 생각을 밝혔다. 핀은 몹시 기뻐했다. 어떤 남자도 그녀에게 감히 달려들지 못했었다. 사람들이 앙투안이 망나니 중의 망나니라고 말해 주어도 소용없었고, 그녀는 오랫동안 원해 왔던 결혼을 거부할 용기가 자신에게는 없다고 생각했다. 결혼 당일 밤, 젊은이는 시장 근처인 시바디에르로(路)에 있는, 자기 아내의 집에 살러 왔다. 그 주거지는 방이 세 개인데, 그의 방보다 훨씬 더 안락하게 가구가 갖추어져 있었다. 두 개의 훌륭한 매트를 갖춘 침대 위에서 몸을 쭉 뻗었을 때 그에게서 만족스러운 탄식이 흘러나왔다.

신혼 초에는 모든 것이 잘 돌아갔다. 핀은 예전처럼 온갖 일을 해냈다. 앙투안은 자신도 놀랐지만 남편의 자존심상, 한 달 걸려도 만들지 못했던 바구니를 일주일 만에 더 많이 엮었다. 그러다가 일요일에 전쟁이 터졌다. 집에는 상당한 돈이 있었고, 부부는 열렬히 그 돈을 갖다 썼다. 밤이 되어 둘 다 취해, 그들은 서로를 개 패듯 두들겨 팼고, 다음 날 어떻게 싸움이 시작되었는지도 기억하지 못했다. 그들은 열 시경까지는 아주 다정했었다. 그러다가 앙투안이 갑자기 핀을 때렸고, 화가 난 핀도 온순한 자신을 잊고, 맞은 뺨만큼 주먹질로 되돌려주었다. 다음 날, 그녀는 아무 일도 없었던 양, 꿋꿋하게 일했다. 그러나 남편은, 은근히 원한을 품고, 늦게 일어났고, 온종일 햇볕 아래에서 담배를 피우며 빈둥거렸다.

이때부터, 마카르 부부는 앞으로도 계속 그렇게 살 수밖에 없는 그런 부류의 생활을 하게 되었다. 아내는 남편을 먹여 살리기 위해 피땀 흘려 일하는 것이 그들 사이에 암암리에 합의된 것 같았다. 본능적으로 일을 좋아하는 핀은 이의를 제기하지 않았다. 그녀가 술을 마시지 않는 동안은, 자기 남자가 게으른 것을 당연하다 생각했고, 아주 작은 일도 그가 하지 못하게 하는 그녀는 경이로울 정도로 참을성이 강한 여자였다. 그녀의 나쁜 버릇인 아니스 술은 그녀를 고약하게 만들기보다 올바른 시각을 주었다. 그녀가 좋아하는 술 앞에서 자신을 잊어버린 밤에, 앙투안이 그녀와 다투려고 하면, 그녀는 그가 게으르고 은혜를 모른다며 그를 격렬히 비난하곤 했다. 이웃들은 부부의 침실에서 주기적으로 터지는 소란들에 익숙해졌다. 그들은 열심히 서로 치고받았다. 아내는 못된 아들을 교화하는 어머니의 마음으로 때렸다. 그러나 남편은 음흉하고 앙심을 품은 마음으로 때렸다. 여러 번, 그는 그 가련한 여자를 불구자로 만들 뻔했다.

"내 다리나 팔을 부러뜨리는 날에는 꼴 좋게 될걸." 그녀가 말하곤 했다. "너 같은 게으름뱅이를 누가 먹여 살리겠어?"

이런 폭력의 장면과는 별도로, 앙투안은 자신의 새로운 삶이 그만하면 괜찮다고 생각했다. 그는 옷도 제대로 차려입었고, 배고플 때는 먹었고, 목마를 때는 마셨다. 그는 광주리 만드는 일은 완전히 접었다. 이따금 너무 심심할 때면, 다음 장에 열두어 개 정도의 바구니를 엮을 생각을 하긴 했다. 그러나 대체로, 첫 번째 광주리도 끝내지 못했다. 그는 20년이 지나도 다 쓰지 못할 버들가지 더미를 소파 밑에 두었다.

마카르 부부는 아이 셋을 낳았다. 딸 둘, 아들 하나였다.

첫째로 태어난 리자*는 결혼 1년 후인 1827년에 태어났고, 집에는 거의 있지 않았다. 그녀는 체격이 좋고, 아주 건강하고, 아주 혈색 좋은, 예쁜 여자아이였고, 어머니를 많이 닮았다. 그러나 그녀는 짐바리 짐승 같은 어머니처럼 희생적이지는 않았다. 마카르의 피를 물려받아서인지 그녀도 매우 안락한 삶에 대한 확고부동한 욕구가 있었다. 아주 어려서부터, 그녀는 과자 하나를 얻기 위해서라면 온종일 일하는 것도 괜찮았다. 이웃에 사는 우체국장 부인의 마음에 들게 된 것이, 그녀가 일곱 살이 채 되지 않았을 때였다. 부인은 리자를 꼬마 하녀로 데려갔다. 그 부인은 1839년에 남편을 잃은 후, 파리로 떠났는데, 그때 리자도 함께 데려갔다. 부모는 딸을 그녀에게 거의 주다시피 했다.

다음 해에 태어난 둘째 딸 제르베즈*는 태어날 때부터 다리가 휘어져 있었다. 취기 속에서, 당연히 부부가 서로 치고받으며 싸우던 민망한 어느 날 밤에 임신되어서인지, 딸의 오른쪽 엉덩이가 틀어지고 작았는데, 그녀의 어머니가 싸움과 취기의 격렬한 한 시간 동안 견뎌야 했던 폭력의 이상한 선천적 결과였다. 제르베즈는 늘 허약했고, 핀은 너무 창백하고 너무 약한 딸을 보면서, 기운 나게 해야 한다는 구실로, 아이에게 아니스 술 처방을 했다. 가련한 아이는 더 수척해졌다. 그녀는 키만 비쩍 큰 빼빼로 자랐고, 옷은 항상 너무 헐렁해서 마치 사람이 들어 있지 않은 듯 펄럭거렸다. 몸은 앙상한 데다 불구이지만, 그녀의 얼굴은 인형처럼 매력적이었고, 작고 창백한 동그란 얼굴은 우아한 세련됨을 지녔다. 그녀의 불구는 거의 매력적이기까지 했다. 그녀의 허리는 걸을 때마다 부드럽게 휘어지면서, 율동적으로 흔들렸다.

마카르의 아들 장*은 3년 뒤에 태어났다. 그는 튼튼한 소년이었고 비쩍 마른 제르베즈의 동생이라는 생각이 전혀 들지 않았다. 그는 큰누나처럼 어머니 쪽이지만, 신체적으로 닮은 것은 아니었다. 그는 루공·마카르 일가에서, 처음으로, 이목구비가 수려하고, 진중하지만 그리 총명하지는 않은 성격에 냉철함을 가진 두툼한 얼굴이었다. 소년은 언젠가는 독립하겠다는 끈질긴 의지를 다지며 자랐다. 그는 열심히 학교를 다녔고, 상당히 나쁜 머리로 산수와 철자법을 익히느라, 골머리를 앓았다. 그는 이어 도제 수업을 받으며, 또다시 한결같은 노력을 기울였는데, 다른 이라면 한 시간 만에 알 수 있는 것을 배우는 데 하루가 필요했던 만큼 그의 노력은 칭송받을 만했다.

가련한 어린것들이 가계의 짐이 되었던 동안, 앙투안은 불평했다. 아이들은 그의 몫을 갉아먹는 쓸모없는 입이었다. 그는 자기 형처럼, 부모를 빈곤 속에서 죽게 만드는 식충이들인 아이를 더는 낳지 않기로 맹세했다. 다섯 명이 식탁에 앉게 된 이후로, 핀이 장, 리자, 제르베즈에게 가장 맛있는 부위를 줄 때부터, 그가 한탄하는 소리를 들어야 했다.

"그래." 그가 구시렁거렸다. "그 녀석들을 잔뜩 먹이라고, 배 터지게 말이야!"

핀이 아이들에게 옷과 신발을 사 줄 때마다, 그는 며칠 동안 뚱해 있었다. 아이고! 그가 알았더라면, 날마다 싸구려 담배밖에 못 피우게 하고, 저녁때면 자신이 너무나 멸시하는 감자 스튜를 수시로 올라오게 만드는 저 아이들을 낳지 않았을 것이다.

나중에, 장과 제르베즈가 첫 푼돈을 벌어 왔을 때, 그는 아이들도 좋은 점이 있다고 생각했다. 리자는 이미 거기에 없었다. 그는 조금의 가책도 없이, 앞서 아이들 어머니가 그를 먹여 살렸듯이, 두 아이가 벌어 주는 것으로 살았다. 그로서는, 매우 확실한 투자였다. 어린 제르베즈는, 여덟 살 때부터, 이웃 상인의 집에 가서 아몬드를 깠다. 그녀는 매일 10수를 벌었고, 아버지는 위풍도 당당하게 자기 주머니 속에 집어넣었으며, 핀은 그 돈이 어디로 가는지 감히 묻지도 못했다. 그 후 소녀는 세탁소에 수습생으로 들어갔고, 일꾼이 되어 하루에 2프랑씩 벌 때도, 똑같은 방식으로 그 2프랑은 마카르의 손에서 사라졌다. 목수 일을 배운 장도 월급날이면, 어머니에게 돈을 갖다주기도 전에, 길목에 지키고 서서 그를 붙잡은 마카르에게 똑같이 털렸다. 어쩌다 그가 그 돈을 놓치게 되는 날이면, 견디기 힘들 정도로 골을 냈다. 일주일 내내, 그는 자식들과 아내를 서슬 퍼런 기색으로 주시하면서 아무것도 아닌 것으로도 그들을 야단칠 빌미를 찾아내곤 했지만, 그래도 아직은 그가 화난 이유를 드러내지는 않을 정도의 체면은 있었다. 다음 월급날, 그는 잠복해 있다가, 아이들이 번 돈을 제대로 낚아채면, 곧바로 며칠 동안 사라지곤 했다.

제르베즈는 이웃 남자아이들과 함께 길거리에서 얼어터지며 자랐고, 열네 살에 임신이 되었다. 아이의 아버지는 열여덟 살도 되지 않았는데, 랑티에라는 이름의 피혁공이었다. 마카르는 격노했다. 선량한 부인인 랑티에의 어머니가 아이를 키우려 한다는 것을 알고 나서야, 그는 진정되었다. 그러나 그는 제르베즈는 붙잡아 두었다. 그녀가 벌써 25수를 벌고 있었기에, 그는 결혼에 대해 말하는 것을 피했다. 4년 후, 그녀가 두 번째 남자아이를 임신했고, 랑티에의 어머니는 다시 그 아이를 키우겠다고 요청했다. 마카르는 이번에도 완전히 모른 척했다. 핀이 그에게, 비방받는 상황을 해결하려면 피혁공과 만나 이야기를 해보는 것이 좋겠다고 조심스레 말하자, 자기 딸은 아버지를 떠나지 않을 거고, 딸을 꾀어낸 그 호색꾼이 "자기 딸에 걸맞은 사람이 되고, 집기라도 장만할 돈이 생기면", 그때 딸을 보내 주겠다고 아주 단호하게 선언했다.

그때야말로 앙투안 마카르에게는 호시절이었다. 그는 부자처럼 프록코트와 고급 모직물 바지를 입었다. 공들여 면도를 하고, 제법 살이 오른 그는, 이제는 누더기를 걸친 앙상한 얼굴로 선술집을 떠돌던 망나니가 아니었다. 그는 카페에 자주 드나들었고, 신문을 읽거나, 소베르 중앙로를 산책했다. 주머니에 돈이 있을 때는 나리처럼 굴었다. 궁한 날에는 집에 머물렀고, 그런 빈민굴에 억류되어 커피 한 잔조차 마시러 갈 수 없다며 격분했다. 그런 날이면, 그는 자신의 가난에 대해 모든 인간을 죄다 비난했고, 화병이 날 정도로 가고 싶어 안달하는 바람에, 불쌍한 마음이 든 핀이 종종, 그가 카페에서 저녁을 보내도록, 집에 남은 마지막 은화를 건네줄 정도였다. 그 소중한 분은 무자비한 이기주의자였다. 제르베즈는 매달 60프랑까지 집으로 가져와도 얇은 옥양목 원피스를 입고 있는 반면, 그는 플라상의 고급 양복점에서 검은 새틴 조끼를 맞춰 입었다. 하루에 3프랑이나 4프랑을 버는 키 큰 소년, 장은 훨씬 더 파렴치하게 빼앗겼다. 그의 아버지가 온종일 머무는 카페는 그가 일하는 가게 바로 앞에 있었다. 그가 대패나 톱을 들고 일하는 동안, 광장 맞은편에서는 작은 커피잔에 설탕을 넣으며 변변치 않은 웬 연금 생활자와 함께 피케 카드를 하는 마카르 '나리'를 볼 수 있었다. 늙은 게으름뱅이가 건 판돈은 바로 아들의 돈이었다. 아들은 카페라곤 가 본 적도 없었고, 브랜디를 탄 커피를 마시는 데 필요한 5수도 없었다. 앙투안은 그를 어린 여자애처럼 취급했고, 그에게 1상팀도 남겨 주지 않으면서도, 그가 무얼 하고 놀았는지 정확히 설명하라고 다그쳤다. 그 가련한 녀석이, 친구들에게 이끌려, 비요른강 가나 가리그 언덕에서, 어디 소풍이라도 가서 한나절을 손해 보았다면, 아버지는 크게 화를 내며 손찌검을 했고, 2주일분 급여에서 4프랑 빠진 것 때문에 오랫동안 아들에게 분을 품었다. 그렇게 그는 아들을 손아귀에 넣고 자기 욕심을 채웠고, 젊은 목수가 쫓아다니는 여자들을 마치 자기 애인들인 것처럼 이따금 가서 지켜보기까지 했다. 마카르네 집으로, 제르베즈의 친구들이 여럿 오곤 했는데, 16세에서 18세 사이의 직공들로, 사춘기의 도발적인 열기가 뿜어져 나오는 거침없고 잘 웃는 소녀들은, 어떤 밤에는, 젊음과 발랄함으로 침실을 가득 채우곤 했다. 가련한 장은, 모든 즐거움을 빼앗긴 채, 돈이 없어 집에 붙들려, 갈망의 눈을 반짝이며 소녀들을 바라보곤 했다. 그러나 어린 시절부터 끌려다니며 살았던 그는 어찌해 볼 수 없을 정도로 소심했다. 그가 누나의 친구들과 놀 때도, 용기를 내 봤자 그녀들을 손가락 끝으로 살짝 스치는 정도였다. 마카르는 불쌍하다는 듯 두 어깨를 으쓱 올리곤 했다.

"저런 숙맥이 다 있나!" 그는 비꼬듯이 거만하게 중얼거리곤 했다.

자기 부인이 등을 돌리고 있을 때, 소녀들의 목에 입을 맞추는 것은 바로 그였다. 그는 장이 다른 소녀들보다 더 열심히 따라다니던 어린 세탁부하고는 더 심하게 일을 벌였다. 어느 날 저녁에는 아들에게서 그녀를 낚아채고선 거의 껴안다시피 했다. 늙은 망나니는 보란 듯이 수작을 부렸다.

그는 애인을 등쳐 먹는 부류였다. 앙투안 마카르는, 수치스럽고 파렴치하게, 아내와 자식들을 등치며 살았다. 그는 조금도 부끄럼 없이 자기 가족을 털어먹었고, 집에 아무것도 없을 때도, 밖에 나가 흥청망청 먹고 마셨다. 그러면서 그는 우월한 사람으로 행동했다. 그가 카페에서 돌아오면 어김없이, 그를 기다리고 있는 궁핍한 집안을 신랄하게 빈정거렸다. 그는 저녁밥이 지독히도 형편없다고 툴툴거렸다. 그는, 제르베즈는 멍청하고 장은 결코 남자가 되지 못할 거라고 단호하게 말했다. 그가 가장 맛있는 부위를 먹었을 때는, 자기만 누리는 이기적인 즐거움에 푹 빠져, 마냥 만족해했다. 그러고 나면, 그가 연기를 내뿜으며 파이프 담배를 조금씩 피우는 동안, 가련한 두 자식은 피곤에 녹초가 되어, 식탁에서 그대로 잠들곤 했다. 그는 아무것도 하지 않고 행복하게 살았다. 카페 소파에 누워 뒹굴면서 마음껏 게으름 피우며, 상쾌한 시간에, 대로나 산책로에서 느긋하게 걸어도 되는 아가씨처럼, 부양받는 것이 그에게는 아주 당연해 보였다. 그는 아들 앞에서 자신의 사랑의 도피 이야기를 해주기까지 했는데, 아들은 갈망이 담긴 뜨거운 눈으로 그의 말에 귀 기울이곤 했다. 자식들은, 남편의 비천한 하녀로 사는 어머니의 모습에 익숙해져서 항변도 하지 않았다. 핀은 남편과 같이 둘 다 취했을 때는 심하게 그를 두들겨 패는 건장한 여자이지만, 정신이 맑을 때는 언제나 그 앞에서 떨었고, 그가 집에서 폭군처럼 군림하도록 놔두었다. 그는 그녀가 낮 동안 시장에서 번 돈을 밤이면 빼앗았고, 그녀는 구시렁대는 것밖에 하지 못했다. 때때로, 그는 일주일 치 돈을 당겨서 다 써 버리고도, 죽을힘을 다해 일하는, 그 불쌍한 여자를 한심하다고, 일을 척척 잘할 줄 모른다고 비난했다. 새끼 양처럼 온순한 핀은, 큰 몸집과 어울리지 않아 매우 묘하게 들리는 맑고 조그만 목소리로, 자기는 이제 20대가 아니며, 돈 벌기가 정말 힘들다고 대답하곤 했다.

앙투안이 카페로 다시 가 버리면, 그녀는 마음을 달래고자, 아니스 술 한 병을 사서 밤마다 딸과 함께 마셨다. 그것은 모녀끼리의 흥청망청이었다. 장은 자러 가고, 두 여자는, 무슨 소리라도 들리면 병과 잔들을 치우려고 귀를 쫑긋 세운 채, 식탁에 머물렀다.

마카르가 늦어질 때면, 그녀들은 가볍게 몇 잔 하면서, 자신도 모르게, 취해 버렸다. 정신이 몽롱한 채, 희미한 미소를 띠고 서로를 바라보면서, 어머니와 딸은 혀짤배기소리로 말했다. 제르베즈의 두 뺨은 장밋빛으로 물들곤 했다. 아주 오밀조밀한, 인형처럼 조그마한 그녀의 얼굴은, 황홀경에 빠진 넋 나간 모습이었는데, 취해서 온통 벌건 얼굴로, 축축한 입술에 취한들의 바보 같은 웃음을 머금은, 연약하고 창백한 그 아이보다 더 가슴 아픈 것은 아무것도 없었다. 의자 위에 퍼질러 앉은 퓐은 점점 더 몸이 무거워졌다. 그녀들은 이따금 망보는 것도 잊었고, 앙투안의 발소리가 계단에서 들릴 때도, 병과 잔을 치울 힘이 없었다. 그런 날이면, 마카르 부부는 서로 무지막지하게 치고받았다. 장이 일어나 아버지와 어머니를 떼어 놓아야 했고, 누나를 침대로 데려가 눕혔는데, 그가 없었다면 누나는 바닥에서 잤을 것이다.

당파마다 그들만의 기괴함과 고약함이 있는 법이다. 욕망과 질투에 사로잡혀, 앙투안 마카르는 전 사회에 대한 복수를 꿈꾸고 있었고, 공화국을 이웃의 금고를 털어 자기 주머니를 채우게 해 주는, 조금이라도 불만을 증언해도, 이웃의 숨통을 조일 수 있는 아주 행복한 시대로 받아들이고 있었다. 카페에서 빈둥거린 세월, 이해하지도 못하고 읽었던 기사들은 그를 정치에 관해 세상에서 가장 이상한 이론들을 풀어놓는 끔찍한 수다쟁이로 만들었다. 마카르가 어느 정도로 가증스럽고 어리석은 상태에 와 있는지 알아보려면, 시골 선술집들에서, 제대로 이해도 못 하면서 읽은 것을 거드름 피우며 말하고 싶어 하는 이들의 말을 들어 봤어야 한다. 말이 많은 편이고, 군 복무를 했다는 점에서, 당연히 패기 있는 사람으로 여겨졌기 때문에, 그는 순진한 사람들에게 인기가 많았고, 그의 말은 매우 신뢰를 받았다. 당의 우두머리는 아니지만, 그는 주변에 일단의 작은 노동자 무리를 모을 줄 알았고, 그 사람들은 그의 질투 어린 분노를 정직하고 신념에 찬 분노로 보았다.

2월부터, 그는 플라상이 자기 손에 들어왔다고 생각했고, 거리를 지나면서, 문턱에 질겁한 모습으로 서 있는 소매상인들을 조롱하듯이 바라보는 그의 모습은 분명히 이런 의미를 담고 있었다. '우리 시대가 왔다고, 나의 어린 양들이여, 우리가 너희들에게 재미난 춤을 추게 해 줄게!' 그는 굉장히 오만해져서 정복자와 폭군처럼 굴었다. 카페에서 마신 음료값도 내지 않을 정도였고, 눈을 희번덕거리는 그 앞에서 부들부들 떠는 건물 주인은 멍청이처럼 감히 그에게 청구서도 내밀지 못했다. 그 당시, 그가 마신 커피잔은 셀 수도 없었다. 그는 종종 친구들을 초대했고, 몇 시간 동안이나, 민중은 굶어 죽어 가고 있고, 부자들은 나눠 가져야 한다고 목청을 높였다. 정작 그 자신은 가난한 이에게 한 푼도 주지 않았을 것이다.

그가 특히 맹렬한 공화당원이 된 것은, 대놓고 반동파 쪽에 동조하는 루공 부부에게, 말하자면 복수하려는 생각 때문이었다. 아! 얼마나 멋진 승리인가! 언젠가는 피에르와 펠리시테를 자기 손아귀에 쥘 수 있다니! 이들 부부는 상당히 밑지는 장사를 했음에도 부르주아가 되었고, 마카르 자신은 노동자로 남았다. 그 점이 그의 화를 돋웠다. 어쩌면 더 굴욕적인 것은, 그들의 아들 중 한 녀석은 변호사이고, 또 한 녀석은 의사에다, 셋째는 군청 공무원이라는 것이다. 반면 자기 아들 장은 목공이고, 딸 제르베즈는 세탁소에서 일하고 있는데 말이다. 그가 마카르 집안과 루공 집안을 비교할 때면, 자기 아내는 시장에서 밤을 팔고, 밤에는 동네의 기름때 묻은 낡은 의자들의 짚을 갈아 넣는 것을 볼 때 또다시 심한 수치심을 느꼈다. 그렇다고 피에르가 형이라서, 연금으로 흥청망청 살 자격이 그보다 더 있는 것은 아니었다. 게다가 형이 지금 신사 놀이를 하는 것은 자신의 돈을 훔쳐 간 덕분이었다. 이 문제를 곱씹기 시작하면, 그는 완전히 분통이 터졌다. 그는 몇 시간이나 험담을 퍼부었고, 예전의 비난을 마음껏 되풀이하면서, 지치는 법 없이 말했다.

"우리 형이 있어야 할 곳에 있었다면, 지금 연금으로 살아갈 사람은 바로 나야."

그리고 사람들이 그의 형이 있어야 할 곳이 어디인지 물으면, 그는 무시무시한 목소리로 "형무소!"라고 대답했다.

루공 부부가 그들 주위에 보수파들을 집결시키고, 그들 부부가 플라상에서 확실한 영향력을 가지게 되자, 그의 증오는 더욱 커졌다. 그 유명한 노란 거실은, 그가 카페에서 터무니없이 떠벌릴 때면, 악당들의 소굴로, 매일 밤 민중을 척살하기 위해 단검을 놓고 맹세하는 흉악범들의 집회가 되었다. 피에르를 공격하도록 굶주린 자들을 도발하기 위해, 은퇴한 기름 장수는 스스로 말한 것만큼 그렇게 가난하지 않으며, 탐욕 때문에 그리고 도둑들이 무서워서 보물들을 숨겨 놓았다는 소문을 퍼뜨리기까지 했다. 그의 전략은 가난한 사람들에게 허황한 이야기들을 들려주면서 그들을 선동하는 것이었는데, 그 자신도 종종 자신이 한 이야기를 믿게 되었다. 그는 상당히 졸렬하게 자신의 개인적 원한과 복수에 대한 열망을 가장 순수한 애국심이라는 미명 아래 숨겼다. 그런데 끊임없이 되풀이 말하는 데다, 목소리도 쩌렁쩌렁하다 보니, 아무도 감히 그의 신념을 의심하지 않게 되었다.

사실, 이 집안의 구성원들은 죄다 똑같이 맹렬한 욕망에 사로잡혀 있었다. 마카르의 격앙된 생각들이 단지 억누른 분노이고, 신랄하게 변한 질투임을 아는 펠리시테는 그의 입을 다물게 할 수만 있다면 정말로 그를 사고 싶었을 것이다. 불행히도 돈이 없었기 때문에, 그녀는 자신의 남편이 벌이고 있는 위험한 판에 그를 끌어들일 생각을 감히 하지 못했다. 신시가지의 부자들 속에서 앙투안은 그들에게 가장 큰 걸림돌이었다. 그가 그들의 피붙이라는 것으로 충분했다. 그라누와 루디에는 끊임없이 경멸을 표하며, 가족 중에 그런 사람이 있다는 것으로, 노상 비웃으며, 그들을 비난했다. 그래서 펠리시테는 불안 속에서 어떻게 그 오점을 씻어 낼지를 생각하고 있었다.

그녀가 보기에 나중에도, 마누라는 밤을 팔고 있고, 그 자신도 방탕과 나태 속에서 사는 형제가 루공 가문에 있다는 것이 끔찍하고 어울리지 않아 보였다. 그녀는 결국 앙투안이 마치 즐기듯이 위태롭게 만드는, 자신들의 비밀스러운 공작이 성공할 때를 생각하자 불안에 떨었다. 그 남자가 공공연히 노란 거실을 향해 던지는 맹렬한 비난을 누군가를 통해 듣게 되면, 그녀는 그가 그런 추문으로 그들의 희망을 악착같이 공격하고 죽일 수 있다는 생각에 소스라치곤 했다.

앙투안은 자신의 태도가 루공 부부를 얼마나 아연실색하게 만드는지를 염두에 두고 있었고, 매일매일 더욱더 맹렬해지는 신념으로 공격하는 것은 오로지 그들의 인내가 한계에 달하도록 하기 위한 것이었다. 카페에서 그는 피에르를 모든 손님을 돌아보게 만드는 목소리로 '우리 형'이라고 불렀다. 길거리에서 그가 노란 거실의 반동파 누군가를 만나면, 은밀하게 욕설을 중얼거리곤 했는데, 그 훌륭한 부르주아께서는 너무나 대담한 짓에 당황해서 악당과의 만남에 책임을 묻기 위한 것처럼 저녁에 루공 부부에게 다시 들려주곤 했다.

어느 날 그라누가 잔뜩 화가 나서 들어왔다.

"정말이지……." 문턱에서부터 그가 외쳤다. "더 이상 참을 수가 없구려. 내가 걸음을 뗄 때마다 모욕을 당했다오."

그리고 피에르에게 말했다.

"이보시오, 당신 동생 같은 그런 형제가 있으면, 그를 사회에서 치워 버려야 하오. 내가 군청 광장을 조용히 지나가는데, 그 악당이 내 옆을 지나면서 몇 마디 중얼거렸소. 그중에서 늙은 망나니라는 말을 분명히 들었소."

펠리시테가 얼굴이 하얘지며 그라누에게 사과해야 한다고 생각했다. 하지만 단순한 그 남자는 아무 변명도 듣고 싶어 하지 않았고, 집으로 돌아가겠다고 말했다. 후작이 급히 나서 상황을 마무리했다.

"아주 놀랍군요." 그가 말했다. "그 비열한 자가 당신을 두고 늙은 망나니라고 했다는 게, 그 욕설이 당신에게 한 것이 확실합니까?"

그라누가 당황해했다. 그는 결국 앙투안이 "아직도 그 늙은 망나니 집에 가는군"이라고 중얼거렸을 수도 있음을 인정하고 말았다.

드 카르나방 후작은 입술에 참을 수 없이 떠오르는 미소를 감추기 위해 턱을 쓰다듬었다.

루공은 최대한 침착하게 말했다.

"나도 그러지 않았을까 생각하오. 늙은 망나니는 나를 가리키는 게 틀림없소. 오해가 풀려 다행이오. 그러니, 여러분, 방금 문제가 된 그 사람, 내가 의절한 그 사람을 피하십시오."

그러나 펠리시테는 그 상황을 그처럼 냉정하게 대하지 못했고, 마카르가 물의를 일으킬 때마다, 병이 났다. 몇 날 밤을 꼬박, 그녀는 그 신사분들이 어떻게 생각할지 두고두고 생각했다.

쿠데타가 있기 몇 달 전, 루공 부부는 역겨운 욕설로 된 세 쪽짜리 익명의 편지 한 통을 받았다. 그중에는 그들의 당이 승리라도 하게 되면, 아델라이드의 불륜에 대한 추문과, 바보가 되어 버린 자기 어머니에게 5만 프랑 영수증에 서명시키면서, 사취라는 범죄를 저지른 피에르에 대한 파렴치한 이야기를 신문에 게재하겠다고 그들을 위협했다. 편지는 루공 본인에게 결정적인 타격이었다. 펠리시테는 남편의 수치스럽고 지저분한 가족에 대해 그를 비난하지 않을 수 없었다. 부부는 그 편지가 앙투안의 작품이란 것을 단 한 순간도 의심하지 않았다.

"어떤 대가를 치르더라도 이 개자식을 치워 버려야겠소." 피에르가 어두운 낯빛으로 말했다. "그는 너무 방해돼."

하지만 마카르는 예전의 전략을 다시 취하면서, 루공 부부를 대적할 공범을 가족 안에서 찾고 있었다. 그는 『랑데팡당』에서 아리스티드의 끔찍한 기사들을 보고 제일 먼저 그를 기대했다. 그러나 젊은이는 비록 자신의 질투 어린 분노로 눈이 멀었지만, 자신의 삼촌 같은 사람과 공조할 정도로 바보는 아니었다. 젊은이는 그에게 신경 쓰는 수고조차 하지 않았고 그와 늘 거리를 두어, 앙투안에게 반동파로 취급받았다. 앙투안이 활개 치는 주점에서는, 그 집필자가 비밀 요원이라고 말하기까지 이르렀다. 아리스티드에게 얻어터진 꼴인 마카르는 누이 위르쉴의 자식들을 타진할 수밖에 없었다.

위르쉴은 그녀 오빠의 불길한 예언대로, 1839년에 죽었다. 그녀 어머니의 신경증은 그녀를 조금씩 갉아먹는 만성 폐결핵으로 나타났다. 그녀는 자식 셋을 남겼다. 열여덟 살의 딸 엘렌은 사무원과 결혼했고, 두 아들 중 장남 프랑수아는 스물세 살 청년이고, 막내는 겨우 여섯 살밖에 안 되는 가련한 아이로 이름은 실베르였다. 무레가 열렬히 사랑했던 아내의 죽음은, 그에게 청천벽력이었다. 그는 1년 동안 마지못해 살았고, 자기 일도 팽개친 채, 모았던 돈도 다 잃어버렸다. 그러던 어느 날 아침, 그는 위르쉴의 옷이 아직도 걸려 있는 작은 방에서 목을 매단 채 발견되었다. 그에게서 훌륭한 상업 교육을 받았던 그의 장남은, 점원으로, 삼촌 루공의 집으로 들어갔고, 거기서 그는 얼마 전 집을 떠난 아리스티드를 대신했다.

루공은 마카르 일가에 대한 뿌리 깊은 증오에도 불구하고, 자신의 조카가 부지런하고 검소하다는 것을 알고 있기에, 아주 기꺼이 그를 받아들였다. 그는 자신의 사업을 다시 일으키는 데 도움이 될 헌신적인 청년의 도움이 필요함을 느끼고 있던 터였다. 게다가 무레의 사업이 번창하자, 돈을 잘 버는 그 가족을 상당히 존경하고 있었고, 그래서 자신의 여동생과 화해했다. 어쩌면 프랑수아를 직원으로 고용함으로써 여동생에게 어떤 보상을 해 주고 싶었는지도 모른다. 그는 어머니의 돈을 가로챘지만, 여동생의 아들에게 일을 주면서 양심의 가책을 완전히 벗어났다. 사기꾼은 자기 나름대로, 그런 식의 정직한 계산을 한다. 그것은 그에게는 수지맞는 사업이었다. 그는 조카에게서 그가 찾고 있던 도움을 찾아냈다. 그즈음 루공 상사는 큰돈을 벌지 못했어도, 평생 식료품상의 계산대 뒤에서, 기름 항아리와 말린

대구 꾸러미 사이에서 살게끔 태어난 것 같은, 그 온화하고 세심한 젊은이 탓으로 돌릴 수는 없다. 프랑수아는 자신의 어머니와 외모상으로 매우 많이 닮았지만, 아버지 쪽의 완고하지만 올바른 머리를 물려받았고, 본능적으로 규율 있는 생활을, 소매상처럼 분명하게 드러나는 회계를 좋아했다. 그가 피에르의 집으로 온 지 석 달 후, 피에르는 자신의 보상 체계를 계속 가동했고, 어떻게 치워 버릴지 고민되었던 막내딸 마르트*를 그와 결혼시켰다. 두 젊은이는 갑자기 며칠 만에 서로 사랑하는 사이가 되었다. 특이한 상황이 그들의 사랑을 확정하고 키워 준 것은 분명했다. 그들은 마치 오누이처럼, 놀라울 정도로 서로 닮았다. 프랑수아는 위르쉴을 닮아 할머니 아델라이드의 얼굴 모습이 있었다. 마르트의 경우 더 흥미로웠는데, 피에르 루공에게는 그의 어머니가 뚜렷하게 드러날 만한 모습이 전혀 나타나지 않았지만, 그의 딸 마르트는 완전히 할머니 아델라이드 판박이였다. 신체적 유사성은 여기서 피에르를 건너뛰어, 더 강하게, 그의 딸에게서 다시 나타났다. 그런데 젊은 부부의 오누이처럼 닮은 점은 얼굴뿐이었다. 프랑수아에게서는 견실하지만 약간 답답한 모자 제조인인 무레의 자식다운 모습이, 마르트에게서는 할머니처럼 잘 놀라고, 정신적으로 불안정한 점이 보였다. 그녀는 긴 시간을 두고 나타난, 할머니와 묘하게 똑같은 복제본이었다. 아마도 두 사람이 서로의 품에 뛰어들게 된 것은 그들의 신체적 유사성과 동시에 정신적 상이함 때문일 것이다. 1840년부터 1844년까지 그들은 세 명의 자식을 두었다. 프랑수아는 삼촌이 일에서 손을 뗄 때까지 그의 집에서 일했다. 피에르는 자신의 가게를 그에게 물려주려 했으나, 젊은이는 플라상에서 장사로 돈을 벌 가능성에 대해 파악하고 있었다. 그는 거절했고, 그동안 좀 모아 놓은 돈을 가지고 마르세유로 가 자리 잡았다.

마카르는 루공 부부에 대적하기 위한 자신의 운동에 부지런하고 뚱뚱한 그 젊은이를 끌어들이는 것을 빨리 포기해야 했고, 게으른 자의 복수심으로 그를 인색하고 엉큼한 자로 취급했다. 그러나 그는 무레의 둘째 아들인 열다섯 살의 실베르에게서 그가 찾고 있던 조력자를 찾았다고 보았다. 아내의 치마에 싸여 목을 매단 무레가 발견되었을 때, 어린 실베르는 아직 학교에 갈 나이도 아니었다. 그의 형은 그 불쌍한 아이를 어떻게 해야 할지 몰라 삼촌 집에 같이 데리고 갔다. 삼촌은 아이가 오는 것을 보고 싫은 내색을 했다. 그는 쓸데없는 입 하나 더 먹여 살릴 정도로까지 보상은 하고 싶지 않았다. 펠리시테도 무척 싫어했던 실베르는 버려진 가련한 사람처럼 눈물 속에서 자라고 있었는데, 루공 부부를 거의 방문하지 않던 그의 할머니가 어쩌다 그들을 방문했다가, 실베르를 불쌍히 여겨 그를 데려가고자 했다. 피에르는 너무나 기뻐했다. 그는, 앞으로 그 두 사람에게 필요할, 아델라이드에게 주고 있던 보잘것없는 생활비를 올려 준다는 말도 없이, 아이를 데려가게 했다.

아델라이드는 그때 일흔다섯 살이 다 되어 갈 때였다. 수도자 같은 생활 속에서 늙어 간 그녀는, 이제 밀렵꾼 마카르와 뜨겁게 포옹하기 위해 달려가는 마르고 불같은 아가씨가 아니었다.

생미트르 막다른 골목의 누옥 깊숙이에서, 그녀는 경직되고 굳어졌다. 그 집은 오로지 그녀 혼자 살고 있는 정적이 감도는 음울한 굴이었고, 그녀는 그 집에서 한 달에 한 번도 나오지 않았으며, 감자와 콩을 먹고 살았다. 그녀가 지나가는 모습을 보면, 물렁물렁해 보이는 하얀 얼굴에 활력이라곤 없이 걸어가는, 세상과 동떨어져 사는 수도원의 늙은 수녀처럼 보였다. 늘 하얀 머리쓰개를 단정하게 내려쓴 그녀의 창백한 얼굴은 죽음이 임박한 얼굴이나, 모든 감정을 가라앉힌 듯한, 지고한 초연함이 담긴, 무표정한 가면처럼 보였다. 오랫동안 침묵에 익숙해진 탓에, 그녀는 말이 없었다. 어두운 집, 늘 보이는 똑같은 물건들에, 그녀의 눈빛은 사그라들었고, 그녀의 눈은 샘물처럼 투명했다. 사랑에 빠진 미치광이를 조금씩 장중하고 위엄 있는 부인으로 만든 것은 완전한 포기였고, 정신과 육체의 완만한 죽음이었다. 그녀의 두 눈이 아무 생각 없이 어딘가를 물끄러미 쳐다보고 있을 때면, 맑고 깊은 눈 속에서 내면의 깊은 공허가 보였다. 예전의 관능적인 격정에서 남아 있는 것은, 쇠약해진 몸과 노쇠로 인해 떨리는 손밖에 없었다. 암늑대처럼 격렬하게 사랑했고, 쇠약해지고, 이미 죽음을 앞두고 상당히 붕괴된 가련한 존재인 그녀에게서는 밋밋한 낙엽 냄새만 날 뿐이었다. 자신의 의지와는 무관하게 강요된 정절 속에서, 신경과 자신을 스스로 물어뜯은 맹렬한 욕망과의 이상한 작용의 결과였다. 그녀의 삶에 필요했던 남자 마카르의 죽음 이후, 사랑에 대한 그녀의 욕망은, 그 욕망을 만족시킬 것을 조금도 생각해 보지 못한 채, 그녀 안에서 불타오르고, 세속을 떠난 여자가 되어 버린 그녀를 삼켜 버렸다. 그녀의 몸을 변화시키고, 결국 느리고 드러나지 않는 피폐함으로 채워질 불만족의 삶보다, 불명예의 삶이 어쩌면 그녀를 덜 지치고, 덜 얼빠지게 했을지도 모른다.

그래도 여전히, 그 죽은 여자 안에서, 피 한 방울 남아 있지 않을 것 같은 창백한 그 노파 안에서 신경 발작이 일어나, 마치 전기 치료하는 전류처럼 그녀에게 한 시간 동안 견딜 수 없을 정도로 강도 높은 생명력을 되돌려주곤 했다. 그녀는 침대에 뻣뻣하게 굳은 채, 두 눈을 뜨고, 누워 있곤 했다. 그리고 딸꾹질이 그녀를 덮치면, 그녀는 몸부림쳤다. 그녀는 무시무시한 힘으로 미친 듯이 발작했고, 사람들은 그녀의 머리가 벽에 부딪혀 깨지지 않도록 그녀를 묶어 놓아야 했다. 예전의 격정으로 되돌아간 모습, 그 갑작스러운 발작은 그녀의 가련한 아픈 몸을 비통할 정도로 흔들어 댔다. 그 모습은 무미건조한 60대에 수치스럽게 폭발한 그녀의 젊은 시절의 뜨거운 열정 같았다. 멍청한 모습으로 그녀가 다시 일어날 때면, 비틀거리며 걸었고, 잔뜩 겁에 질린 모습으로 다시 나타나면, 도성 밖 아낙네들은 이렇게 말하곤 했다. "술 마셨군, 늙은 미치광이!"

꼬마 실베르의 아이다운 순진무구한 미소는 그녀의 차가운 몸에 약간의 온기를 불어넣는 마지막 희미한 빛살이었다. 고독에 지친 데다, 발작하다가 혼자 죽을 수 있다는 생각에 겁이 난 그녀는 아이를 요구했다. 그녀 주위를 맴도는 어린아이는 죽음에 대하여 그녀를 안심시켰다. 침묵을 고수해도, 기계 같은 움직임이 유연해지지 않았어도, 그녀는 그에게 말로 다 할 수 없는 애정을 품었다. 뻣뻣한 몸에, 아무 말도 하지 않는 그녀지만, 아이가 노는 모습을 몇 시간이나 지켜보았고, 오래되어 낡은 집을 가득 채우는 참기 힘든 아이의 소란을 황홀해하며 듣곤 했다. 실베르가 대걸레 위에 걸터앉아 사방으로 달리며, 문마다 부딪히고, 울고, 소리 지를 때부터 그 무덤 같은 집은 온통 시끌벅적한 곳이 되었다. 그가 아델라이드를 지상으로 다시 데려온 것이었다. 그녀는 서툴렀지만 나무랄 데 없이 그를 돌보았다. 젊었을 때 마카르의 애인으로 사느라 어머니로 사는 것을 잊었지만, 아이를 세수시키고, 옷을 입히고 연약한 존재를 끊임없이 보살피면서 새로 출산한 여자의 숭고한 기쁨을 느꼈다. 다시 사랑이 깨어난 것 같았다. 그것은 사랑의 욕망 때문에 완전히 피폐해진 여자에게 하늘이 허가한, 부드러워진 마지막 열정이었다. 가장 얼얼한 욕망 속에서 살았다가 아이에 대한 사랑 속에서 사그라드는 마지막 애처로운 사랑이었다.

그녀는 선하고 뚱뚱한 할머니들처럼 수다스럽게 쏟아붓기에는 이미 너무 죽어 있었다. 그녀는 그 고아를 마음속으로, 사랑을 표현할 방법을 모르는, 수줍어하는 소녀처럼 열렬히 사랑했다. 때때로 그녀는 아이를 무릎에 앉히고 생기 없는 눈으로 오랫동안 바라보았다. 어린아이가 하얗고 말 없는 얼굴에 놀라 울음을 터뜨리면, 그녀는 자신이 방금 한 행동에 대해 당황한 듯 보였고, 입맞춤도 없이 그를 재빨리 바닥에 다시 내려놓았다. 어쩌면 그녀는 아이에게서 밀렵꾼 마카르와 약간 닮은 점을 보았는지도 모른다.

실베르는 계속 아델라이드와 단둘이서만 살면서 커 갔다. 아이다운 응석으로, 그는 그녀를 디드 아줌마라고 불렀는데, 그 명칭은 나이 든 여성에게 붙이는 것이었다. 그렇게 사용되는 아줌마라는 명칭은 프로방스에서는 단순한 애칭이다. 아이는 자신의 할머니한테 존경심을 품은 두려움과 묘하게 뒤섞인 애정을 가지고 있었다. 그가 아주 어렸을 때, 그리고 그녀가 신경 발작을 일으켰을 때, 그는 그녀 얼굴이 일그러지는 것을 보고 너무 놀라 울면서 도망쳤다. 그러다가 발작이 멈추면, 그 가련한 노파가 그를 때릴 수 있기나 한 것처럼, 다시 도망갈 준비를 하면서도, 머뭇거리며 다시 돌아왔다. 나중에 열두 살이 된 그는 용감하게 남아, 그녀가 침대에서 떨어져 다치지 않도록 보살폈다. 그는 그녀의 사지를 뒤틀리게 하는 갑작스러운 경련을 억제하기 위해 몇 시간 동안 그녀를 꼭 붙들고 있었다. 잠시 안정이 찾아오는 사이, 그는 경련을 일으킨 그녀의 얼굴, 치마가 수의처럼 달라붙은 여윈 몸을 깊은 연민의 눈빛으로 바라보았다. 매달 돌아오는 남모르는 이 비극들과, 어두운 오두막 안, 시체처럼 경직된 늙은 부인과 그녀에게 몸을 기울이고 숨이 돌아오기를 말없이 살피는 아이의 모습은 스산한 공포와 가슴 아픈 애정이 어우러진 묘한 풍경이 되었다. 디드 아줌마가 정신이 돌아오면 그녀는 힘들게 일어나 치마를 다시 여미고, 실베르에게 질문조차 하지 않고 다시 집안일을 돌보았다. 그녀는 아무것도 기억하지 못했고, 천성이 신중한 아이는 좀 전에 일어났던 장면에 대해 조금이라도 내비치지 않으려 했다. 특히 매번 되살아나는 그 발작들이 손주와 할머니를 마음속 깊이 결합시켰다. 그러나 할머니가 수다스럽게 표현하는 일 없이 손주를 열렬히 사랑한 것과 마찬가지로, 그도 그녀에 대한 애정이 부끄럽기라도 한 듯 드러내지 않았다. 사실은 그는 자신을 받아들여 주고 키워 준 것에 대해 감사하고 있을지라도, 그는 그녀를 계속 이유를 알 수 없는 징벌에 사로잡힌, 불쌍히 여기고 존경할 수밖에 없는, 특이한 존재로 여겼다. 아델라이드 안에는 확실히 더는 인간미가 남아 있지 않았다. 그녀는 실베르가 감히 그녀의 목에 매달리기에는 너무 창백하고 너무 뻣뻣했다. 그들은 그렇게 애달픈 침묵 속에서 살았지만, 그 침묵 아래에서 그들은 무한한 사랑의 전율을 느끼곤 했다.

어린 시절부터 그가 숨 쉬었던 그런 진중하고 우수 어린 공기는 실베르에게 강한 정신을 주었고, 그런 정신 속에 모든 열정적 생각들이 차곡차곡 쌓였다. 일찌감치 진중하고 생각 깊은 아이가 된 소년은 약간은 고집스럽게 교육받을 기회를 찾았다. 그는 수사들의 학교에서 철자와 산수만 겨우 배웠고, 도제 수업을 받아야 해서 열두 살에 학교를 떠났다. 그에게는 늘 기초 지식이 부족했다. 하지만 그는 손에 닿는 대로 아무 책이나 다 읽었고 그렇게 나름대로 이상한 지식을 쌓아 갔다. 그는 수많은 일에 대한 자료들, 불완전한 자료들, 제대로 이해하지 못한 자료들을 가지고 있었지만, 그의 머릿속에서 그것들을 분명하게 정리해 내지 못했다. 아주 어렸을 때, 그는 수레 제조 목수의 작업장에 놀러 가곤 했는데, 그는 비양이라는 이름의 선량한 사람이었고 그의 작업장은 막다른 골목 초입에, 생미트르 공터 맞은편에 있었는데, 거기에 수레 제조 목수는 목재를 놓아두었다. 아이는 수선 중인 짐수레 바퀴에 올라가거나, 작은 손으로 겨우 들어 올릴 수 있는 무거운 도구들을 끌고 다니며 놀곤 했다. 그가 제일 좋아하는 일 중 하나는 일꾼들을 도와주는 것이었는데, 목재 몇 조각을 들고 있거나 그들이 필요한 철제 부품들을 가져다주곤 했다. 그가 자란 다음에는 자연스럽게 비양의 수습공으로 들어갔다. 비양은 자신을 노상 쫄쫄 따라다니는 개구쟁이와 친구가 되었고 아델라이드에게 기숙 비용을 전혀 요구하지 않고 그를 달라고 했다. 실베르는 디드 아줌마가 그를 위해 들인 비용을 갚을 시기가 그제야 왔음을 알고, 기꺼이 그 제안을 받아들였다. 그는 금방 뛰어난 일꾼이 되었다. 그러나 그는 자신이 더 높은 야심을 가지고 있음을 느꼈다. 플라상의 사륜마차 목수의 작업장에서, 니스로 온통 반짝이는 멋진 새 사륜마차를 보았을 때, 그도 언젠가는 그런 마차들을 만들겠다고 생각했다. 사륜마차는 그의 마음에 희귀하고 독보적인 예술 작품처럼, 장인으로서의 그의 열망이 추구하는 이상으로 각인되었다. 비양의 작업장에서 그가 만들어 내는 수레는 사랑으로 정성을 들인 수레들이었지만, 지금은 자신의 사랑을 받을 만한 가치가 없는 것 같았다. 그는 미술 학원을 드나들기 시작했고 거기서 중학교를 나온 청년을 알게 되었는데 그는 그에게 자신의 예전 기하학 논문을 빌려주었다. 그는 누구의 도움도 없이 혼자 공부에 몰두했고, 세상에서 가장 간단한 것들도 이해하려면 몇 주간을 머리를 쥐어짜며 보내야 했다. 그렇게 그는 제 이름을 적을 줄 알고, 그들의 지인에 대해 말하듯, 대수에 대해 말하는 박식한 직공이 되었다. 그러나 단단한 기초를 토대로 하지 않고 두서없이 이루어진 교육만큼 정신을 해치는 것은 없다. 대체로 학문적 파편들이 그런 식으로 모이면 고귀한 진실에 대해 완전히 잘못된 생각을 만들어 내고, 머리가 나쁜 사람들을 참을 수 없는 어리석은 그릇으로 만들어 버린다. 실베르의 경우도, 남의 것을 베낀 불완전한 지식들은 후하게 찬양하는 쪽으로 발전되었다. 그는 자신에게는 닫혀 있어 볼 수 없는 영역이 있음을 알고 있었다. 그는 자신의 능력 밖인 그런 일들에 대해 고귀하다고 생각했고, 위대한 생각들과 위대한 말들을 진정 깊고 순수하게 숭배하면서 살았으며, 늘 이해하지는 못해도, 그런 생각과 말들을 향한 갈망을 키워 갔다. 그는 순진한 사람이었고, 성당 입구에서, 멀리 별들처럼 보이는 촛불 앞에서 무릎을 꿇는 숭고한 바보였다.

생미트르 막다른 골목의 오두막에는 도로의 문과 바로 통하는 넓은 홀이 하나 있었다. 홀 바닥에는 포석이 깔려 있고, 부엌 겸 식당으로 쓰였는데, 가구라고는 밀짚 의자 몇 개와 사각대 위에 놓인 식탁과 낡은 궤가 전부였다. 그 궤는 아델라이드가 모직 쪼가리를 덮개 위에 씌워 긴 의자로 만들어 놓았다. 넓은 벽난로 왼쪽 구석에는, 프로방스의 나이 든 부인네라면 믿음이 그렇게 깊지 않더라도 전통적으로 모시는 착한 어머니인, 조화로 둘러싸인 성모 석고상이 있었다. 복도가 하나 있어 홀에서 집 뒤의 작은 안마당으로 통했고, 거기에는 우물이 하나 있었다. 복도 왼쪽에는 디드 아줌마의 침실이 있는데, 철 침대와 의자 하나가 있는 좁은 방이었다. 오른쪽에는 실베르가 자는 방이, 침대 하나 놓을 자리밖에 없는 훨씬 더 좁은 방이 있었다. 그는 가까운 고물상에서 조금씩 사 놓은, 자신이 아끼는 책들을 곁에 보관하려고 널빤지들을 천장까지 고심해서 쌓아 올려야 했다. 밤에 책을 읽을 때면, 침대 머리맡에 램프를 못에 걸어 놓았다. 할머니에게 발작이 일어나, 헐떡거리는 숨소리가 들리면 바로, 단숨에 그녀 곁으로 갈 수 있었다.

젊은이의 삶은 어린아이 때의 삶 그대로였다. 그가 살았던 곳은 바로 그 외로운 구석이었다. 그는 자기 아버지처럼 일요일이면 선술집을 드나들고 빈둥거리는 것을 질색했다. 거친 쾌락을 찾는 동료들은 그의 그런 섬세함에 상처를 입혔다. 그는 읽거나, 아주 간단한 어떤 기하학 문제로 머리를 쥐어짜는 것을 더 좋아했다. 디드 아줌마가 그에게 사소한 가사를 맡기고부터는, 그녀는 더는 집 밖으로 나가지 않았고, 가족과도 남남처럼 지내며 살았다. 이따금, 젊은이는 그런 버림받음에 대해 생각했다. 자식들과 아주 가까이 살면서도, 자식들에게 죽은 사람처럼 잊힌 가련한 노인을 그는 바라보곤 했다. 그럴수록 그는 그녀를 더욱더 사랑했고, 자신과 다른 사람들에 대한 사랑 때문에라도 그녀를 사랑했다. 때때로 디드 아줌마가 옛날의 잘못에 대한 대가를 치르고 있다는 생각이 어렴풋이 들었지만, 그는 '나는 그녀를 용서해 주기 위해 태어났어'라고 생각했다.

뜨겁고 절제된, 그런 정신 속에서, 공화주의적 생각들은 당연히 불타올랐다. 실베르는 밤마다, 자신의 누추한 집구석에서, 가까운 고물상에서, 낡은 자물쇠들 사이에서 발견한 루소의 책을 읽고 또 읽었다. 그 책을 읽느라 아침까지 뜬눈으로 깨어 있곤 했다. 보편적 행복이라는 가난한 이들의 소중한 꿈속에서, 자유, 평등, 박애라는 말들은 믿음 깊은 신자들을 무릎 꿇게 만드는 성스러운 종소리처럼 그의 귀에서 울려 퍼졌다. 그래서 공화국이 프랑스에서 얼마 전에 선포되었다는 것을 알았을 때, 그는 모든 사람이 천상의 완전한 행복 속에 살아갈 거라고 믿었다. 반쪽짜리일망정 그가 받은 교육은 그를 다른 직공들보다 더 멀리 보게 했고, 그의 열망은 일용할 양식에서 끝나지 않았다. 그러나 지극히 고지식하고, 인간에 대해 너무나도 무지한 그는 완전히 이론적 몽상에 빠져, 정의가 영원히 통치하는 에덴의 한가운데서 살았다. 그의 천국은 오랫동안 그가 희열을 느끼며 몰두한 곳이었다. 최고의 공화국에서도 모든 것이 최선으로 나아가지 않는다는 것을 그가 알아차렸을 때, 그는 엄청난 고통을 느꼈다. 그는 다른 꿈을 꾸었고, 강제로라도 사람들을 행복하게 만들고 싶었다. 민중의 이익을 해치는 듯한 모든 행동은 그에게 복수하고 싶은 분노를 불러일으켰다. 그는 어린아이처럼 온순해도, 정치에 관해서는 맹렬한 증오를 품었다. 파리 한 마리 죽이지 못할 것 같은 그인데도, 늘 무기를 들고 싸우는 것에 대해 말했다. 자유는 그의 열정이었고, 무분별하고 절대적인 열정이었으며, 그 열정에 그의 모든 혈기를 쏟아부었다. 맹목적일 정도로 열정적이었고, 사상의 자유를 용인하기에는 지나칠 정도로 무지하거나 지나칠 정도로 유식한 그는 사람들을 고려하지 않았다. 그에게는 완전한 정의와 완전한 자유라는 이상적인 통치여야 했다. 삼촌 마카르가 그를 루공 부부와 대적하도록 만들 생각을 한 것이 바로 그때였다. 그는 열광적인 젊은이를 적당히 자극하면, 그가 엄청난 일을 해내리라 생각했다. 그런 계산에는 어떤 술책이 필요했다.

그래서 앙투안은 실베르의 생각들에 터무니없을 정도로 탄복하면서 그를 끌어들이고자 했다. 처음부터 그는 모든 것을 망칠 뻔했다. 그는 공화국이 승리하면 아무것도 안 해도 행복하게 살 수 있는 시대, 그리고 끝없이 진수성찬을 즐기는 시대로 보며, 탐욕스러운 태도를 가진 터라, 조카의 완전히 도덕적인 열망들에 상처를 입혔다. 그는 잘못된 길로 갔음을 깨닫고, 이상한 감동적 표현, 일련의 공허하지만 원대한 말들을 퍼부었고, 실베르는 그런 말들을 시민 정신의 충분한 증거로 받아들였다. 삼촌과 조카는 금방 한 주에 두세 번씩 만나는 사이가 되었다. 그들의 긴 토론 동안 나라의 운명은 완전히 결정되었고, 앙투안은 루공 부부의 거실이 프랑스의 행복을 저해하는 주요 장애라고 젊은이를 납득시키고자 했다. 그러나 또다시, 그는 실베르 앞에서 자신의 어머니를 '늙은 탕녀'라고 부르는 실수를 범했다. 그 불쌍한 노인의 예전 추문들을 그에게 들려주기까지 했다. 소년은 수치로 벌게진 얼굴로, 그의 말을 끝까지 들었다. 그는 그 상황들에 대해 삼촌에게 묻지 않았으나, 디드 아줌마를 존경하고 사랑하는 그를 상처 주는 그런 속내 이야기에 가슴 아파했다. 그날 이후, 그는 자신의 할머니를 더 많은 정성으로 감쌌고, 그녀에게 용서의 다정한 미소와 선한 눈길을 보냈다. 마카르도 자신이 어리석은 짓을 저질렀다는 것을 알아차리고, 실베르의 애정을 이용하기 위해 아델라이드를 고립시키고 가난하게 만든 루공 부부를 비난했다. 그의 말인즉슨, 자신은 언제나 아들 중에서 제일 착했고, 그의 형은 비열하게 처신했다. 형이 자기 어머니를 한 푼 남김없이 털어먹는 바람에 그녀는 돈 한 푼 없이 되었다. 그 형은 자기 어머니를 창피하게 여겼다. 그 주제에 관해 끝없이 떠벌린 결과, 실베르도 피에르 삼촌에 대해 격분했고, 마카르 삼촌은 매우 만족해했다.

젊은이가 방문할 때마다, 똑같은 장면들이 벌어졌다. 그는 저녁에, 마카르 가족이 저녁을 먹는 동안 오곤 했다. 아버지는 돼지처럼 꾸르륵 소리를 내며 감자 스튜를 삼키고 있었다. 그는 비곗덩어리를 골라 먹으며, 음식이 담긴 접시가 장과 제르베즈의 손으로 넘어갈 때면, 덩달아 그의 눈도 따라갔다.

"이봐, 실베르." 냉소적이고 무관심한 태도를 보이면서도 소리 없는 분노를 감추지 못하던 그가 말했다. "또 감자야. 늘 감자지! 우리는 이것밖에 못 먹는다고. 고기, 그건 부자들을 위한 거지. 수입과 지출을 맞추는 것은 엄청난 식욕을 가진 애들이 있는 한, 불가능한 일이야."

제르베즈와 장은 접시에 고개를 파묻고 감히 빵도 잘라 먹지 못했다. 자신의 꿈속에서 천국에 사는 실베르는 그 상황에 대해 아무것도 눈치채지 못했다. 그는 조용한 목소리로 파란을 불러오는 건방진 말을 했다.

"하지만, 삼촌, 일을 하셔야지요."

"아! 그렇지." 급소를 찔린 마카르가 빈정거렸다. "나보고 일하라는 거지? 빌어먹을 그 부자 놈들이 나를 이용해 먹으라고. 내 건강을 해치면서 20수는 벌겠지. 그런데 그럴 만한 가치가 있을까!"

"노력한 만큼 벌잖아요." 젊은이가 대답했다. "20수는, 20수지요. 집안 살림에 보탬이 돼요……. 게다가 삼촌은 퇴직한 군인인데, 왜 일자리를 찾지 않으세요?"

그때 핀이 끼어들었지만, 곧 후회하게 될 경솔한 언동이었다.

"내가 그에게 매일 하는 이야기가 그거야." 그녀가 말했다. "시장 감독관이 조수를 구하기에, 우리가 남편 이야기를 했더니, 우리를 도와줄 생각이 있더라고……."

마카르가 그녀를 쏘아보며 그녀의 말을 막았다.

"닥쳐." 그가 화를 억누르며 으르렁댔다. "이 여자들은 자신들이 무슨 말을 하는지도 모른다고! 사람들은 나를 필요로 하지 않을 거라고. 나의 신조가 너무 잘 알려져 있거든."

매번 일자리가 들어올 때마다, 그는 심하게 화를 냈다. 사람들이 그를 위해 찾아 준 일자리들을, 가장 이상한 이유를 내세워 거부하면서도, 일자리를 요구하는 것은 그만두지 않았다. 그 점에 대해 추궁하면, 그는 무시무시하게 변했다.

저녁 식사 후, 장이 신문을 들면 눈총을 보냈다.

"자러 가는 것이 좋겠다. 내일 늦게 일어나면, 또 하루를 잃게 되지. 저 몹쓸 녀석이 지난주보다 8프랑이나 덜 갖고 오는 게 말이 되냐고! 주인한테 저 애에게 품삯을 더는 주지 말라고 부탁했어. 내가 직접 그 돈을 받을 거야."

장은 아버지의 비난을 듣지 않으려고 자러 가곤 했다. 그는 실베르와는 거의 마음이 맞지 않았다. 정치는 그를 진절머리 나게 했다. 그는 자기 사촌이 '미쳤다'고 보았다. 식탁을 치운 후, 여자들만 남아, 가련하게도 작은 목소리로 이야기를 나눌 때면, 마카르가 소리쳤다.

"아! 게으른 것들! 여기는 꿰맬 게 아무것도 없어? 우리 모두 누더기를 걸치고 있는데……. 이봐, 제르베즈, 네 주인집에 들렀다가, 해괴한 이야기를 들었다. 네가 놀아난다고, 아무 쓸모도 없는 놈이랑."

제르베즈는 스무 살이 넘은 처녀라, 실베르 앞에서 그렇게 야단맞자 얼굴을 붉혔다. 실베르는 그녀 앞에서 거북함을 느꼈다. 어느 날 밤, 평소보다 늦게 온 날, 그의 삼촌이 부재중이었을 때, 그는 빈 병을 앞에 두고 만취한 모녀를 보았다. 그때부터, 사촌을 볼 때마다, 불그스레 물든 창백한 작은 가련한 얼굴이, 그 아이가 걸걸하게 웃음을 터뜨리는 민망한 장면이 떠올랐다. 그는 또한 그녀에 관해 떠도는 불미스러운 이야기들로 겁먹었다. 수도자 같은 정결 속에서 자란 그는 때때로 소녀 앞에 선 중학생처럼 두려워하면서도 그녀를 몰래 경탄의 눈길로 바라보곤 했다.

두 여자가 바늘을 들고 눈을 혹사해 가며 마카르의 낡은 셔츠들을 꿰매고 있을 때, 그는 가장 좋은 자리에 앉아 기분 좋게 몸을 젖히고선, 자신의 게으름을 만끽하는 남자로서, 홀짝거리며 술을 마시거나 담배를 피우곤 했다. 그 늙은 망나니가 민중의 땀을 마시는 부자들을 비난할 때가 바로 그런 때였다. 그는 아무것도 안 하고 놀면서, 가난한 사람들한테 보살핌을 받는 신시가지의 신사분들에 대해 당당하게 격분했다. 그가 아침마다 신문에서 본 단편적인 공산주의 사상들이 그의 입을 통하면서 괴상하고 흉포하게 변했다. 그는 아무도 일할 필요가 없는 시대가 곧 올 거라고 말했다. 그러나 루공 부부에 대해서는 극도의 증오심을 드러냈다. 자신이 먹었던 감자가 소화되지도 않을 지경이었다.

"그 빌어먹을 펠리시테가 오늘 아침 시장에서 닭 한 마리 사는 걸 봤지……. 닭을 먹다니, 유산을 훔친 도둑놈들이!"

"디드 아줌마는……." 실베르가 대답했다. "삼촌이 제대했을 때, 피에르 삼촌이 잘해 주었다고 하시던데요. 삼촌이 입고 자는 데 상당히 큰 돈을 쓴 것 아니었어요?"

"큰돈이라고!" 격분한 마카르가 고함을 쳤다. "네 할머니가 미쳤구먼! ……내 입을 닫게 하려고, 그런 소문을 퍼뜨린 것이 바로 그 강도들이야. 나는 아무것도 받지 않았어."

펜이 또다시 섣불리 끼어들어, 남편이 2백 프랑에, 양복 한 벌, 1년 치 집세를 더 받았다는 것을 그에게 상기시켰다. 앙투안은 그녀에게 입 닥치라고 소리치며, 점점 더 격분했다.

"2백 프랑! 멋지군! 내가 원하는 건 당연히 받아야 할 내 몫,

만 프랑이라고. 그래! 그들이 나를 개처럼 집어 처넣었던 그 누추한 집, 너무나 더럽고 구멍이 나서 피에르가 더는 입지도 못해 나에게 준 낡은 외투에 대해 말해 보자!"

그는 거짓말을 하고 있었다. 하지만 아무도 화를 내는 그 앞에서 더는 반박하지 못했다. 그리고 실베르를 향해 돌아서면서 그가 덧붙였다.

"너는 여전히 순진하구나, 저들을 옹호하다니! 그들은 너희 어머니를 뜯어먹었다고. 그 착한 애는 치료할 돈이 있었다면 죽지 않았을 거야."

"아니요, 삼촌, 삼촌 말은 맞지 않아요." 젊은이가 말했다. "어머니는 치료받지 못해 돌아가신 게 아니에요. 아버지는 어머니의 집안에서 절대로 돈 한 푼 받지 않으셨을 거예요."

"흥! 그럼 날 좀 내버려둬! 네 아버지도 다른 사람처럼 돈을 받았을걸. 우리는 부당하게 빼앗긴 거야. 우리는 우리 재산을 되찾아야 해."

마카르는 골백번도 더 말한 5만 프랑 이야기를 다시 꺼냈다. 매번 약간씩 다르게 꾸며 댄 그 이야기를 외울 정도인 조카는 다소 조바심을 내며 그의 말을 들었다.

"네가 남자라면……." 앙투안이 끝마무리하며 말했다. "너는 언젠가 나와 함께 갈 거야. 그리고 우리는 루공 집에 멋지게 한바탕 소동을 일으킬 거고, 우리에게 돈을 주지 않는 한 떠나지 않을 거야."

그러나 실베르는 심각해지더니 단호한 목소리로 대답했다.

"그 파렴치한 사람들이 우리의 몫을 빼앗았다면, 그들한테는 딱한 일이지요! 나는 그 사람들 돈은 필요 없어요, 삼촌, 우리 가족을 치는 일은 우리 일이 아닙니다. 그들은 나쁘게 행동했고, 언젠가는 혹독하게 벌 받을 거예요."

"아이고! 훌륭한 바보 나셨네!" 삼촌이 소리쳤다. "우리가 제일 강해지면, 너는 내가 말이야, 내 사소한 이익을 위해 일하지 않는다는 것을 알게 될 거야. 하느님이 우리를 돌보아 주시지! 추잡한 집안, 우리 집안은 정말 추잡한 집안이야! 내가 굶어 죽더라도, 그 빌어먹을 놈 중 누구도 나에게 빵 한 조각 던져 주지 않을 거야."

마카르가 그 이야기를 시작하면, 한도 끝도 없었다. 그는 자신의 시기심으로 인한 피 흘리는 상처를 적나라하게 보여 주었다. 그는 가족 중에서 자신만 운이 따르지 않았고, 다른 사람들은 마음껏 고기를 먹는데, 자신은 감자를 먹는 것을 생각하면, 그때부터 격분했다. 그의 친척들, 그의 조카의 자식들까지 죄다 들먹였고, 그들 모두를 비난하고 위협해 댔다.

"그래, 그렇고말고." 그가 신랄하게 다시 말했다. "그들은 나를 개처럼 죽게 놔둘 거야."

제르베즈는 머리도 들지 않은 채, 계속 바느질을 하면서, 이따금 소심하게 말했다.

"아빠, 그래도 사촌 파스칼은 우리한테 잘했잖아요. 작년에, 아빠가 아팠을 때도."

"한 푼도 요구하지 않고 당신을 치료했잖아요." 핀이 딸을 도와주려고 거들었다. "그리고 나한테 당신 고깃국 해 주라고 은화 몇 닢도 찔러 주었어요."

"그 녀석! 내가 건강 체질이 아니었다면, 나를 죽게 했을걸!" 마카르가 외쳤다. "너희 조용히 해, 바보 같으니라고! 너희는 애들처럼 꼬임에 빠질 거야. 그들은 모두 내가 죽는 걸 보고 싶어 할걸. 내가 아프게 되면, 제발 내 조카를 더는 찾아가지 마라. 내가, 그의 수중에 있는 것만으로도, 그렇게 편안하지 않았기 때문이지. 그는 보잘것없는 의사야. 그의 고객 중에 번듯한 사람은 하나도 없다고."

그리고 마카르는 일단 시작하면, 끝나는 법이 없었다.

"그 녀석도 작은 독사 아리스티드와 같아." 그가 말했다. "이 녀석은 교활하고 음흉해. 실베르, 너도 『랑데팡당』에 실린 그의 글에 걸려든 거니? 그렇다면 너는 지독한 멍청이겠지. 그의 글들은 제대로 된 프랑스어로 쓴 것도 아니야. 그 공화파 범법자는 자기와 걸맞은 자기 아버지와 짜고 우리를 조롱하는 거라고 내가 늘 말했잖니. 그가 어떻게 변절할지 너도 보게 될걸……. 그의 형, 유명 인사 으젠은, 루공 부부가 엄청나게 자랑해 대는 머저리지! 그가 파리에서 고위층에 있다고 뻔뻔스럽게 주장하다니! 내가 알지, 그 녀석 하는 일을. 예루살렘로(路)*에서 일한다고, 밀정이지……."

"누가 삼촌에게 그런 말을 했어요? 삼촌은 거기에 대해 아무것도 모르잖아요." 생각이 올바른 실베르가 삼촌의 거짓 비난에 마음이 상해, 그의 말을 끊었다.

"아! 내가 아무것도 모른다고? 그렇게 생각하는 거니? 그는 밀정이라니까……. 네가 그렇게 인정이 넘치면, 새끼 양처럼 털이 깎일 거다. 너는 남자답지 못해. 네 형 프랑수아에 대해 나쁘게 말하려는 건 아니야. 그래도 내가 너라면, 그가 너를 대하는 인색한 태도에 엄청나게 화났을걸. 마르세유에서 돈을 많이 벌어도, 네가 소소하게 즐길 수 있도록 쥐꼬리만 한 돈도 보내지 않다니, 네가 어쩌다 곤궁에 빠지더라도, 네 형한테는 부탁하지 않는 게 좋을 거야."

"나는 누구도 필요하지 않아요." 젊은이가 자부심이 강하지만 약간 상처받은 듯한 목소리로 대답했다. "내가 번 돈으로 나와 디드 아줌마, 우리가 살기에 충분해요. 삼촌, 너무 심하네요."

"나는 진실을 말하는 거야, 그게 다야……. 나는 너를 깨우쳐 주고 싶거든. 우리 집안은 파렴치한 집안이야. 슬프지만, 사실이지. 아리스티드의 아들 막심만 봐도 그래. 아홉 살짜리 어린 애가, 나를 만나면 혀를 내민다니까. 그 아이는 언젠가 자기 어머니도 팰 녀석이야. 자업자득이지. 네가 말해 보았자, 그 사람들 모두 자신들의 행운을 받을 자격이 없다고. 그러나 가족끼리는 언제나 그런 식이지. 착한 놈은 가난하게 살고, 못된 놈은 큰 돈을 벌고."

마카르가 자기만족에 빠져 조카 앞에서 드러낸 집안의 모든 수치는 소년의 마음을 후벼 팠다. 그는 다시 자신의 꿈속으로 올라가고 싶었다. 그가 눈에 띌 정도로 초조해하자 그때부터, 앙투안은 그가 자신의 친지들에 대해 격노하도록 강경한 방법을 썼다.

“그들을 지키라고! 그들을 지켜!” 진정한 척하면서 그가 말했다. “나야말로, 사실, 더는 그들을 상대하지 않기로 했어. 내가 너에게 이렇게 말하는 것은, 그 패거리 모두 정말이지, 가증스럽게 대하고 있는, 내 불쌍한 어머니에 대한 사랑 때문이지.”

“그들은 파렴치한 사람들이에요!” 실베르가 중얼거렸다.

“오! 너는 아무것도 알지 못해. 너야말로, 아무것도 모르는군, 너는. 루공 집안이 그 착한 부인에 대해 욕설만 한 게 아니야. 아리스티드는 일찍이 자기 아들이 그녀에게 인사하는 것도 막았지. 펠리시테는 그녀를 정신 병원에 가두라고 말하고 있어.”

젊은이는 새파랗게 질린 채, 불쑥 삼촌의 말을 가로막았다.

“그만!” 그가 외쳤다. “더는 알고 싶지 않아요. 이 모든 것이 끝나야만 해요.”

“입 다물마. 너를 언짢게 하니.” 늙은 망나니가 호인인 척 굴면서 말했다. “하지만 네가 무시하지 말아야 할 일들이 있다. 적어도 네가 바보처럼 굴고 싶지 않다면.”

마카르는, 실베르가 루공 집안에 달려들도록 공을 들이면서, 젊은이의 눈에서 고통에 찬 눈물이 흐르자 달콤한 기쁨을 느꼈다. 그는 어쩌면 다른 사람들보다 그를 더 증오했다. 그가 훌륭한 일꾼이었고, 전혀 술을 마시지 않기 때문이었다. 그래서 그는 자신의 잔인성을 더 정밀하고 날카롭게 갈아 그 가련한 녀석의 마음을 후벼 파는 잔혹한 거짓말들을 만들어 냈다. 그는 조카의 창백한 얼굴, 떨리는 두 손, 비탄에 빠진 시선을 즐겼다. 마음이 냉혹한 자가 자신이 가할 충격을 계산하고 자신의 희생물을 적소에 찌르면서 즐거워하듯이. 그리고 충분히 실베르를 상처 주고 격분시켰다는 생각이 들자, 그는 마침내 정치 이야기를 꺼냈다.

"사람들이 나에게 확실하다고 말하는데……." 그가 목소리를 낮추며 말했다. "루공 집안이 무언가 흉계를 꾸미고 있다는구나."

"흉계요?" 실베르가 주의를 기울이며 질문했다.

"그래, 조만간 어느 날 밤에, 도시의 선량한 시민들을 모두 잡아서 투옥시킬 거라던네."

젊은이는 처음에는 의심했다. 그러나 그의 삼촌은 세부 사항들을 자세하게 말했다. 그는 작성된 명단에 대해 말했고, 그 명단에 있는 사람들의 이름을 댔고, 어떻게, 언제, 어떤 상황에서 그 모의가 실행될 것인지 말해 주었다. 실베르는 점차 그 황당무계한 이야기에 걸려들었고, 곧 공화국의 적들에 대해 흥분했다.

"그들이 계속 나라를 배반한다면, 우리가 무력하게 만들어야 할 사람들이, 바로 그들이에요." 그가 외쳤다. "그들은 시민들을 체포해서 어떻게 할 생각일까요?"

"그들이 어떻게 할 거라니!" 마카르가 비웃듯이 날카로운 웃음소리와 함께 대답했다. "그야 지하 감옥에서 총살하겠지."

공포로 얼이 빠진 젊은이가 할 말을 잃고 그를 바라보았다.

"거기서 총살당하는 건 그들이 처음은 아니겠지." 그가 계속했다. "네가 밤에 대법원 뒤에서 어슬렁거리기만 해도, 너는 총성과 비명을 듣게 될 거다."

"오! 비열한 사람들!" 실베르가 중얼거렸다.

그때부터 삼촌과 조카는 고도의 정치적 문제들에 뛰어들었다. 펀과 제르베즈는 서로 실랑이를 벌이는 그들을 보면서 조용히 자러 가곤 했는데, 그들은 그녀들이 떠난 줄도 몰랐다. 자정까지, 두 남자는 그렇게 파리의 소식들을 비판하고, 곧 다가올 피할 수 없는 싸움에 관해 이야기했다. 마카르는 자기 당의 당원들을 맹렬히 비난했다. 실베르는 잠꼬대하듯, 오직 자신만의 꿈인, 완벽한 자유를 꿈꾸었다. 이상한 대화였다. 대화하면서도 삼촌은 셀 수 없이 많은 잔을 따랐고, 조카는 열광에 취해 말을 마치곤 했다. 하지만 앙투안은 젊은이에게서 루공 부부에게 위해를 가할 계략과 전투 계획을 한 번도 끌어내지 못했다. 그를 밀어붙였지만 소용없었고, 그의 입에서, 조만간 악인들을 벌주게 될, 영원한 정의에 대한 외침만 들었을 뿐이었다.

고결한 품성의 아이는 열기를 띤 채 무기를 들고 공화국의 적들을 섬멸하는 것에 대해 곧잘 말했다. 하지만 그 적들이 꿈에서 나와 삼촌 피에르나 그가 알고 있는 다른 사람들로 구체적으로 각인되는 순간이 오면, 그때부터 그는 흘린 피에 대한 공포를 피하고 싶어 하늘에 의지했다. 마카르의 집에서 자신이 사랑하는 공화국에 대해 자유롭게 말하는 기쁨을 맛보지 않았다면, 마카르의 질투 어린 분노가 불편해서, 그를 찾아가는 것을 그만둘 수도 있었다. 그래도, 마카르 삼촌은 그의 운명에 결정적인 영향을 미쳤다. 삼촌의 지속적인 비난이 그의 신경을 곤두세우게 했다. 삼촌은 결국 그 아이가 무장 투쟁을, 보편적 행복을 위한 폭력적 정복을 열렬히 원하도록 만들었다. 실베르가 열여섯 살이 되었을 때, 마카르는 남부 지방을 장악하고 있는 강력한 비밀 단체인 산악파에 그를 가입시켰다. 그때부터 공화파 젊은이는 아델라이드가 벽난로 벽에 걸어 둔 밀수꾼의 소총을 탐내며 바라보았다. 어느 날 밤, 할머니가 잠든 사이, 그는 그것을 닦고 손보아 놓았다. 그리고 다시 못에다 걸어 놓고 기다렸다. 그는 찬란한 몽상에 빠져 살았고, 호메로스 같은 영웅적인 전투라는 이상에 푹 잠겨서, 일종의 기사도적인 싸움을 상상했고, 그 전투에서 자유의 수호자가 되어, 온 세상이 환호하는 승리자로 등장하는, 거대한 서사시를 쌓아 올렸다.

마카르는 자신의 노력이 수포가 되었음에도, 낙담하지 않았다. 자신이 루공 부부를 궁지로 몰아넣을 수만 있다면, 그 혼자서도 충분히 그들의 목을 조를 수 있다고 생각했다. 질투 어린, 굶주린 게으른 자의 분노는, 그를 어쩔 수 없이 다시 일하게 만든 일련의 사건들 때문에 더욱더 커졌다. 1850년 초에, 핀이 비요른강에 식구들 빨래를 하러 갔다가 젖은 빨래를 등에 지고 왔던 어느 날 저녁, 폐렴에 걸려 갑자기 죽었다. 그녀는 물과 땀으로 흠뻑 젖은 데다 엄청나게 무거운 빨래 짐 때문에 기진맥진해서 집에 왔고, 다시는 일어나지 못했다. 그 죽음에 마카르는 아연실색했다. 제일 확실한 그의 수입이 달아난 것이었다. 며칠 후, 아내가 밤을 삶았던 솥과 낡은 의자들의 짚을 채워 넣을 때

쓰던 받침대를 팔았을 때, 그는 고인을, 자신이 창피하게 여겼던 그 튼튼한 아낙네를, 지금은 너무나 그 소중함을 느끼게 된 그녀를 데려간 하느님을 거칠게 비난했다. 그는 아이들의 수입에 더 악착스레 매달렸다. 그러나 한 달 후, 아버지의 지속적인 요구에 지쳐, 제르베즈가 두 아이를 데리고 랑티에와 함께 떠나 버렸다. 랑티에의 어머니가 죽은 뒤였다. 두 연인은 파리로 도망쳤다. 앙투안은 심한 충격을 받았고, 그녀가, 그녀 같은 부류들처럼, 병원에서 뒈지기를 바란다며, 야비할 정도로 딸에 대해 격분했다. 아무리 악담을 해도 그의 상황은 나아지지 않았을뿐더러, 정말이지 나빠졌다. 장이 곧바로 누나의 뒤를 따랐다. 그는 봉급날을 기다리며 자신이 직접 돈을 받으려고 준비해 두었다. 그는 떠나면서 한 친구에게 말했고, 그대로 앙투안에게 전해졌는데, 자신은 더 이상 놈팡이 아버지를 먹여 살리고 싶지 않으며, 아버지가 그를 헌병에게 넘길 생각이라면, 더는 톱도 대패도 잡지 않기로 마음먹었다는 이야기였다. 다음 날, 앙투안이 그를 찾았지만 소용없었고, 20년 동안 후하게 대접받았던 그 집에, 돈 한 푼 없이, 혼자 남게 되자, 엄청난 분노에 휩싸여, 가구들에 발길질하고, 가장 지독한 저주들을 퍼부었다. 그러고는 힘없이 주저앉아, 발을 질질 끌며 회복기 환자처럼 앓는 소리를 내기 시작했다. 밥벌이해야 한다는 두려움이 그를 정말로 환자로 만들었다. 실베르가 찾아왔을 때, 그는 배은망덕한 자식들에 대해 눈물을 흘리며 하소연했다. 그는 언제나 좋은 아버지가 아니었던가? 장과 제르베즈는 그가 그들에게 해 준 모든 것에 대해 정말로 악하게 갚는 못된 놈들이었다. 그들은 아비가 늙었다고, 더는 얻어 낼 것이 없다고 아비를 버렸다.

"아니, 삼촌." 실베르가 말했다. "삼촌은 아직 일할 나이잖아요."

마카르는, 조금만 피곤해도 오래 버티지 못한다고 말하려는 듯, 기침을 하고, 허리를 구부리면서, 침울하게 고개를 끄덕였다. 그는 조카가 가려고 하자, 그에게 10프랑을 빌렸다. 그는 아이들이 두고 간 낡은 옷가지들과 모든 살림살이를 고물상에게 조금씩 팔면서, 한 달을 버텼다. 곧 식탁 하나, 의자 하나, 침대 그리고 자신이 입고 있는 옷밖에 남지 않았다. 그는 결국 침대도 간이침대로 바꾸었다. 가진 것이 바닥나자, 분노의 눈물을 흘리면서, 자살밖에 할 수 없는 남자의 성난 창백한 얼굴로 25년째 구석에 처박아 둔 버들가지 꾸러미를 찾았다. 그것을 집어 드는 모습이 산을 하나 들어 올리는 듯했다. 그리고 그는 자신을 방치한 인간이라는 족속을 비난하면서 바구니와 통 바구니를 짜기 시작했다. 부자들의 재산을 나누어 갖는 것에 대해 말할 때 특히 심했다. 그는 무시무시해 보였다. 그는 선술집을 자신의 말로 불태웠고, 그곳에서 노기등등한 그의 눈길은 그에게 일종의 무한한 영향력을 보장해 주었다. 게다가 그는 실베르나 다른 동료에게서 동전 한 푼 뜯어내지 못할 때만 일했다. 이제 그는 매일 면도하고 나들이옷을 입고 부르주아처럼 굴던 마카르 '나리'가 아니었다. 그는 돈을 우려내기 위해 누더기를 이용했던 예전과 마찬가지로 다시 더럽고 악마처럼 심술궂고 위험한 사람이 되었다. 그가 자신이 만든 바구니를 팔기 위해 시장이 설 때마다 모습을 드러내는 지금, 펠리시테는 시장에 가지도 못했다. 한번은 그가 그녀에게 끔찍한 싸움을 걸어왔다. 루공 집안에 대한 그의 증오는 그가 비참해지면서 더 커졌다. 그는 큰 소리로 무시무시한 위협을 떠들어 대며, 부자들이 그를 강제로 일 시키기로 서로 합의했기 때문에, 그가 직접 복수하겠다고 단언했다.

그런 심사로, 그는 사냥한 짐승의 고기 냄새를 맡은 사냥개처럼 쿠데타를 열렬히 떠들썩하게 기뻐하며 환영했다. 시의 명망 높은 몇몇 자유주의자들은 서로 의견이 일치되지 않은 탓에, 거리를 두고 있다 보니, 그가 자연스레 봉기를 이끌 수 있는 주동자들 중 하나가 되었다. 노동자들은 그 게으름뱅이를 매우 한심하게 생각했음에도 불구하고, 필요할 경우에는 그를 결집의 기수로 택했다. 그러나 초기에는, 시는 평화로웠고, 마카르는 자신의 계획이 실패했다고 생각했다. 그가 다시 희망을 품게 된 것은 농촌에서 봉기했다는 소식을 들은 뒤였다. 무슨 일이 있어도, 그는 플라상을 떠나지 않을 생각이었다. 그래서 그는 일요일 아침, 라 팔뤼와 생마르탱드보의 저항군 무리와 조우하러 떠나는 노동자들을 따라가지 않으려고 핑곗거리를 만들어 냈다. 바로 그날 밤, 그는 구시가지의 평판이 좋지 않은 선술집에서 몇몇 지지자들과 함께 있었는데, 그때 한 동료가 달려와 저항군이 플라상에서 몇 킬로미터 떨어진 곳에 와 있다고 알렸다. 그 소식은 대열에게 문들을 열라는 임무를 맡고 시내를 뚫고 들어

온 연락병에 의해 좀 전에 전해진 것이었다. 승리에 대한 기쁨이 넘쳤다. 특히 마카르가 열광적으로 흥분한 듯 보였다. 저항군이 생각지도 않게 도착한 것은 신이 그를 은근히 돌보아 준 것 같았다. 곧 루공 부부의 목을 잡게 될 것이라는 생각에 그의 두 손이 떨렸다.

그러나 앙투안과 그의 친구들은 급히 카페에서 나왔다. 아직 시를 떠나지 않은 공화파들은 모두 곧바로 소베르 중앙로에 집결했다. 루공이 어머니 집에 숨기 위해 달려가면서 보았던 것이 바로 그 무리였다. 무리가 라 반로 언덕에 도착했을 때, 줄 끝에 있던 마카르는 자신의 동료 중 네 사람을, 카페에서 그가 떠벌린 온갖 말로 지배했던, 별로 똑똑하지 못하지만 덩치 큰 이들을 뒤에 남아 있게 했다. 그는 가장 큰 불행을 피하고 싶다면, 공화국의 적들을 당장 체포해야 한다며 그들을 손쉽게 납득시켰다. 사실은, 저항군이 도착하면서 어수선해진 틈을 타 피에르를 놓치게 될까 봐 걱정되었기 때문이었다. 네 명의 건장한 남자는 그야말로 고분고분 그를 따라갔고, 루공 집을 찾아가 난폭하게 문을 두드렸다. 그런 위태로운 상황에서도, 펠리시테는 감탄할 정도로 용감했다. 그녀가 도로 쪽의 문을 열기 위해 내려왔다.

"우리는 당신 집으로 올라가겠소." 마카르가 그녀에게 난폭하게 말했다.

"좋아요, 여러분, 올라오세요." 그녀는 자신의 시동생을 모르는 사람인 척하면서 빈정거리듯 정중하게 대답했다.

위에서, 마카르는 그녀에게 남편을 찾아오라고 명령했다.

"남편은 여기 없어요." 그녀가 더욱더 차분하게 말했다. "그이는 사업 때문에 여행 중이랍니다. 오늘 저녁 여섯 시에 마르세유행 역마차를 탔어요."

그녀가 또랑또랑한 목소리로 말하자, 앙투안은 화가 치민 몸짓을 했다. 그는 거칠게 거실로 들어갔다가 침실로 갔고, 침대를 들쳐 보고, 커튼 뒤와 가구 아래를 살펴보았다. 네 명의 건장한 남자가 그를 도왔다. 15분 동안, 그들은 아파트를 뒤졌다. 펠리시테는 평온하게 거실 소파에 앉아, 자다가 놀라서 막 깨어난 사람이, 단정하게 차려입을 시간이 없었던 것처럼, 자신의 치마끈을 열심히 고쳐 매고 있었다.

"사실이군. 도망쳤네, 비겁한 놈!" 마카르가 거실로 돌아오면서 혼잣말로 중얼거렸다.

그래도 그는 계속해서 주변을 의심스러운 듯 살펴보았다. 그는 피에르가 결정적 순간에 승부를 포기할 사람이 아니라는 예감이 들었다. 그는 하품하는 펠리시테에게 다가갔다.

"남편이 숨은 곳을 말해." 그가 그녀에게 말했다. "그럼 그에게 어떤 해도 끼치지 않겠다고 약속하지."

"당신에게 사실을 말했어요." 그녀가 조마조마한 마음으로 대답했다. "하지만 당신들에게 남편을 넘길 수는 없군요, 여기에 없으니까요. 당신들은 모두 살펴보지 않았나요? 지금 나 좀 내버려두세요."

마카르는 그녀의 냉정함에 화가 치밀어, 그야말로 그녀를 곧 때릴 기세였는데, 그때 길에서 쿵쿵 울리는 소리가 올라왔다.

라 반로에 들어선 저항군의 대열이었다.

그는 형수를 늙은 매춘부로 취급하면서 곧 다시 오겠다고 겁주었고, 그녀에게 주먹을 들이대며 위협한 후 거실을 떠나야 했다. 층계 아래에서, 그는 같이 온 남자 중 한 명을, 넷 중에서 가장 뚱뚱한, 카수트라는 이름의 토목공을 따로 불러, 그에게 첫째 계단에 앉아서 새로운 명령을 받을 때까지 꼼짝하지 말고 있으라는 명령을 내렸다.

"위층의 개자식이 들어오는 걸 보면 나한테 알리러 와." 그가 그에게 말했다.

그 남자는 묵중하니 자리 잡고 앉았다. 마카르가 길에 나서서 올려다보니, 펠리시테가 노란 거실 창문에 팔을 괴고, 군악대를 앞세우고 시내를 행진하고 있는 군대를 보듯이, 반란군의 행렬을 신기한 듯 구경하고 있었다. 완전한 평온을 증명하는 결정적인 모습에 그는 다시 올라가 그 노파를 길거리에 던져 버리고 싶을 정도로 화가 났다. 그는 알아들을 수 없는 목소리로 중얼거리며 대열을 따라갔다.

"그래, 우리가 지나가는 것을 잘 보라고. 내일도 발코니에서 그렇게 있게 될지 두고 보자."

저항군이 로마 문을 통해 시내로 들어온 것은 거의 밤 열한 시쯤이었다. 관리인의 울부짖음에도 불구하고, 강제로 열쇠를 빼앗아 그 문을 활짝 열어젖힌 것은 플라상에 남아 있던 노동자들이었다. 관리인은, 자신의 임무를 너무나 소중히 여기는 사람인지라, 마구 밀려오는 사람들 앞에서 망연자실했다. 그는 얼굴을 찬찬히 확인한 후, 한 번에 한 사람만 통과시켜 왔었다. 그는 자신의 명예가 훼손당했다고 중얼거렸다. 대열의 선두에는 플라상 사람들이 다른 이들을 이끌면서, 행진했다. 미에트는 제일 앞줄에서, 그녀 왼쪽에 실베르가 있었고, 닫힌 덧창 뒤에서, 소스라쳐 잠이 깬 부자들의 질겁한 시선들을 느끼자, 그녀는 더 씩씩하게 깃발을 들었다. 저항군은 신중하게 로마로와 라 반로를 천천히 따라갔다. 사거리가 나타날 때마다, 그들은 주민들의 조용한 성격을 알고는 있지만, 충격을 받을까 봐 두려워했다. 그러나 시내는 죽은 듯했다. 기껏해야 창문에서 숨죽인 놀라는 소리만 들렸다. 대여섯 집의 덧창이 열렸다. 나이 든 한 연금 생활자가, 속옷 바람으로, 손에는 촛불을 들고 나타나, 더 잘 보려는 듯 몸을 숙였다. 그러더니 붉은 옷을 입은 커다란 아가씨가 그녀 뒤로 시커먼 악마 같은 무리를 이끌고 나타나는 모습을 본 순간, 노인은 그런 끔찍한 출현에 공포에 질려, 급히 창문을 닫았다. 잠든 도시의 정적은 저항군을 안심시켰고, 그들은 감히 구시가지의 골목들로 들어갔으며, 짧고 넓은 도로로 연결된 마르셰 광장과 시청 광장에 도착했다. 볼품없는 나무들이 심어진 두 광장은 달빛을 받아 환했다. 최근에 보수된 시청 건물이 맑은 하늘가에 커다란 흰 점으로 선명하게 나타났다. 2층 발코니의 주철로 된 아라베스크 문양들이 가느다란 검은 선들로 뚜렷이 드러났다. 발코니에 서 있는 몇몇 사람들 모습이 보였는데, 시장, 시카르도 사령관, 서너 명의 시 의원들, 그리고 이런저런 관리들이었다. 아래쪽 문들은 닫혀 있었다. 두 광장을 가득 메운 3천 명의 공화파들이 멈추어 서서, 단번에 문들을 밀어붙일 셈으로, 올려다보았다.

그런 늦은 시간에, 저항군 대열이 느닷없이 들이닥치자, 관료들은 깜짝 놀랐다. 시카르도 사령관은, 시청으로 가기 전에 군복을 걸치고 갈 시간이 있었다. 그 후 바로 시장을 깨우러 달려가야 했다. 저항군이 자유롭게 풀어 준 로마 문 관리인이, 그 흉포한 놈들이 도시에 들어왔다는 것을 알리러 왔을 때, 사령관은 간신히 스무 명 정도의 국민병을 모았을 뿐이었다. 헌병들은, 근처에 숙영지가 있었지만, 알리지도 못했다. 그들은 토의할 시간을 벌기 위해 급히 시청 문들을 닫았다. 5분 후, 지속해서 굴러가는 둔중한 소리는 대열이 가까이 오고 있음을 알려 주었다.

가르소네 시장은 공화국에 대한 반감으로, 강력하게 저항하고 싶었을 것이다. 그러나 주변에 막 잠에서 깬 몇몇 창백한 남자들만 있는 것을 보고, 신중한 사람답게, 싸움이 무익함을 깨달았다. 토의 시간은 길지 않았다. 시카르도 혼자 고집을 부렸다. 그는 싸우기를 원했고, 스무 명이면 충분히 3천 명의 천민들을 잘 알아듣게 할 수 있다고 주장했다. 가르소네 시장이 어깨를 으쓱 올리면서 선택할 수 있는 유일한 방책은 명예롭게 투항하는 것이라고 주장했다. 군중의 왁자지껄한 소리가 점점 더 크게 들리자, 그는 발코니로 나갔고, 현장에 있는 사람들 모두 그를 뒤따랐다. 점차 조용해졌다. 저 아래, 저항군의 섬뜩한 검은 무리 속에서 소총과 낫들이 달빛을 받아 번쩍거렸다.

"당신들은 누구시고, 무엇을 원하시오?" 시장이 큰 소리로 외쳤다.

그러자 짧은 외투를 입은 남자가, 라 팔뤼의 한 지주가 앞으로 나왔다.

"문을 여시오." 그가 가르소네 시장의 질문에는 대답하지 않고 말했다. "같은 동족끼리의 싸움은 피하시오."

"당신들에게 물러날 것을 명령하는 바요." 시장이 되받았다. "나는 법의 이름으로 거절하겠소."

그 말에 군중 속에서 요란한 아우성이 터져 나왔다. 소란이 조금 가라앉자, 격렬하게 외치는 소리가 발코니까지 올라왔다. 목소리들이 고함쳤다.

"우리가 바로 법의 이름으로 왔소."

"관료로서, 당신의 의무는 국가의 기본법, 좀 전에 심하게 침해당한, 헌법을 존중하게 하는 것이오."

"헌법 만세! 공화국 만세!"

가르소네 시장이 권위를 보이려고 애쓰며, 관리로서의 권한을 계속 내세웠지만, 발코니 아래 있던 라 팔뤼의 지주는 강경하게 그의 말을 막았다.

"당신은 이제 지위를 상실한 공무원일 뿐이오. 우리는 당신을 직무에서 해임하기 위해 왔소."

그때까지, 시카르도 사령관은 욕설을 웅얼거리면서, 자신의 콧수염을 심하게 물어뜯고 있었다. 몽둥이와 낫들을 보자 그는 격분했다. 소총 하나도 갖추지 못한 형편없는 저 군인들과 같은 취급을 받지 않으려고 그야말로 초인적인 노력을 했다. 그러나 기껏 저고리 차림인 남자가 삼색 현장(懸章)을 두른 시장을 해임하겠다는 소리를 듣고, 그는 더는 잠자코 있을 수 없어, 소리쳤다.

"이 거지 떼들아! 내가 남자 넷과 하사 한 명만 있어도, 내려가 너희 귀를 잡아끌고 너희에게 존중하는 법을 다시 가르칠 거다."

가장 심각한 소요가 일어나는 데는 그만한 것도 없었다. 긴 함성이 군중 사이에서 일어나더니, 시청 문을 향해 달려갔다. 가르소네 시장은 혼비백산하여 급히 발코니를 떠나면서, 시카르도에게 자신들이 학살당하지 않기를 바란다면 분별 있게 행동하라고 애원했다. 2분 만에 문들이 넘어갔고, 군중은 시청에 몰려 들어와 국민병들을 무장 해제했다. 시장과 함께 현장에 있던 관료들은 모두 체포되었다. 시카르도가 자신의 검을 내주지 않고 버티자, 격분한 몇몇 저항군에게서 그를 지키기 위해, 매우 냉정한 남자인 튈레트 소집병의 대장을 시켜 보호해야 했다. 시청이 공화파들의 손에 들어가자, 그들은 포로들을 마르셰 광장의 작은 카페로 데려갔고, 그곳에서 그들을 엄중히 감시했다.

대장들이 대원들에게 약간의 음식과 몇 시간의 휴식이 절대로 필요하다고 보지 않았다면, 저항군은 플라상에 들어오지 않고 지나갔을 것이다. 도청 소재지로 바로 향하는 대신, 대열은, 대열을 지휘하는 급조된 장군의 경험 부족과 변명의 여지가 없는 무능으로 인해, 그처럼 넓게 돌아서 가는 바람에 패배할 수밖에 없는, 왼쪽으로의 선회를 실행했다. 대열은 아직 40킬로미터나 가야 하는, 생트루르 고지 쪽으로 방향을 잡았다. 밤늦은 시간임에도 시를 통과하기로 결정한 것은 바로 이 긴 행진을 예상했기 때문이었다. 그때가 열한 시 반이었다.

가르소네 시장은, 그 무리가 식량을 구한다는 것을 알고, 자원해서 그들에게 먹을 것을 마련해 주었다. 그 관리는 그런 어려운 상황에서, 그 상황에 대해 매우 정확한 판단력을 보여 주었다. 3천 명의 굶주린 이들은 배를 채워야 했다. 플라상이 잠에서 깼을 때, 여전히 거리의 보도에 앉아 있는 그들을 보는 일이 없어야 했다. 해 뜨기 전에 그들이 떠난다면, 그들은 그저 잠든 도시를 악몽처럼, 새벽이 되면 사라 없어질 그런 악몽처럼 통과한 것이 될 것이다. 가르소네 시장은 포로 신분이지만, 두 명의 감시병이 뒤따르는 가운데, 빵집 문들을 두들겼고, 그가 찾아낼 수 있는 식량들을 모두 저항군에게 나누어 주게 했다.

한 시경에, 3천 명의 저항군은 바닥에 쭈그리고 앉아, 무기를 다리 사이에 두고 먹었다. 마르셰 광장과 시청 광장은 급식을 받는 거대한 식당으로 변했다. 매서운 추위에도 불구하고, 수많은 사람이 우글거리고 있는 그곳에는 즐거운 농담들이 꼬리에 꼬리를 물고 이어졌다. 굶주린 가련한 이들이 시린 손가락에 입김을 불어 가며 즐겁게 자신들의 몫을 허겁지겁 먹어 치웠다. 집들의 하얀 문턱에 얹힌 희미한 검은 형태로 식별되는, 인접 도로들의 저 안쪽에서, 불쑥 들리는 웃음소리가 어둠 속에서 흘러나와 군중 속으로 사라졌다. 창가에는 대담한 구경꾼 여자들, 머리에 스카프를 두른 할머니들이, 그 무시무시한 폭도들이 먹고 있는 모습을, 그 흡혈귀들이 차례차례로 시장의 펌프로 가서 손으로 물을 받아 마시는 모습을 지켜보았다.

시청이 점유당하는 동안, 아주 가까운 곳, 캉쿠앵로(路), 시장 앞쪽에 위치한 헌병대도 똑같이 민중의 손에 떨어졌다. 헌병들은 자고 있다가 불시에 습격당했고 몇 분 만에 무장 해제되었다. 민중들이 헌병대를 공격할 때 미에트와 실베르도 동참했다. 아이는 언제까지나 깃발의 깃대를 가슴에 꼭 껴안고, 병영의 벽에 바짝 붙어 있었고, 젊은이는 사람들의 물결에 떠밀려 안으로 뚫고 들어가 동료들을 도와 헌병들이 허둥거리며 움켜쥐던 소총을 빼앗았다. 실베르는 무리의 기세에 취해 거칠게 변했고 랑가드라는 이름의 꺽다리 헌병을 공격하여, 그와 얼마 동안 몸싸움을 벌였다. 그의 소총을 빼앗으려고 격하게 몸을 움직이면서 소총의 총신이 랑가드의 얼굴에 세차게 부딪혀 그의 오른쪽 눈이 파열되었다. 피가 터져 나오며, 실베르의 손 위로 튀었고, 그는 갑자기 흥분에서 깨어났다. 그는 자신의 손을 바라보았고, 소총을 놓아 버렸다. 그러고는 미친 듯이, 손가락을 흔들며 달려 나갔다.

“다쳤구나!” 미에트가 소리쳤다.

“아니, 아니.” 그가 숨죽인 목소리로 대답했다. “내가 방금 헌병을 죽였어.”

“그 사람, 죽었어?”

“몰라, 얼굴에 온통 피야. 빨리 가자.”

그는 소녀를 끌고 갔다. 시장에 도착한 그는 그녀를 돌 벤치에 앉혔다. 그리고 그녀에게 거기서 기다리라고 말했다. 그는 여전히 자신의 두 손을 바라보면서, 떠듬거리며 말했다. 미에트는 간간이 끊긴 그의 말에서, 그가 떠나기 전에 할머니를 만나려 한다는 것을 알아들었다.

"그래! 가 봐." 그녀가 말했다. "내 걱정은 말고. 손부터 씻어."

그는 손가락들을 벌린 채 급히 떠났고, 샘들을 지나갈 때 샘들에 손을 씻을 생각도 하지 못했다. 자신의 살에 뜨뜻한 랑가드의 피를 느낀 후부터, 디드 아줌마한테 달려가 작은 안뜰에 있는 우물에서 손을 씻는다는 오직 그 생각만 떠올랐다. 그곳만이, 그 핏자국을 없앨 수 있다고 생각했다. 평온하고 다정다감했던 그의 어린 시절이 모두 떠올랐고, 아주 잠깐일지라도, 할머니의 치마폭에 숨고 싶은 마음을 억제할 수 없었다. 그는 숨을 헐떡이며 도착했다. 디드 아줌마는 잠자리에 들지 않았는데, 다른 때 같으면 실베르를 놀라게 했을 것이다. 그러나 그는 들어오면서, 구석의 낡은 궤 위에 앉아 있는 루공 삼촌도 보지 못했다. 그는 가련한 노파가 질문할 시간도 주지 않았다.

"할머니." 그가 급히 말했다. "저를 용서해 주셔야 해요……. 다른 이들과 떠날 겁니다. 보다시피, 나는 피를 묻혔어요. 제가 헌병을 죽인 것 같아요."

"헌병을 죽였다고!" 디드 아줌마가 이상한 목소리로 다시 말했다.

붉은 자국을 응시하던 그녀의 두 눈에서 강렬한 빛이 일었다. 갑자기 그녀는 벽난로 위의 선반을 향해 몸을 돌렸다.

"네가 총을 가져갔구나." 그녀가 말했다. "총은 어디 있니?"

실베르는 미에트 옆에 소총을 두고 온 터라 총은 안전하다고 그녀에게 다짐했다. 처음으로, 아델라이드는 손주 앞에서 밀렵꾼 마카르를 암시했다.

"총 다시 가져다 놓을 거지? 약속해 다오!" 그녀는 이상하게도 힘주어 말했다. "그 사람에게서 내게 남겨진 것은 그것뿐이야. 너는 헌병을 죽였어. 그 사람, 그이를 죽인 것이 바로 헌병들이야."

그녀는 잔인한 만족감을 보이며 실베르를 계속 응시했다. 그를 붙잡을 생각은 하지 않는 듯했다. 그녀는 그에게 어떤 설명도 요구하지 않았다. 자신들의 손주들이 조금만 상처가 나도 죽기라도 하는 것처럼 생각하는 보통의 할머니 같지 않게, 그녀는 전혀 울지 않았다. 그녀의 전 존재는 한 가지 생각을 향해 팽팽하게 치달았고, 마침내 열렬한 관심을 보이며 말했다.

"네가 헌병을 죽인 게 바로 그 총이었니?" 그녀가 물었다.

당연히 실베르는 잘 알아듣지 못했거나, 이해하지 못했다.

"네." 그가 대답했다. "손을 씻을게요."

그가 삼촌의 존재를 알아차린 것은 우물에서 손을 씻고 왔을 때였다. 피에르는 젊은이의 말을 들으며 얼굴이 창백해졌다. 정말이지, 펠리시테가 옳았다. 그의 가족은 그를 위태롭게 만드는 일에서 낙을 찾는 자들이다. 이제는 그의 조카가 헌병들을 죽였다니! 저 난폭한 미치광이가 폭도들과 합류하는 것을 막지 못한다면 자신의 시 징세관 자리는 물 건너간 꼴이 될 것이다. 그는 실베르가 나가지 못하도록 문 앞을 막아섰다.

"이보시오." 그가, 거기서 그를 보고 매우 놀란 실베르에게 말했다. "나는 집안의 책임자이니, 당신이 이 집을 나가는 것을 금하겠소. 당신의 명예와 우리의 명예가 달린 일이오. 내일, 당신이 국경을 넘어가도록 애써 보리다."

실베르는 어깨를 으쓱 올렸다.

"지나가게 해 주세요." 그가 차분하게 대답했다. "나는 밀고자가 아닙니다. 당신이 숨은 곳을 알리지 않을 테니, 걱정하지 마세요."

루공이 계속해서 가문의 품격과 최고 연장자라는 위치가 그에게 부여한 권한에 대해 말하자, 젊은이가 맞받았다.

"내가 당신 가족이라도 됩니까! 당신들은 언제나 나를 한 가족으로 인정하지 않았어요. 지금, 당신은 두려움 때문에 여기까지 왔지요. 당신도 정의의 날이 왔다는 것을 잘 알기 때문입니다. 자, 지나가도 될까요! 나는 숨지 않습니다. 나는, 나는 완수해야 할 임무가 있습니다."

루공은 움직이지 않았다. 그러자 디드 아줌마가, 실베르의 열정 가득한 말들을 황홀해하며 듣고 있다가, 자신의 메마른 손을 아들의 팔에 얹었다.

"비켜라, 피에르." 그녀가 말했다. "이 아이는 나가야 해."

젊은이는 삼촌을 가볍게 밀치고, 밖으로 뛰쳐나갔다. 루공은 문을 꼼꼼히 다시 닫더니, 어머니에게 잔뜩 화가 난 아주 위협적인 목소리로 말했다.

"그에게 불행이 닥치면, 그건 어머니 잘못입니다……. 어머니는 미친 노인네예요. 방금 무슨 짓을 했는지도 모르잖아요."

그러나 아델라이드는 그의 말이 들리지 않는 듯, 희미한 미소를 띠고 중얼거리면서 꺼져 가는 불에 포도나무 가지 하나를 집어넣으러 갔다.

"나는 알고 있어……. 그는 몇 달 내내 밖에서 지냈어. 그래도 더 건강한 모습으로 돌아왔지."

그녀가 마카르에 대해 말하고 있는 것이 분명했다.

그동안 실베르는 다시 시장으로 달려갔다. 미에트를 두고 온 곳으로 다가갈 때, 소란스러운 목소리가 들렸고, 사람들이 모여 있는 것이 보이자 그는 걸음을 서둘렀다. 좀 전에 잔혹한 장면이 벌어졌었다. 저항군 무리가 조용히 먹기 시작할 때부터, 구경꾼들이 그들 사이를 돌아다녔다. 구경꾼 중에는 소작인 레뷔파의 아들, 스무 살쯤 되는 쥐스탱이 있었다. 사팔뜨기에 병약한 그는 자기 사촌인 미에트에게 무자비한 증오심을 품고 있었다. 집에서는, 그는 그녀가 먹는 식량을 비난했고, 그녀를 길가에서 불쌍해서 주워 온 가난뱅이로 취급했다. 그녀가 자신의 애인이 되는 것을 거절해서인 듯했다. 비리비리하고, 핼쑥한 데다, 너무 길기만 한 팔다리, 얼굴도 삐뚜름한 그는 추한 자신에 대해 그리고 아름답고 원기 왕성한 소녀가 그에게 분명히 드러냈을 법한 경멸에 대해 그녀에게 앙갚음했다. 그가 품고 있는 꿈은 아버지가 그녀를 내쫓는 것이었다. 그래서 그는 그녀를 끊임없이 감시했다. 언제부턴가 그녀가 실베르를 만나는 것을 알아챘다. 그는 아버지에게 모두 일러바칠 결정적인 기회만 기다렸다. 그날 밤, 여덟 시경 집에서 빠져나가는 그녀를 본 후, 증오에 휩싸인 그는, 더는 잠자코 있을 수 없었다. 그가 한 이야기에, 레뷔파는 불같이 화를 내며, 그 바람둥이가 감히 다시 들어온다면 내쫓아 버리겠다고 말했다. 쥐스탱은 벌써부터 다음 날 벌어질 신나는 장면을 만끽하며 잠자리에 들었다. 그러다가 당장 복수를 미리 맛보고 싶다는 마음이 맹렬히 불타올랐다. 그는 다시 옷을 입고 나갔다. 어쩌면 미에트를 만날 수 있을지도 몰랐다. 그는 그녀를 아주 거만하게 대할 생각이었다. 그래서 그는 저항군이 들어오는 것을 구경했고, 시청 쪽에서 그 연인들을 찾아낼 것 같은 막연한 예감에 시청까지 저항군을 따라갔다. 마침내 그는 실베르를 기다리며 벤치에 앉아 있는 사촌을 찾아냈다. 커다란 망토를 입고, 시청 기둥에 기대어 놓은 붉은 깃발 옆의 그녀를 보자, 그는 비웃으며 상스럽게 조롱하기 시작했다. 소녀는, 그가 나타나자 너무나 놀라, 아무 말도 하지 못했다. 그녀는 쏟아지는 욕지거리에 흐느껴 울었다. 그녀가 머리를 숙이고, 얼굴을 감싸며 들먹거리고 오열하는 동안 쥐스탱은 그녀를 죄수의 딸이라고 부르면서, 그녀가 자스·메프랑에 감히 돌아올 생각이라면, 아버지 레뷔파가 그녀를 호되게 때려 줄 거라고 소리쳤다. 15분 동안, 그는 그녀를 부들부들 떨게 하고 상처를 주었다. 사람들이 에워쌌고, 그 비통한 장면을 지켜보며 실없이 웃고들 있었다. 마침내 저항군 몇 사람이 개입하여, 미에트를 가만 놔두지 않으면 본때를 보여 주겠다고 젊은이에게 윽박질렀다. 그러나 쥐스탱은 물러나면서도 자기는 그들이 두렵지 않다고 선언했다. 바로 그때 실베르가 나타났다. 레뷔파의 아들은 그를 보자 도망이라도 칠 듯이 펄쩍 뛰었다. 그는 실베르가 자기보다 훨씬 더 건장한 것을 알기에 그를 무서워했다. 하지만 그는 소녀의 연인 앞에서 한 번 더 소녀를 욕보이는 데서 오는 강렬한 쾌감을 물리칠 수 없었다.

"그래! 수레바퀴 목수가 근처에 있을 거라는 것은 잘 알고 있었지." 그가 소리쳤다. "네가 우리를 떠난 것은 저 미친놈을 따라가려는 거지? 가여운 년이네! 열여섯 살도 되지 않은 주제에! 세례는 언제 했어?"

주먹을 움켜쥐는 실베르를 보자, 다시 몇 발짝 뒷걸음질 쳤다.

"그리고 특히." 그가 상스럽게 조롱하며 말을 이었다. "애 낳으러 우리 집에 오지 마. 너는 산파도 필요 없을 거야. 아버지가 너를 내쫓을 거니까. 알겠어?"

그는 소리 지르며 도망쳤으나, 곧 멍든 얼굴이 되었다. 실베르가 단숨에 그에게 달려들어, 그의 얼굴에 정통으로 세게 한 방 먹였기 때문이었다. 그는 그를 뒤쫓지 않았다. 그가 다시 미에트 옆으로 왔을 때, 서서 손바닥으로 열심히 눈물을 닦고 있는 그녀를 보았다. 그가 그녀를 위로하기 위해 다정하게 바라보자, 그녀는 돌연 활기찬 모습을 보였다.

"괜찮아." 그녀가 말했다. "이제 울지 않아. 봐, 난 이게 더 좋아. 지금, 떠난 것에 대해 어떤 후회도 없어. 나는 자유야."

그녀는 다시 깃발을 들었고, 저항군 속으로 실베르를 다시 데려간 것은 바로 그녀였다. 그때가 거의 새벽 두 시쯤 되었다. 추위가 살을 에는 듯해서, 공화파들은 몸을 일으켰고, 선 채로 빵을 먹어 치우고 몸을 녹이기 위해 광장에서 제자리 구보를 했다. 마침내 대장들이 출발 명령을 내렸다. 대열이 다시 정렬되었다. 포로들은 중앙에 배치되었다. 가르소네 시장과 시카르도 사령관 말고도, 저항군은 징세관 페로트 씨와 다른 몇몇 관리들을 체포해서 데려갔다.

그때, 사람들 사이를 돌아다니는 아리스티드가 보였다. 소중한 그 친구는, 그렇게 굉장한 봉기를 보며, 공화파들의 친구로 남지 않은 것이 경솔했다고 생각했다. 한편으로는, 그들과 너무 깊이 연루되는 것을 원하지 않았기 때문에, 그는 팔에 붕대를 감고, 그들에게 작별 인사를 하러 와서는, 무기를 잡을 수 없게 만든 고약한 부상을 비통하게 하소연했다. 그는 군중 속에서 의료 가방과 작은 구급상자를 어깨에 멘, 자신의 형 파스칼을 만났다. 의사는 조용한 목소리로, 저항군을 따라갈 것이라고 밝혔다. 아리스티드는 내심 그를 얼간이로 취급했다. 그는 매우 위험한 일이라고 생각되는 일을, 시를 지키는 일을 맡길까 봐 겁내면서, 다른 사람 눈에 띄지 않게 사라졌다.

저항군은 플라상을 계속 장악할 생각은 할 수 없었다. 그들이 다른 곳에서 이미 세웠던 민주주의 위원회를 거기에 세우려고 애쓰기에는, 시는 반동적인 정신의 열기가 지나치게 대단한 곳이었다. 증오에 사로잡혀 대담해진 마카르가 스무 명 정도의 건장한 남자들을 자신의 수하로 남겨 준다면, 플라상을 제압하겠다는 제안을 하지 않았다면, 그들은 시를 그저 지나쳐 가고 말았을 것이다. 마카르에게 스무 명의 남자가 배당되자, 그는 선두에서 기고만장하여 시청을 점령하러 갔다. 그동안 대열은, 그들이 폭풍처럼 휩쓸고 지나간 조용하고 황량한 거리들을 뒤로 하고, 소베르 중앙로를 내려가 그랑포르트를 통해 떠났다. 저 멀리 달빛으로 온통 하얀 도로들이 쭉 뻗어 있었다. 미에트는 실베르의 팔을 거절했다. 그녀는 두 손으로 깃발을 들고, 용감하게, 굳세고도 곧은 걸음으로 걸었으며, 추위로 새파래진 손가락들이 아팠지만 아무런 불평도 하지 않았다.

5장

저 멀리 달빛을 받으며 새하얀 도로들이 길게 뻗어 있었다.

저항군 무리는 춥고 환한 들판을, 다시 용맹스럽게 행진했다. 그것은 열정 가득한 드넓은 물결 같았다. 사랑과 자유를 갈망하는 위대한 아이들인 미에트와 실베르를 실어 간 일진의 영웅적 바람이 성스러운 고결함과 함께 마카르 집안과 루공 집안의 수치스러운 희극을 통과하고 있었다. 민중의 드높은 목소리가 이따금, 노란 거실의 잡담과 앙투안 삼촌의 독설 사이사이에서, 세찬 소리를 냈다. 저속한 익살극, 천박한 소극(笑劇)이 역사의 위대한 드라마로 바뀌고 있었다.

플라상을 벗어나면서, 저항군은 오르셰르로 가는 도로로 접어들었다. 그들은 그 도시에 아침 열 시쯤 도착해야 했다. 도로는, 그 밑에 급류가 흐르고 있는 야산들 중턱을 굽이굽이 돌아가면서, 비요른강을 거슬러 올라간다. 왼쪽으로는 평원이 거대한 초록 융단처럼 드넓게 펼쳐져 있고, 군데군데 회색 얼룩으로 보이는 마을들이 박혀 있었다. 오른쪽에는, 길게 이어지는 가리그 언덕들의 황량한 봉우리들이, 돌밭들이, 마치 햇볕에 그을린 것 같은 적갈색 더미들이 서 있었다. 대로는 강변을 따라 제방을 형성하면서, 거대한 암석들 사이를 지나가는데, 그 암석들 사이로, 매번 계곡 일부가 보인다. 야산 옆구리를 잘라 내어 만든 이 도로보다 더 원시적이고, 놀랄 만큼 웅장한 도로는 없다. 특히 이 장소는 밤이면 뭔가 경외감을 느끼게 한다. 희미한 달빛 아래, 저항군은 양쪽 가에 사원들의 잔해가 널려 있는, 무너진 도시의 가로수 길을 걸어가고 있는 것 같았다. 달빛을 받은 암석들은 잘린 기둥의 밑동, 허물어진 기둥머리, 비밀스러운 주랑(柱廊)이 뚫려 있는 벽처럼 보였다. 위에는 희뿌연 빛으로 거의 하얗게 보이는 가리그 언덕들이 줄지어 잠들어 있었는데, 그 모습은 망루들, 오벨리스크들, 높은 테라스가 딸린 집들로 하늘을 거의 가렸을 것 같은 외눈박이 거인 키클롭스족의 거대한 도시를 닮았다. 평원 쪽, 안쪽 깊숙이에는, 드문드문 빛의 바다가, 밝은 안개가 깔린, 희미한 들판이, 끝없이 펼쳐지며, 움푹 들어가 있었다. 저항군 무리는 엄청나게 넓은 도로를 따라가면서, 빛을 발하는 바다 옆에 세워진 미지의 바벨탑을 돌아가는 순찰로를 따라가고 있다는 생각이 들 정도였다.

그날 밤, 비요른강은 도로의 암석 아래에서, 거친 소리를 내며 우르릉거렸다. 저항군은 급류의 끊임없는 굉음 속에서, 쓰라린 탄식처럼 울리는 경종 소리를 똑똑히 들었다. 평원에 드문드문 흩어져 있는 마을들은, 강의 맞은편에서 경보를 울리고, 봉횃불을 올리며 봉기하고 있었다. 새벽까지 행진하던 대열은, 밤새 끈질기게 울리는 종소리 속에서 죽음을 알리는 조종이 따라오는 듯, 봉홧불이 계곡을 따라 마치 도화선처럼 빠르게 번지는 것을 보았다. 봉홧불들이 어둠에 핏빛 점들을 찍었다. 멀리서 노랫소리가, 약해진 바람을 타고 들려왔다. 희끄무레한 달무리 아래에 잠긴, 희미한 들판이, 불쑥불쑥 튀어나오는 분노로 전율하면서, 어지러이 흔들렸다. 아주 멀리까지 똑같은 광경이 이어졌다.

파리의 사건들이 공화파들의 가슴에 지폈던 열기로 맹목적으로 행진에 나선 사람들은, 지축을 울리는 항거의 긴 띠를 보자 열광했다. 그들이 꿈꾸었던 대다수의 봉기라는 열정에 취해 그들은 프랑스가 그들을 뒤따르리라 생각했고, 비요른강을 넘어, 빛이 퍼져 나간 드넓은 바다에서, 그들처럼, 공화국을 지키기 위해 달려오는 끝없는 인간의 행렬을 상상했다. 그들의 투박한 마음은 군중의 순진함과 환상과 더불어, 수월하게 확실히 승리하리라 생각했다. 그들은, 그때, 그들만이 의무를 다하는 용기 있는 이들이며, 반면 나머지 지역은 공포에 사로잡혀, 비겁하게 속박을 택한다고 그들에게 말하려 든다면, 누구라도 배반자로 붙잡아 처형할 수도 있는 분위기였다.

그들은 도로 옆, 길게 이어지는 가리그 언덕들의 비탈에 들어선 몇몇 마을들이 그들을 환대하자, 더더욱 용기를 얻었다. 작은 군대가 다가오자, 주민들은 일제히 일어났다. 여자들은 달려와 그들에게 신속한 승리를 기원했다. 남자들은 제대로 갖춰 입지도 못한 채, 제일 먼저 손에 잡히는 대로 무기를 들고 그들과 합류했다. 마을마다 새로운 환호였고, 환영의 함성이었으며, 언제까지나 작별 인사를 보내고 있었다.

아침 무렵, 달은 가리그 언덕들 뒤로 사라졌다. 저항군은 겨울밤의 짙은 어둠 속을 계속해서 빠르게 행진했다. 그들에게는 계곡도, 구릉들도 더는 분간되지 않았다. 보이지 않는 북처럼 어둠 속에서 울리는, 어딘지 알 수 없는 곳에 숨은, 종소리의 거친 탄식만 들렸고, 그 절망스러운 부름이 쉼 없이 그들을 후려쳤다.

그동안 미에트와 실베르는 열광하는 무리에 휩싸여 가고 있었다. 아침 무렵, 소녀는 피로로 기진맥진했다. 그녀는 자신을 에워싼 남자들의 큰 걸음걸이를 따라잡기 위해, 종종걸음으로 빠르게 걸을 수밖에 없었다. 그러나 그녀는 힘든 티를 내지 않으려고, 아주 용감하게 행동했다. 자신이 남자만큼 강하지 못하다는 것을 인정하기란 그녀에게 너무 고통스러운 일이었다. 한참을 걸은 뒤부터, 실베르는 그녀에게 팔을 내주었다. 깃발이 조금씩 그녀의 뻣뻣해진 손에서 미끄러져 내려오는 것을 보고, 그녀를 돕기 위해 자신이 깃발을 들고자 했다. 그녀는 화를 냈고, 그녀의 어깨 위에 깃발을 걸치고 가는 동안, 그가 한 손으로 깃발을 받쳐 주는 것만 허락했다. 그녀는 그렇게 아이다운 고집으로 영웅적 태도를 간직했으며, 그가 애정이 깃든 불안한 시선으로 그녀를 바라볼 때마다 그에게 미소 지었다. 그러나 달이 모습을 감추면, 그녀는 어둠 속에서 몸을 가누지 못했다. 실베르는 그의 팔에 더 무겁게 매달리는 그녀를 느꼈다. 그는 그녀가 비틀거리지 않도록 자신이 깃발을 들고 그녀의 허리를 잡아야 했다. 그녀는 여전히 아무런 불평도 하지 않았다.

"정말 지쳤나 봐, 가여운 미에트?" 그녀의 동반자가 물었다.

"그래, 조금 지쳤어." 그녀가 힘겨운 목소리로 대답했다.

"우리 좀 쉴까?"

그녀는 아무 말도 하지 않았다. 그는 그녀가 비틀거린다는 것만 알 뿐이었다. 그래서 그는 깃발을 다른 동지에게 맡기고, 그녀를 아이처럼 거의 안다시피 하며, 대열에서 빠져나왔다. 그녀는 약간 몸부림쳤지만, 자신이 너무나도 어린 소녀라는 것에 당황했다. 그러나 그는 그녀를 달랬고, 그녀에게 도로를 반이나 줄일 수 있는 지름길을 안다고 말했다. 그들은 족히 한 시간을 쉴 수 있고, 오르셰르에 무리와 같은 시간에 도착할 수 있었다.

그때가 대략 여섯 시경이었다. 옅은 안개가 비요른강에서 올라왔다. 어둠이 훨씬 더 짙어지는 것 같았다. 두 아이는 가리그 언덕의 비탈을 따라 더듬거리며 올라갔고, 암석까지 오자, 그 위에 앉았다. 그들 주변으로 어둠이 심연처럼 내려앉았다. 그들은 허공 아래, 암초의 뾰족한 끝에서 길을 잃은 것 같았다. 그 허공 속에서, 둔탁하게 굴러가는 작은 군대의 소리도 더는 들리지 않았고, 두 개의 종소리 외에는 아무 소리도 들리지 않았다. 종소리 하나는 분명 그들의 발치에서 떨리며 울려 퍼지는 소리로, 도로 옆에 들어선 어떤 마을에서 나는 소리였고, 멀리서 들리는 다른 둔탁한 소리는, 첫 번째 종소리의 잔뜩 흥분한 하소연에 아득한 흐느낌으로 화답하고 있었다. 그 두 종소리가 허무 속에서 한 세계의 불길한 종말을 서로에게 이야기하는 것 같았다.

미에트와 실베르는 빠르게 달린 탓에 몸이 더워져, 일단은 추위를 느끼지 못했다. 그들은 이루 말할 수 없는 슬픔 속에 밤을 떨리게 하는 경종 소리를 들으며 계속 말이 없었다. 그들은 서로를 바라보지도 못했다. 미에트는 무서웠다. 그녀는 실베르의 손을 찾아 꼭 잡았다. 몇 시간 동안 정신없이, 그들을 휩쓸고 간 열띤 흥분이 지나간 후, 갑작스레 그렇게 멈춰 서, 다시 서로 나란히 있게 된 적막의 장소는 그들을 무력하게 만들었고, 동요시켰다. 마치 파란 많은 꿈에서 소스라치며 깨어난 것 같았다. 웬 파도가 그들을 길가에 던져 놓고 바다는 바로 빠져나가 버린 것 같았다. 어쩌다 만난 그런 상황에, 그들은 자신도 모르게 망연자실했다. 그들은 자신들의 열정을 잊어버렸다. 더는 그들이 합류해야 하는 사람들의 무리가 생각나지 않았다. 그들은 짙은 어둠 속에서, 서로의 손을 잡고, 자신들만 있게 되자 서글픈 행복을 느꼈다.

"나를 원망하는 것 아냐?" 마침내 소녀가 물었다. "너와 함께라면 밤새 잘 걸을 수 있을 텐데. 그런데 그 사람들이 너무 힘차게 달려서, 숨 돌릴 수가 없었어."

"너를 왜 원망해?" 젊은이가 말했다.

"몰라. 네가 이제는 나를 사랑하지 않을까 두려워. 나도 너처럼 성큼성큼 걷고, 멈추지 않고 계속 갔으면 했는데. 너는 내가 아이라고 생각하겠지."

실베르는 어둠 속에서 미소를 지었고, 미에트도 알아차렸다. 그녀는 단호한 목소리로 계속했다.

"나를 여동생처럼 대하지 말았으면 좋겠어. 나는 네 아내가 되고 싶어."

그러고는 바로 실베르를 그녀의 가슴으로 끌어당겼다.

그녀는 두 팔로 그를 꼭 껴안으며 속삭였다.

"추워질 테니, 이렇게 서로의 몸을 따뜻하게 하자."

침묵이 흘렀다. 이 혼란의 시간까지, 두 젊은이는 우애 좋은 남매처럼 서로 사랑했다. 자신들의 무지 속에서, 끝없이 서로를 껴안게 되고, 남매간의 포옹보다 더 오래 포옹하는 것이 우정이 깊어져서라고 생각해 왔다. 그러나 이 순박한 사랑의 깊은 곳에서는, 더 크게, 매일 미에트와 실베르의 뜨거운 피의 폭풍이 으르렁대고 있었다. 나이가 들고, 지식이 늘면서, 남프랑스의 혈기가, 뜨거운 열정이 그들의 순정적인 사랑에서 태어날 수밖에 없었다. 소년의 목을 껴안는 소녀라면 이미 여자이다. 애무로 깨어날 수 있는, 자신도 깨닫지 못한 채 여자가 된 것이다. 연인들이 서로의 뺨에 입을 맞출 때면, 그들이 서로의 입술을 더듬어 찾고 있다는 것이다. 입맞춤은 연인을 만든다. 미에트와 실베르가 심장의 피가 몽땅 입으로 올라온 것 같은 입맞춤을 나눈 것은, 종소리가 날카롭게 탄식하듯 울리는 춥고 어두운 바로 그 밤이었다.

그들은 말없이 서로를 꼭 껴안고 있었다. 미에트가 말했었다, "이렇게 서로의 몸을 따뜻하게 하자"고. 그래서 그들은 그저 순수하게 따뜻해지기를 기다렸다. 온기가 곧바로 그들의 옷을 통해 전해졌다. 그들은 포옹이 그들을 점점 뜨겁게 만들고 있음을 느꼈고, 같이 들이쉬는 숨으로 자신들의 가슴이 들어 올려지는 소리가 들렸다. 알 수 없는 나른함이 그들에게 밀려왔고, 비몽사몽 속에 잠겼어도 열기가 느껴졌다. 이제 그들은 더웠다. 섬광이 그들의 감은 눈앞을 지나갔고, 머릿속이 윙윙거리며 울렸다. 슬펐지만 행복한 그런 상태가 몇 분 지났으나, 그들에게는 하염없이 긴 듯했다. 그들의 입술이 서로 맞닿은 것은 이런 꿈같은 상태에서였다. 그들의 입맞춤은 길었고, 서로의 입술을 탐했다. 그렇게 입맞춤한 적은 한 번도 없었던 것 같았다. 그들은 고통을 느꼈고, 서로에게서 떨어졌다. 그리고 밤의 추위가 그들의 열기를 얼어붙게 하자, 그들은 엄청난 혼란을 느끼며, 서로 거리를 두었다.

두 개의 종소리가 여전히, 젊은이들 주변으로 더욱 깊어지는 검은 심연 속에서, 서로 침울하게 주고받았다. 미에트는 몸을 떨며, 겁먹은 채, 감히 실베르에게 다시 다가가지 못했다. 그녀는 이제 그가 거기에 그대로 있는지도 알 수 없었고, 그가 움직이는 소리도 들리지 않았다. 둘 다 자신들의 입맞춤에 대해 온통 얼얼한 느낌이었다. 무언가 말하고 싶은 마음이 굴뚝같았고, 서로에게 고마워하고 다시 입 맞추고 싶었는지도 모른다. 하지만 그들이 느꼈던 강렬한 행복이 너무나 창피해서, 입맞춤에 대해 아주 크게 말하기보다는, 두 번 다시 그런 행복을 맛보지 않는 편이 나았다. 빠르게 걷느라 피가 뜨거워지지 않았다면, 칠

흑처럼 어두운 밤이 공범이 되지 않았다면, 그들은 여전히 오랫동안, 좋은 동무처럼 뺨에 입 맞추었을 것이다. 미에트는 부끄러워했다. 실베르의 뜨거운 입맞춤 후, 자신의 심장이 열리는 행복한 어둠 속에서, 미에트는 쥐스탱의 야비한 말들이 떠올랐다. 몇 시간 전에, 자신을 매춘부로 취급하던 그 남자의 말을 얼굴 하나 붉히지 않고 들었었다. 그는 언제 세례했냐고 물었고, 자스·메프랑에 다시 돌아올 생각이라면, 그의 아버지가 내쫓을 거라고 소리쳤었다. 그녀는 그 말을 이해하지 못했지만, 몹시 역겨운 말이라고 짐작했기에 울었었다. 여자가 된 지금, 그녀는 자신의 마지막 순결과 함께, 아직도 그녀 안에 뜨겁게 남아 있는 입맞춤을 느끼고 있기에, 그 입맞춤 때문에 사촌이 비난했던 그런 수치스러움으로 어쩌면 자신이 완전히 수치스러워졌다고 생각했다. 그녀는 설움에 겨워, 흐느껴 울었다.

"무슨 일이야? 왜 울어?" 실베르가 불안한 목소리로 물었다.

"아니야, 내버려둬." 그녀가 떠듬떠듬 말했다. "나도 몰라."

그리고 눈물을 흘리며, 자기도 모르게, 말이 튀어나왔다.

"아! 나는 불행한 사람이야. 열 살 때, 사람들이 나한테 돌을 던졌어. 지금은, 나를 인간말짜로 취급하지. 쥐스탱이 사람들 앞에서 나를 업신여긴 것이 옳아. 우리는 방금 나쁜 짓을 했어, 실베르."

젊은이는 깜짝 놀라, 그녀를 두 팔로 안고 위로하려 했다.

"사랑해!" 그가 중얼거렸다. "나는 네 오빠야. 왜 우리가 나쁜 짓을 했다고 말하는 거지? 우리는 추워서 입 맞춘 것뿐이야. 매일 밤 헤어질 때마다 서로 입맞춤한 것은 너도 잘 알잖아."

"아니! 조금 전처럼은 아니지." 그녀가 아주 나직한 목소리로 말했다. "더는 그러면 안 돼, 금지해야 해. 내 기분이 아주 이상했거든. 이제, 내가 지나갈 때면, 사람들이 비웃을 거야. 이제 나는 감히 나를 지킬 수 없을 거야. 그들은 그렇게 해도 옳아."

젊은이는, 처음 경험한 사랑의 입맞춤에, 너무나 떨면서, 너무나 무서워하는, 열세 살 다 큰 아이의 혼란스러운 마음을 진정시킬 말을 한마디도 찾지 못해, 잠자코 있었다. 그는 그녀를 부드럽게 꼭 안으면서, 그들의 포옹으로 그녀의 감정을 조금 되살린다면, 그녀가 진정될 것이라고 보았다. 그러나 그녀는 몸부림치며, 계속했다.

"네가 원한다면, 우리는 떠날 수 있어. 이 고장을 떠날 수 있어. 나는 이제 플라상으로 돌아갈 수 없어. 고모부가 나를 때릴 거야. 온 동네가 나를 손가락질할 거야……."

그리고 돌연 울컥한 마음이 든 듯, 이렇게 덧붙였다.

"아니, 나는 저주받았어. 나와 같이 가려고 네가 디드 아줌마를 떠나서는 안 돼. 큰길이 나오면 나를 버리고 가."

"미에트, 미에트." 실베르가 애원했다. "그렇게 말하지 마!"

"아니, 나는 너를 나에게서 해방시켜 줄 거야. 분별 있게 행동해. 사람들은 나를 거지처럼 내쫓았어. 내가 너와 함께 다시 돌아간다면 너는 매일 싸우게 될 거야. 나는 싫어."

젊은이가 그녀의 입술에 다시 입 맞추며 중얼거렸다.

"너는 내 아내가 될 거야, 아무도 감히 너를 더는 해치지 못해.”

“오! 제발.” 그녀가 나지막이 부르짖으며 말했다. “그렇게 입 맞추지 마. 내 마음이 아파.”

그리고 잠시 침묵했다가 다시 말을 이었다.

“내가 네 아내가 될 수 없다는 건 너도 잘 알잖아. 우리는 너무 어려. 나는 기다려야 할 거고, 창피해 죽을 거야. 네가 격분하는 것은 잘못이야. 너는 나를 어딘가에 내버릴 수밖에 없어.”

실베르는 완전히 기진맥진해, 울기 시작했다. 남자가 오열할 때는 가슴이 찢어지는 비통함이 들어 있다. 자신의 품에서 몸을 들썩이며 흐느끼는 가련한 남자를 보고 놀란 미에트가, 자신의 입술이 뜨겁게 불타고 있다는 것도 잊은 채, 그의 얼굴에 입을 맞추었다. 그녀의 잘못이었다. 애무의 짜릿한 감미로움을 참을 수 없었던 그녀가 어리석었다. 그녀는 자신의 연인이 전에는 한 번도 그런 식으로 입 맞춘 적이 없었는데, 그녀에게 입 맞추는 바로 그 순간 왜 슬픈 상황을 떠올렸는지 그 이유를 알 수 없었다. 그녀는 그를 슬프게 한 것에 용서를 구하기 위해 그를 가슴에 꼭 껴안았다. 두 아이는 울면서, 불안한 두 팔로 서로 꼭 껴안으며, 12월의 컴컴한 밤 속에서 한층 더 절망했다. 저 멀리, 종소리들이, 한탄하듯, 쉼 없이 계속 울렸다.

“차라리 죽는 게 낫겠어.” 실베르가 흐느끼면서 다시 말했다. “죽는 게 나아…….”

“그만 울어. 내가 잘못했어. 용서해 줘.” 미에트가 조그맣게 중얼거렸다. “내가 강해질게. 네가 원하는 대로 할게.”

젊은이가 눈물을 훔치며 말했다.

"네 말이 맞아. 우리는 플라상으로 돌아갈 수 없어. 그래도 아직 비겁해질 시간은 아니야. 우리가 싸움에서 승리하면, 나는 디드 아줌마를 찾으러 갈 거야. 아줌마를 우리와 함께 아주 멀리 데리고 갈 거야. 하지만 우리가 패배한다면……."

그가 말을 멈추었다.

"우리가 패배한다면?" 미에트가 조용히 되받았다.

"하늘에 운을 맡기자!" 실베르가 더 낮은 목소리로 계속했다. "나는 당연히 거기에 없겠지. 네가 그 불쌍한 노인을 위로해 줘. 그게 더 나을 거야."

"그래, 네가 좀 전에 말했잖아." 소녀가 중얼거렸다. "죽는 게 낫다고."

그런 죽음의 욕망에, 그들은 서로를 더 꼭 껴안았다. 미에트는 정말로 실베르와 함께 죽을 생각이었다. 실베르는 자신에 대해서만 말한 것이었지만, 그녀는 그가 땅속으로 기꺼이 그녀를 데리고 가리라는 것을 알고 있었다. 그들은 거기서 태양 아래에서보다 더 자유롭게 서로 사랑하게 될 것이다. 디드 아줌마도 죽을 것이고, 그들을 만나러 올 것이다. 그것은 강한 예감 같았고, 구슬픈 경종 소리를 통해, 하늘이 그들에게 곧 이루게 해 주겠다고 약속하는 묘한 환희가 담긴 염원 같았다. 죽는다! 죽는다! 종소리들은 이 말을 점점 더 열광적으로 반복했고, 연인들은 그 어둠의 부름에 빠져들었다. 그들은 서로의 몸의 온기와 다시 만난 뜨거운 입술 때문에 다시금 비몽사몽 상태에 빠지며, 마지막 잠이 그런 느낌이라고 생각했다.

미에트는 이제는 저항하지 않았다. 지금은 그녀가, 자신의 입술을 실베르의 입술에 갖다 대고, 처음에는 얼얼하고 씁쓸함을 견딜 수 없었지만, 지금은 그 쾌락을 말없이 뜨겁게 찾고 있었다. 곧 닥칠 죽음에 대한 동경이 그녀를 흥분시켰다. 그녀는 이제 낯도 붉히지 않는 것 같았고, 자신의 연인에게 열중했으며, 지하에서 잠들기 전, 그녀가 방금 입을 댔던 그 새로운 쾌락을 모두 다 마셔 버리고 싶은 듯, 미지의 그 짜릿한 쾌락을 즉각 뚫고 들어가지 못해 격해지고 있었다. 입맞춤을 넘어, 자신의 깨어난 감각들이 소용돌이치는 가운데, 두렵지만 그녀를 끌어당기는 다른 무언가를 알아차렸다. 그녀는 자신의 몸을 내맡겼다. 그녀는 남녀 간의 정이 뭔지도 모르는 동정녀의 천진함을 드러내며, 실베르에게 진실을 밝혀 달라고 애원했다. 그녀의 애무에 정신을 잃은 그는 완전한 행복에 가득 차, 맥없이, 다른 욕망도 없이, 더 큰 쾌락을 생각조차 하지 않는 것 같았다. 미에트는 숨을 헉헉거리며, 첫 포옹의 강렬한 환희가 약해짐을 느꼈다.

“네 사랑을 받지 않고는 죽고 싶지 않아.” 그녀가 중얼거렸다. “네가 나를 훨씬 더 많이 사랑했으면 좋겠어…….”

수치를 알아서가 아니라, 자신이 원하는 것을 모르기 때문에, 그녀는 무슨 말을 해야 할지 몰랐다. 그녀는 그저 내면의 미묘한 반발과 희열에 대한 끝없는 욕망 사이에서 흔들렸다.

아무것도 모르는 그녀는 장난감을 거절당한 아이처럼 발을 굴렀다.

"사랑해, 사랑해." 실베르가 정신이 혼미한 가운데 되풀이 말했다.

미에트는 고개를 저었다. 그녀는 그것이 진실이 아니고, 젊은이가 뭔가를 숨기고 있는 것 같았다. 그녀의 강하고 자유로운 기질은 생명의 풍요로움에 대한 숨겨진 본능을 품고 있었다. 아무것도 모른 채 죽어야 한다면, 그렇게 죽고 싶지 않았다. 그녀의 피와 활력의 반발을, 자신의 미친 듯 뜨거운 두 손을 통해, 자신의 더듬거리는 말소리를 통해, 자신의 애원을 통해, 그녀는 그것을 순수하게 고백하고 있었다.

그리고 어느 정도 진정되자, 그녀는 젊은이의 어깨에 머리를 기대고, 침묵했다. 실베르는 몸을 굽히고 그녀에게 오랫동안 입맞추었다. 그녀는 그 의미를, 그 비밀스러운 맛을 찾으며, 그의 입맞춤을 천천히 음미했다. 그녀는 그 입맞춤들에 대해 생각했고, 혈관을 타고 자신의 온몸에 퍼지는 그 입맞춤들에 주의를 기울이며, 그것들이 진정 사랑이고, 진정 열정인지 살폈다. 그녀는 몸이 나른해졌다. 그녀는, 실베르의 애무를 잠 속에서도 계속 음미하면서, 조용히 잠들었다. 실베르는 커다란 붉은 망토로 그녀를 감쌌고 자신도 한 자락을 끌어다 덮었다. 그들은 더는 추위를 느끼지 않았다. 미에트의 규칙적인 숨소리에 그녀가 잠들었다는 것을 알자, 실베르는 그들의 길을 즐겁게 계속 가게 해 줄 그런 휴식이 행복했다. 그는 그녀를 한 시간쯤 자도록 할 셈이었다. 하늘은 여전히 캄캄했다. 동쪽으로 약간 희끄무레한 선이 아침이 오고 있음을 알려 주었다. 새벽 미풍에, 듣기 즐거운 기상 소리가 젊은이에게 들리는 게, 연인들 뒤로 소나무 숲이 있는 게 분명했다. 탄식하는 듯한 종소리는 사랑에 빠진 여자의 열기와 동행하듯, 떨리는 대기 속에서 더욱더 울려 퍼지며, 미에트의 잠을 조용히 어루만져 주었다.

노동자 계층에서, 이들 불우한 자들, 무지한 사람들, 그 사람들에게서 옛날 그리스 신화에 나오는 그런 미개한 사랑들을 종종 다시 발견하게 되는데, 젊은이들은, 혼란스러운 그날 밤까지, 그런 환경 속에서 태어나는 순진한 목가적 시간을 살았던 것이다.

아버지가 총으로 헌병을 죽여, 감옥에 들어갔을 때가, 미에트의 나이 겨우 아홉 살이었다. 샹트그레유의 재판은 그 지역에서는 유명했다. 밀렵꾼은 솔직하게 살인을 자백했다. 그러나 그는 맹세코 바로 그 헌병이 그에게 총을 겨누고 있었다고 했다. "나는 그에게 경고하기만 했소." 그가 말했다. "나는 방어했을 뿐이오. 그것은 살인이 아니라 정당방위요." 그는 그 말밖에 할 말이 없었다. 중죄 재판소 재판장은 헌병은 밀렵꾼에게 총을 쏠 권리가 있지만, 밀렵꾼은 헌병에게 총을 쏠 수 없다는 것을 그에게 이해시키지 못했다. 샹트그레유는 그의 확신에 찬 태도와 착한 전력(前歷) 덕분에 기요틴은 피했다. 그 남자는 툴롱으로 떠나기 전, 사람들이 자신의 딸을 데려오자, 어린아이처럼 흐느꼈다. 태어나자마자 어머니를 잃어버렸던 어린 꼬마는 세유강 협곡에 있는 마을 샤바노즈에서 할아버지와 함께 살았다. 그들을 돌보는 밀렵꾼이 없게 되자, 노인과 아이는 구걸로 연명했다.

모두 사냥꾼들인, 샤바노즈 마을 사람들은 죄수가 남겨 놓은 그의 불쌍한 가족을 도와주었다. 하지만 노인은 슬픔을 못 이겨 죽었고, 혼자 남은 미에트는, 이웃 사람들이 그녀의 고모가 플라상에 살고 있다는 것을 기억해 내지 못했다면, 길거리에서 구걸했을 것이다. 한 인정 많은 사람이 그녀를 고모 집에 데려다 주기로 했다. 고모는 그녀를 박대했다.

을랄리 샹트그레유는 소작인 레뷔파와 결혼했는데, 거무튀튀하고 키가 큰, 괴팍한 여자로 집안을 좌지우지했다. 도성 밖 사람들 말로는, 그녀가 남편을 마음대로 휘둘렀다. 사실은 인색하고, 일과 이득에는 악착스러운 레뷔파가, 대단한 정력에, 절도 있고, 경제적 능력이 뛰어난, 덩치 큰 마녀를 내심 존경하고 있었다는 것이다.

그녀 덕분에 살림살이가 윤택해졌다. 일에서 돌아와, 미에트가 와 있는 것을 본 저녁에, 소작인은 투덜거렸다. 그러나 그의 부인이 그의 입을 막으며 거친 목소리로 말했다.

"흥! 꼬맹이가 체격이 좋아. 하녀로 일하면 되겠어. 이 아이를 먹여 주고 급료는 저축해 두지." 그런 셈법에 레뷔파가 미소 지었다. 그는 아이의 두 팔을 만져 보러 가기까지 했고, 나이에 비해 아이가 아주 건강하다고 만족스러워했다. 미에트는 그때 아홉 살이었다. 다음 날부터 그는 그녀를 부려 먹었다. 남부 지방에서, 여자 농부가 하는 일은 북부 지역보다 훨씬 쉬웠다. 여자들이 땅을 가래질하고, 짐을 옮기고, 남자들처럼 일하는 모습을 보는 것은 드물다. 여자들은 다발을 묶고, 올리브와 뽕나무 잎을 딴다. 그녀들이 하는 일 중 가장 힘든 일이 잡초를 뽑는 것이다. 미에트는 활기차게 일했다. 들에서의 생활은 그녀의 기쁨이었고, 그녀의 건강이었다. 고모가 살아 있는 동안, 그녀는 웃을 일밖에 없었다. 거친 면이 있어도, 선량한 그 여자는 그녀를 자식처럼 사랑했다. 그녀는 남편이 종종 조카에게 시키려고 하는 험한 일을 하지 못하도록 막으며, 남편에게 소리치곤 했다.

"아이고! 당신 참 영리한 사람이네! 그러니 그 아이를 오늘 너무 혹사하면, 내일 아무 일도 시킬 수 없다는 것도 모르지. 바보 같으니!"

그런 식의 논법은 결정적이었다. 레뷔파는 고개를 숙이고 어린아이의 어깨에 올려놓으려던 짐을 자신이 지곤 했다.

아이는 을랄리 고모의 은밀한 보호 아래 완전히 행복하게 살았다. 열여섯 살 사촌이 빈둥거리는 시간을 그녀를 미워하고 그녀를 은밀하게 학대하는 일에 다 바치며 괴롭히지만 않았다면 말이다. 쥐스탱이 제일 좋아하는 시간은 부풀린 거짓말로 그녀를 야단맞게 할 때였다. 그녀를 보지 못한 척하면서 그녀의 발을 난폭하게 밟고선, 그는 웃었고, 다른 사람들의 고통을 아주 만족스럽게 즐기는 사람들처럼 음험한 쾌락을 즐겼다. 그럴 때면 미에트는 아이의 커다란 검은 눈으로, 분노와 무언의 자존심으로 번득이는 시선으로 그를 바라보면서, 그 비겁한 악동의 비웃음을 멈추게 했다. 사실인즉, 그는 자신의 여사촌을 끔찍이도 겁냈다.

을랄리 고모가 갑자기 죽었을 때, 소녀는 곧 열한 살이 될 때였다. 그날부터 집안에서 모든 것이 바뀌었다. 레뷔파는 미에트를 머슴꾼으로 부렸다. 그는 그녀에게 온갖 험한 일을 시켰고, 그녀를 짐바리 짐승처럼 부려 먹었다. 그녀는 불평도 하지 않았고, 갚아야 할 은혜가 있다고 생각했다. 밤이면 녹초가 되어, 고모의 죽음을, 드러내지 않았어도 자신에게 베푼 사랑을 느끼며, 그 무시무시한 여자의 죽음을 슬퍼했다. 하지만 힘든 일 자체는 싫어하지 않았다. 그녀는 힘을 사랑했다. 그녀는 자신의 굵은 팔과 단단한 어깨에 자부심을 가졌다. 그녀의 마음을 몹시 상하게 하는 것은 고모부의 의심 많은 감시, 끊임없는 비난, 성난 주인의 태도였다. 그 당시 그녀는 집에서는 외부인이었다. 모르는 사람도 그녀처럼 그렇게 냉대받지 않았을 것이다. 레뷔파는 당연히 불쌍해서 거두어 준 가련한 어린아이를 거리낌 없이 혹사했다. 그녀는 그런 고약한 환대에 자신의 노동으로 열 배나 더 지불했지만, 그녀가 먹는 빵을 그가 비난하지 않고 지나는 날은 하루도 없었다. 특히 쥐스탱은 그녀를 괴롭히는 일에는 특출났다. 그의 어머니가 부재한 이후부터, 무방비 상태의 아이를 보며, 그는 그 집이 그녀에게 견딜 수 없게 되도록 악귀 짓을 맘껏 발휘했다. 그가 만들어 낸 가장 교활한 고문은 미에트에게 그녀의 아버지에 대해 말하는 것이었다. 고모가 아이 앞에서는 누구도 감옥이나 죄수와 같은 말을 하지 못하도록 금지하며 보호해 주어, 세상 밖을 모르고 살았던 가련한 소녀는, 그 말의 의미를 전혀 알아듣지 못했다. 그녀에게 그것을 가르쳐 주고 자신의 방식으로 살해된 헌병과 샹트그레유의 유죄 선고를 이야기해 준 것이 바로 쥐스탱이었다. 그는 한도 끝도 없이 끔찍한 이야기를 했다. 죄수들은 발에 쇠공을 매달고, 하루에 열다섯 시간 일한다. 그들은 모두 죽도록 일한다. 감옥은 음산한 곳이라며, 그는 그곳의 모든 무서운 이야기들을 상세하게 설명하곤 했다. 미에트는 얼이 빠진 채, 눈물을 흘리며 그의 말을 듣곤 했다. 이따금 그녀가 갑작스레 난폭함을 보이면, 쥐스탱은 그녀의 꽉 쥔 주먹 앞에서 재빨리 뒤로 펄쩍 뛰었다. 그는 그렇게 잔인하게 알려 주면서 아주 탐욕스럽게 즐겼다. 그의 아버지가 아이가 조금만 실수해도 화를 내면, 그는 위험을 감수하지 않고도 그녀를 모욕할 수 있는 것에 만족해하며, 끼어들었다. 그녀가 자신을 방어하려고 하면, 그가 말했다.

"흥. 피는 속일 수 없지. 너도 네 아버지처럼 감옥에서 끝날 거야."

미에트는 충격을 받고, 수치로 참담해져, 무력하게, 흐느껴 울었다.

그때 미에트는 벌써 여자 티가 나고 있었다. 나이에 비해 조숙한 그녀는 놀라운 힘으로 학대를 견뎌 내고 있었다. 사촌의 모욕에 그녀의 타고난 자긍심이 약해질 때만 빼고, 웬만해서는 전의를 잃지 않았다. 아이는 그 비겁한 인간이, 그녀가 자신의 얼굴에 달려들까 봐 겁나서, 그녀를 주시하며 끊임없이 상처를 주는 말을 해도 냉정한 눈으로 참아 냈다. 그러고서, 그를 노려보면서, 그의 입을 다물게 했다. 그녀는 몇 번이나 자스·메프랑에서 도망치고 싶었다. 하지만 자신이 학대에 굴복했다는 것을 인정하지 않겠다는 패기로, 그러지 않았다. 요컨대 그녀는 자신의 힘으로 벌어먹고 산 것이지, 레뷔파의 보호를 부당하게 취한 것이 아니었다. 그녀는 그렇게 단단해지면서, 늘 저항을 생각하고 살면서, 떠나지 않고 싸웠다. 그녀의 행동 방침은 조용히 제 일을 다 하고 말 없는 경멸로 악담에 복수하는 것이었다. 그녀는 고모부가, 그녀를 내쫓을 궁리를 하는 쥐스탱이 넌지시 말한 것을 그대로 받아들여, 그녀를 혹사한다는 것을 알고 있었다. 그녀는 일종의 도전 정신으로 스스로는 떠나지 않겠다고 마음먹었다.

그녀의 강한 의지를 담고 있는 긴 침묵은 엉뚱한 몽상들로 가득했다. 세상과 분리된, 울타리로 둘러싸인 땅에서 종일 지내면서, 그녀는 반항아로 자랐고, 도성 밖 선한 사람들을 깜짝 놀라게 할 생각들을 키워 나갔다. 그녀 아버지의 운명이 특히 그녀를 사로잡았다. 쥐스탱의 악독한 말들이 모두 다시 떠올랐다. 아버지가 자신을 죽이려 했던 헌병을 죽인 것이 정당했다고 생각하면서, 그녀는 마침내 살인자라는 비난을 감수하게 되었다. 그녀는 자스·메프랑에서 일했던 한 잡역부의 입을 통해 진실을 알게 되었다. 그때부터, 그녀가 아주 어쩌다 외출하게 되는 경우, 도성 밖 악동들이 그녀를 따라오며 외칠 때도, 고개조차 돌리지 않았다.

"이야! 샹트그레유 딸!"

그녀는 입술을 꼭 다물고, 사나운 검은 눈으로, 걸음을 재촉했다. 그녀가 들어와, 철책을 다시 닫을 때면, 그녀는 악동들 무리를 오래 노려보았다. 가끔 어린 시절이 그녀의 마음에 떠오르지 않았다면, 불량한 아이가 되었을지도, 배척받는 자들의 잔혹한 흉포함에 빠져들었을지도 모른다. 열한 살짜리 아이는 소녀의 무력함밖에 위로받을 데가 없었다. 그녀는 울었고, 자신과 자신의 아버지가 창피했다. 그녀는, 사람들이 그녀의 눈물을 보면 그녀를 더 심하게 괴롭힐 것을 알기에, 마음 놓고 흐느끼기 위해 마구간 구석으로 달려가 숨곤 했다. 충분히 운 다음, 그녀는 눈을 닦기 위해 부엌으로 갔고, 다시 말 없는 얼굴로 돌아왔다. 그렇다고 숨는 것이 그녀의 유일한 관심사는 아니었다. 그녀는 자신의 조숙한 힘에 자부심을 느끼며 더는 아이로 보이지 않으려고 애썼다. 결국에는, 그녀는 모든 것을 망쳤을지도 모른다. 하지만 그녀는 다행히 구원되었고, 자신의 다정한 본성인 사랑을 되찾았다.

디드 아줌마와 실베르가 사는 집의 안뜰에 있는 우물은 공유 우물이었다. 자스·메프랑의 벽이 그 우물을 둘로 갈라놓았다. 예전에 푸크가의 땅이 이웃의 넓은 소유지와 합쳐지기 전, 채소 재배자들은 매일 이 우물을 사용했다. 그러나 땅이 매입된 후, 그 땅은 부속 건물들과 멀리 떨어져 있는 데다, 자스에 사는 사람들은 그들이 사용할 수 있는 넓은 저수지를 갖고 있기도 해서, 그 우물에서 한 달에 물 한 동이도 긷지 않았다. 반면, 다른 쪽 우물에서는, 아침마다 도르래가 삐걱거리는 소리가 들리곤 했다. 바로 실베르가 디드 아줌마를 위해 살림에 필요한 물을 긷는 소리였다.

어느 날, 도르래가 부서졌다. 젊은 목수는 직접 밤나무로 된 멋지고 튼튼한 도르래를 만들어, 낮일을 끝낸 다음, 저녁에 설치했다. 그는 담 위로 올라가야 했다. 그는 일을 마치고, 담벼락의 갓돌 위에 걸터앉아 쉬면서, 자스·메프랑의 넓은 땅을 흥미롭게 바라보고 있었다. 그러다가 그와 몇 발자국 떨어진 곳에서 잡초를 뽑고 있는 한 여자 농부에 관심을 기울이게 되었다. 때는 7월이었고, 해가 이미 지평선으로 넘어가고 있어도, 대기는 무척 뜨거웠다. 여자 농부는 저고리를 벗고 있었다. 끈으로 매는 하얀 상의에, 어깨 위로 색깔 있는 세모 숄을 묶고, 셔츠 소매는 팔꿈치까지 걷어 올린 채, 등 뒤로 교차시킨 두 개의 멜빵이 잡아 주는, 푸른 광목 치마 주름 속에 웅크리고 있었다. 그녀는 무릎을 꿇고 기어가면서, 열심히 가라지들을 뽑아 광주리에 던져 넣었다. 젊은이는 그녀에게서, 빼먹고 지나쳤던 풀을 뽑기 위해, 오른쪽 왼쪽으로 뻗는, 햇볕에 그을린, 맨팔밖에 보이지 않았다. 그는 빠르게 움직이는 여자 농부의 두 팔을, 아주 단단하고 아주 재빠른 두 팔을 보는 것이 이상하게 즐거워서, 흐뭇하게 지켜보았다. 그녀는 그가 일하는 소리가 더는 들리지 않자, 약간 몸을 일으켰다가, 다시 고개를 숙였다. 그는 그녀의 모습을 확인할 겨를도 없었다. 겁을 먹은 것 같은 그 동작이 그의 관심을 끌었다. 그는 그 여자에 대해 궁금해졌고, 호기심 많은 소년으로서 손에 잡고 있던 장도리를 가지고, 자기도 모르게 휘파람을 불고 박자를 맞추었다. 그때 그의 손이 장도리를 놓쳤다. 그 연장은 자스·메프랑 쪽 우물의 테두리 돌 위에 떨어지더니, 벽에서 몇 걸음 정도 떨어진 곳으로 튀어 갔다. 실베르는 연장을 쳐다보았고, 몸을 기울였지만, 내려가는 것을 망설였다. 그런데 여자 농부가 옆눈으로 젊은이를 살펴보는 것 같았다. 그녀가 한마디 말도 없이 일어나 장도리를 주워 와서 실베르에게 내밀었다. 그때야 그는 그 여자 농부가 아이임을 알았다. 그는 놀랐고 약간 당황했다. 붉은 석양빛을 받으며, 소녀는 그를 향해 발돋움했다. 그곳의 담벼락은 낮았음에도 여전히 너무 높은 벽이었다. 실베르는 갓돌 위에 몸을 누이고 어린 농부는 발돋움했다. 그들은 아무 말도 하지 않았고, 당황한 듯 미소 지으며 서로를 바라보았다. 젊은이는 아이가 더 발돋움하기를 바랐다. 그녀는 그를 향해, 커다란 검은 눈, 붉은 입술의 사랑스러운 얼굴을 쳐들었는데, 그는 놀랐고, 이상하게 마음이 흔들렸다. 그는 그렇게 가까이서 소녀를 본 적이 없었다. 그는 입술과 두 눈을 바라보는 것이 그토록 즐거울 수 있다는 것을 몰랐다. 유색의 세모 숄, 하얀 상의, 어깨를 움직이느라 흘러내린 멜빵들이 달린 푸른 광목 치마, 그 모든 것이 그에게 어떤 알 수 없는 마력을 가진 듯했다. 그의 시선은 그에게 연장을 내밀고 있는 팔을 따라 내려갔다. 팔은 팔꿈치까지, 볕에 그을린 피부로 덮인, 금빛 도는 갈색이었다. 그러나 더 멀리, 걷어 올린 셔츠의 소매 그림자 속에서, 실베르는 우유처럼 하얀, 포동포동한 살결을 보았다. 그는 당황한 채, 더 몸을 기울이고서야 마침내 장도리를 잡았다. 어린 농부는 거북해지기 시작했다. 그들은, 여전히 서로에게 미소 지으며, 아이는 아래쪽에서 계속 얼굴을 쳐든 채, 젊은이는 담벼락의 갓돌 위에 엉거주춤 엎드린 채, 거기에 있었다. 그들은 어떻게 헤어져야 할지 몰랐다. 그들은 한마디도 나누지 않았다. 실베르는 고맙다고 말하는 것조차 잊어버렸다.

"이름이 뭐야?" 그가 물었다.

"마리." 어린 농부가 대답했다. "그런데 모두 나를 미에트라고 불러."

그녀는 가볍게 어깨를 으쓱 올렸다. 그리고 또렷한 목소리로, 이번에는 그녀가 물었다.

"너는?"

"나는 실베르야." 젊은 일꾼이 대답했다. 잠시 침묵이 흘렀는데, 그사이 그들은 서로의 이름이 울리는 소리를 흐뭇하게 듣고 있는 것 같았다.

"나, 나는 열다섯 살이야." 실베르가 다시 말했다. "너는?"

"나." 미에트가 말했다. "만성절에 열한 살이 돼."

젊은 일꾼은 놀란 듯한 몸짓을 했다.

"아!" 그가 웃으며 말했다. "나는 너를 어른으로 생각했어! 팔이 굵어서."

자신의 팔을 내려다보면서, 그녀도 웃기 시작했다. 그리고 그들은 더는 말을 나누지 않았다. 그들은 한동안 그렇게 미소를 띤 채 서로를 바라보았다. 실베르가 그녀에게 물어볼 말이 더는 없는 듯 보이자, 미에트는 그냥 가더니, 고개를 들지도 않고, 다시 잡초를 뽑기 시작했다. 그는 잠시 담벼락 위에 있었다. 해가 지고 있었다. 비스듬히 드리운 햇살이 자스·메프랑의 노란 땅을 넓게 비추었다. 땅이 불꽃처럼 빛나, 땅바닥 가까이 불이 번져 나가는 것 같았다. 실베르는 널따랗게 퍼져 타오르는 불 속에, 웅크린 어린 농부를 바라보았다. 맨살을 드러낸 그녀의 두 팔은 다시 빠르게 일했다. 푸른 광목 치마가 하얘졌고, 빛살이 그녀의 구릿빛 두 팔을 따라 흘렀다. 그는 거기에 그렇게 있는 것이 약간 창피했다. 그는 담벼락에서 내려왔다.

밤에, 실베르는, 뜻밖에 겪은 일에 마음이 쓰여, 디드 아줌마에게 물어보려고 했다. 어쩌면 그녀는 그토록 검은 눈과 그토록 붉은 입술을 가진 미에트라는 아이가 누군지 알지도 몰랐다. 그러나 디드 아줌마는 막다른 골목 집에서 살게 되면서부터, 작은 안뜰의 담벼락 뒤로는 눈길 한 번 준 적이 없었다. 그녀에게 그곳은 그녀의 과거를 담으로 막아 놓은, 넘지 못할 성벽 같았다. 그녀는 알지 못했으며, 담 저쪽 편에, 푸크가의 예전 소유지, 자신의 사랑을, 자신의 마음, 자신의 육체를 묻었던 그곳에 지금 무엇이 있는지 알고 싶어 하지 않았다. 실베르가 묻기 시작할 때부터, 그녀는 아이처럼 무서워하며 그를 바라보았다. 그도 꺼져 버려 재만 남은 지난날들을 다시 휘저으며 그녀의 아들 앙투안처럼 그녀를 울리려는 걸까?

"몰라." 그녀가 급하게 말했다. "나는 이제 나가지 않잖아, 아무도 안 만나고……."

실베르는 알 수 없는 조바심 속에서 다음 날을 기다렸다. 작업장에 도착하자마자, 그는 동료들에게 말을 시켰다. 그는 미에트와 대면한 일은 말하지 않았다. 그는 멀리서 자스·메프랑에서 보았던 여자애에 대해 슬쩍 흘렸다.

"어! 그건 샹트그레유 딸이야!" 일꾼 중 한 명이 외쳤다.

실베르가 그들에게 물어볼 필요도 없이, 동료들은 밀렵꾼 샹트그레유와 그의 딸 미에트의 이야기를, 배척당하는 자들에 대한 군중의 맹목적인 증오와 함께 들려주었다. 그들은 특히 그녀를 상스러운 태도로 대했다. 아무 잘못 없는 순진한 여자에게 영원한 수치를 판결 내리는 것이 당연하다는 듯이, 죄수의 딸을 욕보이는 말들을 입에 담았다.

정직하고 품위 있는 남자인, 수레 제조업자 비양이 그들을 조용히 시켰다.

"이런! 입들 다무시오, 험담꾼들 같으니라고!" 살펴보고 있던 짐수레의 긴 막대를 내려놓으며 그가 말했다. "어린 여자아이 하나 두고 심하게 증오하는 당신들이 창피하지도 않소? 나도 그녀를 봤소, 그 어린것을. 그 아이는 매우 성실해 보였소. 게다가 일하면서 불평하는 법이 없고, 벌써 성인 여자만큼 일한다고들 하더군. 여기에도 그 아이보다 못한 놈팡이들이 있지. 나는 그 아이가 악담들을 입 다물게 하는 좋은 남편을 만났으면 좋겠어."

실베르는 직공들의 거친 농담과 욕설 앞에서 얼어붙었지만, 비양의 그 마지막 말에 눈물이 고이는 것을 느꼈다. 하지만 그는 아무 말도 하지 않았다. 그는 옆에 두었던 망치를 다시 들고, 있는 힘껏 그가 쇠를 씌우던 바퀴의 가운데 부분을 두들기기 시작했다.

저녁에, 그는 작업장에서 돌아오자마자 담벼락으로 달려가 기어 올라갔다. 그는 미에트가 전날처럼 일하고 있는 것을 보았다. 그는 그녀를 불렀다. 당황스러워하는 미소를 띠고, 눈물 속에서 자라 온 아이처럼 멋쩍어하며 오는 그녀의 모습이 너무 사랑스러웠다.

"네가 샹트그레유 딸이지?" 그가 불쑥 물었다.

그녀가 뒷걸음쳤고, 미소를 거두었고, 두 눈은 불신으로 번득이는 험악한 검은색이 되었다. 저 아이도 다른 사람들처럼 자신을 모욕하겠구나! 그녀가 대답 없이 등을 돌리자, 낯빛이 순식간에 바뀌는 그녀의 모습에 깜짝 놀란 실베르가 급히 덧붙였다.

"가지 마, 제발. 너를 괴롭히려는 게 아니야…… 너한테 할 말이 많아!"

그녀는 여전히 의심스러워하며, 다시 왔다. 실베르는 온통 그녀 생각뿐이지만, 오랫동안 그 생각을 몰아내려고 마음먹었던지라, 어디서부터 시작해야 할지 몰라, 또다시 실수하지 않을까 두려워, 말없이 있었다. 마침내 그의 마음이 한마디로 표현되었다.

"내가 네 친구가 되면 어때?" 그가 감격 어린 목소리로 말했다.

미에트가 너무 놀라, 그를 향해 다시 촉촉해지고 미소 띤 눈으로 그를 올려다보았고, 그는 급하게 말을 이어 갔다.

"사람들이 너를 괴롭힌 것 알고 있어. 그런 짓은 그만두어야 해. 이제부터 널 지켜 줄 사람은 나야. 그래도 될까?"

아이의 얼굴이 환해졌다. 그녀에게 제안된 그런 우정은 말 없는 증오로 가득 찬 모든 악몽에서 그녀를 벗어나게 했다. 그녀는 머리를 설레설레 흔들며 대답했다.

"아니, 네가 나를 위해 싸우는 것 원치 않아. 너는 할 일이 너무 많아질 거야. 게다가 네가 나를 지킬 수 없는 상대들이 있어."

실베르는 자신이 세상 사람 모두를 상대로 너를 지킬 거라고 소리치고 싶었지만, 그녀는 다정한 손짓으로 그의 입을 막으며 덧붙였다.

"네가 내 친구인 것으로 족해."

그리고 그들은 최대한 목소리를 죽여 가며 몇 분 더 이야기를 나누었다. 미에트는 실베르에게 자신의 고모부와 사촌에 대해 말했다. 무슨 일이 있어도, 그녀는 담벼락 갓돌에 걸터앉아 있는 그가 그들 눈에 띄는 것을 원치 않았을 것이다. 쥐스탱은 그녀를 해칠 무기를 갖게 되면 가차 없이 휘두를 것이다. 그녀는 어머니가 만나지 말라고 한 여자 친구를 만나는 여학생처럼 두려워 떨며 자신의 공포를 말해 주었다. 실베르는 자신이 미에트를 편안하게 만날 수 없다는 것만 이해했다. 그 점이 그를 몹시 슬프게 했다. 그렇지만 그는 다시는 담 위로 올라가지 않겠다고 약속했다. 그들 둘 다 서로 만날 방법을 모색하던 중, 미에트가 그에게 그만 가라고 애원했다. 방금 쥐스탱이 소유지를 가로질러 우물 쪽으로 오는 것을 보았던 것이다. 실베르는 급히 내려갔다. 그가 작은 안마당으로 내려섰을 때, 그렇게 도망친 것에 화가 나, 몇 분 후 그는 다시 기어 올라가 자스·메프랑을 엿

볼 생각이었다. 그러나 그는 미에트와 이야기하는 쥐스탱을 보았고, 급히 머리를 내렸다. 다음 날, 그는 친구를, 멀리서라도 볼 수 없었다. 그녀가 자스의 그 구역에서 일을 다 끝냈음이 틀림없었다. 두 친구가 서로 한마디도 나누지 못하고, 그렇게 일주일이 흘렀다. 그는 레뷔파네 집으로 가서 미에트의 안부를 솔직하게 물어보는 것도 생각해 보았다.

공유 우물은 별로 깊지 않은 큰 우물이었다. 담벼락 양쪽에서, 우물 둘레돌이 넓은 반원형으로 둥글게 놓여 있었다. 물은 기껏해야 3~4미터 아래쯤에 있었다. 잠잠한 물속에, 담 그림자가 검은 줄로 갈라놓은 두 개의 반달처럼, 두 개의 우물 구멍이 비쳤다. 몸을 기울이면, 희미한 날에는 선명하고 이상하게 빛나는 두 개의 거울을 보는 것 같았다. 해가 뜬 아침나절에, 줄에서 물이 떨어져 수면에 파문이 일지 않으면, 그 거울들이, 하늘이 비친 모습이, 푸른 물 위에서 하얗게 뚜렷하게 보였고, 우물 너머로, 담을 따라 뻗어 난 담쟁이덩굴의 나뭇잎들이 이상할 정도로 아주 정확하게 보였다.

어느 날 아침, 꽤 이른 시간에, 실베르는 디드 아줌마에게 필요한 물을 길으러 와서, 줄을 잡는 순간 무심결에 몸을 기울였다. 그는 소스라치게 놀라, 몸을 숙인 채, 꼼짝하지 않았다. 우물 저 밑에서, 미소를 띠며 자기를 바라보고 있는 소녀의 얼굴을 보았다는 생각이 들었다. 하지만 그가 줄을 흔든 바람에, 물은 파문을 일으키면서 뿌연 거울이 되었고 물 위에는 아무것도 비치지 않았다. 그는 감히 움직이지도 못하고 물이 다시 잠잠해지기를 기다리며, 심장은 쿵쾅쿵쾅 뛰었다. 물의 파문이 점점 퍼지다가 잦아들자, 그 모습이 다시 만들어지는 게 보였다. 그 모습은 한참이나 이리저리 흔들리더니 윤곽이 유령처럼 희미하게 나타났다. 마침내 모습이 분명해졌다. 그것은 상반신을 내민 채, 색깔 있는 숄을 걸치고, 끈 매는 하얀 상의에, 푸른 멜빵을 걸친, 웃고 있는 미에트의 얼굴이었다. 실베르는 이번에 다른 쪽 거울 속에서 자신을 알아보았다. 그제야, 서로 보고 있는 것이 그들 둘이라는 것을 알았고, 두 사람은 머리를 끄덕거렸다. 처음에는, 말할 생각조차 하지 못했다. 그러고서 서로 인사를 나누었다.

"안녕, 실베르."

"안녕, 미에트."

이상하게 울리는 자신들의 목소리에 그들은 놀랐다. 축축한 구멍 속에서 목소리는 먹먹하고도 묘하게 감미로워진 소리로 들렸다. 그들에게 그 소리는, 밤이면 벌판에서 들리는 가벼운 선율과 함께, 아주 멀리서 들려오는 소리 같았다. 그들은 아주 작게 이야기해도 서로의 말이 들린다는 것을 알았다. 우물은 아주 작은 숨소리에도 울렸다. 그들은 둘레돌에 팔꿈치를 대고, 몸을 숙인 채 서로를 보며, 이야기를 나누었다. 미에트는 일주일이 얼마나 울적했는지 말했다. 그녀는 자스의 반대편에서 일했고, 아침 일찍 아니면 빠져나올 수 없었다. 그렇게 말하면서, 그녀가 분한 듯 입을 삐죽거리자, 실베르는 분명히 알아보았고, 화가 난 얼굴로 끄덕이며 화답했다. 그들은 서로 마주 보고 있는 것처럼, 말할 때 필요한 행동과 표정도 지으며, 서로의 속내 이야기를 주고받았다. 그들을 갈라놓고 있는 담벼락은, 그들이 저 밑에서, 세상 누구도 모르는 저 깊은 곳에서, 서로를 보고 있는 지금, 그들에게는 아무 문제가 되지 않았다.

"네가 매일 아침 같은 시간에 물을 긷는 걸 알고 있었지." 미에트가 맹랑한 낯빛으로 계속했다. "집에서, 도르래가 삐걱거리는 소리가 들려. 그래서 핑계를 꾸며 댔어. 우물물이 채소 익히는 데 더 좋다고 주장했지. 나는 매일 아침 너와 같은 시간에, 우물물을 길으러 올 수 있고, 아무에게도 의심받지 않고, 너에게 인사할 수 있을 거라고 생각했어."

그녀는 자신의 꾀에 만족한 듯 순박한 웃음을 웃었다. 그리고 이렇게 말하며 말을 마쳤다.

"그런데 우리가 물속에서 서로 만나게 될 거라고는 생각 못했어."

사실, 그들을 황홀하게 만든 것은 생각지도 못한 그런 즐거움이었다. 그들은 오로지 그들의 입술이 움직이는 것을 보려고 말했는데, 그 새로운 놀이가 그들 속에 여전히 있는 어린아이를 즐겁게 했다. 그래서 그들은 이른 아침의 만남을 절대 놓치지 않기로, 온갖 말투로, 서로에게 약속했다. 미에트가 가야 한다고 알리며, 실베르에게 물통을 끌어당겨도 된다고 말했다. 그러나 실베르는 감히 줄을 흔들지 못했다. 미에트는 몸을 기대고 있었고, 그녀의 미소 띤 얼굴을 보고 있는 그에게, 그 미소를 지운다는 것은 너무 가혹한 일이었다. 그가 물통을 가볍게 흔들자, 물이 가볍게 흔들리며 미에트의 미소가 흐려졌다. 그는 이상한 두려움에 사로잡혀, 행동을 멈추었다. 그는 방금 그녀를 언짢게 했고 그녀가 울고 있다는 생각이 들었다. 그러나 아이가 소리쳤다. "자, 어서! 자, 어서 해!" 그 말과 함께 웃음소리가 메아리가 되어 그에게 다시 더 길게 울리며 들려왔다. 그녀 자신도 부산스레 물통을 내렸다. 폭풍우가 몰아친 듯했다. 모든 것이 검은 물 아래로 사라졌다. 실베르도, 담벼락 반대편에서 멀어져 가는 미에트의 발소리를 들으며, 자신의 단지 두 개를 채우기 시작했다.

그날부터, 젊은이들은 만남을 한 번도 빼먹은 적이 없었다. 고요한 물, 그들의 모습을 바라볼 수 있는 하얀 두 개의 거울은, 놀이 좋아하는 아이들다운 상상을 한참이나 즐길 수 있게 해 주었고, 그들의 만남에 끝없는 매력을 주었다. 그들은 얼굴을 마주보며 만나고 싶다는 마음이 전혀 들지 않았다. 우물을 거울로 생각하고 우물의 메아리에게 서로의 아침 인사를 맡기는 것이 그들에게는 훨씬 더 재미있어 보였다. 그들은 곧 우물을 오랜 친구처럼 여겼다. 그들은, 용해되는 은처럼 보이는, 무겁고 고요한 수면 위로 몸을 기울이기를 좋아했다. 저 아래, 신비스러운 흐릿한 빛 속에서, 초록빛이 어렴풋하게 흐르면, 축축한 구멍은 잡목 숲 깊숙이 있는 외딴 아지트로 바뀌는 것 같았다. 그들은 그렇게 이끼가 덮이고, 시원한 물과 잎에 싸여 있는, 일종의 푸르스름한 둥지 속에 있는 자신들을 보곤 했다. 그들이 몸을 숙이고선, 살짝 오한을 느끼면서도 이끌리는 깊은 샘, 동굴 같은 탑이라는 낯선 존재는, 서로에게 미소 지으며 기뻐하고 있는 그들에게 자신들도 깨닫지 못한 달콤한 두려움을 주었다. 그들은 내려가서, 수면 가까이 둥근 벤치 모양으로 정렬되어 있는 커다란 돌들 위에 앉고 싶다는, 말도 안 되는 생각도 들었다. 그들은 물에 발을 담그고, 누군가 그곳으로 그들을 찾으러 오는 것에 전혀 신경 쓸 필요 없이, 몇 시간 동안 이야기도 나눌 수 있을 것이다. 그런데 그들이 저 아래에 정말로 무엇이 있을지 생각하자, 다시 막연히 두려워졌고, 돌들에 이상한 그림자를 일렁이게 하는 푸른빛 때문에, 어두운 구석에서 올라오는 이상한 소리 때문에, 저 밑에는, 그들의 모습만 내려가게 하는 것이 좋겠다고 생각했다. 보이지 않는 데서 들리는 이상한 소리가 특히 그들을 불안하게 했다. 그 소리는 종종 그들의 소리에 응답하는 것 같았다. 그럴 때면 그들은 입을 다물고, 그들이 알아들을 수 없는 희미한 수많은 탄식 소리들을 듣곤 했다. 습기로 먹먹하게 들리는 소리, 공기가 내는 한숨 소리, 돌 위로 미끄러지면서, 흐느낌처럼 둔중하게 울리며 떨어지는 물방울 소리였다. 그들은 두려움을 떨쳐 내기 위해, 서로에게 다정스레 고개를 끄덕거렸다. 우물 둘레돌에 팔꿈치를 괴게 만들도록 그들의 마음을 끈 것은, 애절해서 매혹적인 모든 것처럼, 날카로운 공포의 끝을 감추고 있었다. 그래도 우물은 그들의 오랜 친구였다. 우물은 그들의 만남에 너무나 탁월한 핑곗거리가 되어 주었다! 어딜 가나 미에트를 염탐하는 쥐스탱은, 아침마다 부지런히 물 길으러 가는 그녀를 결코 의심하지 못했다. 때때로 그는 멀리서 그녀가 몸을 기울이고, 오래 머무는 것을 보곤 했다. "저런! 게으른 년!" 그가 중얼거렸다. "빈둥거리는 게 재미있나 보군!" 담벼락 반대쪽에서, 물속에서 소녀의 미소를 바라보며 이렇게 말하는 애인이 있다는 것을 어떻게 의심할 수 있겠는가. "심술궂은 쥐스탱이 너를 괴롭히면, 나한테 말해. 가만두지 않을 테니!"

그 놀이는 거의 한 달 이상 계속되었다. 7월이 왔다. 하얀 햇살이 쏟아지는 아침나절은 몹시 뜨거웠다. 축축한 그 구석으로 달려가는 것은 무척이나 즐거운 일이었다. 하늘이 불타듯 뜨거울 때, 우물의 차디찬 숨결을 얼굴에 느끼고, 샘물 속에서 서로를 사랑하는 것은 기분이 좋았다. 미에트는 밭을 가로질러 숨을 헐떡거리며 도착하곤 했다. 달려오느라, 그녀 이마와 관자놀이의 짧은 머리카락들이 헝클어졌다. 자신의 항아리를 놓자마자, 그녀는 달아오른 얼굴로, 모자도 쓰지 않은 얼굴로, 웃음으로 떨리는 몸을 구부렸다. 거의 언제나 먼저 와서 기다리고 있던 실베르는, 그녀가 그렇게 웃으며 무척 급하게, 물속에서 나타나는 것을 보면, 오솔길 모퉁이에서, 그의 품에 그녀가 갑자기 뛰어들었을 때와 같은, 그런 생생한 감동을 느꼈다. 그들 주위로, 찬란한 아침이 즐겁게 노래하며, 벌레들의 윙윙대는 소리가 울리는, 뜨거운 햇빛의 바다가 낡은 담, 기둥과 우물 둘레돌을 휘돌고 있었다. 그러나 그들 눈에는 일렁이는 아침 햇살도 보이지 않았고, 땅에서 올라오는 온갖 소리도 들리지 않았다. 그들은 자신들의 초록빛 아지트 속에, 땅 밑에, 신비스럽지만 왠지 두려움을 주는 그 구멍 속에 머물면서, 섬뜩한 희열과 함께, 선선

함과 흐릿한 빛에 온전히 몰두하며 즐거워했다.

어느 날 아침에는, 기질상 그렇게 오래 바라보는 것에 익숙지 못한 미에트가 장난을 칠 때도 있었다. 그녀는 줄을 움직여 일부러 물방울을 떨어뜨리면서 맑은 거울에 잔물결이 일게 해 얼굴 모습을 일그러뜨렸다. 실베르는 그녀에게 가만히 있으라고 간청했다. 그는, 더 열렬히 집중하고 있어서, 여자 친구의 얼굴을, 그녀의 윤곽이 너무나 뚜렷이 반영된 그 모습을 바라보는 것보다 더 짜릿한 기쁨은 없었다. 그러나 그녀는 그의 말을 듣지 않았다. 그녀는 장난치듯 말했고, 목소리를 귀신처럼 굵게 냈고, 투박하지만 부드러운 메아리를 만들었다.

"아니, 아니." 그녀가 꾸짖듯이 말했다. "오늘 너를 사랑하지 않아. 나는 너에게 얼굴을 찌푸릴 거야. 내가 얼마나 못생겼는지 봐."

그러고는 수면 위에서 춤추듯, 퍼져서 이상하게 보이는 형태들을 보며 즐거워했다.

어느 날 아침, 그녀는 정말로 화를 냈다. 그녀는 실베르가 와 있지 않은 것을 보고, 거의 15분이나, 도르래를 삐걱거리며 기다렸지만 그는 오지 않았다. 그녀가 화가 나서 가려고 할 때, 마침내 그가 도착했다. 그를 보자마자, 그녀는 우물 속에서 정말 폭풍을 휘몰아치게 했다. 그녀는 화가 난 손으로 양동이를 흔들었고, 거무스레한 물은 돌들과 부딪쳐 둔탁하게 튀어 오르며 소용돌이쳤다. 디드 아줌마가 붙잡는 바람에 늦었다는 실베르의 설명도 소용없었다. 아무리 사과해도, 그녀는 이렇게 대답했다.

"너는 내 마음을 아프게 했어. 너를 보고 싶지 않아."

가련한 소년은 어두운 구멍을, 애처로운 소리로 가득 찬 그 구덩이를 절망적으로 살폈다. 다른 날 같았으면, 고요한 물속에서, 너무나 깨끗한 모습이 그를 기다리고 있었는데, 그는 미에트를 보지 못한 채 물러나야 했다. 다음 날, 만나는 시간보다 빨리 와서, 그는 우울하게 우물 속을 바라보았으나, 아무 소리도 듣지 못한 채, 토라진 아이가 어쩌면 오지 않을 것으로 생각했다. 하지만 아이는 벌써 다른 쪽에 와서, 그가 오는 것을 엉큼하게 살피고 있다가, 웃음을 터뜨리며, 갑자기 몸을 기울였다. 다 끝난 일이 되었다.

그렇게 우물이 가담한 드라마와 소동이 있었다. 지극히 행복한 그 구덩이는 하얀 거울과 음악처럼 들리는 메아리와 함께, 그들의 사랑을 유난히 북돋워 주었다. 그들은 우물에 묘한 생명력을 불어넣었고, 우물을 그들의 젊은 사랑으로 가득 채워서, 한참 후 그들이 더는 우물 둘레돌에 팔꿈치를 괴러 오지 않을 때도, 실베르는 매일 아침 물을 길을 때면, 그들이 거기에 두고 왔던 기쁨의 여운으로 여전히 떨며 넘실대는, 흐릿한 빛 속에서 미에트의 웃는 얼굴이 나타나 보이는 듯했다.

그처럼 즐겁게 지낸 사랑의 시간은 미에트를 말 없는 절망으로부터 구해 냈다. 그녀는 증오로 가득 찬 고독한 삶이 그녀 안에 짓눌러 놓았던 사랑이, 아이의 행복한 태평스러움이 깨어나는 것을 느꼈다. 누군가에게 사랑받고 있고, 이 세상에서 더는 혼자가 아니라는 확신 덕분에, 그녀는 쥐스탱과 동네 악동들의 핍박을 참을 수 있었다. 지금 그녀의 마음속에는 야유가 들리지 않을 정도로 노래가 흘렀다. 그녀는 연민을 가지고 아버지를 생각했고, 이제는 무자비한 복수의 꿈에 그렇게 자주 빠져들지 않았다. 그녀 안에서 싹트는 사랑은 자신의 악한 열기를 가라앉히는 상쾌한 새벽 같았다. 그리고 동시에 사랑에 빠진 소녀다운 앙큼함도 나타났다. 쥐스탱에게서 어떤 의심도 받지 않으려면, 여전히 말없이 반발하는 태도를 유지해야 한다고 생각했다. 하지만 그런 노력에도 불구하고, 녀석이 그녀에게 상처를 입힐 때도, 그녀의 두 눈은 온화함이 가득했다. 그녀는 더는 과거처럼 험하게 노려볼 수 없었다. 그는 아침에, 점심때, 그녀가 콧노래를 흥얼거리는 것을 들었다.

"어! 샹트그레유 딸, 너 아주 즐겁구나!" 그가 수상한 듯 불신의 눈으로 그녀를 살피면서 말했다. "너 뭔가 나쁜 짓을 한 게 분명해."

그녀는 어깨를 으쓱 올렸지만, 내심 떨었다. 그녀는 재빨리 학대받는 자의 반항적인 역할을 하려고 애썼다. 하지만 쥐스탱은 자기 제물의 비밀스러운 기쁨을 눈치채고 있었고, 어떻게 그녀가 그에게서 벗어났는지를 알기 위해 오랫동안 찾아다녔다.

한편, 실베르도 깊은 행복을 맛보고 있었다. 매일 미에트를 만나는 일은 그가 집에서 보냈던 무료한 시간을 가득 채워 주기에 충분했다. 그의 외로운 삶, 디드 아줌마와 말없이 마주한 긴 시간은 아침나절의 기억들을 하나씩 떠올리며, 아주 사소한 것까지 떠올리며 즐거워하는 시간으로 바뀌었다. 그때부터 그의 마음은 완전히 충만하여, 할머니와 살면서 집 안에 틀어박혔던 때보다 더 집에만 붙어살았다. 선천적으로 그는 숨겨진 구석을, 자기 생각을 편하게 가다듬을 수 있는 은신처를 좋아했다. 그 당시 그는 도성 밖 고물 장수에게서 찾아낸 헌책들을 손에 닿는 대로 모두 열렬히 탐독했는데, 그 책들이 그를 관대하고 이상한 사회적 신념으로 이끌었을 것이다. 단단한 기초 없이, 제대로 소화되지 못한 그런 지식은, 그에게 세상에 대해, 특히 여성들에 대해, 허영심과 뜨거운 쾌락으로 다가가게 하고, 그의 마음이 충족되지 않은 상태였다면, 세상과 여성은 그의 마음에 큰 혼란을 일으켰을 것이다. 그런데 미에트가 왔고, 그는 그녀를 처음에는 친구로, 그다음엔 자기 삶의 기쁨과 열망으로 생각했다. 밤마다, 잠자리가 있는 골방에서 혼자가 되면, 침대 머리맡에 등불을 건 다음, 그는 우연히 머리 위에서 집어 든 먼지투성이 낡은 책의 페이지마다 미에트를 발견하면서 경건하게 읽었다. 그가 읽고 있는 책에서 어떤 소녀나, 아름답고 착한 여자에 관한 것은, 바로 그의 연인으로 여겨졌다. 그 자신도 등장했다. 낭만적인 이야기를 읽을 때면, 그는 결말에서 미에트와 결혼했거나, 그녀와 함께 죽었다. 반대로, 어려운 책을 읽기 좋아하는 얼치기 학자의 별난 사랑으로, 그가 소설보다 더 좋아하는 정치 소책자, 사회 경제를 다룬 심각한 논문을 읽을 때면, 종종 이해조차 되지 않는 엄청나게 지루한 일들에 흥미를 느끼는 방법을 찾아냈다. 그들이 결혼하게 되면, 그녀에게 바람직하고 다정한 사람이 되기 위해 배우는 것이라고 생각했다. 그는 그녀를 자신의 가장 공허한 몽상에 끌어들였다. 우연히 읽게 된 18세기의 어떤 음담패설들로부터 그를 지켜 주는 그런 순수한 사랑에 힘입어, 그는 특히 그런 사랑과 함께, 보편적 행복이라는 망상에 홀린, 우리 시대의 재능 있는 사람들이 꿈꾸었던 박애주의적 유토피아 속에 푹 빠져들었다. 그의 마음속에서, 미에트는 수많은 사람의 오랜 빈곤 문제를 없애고 혁명의 결정적인 승리에 필요한 인물이 되었다. 열병을 앓듯이 독서에 빠진 밤 동안, 긴장된 그의 마음은 수없이 내려놓았다가 다시 집어 들곤 했던 책에서 떨어질 수 없었다. 몸은 좁은 방의 벽들 사이에 끼여 있어도, 램프의 노랗고 탁한 불빛으로 흐릿하게 보여도, 잠을 자지 못해 지끈거리는 고통도 기꺼이 감당하면서, 터무니없이 관대한, 새로운 사회라는 계획을 세우면서, 마치 금지된 도취처럼, 새벽까지, 달콤한 흥분으로 가득 찬 밤을 만끽하며 보내곤 했다. 그 계획에서, 언제나 미에트의 모습으로 대변되는, 여성은 무릎 꿇은 국가에 의해 찬양되고 있었다. 그는 분명히 유전적 영향으로 유토피아를 사랑하는 성향을 지니고 있었다. 그에게서 할머니의 신경증적 장애는 고질적인 열정으로 나타났고, 거창하고 불가능한 모든 것을 향한 격정으로 나타났다. 외로웠던 어린 시절, 제대로 받지 못한 교육은 특이하게도 그런 그의 기질적 성향을 발달시켰다. 그러나 그는 고정 관념이 한 사람의 뇌 속에 단단히 박히는 그런 나이는 아직 아니었다. 아침마다, 그가 물 한 동이로 머리를 식히는 순간부터, 전날 밤의 환상들은 막연히 떠오를 뿐, 자신의 꿈에서 단순 소박하게 순진한 믿음, 말로 다 할 수 없는 사랑만을 온전히 간직했다. 그는 다시 아이가 되었다. 그는 자신이 사랑하는 여자의 미소를 보고 싶고, 빛나는 아침나절의 기쁨을 맛보고 싶다는 열망 하나로 우물로 달려가곤 했다. 그리고 하루 중에, 미래에 관한 생각들로 종종 깊은 생각에 빠질 때면, 갑작스레 감동에 겨워, 디드 아줌마의 두 뺨에 입 맞추었고, 그의 너무나 맑고 너무나 깊은 두 눈에서 어떤 기쁨을 본 것 같은 그녀는 그의 두 눈을, 불안한 듯, 응시했다.

그러는 동안 미에트와 실베르는 물속에 비친 서로의 모습만 본다는 것이 조금 재미가 없어졌다. 그들은 자신들의 장난감을 실컷 가지고 놀았고, 우물이 그들에게 줄 수 없는, 더 활기찬 즐거움을 꿈꾸었다. 그들을 사로잡은 현실적 욕구 속에서 그들은 얼굴을 마주하고 만나기를, 들판을 뛰어다니고, 숨이 차서 돌아와, 서로의 허리를 감싸안고, 서로 꼭 껴안으며, 그들의 우정을 더 잘 느끼고 싶었는지도 모른다. 실베르는 어느 날 아침 그냥 담을 뛰어넘어 자스를, 미에트와 함께 돌아다니겠다고 말했다. 그러자 아이가 그랬다간 자신이 쥐스탱에게 협박당하게 될 거라며, 그런 미친 짓은 하지 말라고 간청했다. 그는 다른 방법을 찾겠다고 약속했다.

우물을 둘러싸고 있는 담벼락 가까운 곳에 갑자기 굽어진 데가 있었는데, 연인들이 거기에 몸을 숨기면, 시선을 피할 수 있는 일종의 은신처가 될 수 있었다. 움푹 들어간 그곳까지 도달하는 것이 문제였다. 실베르는 미에트가 너무나 두려워하는 것 같아, 담을 넘는 계획은 더는 생각하지 않았다. 그는 몰래 다른 계획을 구상 중이었다. 마카르와 아델라이드가 예전 어느 날 밤에 만들었던 쪽문은, 옆집의 넓은 소유지 구석진 곳에서, 잊힌 채 남아 있었다. 그 문을 없앨 생각도 하지 않았던 것이다. 습기로 시꺼메지고, 이끼가 덮여 푸르고, 자물쇠와 경첩은 녹이 슬어 있는 쪽문은 오래된 담 그 자체로 보였다. 물론 열쇠는 사라졌다. 널빤지 밑에 자란 잡초 옆에는, 낮은 두렁이 만들어져 있어서 오래전부터 그 문을 지나간 사람이 아무도 없었음을 충분히 말해 주고 있었다. 실베르가 찾고자 하는 것이 바로 그 사라진 열쇠였다. 그는 디드 아줌마가 어떤 애착 속에서 과거의 유물들을 그 자리에서 썩게 놓아두었는지를 알고 있었다. 하지만 그가 일주일이나 집 안을 뒤졌어도, 아무 성과가 없었다. 그는 밤마다 살금살금 그곳에 가서, 낮에 찾아낸 열쇠가 맞는지 맞추어 보았다. 당연히 푸크가의 예전 소유지에서 나올 수 있는 열쇠라, 그는 담을 따라, 널빤지 위나, 구멍 속에서, 사방에서, 찾아낸 열쇠로, 서른 번도 넘게 시도해 보았다. 그가 절망할 때쯤, 마침내 황홀한 그 열쇠를 찾았다. 그것은, 늘 잠겨 있는, 현관문의 여벌 열쇠에 끈으로 묶여 있었다. 열쇠는 40년 가까이 거기에 매달려 있었다. 매일 디드 아줌마는, 죽어 버린 자신의 기쁨을 고통스럽게밖에 상기하지 못하는 지금, 그것을 만지작거리면서 없애려는 결단을 결코 내리지 못한 게 분명했다. 그 열쇠가 쪽문을 제대로 열 것이라는 확신에, 실베르는 다음 날을 기다리며, 미에트를 깜짝 놀라게 할 기쁨에 들떠 있었다. 그는 그녀에게 자신이 찾은 것을 말하지 않았다.

다음 날, 아이가 항아리를 내려놓는 소리가 들리자, 실베르는 높이 자란 잡초들로 덮인 문턱을 밀어서 치운 다음, 조용히 문을 열었다. 머리를 내밀자, 우물 둘레돌 위에서 몸을 기울인 채, 우물 속을 바라보면서, 기다림에 온 정신을 쏟고 있는 미에트가 보였다. 그는 크게 두 걸음 만에, 벽에 의해 생긴 움푹한 곳에 도달했다. 그리고 거기에서 그녀를 소스라치게 하는, 부드러운 목소리로 불렀다. "미에트! 미에트!" 그녀는 그가 벽의 갓돌 위에 있다고 생각해 고개를 들었다. 그리고 자스에 들어온 그를, 가까이에서 보자, 그녀는 놀라 낮게 소리 질렀다. 그녀가 달려갔다. 그들은 손을 잡았다. 그들은 서로를 바라보았다. 서로 아주 가까이 있는 것이 황홀했고, 따스한 햇살 속에 둘 다 훨씬 더 잘생겼다고 생각했다. 그날은 8월 15일 성모 승천절이었다. 멀리서, 대축일의 쾌청한 대기 속에서, 종들이 울리고 있었는데, 그 대기에는 순진한 기쁨의 숨결이 유난히 깃들어 있는 듯했다.

"안녕, 실베르!"

"안녕, 미에트!"

그들은 아침 인사를 나누는 자신들의 목소리에 깜짝 놀랐다. 그들은 서로의 목소리를 우물의 메아리 때문에 쉰 목소리로만 알고 있었다. 그 목소리는 이제 그들에게 종달새 노랫소리처럼 명쾌했다. 아! 이 포근한 구석에서, 축제의 분위기 속에서, 얼마나 기분이 좋은지! 벽에 몸을 기대고 있는 실베르와 약간 뒤로 몸을 젖힌 미에트, 그들은 언제까지나 서로의 손을 잡고 있었다. 그들이 짓고 있는 미소가, 그들 사이에서 빛을 발했다. 그들이 우물의 둔탁한 울림에 감히 다 말하지 못했던 온갖 좋은 일들을 서로에게 말하려고 할 때였다. 희미한 소리가 들려 머리를 돌리던 실베르가 얼굴이 하얗게 질리며 미에트의 손을 놓았다. 그는 방금 그 앞 문턱에 멈춘 채, 똑바로 서 있는 디드 아줌마를 보았다.

할머니는 우연히 우물에 오게 되었다. 시커먼 낡은 담벼락에서, 실베르가 활짝 열어 두었던 문의 밝은 틈새를 얼핏 본 그녀는 엄청난 충격을 받았다. 그녀에게 그 하얀 틈새는 자신의 과거 속에서 별안간 파헤쳐진 빛의 구렁 같았다. 그녀는 아침 햇빛 속을 달려가는, 안절부절못하는 사랑의 격정으로 그 문턱을 넘어가는 자신을 다시 보았다. 그리고 마카르는 그녀를 기다리며 거기 있었다. 그녀는 그를 뜨겁게 포옹하고, 그의 가슴에 안겼다. 그녀가 미처 닫을 새도 없어 열어 둔 문으로 떠오르는 해가 그녀와 함께 안뜰로 들어와 비스듬히 그들을 햇살로 물들였다. 노인의 잠에서 난폭하게 그녀를 끌어낸 뜻밖의 광경은, 마치 최고의 벌처럼, 뜨거운 불에 덴 듯 얼얼하게 그녀 안의 기억을 깨웠다. 그 문이 열릴 수 있다는 생각을 그녀는 한 번도 한 적이 없었다. 그녀에게, 마카르의 죽음은, 그 문을 막게 했다. 우물, 담벼락 전부는 지하로 사라질 것이고, 그녀는 그보다 더 놀랄 일은 겪지 않게 될 것이다. 경악 속에서도, 그 문턱을 침범한 후, 그녀 뒤로 열린 무덤처럼 하얗게 뚫린 구멍을 남겨 둔 불경한 손에 슬그머니 격분하는 마음이 일어났다. 그녀는 뭔가에 이끌리듯이, 앞으로 나아갔다. 그녀는 문틀에서, 꼼짝 않고 서 있었다.

거기에서, 그녀는 고통스러울 정도로 놀라며, 앞을 바라보았다. 푸크가의 소유지가 자스·메프랑과 합쳐졌다는 소식은 들어서 알고 있었다. 하지만 그녀는 자신의 청춘이 거기에서 끝났다는 것을 결코 생각하지 못했을 것이다. 강풍이 불어 그녀에게 소중하게 남아 있던 기억이 모두 사라진 것 같았다. 오래된 집, 채소가 심어진 네모난 초록색의 넓은 채소밭은 이미 사라지고 없었다. 예전의 돌과 나무는 하나도 없었다. 그녀가 자랐던 그 곳, 전날 밤에도 눈을 감으면 떠올랐던 곳 대신, 아무것도 없는 땅 조각, 황량한 땅처럼 쓸쓸한 넓은 그루터기 밭이 펼쳐져 있었다. 이제는, 눈을 감고 과거의 일들을 떠올리려 하면, 그녀의 청춘이 묻힌, 땅에 던져진 누런 거친 모직물 수의처럼 보이는 그 그루터기 밭이 떠오를 것이다. 어디서나 볼 수 있는 무심한 전경 앞에서, 그녀는 자신의 마음이 또 한 번 죽는 것을 느꼈다. 이제는, 정말로 모든 것이 끝났다. 그녀의 추억 어린 꿈마저 빼앗겼다. 그녀는 하얀 통로의 유혹에, 영원히 사라져 버린 날들 위로 활짝 열린 그 문의 유혹에 굴복한 것을 후회했다.

그녀는, 그 문을 들추어낸 손을 알아보려 하지도 않고, 물러나 저주받은 그 문을 닫으려 했다. 그때 미에트와 실베르를 보았다. 당황하면서 머리를 숙인 채, 그녀의 눈길을 기다리던, 사랑에 빠진 두 아이의 모습에, 그녀는 더 생생한 고통에 사로잡혀, 문턱에서 발걸음을 떼지 못했다. 그녀는 그제야 알아차렸다. 끝까지, 그녀와 마카르는 밝은 아침 속에 서로를 껴안고 있을 운명이었다. 두 번씩이나, 그 문이 공범이었다. 사랑이 오갔던 문을 통해, 사랑이 또다시 오가고 있었다. 그것은, 현재의 기쁨과 미래의 눈물과 함께, 영원한 되풀이였다. 디드 아줌마는 눈물뿐인 삶을 살았고, 강렬한 예감처럼, 가슴에 총을 맞고, 피 흘리는 두 아이의 모습을 보았다. 방금 그곳이 그녀 안에서 일깨운, 삶의 고통스러운 기억에 충격받은 그녀는, 자신이 사랑하는 실베르를 생각하며 울었다. 그녀만이 비난받아 마땅했다. 그녀가 예전에 그 담을 뚫지 않았다면, 실베르가 그 외진 구석에서, 죽음을 성나게 하고 질투하게 만드는 그런 행복에 취해, 한 소녀에게 잘 보이려고 하지 않았을 것이다.

잠시 침묵 후, 그녀는 한마디도 없이 다가가, 젊은이의 손을 잡았다. 그녀가 죽음을 면할 수 없는 그 감미로움에 자신도 공범이라고 생각지 않았다면, 아마 그들을 거기에 그대로 남겨 두었을 것이다. 그녀가 실베르와 함께 돌아갈 때, 서둘러 항아리를 들고 그루터기 밭을 가로질러 달아나는 미에트의 가벼운 발소리를 듣자, 뒤를 돌아보았다. 아이는 그렇게 별다른 일 없이 끝난 것에 기뻐서, 미친 듯이 달려가고 있었다. 디드 아줌마는 도망치는 염소처럼 밭을 가로질러 가는 그녀를 보며, 자기도 모르게 미소를 지었다.

"저 아이는 정말 어리구나." 그녀가 중얼거렸다. "그녀는 시간이 있어."

아마도, 그녀는 미에트가 고통받고 울 시간이 있다는 것을 말하는 듯했다. 그리고 맑은 햇살 속에서 달려가는 아이를 황홀한 눈길로 뒤쫓는 실베르에게 다시 눈길을 옮기며, 짧게 덧붙였다.

"얘야, 조심해라. 그것 때문에 죽기도 하니."

그 말은, 그녀 안에서 깊숙이 잠자고 있던 모든 고통을 휘저어 놓았던 그 연애 사건에 대해 그녀가 입 밖에 낸 유일한 말이었다. 그녀는 스스로 침묵의 수도자 생활을 해 왔다. 실베르가 들어온 후, 그녀는 문을 단단히 잠그고 열쇠를 우물 속에 던졌다. 그녀는 그렇게 함으로써 더는 문이 그녀를 공범으로 만들지 않을 것이라고 확신했다. 그녀는 다시 와 잠깐 문을 살폈고, 어둡고 변함없는 본모습으로 돌아온 문에 만족했다. 무덤은 다시 닫혔고, 하얀 틈새는, 축축하고 푸른 이끼가 낀, 달팽이들이 은빛 눈물을 흘렸던 검은 널빤지들로 영원히 봉해졌다.

그날 밤, 디드 아줌마는, 그녀를 이따금 뒤흔들어 놓는 신경 발작을 일으켰다. 발작하는 동안, 그녀는 자주 큰 소리로, 두서없이, 악몽을 꾸는 듯 말했다. 그날 밤, 뒤틀린 가련한 그 몸에, 가슴을 에는 듯한 연민으로 애통해하며 침대 위에서 그녀를 붙들고 있던 실베르는, 그녀가 헐떡이면서 세관원, 총격, 살인 같은 말을 하는 것을 들었다. 그녀는 발버둥 쳤고, 자비를 구했고, 복수를 열망했다. 발작이 끝날 무렵에는, 언제나 그렇게 이상한 공포가 격렬하게 닥치듯이, 이를 딱딱 부딪치며 공포로 떨었다. 그녀는 몸을 반쯤 일으키며, 얼이 빠질 만큼 놀란 듯이 방의 구석들을 바라보더니, 긴 한숨을 내쉬면서 베개 위로 다시 쓰러졌다. 아마 환각에 사로잡힌 것 같았다. 그리고 그녀는 실베르를 끌어안았고, 잠시 다른 사람으로 혼동했지만, 그를 다시 알아보기 시작하는 것 같았다.

"그들이 저기 있어." 그녀가 더듬더듬 말했다. "봐, 그들이 너를 잡아갈 거야. 그들이 또다시 너를 죽일 거야……. 싫어, 그 사람들을 돌려보내. 그들에게 내가 원치 않는다고, 그들이 그렇게 날 쳐다보면, 나에게 고통을 준다고 말해."

그리고 그녀는, 그녀가 말하는 그 사람들을 더는 보지 않으려고, 벽 쪽으로 돌아누웠다. 잠시 침묵 하던 그녀가 다시 입을 열었다.

"내 옆에 있는 거지, 얘야? 나를 떠나지 마…… 좀 전에 내가 죽는 줄 알았단다. 우리가 벽을 뚫은 건 잘못한 일이었어. 그날 이후, 나는 고통을 겪었단다. 그 문이 우리에게 다시 불행을 불러오리라는 것을 잘 알고 있었지……. 아! 사랑하는 순결한 사람들, 너무나 슬프구나! 그들은 살해될 거야, 그들 또한 개처럼, 총을 맞고."

그녀는 다시 마비 상태에 빠졌고, 실베르가 거기 있는지조차 모르는 듯했다. 돌연 그녀가 몸을 일으켰고, 극심한 공포를 보이며, 침대 발치를 바라보았다.

"왜 저들을 쫓아내지 않았어?" 그녀가 젊은이의 가슴에 하얀 머리를 파묻으며 소리쳤다. "저들이 계속 저기에 있어. 총 든 사람이 곧 쏘겠다고 나한테 말하고 있어……."

조금 후, 그녀는 발작을 멈추고 깊은 잠에 빠져들었다.

다음 날, 그녀는 모든 것을 잊어버린 듯했다. 그녀는 실베르에게 연인과 함께 있던 그를 담 뒤에서 보았던 아침에 대해 한 번도 입에 올리지 않았다.

젊은이들은 서로 만나지 못한 채 이틀을 보냈다. 미에트가 용기를 내어 우물로 왔을 때, 그들은 이틀 전의 모험을 다시는 되풀이하지 않기로 약속했다. 하지만 그들의 대면이 너무나 급작스럽게 끝나, 행복하게 숨어서, 단둘이 만나고 싶은 강한 열망을 가지게 되었다. 우물이 그들에게 주었던 기쁨도 싫증이 난 데다, 디드 아줌마를 슬프게 하고 싶지 않아서, 담 반대쪽에서 미에트를 만나던 실베르는, 아이에게 다른 곳에서 만나자고 애원했다. 그녀도 기꺼이 받아들였다. 그녀는 그 제안을 아직 나쁜 것을 생각하지 못하는 어린애처럼 만족스러운 웃음과 함께 승낙했다. 그녀를 웃게 만든 것은 쥐스탱의 감시를 멋지게 따돌리는 생각 때문이었다. 연인들의 생각이 일치하자, 그들은 만남의 장소를 어디로 할지 오랫동안 논의했다. 실베르는 불가능한 은신처들을 제안했다. 그는 정말 여행처럼 멀리 가거나, 자정에 자스·메프랑의 헛간 다락에서 소녀를 만나고 싶어 했다. 그보다 더 현실적인 미에트는 어깨를 으쓱 올리며, 자기가 찾아보겠다고 말했다. 다음 날, 그녀는 우물에 잠깐 머물다 갔는데, 실베르에게 웃어 보이더니 열 시경에 생미트르 공터 끝 쪽에서 보자고 말하고는 곧바로 떠났다. 젊은이가 정확하게 시간을 맞출 수 있는 것은 확실했다! 온종일 미에트의 선택이 그를 무척 궁금하게 만들었다. 그가 공터 깊숙이, 널빤지 더미들로 만들어진 길에 접어들었을 때, 그의 호기심이 더 커졌다. '그녀가 저기로 오겠지.' 그가 니스로 쪽을 바라보며 생각했다. 그때 담 뒤에서 나뭇가지 소리가 크게 들리더니, 머리가 헝클어진 채, 두건을 쓴, 생글거리는 얼굴이 나타나 즐겁게 소리치는 것을 보았다.

"나야!"

그것은 정말로, 자스의 담을 따라 여전히 지금도 자라고 있는 뽕나무 하나를 사내아이처럼 기어오른 미에트였다. 훌쩍 두 번 만에 뛰어, 길 안쪽, 담벼락 모서리에 반쯤 파묻혀 있는 묘비 위로 그녀가 내려섰다. 실베르는 그녀를 도와줄 생각도 못 한 채, 그녀가 내려오는 모습을 경탄하며 바라보았다. 그가 그녀의 두 손을 잡으며 말했다.

"정말 재빠른데! 나보다 잘 오르네."

그들은 그렇게 너무나 즐거운 시간을 보내게 될 그 외딴 구석에서 처음으로 만났다. 그날 밤부터, 그들은 거의 매일 밤 만났다. 우물은 그들에게 그들의 만남이나 약속 시간 변경, 아주 사소한 소식들이지만 그들이 보기에는 대단한 소식들을 알릴 때만 사용했고, 늦을까 봐 마음 쓰지 않아도 되었다. 한쪽이 다른 쪽에게 전할 말이 있으면, 날카로운 도르래 소리가 아주 멀리서도 들리기 때문에, 도르래를 움직이는 것으로 충분했다. 어떤 날들은 아주 중요한 사소한 것들을 서로에게 말하기 위해 두세 번씩 서로를 호출했지만, 그들이 정말로 기쁨을 맛보는 것은 바로 밤이었고, 은밀한 오솔길에서 만날 때였다. 미에트가 제시간에 오는 것은 드물었다. 그녀의 침실은 다행히 부엌 위, 그녀가 그 집에 오기 전, 겨울 식량을 저장해 두었던 방, 작은 전용 계단을 통해 가는 방이었다. 그래서 그녀는 레뷔파 고모부나 쥐스탱에게 들키지 않고 아무 때나 나갈 수 있었다. 하지만 언젠가 그녀가 들어오다가 쥐스탱에게 들키게 되면, 그가 말 한마디도 못 꺼낼 정도로 험악하게 노려보면서, 싸움을 걸 생각이었다.

아! 얼마나 행복하고 포근한 밤인지! 그때는 남부 지방에서 화창한, 9월 초였다. 연인들은 아홉 시경에나 만날 수 있었다. 미에트는 담벼락을 넘어 도착했다. 그녀는 곧 그 장애를 너무나 능숙하게 넘어서, 언제나 실베르가 팔을 내밀기도 전에 오래된 묘비로 내려서곤 했다. 그녀는 힘든 곡예를 해낸 자신에게 만족한 듯 웃었고, 숨이 차고 머리는 헝클어진 채 잠시 거기에 서서 올라간 치마를 톡톡 쳐서 내렸다. 그녀의 연인은 웃으면서 그녀를 '못된 개구쟁이'라고 불렀다. 사실 그는 아이의 그런 허세를 좋아했다. 그는 그녀가 담을 뛰어넘는 모습을, 동생의 훈련을 지켜보는 형처럼 흐뭇하게 바라보았다. 싹트기 시작한 그들의 사랑 안에는 어리고 유치한 감정들이 많았다. 여러 번, 그들은 비요른강 가에 가서, 새집을 찾으려는 계획도 세웠다.

"내가 나무를 얼마나 잘 타는지 보게 될걸!" 미에트가 자랑스레 말했다. "샤바노즈에 있을 때 앙드레 할아버지 호두나무 꼭대기까지 갔었어. 너는 까치집을 찾은 적 있어? 그것 정말 어려운 일이야!"

하지만 포플러나무를 타고 올라가는 방법에 대해선 의견이 분분했다. 미에트는 사내아이처럼 자신의 소견을 명확히 밝혔다.

그러나 실베르는 그녀의 무릎을 잡아, 땅에 내려놓았고, 그들은 서로의 허리를 감싼 채 나란히 걸었다. 나뭇가지들이 새로 나올 때 손과 발을 놓는 방식에 대해 다투면서도, 그들은 더욱 더 서로의 몸을 끌어당겼고, 그렇게 껴안고 있으면, 묘한 설렘으로 그들을 뜨겁게 하는 낯선 열기를 느꼈다. 우물은 그런 즐거움을 준 적이 한 번도 없었다. 그들은 아이였고, 개구쟁이들처럼 놀고 수다를 떨었으며, 사랑에 대해 말할 줄도 모른 채, 손가락만 살짝 잡아도, 연인 사이의 짜릿함을 느꼈다. 그들은 자신들의 감각과 마음이 어디로 가는지도 모르면서, 본능적인 욕망으로, 서로의 따뜻한 손을 찾았다. 행복하고 순진한 그때, 조금만 몸이 닿아도, 서로에게서 느끼던 이상한 감동조차 모른 척했다. 미소 지으며, 때로는 몸이 닿자마자, 그들 사이에 흐르는 감미로움에 놀라며, 그들은 초등학생처럼, 닿기가 너무나 어려운 까치 둥지에 대해 계속 떠들면서, 새로운 느낌이 드는 나른함에 슬며시 빠져들었다.

그들은 널빤지 더미와 자스·메프랑 담벼락 사이의, 조용한 오솔길을 걸었다. 그들은 좁은 막다른 골목 끝을 넘어간 적이 없었고, 매번 되돌아왔다. 그곳은 그들만의 집이었다. 미에트는 그렇게 꼭꼭 숨을 수 있다는 것에 행복해하면서, 멈추어 서서, 자신이 찾아낸 곳이라며 자랑하곤 했다.

"내가 정말이지 행운의 손이라니까!" 그녀가 황홀해하며 말했다. "아주 멀리 가 봐도, 이렇게 멋진 아지트는 찾지 못했을 거야!"

빽빽하게 자란 잡초들 덕분에 그들의 발소리도 들리지 않았다. 어두운 양쪽 기슭 사이에서 이리저리 흔들리는, 어둠의 물결 속에 잠겨 있는, 그들 머리 위로 별들이 총총히 박힌, 짙은 푸른빛 띠만 보였다. 그들이 밟고 다니는 물결 같은 땅에서, 황금빛 도는 어두운 하늘 아래 흘러가는 어두운 개울을 닮은 오솔길에서, 그들은 말할 수 없는 감동을 느꼈고, 듣는 사람이 아무도 없어도 목소리를 낮추었다. 조용히 오가는 밤의 물결 따라, 몸과 마음이 흐르는 대로, 그들은 그런 밤, 연인들의 짜릿한 기쁨과 함께, 수많은 사소한 일과에 대한 이야기를 나누었다.

어떤 때는, 달이 담과 널빤지 더미들의 선을 선명하게 드러내는 환한 밤 같은 때에도, 미에트와 실베르는 아이들답게 무사태평이었다. 하얀 빛줄기들로 환한 오솔길이 아주 즐겁게, 전혀 비밀스러운 데 없이, 길게 뻗어 있었다. 두 친구는 서로 쫓아가면서, 쉬는 시간의 개구쟁이들처럼 웃었고, 널빤지 더미들 위로 위험을 무릅쓰고 기어올랐다. 실베르는 미에트를 겁주려고, 그녀를 감시하는 쥐스탱이 어쩌면 담 뒤에 있을 거라고 말하기도 했다. 그리고 그들은 여전히 숨을 헐떡이며, 둘 중 누가 더 빨리 상대를 잡는지 알아보기 위해, 언젠가 생트클레르 들판으로 가서 달리자는 약속을 하며, 나란히 걸었다.

싹트기 시작한 그들의 사랑은 그렇게 캄캄한 밤과 환한 밤을 있는 그대로 받아들였다. 그들의 마음은 항상 경계하고 있었고, 그들의 포옹이 더 감미로워지고 그들의 웃음에 뭔가 나른한 기쁨이 깃들게 되는 데는 약간의 어둠만으로도 충분했다. 달빛 아래에서도 너무나 즐겁고, 우중충한 날씨에도 신기하게 너무나 감동적인, 그 소중한 아지트는 그들에게 끝없는 즐거움이 터져 나오고 무궁무진한 전율을 느끼게 해 주는 곳 같았다. 시내가 모두 잠들고 도성 밖 창문들이 하나둘 꺼져 갈 때도, 자정까지 그들은 거기에 머물렀다.

자기들만 있어도 그들은 전혀 불안하지 않았다. 그런 한밤중에는, 개구쟁이들처럼 널빤지 더미 뒤에서 벌이는 숨바꼭질 놀이는 더는 하지 않았다. 이따금, 두 청춘 남녀에게, 도로를 지나가는 일꾼들의 노래나, 가까운 보도에서 목소리가 들리면, 그들은 생미트르 공터 쪽으로 슬그머니 눈을 돌렸다. 목재 야적장이, 아무도 없이, 드문드문 그림자들로 채워진 채, 펼쳐져 있었다. 포근한 밤이면, 그곳에서 그들은 사랑에 빠진 연인들의 어렴풋한 형체와 대로 가장자리에, 두꺼운 널빤지에 앉아 있는 노인들을 목격하곤 했다. 밤이 점점 서늘해지면, 그들은 우수 어린 황량한 공터에서, 집시들의 불과 불 앞을 지나가는 커다란 검은 그림자들밖에 보지 못했다. 조용한 밤의 대기는 그들에게, 문을 닫으며 저녁 인사를 하는 시내 사람의 목소리, 덧문 닫히는 소리, 시간을 알리는 괘종시계의 장중한 소리, 잠드는 한 지방 도시의 희미해져 가는 그런 모든 소리들을 전달해 주었다. 플라상이 잠들면, 그들은 집시들이 다투는 소리, 그들의 모닥불이 탁탁 튀는 소리가 들렸고, 그 소리에 섞여 돌연, 거친 억양으로 가득 찬, 알 수 없는 언어로 노래하는 소녀들의 쉰 듯한 굵은 목소리들이 올라왔다.

그러나 그 연인들은, 밖에서, 생미트르 공터 안에서, 오래 지켜보지는 않았다. 서둘러 집으로 돌아가면서, 그들이 사랑하는 은밀하게 둘러싸인 오솔길을 따라 다시 건곤 했다. 그들은 사실 다른 사람들, 시내 사람 모두를 개의치 않았다. 악독한 사람들과 그들을 분리하는 널빤지들이 그들에게는, 급기야, 뛰어넘을 수 없는 성벽으로 보였다. 그들은 자신들밖에 없고, 도성 밖 한가운데 있는 로마 문과 아주 가까운, 그 구석진 곳에서 너무 자유로운 나머지, 때로는 아주 멀리 나가 있거나, 비요른강의 어떤 구덩이 깊숙이나, 허허벌판에 있다는 생각이 들 정도였다. 그들에게 들리는 모든 소리 중에서, 그들이 유일하게 불안한 마음으로 듣는 소리는, 밤에 천천히 울리는 괘종시계 소리였다. 시간을 알리는 종이 울리면, 그들은 때로는 들리지 않는 척하거나, 때로는 항의하듯, 갑자기 걸음을 멈추곤 했다. 그렇지만 10분 더 유예 시간을 가져도, 작별의 인사를 나눌 수밖에 없었다. 늘 놀라워하면서, 내심 그 감미로움을 즐기던, 숨이 막힐 것 같은 그 이상한 느낌을 맛보기 위해서라도, 그들은 서로 꼭 껴안은 채, 더 놀 수 있었을 것이며, 아침까지 수다를 떨 수 있었을 것이다. 마침내 미에트는 다시 담 위로 올라가기로 했다. 그래도 전혀 끝난 것이 아니었다. 작별 인사는 아직도 족히 15분이나 더 걸렸다. 소녀가 담을 뛰어넘었어도, 계단처럼 사용하는 뽕나무 가지를 붙잡고, 그녀는 갓돌 위에 팔꿈치를 댄 채 그대로 있었다. 실베르는 묘비 위에 서서 그녀의 손을 다시 잡고선, 작은 소리로 말하기 시작했다. 그들은 열 번도 더 되풀이했다. "내일 봐." 그러면서도 여전히 새롭게 할 말이 남아 있었다. 실베르가 나무랐다.

"자, 내려가. 자정이 넘었어."

그러나 소녀다운 고집으로, 미에트는 그가 먼저 내려가라고 말했다. 그녀는 그가 가는 모습을 보고 싶어 했다. 젊은이가 따르지 않자, 그녀는, 당연히, 그를 벌할 마음으로, 불쑥 말했다.

"뛰어내릴 거야. 두고 봐."

그녀는, 실베르가 경악하는 가운데, 뽕나무에서 뛰어내렸다. 그는 그녀가 떨어지는 둔탁한 소리를 들었다. 그녀는 웃음을 터뜨리며, 그의 마지막 작별 인사에 대답도 하지 않고 달아났다. 그는 그녀의 희미한 그림자가 어둠 속으로 사라질 때까지 바라보며 잠시 서 있다가, 그제야 천천히 내려와, 생미트르 막다른 골목으로 돌아갔다.

2년 동안, 그들은 매일 그곳에 왔다. 처음 만났을 때는, 그곳에서 아직 포근한 아름다운 밤을 보내며 즐거워했다. 흙과 새로 돋아난 나뭇잎들의 향긋한 냄새가 따뜻한 공기 속에 떠돌 때면, 연인들은 생기 넘치는 달, 5월로 생각할 정도였다. 돌아온 봄, 때늦은 봄은 그들에게는 오솔길을 자유롭게 뛰어다니게 해 주고, 그곳에서 그들의 우정을 단단히 묶어 주는 하늘의 축복 같았다.

그다음에 비, 눈, 강추위가 왔다. 겨울의 그런 심술도 그들을 막지 못했다. 미에트는 늘 커다란 갈색 망토를 걸치고 왔고, 그들 둘 다 험한 날씨를 아랑곳하지 않았다. 건조하고 맑은 밤, 작은 바람에 그들의 발밑에서 하얀 서리가 날리고, 그들의 얼굴을 가는 막대기처럼 때릴 때면, 그들은 앉는 것을 자제했다. 그들은 망토를 푹 뒤집어쓰고, 뺨이 파래진 채, 너무 추워 눈물을 흘리면서도, 더 빨리 왔다 갔다 했다. 그래도 그들은 몹시 얼어붙은 대기 속을 빨리 걷는 것 때문에 무척 즐거워하며, 웃었다. 어느 눈 오는 날 밤, 그들은 커다란 눈덩이를 만들어 구석에서 굴리며 놀았다. 그 눈덩이는 족히 한 달은 거기에 있어서, 만날 때마다 매번 그들을 놀라게 했다. 비도 그들을 두렵게 하지 못했다. 뼛속까지 젖을 정도로 엄청난 폭우가 쏟아져도, 그들은 만났다. 실베르는 미에트가 만나러 나오는 미친 짓을 하지 않을 거라 생각하면서도 뛰어나갔다. 미에트가 이어 도착하자, 그는 더는 그녀를 나무라지 못했다. 사실, 그도 그녀를 기다리고 있었다. 비가 오면 밖으로 나가지 않겠다고 서로에게 약속하고도, 어쨌든 둘 다 나올 것을 잘 알기에, 그는 결국 악천후 때 필요한 피난처를 찾기 시작했다. 몸을 가릴 곳을 찾기 위해 그는 널빤지 더미 하나를 파 보는 수밖에 없었다. 그는 거기에서 나뭇조각 몇 개를 끄집어냈고, 그것들을 쉽게 옮기고 다시 제자리에 놓을 수 있도록, 움직일 수 있게 만들었다. 그때부터, 연인들은 그들만의 낮고 좁은 피난처, 네모난 굴을 가지게 되었는데, 그 작은 집 속에 서로가 꼭 붙어 있으면 겨우 앉을 수 있는 두꺼운 널빤지를 넣어 두었다. 비가 올 때는, 먼저 도착한 사람이 거기로 피했다. 그리고 그들이 거기에서 함께 있을 때면, 널빤지 더미 위로 북처럼 둔탁하게 떨어지며 구르는 폭우 소리를 한없이 기뻐하며 듣곤 했다. 그들 앞에, 그들 주위로, 칠흑 같은 어두운 밤 속에서, 그들에게 보이지는 않아도 엄청나게 빗물이 흘러내렸고, 끝없이 들리는 그 소리는 군중의 함성과 비슷했다. 그러고 있는 동안, 이 세상 끝 아주 먼 곳에, 깊은 물 저 밑에, 정말이지 완전히 그들뿐이었다. 다른 사람들과 떨어져, 홍수 한가운데, 하늘에서 쏟아지는 엄청난 빗물 때문에 매 순간 휩쓸려 갈 것처럼 위태로운 널빤지 더미 속에서, 그들이 그토록 행복한 적은 없었다. 그들의 굽힌 무릎이 거의 입구에 닿아서, 그들은 가늘게 흩날리는 빗물에 젖은 뺨과 손을 최대한 많이 밀어 넣었다. 그들 발치로, 널빤지에서 굵은 물방울들이 일정한 간격으로 떨어지며 찰랑거렸다. 그들은 갈색 망토 속에서 따뜻했다. 그들이 있는 곳이 워낙 좁다 보니, 미에트는 실베르의 무릎에 반쯤 걸터앉았다. 그들은 재잘재잘 수다를 떨었다. 그러다가 포옹의 온기와 단조롭게 흘러가는 폭우 소리에 졸리기도 하고, 나른해져서 입을 다물었다. 폭우가 쏟아지는 날, 손에는 우산을 펼쳐 들고, 소녀들을 심각하게 걷게 만드는 비에 대한 사랑과 함께, 그들은 거기에 그렇게, 몇 시간 동안 있었다. 결국에는 비 오는 밤을 더 좋아하게 되었다. 오로지, 헤어져 있는 시간이 더욱 고통스러웠다. 비가 세차게 쏟아져도 미에트는 담을 뛰어넘었고, 자스·메프랑의 물웅덩이들을 캄캄한 어둠 속에서 건넜다. 그녀가 그의 팔을 놓고 떠나면, 실베르는 바로 어둠 속에서, 시끄러운 빗속에서, 그녀를 잃어버렸다. 그는 귀를 기울였지만 들리지도 않았고, 보이지도 않았다. 그러나 그들 두 사람이 그렇게 갑자기 이별했을 때의 불안은 오히려 묘미가 있었다. 다음 날까지, 그들은 개도 밖에 내놓지 않는 그런 날씨에 서로에게 아무런 일도 일어나지 않았는지 생각했다. 그들은 어쩌면 미끄러졌거나 길을 잃었을 수도 있었다. 그때 서로를 걱정하며 느꼈던 엄청난 두려움 덕분에, 다음 만남은 더 달콤했다.

마침내 화창한 날들이 돌아왔고, 4월이 되자 밤은 온화하고, 초록빛이 도는 오솔길의 풀들은 엄청나게 높이 자랐다. 하늘에서 내려오고 땅에서 올라오는 생명의 물결 속에서, 원기 왕성한 계절의 취기 속에서, 때때로 연인들은, 오롯이 그들만이 고립되어 있었던 때, 모든 인간의 소리와는 아주 멀리 떨어져 있었던 그 겨울의 고독을, 비 오는 저녁들을, 얼어붙은 밤들을 그리워했다. 지금 해는 너무 더디게 졌다. 그들은 긴 석양을 원망했고, 밤이 상당히 어두워져서야 미에트가 사람들의 눈에 띄지 않고 담을 타오를 수 있게 되고, 그들이 마침내 자신들의 소중한 오솔길로 살짝 들어왔어도, 그들은 사랑에 빠진 아이들의 수줍고 유치한 사랑에 어울리는 고독을 누릴 수 없었다. 생미트르 공터는 사람들로 북적였다. 도성 밖 개구쟁이들이 들보 위에서 서로를 쫓아다니고, 소리 지르며, 열한 시까지 남아 있었다. 때로는 그들 중 하나가 널빤지 더미 뒤로 숨으러 왔다가, 미에트와 실베르를 쳐다보며 열 살짜리 악동다운 뻔뻔스러운 웃음을 짓기도 했다. 들킬까 두려운 마음, 계절이 점차 따뜻해질수록, 그들 주변에서 커져 가는, 생명이 깨어나는 소리는, 그들의 만남을 초조하게 만들었다.

그래서 그들은 좁은 오솔길이 숨 막히기 시작했다. 오솔길이 그렇게 뜨겁게 전율하며 떨었던 적이 없었다. 그 땅이, 예전 묘지의 남아 있던 뼈들이 잠들어 있는 그 기름진 땅이, 그렇게까지 자극적인 숨결을 내보낸 적이 없었다. 그들은, 봄이 되면 격렬하게 타오르는, 그 외진 구석의 관능적인 매력을 즐기기에는 아직도 너무나 어린 시절에 머물러 있었다. 풀들은 그들 무릎까지 올라왔다. 그들은 힘들게 오갔고, 어린싹을 밟았을 때, 어떤 식물은 그들을 취하게 하는 자극적인 향내를 발산했다. 그러면 이상하게 나른해지고, 마음이 혼란스러워져 비틀거리게 되고, 발이 풀들에 묶이기라도 한 듯, 눈은 반쯤 감고, 더는 나아가지도 못한 채, 담에 기대곤 했다. 그들에게는 공중에 떠도는 나른함이 몽땅 그들 속으로 들어온 것 같았다.

초등학생처럼 원기 왕성한 그들은 그런 갑작스러운 무력증에 어찌할 바를 몰라, 결국 자신들의 은둔 때문에 공기가 부족했다고 여겨 그들의 우정을 더 멀리, 들판으로 데리고 나가기로 마음먹었다. 그래서 매일 밤, 새로운 탈출이 시작되었다. 미에트는 자신의 망토를 걸치고 왔다. 두 사람은 넓은 옷 속에 몸을 감추고, 담을 따라 걸음을 서둘렀고, 대로로, 훤한 들판으로, 대기가 먼바다의 파도처럼 도도하게 흐르는 넓은 들판으로 나갔다. 그들은 더는 숨 막히지 않았고, 그곳에서 자신들의 소년기를 다시 발견했으며, 현기증도, 생미트르 공터의 높게 자란 풀들이 그들에게 일으키는 취기도 사라지는 것을 느꼈다.

그들은 두 번의 여름 동안 그 한적한 곳을 휘젓고 다녔다. 어떤 바위라도, 어떤 풀밭이라도 그들을 한눈에 알아보았다. 그들의 친구가 되지 않은 나무숲, 울타리, 잡목이라고는 하나도 없었다. 그들은 자신들의 꿈을 실현했다. 그것은 생트클레르 초원을 아주 빠르게 달리는 것이었는데, 미에트는 멋지게 달렸고, 실베르는 그녀를 잡기 위해 최대한 큰 걸음으로 내달려야 했다. 그들은 까치집도 찾아다녔다. 미에트는 고집부리며, 샤바노즈에서 자신이 나무를 얼마나 잘 타고 올라갔는지 보여 준다며, 끈으로 치마를 묶고, 가장 높은 포플러 위로 올라갔다. 실베르는 아래에서, 무서워 떨면서, 혹여 그녀가 미끄러지면 그녀를 받아 들려는 것처럼, 두 팔을 내밀고 있었다. 그 놀이는 그들의 성적 본능을 가라앉혔고, 학교를 빠져나온 두 개구쟁이가 되어 어느 날 밤 서로 치고받기까지 할 뻔했다. 그러나 넓은 들판에는, 그들에게 전혀 유효하지 못한 구덩이들이 여전히 있었다. 그들이 걷는 동안은 시끄럽게 웃고, 밀치고, 짓궂은 장난도 쳤다. 그렇게 아주 멀리 나갔고, 때로는 가리그 언덕들까지 가기도 했으며, 가장 좁은 오솔길을 따라, 종종 들판을 가로질렀다. 그 고장은 그들의 것이었다. 그들은 거기에서 땅과 하늘을 즐겼고, 하고 싶은 대로 하며 살았다. 미에트는, 자신에게는 관대한 부인네처럼, 길을 가다 그녀의 얼굴을 때린 포도송이, 푸른 아몬드 가지를, 전혀 개의치 않고 포도밭, 아몬드나무들에서 따곤 했다. 그것은 실베르의 단호한 소신과 어긋나는 일이었지만, 그녀가 어쩌다 토라지면 의기소침해지는 그였기에 감히 소녀를 야단치지 못했다. '아! 나쁜 여자네!' 그는 그 상황을 유치하게 부풀려 생각하곤 했다. '그녀가 나를 도둑으로 만들 수 있겠어.'

미에트는 훔친 과일 일부를 그의 입에 넣어 주었다. 그가 사용한 계략은 그녀의 본능적인 서리 욕구에 대한 관심을 돌리기 위해 그녀의 허리를 잡고, 과일나무들을 피해, 포도밭을 따라 자신을 쫓아오게 하는 것이었지만, 금방 창의력이 고갈되었다. 그래서 그는 그녀를 억지로 앉혔다. 그들이 다시 숨 막히기 시작한 것이 바로 그런 때였다. 비요른강의 움푹 들어간 곳들 중에는, 특히 그들에게 열병을 일으키는 음지가 가득했다. 피곤해서 강가로 오게 되면, 그들은 아이다운 유쾌한 즐거움을 잃어버렸다. 버드나무들 아래는 단장한 여인의 사향 냄새가 나는 주름진 천과 비슷한, 회색빛 어둠이 감돌았다. 아이들은, 그들을 달콤하게 끌어안는 밤처럼 향기롭고 포근한 그 천들이, 그들의 관자놀이를 쓰다듬고, 물리칠 수 없는 나른함으로 감싸는 것을 느꼈다. 저 멀리, 생트클레르 초원에서 울어 대는 귀뚜라미 소리가 들리고, 비요른강은 그들 발치에서 연인들처럼 속삭이며, 촉촉한 입술로 부드러워진 소리를 내며 흘렀다. 잠든 하늘에서 별들이 뜨거운 비처럼 쏟아졌다. 하늘, 강물, 어둠이 전율하는 그 아래에서, 아이들은 풀밭에 등을 대고 나란히 누워서, 몽롱한 채 어둠 속을 멍하니 바라보며, 별안간 서로의 손을 찾아 꼭 잡곤 했다.

그런 황홀한 상태의 위험을 막연하게 느끼던 실베르는 때때로 몸을 벌떡 일으키고는, 강 가운데 낮은 수심으로 드러난 작은 섬들을 가 보자고 제안했다. 둘 다, 맨발로, 모험을 했다. 미에트는 자갈들은 아랑곳하지 않았고, 실베르가 그녀를 잡아 주는 것을 원치 않았지만, 한번은 물결에 휩쓸려 주저앉고 말았다. 그러나 물은 20센티미터도 되지 않았고, 다행히 겉치마만 말리면 되었다. 섬으로 들어가자, 그들은 긴 모래밭에 엎드렸고, 그들의 눈은 강의 수면과 같은 높이에서, 멀리, 맑은 밤 은빛 비늘처럼 반짝이는 강물을 바라보았다. 그때 미에트가 자신은 배를 탔다고, 섬이 분명히 움직인다고 주장했다. 그녀는 정말로 섬이 그녀를 싣고 가는 것을 분명히 느꼈다. 그들의 눈에 넘실대는 물결만 가득 들어오면서 현기증이 일어나자 그들은 잠시 즐거워했고, 거기에, 강가에, 물을 가르며 노를 젓는 뱃사공처럼, 낮은 소리로 노래하면서 머물렀다. 어떤 때, 섬이 낮은 둑처럼 될 때면, 거기에 풀밭처럼 앉아서, 맨발을 물속에 담그곤 했다. 몇 시간이나, 그들은 발뒤꿈치로 물을 튀기거나, 다리를 흔들거리면서 이야기를 나누었고, 시원해서 그들의 열기를 가라앉히는 그 평화로운 수반(水盤) 안에서 열풍에서 벗어나는 기쁨을 누리곤 했다.

발을 담그는 재미에 맛들이자, 그들의 아름다운 순수한 사랑을 망치게 할 수도 있는 기발한 생각이 미에트의 머릿속에 떠올랐다. 그녀는 어떻게 해서라도 깊은 곳에서 몸을 담그고 싶어 했다. 비요른강의 다리 약간 위쪽에, 깊어 봤자 겨우 1미터 내외 정도 되는, 매우 안전한, 아주 적당히 깊은 곳이 있다고, 그녀가 말했다. 무척 더운 날이어서, 어깨까지 물에 담그면 좋을 것 같았다. 게다가 그녀는 아주 오래전부터 수영하는 법을 배우고 싶어 죽을 지경이었고, 실베르가 그녀에게 가르쳐 줄 수 있을 것이다. 실베르는 이의를 제기했다. 밤에, 그런 행동은 신중하지 못하고, 사람들이 그들을 볼 수도 있으며, 그렇게 되면 그들에게 해가 될지도 모른다. 그러나 그는 진짜 이유는 말하지 않았다. 그는 본능적으로 이 새로운 놀이에 매우 경각심을 가졌고, 어떻게 옷을 벗을 것이며, 물 위에서 미에트를 자신의 맨팔로 어떻게 잡아 주어야 할지도 생각해 보았다. 미에트는 그런 곤란함에 대해선 생각하지 않는 것 같았다.

어느 날 밤, 그녀는 오래된 드레스를 잘라 만든 수영복을 가져왔다. 실베르는 디드 아줌마 집으로 돌아가 자신의 수영 팬츠를 찾아와야 했다. 그 놀이는 완전히 순수했다. 미에트는 멀리 가지도 않았다. 그녀는 자연스럽게, 버드나무 그림자 속에서 옷을 벗었고, 그림자가 너무 짙어서 어린아이의 몸은 아주 잠깐 희미한 흰빛으로 보였을 뿐이었다. 밤에, 갈색 피부의 실베르는, 어린 떡갈나무의 어두운 몸통처럼 보였다. 반면 맨살을 드러낸 소녀의 통통한 팔다리는 강가 자작나무의 뽀얀 줄기와 닮았다. 둘 다, 그들 위의 높은 무성한 나뭇잎들이 물 위에 만들어 내는 어두운 점들에 싸여, 즐겁게 물속으로 들어갔고, 차가운 물에 놀라, 서로를 부르며, 서로에게 소리쳤다. 소심함, 드러내지 않은 창피함, 마음속 부끄러움, 그 모든 것이 다 잊혔다. 그들은 거기에서 족히 한 시간 동안 머물렀고, 철벅거리면서, 서로의 얼굴에 물을 끼얹으면서, 미에트는 화를 냈다가도 웃음을 터뜨렸고, 실베르는 그녀에게 첫 수업을 가르치면서, 그녀가 익숙해지도록, 이따금 그녀의 머리를 물속으로 집어넣곤 했다. 그녀 수영복의 허리춤을 손으로 잡고, 다른 손은 배 아래를 받치고 있는 동안, 그녀는 팔다리를 맹렬히 움직이며, 수영을 하고 있다고 믿었다. 그러나 그가 그녀를 놓는 순간, 그녀는 소리치며 몸부림쳤고, 두 팔을 내밀고 물속에서 허우적거리며 젊은이의 허리든, 손목이든 잡고 매달렸다. 그녀는 잠시 그에게 기대어 자신을 내맡겼고, 숨 가빠 하며, 온통 물이 흐르는 몸으로, 쉬었다. 그녀의 젖은 수영복은 그녀의 순수한 상반신의 매력들을 그대로 드러냈다. 그녀가 소리쳤다.

"다시 말하지만, 너 일부러 나한테 그러는 거지, 나를 붙잡지 않잖아."

그녀를 잡기 위해 몸을 기울인 실베르, 정신없이 구명대에 매달리듯 젊은이의 목에 매달린 미에트, 그들이 그렇게 부둥켜안은 모습에는 전혀 부끄러운 생각이 자리 잡지 않았다. 차가운 물속에서의 수영은 그들을 크리스털처럼 순수하게 만들었다. 그들은 포근한 밤, 몽롱하게 보이는 나뭇잎들 가운데, 웃고 있는 벌거벗은 두 순수한 영혼들이었다. 실베르는 몇 번 수영을 한 후, 나쁜 점만 생각했던 자신을 마음속으로 뉘우쳤다. 미에트는 아주 빠르게 옷을 갈아입었고, 그의 팔 안에서 그녀는 너무나 청량했고, 너무나 환하게 웃었다!

그렇게 보름이 지날 때쯤, 소녀는 수영을 할 수 있었다. 팔다리를 자유로이 움직이며, 물결에 흔들리면서, 그와 함께 놀기도 하면서, 그녀는 강의 부드러운 탄력성에, 하늘의 고요에, 우울한 둑의 몽상에 푹 빠져 있었다.

두 사람이 소리 없이 수영하고 있을 때면, 미에트는 양쪽 기슭의 나뭇잎들이 두꺼워지고, 그들에게 몸을 숙이면서, 거대한 커튼으로 그들을 숨겨 주는 것 같았다. 달빛이, 희미한 빛들이 나무들 사이로 미끄러지듯 스며들었고, 부드러운 형상들이 하얀 옷을 입은 기슭을 따라 거닐었다. 미에트는 무서워하지 않았다. 그녀는 그림자가 움직이는 모습을 지켜보면서 말할 수 없는 감동을 느꼈다. 그녀가 천천히 움직이며, 앞으로 나아가는 동안, 달빛으로 맑은 거울 같은, 고요한 물은, 그녀가 다가갈 때 은실로 짠 천처럼 구겨졌다. 둥근 원이 넓게 퍼지면서, 기슭의 어둠 속으로, 버드나무의 늘어진 가지 아래로 사라졌고, 신비한 찰랑거리는 소리가 들렸다. 팔로 헤치며 나아갈 때마다, 그녀는 온갖 소리들로 가득 찬 구멍들을, 더 서둘러 지나가게 되는 움푹 들어간 컴컴한 곳들을, 작은 숲들을, 줄지어 선 나무들을 찾아냈다. 그것들의 컴컴한 덩어리들은 다른 모습으로 바뀌어, 몸을 쭉 늘려서, 둑 위에서부터 그녀를 따라오는 것 같았다. 그녀가 위를 보고 누울 때면, 깊어 보이는 하늘은 그녀를 더욱 감동시켰다. 밤의 모든 탄식으로 만들어진, 나지막한 목소리가, 들판에서, 더는 그녀에게 보이지 않는 지평선들에서, 길게 올라와 들리는 듯했다.

그녀는 전혀 몽상적인 성격이 아니었지만, 온몸으로, 온 감각으로 하늘, 강, 그림자, 빛들을 즐겼다. 특히 강이, 그 물이, 움직이는 그 땅이, 그녀를 무한히 어루만지며 싣고 갔다. 그녀가 강의 흐름을 거슬러 올라갈 때면, 물결이 그녀의 가슴과 다리에 맞닿으면서 더 빠르게 스쳐 지나가는 것을 느끼면서 그녀는 크나큰 즐거움을 느꼈다. 그것은 웃음을 참을 수 없게 만드는, 아주 부드럽고도 긴 간지럼이었다. 그녀는 더 깊이 몸을 잠기게 해서, 입술까지 물이 닿게 했고, 물이 그녀의 어깨 위로 흘러가, 그녀를 턱에서 발끝까지 스치듯 입 맞추면서, 그녀를 단숨에 감쌀 수 있게 했다. 그녀는 수면에서 꼼짝도 못 할 정도로 나른해지는 것을 느꼈다. 반면 작은 물결들은 부드럽게 그녀의 수영복과 피부 사이로 흘러 들어와 옷을 부풀렸다. 그녀는 양탄자 위의 암고양이처럼, 고요한 수면에서 뒹굴었다. 그녀는 달이 잠겨 있는, 환한 물에서, 무성한 나뭇잎들로 어두워진, 검은 물로 나아가면서, 마치 양지바른 들판을 벗어나, 목덜미로 떨어지는 나뭇가지의 냉기를 느낀 것처럼 전율을 느꼈다.

이제 그녀는 옷을 벗기 위해 물러나, 몸을 숨겼다. 물속에서, 그녀는 말이 없었다. 그녀는 실베르의 손이 그녀에게 닿는 것을 더는 원하지 않았다. 그녀는 그 옆에서 부드럽게 따라가며, 잡목을 가로질러 날아가는 새처럼 살며시 수영했다. 이따금 그녀는, 자신도 설명할 수 없는 막연한 두려움에 사로잡혀, 그의 주변을 돌았다. 그도, 그녀의 몸에 스치기라도 하면 멀어졌다. 강은 이제, 그들의 마음을 이상하게 동요시키는, 그들을 나른하게 만드는 취기, 쾌감을 주는 나른함만 주었다. 물놀이에서 나오면, 그들은 특히 졸리고 어지러움을 느꼈다. 그들은 녹초가 된 것 같았다. 미에트는 옷을 갈아입는 데 족히 한 시간은 걸렸다. 그녀는 우선 셔츠와 치마만 걸쳤다. 그리고 풀밭에 누운 채 피곤하다고 투덜대면서, 몇 걸음 떨어져 있는, 정신이 멍한 채, 팔다리는 온통 이상하고도 기분 좋게 나른해 있는 실베르를 불렀다. 돌아올 때면, 그들의 포옹은 더는 뜨겁지 않았으며, 서로의 옷을 통해, 수영으로 부드러워진 서로의 몸을 더 잘 느꼈고, 한숨을 크게 내쉬며 멈추곤 했다. 아직도 온통 젖은 미에트의 엄청난 트레머리, 목덜미, 어깨는 상쾌한 향내, 순수한 향기가 났고, 결국 젊은이를 얼근히 취하게 만들었다. 다행히도, 어느 날 밤, 아이는 차가운 물 때문에 얼굴이 벌게진다고, 더는 수영하지 않을 거라고 선언했다. 분명히 그녀는 완전히 확실하게, 완전히 순수하게 그 이유를 말한 것이다.

그들은 다시 오랫동안 이야기를 나누었다. 실베르의 마음에는, 자신들의 무지한 사랑이 겪을지도 모를 위험은 사라지고, 오로지 미에트의 체력에 대한 경탄만 남았다. 보름 만에, 그녀는 수영하는 법을 배웠고, 종종 그들이 누가 더 빠른지 겨룰 때, 그는, 그녀가 자신만큼이나 빠른 팔로 물결을 헤쳐 나가는 것을 보았다. 힘, 신체 단련을 숭배하는 그는 너무나 강하고, 너무나 힘차고, 너무나 능숙한 신체의 그녀를 보면서 크게 감동받곤 했다. 그의 마음속에는 그녀의 굵은 팔에 대한 묘한 존경이 자리 잡았다. 그들을 신나게 웃게 만든 수영을 처음 하던 때, 수영을 끝낸 어느 날 밤, 그들은 모래판 위에서 서로의 허리를 잡고 드잡이했었다. 한참 동안 싸웠지만, 실베르가 미에트를 넘어뜨리지는 못했다. 그리고 젊은이가 균형을 잃었고, 서 있는 것은 바로 그 아이였다. 그녀의 연인은 그녀를 소년으로 대했고, 그들을 아주 오랫동안 보호하고 그들의 사랑을 더럽히지 않게 한 것은, 바로 그런 강행군, 초원을 가로지르는 광란의 질주, 나무 꼭대기에서 찾아낸 둥지였다. 실베르의 사랑 안에는 연인의 씩씩함에 대한 경탄 말고도, 가련한 사람들에 대한 따뜻하고 온유한 마음이 있었다. 버려진 사람, 가련한 사람, 도로의 먼지 속을 맨발로 걷는 아이를 볼 때마다, 연민으로 목이 메었던 그는, 아무도 미에트를 사랑하지 않았기 때문에, 그녀가 천민의 거친 삶을 살고 있기 때문에, 그녀를 사랑했다. 그녀가 웃고 있는 모습을 보면서, 자신이 그녀에게 준 그런 기쁨에 깊이 감동했다. 게다가 그 아이는 자기처럼 버려진 아이였다. 그들은 도성 밖 아낙네들에 대한 증오 속에서 의기투합했다. 그가 낮에 작업장에서 망치를 힘껏 두들기면서 마차의 바퀴들을 끼울 때, 그가 꾸는 꿈은, 터무니없이 관대한 생각들로 가득했다. 그는 구원자가 되어 미에트를 생각했다. 그가 읽은 모든 책이 그의 머리에서 되살아났다. 그는 언젠가 자신의 여자 친구와 결혼해서 사람들이 보는 앞에서 그녀를 다시 일으켜 세우고 싶었다. 그는 도형수의 딸을 구출하고 구원하는 것을, 자신의 신성한 소명으로 삼았다. 그의 머리는 몇몇 의로운 변론으로 온통 꽉 차 있어, 자신도 그런 상황을 간단히 설명하지 못했다. 그는 사회 신비주의* 한가운데서 헤매고 있었고, 극치의 찬란한 명예 회복을 상상했으며, 소베르 중앙로 끝에, 미에트가 왕좌에 앉아 있는 모습을, 시 전체가 머리를 숙이고, 용서를 구하며, 찬미가를 부르는 모습을 마음에 그리곤 했다. 다행히도, 미에트가 담을 뛰어넘어 대로에서 이렇게 말하면, 그런 멋진 일들을 잊었다.

"달리자, 응? 나를 잡지 못할걸."

그러나 젊은이가 자신의 연인에게 영광을 돌려주려는 불가능한 계획을 세웠다 하더라도, 정의에 대한 열망이 너무 강하다 보니, 그녀 아버지에 대해 이야기할 때 그녀를 종종 울리곤 했다. 실베르의 우정 덕분에 마음속 깊이 부드러워졌음에도 불구하고, 그녀는 이따금 불쑥 각성하게 되고, 불행한 시간들을 보냈다. 그러면 그녀는 고집과 혈기 왕성한 기질에서 오는 반항으로, 사나워진 눈초리와 꾹 다문 입술로, 완고해졌다. 아버지가 헌병을 죽인 것은 잘한 일이라고, 땅은 모든 사람들의 것이니, 언제 어디서나 총을 쏠 권리가 있다고 주장했다. 그러면 실베르는 진중한 목소리로, 그가 아는 대로, 플라상의 모든 사법관들을 펄쩍 뛰게 만들 수도 있는 이상한 설명과 더불어, 법을 설명했다. 이런 이야기는, 대체로 생트클레르 초원의 어느 외딴곳에서 일어났다. 짙푸른 색의 융단 같은 풀밭, 나무 한 그루 없이 깨끗한 지면이 끝이 보이지 않을 정도로 드넓게 펼쳐져 있고, 아무것도 없는 둥근 지평선을 별들로 채우고 있는 하늘도 거대해 보였다. 아이들은 녹지의 바다에서 이리저리 흔들리고 있는 것 같았다. 미에트는 끈질기게 맞섰다. 그녀는 실베르에게 자신의 아버지가 헌병한테 살해되는 게 더 나았는지 물었고, 실베르는 잠시 침묵했다. 그리고 그런 경우, 살인자보다는 희생자가 되는 것이 더 낫다고 말했고, 합법적 방어라고 해도 같은 인간을 죽인다는 것은 큰 불행이라고 말했다. 그에게 법은 신성한 것이고, 샹트그레유를 감옥에 보낸 판사들이 옳았다. 소녀는 격분하여, 자신의 애인을 때리려 했고, 그가 다른 사람들과 똑같이 나쁜 사람이라고 소리쳤다. 하지만 그가 정의에 대한 자신의 생각을 계속 확고하게 옹호하자, 그녀는 결국 울음을 터뜨리고 말았다. 그러고는 그가 그녀에게 자기 아버지의 죄를 계속 상기시키니, 그가 틀림없이 그녀를 부끄러워하고 있다고 중얼거렸다. 그러한 말다툼은 눈물로, 둘 다 북받친 감정 속에서 끝났다. 그러나 소녀가 울면서, 어쩌면 자신이 틀렸다고 인정하더라도, 그녀는 마음속 깊이 자신의 야성을, 다혈질의 분노를 간직하고 있었다. 언젠가 그녀는 헌병 하나가 그녀 앞에서 말에서 떨어져 다리가 부러졌다는 이야기를 아주 오래 웃으면서 들려준 적이 있었다. 그래도 미에트는 오로지 실베르를 위해 살았다. 실베르가 그녀의 고모부와 사촌에 대해 물을 때면, "모른다"고 대답했고, 그들 때문에 그녀가 자스·메프랑에서 너무 불행하게 살까 봐 걱정된 실베르가 계속 물을라치면, 그녀는 일을 많이 하고 있다고, 아무것도 바뀌지 않았다고 말했다. 하지만 그녀는 아침마다 그녀를 노래하게 만들고, 그녀의 두 눈을 온통 부드럽게 만든 것이 무엇인지 쥐스탱이 결국 알게 될 거라고 생각했다. 그러나 그녀가 덧붙였다.

"아무렴 어때? 그가 우리를 방해하러 오면, 잘 맞이해 주자. 그래서 더는 우리 일에 끼어들 생각을 못 하게 말이야."

그렇지만 자유로운 들판, 야외에서의 오랜 산책에 이따금 싫증 날 때가 있었다. 그들은 시끌벅적한 여름밤, 밟힌 풀들의 너무 진한 향, 뜨겁고 혼란스러운 숨결이 그들을 쫓아냈던 생미트르 공터로, 좁은 오솔길로 언제나 다시 돌아왔다. 그런데 어떤 밤은 오솔길이 더 안락했고, 바람 덕분에 오솔길은 시원해져서, 그들은 어지러움도 느끼지 않고 거기에서 머물 수 있었다. 그런 때 그들은 감미로운 휴식을 맛보았다. 묘비 위에 앉아, 아이들과 집시들의 소란스러움에는 귀를 닫은 채, 그들은 그들 집으로 다시 돌아와 있었다. 실베르는 여러 번 뼛조각들, 두개골 조각들을 그러모았고, 예전 묘지에 대해 말하기를 좋아했다. 활발한 상상력으로, 그들은 자신들의 사랑이, 이 부식토 속에서, 주검들로 비옥해진 이 외진 땅에서, 강하고 튼튼한 멋진 식물처럼 자라난 것은 아닌지, 막연하게나마 생각할 때도 있었다. 그들의 사랑은 그곳에서 잡초들과 함께 자라났다. 그들의 사랑은 그곳에서 조금만 바람 불어도 가지가 흔들리는, 활짝 열린 피 흘리는 심장과 닮은, 개양귀비처럼 꽃을 피웠다. 그들은 그들의 이마를 스쳐 지나가는 포근한 숨결, 어둠 속에서 들리는 속삭임, 오솔길을 뒤흔들어 놓는 긴 전율의 이유를 알았다. 그들의 얼굴에 자신들의 소멸된 열정을 내쉬고 있는 것은 바로 죽은 자들, 자신들의 첫날밤을 그들에게 들려주는 죽은 자들, 사랑하고 싶고, 다시 사랑을 시작하고 싶은 맹렬한 욕망에 사로잡혀, 땅속에서 몸을 뒤척이는 죽은 자들이었다. 그 뼈들은, 그들은 정말로 그렇게 느꼈는데, 그들을 위한 사랑으로 가득했다. 부서진 두개골은 그들 젊은 기운의 불길에 생기를 되찾았고, 가장 작은 유해들도 황홀한 속삭임으로, 근심스러워하는 마음으로, 떨리는 질투로 그들을 에워쌌다. 그들이 떠나면, 옛 묘지는 눈물을 흘렸다. 뜨거운 밤, 그들의 발을 칭칭 감고 휘청거리게 했던 풀들은, 바로, 그들을 붙잡고, 그들을 서로의 품으로 뛰어들게 하려고, 무덤에서 풀려 나온 올이었고, 땅에서 나온, 가느다란 손가락들이었다. 꺾인 줄기들에서 발산되는 자극적이고 강한 향은, 수정을 시키는 향내였고, 죽은 이들이 천천히 공들여 만들어 내는, 적막한 오솔길에서 방황하고 있는 연인들을 욕망으로 취하게 하는, 생명의 강력한 진액이었다. 죽은 사람들, 죽은 옛 사람들이 미에트와 실베르의 혼례를 원하고 있었다.

아이들은 한 번도 무서워한 적이 없었다. 자신들의 주변을 맴돌고 있다고 느껴지는 애정은 그들을 감동시켰고, 보이지는 않지만, 가벼운 날갯짓과 비슷하게, 종종 스치며 지나가는 존재들을 느끼면서 그들을 사랑하게 되었다. 아이들은 감미로운 슬픔으로 이따금 그냥 슬펐고, 죽은 자들이 왜 자신들을 원하는지 알지 못했다. 그들은 수액의 바다 한가운데서, 기름진 땅이 생명력을 배출하는, 그들의 결합을 절대적으로 요구하는, 버려진 묘지 끝에서, 자신들의 무지한 사랑을 계속 살았다. 그들의 귀에 윙윙 울리는 소리들, 그들의 얼굴을 온통 달아오르게 만드는 열기는, 그들에게 분명한 것은 아무것도 말해 주지 않았다. 죽은 자들의 소란이 너무 심한 날들도 있어서, 미에트는 열이 나고, 나른하게, 묘비에 반쯤 누워, 이렇게 말하려는 듯, 촉촉한 눈으로 실베르를 바라보곤 했다. '저들은 대체 뭘 원하는 거야? 왜 내 핏속에 뜨거운 불길을 불어넣는 거지?' 기진맥진하고, 얼이 빠진 듯한 실베르는 감히 대답도 못 하고, 대기 중에서 그가 알아차렸다고 생각한 뜨거운 말들을, 높게 자란 풀들이 그에게 전하는 말도 안 되는 조언들을, 두 아이의 사랑의 잠자리가 되어줄 제대로 닫히지 않은 뜨거운 무덤의, 전 오솔길의 간절한 애원을 차마 들려주지 못했다.

그들은 종종 그들이 찾아낸 뼈들에 대해 서로 묻곤 했다. 미에트는 여자의 본능으로, 비통한 이야기들을 아주 좋아했다. 새로운 뼈를 발견할 때마다, 끝없이 추측했다. 작은 뼈를 보면, 폐병에 걸리거나, 결혼 전날 열로 사라져 버린 아름다운 소녀에 대해 말했다. 뼈가 굵고 크면, 키가 큰 노인, 군인, 판사, 뭔가 끔찍한 남자를 상상했다. 묘비는 특히 오래 그녀의 관심을 끌었다. 어느 달 밝은 밤, 미에트는 묘비 한 면에서 반쯤 부식된 글자들을 보았다. 실베르가 가지고 있던 칼로 이끼를 걷어 냈다. 그리고 그들은 일부분이 사라진 글을 읽었다. **여기 잠들다…… 마리…… 사망……**. 미에트는 묘비에서 자신의 이름을 보자 충격을 받았다. 실베르는 그녀를 '맹꽁이'라고 불렀다. 그러나 그녀는 눈물을 참을 수 없었다. 그녀는 마음에 충격을 받았다고, 자신은 곧 죽을 거라며, 이 묘비는 자신을 위한 것이라고 말했다. 이번에는 젊은이도 불안을 느꼈다. 그러나 그는 소녀에게 창피를 주는 데 성공했다. 뭐라고! 그렇게 용감한 그녀가 애처럼 그렇게 유치한 일을 생각하다니! 그들은 웃고 말았다. 그리고 거기에 대해 다시 말하지 않기로 했다. 그러나 우울한 때나 흐린 하늘이 오솔길을 슬프게 하는 날이면, 미에트는 그 죽음을, 그렇게 오랫동안 그들의 만남을 도와준 무덤의, 그 미지의 마리를 입에 올렸다. 가련한 소녀의 뼈는 어쩌면 거기에 내내 있었다. 그녀는 어느 날 밤, 실베르가 묘비를 뒤집어서 그 아래에 무엇이 있는지 보고 싶다는 이상한 생각을 했다. 그는 불경스럽다는 생각에 거절했고, 그의 거절에 미에트는 자신과 같은 이름을 가진 그 소중한 유령에 대한 공상을 계속했다. 그녀는 마리가 꼭 자기 나이 때에, 열세 살에, 완전한 사랑 속에서 죽었기를 원했다. 그녀는 그 돌을, 그녀가 아주 민첩하게 올라섰고, 수없이 그들이 앉았으며, 죽음으로 차가워지고, 그들의 사랑으로 다시 뜨겁게 했던 그 돌을 불쌍히 여기기까지 했다. 그녀가 덧붙였다.

"두고 봐, 저건 우리에게 불행을 가져올 거야. 나는, 네가 죽으면, 나도 여기 와서 죽을 거야. 사람들이 이 돌을 내 몸 위로 굴려 놓으면 좋겠어."

실베르는 목이 메어, 그런 슬픈 일들을 생각하는 그녀를 나무랐다.

그렇게 거의 2년 동안, 그들은 좁은 오솔길에서, 드넓은 들판에서, 서로 사랑했다. 그들의 순정적인 사랑은, 12월의 몹시 차가운 비와 7월의 타오르는 유혹을 통과했고, 대다수 사랑처럼 타락에 빠지지 않았다. 그들의 순정은 그리스적 사랑 이야기의 감미로운 매력을, 뜨거운 순수함을, 욕망하지만 무지한 육체의 순진하고도 미숙한 단계를 지녔다. 죽은 자들, 오래전에 죽은 자들도 그들의 귀에 속삭였지만 소용없었다. 아이들은 옛 묘지에서 감동 어린 우수만, 짧은 삶에 대한 막연한 예감만을 가지고 갔다. 한 목소리가 그들에게 그들의 순수한 사랑과 함께, 결혼식 전에, 그들이 서로에게 자신을 주고자 하는 날, 그들이 떠나게 될 거라고 말해 주었다. 그들이 죽음을 사랑하게 된 곳은, 당연히 묘비 위, 무성한 풀 아래 숨겨진 뼈들 한가운데, 바로 거기였고, 12월의 그날 밤, 두 개의 종이 애처롭게 서로를 불러 댈 때, 오르셰르 도로 옆에서, 땅 밑에서 함께 잠들고 싶다는 씁쓸한 욕망을 더듬거리며 말하게 만든 곳도 바로 거기였다.

미에트는 실베르의 가슴에 머리를 기댄 채, 평화롭게 잠들었고, 실베르는 오래전의 만남들을, 언제나 큰 기쁨을 주었던 좋은 시절을 떠올렸다. 날이 밝자, 소녀는 잠을 깼다. 그들 앞에, 계곡이 하얀 하늘 아래 아주 청명하게 펼쳐졌다. 태양은 여전히 언덕 뒤에 있었다. 샘물처럼 맑고, 투명하고 차가운 빛이 희미한 수평선에서부터 퍼져 나왔다. 저 멀리, 하얀 새틴 리본 같은 비요른강이, 붉고 노란 땅 가운데로 흘렀다. 끝없는 전경이, 올리브나무의 회색 바다가, 넓은 줄무늬 천 조각처럼 보이는 포도밭이, 청명한 대기와 고요한 추위로 한층 넓어 보이는 들판이 펼쳐졌다. 잠깐씩 불어오는 산들바람에 아이들의 얼굴이 얼어붙었다. 그들은 다시 원기를 회복하며, 아침의 해맑은 모습들로 행복해져, 힘차게 일어났다. 그들의 두려웠던 슬픔은 밤과 함께 사라지고, 그들은 들판의 거대한 원을 황홀한 기쁨으로 바라보았고, 축제날이 시작됨을 즐겁게 알리는 듯한, 두 개의 종이 땡그랑거리는 소리를 듣고 있었다.

“아! 너무 잘 잤다!” 미에트가 소리쳤다. “네가 나한테 입 맞추는 꿈을 꾸었어……. 나한테 입 맞춘 거야?"

"그럴 수 있지." 실베르가 웃으며 대답했다. "나는 따뜻하지는 않았어. 엄청 추운 날씨야."

"나, 나는 발만 시려."

"이야! 달리자…… 8킬로미터나 가야 해. 네 몸이 다시 따뜻해질 거야."

그들은 언덕을 내려갔고, 달리면서 다시 도로로 접어들었다. 그들이 언덕 아래에 이르렀을 때, 그들이 앉아 있던, 입맞춤으로 서로의 입술을 불태웠던 바위에 작별 인사라도 하려는 듯, 머리를 들고 올려보았다. 그러나 그들은 그들의 사랑에 어떤 새로운 욕망을 불러일으켰던, 여전히 모호하지만 감히 말할 수 없는 그 뜨거웠던 애무에 대해서는 조금이라도 다시 꺼내지 않았다. 그들은 더 빨리 걸어야 한다는 핑계로, 서로의 팔을 잡지도 않았다. 그래도 그들은, 왠지는 몰라도, 서로를 바라보게 될 때, 약간 당황하면서도, 힘차게 걸었다. 그들 주위로, 날이 점점 밝아 오고 있었다. 젊은이는 작업장 주인이 이따금 그를 오르셰르로 보냈기 때문에, 주저 없이 유리한 길, 지름길을 선택했다. 그들은 그렇게 외진 길로, 끝없는 울타리와 담을 따라, 8킬로미터 이상을 갔다. 미에트는 실베르가 길을 잃은 거라며 타박했다. 종종, 몇십 분 동안이나, 마을의 기미도 보이지 않았고, 담과 울타리 너머로, 희미한 하늘을 배경으로 앙상한 가지가 뚜렷이 보이는, 길게 열 지은 아몬드나무만 보였다.

갑자기, 그들 앞에 바로 오르셰르가 나타났다. 기쁨의 환호성이, 왁자지껄한 군중 소리가 투명한 대기 속에서 청량하게 들려왔다. 저항군 무리가 이제 막 시내로 들어온 것이다. 미에트와 실베르는 낙오자들과 함께 그들 무리에 합류했다. 그들은 그런 열광적인 모습을 한 번도 본 적이 없었다. 거리들은, 닫집이 지나갈 때 창가에 가장 아름다운 깃발을 내거는, 행렬의 날 같았다. 사람들은 해방군을 환영하듯이 저항군을 열렬히 맞았다. 사람들은 그들에게 입 맞추었고, 여자들은 먹을 것을 가져왔다. 문에는 노인들이 울며 서 있었다. 노래하고, 춤추며, 부산한 몸짓 속에서, 소란스럽게 드러내는, 완전한 남부식의 환희였다. 미에트가 지나갈 때, 그녀는 중앙 광장에서 펼쳐지는 거대한 파랑돌 춤에 휩쓸렸다. 실베르가 그녀를 따라왔다. 죽음, 절망에 대한 생각은 그때 멀리 사라졌다. 그는 싸우기를 원했고, 적어도 자신의 목숨을 소중하게 희생하고 싶었다. 투쟁에 대한 생각으로 그는 다시 취했다. 그는 승리를, 만인의 공화국의 위대한 평화 속에서, 미에트와의 행복한 삶을 꿈꾸었다.

오르셰르 주민들의 우호적인 환영은 저항군에게 마지막 기쁨이었다. 그들은 그날 빛나는 신뢰 속에서, 끝없는 희망 속에서 보냈다. 시장실에 갇혔던 죄수들, 시카르도 사령관, 가르소네 시장, 페로트 씨와 그 외 사람들은 중앙 광장을 향해 나 있는 창문에서 겁먹은 채 놀라면서, 그 파랑돌 춤을, 그들 앞에서 벌어지는 거대한 열광의 물결을 바라보았다.

"저런 형편없는 녀석들!" 극장 칸막이 좌석의 벨벳 커버에 기대듯, 창문 난간에 기대어, 사령관이 중얼거렸다. "저 너절한 놈들을 몽땅 쓸어버릴 수 있는 포병대 한둘도 오지 않는다니!"

그러고 나서 미에트를 알아본 그는 가르소네 시장을 향해 덧붙였다.

"보시오, 시장님, 저 키 큰 붉은 옷 여자애를. 창피한 일입니다. 저들은 저들 매춘부를 함께 달고 왔군요. 좀 더 지나면, 재미난 것들을 보겠어요." 가르소네 시장이 고개를 끄덕이면서 '사슬 풀린 욕정'과 '우리 역사에서 가장 고약한 날들'에 대해 말했다. 새파랗게 질려 있는 페로트 씨는 말이 없었다. 그가 딱 한 번 입을 연 적이 있었는데, 계속 신랄하게 험한 욕을 하고 있는 시카르도에게 말할 때였다.

"제발, 좀 더 작은 소리로! 당신 때문에 우리가 다 죽겠소."

사실 저항군은 그 남자들을 최대한 친절하게 대했다. 그들은 밤에 훌륭한 저녁도 차려 주었다. 그러나 시 징세관 같은 겁쟁이들에게는 그런 대접이 더 공포스러웠다. 반란군이 그들을 잡아먹을 때, 더 살찌고 더 부드러워지도록 그렇게 잘 대우하는 것이 분명했다..

석양 무렵, 실베르는 사촌 형인 의사 파스칼과 맞닥뜨렸다. 그 학자는, 그를 존경하는 노동자들과 함께 이야기를 나누면서, 걸어서 무리를 따라왔다. 그는 무엇보다 그들이 투쟁을 멈추도록 애썼다. 그리고 그들의 주장에 설득된 듯했다.

"여러분, 어쩌면 당신들이 옳을지도……." 그가 애정이 깃든 무심한 미소로 그들에게 말했다. "싸우시오. 나도 함께 있으면서 당신들 팔다리를 꿰매 줄 테니."

아침이 되자, 그는 도로를 따라 자갈과 식물들을 조용히 주워 모으기 시작했다. 그는 지질학자용 작은 망치와 식물 채집용 상자를 가져오지 않아 낙담했다. 지금 그의 주머니는 돌로 가득 채워져 터질 지경이고, 겨드랑이에 끼고 있는 통에서는 긴 풀 다발이 삐져나왔다.

"이런, 얘야, 너구나!" 그가 실베르를 알아보고 소리쳤다. "나는 우리 집안에서 나 혼자뿐이라고 생각했지."

그는 그 마지막 말을, 슬쩍 그의 아버지와 앙투안 삼촌의 술책들을 비웃듯이, 약간 빈정거리며 말했다. 실베르는 사촌을 만난 것이 기뻤다. 의사는 루공 집안 중에 길에서 그와 악수하며 진심 어린 우정을 보여 주는 유일한 사람이었다. 그래서 도로의 먼지를 뒤집어쓰고 있는 그를 보았을 때, 그가 공화파의 대의를 인정한다고 생각하며 매우 기뻐했다. 실베르는 민중의 권리, 민중의 신성한 대의, 그들의 확실한 승리에 대해, 젊은이답게 호언장담하며 그에게 말했다. 파스칼은 미소를 띠고 그의 말을 들었다. 그러고는 그의 이목구비의 열렬한 움직임을, 그 관대한 열정 밑에 무엇이 있는지 보기 위해, 마치 어떤 대상을 연구하고 어떤 열정을 해부하듯이, 흥미롭게 관찰했다.

"어떻게 그렇지! 어떻게 그렇지! 너는 정말 네 할머니의 손주가 맞구나!"

그리고 그가 나지막한 소리로, 메모하는 화학자의 어조로 덧붙였다.

"극도의 흥분인가 열정인가, 수치스러운 광증인가 아니면 숭고한 광증인가. 언제나 고약한 신경이 문제군!"

그리고 아주 큰 소리로 결론을 내리며, 자기 생각을 요약했다.

"가계는 완벽해. 이제 영웅도 갖게 될 거야."

실베르는 듣지 못했다. 그는 자신의 소중한 공화국에 대해 계속 말했다. 조금 떨어진 곳에, 여전히 커다란 붉은 망토를 걸친 미에트가 쉬고 있었다. 그녀는 실베르를 떠나지 않았고, 그들은 서로의 팔짱을 낀 채 시내를 돌아다녔다. 키 큰 붉은 옷의 소녀가 마침내 파스칼의 궁금증을 불러일으켰다. 그가 갑자기 사촌의 말을 막고 물었다.

"너와 함께 있는 저 아이는 누구니?"

"제 아내예요." 실베르가 의젓하게 대답했다.

의사는 놀라 두 눈을 크게 떴다. 그는 이해하지 못했다. 여자들 앞에서 소심했던 그는 자리를 뜨면서, 미에트에게 크게 경의를 표했다.

불안한 밤이었다. 저항군 위로 불행의 바람이 불어왔다. 열정, 전날 밤의 확신은 어둠과 함께 사라진 듯했다. 아침에, 안색들이 어두웠다. 서로 슬픈 시선들을 주고받았고, 낙담의 긴 침묵이 흘렀다. 무시무시한 소문이 들려왔다. 전날부터 수장들이 잘 숨기고 있었지만, 말하는 사람들이 없었어도, 단숨에 군중을 공포로 몰고 가는 보이지 않는 입을 통해 불어온, 나쁜 소식들이 퍼져 나갔다. 파리는 정복되고, 지방은 협조했다는 소문들이었다. 그런 소문에다 마르세유에서 출발한 많은 군대가, 마송 대령과 도지사 드 블레리오의 명령에 따라 반도 무리를 때려잡기 위해 강행군하면서 전진하고 있다는 소문도 따라왔다. 그것은 좌절이었고, 분노와 절망으로 가득 찬 각성이었다. 전날 애국의 열기로 불타올랐던 사람들은, 강추위 속에서 수치스럽게 무릎 꿇은, 굴복한 프랑스로 인해 몸이 떨리는 것을 느꼈다. 그러니까 오직 그들만이 마땅히 지켜야 할 의무에 대한 영웅적 정신을 지녔던 것이다! 그들은 그때, 죽은 것처럼 침묵하는 국가 속에서, 모두의 공포 속에서 아연실색했다. 그들은 반역자가 되었다. 사람들은 그들을 향해 야수처럼 총을 쏘며 사냥할 것이다. 자신들은 위대한 투쟁을, 민중의 항거를, 권리의 영광스러운 쟁취를 꿈꾸었을 뿐인데! 그런 파국 속에서, 그런 포기 속에서, 그 소수의 사람들은 자신들의 죽어 버린 신념을, 사라져 버린 정의에 대한 꿈을 슬퍼했다. 프랑스 전체를 비겁하다고 욕하면서 무기를 버리고 도로 옆에 주저앉는 사람들도 있었다. 그들은, 공화당원들이 어떻게 죽을지 보여 주기 위해, 거기서 군대의 총알을 기다리겠다고 말했다.

그들 앞에는 추방이나 죽음밖에 없을지라도, 떠나는 사람은 거의 없었다. 놀라운 연대가 그 무리를 단결시켰다. 분노는 수장들을 향했다. 그들은 정말로 무능했다. 돌이킬 수 없는 실수들이 행해졌었다. 지금, 방치되고, 훈련도 받지도 못한, 겨우 몇 명의 보초들이 지키고 있는, 우유부단한 사람들의 명령을 받고 있는 저항군은 제일 먼저 나타나는 군인들에게 당할 처지에 놓여 있었다.

그들은 오르셰르에서, 화요일과 수요일 이틀을 더 보냈는데,

시간을 허비했고 상황을 더 악화시켰다. 실베르가 플라상의 도로에서 미에트에게 알려 주었던, 군도를 찬 장군은 망설였고, 자신을 짓누르는 끔찍한 책임감에 시달렸다. 목요일, 그는 오르셰르의 위치가 위험하다고 판단했다. 한 시경, 그는 출발 명령을 내렸고, 자신의 소규모 병력을 생트루르 고지로 이끌었다. 그곳은 지킬 줄만 안다면 빼앗을 수 없는 자리였다. 생트루르는 언덕 비탈에 집들을 층층이 지은 곳이다. 마을 뒤로는, 거대한 암석들이 지평선을 막고 있었다. 일종의 성채 같은 그곳은, 고원 아래에서 넓어지는, 노르 평원을 통해서만 올라올 수 있다. 웅장한 느릅나무가 심어진, 가로수 길로 만들었던, 일종의 광장은 평원을 내려다보고 있었다. 저항군이 야영한 곳이 바로 이 광장이었다. 산책로 가운데 있는 여인숙, 뮐블랑슈 호텔을 인질들의 감옥으로 삼았다. 무겁고 침울한 밤이 지나갔다. 배신행위에 관한 이야기가 나돌았다. 아침부터, 가장 단순한 대비조차 무시했던, 군도를 찬 사령관이 열병했다. 징집병들이 갈색 상의, 짙은 짧은 외투에 붉은색 허리띠로 졸라맨, 온갖 이상하고 어수선한 복장으로, 평원을 등진 채 줄지어 섰다. 시퍼렇게 갈린 날카로운 낫, 토목공의 넓은 삽, 사냥꾼의 매끄러운 총신들이, 기묘하게 뒤섞인 무기들이, 밝은 태양 아래 반짝였다. 급조된 장군이 말을 타고 작은 군대 앞을 지나갈 때, 바로 그 순간, 올리브나무 밭에 놔둔 채 잊고 있었던 보초병이 정신없이 손짓하며, 소리치며 달려왔다.

"군인들이다! 군인들이다!"

이루 말할 수 없는 동요가 일었다. 처음엔 잘못된 경보라고 생각했다. 저항군은 규율 준수도 잊어버리고, 군인들을 보기 위해, 앞장서서 광장 끝까지 달려 나갔다. 대열들이 무너졌다. 사방으로 번쩍이는 총검들과 함께, 반듯한 군대의 검은 행렬이, 회색빛 올리브나무 장막 뒤에서 나타나자, 순간 모두 뒷걸음질 쳤고, 혼란 속에 빠졌고, 고원의 이 끝에서 저 끝까지, 공포의 전율이 훑고 지나갔다.

그러나 가로수 길 가운데 있던 라 팔뤼와 생마르탱드보는 다시 대열을 정비하고 단단하게 서 있었다. 동료들 위로 머리가 나올 정도로 거인인, 한 벌목꾼이 붉은 넥타이를 흔들면서 외쳤다. "샤바노즈, 그라유, 푸졸, 생퇴롭 전투 준비! 튈레트, 전투 준비! 플라상, 전투 준비!"

군중의 커다란 물결이 광장을 가로질렀다. 군도를 찬 남자는 파브롤 사람들에 둘러싸여, 베르누, 코르비예르, 마르산, 프뤼나 같은 농촌에서 온 징집병들과 함께 적의 허를 노려 측면에서 공격하기 위해 떠났다. 발케라, 나제르, 카스텔비으, 레 로슈누아르, 뮈르다랑 등의 다른 지역은 왼쪽으로 달려가, 저격병으로 노르 평원으로 흩어졌다.

가로수 길에서 사람들이 빠져나가는 동안, 벌목꾼이 도움을 요청했던 시와 촌락들이 모여들었고, 전투 규칙이라곤 전혀 없이, 들쭉날쭉, 길을 막거나 죽기 위해, 거기에 굴러온 돌덩이처럼, 느릅나무들 아래에 검은 무리를 이루었다. 플라상은 이 영웅적인 전투 부대 가운데 있었다. 회색 작업복과 윗도리들 속에서, 무기들의 푸르스름한 섬광 속에서, 두 손으로 깃발을 들고 있는 미에트의 망토는 커다란 붉은 자국처럼, 피 흐르는 선명한 상처 자국처럼 보였다.

갑자기 아주 조용해졌다. 뮐블랑슈의 창문 중 하나에서, 페로트 씨의 창백한 얼굴이 나타났다. 그는 무슨 말인가를 하면서, 손짓했다.

"들어가시오, 덧문을 닫으시오." 저항군이 격한 어조로 외쳤다. "그러다가 죽게 될 거요."

덧문이 급히 닫혔고, 다가오는 군인들의 규칙적인 발소리밖에 들리지 않았다.

한없이 긴, 1분이 흘렀다. 군대가 보이지 않았다. 그들은 땅이 낮아진 곳에 숨었고, 곧바로 저항군은, 평원 쪽에서 지면 가까이 내밀고 있는 총검들의 뾰족한 끝을 보았고, 마치 강철 이삭이 쑥쑥 자라고 있는 밀밭처럼, 그것들이 점점 자라고 커지면서, 뜨는 해와 함께 달려왔다. 그때 실베르는 그를 뒤흔든 열기 속에서 자신 앞에, 그의 손에 피가 묻었던 그 헌병이 지나가는 것을 본 듯했다. 그는 동료들 이야기를 통해 랑가드가 죽지 않았고, 단지 한쪽 눈이 파열되었다는 것을 알았다. 실베르는, 한쪽 눈구멍이 피 흘리며 비어 있는 끔찍한 모습의 그를 분명히 알아보았다. 플라상을 떠난 이후 생각해 보지 않았던, 그 남자에 대한 기억이 날카롭게 되살아난 것이 그에게는 견딜 수 없었다. 그는 두려워질까 봐 두려웠다. 그는, 짙은 안개에 잘 보이지도 않지만, 총을 쏘고 싶은 열렬한 마음, 총격으로 애꾸눈의 모습을 내쫓고 싶은 열렬한 마음으로, 소총을 단단히 부여잡았다. 총검들은 계속, 천천히 올라오고 있었다.

군인들의 얼굴이 광장 끝에서 나타나자, 실베르는 본능적으로 미에트를 향해 몸을 돌렸다. 그녀는 거기에, 발그레한 얼굴로, 붉은 깃발의 주름 속에, 더 커진 모습으로 있었다. 그녀는 군대를 보기 위해 발돋움하고 있었다. 초조한 기다림 때문인지, 그녀의 콧구멍이 떨렸고, 그녀의 붉은 입술 사이로 어린 늑대처럼 하얀 이빨이 드러났다. 실베르는 그녀에게 미소 지었다. 총격전이 벌어졌을 때도, 그는 그녀를 바라보고 있었다. 아직 어깨만 보이는 군인들이 방금 첫 번째로 총을 쏘았다. 실베르는 커다란 바람이 그의 머리 위로 불었던 것 같았는데, 총알들로 잘린 나뭇잎들이 느릅나무에서 비처럼 쏟아졌다. 죽은 가지가 부러지는 소리 같은, 둔탁한 소리가 들려, 그는 자신의 오른쪽을 보았다. 그는 다른 사람보다 머리 하나가 더 있는 덩치 큰 벌목꾼이, 이마 가운데에 작은 검은 구멍이 난 채, 땅에 쓰러진 것을 보았다. 그는 닥치는 대로 앞에 대고 총을 쏘았고, 재장전한 다음 다시 당겼다. 성난 이처럼, 아무것도 생각하지 않는 짐승처럼, 죽이기 위해 성급한 사람처럼. 그는 더는 군인들을 분간하지도 못했다. 느릅나무들 아래로, 회색 모슬린 천 조각처럼 보이는 연기가 떠돌았다. 나뭇잎들이 저항군 위로 비처럼 계속 쏟아졌다. 군대는 너무 높게 조준했다. 때때로, 귀를 찢는 총격 소리 속에서, 젊은이의 귀에 거친 숨소리와 둔중하게 헐떡이는 소리가 들렸다. 무리 속에서 작은 밀침이 있었는데, 옆 사람들의 어깨에 쓰러지면서 매달리게 된 불행한 사람에게 자리를 만들어 주기 위한 것 같았다. 총격은 10분 동안 계속되었다.

그리고 두 번의 일제 사격 사이에, 한 남자가 공포에 질린 끔찍한 말투로 "재주껏 도망쳐!" 하고 외쳤다. 이어 분노가 끓어오르는 소리, 불평이 들렸다. "비겁한 놈들! 오! 비겁한 놈들!" 불길한 말들이 돌았다. 장군이 도망갔다. 기병대가 노르 평원에 흩어져 있던 저격병들을 칼로 베었다. 총격은 멈추지 않았고, 갑작스러운 화염을 내뿜으며 불규칙적으로 터져 나왔다. 어떤 거친 목소리가 여기서 죽어야 한다고 계속 말했다. 그러나 겁먹은 목소리, 공포에 질린 목소리가 더 크게 외쳤다. "재주껏 도망쳐! 재주껏 도망쳐!" 사람들이 무기를 버리고, 죽은 자들을 뛰어넘어 도망쳤다. 남은 사람들은 열을 좁혔다. 열 명가량의 저항군이 남았다. 두 명이 다시 도망쳤다. 남은 여덟 명 가운데 세 명이 한 번에 죽었다.

두 아이는 아무것도 이해하지 못한 채 그냥 그 자리에 남아 있었다. 전투 부대가 줄어들수록 미에트는 깃발을 더 높이 들어 올렸다. 그녀는 깃발을, 커다란 촛대처럼, 그녀 앞으로, 꼭 쥔 주먹으로 잡았다. 깃발은 총을 맞아 구멍투성이였다. 실베르가 주머니 속에 더는 실탄이 남아 있지 않자 쏘는 것을 멈추고, 망연자실 자신의 소총을 바라보았다. 바로 그때, 마치 거대한 새 한 마리가 날아가면서 그의 이마를 스치듯이, 그림자 하나가 그의 얼굴 위로 지나갔다. 눈을 들었을 때, 그는 미에트의 손에서 떨어지는 깃발을 보았다. 아이는 두 주먹으로 가슴을 움켜쥐고,

고통스러운 끔찍한 표정으로, 머리를 뒤로 젖히고 빙그르르 돌았다. 그녀는 비명조차 지르지 않았다. 그녀는 뒤로, 넓게 펴진 붉은 깃발 위로 쓰러졌다.

"일어나, 빨리 와." 실베르가 그녀에게 손을 내밀며, 정신없이 말했다.

그러나 그녀는 바닥에, 두 눈을 크게 뜬 채, 한마디 말도 없이, 그대로 있었다. 그는 이내 알아차렸고, 무릎을 꿇었다.

"다친 거야, 응? 어디 다쳤어?"

그녀는 아무 말도 하지 않았다. 그녀는 숨이 찼다. 그녀는 크게 뜬 눈으로 그를 바라보았다. 빠른 경련으로 그녀의 몸이 흔들렸다. 그는 그녀의 두 손을 떼어 놓았다.

"여기지? 여기구나."

그는 그녀의 블라우스를 찢었고, 그녀의 가슴을 드러나게 했다. 그는 찾아보았으나 아무것도 보이지 않았다. 그의 두 눈에 눈물이 차올랐다. 그때 그녀의 왼쪽 가슴 아래, 작은 분홍빛 구멍이 그의 눈에 들어왔다. 한 방울의 핏방울이 그곳이 상처임을 보여 주었다.

"아무 일도 아닐 거야." 그가 중얼거렸다. "가서 파스칼을 찾아올게. 너를 치료해 줄 거야, 네가 일어설 수만 있다면. 일어설 수 없어?"

군인들은 이제 총을 쏘지 않았다. 그들은 왼쪽으로, 군도를 찬 남자가 데려온 소집병들에게 달려들었다. 텅 빈 광장 한복판에는, 미에트 앞에 무릎을 꿇은 실베르만 있었다. 그는 절망 속에서 필사적으로, 그녀를 팔에 안고 있었다. 그는 그녀를 일으켜 세우려 했다. 그러나 소녀가 너무나 고통스럽게 경련하자 그녀를 다시 눕혔다. 그는 그녀에게 애원했다.

"말 좀 해 봐, 제발. 왜 나한테 아무 말도 하지 않는 거야?"

그녀는 할 수 없었다. 그녀는 그의 잘못이 아니라고 말하는 듯, 두 손을 부드럽게 천천히 움직였다. 그녀의 꼭 다문 입술이 다가오는 죽음 속에서 이미 핼쑥해지고 있었다. 머리는 풀어진 채, 얼굴은 깃발의 핏빛 주름 속에 둥글게 말린 채, 그녀의 하얀 얼굴 속에서 빛나는 검은 두 눈, 두 눈만 살아 있었다. 실베르는 흐느꼈다. 애통해하는 커다란 두 눈이 바라보는 시선은 그에게 크나큰 고통을 주었다. 그는 그 눈에서 삶에 대한 엄청난 후회를 보았다. 미에트는 그에게 결혼 전에 혼자 가게 되었다고, 그의 아내가 되지 못하고 떠난다고 말하고 있었다. 이렇게 되기를 원했던 것은 바로 그라고, 그는 다른 모든 소년이 소녀를 사랑하듯이 그녀를 사랑했어야 했다고, 그녀는 계속 말하고 있었다. 임종의 순간, 그녀의 혈기 왕성한 기질로 죽음으로 뛰어든 그 거친 싸움에서, 그녀는 자신의 동정을 생각하며 울었다. 그녀에게 몸을 기울인 실베르는 그 뜨거웠던 몸의 빼저린 오열을 깨달았다. 오래된 뼈들의 유혹이 그의 귀에 까마득히 들려왔다. 그의 머릿속에서, 밤에, 길가에서, 그들의 입술을 불태웠던 애무가 떠올랐다. 그녀는 그의 목을 껴안았고, 그에게 사랑을 원했었다. 그는 이해하지 못했고 그녀를 소녀로, 삶의 기쁨을 누리지 못했던 것에 절망한 채 떠나게 했다. 그렇게 그녀가 그에게서 학생과 동료의 기억만을 가져가는 그녀를 보는 것이 애통해, 그는 그녀의 처녀 가슴에, 이제서야 발견한 순수하고 순결한 가슴에 입 맞추었다. 그는 떨고 있는 젖가슴을, 그 찬란한 성숙을 몰랐었다. 그의 눈물이 그녀의 입술을 적셨다. 그는 흐느끼는 입술로 소녀의 살갗에 입 맞추었다. 연인의 입맞춤으로 미에트의 눈에 마지막 기쁨이 나타났다. 그들은 서로 사랑했고, 그들의 순정적인 사랑은 죽음으로 끝났다.

하지만 그는 그녀가 죽는다는 것을 믿을 수 없었다. 그가 말했다.

"아냐, 두고 봐, 아무것도 아니야……. 힘들면, 말하지 마. 가만있어, 머리를 들어 줄게. 그리고 내가 따뜻하게 해 줄게. 네 손이 너무 차가워."

왼쪽 올리브나무 밭에서, 총격전이 다시 시작되었다. 기병대의 둔중한 말발굽 소리가 노르 평원에서 올라왔다. 때때로, 도살당하는 사람들의 울부짖는 소리가 들렸다. 짙은 연기가 일어나, 광장의 느릅나무들 밑으로 길게 퍼져 나갔다. 그러나 실베르에게는 더는 들리지도 보이지도 않았다. 평원 쪽으로 달려 내려가던 파스칼이 바닥에 엎어져 있는 그를 보았고, 그가 다쳤다는 생각에 다가왔다. 실베르가 그를 알아보자마자, 그에게 매달렸다. 젊은이는 그에게 미에트를 보여 주었다.

"보세요." 실베르가 말했다. "그녀가 다쳤어요, 여기 가슴 아래……. 아! 당신이 오다니 다행이에요. 당신이 그녀를 구할 테니."

그때 죽어 가던 소녀가 약하게 경련을 일으켰다. 고통스러운 기색이 그녀의 얼굴에 나타났고, 그녀의 꼭 다문 입술이 열리더니 가는 한숨이 새어 나왔다. 그녀는 두 눈을 아주 크게 뜬 채, 젊은이를 응시했다.

몸을 기울인 파스칼이 몸을 일으키며 작은 소리로 말했다.

"그녀는 죽었어."

죽다니! 그 말에 실베르의 몸이 비틀거렸다. 그가 다시 무릎을 꿇으려 할 때였다. 그는, 미에트의 옅은 한숨에 뒤로 넘어지기라도 한 듯, 바닥에 주저앉았다.

"죽다니! 죽다니!" 그가 반복했다. "그럴 리가 없어. 그녀가 나를 보고 있는데…… 나를 보고 있잖아요."

실베르는 의사의 옷자락을 잡고, 떠나지 말라고 애원하면서, 그가 잘못 알았다고, 그녀는 죽지 않았다며, 그가 원하기만 하면, 그녀를 구해 줄 거라고 외쳤다. 파스칼은 애정 어린 목소리로 말하면서, 부드럽게 그를 물리쳤다.

"나는 아무것도 할 수 없단다. 다른 사람들이 나를 기다리니, 나를 놓아줘, 가여운 녀석. 그녀는 정말로 죽었어."

그는 손을 놓았고, 다시 쓰러졌다. 죽다니! 죽다니! 그의 텅 빈 머리에 조종처럼 울리는 그 말만 되뇌었다! 혼자가 되자, 그는 시신 옆에 남았다. 미에트는 언제나 그를 바라보고 있었다. 그는 그녀의 몸에 엎어져, 드러난 가슴 위에 그의 머리를 비벼 대며, 눈물로 그녀의 살갗을 적셨다. 그것은 격정이었다. 그는 봉긋하게 올라온 그 가슴에 격렬하게 입을 맞추었다. 그는 그녀를 되살리려는 듯, 입맞춤으로 자신의 뜨거운 불꽃을, 자신의 생명을 그녀에게 불어넣었다. 그러나 소녀는 그의 애무 속에서도 차갑게 식어 갔다. 그는 자기 품 안에서 소녀의 몸이 힘없이 축 늘어지는 것을 느꼈다. 그는 공포에 사로잡혔다. 대경실색한 얼굴로, 팔을 늘어뜨린 채, 쪼그려 앉아, 그는 바보처럼 같은 말만 되뇌었다.

"그녀는 죽었는데, 나를 보고 있어. 눈을 감지 않고, 계속 나를 보고 있네."

그런 생각이 그를 포근하게 감싸 주었다. 그는 이제 움직이지 않았다. 그는, 죽음으로 더 깊어진 그 눈 속에서 자신의 동정을 슬퍼하며 우는 마지막 후회를 다시 읽으며, 미에트와 한참 동안 시선을 주고받았다.

그러는 동안, 기병대는 노르 평원에서, 여전히 도망자들을 검으로 베고 있었다. 말발굽 소리, 죽어 가는 자들의 비명이, 멀리서 들리는 음악처럼, 청량한 대기에 실려, 점점 멀어지며, 점점 아련하게 들렸다. 실베르는 사람들이 서로 싸우고 있는지도 더는 느끼지 못했다. 그는 언덕을 올라가 다시 가로수 길을 가로지르는 자신의 사촌도 보이지 않았다. 파스칼은, 갈 때, 실베르가 던져 놓았던 마카르의 소총을 집어 들었다. 그는 디드 아줌마의 벽난로에 걸려 있던 그 총을 보았고, 정복자들의 손에서 그것을 구할 생각이었다. 그는 수많은 부상자를 데려다 놓은 뢸블랑슈에 가까스로 들어갔다. 한 무리 짐승처럼 군대에 쫓기던 저항군이 광장으로 몰려들었다. 군도를 찬 남자는 이미 도망가 버렸다. 사냥감처럼 추격당한 것은 최근의 소집병들이었다. 거기서 끔찍한 학살이 일어났다. 마송 연대장과 도지사 드 블레리오는 측은한 마음에 퇴각을 명했지만 소용없었다. 성난 군인들은 계속해서 무리를 향해 총을 쏘았고, 도망자들을 벽으로 몰아세우며 총검으로 찔렀다. 그들 앞에 더는 적들이 없자, 그들은 총알로 뮐블랑슈 정면을 구멍투성이로 만들어 놓았다. 덧문들이 산산조각 나며 떨어져졌다. 반쯤 열린 창문 하나가 유리창 깨어지는 요란한 소리와 함께 박살 났다. 애처로운 목소리들이 안에서 소리 질렀다. "포로들! 포로들이라고!" 그러나 군인들에게 들리지 않았고, 군대는 계속 쏘아 댔다. 한순간, 시카르도 사령관이 성난 얼굴로 문턱에 나타나, 두 팔을 흔들면서 말하는 것이 보였다. 그 옆에는 시 징세관 페로트 씨가 겁먹은 얼굴로, 호리호리한 몸을 드러냈다. 일제 사격은 멈추지 않았다. 페로트 씨가 풀썩 바닥으로 엎어졌다.

실베르와 미에트는 서로를 바라보고 있었다. 젊은이는, 일제 사격 소리와 죽어 가는 자들이 울부짖고 있는 와중에도 머리조차 돌리는 법 없이, 죽은 소녀에게 몸을 기울이고 있었다. 그는 단지 주변 사람들이 신경 쓰였고, 뭔가 수치심이 들었다. 그는 미에트의 드러난 가슴 위에, 주름진 붉은 깃발을 덮었다. 그리고 계속 서로 바라보았다.

마침내 전투가 끝났다. 시 징세관이 피살되면서 군인들이 진정되었다. 단 한 명의 반도도 놓치지 않기 위해 사람들이 달려갔고, 광장 사방에서 쳐부쉈다. 한 병사가 나무 아래 있는 실베르를 발견하고 달려왔다. 그리고 그가 아이와 상대하고 있음을 알아차리고는, 병사가 물었다.

"요 녀석, 거기서 뭘 하는 거야?"

미에트와 눈 맞춤을 하며, 실베르는 대답하지 않았다.

"아! 산적 놈이군, 손이 화약으로 검은 게." 몸을 굽힌 남자가 외쳤다. "자, 일어나, 개자식! 너는 대가를 치를 거다."

희미하게 미소 지으며 실베르가 움직이지 않자, 남자는 깃발에 싸여 있는 시신이 여자임을 알아차렸다.

"아름다운 소녀네. 안됐군!" 그가 중얼거렸다. "네 애인이야, 응? 망나니네!"

그리고 그는 군인답게 웃으며 덧붙였다.

"자, 일어서! ……저 애가 죽어 버렸으니, 너는 같이 자고 싶지는 않겠네."

그는 실베르를 난폭하게 끌어당겨 일으켜 세웠고, 개처럼 질질 끌면서 그를 데려갔다. 실베르는 한마디도 없이 순종하는 아이처럼 끌려갔다. 그는 몸을 돌려 미에트를 바라보았다. 그는 그녀를 그렇게 나무 아래 혼자 두는 것이 너무 마음 아팠다. 그는 그녀를 멀리서 마지막으로 보았다. 순결한 그녀는 붉은 깃발에 휘감겨 약간 머리를 기울인 채, 큰 눈으로 허공을 바라보며 거기에 그대로 남겨졌다.

6장

새벽 다섯 시경, 루공은 마침내 어머니 집에서 나가 볼 생각을 했다. 노파는 의자에 잠들어 있었다. 그는 생미트르 막다른 골목 끝까지 위험을 무릅쓰고 조용히 나갔다. 소리 하나 들리지 않았고, 그림자 하나 없었다. 그는 로마 문까지 밀고 나갔다. 활짝 열린 문이 잠든 도시의 어둠 속에 구멍처럼 뚫려 있었다. 그렇게 문을 열어 둔 채로 자는 게 얼마나 경솔한 짓인지 짐작도 못 하는 것처럼, 플라상은 곤히 잠들어 있었다. 죽은 도시 같았다. 자신감을 얻은 루공은 니스로로 들어섰다. 그는 멀리서 골목 구석들을 살폈다. 그는 움푹 들어간 문마다, 반도 무리가 나타나 그에게 달려들 것 같은 생각에 몸이 떨렸다. 그는 소베르 중앙로에 별 탈 없이 도착했다. 저항군은 악몽처럼 어둠 속으로 사라진 게 확실했다.

피에르는 황량한 보도 위에 잠시 멈춰 섰다. 그러고는 안도와 승리의 한숨을 깊이 내쉬었다. 그 빌어먹을 공화파 놈들이 그에게 플라상을 내준 것이다. 도시는 지금, 그의 것이 되었다. 도시는 바보처럼 잠들어 있었다. 도시는 거기에, 컴컴하고 평화롭게, 말없이 순진하게 있었고, 그는 그 도시를 가지기 위해 손만 내밀면 되었다. 잠시 멈춰 선 동안, 깊이 잠들어 있는 군청 소재지를 탁월한 자질을 가진 남자의 시선으로 바라보며, 이루 말할 수 없는 기쁨을 느꼈다. 그는 거기에, 새벽에 홀로, 승리의 전날 위대한 장수처럼 팔짱을 끼고 서 있었다. 그에게 저 멀리 중앙로 분수의 수반으로 떨어지는 물줄기 소리만 즐겁게 들렸다.

그런데 그에게 다시 불안이 엄습했다. 만약 불행히도 자신이 빠진 채 제국이 성사되었다면! 시카르도 같은 이들, 가르소네 같은 이들, 페로트 같은 이들이 반도 무리에게 체포되고 연행되는 대신, 그가 시의 감옥에 갇히게 되었다면! 그는 식은땀이 흘렀고, 펠리시테가 정확한 정보들을 줄 거라 기대하면서 다시 걷기 시작했다. 그는 라 반로의 집들을 따라, 더 빨리 나아갔다. 그때 그가 머리를 들면서 본 이상한 광경에, 길거리에 그대로 못 박힌 듯 섰다. 노란 거실 창문 중 하나가 유난히 밝았는데, 빛 속에서, 그의 아내라고 생각되는 검은 형체가 몸을 기울이고, 절망적으로 두 팔을 흔들고 있었다. 그는 무슨 일인지 알 수 없었고, 놀란 채 자문하고 있을 때, 딱딱한 물체가 날아와 보도 위, 그의 발밑에서 튀어 올랐다. 펠리시테가 비축해 놓은 소총들을 숨겨 둔 창고 열쇠를 그에게 던졌다. 그 열쇠는 그가 무기를 들어야 한다는 것을 분명히 의미했다. 그는 아내가 왜 올라오지 못하게 하는지 알 수 없었지만, 끔찍한 상황을 상상하면서 오던

길로 되돌아갔다.

피에르는 루디에의 집으로 곧장 갔다. 그는 일어나 있었고, 동행할 준비가 되어 있었지만, 밤의 사건들에 대해서는 전혀 몰랐다. 루디에는 신시가지 끝에, 저항군이 지나가도 어떤 소리도 울림도 들리지 않는 한산한 곳 깊숙이에 살고 있었다. 피에르는 그에게 그라누를 찾아가자고 제안했는데, 레콜레 광장 모서리에 그의 집이 있어, 반란군이 그 집 창문 아래로 지나갔음이 분명하기 때문이었다. 시 의원의 하녀는 그들을 들여보내기 전에 한참 동안 시간을 끌었는데, 2층에서 외치는 가련한 남자의 떨리는 목소리가 그들에게 들렸다.

"카트린, 열지 마시오! 거리마다 강도들로 우글대니."

그는 불도 켜지 않고, 침실에 있었다. 그는 자신의 두 친한 친구들의 목소리를 알아듣고서야 안도했다. 그러나 밝은 빛이 총탄의 목표가 될까 봐 무서워서 하녀가 등잔을 가져오는 것도 만류했다. 그는 시내가 아직도 반란군으로 가득 차 있다고 믿는 것 같았다. 안락의자에 몸을 파묻고 창문 가까이에서 반바지 차림으로 얼굴은 머플러로 싸매고, 그는 징징댔다.

"아! 여러분, 당신들이 알기나 하겠소! ……나는 자려고 했지만, 그들이 얼마나 큰 소란을 일으키는지! 그래서 이 안락의자에 몸을 뉘었지요. 다 보았소, 모두 다. 잔인한 얼굴들, 도망친 죄수 무리. 그런데 그들이 다시 돌아왔소. 그들은 식인종들처럼 소리를 지르며, 정직한 시카르도 사령관, 훌륭한 가르소네 시장, 우체국장, 그 모든 분을 끌고 갔다오!"

루공은 짜릿한 환희를 느꼈다. 그는 그라누에게 시장과 그 외 사람들을 반란군 속에서 분명히 보았다는 것을 다시 말하게 했다.

"틀림없다니까요!" 영감이 울부짖었다. "나는 덧창 뒤에 있었소……. 페로트 씨 같은데, 그들이 그를 체포하러 왔지요. 나는 그가 내 창문 아래로 지나갈 때 말하는 소리를 들었소. '여러분, 나를 해치지 마시오.' 그들은 그를 심하게 괴롭힌 것이 분명하오. 비열한 짓, 비열한 짓이오……."

루디에는 시내가 평온해졌다고 그라누에게 단언하면서 그를 진정시켰다. 그리고 그 훌륭한 남자는, 피에르가 플라상을 구하기 위해 자신을 찾아왔다고 알려 주자, 싸우려는 투지로 불타올랐다. 세 명의 구원자가 진지하게 토의했다. 그들은 각자 그들의 친구들을 깨우러 가서, 반동파의 비밀 병기고인 창고에서 만나자는 말을 전하기로 결정했다. 루공은 그를 향해 손을 홰홰 내저은 펠리시테를 계속 생각하면서, 뭔가 위험을 감지했다. 그라누는 셋 중에서 가장 어리석지만, 시내에 공화파들이 남아 있는 게 틀림없다고 제일 먼저 생각한 사람이었다. 그 말에 돌연 깨달았다. 루공은 틀린 적이 없던 예감으로 속으로 생각했다.

'마카르가 무슨 꿍꿍이짓을 벌이고 있군.'

한 시간 후, 그들은 한적한 동네 깊숙이 있는 창고에서 다시 만났다. 그들은 최대한 사람들을 모으기 위해, 조심스럽게, 초인종과 작은 망치 소리를 작게 울리며, 이 집 저 집으로 다녔다. 그러나 40여 명밖에 모을 수 없었다. 그들은 어둠 속을 미끄러지듯 조용히, 넥타이도 없이, 파랗게 질린 채 아직도 잠이 덜 깬 황망한 얼굴로, 하나둘 도착했다. 통 만드는 사람에게서 빌린 창고는 구석마다 쌓여 있는 낡은 원형 틀, 부서진 작은 통들로 혼잡스러웠다. 한복판에 세 개의 기다란 상자 안에 소총들이 담겨 있었다. 나뭇조각 위에 놓인 가느다란 실 양초가, 야등처럼 깜박거리며, 그 묘한 장면을 밝혔다. 루공이 상자 세 개의 뚜껑을 벗기자, 기괴하고 이상한 광경이 펼쳐졌다. 발광체처럼, 총신이 푸르스름하게 빛나는 소총들 위로 목들을 길게 빼고, 공포를 숨긴 채, 머리들을 앞으로 기울이자, 실 양초의 노란빛을 받아 벽에 거대한 코와 뻣뻣한 머리카락들의 이상한 그림자가 만들어졌다.

그렇지만 반동파 무리는 자신들의 인원수를 세 보았고, 적은 인원 앞에서, 망설였다. 서른아홉 명뿐이었고, 학살당하러 가는 것이 분명했다. 한 가장이 자신의 자식들에 대해 말했다. 다른 이들은 변명조차 늘어놓지 않고, 문 쪽으로 갔다. 그러나 가담자 둘이 새로 도착했다. 그들은 시청 광장 쪽에 살고 있었는데, 시청에 기껏해야 스무 명 정도의 공화파들이 남아 있음을 알고 있었다. 사람들이 다시 논의했다. 마흔하나는 스물을 상대하기에 가능한 숫자로 보였다. 무기는 살짝 고조된 분위기 속에 분배되었다. 상자에서 꺼내 주는 사람은 바로 루공이었고, 각자 총을 받았다. 그런데 12월 새벽이라, 몹시 차가운 총신에 닿자, 강한 한기가 그들을 뚫고 들어가, 창자까지 얼어붙는 것 같았다. 사방 벽에, 열 손가락을 죄다 벌리고선, 어쩔 줄 몰라 하는 신병들의 이상한 모습들이 그림자들로 비쳤다. 피에르는 애석해하며 상자를 다시 닫았다. 거기에 기꺼이 나눠 줄 수 있는 백아홉 개의 소총이 남았다. 이어 그는 실탄을 분배했다. 창고 구석에는, 실탄이 꽉 채워진 커다란 통이 두 개 있었는데, 군대 하나와 맞서 플라상을 지킬 정도였다. 구석 쪽이 밝지 않아서 그들 중 하나가 실 양초를 가져왔는데, 또 다른 가담자, 거인처럼 큰 주먹을 가진 뚱뚱한 푸줏간 주인이, 불을 그렇게 가까이 갖고 오는 것은 전혀 신중하지 못하다고 말하면서 화를 냈다. 모두 그의 말에 강하게 동의했다. 실탄은 완전히 깜깜한 가운데 분배되었다. 그들은 주머니가 터질 정도로 실탄을 가득 채워 넣었다. 그들이 준비를 마치고, 각자의 무기들을 끝도 없이 신중하게 장전한 뒤에, 그들은 잠시 그대로, 석연치 않은 표정으로 서로를 바라보았고, 우둔함 속에서 비열한 잔인성으로 번득이는 시선을 주고받았다.

거리에서, 그들은 집들을 따라, 한 줄로, 전쟁터로 떠나는 원시인들처럼 말없이 앞으로 나아갔다. 루공은 선두에서 걷는 것을 명예라고 여겼다. 그가 자신의 계획이 성공하기를 원한다면, 적극적으로 자기 몫을 다할 시간이 온 것이었다. 추위에도 불구하고, 이마에 땀방울이 맺혔지만, 그는 매우 전투적인 태도로 임했다. 그리고 루디에와 그라누가 그의 뒤를 따랐다. 두 번이나, 대열이 갑자기 멈추었다. 그들은 멀리서 전투 소리가 들렸다고 생각했다. 그것은 남부의 가발 제조업자들이 간판 대신 작은 사슬로 매달아 놓은 면도용 작은 구리 접시가, 바람이 불면서 흔들리는 소리였을 뿐이었다. 매번 정지한 다음에는, 플라상의 구원자들은, 겁먹은 용사들의 모습으로, 어둠 속을 신중하게 다시 걸어가곤 했다. 그렇게 그들은 시청 광장에 도착했다. 거기에서, 그들은 루공을 중심으로 모여, 다시 상의했다. 그들 앞에, 시청의 어두운 정면에, 창문 하나만 불이 켜져 있었다. 그때가 거의 일곱 시였고, 날이 밝으려는 참이었다.

족히 10분을 논의한 끝에, 불안스러울 정도로 컴컴하고 조용한 이유가 무엇인지 알아보기 위해, 문까지 가 보기로 결정했다. 문은 반쯤 열려 있었다. 가담자 중 한 명이 머리를 들이밀었다가 재빨리 빼내며, 현관 아래에 한 남자가 총을 다리 사이에 놓고, 벽에 기대앉아 자고 있다고 말했다. 루공은 자신이 공적을 세우기 위한 첫발을 내디뎌야 할 때라고 여겨, 제일 먼저 들어가 그 남자를 사로잡았고, 그를 붙들고 있는 동안, 루디에가 그를 묶고 재갈을 물렸다. 조용히 거둔, 그 첫 승리는, 많은 인명을 살상하는 총격을 예상했던 소부대에 오히려 용기를 크게 북돋워 주었다. 루공은 자신의 병사들이 너무 소란스럽게 환호하지 않도록 매우 지엄한 신호를 보냈다.

그들은 살금살금 걸으며 계속 앞으로 나아갔다. 왼쪽에 있는 우체국 안에서, 그들은 벽에 걸려 있는 등의 희미한 불빛 속에서 야전 침대 위에 누워 코를 골며 자는 열댓 명의 남자들을 확인했다. 루공이, 완전히 뛰어난 장군이 되어, 우체국 앞에 대원들의 반을 남겨 두고, 자는 사람들이 깨지 않도록 조심조심 행동하고, 그들이 움직인다면 무기로 위협하고 제압해서 포로로 생포하라는 명령을 내렸다. 그를 불안하게 한 것은 그들이 광장에서 보았던 불 켜진 창이었다. 그는 그 일에서 계속 마카르의 냄새를 맡았고, 무엇보다 위에서 지키고 있는 자들을 사로잡아야 했기 때문에, 싸움 소리로 그들이 경계 태세를 취하기 전에 기습적으로 움직여야 했다. 그는 조용히 올라갔고, 그 뒤를 아직 남은 스무 명의 남자가 뒤따랐다. 루디에는 안뜰에 남아 있는 선발대를 지휘했다.

마카르는, 정말로, 시장실에서, 시장의 안락의자에 앉아, 책상에 팔꿈치를 올려놓고, 당당하게 자리 잡고 있었다. 저항군이 떠난 후, 아둔한 사람답게, 자신의 편협한 생각과 자신의 승리를 섣불리 믿으면서, 자신이 플라상의 주인이라고, 곧 개선장군으로 나설 것이라 생각했다. 그에게 좀 전에 시내를 지나갔던 3천 명의 무리는 무적의 군대이고, 그들이 근처에 있다는 사실만으로도 겸손하고 순종적인 부자들을 자신의 손아귀에 넣고 휘두르기에 충분하다고 생각했다. 저항군은 헌병들을 그들의 병영에 가두어 버렸고, 국가 방위군은 분산되었으며, 귀족들 구역은 무서워 죽을 지경이 된 것이 틀림없고, 신시가지의 연금생활자들은 평생 소총 한 번 만져 보지 못했음이 분명했다. 무기도 없는 데다가, 군인들도 없었다. 그는 모든 문을 닫게 하는 대비조차 하지 않았고, 그의 병력은 그런 믿음을 훨씬 더 밀고 나가 잠들기까지 하는 동안, 그는 조용히, 그 지방의 모든 공화당원이 그를 중심으로 모이게 될 날을 생각하며, 기다렸다.

그는 벌써 혁명적인 대단한 조치들을 생각하고 있었다. 그가 코뮌의 수장으로 임명되는 것, 그리고 괘씸한 혁명파들을, 특히 그의 마음에 들지 않는 이들을 잡아 가두는 것이었다. 패배한 루공 부부, 황량한 노란 거실, 그에게 자비를 구하는 그 패거리들을 생각하며, 그는 달콤한 기쁨에 빠졌다. 그 시간이 오기를 참고 기다리는 동안, 그는 플라상 주민들에게 성명을 발표하기로 했다. 게시문을 쓰기 위해 네 사람이 동원되었다. 게시문이 끝나자, 마카르는 시장의 안락의자에서 위엄 있는 자세를 취하고, 그가 시민 정신을 높이 사는, 랑데팡당 인쇄소에 보내기 전에, 그것을 읽게 했다. 글쓴이 중 한 사람이, 과장된 글로 시작했다. "플라상 시민 여러분, 독립의 시간이 울렸습니다. 정의의 통치가 시작되었습니다……." 바로 그때 시장실 문에서 뭔 소리가 들렸고 천천히 문이 열렸다.

"카수트, 자넨가?" 마카르가 읽기를 중단시킨 후 물었다.

대답 없이, 문이 계속 열렸다.

"들어오라고!" 그가 초조해하며 다시 말했다. "우리 협잡꾼 형님은 집에 있던가?"

그 순간, 갑자기 문 두 짝이 격하게 젖혀지면서 벽에 부딪혔고, 한 떼의 무장한 사람들이, 온통 붉은 얼굴로, 안구에서 튀어나올 정도로 눈을 부릅뜬 루공을 중심으로, 소총을 몽둥이처럼 휘두르며 시장실로 쳐들어왔다.

"이런! 개자식들, 저들에게 무기가 있어!" 마카르가 고함을 쳤다.

그는 책상 위에 놓아둔 권총 한 쌍을 집어 들려고 했다. 그러나 다섯 남자에게 이미 목덜미를 잡힌 뒤였다. 성명서를 쓴 네 사람은 잠깐 싸웠다. 그들 사이에 실랑이와, 둔중한 밀고 당김이 있었고, 쓰러지는 소리가 들렸다. 싸우는 사람들에게는 소총이 매우 거추장스러웠지만, 전혀 쓸모없어도 놓아 버릴 수도 없었다. 싸움 중에, 루공의 총이, 한 반도가 그에게서 뺏으려고 했다가, 무시무시한 폭발음과 함께 어쩌다 발사되었고, 시장실은 온통 화염으로 자욱했다. 총알은, 벽난로에서 천장까지 올라간, 도시에서 가장 아름다운 거울 중 하나로 소문난, 화려한 거울을 깨뜨렸다. 어떻게 발사되었는지도 모르는 발포로 모두의 귀가 먹먹해졌고 싸움이 끝났다.

남자들이 숨을 몰아쉬고 있을 때, 안뜰에서 세 발의 폭발음이 들려왔다. 그라누는 시장실 창문 중 하나로 달려갔다. 우체국에 있는 사람들과 다시 전투해야 할지도 모르는 상황에서, 자신들의 승리에 취해 싸움은 아예 잊어버린 채, 얼굴들을 길게 빼고, 모두 불안스레 몸을 구부리고 기다렸다. 그때 루디에의 목소리가 다 잘되었다고 외쳤다. 그라누는 환한 얼굴로 창문을 다시 닫았다. 사실은 루공의 발포가 자는 사람들을 깨웠다. 그들은 저항이 완전히 불가능해 보이자 항복했다. 다만, 일을 완수하려는 맹목적인 조바심으로 루디에의 수하 세 사람이, 마치 위에서 들려온 폭발음에 응답하려는 것처럼 얼떨결에, 그들의 총을 공중에 대고 쏘았다. 총이 겁쟁이들의 손에 있을 때 저절로 발사되는 경우가 더러 있다.

그동안 루공은 시장실의 커다란 초록색 커튼 줄로 마카르의 두 손을 단단히 묶게 했다. 마카르는 분노의 눈물을 흘리며 비웃었다.

"좋아, 계속해……." 그가 중얼거렸다. "오늘 밤 아니면 내일, 다들 돌아올 때, 그때 두고 보자고!"

반도 무리가 언급되자 승리자들의 등에 식은땀이 흘렀다. 특히 루공이 약간 숨이 막혀 오는 것을 느꼈다. 두려움에 벌벌 떠는 부르주아들에게 아이처럼 습격당했다는 것에 분노한 그의 동생이, 자신이 끔찍한 놈으로 대했던 그가 퇴역 군인으로서 그를 바라보았고 증오로 번뜩이는 눈으로 그를 무시하고 있었다.

"아! 내가 그것에 대해 아주 재미난 것들을 알고 있지, 아주 재미난 것들을 말이야!" 그가 형을 향한 시선을 떼지 않고 계속했다. "그러니 나를 중죄 재판소에 보내 봐. 내가 사람들을 웃길 이야기들을 판사 앞에서 까발릴 테니."

루공이 창백해졌다. 그는 마카르가 말하지나 않을까, 그래서 플라상을 구하기 위해 그를 도우려고 왔던 사람들의 존경심을 잃지나 않을까 싶어 끔찍하게 두려웠다. 한편으로, 사람들은 두 형제의 극적인 만남에 너무나 놀라, 비바람을 예고하는 논쟁이 곧 일어날 것 같아, 시장실 한구석으로 물러났다. 루공은 비장한 결정을 내렸다. 그는 사람들에게 다가가 매우 위엄 있는 어투로 말했다.

"여기서 이 남자를 감시하겠소. 그가 자신의 상황을 잘 숙고하게 되면, 우리에게 필요한 정보를 줄 거요."

그런 다음, 훨씬 더 위엄 있는 목소리로 말했다.

"여러분, 나는 내 의무를 다할 것이오. 나는 무정부 상태에서 도시를 구하기로 맹세했으니, 우리 도시를 구할 것이오. 설령 나와 가장 가까운 친족을 처형하는 한이 있더라도."

그는 조국의 제단에 자신의 가족을 바치는 늙은 로마인 같았다. 그라누는 매우 감동해서, 울먹이며 와서는 그의 손을 꽉 잡았는데, 이런 의미였다. '당신을 이해합니다, 당신은 고귀하십니다!' 그는 그라누에게, 거기에 있는 포로 네 명을 안뜰로 데려가라는 명목으로, 사람들을 모두 데리고 가는 임무를 맡겼다.

동생과 단둘이 남자, 피에르는 완전히 냉정을 되찾았다. 그가 계속했다.

"당신은 나를 전혀 예상 못 했겠지요? 이제 알겠소. 당신은 분명 우리 집에 몇 명을 매복해 놓았겠지. 불쌍한 사람이구려! 당신이 방탕하고 난잡하게 살아서 이 지경까지 온 것이오!"

마카르는 어깨를 으쓱 올렸다.

"자." 그가 대답했다. "나를 내버려두구려. 당신은 늙은 망나니야. 마지막에 웃는 자가 진짜로 이긴 거지."

루공은 그에 관한 예정된 계획이 없었기 때문에, 그를 가르소네 시장이 이따금 쉬러 가는 화장실로 밀어 넣었다. 위에서부터 조명이 되는 그 방은 출입문 외에 다른 출구가 없었다. 그 방은 안락의자 네 개와 소파 한 개, 대리석 세면대를 갖추고 있었다. 피에르는 동생의 두 손을 얼추 풀어 준 뒤, 문을 이중으로 잠갔다. 그가 소파 위로 몸을 던지는 소리가 들렸고, 마치 자신을 달래듯, 「잘 될 거야!」를 엄청나게 큰 목소리로 노래했다.

마침내 혼자가 된 루공이, 이번에는 자신이 시장의 안락의자에 앉았다. 그는 한숨을 내쉬며 이마를 닦았다. 치부(致富)하고 명예를 정복하는 것은 얼마나 힘든 일인지! 결국, 그는 목적을 이루었고, 부드러운 안락의자에 자신의 몸이 파묻히는 것을 느끼며, 부지불식간에 마호가니 책상을 손으로 쓰다듬으며, 아름다운 여자의 살갗처럼 매끄럽고 여리다고 생각했다. 그는 좀 더 편안하게 자리를 잡으며, 마카르가 좀 전에 잠시, 성명서 낭독을 들으면서 취했던 위엄 있는 자세를 취했다. 그의 주변에, 경건한 엄숙함이 감도는 것 같은 시장실의 정적이 그의 마음에 숭고한 희열로 스며들어 왔다. 구석에서 풍기는 먼지와 오래된 벽지 냄새까지도 그의 벌름거리는 콧구멍에 향냄새처럼 올라왔다.

퇴색한 벽지에, 사소한 일들, 3급 지방 자치 단체의 매우 하찮은 관심사들의 냄새를 풍기는 그 방은 신전이었고, 그는 그곳의 신이 되었다. 그는 뭔가 성스러움 속으로 들어갔다. 사실, 그는 사제들을 좋아하지 않았지만, 예수의 몸을 삼켰다고 믿었던 첫 영성체에 대한 달콤한 감동이 떠올랐다.

그러나 그런 환희 속에서도, 그는 마카르의 갑작스러운 큰 목소리에, 매번 신경이 곤두서며 움찔하곤 했다. 귀족들, 가로등* 이라는 말, 교수형의 위협은 문을 지나 그에게 맹렬한 바람처럼 들려왔고, 승리에 도취한 그의 몽상을 불쾌하게 끊었다. 언제나 저놈이었어! 자신의 발밑에 놓인 플라상을 그리고 있는 그의 몽상은, 돌연 마카르의 치욕스러운 폭로들, 5만 프랑 이야기와 기타 등등의 이야기들을 듣고 있는 중죄 재판소, 판사들, 배심원들 그리고 대중의 모습으로 끝나 버렸다. 가르소네 시장의 안락의자의 폭신함을 즐기면서도 그는 갑자기 라 반로의 가로등에 매달린 자신이 떠오르곤 했다. 누가 그에게서 저 끔찍한 놈을 치워 버릴 수 있을까? 마침내 앙투안이 잠들었다. 피에르는 족히 10분은 황홀경을 누릴 수 있었다.

루디에와 그라누가 오는 바람에 그의 황홀경이 끝났다. 그들은 저항군을 가둔 감옥에서 오는 길이었다. 날이 점점 더 밝아 왔고 도시가 깨어나고 있어, 뭔가 조치를 취해야 했다. 루디에가 무엇보다 주민들에게 성명을 발표하는 것이 좋겠다고 단언했다. 피에르는 방금 저항군이 책상 위에 놔두었던 성명서를 읽고 있었다.

"그런데……." 그가 소리쳤다. "우리에게 아주 딱 맞는 것이 여기 있군. 단어 몇 개만 바꾸면 되겠소."

사실 15분이면 충분했고, 그라누가 감동 어린 목소리로 읽었다.

"플라상 주민 여러분, 저항의 시간이 울렸습니다. 질서의 통치가 다시 왔습니다……."

라 가제트 인쇄소에서 성명서를 인쇄하고, 그것을 거리 구석구석 모두 붙이기로 결정되었다.

"자, 들어 보시오." 루공이 말했다. "우리는 집으로 갑시다. 그동안, 그라누 씨가 체포되지 않았던 시 의원들을 이리 모이게 해서, 그들에게 어젯밤에 일어난 끔찍한 사건들을 알려 주시오."

그리고 그가 위풍당당하게 덧붙였다.

"나는 내 행동에 대한 책임을 받아들일 준비가 되어 있소. 내가 이미 했던 행동이 질서에 대한 나의 사랑을 충분히 보증했다고 본다면, 정식 당국자들이 복원될 때까지, 내가 시 의회를 이끌어 가는 데 동의하겠소. 그러나 사람들에게서 야심가라고 비난받지 않도록, 나는 동료 시민 여러분들의 요청에 따라 부름을 받았을 때만, 시청으로 들어가겠소."

그라누와 루디에가 격렬히 항의했다. 플라상은 은혜를 저버리지 않을 것이다. 결국 그들의 친구가 도시를 구했기 때문이었다. 그들은 질서라는 대의를 위해 그가 했던 모든 일을 강조했다. 영향력 있는 사람들에게 항상 열려 있는 노란 거실, 세 구역에 전파된 신념, 그가 생각해 낸 무기 보관, 특히 그의 이름을 영원히 빛나게 한, 기념할 만한 어젯밤의 사건을, 신중함과 영웅적 행위의 밤을 환기시켰다. 그라누는 시 의원들의 찬미와 감사에 대해 벌써부터 확신하고 있다고 덧붙였다. 그는 이렇게 말하며 마무리했다.

"집에서 나가지 말고 계십시오. 내가 당신을 찾으러 가서 개선장군으로 모시고 오겠소."

게다가 루디에는 자기 동료의 재간, 겸손을 알고 있으며, 그를 인정하고 있다고 다시 말했다. 물론 아무도 그를 야심 있다고 비난할 생각은 하지 않을 테고, 오히려 동료들의 동의 없이는 아무것도 되지 않겠다는 데서 그가 보여 준 배려를 알게 될 것이다. 그런 자세는 매우 위엄 있고, 매우 고상하고 완전히 위대한 것이었다.

쏟아지는 찬사 속에, 루공은 겸손하게 머리를 숙였다. 그가 기분 좋게 치켜세워진 남자의 도취 속에서, 작은 소리로 말했다. "아니요, 아니요, 지나친 말씀입니다." 은퇴한 양품류 판매상과 예전 아몬드 상인이었던 이들이, 한 명은 그의 오른쪽에, 또 한 명은 그의 왼쪽에 자리 잡고, 쏟아 내는 말들이 그의 얼굴 위로 달콤하게 지나갔다. 집무실의 관료 냄새가 깊이 밴 시장의 안락의자에 몸을 젖히고, 그는, 쿠데타가 곧 만들어 낼 황제의 왕위 승계권을 주장하는 왕자처럼, 좌우로 바쁘게 인사했다.

그들이 서로 치켜세우는 일에 지칠 때쯤, 그들은 내려갔다. 그라누는 시 의회를 향해 떠났다. 루디에는 루공에게 먼저 가라고 말했다. 자신은 시청을 지키는 데 필요한 명령을 내린 후 그의 집에서 그와 합류할 것이다. 날이 점점 더 밝아 왔다. 피에르는 여전히 아무도 없는 보도에 군대식으로 발꿈치를 소리 나게 걸으며, 라 반로로 들어섰다. 그는 살을 에는 추위에도 손에 모자를 들고 있었다. 갑작스레 치미는 자부심으로 그의 얼굴이 빨갛게 달아올랐다. 층계 아래에서, 그는 카수트를 만났다. 토목공은 들어가는 사람을 아무도 보지 못했기 때문에, 그곳에서 움직이지 않고 있었다. 그는 거기에, 커다란 얼굴을 두 손에 파묻고, 충실한 개처럼 초점 없는 눈으로 말없이 고집스럽게 앞을 응시하면서, 첫 번째 계단 위에 있었다.

"날 기다리고 있었소?" 그를 보며 모든 것을 알아차린 피에르가 말했다. "거참! 마카르 씨에게 가서 내가 돌아왔다고 말하시오. 시청에 가서 그를 찾으시오."

카수트가 일어나, 어설프게 인사하고는 떠났다. 그는 순한 양처럼 체포되기 위해 갔고, 층계를 올라가며 혼자 웃고, 엄청나게 즐거워하던 피에르는, 슬그머니 이런 생각이 들며, 자신도 놀라워했다.

'나는 용기도 있는 데다, 재치도 있는 건가?'

펠리시테는 잠자리에 들지 않고 있었다. 그는 그녀가 사람들을 맞이하려는 부인처럼, 레몬색 리본이 달린 보닛을 쓰고, 나들이옷을 입고 있는 것을 보았다. 그녀는 창문에서 하염없이 내다보고 있었지만, 아무 소리도 들리지 않았다. 그녀는 궁금해 죽을 지경이었다.

"그래서요?" 그녀가 급히 남편을 맞으면서 물었다.

남편은 숨을 내쉬며 노란 거실로 들어갔고, 그녀가 뒤따라오면서 문을 조심스레 닫았다. 그는 안락의자에 힘없이 몸을 묻고, 목멘 소리로 말했다.

"잘 끝났어. 우리는 시 징세관이 될 거야."

그녀가 그의 목을 얼싸안고는 그에게 입 맞추었다.

"정말이죠? 정말이죠?" 그녀가 외쳤다. "그런데 아무 소식도 못 들었어요. 오, 여보, 나한테 그 일을 이야기해 줘요, 모두 이야기해 주세요."

그녀는 열다섯 소녀가 되었고, 고양이처럼 굴었고, 빛과 열기에 취한 매미처럼 부산하게 날갯짓하며 그의 주위를 맴돌았다.

피에르는 승리의 감격에 겨워 마음을 털어놓았다. 그는 세세한 부분 하나도 빠뜨리지 않았다. 그는 여자들은 전혀 쓸모없다는 자신의 지론, 자신이 주인이 되려면 아내는 모두 다 몰라야 한다는 것조차 잊어버리고, 앞으로의 계획까지 설명했다. 그녀는 몸을 기울인 채, 그의 모든 말을 빨아들였다. 그녀는 이야기 중에서 어떤 부분은 제대로 듣지 못했다며, 다시 말하게 했다. 사실, 너무 기쁜 나머지 그녀의 머릿속이 계속 윙윙거려서, 이따금 아무 소리도 들리지 않았고, 엄청난 환희 속에서 넋이 나가곤 했다. 피에르가 시청에서의 일을 이야기할 때, 그녀는 정신없이 웃었고, 세 번이나 안락의자를 옮겨 다녔고, 이리저리 가구들을 돌아다니며 제자리에 가만히 있지 못했다. 40년을 부단히 노력한 끝에, 마침내 행운의 목을 움켜잡았다. 그녀 자신도 신중함을 잊을 정도로, 제정신을 잃었다.

"응! 이 모든 게 다 내 덕인 줄 아세요!" 그녀가 승리에 도취해 소리쳤다. "내가 당신 뜻대로 행동하게 놔두었다면, 당신은 반란군에게 바보같이 잡혔을 거예요. 바보 양반, 그 난폭한 짐승들에게 던져 주어야 할 것은 바로 가르소네, 시카르도와 그 일당이었다고요."

그녀는 노파의 흔들거리는 이를 드러내고, 말괄량이처럼 웃으며 덧붙였다.

"공화국 만세 ! 공화국 덕분에 방해물을 치웠어요."

그러나 피에르는 뚱해졌다.

"당신, 당신." 그가 중얼거렸다. "당신은 늘 다 예견했다고 생각하는군. 숨을 생각을 한 것은 바로 나란 말이오. 여자들이 정치에 대해 뭔가 알고 있을 리가 없지! 가엾게도 부인, 당신이 배를 이끌면, 우리는 금방 난파할 거요."

펠리시테가 입술을 삐죽거렸다. 그녀는 너무 앞섰고, 말 없는 착한 요정의 역할을 잊어버렸다. 그러나 남편이 우월감을 갖고 그녀를 깔아뭉개자, 그녀의 마음에 가차 없는 분노가 솟구쳤다. 그녀는 때가 오면 영감을 꼼짝달싹 못 하게 만들 멋진 복수를 다시 마음먹었다.

"이런! 깜빡 잊고 있었네." 루공이 말을 이었다. "페로트 씨가 혼쭐이 나고 있다오. 그라누가 반란군의 손안에서 발버둥 치는 그를 보았소."

펠리시테가 움찔했다. 그녀는 바로 그때 창문에서 시 징세관의 십자형 유리창을 애정 어린 시선으로 바라보던 중이었다. 그녀는 좀 전에 그 창문들을 다시 보고 싶다는 마음이 들었다. 승리를 생각하자 그녀 안에서, 가구가 닳을 정도로 오래전부터 쳐다보았던 그 아름다운 아파트에 대한 욕망이 바로 뒤따랐기 때문이었다.

그녀가 몸을 돌리더니 묘한 목소리로 물었다.

"페로트 씨가 체포되었어요?"

그녀는 만족스러운 듯 미소 지었다. 그리고 얼굴이 선명한 홍조로 울긋불긋해졌다. 방금, 그녀 안에서, 노골적인 소원이 생겼다. '반란군이 그를 죽였으면!' 피에르도 그녀의 눈 속에서 그런 생각을 읽었다.

"정말이지! 그가 총이라도 맞는다면." 그가 낮은 소리로 말했다. "우리 일이 쉽게 해결될 텐데……. 그를 경질할 필요도 없지 않겠소? 우리의 잘못이라곤 전혀 없을 테고."

그러나 더 예민한 펠리시테가 몸을 부르르 떨었다. 그녀가 방금 한 남자에게 사형 선고를 내린 것 같았다. 이제 페로트 씨가 살해된다면, 그녀는 밤마다 그를 만날지도, 그가 그녀의 발을 잡아당기러 올지도 모른다. 그녀는 그때부터 앞집 창문들을, 은밀하게만, 무서워도 자신도 모르게 이끌려, 쳐다보았다. 그때부터 그녀의 환희 속에는, 그런 환희를 더욱 강렬하게 만드는, 죄를 범한 데서 오는 공포의 송곳이 들어 있었다.

그런데 피에르가 다 털어놓자, 그제야 상황의 나쁜 쪽이 보였다. 그는 마카르에 대해 이야기했다. 그 망나니를 어떻게 처리하지? 그러나 펠리시테는, 성공의 열기에 다시 취해, 외쳤다.

"한꺼번에 다 할 수는 없어요. 그의 입에 재갈을 물려야지요. 아무렴! 좋은 방법이 있을 거예요……."

그녀가 이리저리 오가며, 안락의자들을 정돈하고, 등받이들의 먼지를 털었다. 갑자기 그녀가 방 가운데에서 멈추더니 색 바랜 가구들을 한참 바라보았다.

"맙소사!" 그녀가 말했다. "여긴 너무 너절하군요! 곧 사람들이 몰려올 텐데!"

"됐소!" 피에르가 극도로 무심하게 대답했다. "여기 있는 건 다 바꿀 거요."

전날에는, 안락의자와 소파에 경건할 정도로 존경을 표했던 그가, 주저 없이 그 위로 올라설 수도 있었다. 펠리시테도 똑같이 경멸을 느끼며, 그녀의 뜻대로 쉬이 움직여 주지 않는, 작은 바퀴가 하나 빠진 안락의자를 내동댕이칠 뻔했다.

바로 그때 루디에가 들어왔다. 노파가 보기에 그가 훨씬 더 정중하게 대하는 것 같았다. '므슈', '마담'이라는 호칭이 감미로운 노랫소리처럼 굴러떨어졌다. 게다가 단골들이 연달아 도착했고, 거실에 가득 찼다. 아직 아무도 전날 밤의 사건들을 자세히 알지 못했던 터라, 시내에 떠돌기 시작한 소문에 이끌려, 모두 황망히, 입술에 미소를 머금고 달려왔다. 그 전날 밤, 반란군이 가까이 온다는 소식에, 정신없이 노란 거실을 떠났던 그 남자들은, 바람이 불면 흩어질 파리 떼처럼, 윙윙거리며, 호기심 어린 성가신 손님들로 다시 돌아왔다. 어떤 이들은 멜빵을 멜 시간조차 없었다. 그들은 너무 안달이 났지만, 루공이 입을 열려면, 그가 기다리는 누군가가 와야 하는 것이 명백했다. 시시각각 그는 문 쪽을 향해 불안한 시선으로 돌아보았다. 한 시간 동안, 특별한 이유도 없이, 의미심장한 악수, 모호한 축하, 감탄 어린 수군거림, 북받치는 환희가 이어졌다. 그것이 열광으로 변하려면 한마디면 되었다.

마침내 그라누가 나타났다. 그는 단추를 채운 프록코트에 오른손을 넣은 채, 문턱에서 잠시 멈추었다. 그의 살찐 창백한 얼굴은 기쁨에 넘쳤고, 매우 위엄 있는 태도로 자신의 감동을 감추려 했지만 잘되지 않았다. 그가 나타나자, 모두 조용해졌다. 사람들은 곧 엄청난 일이 일어나리라는 것을 느꼈다. 그라누는 대열을 헤치고 가운데로 루공을 향해 똑바로 걸어갔다. 그가 손을 내밀었다.

"친구여." 그가 말했다. "시 의회의 경의를 당신에게 대신 전합니다. 시 의회는 시장이 없는 동안 당신을 책임자로 임명합니다. 당신은 플라상을 구했습니다. 우리가 헤쳐 나가게 될 험악한 시기에는, 지성과 용기를 두루 갖춘 당신 같은 사람들이 필요합니다. 함께해 주십시오……."

그라누는 시청에서 라 반로로 오는 동안, 무척 힘들게 준비했던 짧은 연설문을 읊으면서, 자신의 기억력이 오락가락하는 것을 느꼈다. 그러나 루공은 감동에 휩싸여, 그의 말을 막고, 그의 손을 꼭 잡으며 같은 말을 되풀이했다.

"감사하오, 친애하는 그라누, 당신에게 정말로 감사하오."

그는 다른 말은 아무것도 생각나지 않았다. 그러자 귀가 먹먹할 정도로 함성이 터졌다. 모두가 서둘러, 그에게 손을 내밀었고, 그에게 온갖 찬사와 축하의 말을 퍼부었고, 그에게 사정없이 질문했다. 그러나 그는 벌써 행정관이 된 것처럼 위엄 있는 태도로, 그라누와 루디에 씨와 함께 협의하기 위한 시간을 달라고 요구했다. 무엇보다 일이 먼저였다. 시는 아주 위태로운 상황에 있으니! 그들 셋 모두 그 자리에서 물러나 거실 구석으로 갔고, 낮은 목소리로, 권력을 서로 나누어 가졌다. 반면 단골들은 몇 발자국 떨어져, 신중한 사람들인 양 행동하면서, 감탄과 호기심이 뒤섞인 눈길로 슬쩍슬쩍 힐끔거렸다. 루공은 시 의회 의장 자리를 차지할 것이다. 그라누는 비서관이 될 것이다. 루디에는 재편성된 국민병의 사령관이 되었다. 그들은 서로 지지하기로, 어떤 시련에도 연대하기로, 서로에게 맹세했다.

펠리시테가 그들에게 다가와서, 불쑥 물었다.

"뷔예는요?"

그들은 서로 바라보았다. 아무도 뷔예를 보지 못했다. 루공은 불안한 듯 약간 얼굴을 찌푸렸다.

"그들이 다른 사람들과 함께 그도 데려갔나……." 그가 마음을 진정시키려는 듯 말했다.

그러나 펠리시테는 머리를 저었다. 뷔예는 잡힐 사람이 아니었다. 그가 보이지 않고, 그의 소식이 들리지 않을 때부터, 그것은 그가 뭔가 나쁜 것을 꾸미고 있다는 의미이다.

문이 열리더니, 뷔예가 들어왔다. 그가 눈을 깜박거리면서, 성당 관리인다운 억지 미소를 머금고, 공손하게 인사했다. 그리고 루공과 다른 두 사람에게 와서 축축한 손을 내밀었다. 뷔예는 혼자서 자신의 사소한 일들을 처리했다. 그는 스스로 알아서, 펠리시테가 말했듯이, 자기 몫을 챙겼다. 그의 책방은 우체국 옆에 있었는데, 자신의 지하실 채광 환기창을 통해, 저항군이 우체국장을 체포하러 온 것을 보았었다. 그러다가, 아침이 되자 바로, 루공이 시장의 안락의자에 앉아 있던 그 시간에, 조용히 우체국장 사무실로 가서 자리 잡았다. 그는 직원들을 잘 알고 있었다. 그는 그들이 도착하자 그들을 맞이하며, 자신은 우체국장이 돌아올 때까지 그를 대신할 것이며 직원들은 전혀 불안해할 필요가 없다고 말했다. 그런 다음 오전 우편물에 관한 관심을 숨기려 하지도 않고 뒤졌다. 그는 편지들에서 냄새를 맡았다. 그는 특히 어떤 편지 하나를 찾고 있는 듯했다. 그가 흡족해하며, 직원 중 한 사람에게 『피롱의 희극 전집(*Oeuvres badines de Piron*)』 사본을 주기까지 한 걸 보면, 그의 새로운 입지가 그의 비밀 계획 중 하나와 맞아떨어진 듯했다. 뷔예는 음란한 책들을 매우 풍부하게 소장하고 있었고, 커다란 서랍 속에, 묵주와 성화들 재고품 아래 숨겨 두고 있었다. 도시를 민망한 사진과 삽화들로 넘치게 하는 것이 바로 그였지만, 그런 사실로 기도서 판매가 손해 본 것은 전혀 없었다. 하지만 그는 자신이 우체국을 차지한 독자적인 방식 때문에 겁을 먹었음이 분명했다. 그는 자신의 찬탈을 공인받을 생각이었다. 그런 이유로 그는 분명히 강력한 인물이 될 루공에게 급히 달려왔다.

"도대체 어디 갔었어요?" 펠리시테가 의심의 눈빛으로 그에게 물었다.

그러자 그가 자신의 이야기를 미화시켜 가며 말했다. 그의 말에 따르면, 그는 약탈당하고 있는 우체국을 구했다.

"오! 잘 알겠소. 거기에 그대로 계시오!" 피에르가 잠시 생각하더니 말했다. "당신이 도와주도록 하시오."

그 마지막 말에는 루공 부부의 공포가 담겨 있었다. 그들은 사람들이 너무나 쓸모 있게 될까 봐, 사람들이 그들보다 도시를 더 구하는 사람들이 될까 봐 엄청나게 두려워했다. 그러나 피에르는 뷔예를 우체국 임시 국장으로 두는 것에 어떤 심각한 위험도 찾지 못했다. 오히려 그를 치워 버릴 방법으로 여겼다. 펠리시테는 잔뜩 불만스러운 몸짓을 했다.

비밀 집회를 끝낸 남자들은 거실을 가득 메운 사람들과 합류했다. 그들은 이제 사람들의 호기심을 충족시켜 주어야 했다. 그들은 새벽의 사건들을 상세히 밝혀야 했다. 루공은 찬란했다. 그는 아내에게 했던 이야기를 다시 확대했고, 윤색했고, 극적으로 만들었다. 소총과 탄약을 배포한 일은 모두를 조마조마하게 했다. 그러나 그 부르주아들이 대경실색한 것은, 아무도 없는 길들을 행진해서 시청을 접수한 일이었다. 매번 새로운 부분이 나올 때마다, 말을 멈추어야 했다.

"당신들이 마흔한 명뿐이었다니, 굉장합니다!"

"정말로! 아주 깜깜했을 것 같네요."

"사실, 감히 그런 일을 할 줄은 몰랐소!"

"그러니까, 당신이, 그렇게, 그의 멱살을 잡았군요!"

"반란군, 그들은 뭐라고 말했습니까?"

그러나 그 짧은 말들은 루공의 영감을 부채질할 뿐이었다. 그는 모두에게 대답해 주었다. 그는 몸짓과 표정으로 표현했다. 그 뚱뚱한 남자는, 자신의 공적에 대해 스스로 감탄하면서, 다시 초등학생이 된 것처럼 날렵해졌고, 엇갈린 말들 속에서, 놀란 외침, 세부 묘사에 대한 이런저런 이야기로 갑자기 이루어진 개별적인 대화 속에서, 다시 새롭게 되풀이했다. 그는 그렇게 웅장한 서사의 기운을 타고 위대해지고 있었다. 게다가 그라누와 루디에는 그가 빠뜨린 사실들, 미미한 소소한 일들을 그에게 은밀히 알려 주었다. 그들 자신도 열렬히 단어 하나를 보탰고,

한 국면을 이야기했으며 때때로 그의 말을 가로채기도 했다. 또는 그들 셋이 동시에 말하기도 했다. 그러나 루공이, 호메로스의 일화처럼 깨어진 거울의 웅장한 이야기를, 대단원으로, 최고의 영광으로 남겨 두기 위해, 아래, 안뜰에서, 경비원을 체포할 때 일어난 일을 먼저 이야기하려 하자, 루디에가 사건의 순서를 바꾸면 이야기를 훼손시킨다고 그를 비난했다. 그들은 잠시 약간 격앙되어 서로 다투었다. 그리고 루디에가 자신에게 좋은 기회가 왔다는 걸 알아차리고 급한 목소리로 외쳤다.

"아니! 그런데 당신들은 거기에 없었잖아요…… 내가 말하지요……."

그리고 그는 어떻게 반란군이 잠에서 깨어났고, 그들을 무력화시키기 위해 어떻게 그들을 겨냥했는지 한참 설명했다. 그는 다행히도 피는 보지 않았다고 덧붙였다. 이 마지막 말이 시체를 기대했던 청중을 실망시켰다.

"그런데 당신이 총을 쏘았지요, 그렇지요." 극적 요소가 빈약하다고 생각한 펠리시테가 끼어들었다.

"맞아요, 맞습니다, 세 번 발포." 은퇴한 모자 제조인이 다시 말했다. "부끄럽게도 재빨리 총을 발사한 이는 푸줏간 주인 뒤브뤼엘, 리에뱅 씨와 마시코 씨입니다."

웅성거리는 소리가 들리자, 그가 다시 말했다.

"부끄럽지만, 나는 이 말을 강조하렵니다. 쓸데없이 피를 흘리지 않더라도, 전쟁은 이미 정말로 고통스럽고 피할 수 없습니다. 나 대신 당신들이 거기 있어야 했는데. 게다가 그 사람들은 그들의 잘못이 아니라고 나에게 맹세했습니다. 그들은 어떻게 총이 발포되었는지도 모릅니다. 그렇지만 총알이 튀어 날아간 후 빗나간 한 발이 한 반도의 뺨에 타박상을 입혔지요…….”

그 타박상은, 뜻밖의 그 상처는 청중을 만족시켰다. 어느 쪽 뺨에 타박상이 생겼는지, 어떻게 총알이 빗나갔음에도 뺨에 구멍 내지 않고 타격만 가했을까? 그 문제가 긴 설명을 할 구실이 되었다.

“위에서.” 루공이 소란이 가라앉을 시간을 주지 않으려고, 최대한 우렁찬 목소리로 계속했다. “위에서 우리는 할 일이 태산이었소. 거친 싸움이었소.”

그리고 그는 자신의 동생과 네 명의 다른 반란군을 체포한 이야기를, 마카르의 이름을 말하는 대신 그를 ‘우두머리’라고 칭하면서, 아주 푸짐하게 들려주었다. ‘시장님의 집무실, 시장님의 안락의자, 책상’과 같은 말들을 매번 입에 올렸고, 그때마다 청중들을 위해, 그 엄청난 장면을 경이로울 정도로 중요하게 부각시켰다. 사람들이 싸운 곳은 이제 문지기의 거처가 아니라, 도시 최고 행정관의 거처였다. 루디에는 쑥 들어갔다. 루공이 마침내 그가 처음부터 준비하고 있었고, 그를 영웅으로 결정적으로 만들어 줄 이야기에 도달했다.

“그때…….” 그가 말했다. “반도 한 명이 나에게 달려들었소. 나는 시장님의 안락의자를 치우고, 그 남자의 멱살을 잡았소. 그를 옥죄었지요, 물론! 그런데 총 때문에 불편했지요. 그렇다고 총을 놓을 수는 절대 없지요. 나는 그것을, 이렇게 왼쪽 팔 밑에 끼웠어요. 그런데 갑자기 총이 발사되었소…….”

청중들이 모두 루공의 입만 쳐다보았다. 말하고 싶은 맹렬한 욕구에 입을 내밀고 있던 그라누가 소리쳤다.

“아니, 아니, 그게 아니지요…… 당신은 볼 수 없었잖아요, 친구. 당신은 사자처럼 용맹하게 싸우고 있었지요. 나는 포로 중 하나를 결박하는 것을 도와주고 있던 터라 다 보았소……. 그 남자는 당신을 죽이려 했어요. 총을 쏘게 한 것이 바로 그 사람입니다. 나는 그가 당신의 팔 밑으로 그의 더러운 손가락들을 밀어 넣는 것을 똑똑히 보았습니다…….”

“그랬던 것이오?” 루공이 얼굴이 창백해지며 말했다.

그는 자신이 그런 위험을 겪었는지도 모르고 있었는데, 은퇴한 아몬드 장수의 이야기를 듣자 공포에 떨었다……. 그라누는 평소에는 거짓말하지 않았다. 단, 전투의 날이라면, 상황을 극적으로 보아도 상관없는 법이다.

“틀림없다니까요. 그 남자는 당신을 죽이려 했어요.” 그가 확신을 갖고 되풀이했다.

“그래서…….” 루공이 힘없는 목소리로 말했다. “내 귓가에 총탄이 날아가는 소리가 들렸군요.”

격한 감동이 일었다. 청중은 영웅 앞에서 존경심에 사로잡혔다. 총탄이 그의 귓가로 스치는 소리를 들었다니! 거기에 있는 부르주아 중 그 누구도 그렇게 말할 수 없었을 것이다. 펠리시테는, 거기 모인 사람들의 감동을 절정으로 끌어올리기 위해, 남편 품에 달려가 안겨야 한다고 생각했다. 그러나 루공이 갑자기 나서면서, 플라상에서 유명하게 남게 될 영웅적인 말로 자신의 이야기를 끝냈다.

"총이 발사되고, 나는 귓가에서 총알 소리를 들었소. 그리고 쾅! 총알은 시장님의 거울을 깨뜨렸지요."

그것은 경악이었다. 그렇게나 아름다운 거울을! 믿을 수 없군, 정말로! 거울에 닥친 불행은 거기 모인 사람들의 동정심 속에서 루공의 영웅적 행동과 짝을 이루었다. 거울이 사람이 되었다. 사람들은 거울에 대해, 마치 거울의 심장이 부상당한 것처럼, 거의 15분가량이나 한탄하고, 동정하고, 애석함을 쏟아 내면서 말했다. 그것은 피에르가 신경 쓰고 준비한 대로 극점이었고, 경이적인 모험담의 절정이었다. 시끌벅적 웅얼거리는 소리가 노란 거실을 가득 채웠다. 사람들은 방금 들은 이야기를 그들끼리 다시 만들었고, 이따금 한 사람이 그룹에서 빠져나와 세 명의 영웅에게 의문의 여지가 있는 어떤 사실에 대한 정확한 설명을 물으러 오곤 했다. 영웅들은 세심하고도 면밀하게 사실을 바로잡아 주었다. 그들은 자신들이 역사를 위해 말하고 있음을 느끼고 있었기 때문이었다.

그러는 동안, 루공과 그의 두 보좌관은 시청에서 그들을 기다리고 있다고 말했다. 존경의 침묵이 흘렀다. 사람들은 근엄한 미소와 함께 서로에게 경의를 표했다. 그라누의 위세가 터질 듯했다. 그 혼자만 그 반도가 방아쇠를 당기고 거울을 부순 것을 보았다. 그것 때문에 그는 점점 커졌고, 엄청난 환희를 느끼게 했다. 거실을 떠나면서 그는 피곤함에 지친 명장 같은 투로 루디에의 팔을 잡으며 중얼거렸다.

"나는 36시간째 서 있지만, 언제 자게 될지도 모르겠군요!"

루공은 떠나면서 뷔예를 따로 불러 질서당이 그 어느 때보다도 그와 『라 가제트』를 믿고 있다고 말했다. 민심을 안정시키고 플라상에 들어왔던 흉악범 무리를 그에 걸맞게 다루기 위해서도, 멋진 논설을 게재하는 것이 필요했다.

"안심하시오!" 뷔예가 대답했다. "『라 가제트』는 내일 아침이나 되어야 나와야 하지만 오늘 저녁부터 발행토록 하겠소."

그들이 떠나자, 노란 거실의 단골들은, 날아간 방울새 한 마리 때문에 거리에 모인 말 많은 아낙네들처럼, 잠시 더 머물렀다. 거기 모인 은퇴한 상인들, 기름 장수들, 모자 제조인들은 온통 요정 나라의 환상적인 드라마 속에 잠겨 있었다. 그렇게까지 흥분된 적은 한 번도 없었다. 그들은 그들 무리에서 루공과 그라누, 루디에 같은 영웅들이 태어났다는 사실에 정신을 차리지 못했다. 거실이 숨 막히는 데다, 서로 똑같은 이야기를 나누고 있는 것에 지쳐서, 그들은 그 위대한 소식을 널리 알리러 가야겠다는 참을 수 없는 욕구를 느꼈다. 그들은, 각자 다 알고 있고, 다 말할 수 있는 첫 번째 사람이 되고자 하는 야망에 사로잡혀, 하나둘씩 사라졌다. 혼자 남은 펠리시테는, 창가에 몸을 숙이고, 라 반로에서, 겁먹은 듯, 가냘픈 커다란 새들처럼 팔을 흔들며, 도시 사방에 감동을 불어넣기 위해 흩어지는 그들을 보았다.

열 시였다. 잠에서 깬 플라상 사람들이, 들려오는 소문에 경악해 거리를 쏘다니고 있었다. 반도 무리를 보았거나 들었다는 사람들이 황당무계한 이야기들을 해 댔고, 서로 반박하면서, 잔혹한 추측을 했다. 그러나 대다수는 무슨 일인지조차 알지 못했다. 도시 변두리에 사는 이들은, 수천 명의 반도가 거리에 난입하고, 날이 밝기 전에 마치 유령 군대처럼 사라졌다는 이야기를, 깜짝 놀라, 마치 옛날이야기처럼 듣고 있었다. 가장 회의적인 사람들은 말했다. "그럴 리가 있나! 하지만 어떤 부분들은 틀림없군." 플라상 사람들은 그들이 자는 동안, 아무런 피해도 입지 않았지만, 무시무시한 불행이 그들에게 닥쳤었다는 것을 확신하게 되었다. 밤의 어둠 속에서 일어난 일인 데다, 모순되는 다양한 정보들 때문에, 명확하게 규명되지 못한 대참사는 모호한 성격을, 가장 용감한 사람들조차 떨게 만드는 거대한 공포를 만들어 냈다. 그럼 도대체 누가 그 벼락을 비껴가게 했나? 그것은 기적 같은 일이었다. 노란 거실의 단골손님들이 거리로 흩어져 나가 소식들을 퍼뜨리고, 모든 집에서 같은 이야기를 다시 만들어 내면서, 사람들은, 히드라의 머리를 베었던, 그러나 자세한 설명은 없이, 마치 거의 믿을 수 없는 일처럼, 미지의 구원자들에 대해, 작은 무리의 남자들에 대해 말했다.

그것이 도화선이 되었다. 순식간에, 도시 전체에 그 이야기가 돌았다. 루공이라는 이름이, 신시가지에서는 기쁨의 탄성과 함께, 구시가지에서는 찬사의 합성과 함께, 입에서 입으로 순식간에 퍼졌다. 주민들은 무엇보다 군수도, 시장도, 우체국장, 시 징세관도 공석이며, 어디에도 행정을 담당하는 이들이 없었다는 생각에 아연실색했다. 그들은 기존의 관청이 없어도 그들의 일을 끝낼 수 있었고, 평소처럼 깨어날 수 있었다는 사실에 놀라워했다. 처음의 경악이 지나가자, 해방군의 품 안에 마음 놓고 왈칵 안겼다. 몇몇 공화파들은 어깨를 으쓱했다. 그러나 소매상들, 소액의 연금 생활자들, 온갖 종류의 보수파들은 어둠 때문에 공적이 드러나지 않았던 그 겸손한 영웅들을 찬양했다. 루공이 자신의 동생까지 체포했다는 소식이 알려졌을 때, 찬양은 그 끝이 보이지 않았다. 사람들은 그를 브루투스라고 했다. 그가 밝혀지길 두려워했던 비밀이 오히려 그를 영광스럽게 만들었다. 공포는 여전히 일소되지 않았어도, 감사에는 만장일치였다. 사람들은 구원자 루공을 이론의 여지 없이 받아들였다.

"생각 좀 해 보시오!" 겁쟁이들이 말했다. "그들은 마흔한 명밖에 없었소!"

마흔하나라는 숫자가 도시를 뒤집어 놓았다. 그렇게 플라상에 마흔한 명의 부르주아가 3천 명의 반란군을 쓰러뜨렸다는 전설이 태어났다. 뭔가 의심을 드러낸 사람들은 신시가지의 야심 많은 몇 사람, 일 없는 변호사들, 그날 밤 잠들었던 것이 창피한 퇴역 군인들뿐이었다. 요컨대, 반란군은 필경, 어쩌면 스스로 떠났는지도 모른다. 전투 흔적도, 시신도, 핏자국도 전혀 없었다. 정말이지, 그분들이 일에 능란했었군.

"그런데 거울, 거울이 있지 않소!" 맹신자들이 말했다. "시장님의 거울이 부서졌다는 것은 부정할 수 없는 일이오. 그러니 가서 봅시다."

실제로 밤까지, 온갖 핑계를 대며 루공이 활짝 열어 둔 시장실로 쳐들어간 사람들의 행렬이 끊이지 않았다. 그들은 총알 때문에 둥근 구멍이 생기고 넓게 금이 간 거울 앞에 꼼짝하지 않고 서 있었다. 그리고 모두 같은 말을 중얼거렸다.

"이럴 수가! 총알이 정말 대단한 힘을 가졌네!"

그들은 확신에 가득 차서 떠났다.

펠리시테는 창가에서, 그런 소문들을, 도시에서 들려오는 찬사와 감사의 소리를 만끽했다. 지금 플라상 전체가 그녀의 남편에게 관심을 쏟았다. 그녀는, 두 지역이 그녀를 올려보며, 부들부들 떨면서, 다가올 승리에 대한 기대를 보내고 있는 것을 느꼈다. 아! 너무나 늦게 굴복시켰던 이 도시를 마침내 짓눌러 버리게 되다니! 그녀의 모든 설움이 북받쳤고, 지난 시절 그녀의 쓰라린 회한 때문에 즉각 즐기고 싶은 욕망이 솟구쳤다.

그녀는 창문을 떠나, 거실을 천천히 돌았다. 바로 그곳에서, 조금 전에, 사람들은 그녀의 남편과 그녀를 향해 손을 내밀었었지. 그들은 싸워 이겼다. 부르주아들은 이제 그들의 발밑에 있었다. 노란 거실이 그녀에게는 신성한 곳으로 보였다. 흔들거리는 가구들, 해어진 벨벳, 파리똥으로 더러워진 샹들리에, 폐허처럼 보이는 그 모든 모습이 그녀의 눈에는 전쟁터에 굴러다니는 영광스러운 잔해처럼 보였다. 오스테를리츠 평원도 그녀에게 그렇게 깊은 감동을 주지는 못했을 것이다.

그녀가 다시 창가로 갔을 때, 고개를 쳐들고 군청 광장을 어슬렁거리는 아리스티드가 보였다. 그녀는 그에게 올라오라고 손짓했다. 그는 어머니의 호출만을 기다리고 있었던 것 같았다.

"들어와라." 어머니가 층계참에 서서 머뭇거리는 그에게 말했다. "아버지는 안 계셔."

아리스티드는 탕자와 같은 어색한 모습으로 서 있었다. 4년째, 그는 노란 거실에 들어온 적이 없었다. 그는 아직도 팔에 붕대를 매고 있었다.

"손이 여전히 아픈 거니?" 펠리시테가 빈정대는 투로 물었다.

그는 얼굴을 붉히고, 당혹스러워하며 대답했다.

"오! 훨씬 좋아졌어요. 거의 다 나았어요."

그러고는 무슨 말을 해야 할지 몰라, 빙빙 돌며 있었다. 펠리시테가 그를 구해 주었다.

"아버지의 훌륭한 행동에 대해 말하는 것 들었니?" 그녀가 말했다.

그는 온 도시가 그것에 대해 말하고 있다고 했다. 그러면서 그의 뻔뻔스러움이 되살아났다. 그는 어머니에게 당한 조롱을 되갚았다. 그는 그녀를 빤히 바라보며 덧붙였다.

"아빠가 부상당하지 않았는지 보러 온 거예요."

"저런, 어리석게 굴지 마라!" 펠리시테가 격앙된 어조로 소리쳤다. "내가 너라면, 나는 솔직하게 행동할 거야. 너는 잘못 생각했어. 그렇다고 인정해. 그런 공화파 거지들과 어울리면서 말이지. 지금 네가 그들을 버리고 우리와 함께 다시 간다면, 나쁘지 않을 거야. 제일 강한 우리와 말이지. 흠! 우리 집은 너에게 항상 열려 있단다!"

그러나 아리스티드가 반박했다. 공화국은 훌륭한 생각이다.

그리고 저항군은 승리할 수도 있었다.

"나 좀 내버려둬!" 화가 난 노파가 계속했다. "너는 아버지가 너를 박대할까 봐 무서운 거지. 내가 그 일을 맡을게……. 잘 들어. 너는 네 신문사로 가서, 내일까지 쿠데타에 대한 매우 호의적인 기사를 실어. 내일 저녁, 신문이 나오면, 여기에 다시 오렴. 열렬히 환영받을 거야."

젊은이가 계속 말이 없자, 그녀가 더 목소리를 낮추며 더 열기 띤 목소리로 계속했다.

"알겠니? 바로 우리의 운명이 걸린 문제야. 그리고 네 운명도 걸려 있고. 다시는 어리석은 짓 하지 마라. 너는 그런 식으로 이미 상당히 위태로워졌으니."

젊은이가 몸짓을 했는데 루비콘강을 건너는 카이사르의 몸짓이었다. 그런 식으로, 그는 말로는 어떤 약속도 하지 않았다. 그가 물러나려 할 때, 그의 어머니가 그의 붕대 매듭을 찾으면서 덧붙였다.

"우선, 이 걸레부터 벗어야겠다. 너도 알겠지만, 우스꽝스러워 보이잖니!"

그는 어머니가 하도록 놔두었다. 묶인 스카프가 풀리자, 그는 그것을 곱게 접어 주머니 속에 넣었다. 그리고 어머니에게 입맞추며 말했다.

"내일 봐요!"

그동안, 루공은 시청을 공식적으로 접수했다. 시 의원은 여덟 명밖에 없었다. 나머지 시 의원들은 시장과 두 명의 보좌관과 함께 모두 반란군에 잡혀 있었다. 그 여덟 의원은, 그라누가 도시의 위급했던 상황을 설명하자, 그의 용기에 대해, 두려운 나머지 진땀을 흘렸다. 그들이 얼마나 질겁하여 루공의 품속으로 뛰어들었는지 이해하려면, 몇몇 소도시의 시 의회를 구성하고 있는 단순한 사람들에 대해 알아야 할 것이다. 플라상의 시장은 믿을 수 없을 정도로 바보인 사람들을, 저항이라고는 모르는 유순한 사람들을 충실한 도구로 손아귀에 쥐고 있었다. 그래서 가르소네 시장이 사라지자, 시 의회는 작동할 수 없었고, 그 태엽을 다시 감을 줄 아는 누구에게라도 속할 수밖에 없었다. 그때 군수는 그 지방을 떠난 뒤였고, 루공은 그런 상황 덕분에 자연스레 시의 유일하고 절대적인 주인이 되었다. 뜻밖의 난국으로, 한 부패한 남자의 손에, 하루 전만 해도, 그의 동향인 중 어느 누구도 백 프랑도 빌려주지 않았을 그런 사람에게 권력이 넘어갔다.

피에르가 한 첫 번째 행동은 예외 없이 임시 시 의회를 선언하는 것이었다. 이후 그는 국민병의 재편에 전념했고, 3백 명을 조직했다. 창고에 남아 있던 백아홉 개의 소총이 배급되면서, 반동파에 의해 무장된 사람들의 숫자는 백오십 명에 이르렀다. 또 다른 백오십 명의 국민병은 열성적인 부르주아들과 시카르도 휘하의 군인들이었다. 루디에가 사령관으로 시청 광장에서 소규모 병력을 사열할 때, 채소 상인들이 슬며시 웃는 모습을 보고는 침통해졌다. 모두가 군복 차림은 아니었고, 어떤 이들은 검은 모자를 쓰고 연미복과 소총을 든 모습으로 아주 우스꽝스럽게 서 있었다. 어쨌거나 의도는 좋았다. 보초 한 명은 시청에 남겨 두었다. 소부대의 나머지는 나뉘어 시의 각기 다른 문으로 흩어졌다. 루디에 자신은, 가장 위태로운, 그랑포르트 초소의 지휘관으로 남았다.

지금 자신이 아주 강하다고 느끼고 있던 루공은, 직접 캉쿠앵로로 가서 병사들에게 그대로 있으라고, 어디에도 가담하지 말라고 부탁했다. 그리고 한편으로는, 반란군이 열쇠를 가져가 버린 헌병대의 문을 열게 했다. 그러나 그는 홀로 승리를 차지하고 싶었고, 헌병들이 그의 영광의 몫을 훔쳐 가는 것을 원치 않았다. 그가 그들이 절대적으로 필요하다면, 그때 부를 것이다. 그래서 그들이 나타나면, 노동자들을 자극해서 상황을 심각하게 만들 뿐이라고, 그들에게 설명했다. 헌병대장은 그의 신중함에 대해 그를 무척 치하했다. 병영에 부상한 병사가 한 명 있다는 것을 알자, 루공은 자신을 알리고 싶어 그를 만나고자 했다. 그는 누워 있는 랑가드를 찾았고, 그는 붕대로 눈을 싸맸는데, 붕대 아래로 무성한 수염이 삐져나와 있었다. 루공은 의무에 대해 멋진 말로 그를 격려했고, 애꾸눈 병사는 군대를 떠날 수밖에 없게 만든 자신의 부상에 대해 격분하면서, 씩씩거리며 욕을 했다. 루공은 그에게 의사를 보내 주겠다고 약속했다.

"정말 감사합니다, 선생님." 랑가드가 대답했다. "하지만 어떤 치료보다 나를 더 많이 위로하는 것은, 내 눈을 찌른 그 파렴치한 놈의 목을 비트는 겁니다. 오! 나는 그를 알아볼 수 있습니다. 작고 왜소한 놈, 얼굴도 파리하고, 아주 어린……."

피에르는 실베르의 손에서 흐르던 피가 떠올랐다. 그는 랑가드가, 이렇게 말하며, 그의 목에 달려들기라도 한 듯 두려움에 멈칫 뒤로 물러났다. '나를 애꾸로 만든 놈이 바로 당신의 조카요. 가만, 당신이 그놈 대신 대가를 치를 것이오!' 그가 나지막이 자신의 미천한 가족을 저주하는 동안, 피에르는 만약 그 죄인을 찾게 되면, 법의 엄정함에 따라 벌 받게 될 것이라고 당당히 선언했다.

"아니요, 아니요, 그럴 필요 없습니다." 애꾸가 대답했다. "내가 그를 찾아 죽일 테니."

루공은 서둘러 시청으로 되돌아갔다. 오후 시간은 여러 가지 조치를 취하며 보냈다. 한 시경에 게시된 선언문은 놀랄 만한 반응을 불러왔다. 선언문은 시민들의 분별심에 대한 호소를 끝으로, 질서는 더는 흔들리지 않을 거라는 확고한 믿음을 주었다. 해가 질 때까지, 실제로, 거리는 전반적으로 진정된 모습, 전적인 신뢰의 모습을 보여 주었다. 거리에서 선언문을 읽던 무리가 말했다.

"끝났군. 반란군을 추격하는 군대가 곧 지나가는 것을 보게 되겠어."

군인들이 가까이 오고 있다는 믿음은, 소베르 중앙로를 한가히 거닐던 사람들이 군악대를 보기 위해 니스로까지 나갈 정도였다. 밤이 되어서야, 그들은 아무것도 보지 못한 채, 실망해서 돌아갔다. 그러자 막연한 불안이 도시에 퍼졌다.

시청에서, 임시 의회의 의원들은 빈속인 데다, 그들 자신이 쓸데없이 떠들었던 말들로 겁을 먹었던 터라, 두려움이 다시 엄습함을 느끼고 있었다. 루공은 저녁 아홉 시에 다시 그들을 소집하겠다고 하면서, 저녁을 먹도록 보냈다. 그리고 자신도 시장실을 나가려던 참이었는데, 마카르가 깨어나 문을 난폭하게 두들겼다. 그는 배고프다고 말하면서 시간을 물었다. 그의 형이 다섯 시라고 말하자, 그는 화들짝 놀라는 척하면서, 악마처럼 심술궂게, 저항군이 더 일찍 돌아온다고 그에게 약속했는데, 그를 구하러 오는 게 지체된다고 낮게 중얼거렸다. 루공은 그에게 먹을 것을 주게 한 후, 반도 무리의 귀환을 말하는 마카르의 주장에 예민해져, 내려갔다.

길에 나선 그는 불안을 느꼈다. 도시가 변해 버린 듯했다. 이상한 모습이었다. 그림자들이 보도를 따라 빠르게 뛰었고, 텅 비고 고요했다. 우중충한 집들 위로, 석양과 함께 음산한 두려움이, 가랑비처럼 천천히 집요하게 떨어지고 있는 것 같았다. 낮 동안의 시끌벅적한 신뢰는 불행하게도 이유 없는 공포로, 다가오는 밤에 대한 공포로 변해 버렸다. 주민들은 유약했고, 자신들의 승리를 실컷 즐긴 터라, 반란군의 무시무시한 반격을 생각할 힘밖에 남아 있지 않았다. 루공은 그런 공포의 기류 속에서 몸을 떨었다. 그는 목이 메어, 발걸음을 재촉했다. 방금 불을 켠, 신시가지의 빈약한 연금 생활자들이 모여 있는, 레콜레 광장의 한 카페 앞을 지나갈 때, 그의 귀에 매우 무서운 대화 몇 마디가 들려왔다.

"그런데! 피쿠 씨." 발음이 불분명한 목소리가 말했다. "그 소식 아세요? 기다리던 군대가 오지 않았다네요."

"그런데 군대를 기다린 것은 아니지요, 투슈 씨." 날카로운 목소리가 대답했다.

"죄송하지만, 당신은 그 선언문을 읽지 않은 것 아닌가요?"

"하기야, 게시문은 질서가 필요하다면, 힘으로 유지될 거라고 약속하고 있지요."

"잘 알고 계시네요. 힘이 있지요. 당연히 그 힘은 군대입니다."

"뭐라고들 하나요?"

"당신도 알다시피, 사람들이 두려워합니다. 군인들이 늦는 게 이상하다고, 반란군이 그들을 결딴낸 것은 아닌지 말들 합니다."

카페 안에서 공포의 외침이 터졌다. 루공은 그 부르주아들에게 선언문에는 군대의 도착에 대해 말한 적이 없다는 것을 알려주기 위해, 그렇게 글을 남용하고 그런 쓸데없는 말을 퍼뜨리면 안 된다고 말하기 위해 들어가고 싶었다. 그러나 그 자신도 온통 혼란스러운 가운데, 군대의 파견을 기대하지 않았다고 장담하지 못했으며, 한 명의 군인도 나타나지 않았다는 것에 사실 그도 놀랍다는 생각이 들었다. 활기차고 패기가 넘쳐 있던 펠리시테는 그런 어리석은 말들에 휘둘리는 그를 보고 화를 냈다. 디저트를 먹을 때, 그녀가 그의 기운을 북돋워 주었다.

"이런! 당신 정말 바보 같아요." 그녀가 말했다. "도지사가 우리를 잊은 게 다행이지요. 우리끼리만 도시를 구하는 거잖아요.

나는 반란군이 돌아오는 것을 보았으면 좋겠어요. 그들을 총격으로 맞이해서 우리가 영광에 싸이도록 말이지요……. 이봐요, 시의 문들을 닫으세요. 그리고 잠자지 말고, 밤새 활약하는 것을 보여 주세요. 그래야 차후 당신이 좋게 평가될 거예요."

피에르는 다소 원기를 회복하여, 시청으로 돌아갔다. 동료들의 푸념 속에서 의연하게 있으려면 용기가 필요했다. 임시 시의회 의원들은, 폭우가 쏟아지는 날, 비 냄새를 풍기며 들어오는 사람처럼, 그들 옷 속에 공포를 넣어 가지고 돌아왔다. 모두 군대가 파견될 것을 기대했다고 주장했으며, 그들은 그런 식으로 선량한 시민들을 선동 정치의 광기에 넘겨주지 않는다는 말을 외쳐 댔다. 피에르는 휴식을 취하고 싶어, 그들에게 군대가 다음 날 온다는 약속까지 해 버렸다. 그런 다음 그는 문들을 다 닫게 할 거라고 엄숙하게 선언했다. 그것은 위안이 되었다. 국민병은 이중으로 잠그라는 명령을 받고, 즉시 각 문으로 가야 했다. 그들이 돌아오자, 몇몇 의원들이 정말로 더 안심된다고 털어놓았다. 피에르가 시가 처한 위급 상황 때문에 그들 각자의 자리를 지켜야 할 의무가 있다고 말하자, 몇몇은 안락의자에서 밤을 보내기 위해 이런저런 조처들을 취했다. 그라누는, 대비책으로 가져온, 실내용 테 없는 검은 비단 모자를 썼다. 열한 시경, 그들 중 반은 가르소네 시장의 책상 주변에서 잠들었다.

아직 잠들지 않은 이들은, 안마당에서 울리는, 국민병의 보조를 맞춘 구보 소리를 들으면서, 자신들이 용감한 사람들이 되어 훈장을 받는 몽상을 하고 있었다. 책상 위의 커다란 램프 하나가 전투 전야의 기묘한 풍경을 비추고 있었다. 졸고 있는 듯하던 루공이 갑자기 일어나 뷔예를 찾으러 보냈다. 그는 『라 가제트』를 받지 못한 것이 방금 떠올랐다.

서적상은 매우 기분 나빠 하며 건방진 모습을 보였다.

"아 참!" 루공이 그를 따로 불러 물었다. "나한테 약속한 기사! 그 신문을 보지 못했는데."

"그것 때문에 나를 깨운 거요?" 뷔예가 화를 내며 대답했다. "물론! 『라 가제트』는 나오지 않았어요. 혹여 반란군이 돌아왔을 때, 죽임당하고 싶지 않거든요."

루공은 다행히도 아무도 학살당하지 않을 거라고 말하면서 억지로 웃어 보였다. 바로 불안을 야기하는 거짓 소문들이 떠돌기 때문에, 문제의 그 기사는 대의에 아주 유용하게 쓰일 것이다.

"그럴 수 있지요." 뷔예가 말했다. "그러나 지금 제일 훌륭한 대의는 어깨 위 자신의 머리를 지키는 일이랍니다."

그가 악의를 담은 날카로운 어조로 덧붙였다.

"나야 당신이 반란군을 모두 죽였다고 믿지만! 내가 위험을 감수하기에는 당신은 너무 많은 반도를 남겨 두었소."

혼자 남은 루공은 평소에는 그토록 겸손하고, 그토록 고분고분한 남자의 반항에 놀랐다. 그에게 뷔예의 행동은 수상해 보였다. 하지만 그 이유를 알아낼 시간이 없었다. 그가 안락의자에 몸을 거의 쭉 펴고 다시 누우려 할 때, 허리에 비끄러맨 커다란 군도가 엉덩이에서 굉장한 소리를 내면서, 루디에가 들어왔다.

잠자던 사람들이 놀라 깨어났다. 그라누는 전투를 준비하라는 신호라고 생각했다.

"응? 뭐지? 무슨 일이야?" 그가 검은 비단 모자를 급히 주머니에 넣으며 물었다.

"여러분." 루디에가 연설자로서 신중하게 알려야 한다는 생각도 못 한 채, 숨 가쁘게 말했다. "반란군 한 무리가 시에 접근하고 있는 것 같소."

그 발언에 한순간 공포에 사로잡힌 침묵이 따라왔다. 루공만 말할 기력이 있었다.

"그들을 보았소?"

"아니요." 은퇴한 양품류 판매상이 대답했다. "그런데 시골에서 이상한 소문들이 돌고 있습니다. 내 부하 중 한 명이 가리그 언덕이 불에 휩싸였다고 분명히 말했소."

그곳에 있는 사람들 모두 하얗게 질린 얼굴로 말없이 서로 쳐다보았다.

"나는 내 초소로 돌아갑니다." 그가 계속했다. "공격이 있을까 두렵군요. 당신들 쪽도 조심하시오."

루공은 그를 따라가 다른 정보도 알고 싶었다. 그러나 그는 이미 멀리 왔다. 임시 시 의회가 다시 잠들고 싶은 마음이 없는 것은 분명했다. 이상한 소문이라니! 불이라니! 공격이라니! 그것도 한밤중에! 조심하라니. 말은 쉽지만, 어떻게 하라는 거지? 그라누는 전날 밤, 그들이 성공시켰던 것과 같은 전략을 건의할 뻔했다. 숨어서, 반란군이 플라상을 통과하기를 기다리다가, 아무도 없는 거리에서 승리를 얻어 내는 것. 피에르는 아내의 충고를 다행히 기억해 내고선, 루디에가 잘못 생각할 수 있다고, 가서 직접 보는 것이 최선이라고 말했다. 몇몇 위원들이 얼굴을 찌푸렸다. 그렇지만 무장한 이들이 임시 시 의회를 호위하기로 합의되자, 모두 아주 용감하게 내려갔다. 아래층에, 그들은 몇 사람만 남겨 두었다. 그들은 서른 명가량의 국민병들에 둘러싸여 호위를 받았다. 그러고 나서 잠든 도시 속으로 들어가는 모험을 감행했다. 지붕 가까이에서 미끄러지듯 움직이는 달만 조금씩 길어진 그림자들을 드리웠다. 그들은 성벽을 따라, 문에서 문으로 따라갔지만, 벽으로 막힌 시야 때문에 부질없었고, 아무것도 보이지 않고, 아무 소리도 들리지 않았다. 다른 초소들의 국민병들은, 닫힌 성문 너머로, 들판에서 특이한 바람이 불어오고 있다고 그들에게 분명히 말했다. 그들이 귀를 기울여도, 먼 곳의 미미한 소리 말고는 달리 알아낼 수 없었는데, 그라누는 그 소리가 비요른강의 요란한 물소리라고 주장했다.

하지만 그들은 여전히 불안했다. 그들이 아무것도 아니라는 듯 어깨를 으쓱 올리면서, 루디에를 겁쟁이로, 망상가로 대하면서, 매우 뒤숭숭한 마음으로 시청으로 돌아가려 할 때, 루공은 자신의 동료들을 완전히 안심시키기 위한 열렬한 마음에, 10여 킬로미터 떨어진 평원을 보여 줄 생각을 했다. 그는 그 소그룹을 생마르크 지구로 이끌고 가서 드 발케라 저택의 문을 두들겼다.

백작은, 소요가 시작될 때부터, 자신의 코르비예르성(城)으로 떠난 터였다. 저택에는 드 카르나방 후작밖에 없었다. 전날 밤부터 그는 신중하게 거리를 두었다. 겁이 나서가 아니라, 결정적 시간에, 루공 부부와 함께 음모를 꾸미는 모습이, 사람들의 눈에 띄는 것이 내키지 않아서였다. 사실, 그는 돌아가는 상황을 알고 싶어 속이 탈 정도였다. 그는 노란 거실이 꾸민 음모의 놀라운 공연에 달려가 개입하지 않도록, 두문불출해야 했다. 한밤중에 시종이 그에게 와서, 아래층에 그를 만나고 싶어 하는 사람들이 왔다고 알리자, 더는 참을 수 없었고, 일어나 급히 내려갔다.

"후작님." 루공이 그에게 시 의원들을 소개하면서 말했다. "드릴 청이 있습니다. 우리가 저택의 정원을 방문하도록 해 줄 수 있습니까?"

"물론이지요." 놀란 후작이 대답했다. "내가 직접 여러분을 모시고 가겠소."

가는 도중에, 그는 상황에 대해 들었다. 정원은 평원을 내려다보는 테라스에서 끝났다. 그곳에서 보면, 넓은 성벽 자락들이 내려앉아 있고, 끝없는 지평선이 펼쳐져 있었다. 루공은 그곳이 관측소로는 탁월하다는 것을 알고 있었다. 국민병들은 문에 남아 있었다. 시 의원들은 이야기를 나누면서, 테라스의 난간으로 와서 팔꿈치를 괴었다. 그들 앞에 펼쳐지는 이상한 광경에 그들은 말을 잃었다. 저 멀리 비요른강 계곡에, 해 질 녘, 가리그 언덕들과 세유 협곡 사이에 파묻힌 거대한 그 구덩이 속에서, 달빛이 창백한 빛의 강물처럼 흐르고 있었다. 작은 숲들, 어두운 바위들이, 여기저기, 빛나는 바다에서 떠오르는 섬이나 반도처럼 보였다. 비요른강 줄기를 따라, 하늘에서 내려오는 고운 은빛 먼지 속에서, 갑옷처럼 반짝이며 나타나는 땅끝이, 강줄기가 부분 부분 뚜렷이 보였다. 그것은 밤, 추위, 남모를 두려움이 끝없이 커지는 대양이었고, 온 세상이었다. 사람들은 처음에는 아무것도 들리지도, 보이지도 않았다. 하늘에는 빛이 어른거렸고, 먼 곳에서 들리는 소리 때문에 그들의 귀가 먹먹해지고 눈이 부셨다. 본래 시적 감흥이 별로 없는 그라누조차, 겨울밤의 고요한 평화에 압도되어 중얼거렸다.

"여러분, 아름다운 밤입니다!"

"루디에가 꿈을 꾼 게 확실하군." 루공이 약간 비웃으며 말했다.

그러나 후작이 그의 예민한 귀를 기울였다.

"이런!" 그가 또렷하게 말했다. "경종 소리가 들리는군요."

모두 숨을 죽이고, 난간 위로 몸을 기울였다. 가볍게, 수정처럼 맑게 땡그랑거리는 종소리가 평원에서 올라왔다. 사람들은 부정할 수 없었다. 분명히 경종 소리였다. 루공은 플라상에서 상당히 떨어진 마을인 르베아주의 종이 분명하다고 주장했다. 동료들을 안심시키기 위해 한 말이었다.

"들어 보시오, 들어 보시오." 후작이 그의 말을 끊었다. "이번에는, 생모르의 종입니다."

그러고는 지평선의 다른 쪽을 가리켰다. 실제로 두 번째 종이 맑은 밤 속에서 울고 있었다. 그들의 귀가 넓게 떨리고 있는 어둠에 익숙해지자, 곧이어 필사적으로 땡그랑거리는 열 개의 종, 스무 개의 종소리가 들렸다. 약하게 들리는 음울한 호출 소리가 사방에서, 마치 죽어 가는 사람의 헐떡거림처럼 올라왔다. 평원 전체가 순식간에 흐느꼈다. 이제 시 의원들은 루디에를 놀리지 못했다. 그들을 겁먹게 한 것을 은근히 즐기던 후작이 그들에게 그 모든 종소리의 이유를 설명하려 했다.

"저 소리는 동틀 무렵 플라상을 공격하러 가기 위해 모이는 이웃 마을들입니다."

그라누가 두 눈을 크게 떴다.

"후작님은 저 아래에서 아무것도 보지 못했나요?" 그가 갑자기 물었다.

아무도 살펴보지 않았다. 사람들은 더 잘 듣기 위해 두 눈을 감고 있었다.

"아! 보세요!" 잠시 침묵 후, 그가 말했다. "비요른강 너머, 저 검은 덩어리 가까이에."

"네, 보입니다." 루공이 절망하며, 대답했다. "불이 점화되네요."

첫 번째 불 앞쪽에서, 불 하나가 또 즉각 피어올랐고 세 번째, 네 번째 불이 올라왔다. 붉은 점들이 계곡을 따라 쭉, 거의 같은 간격으로, 거대한 가로수 길의 등불처럼 나타났다. 달빛 때문에 흐릿해 보이는, 불들이 피바다처럼 늘어서 있는 듯했다. 그런 음울한 조명에 결국 시 의원들이 얼어붙었다.

"틀림없소!" 후작이 날 선 냉소를 지으며, 낮은 소리로 말했다. "저 산적 놈들이 서로 신호를 주고받는 겁니다."

그는 '플라상의 용감한 국민병'이 대략 몇 명을 상대해야 할지 알기 위해, 친절하게도 불의 수를 세었다. 루공은 의구심을 제기하고 싶었고, 촌락들이 무기를 들고 반란군 부대와 합류하러 가는 것이지, 시를 공격하러 가는 것이 아니라고 말하고 싶었다. 시 의원들은 비탄에 잠긴 침묵으로, 그들이 이미 상황을 판단했으며, 모든 위안의 말을 거부한다는 것을 보여 주었다.

"지금 「라 마르세예즈」가 들리네요." 그라누가 꺼져 가는 목소리로 말했다.

그것은 사실이었다. 한 무리가 비요른강을 따라, 그때, 시 바로 아래를 지나가고 있음이 분명했다. "시민 여러분, 무기를 드시오! 여러분의 전투 부대를 만드시오!"라는 외침이, 이따금, 분명하게 울리며 들렸다. 끔찍한 밤이었다. 시 의원들은 테라스 난간에 팔을 괴고, 끔찍한 추위에 꽁꽁 언 채, 온통 종소리와 「라 마르세예즈」로 뒤흔들리는, 신호들의 조명으로 온통 붉게 물든 평원의 광경에 사로잡혀, 밤을 새우고 있었다. 그들의 눈에는 온통, 여기저기 물들여진 핏빛 같은 불꽃으로 빛나는 바다밖에 보이지 않았다. 희미한 함성을 듣느라 그들은 귀를 쫑긋 세웠다. 그들의 감각이 무뎌질 정도로, 무시무시한 상황이 보이고 들렸다. 무슨 일이 있어도, 광장을 떠나지 말았어야 했다. 그들이 등을 돌리고 도망친다면, 한 무리가 그들을 쫓아올 것 같은 생각이 들었다. 몇몇 겁쟁이들처럼, 그들은, 당연히 제때 도망치기 위해, 위험이 닥치는 순간을 알고 싶어 했다. 그런데 새벽 무렵, 달이 들어가고 그들 앞에 컴컴한 심연만 펼쳐지자 공포에 혼이 나갈 정도였다. 그들은 자신들의 목에 달려들 채비를 갖추고 어둠 속에서 기어오르고 있는, 보이지 않는 적들에게 둘러싸여 있다고 생각했다. 조그만 소리도, 테라스 밑에서 기어오르기 전 상의하는 사람들 소리로 들렸다. 그들은 아무것도 없는, 오로지 어둠만 있는 곳을 미친 듯이 뚫어져라 쳐다보았다. 후작이 그들을 위안하려는 듯, 냉소적인 말투로 말했다.

"그런데 불안해하지 마십시오! 그들은 새벽을 기다릴 테니."

루공이 투덜거렸다. 그도 두려움이 엄습하는 것을 느꼈다. 그라누의 머리카락은 완전히 하얘졌다. 지루할 정도로 느리게 마침내 여명이 나타났다. 또다시 정말로 불안한 순간이 왔다. 2층에 있던 시 의원들은 시 앞에 전투 부대로 정렬한 군대가 보이기를 기다리고 있었다. 그런데 그날 아침에는, 해까지 게으름을 피우는지, 지평선 근처에서 지체하고 있었다. 목을 빼 들고, 뚫어져라 바라보면서, 그들은 어렴풋한 흰색들에 관해 물었다. 흐릿한 어둠 속에서 끔찍한 모습들을 어렴풋이 본 것 같았고, 평원은 피바다로 변하고, 바위들은 수면 위를 떠다니는 시체들 같고, 작은 숲들은 여전히 끄떡없는 위협적인 전투 부대 같았다. 날이 점차 밝아지면서 그런 환영들이 사라질 때, 너무나 창백하고, 너무나 슬픈 해가 떴다. 일출이 어찌나 서글픈지, 후작도 가슴이 미어질 정도였다. 어디서도 반란군은 보이지 않았고, 도로들은 텅 비어 있었다. 그러나 온통 회색빛인 계곡은 산적들이 출몰하는 위험한 장소처럼 황량하고 음울해 보였다. 불들은 꺼

졌지만, 종들은 여전히 울리고 있었다. 여덟 시경, 루공은 비요른강을 따라 멀어져 가는 몇 사람들의 무리만 알아보았다.

사람들은 추위와 피로에 지쳐 죽을 지경이었다. 지금 당장은 어떤 위험도 없다고 생각한 그들은, 몇 시간 휴식을 취하러 가기로 했다. 국민군 한 사람이 보초로 테라스에 남겨졌고, 멀리서 어떤 무리라도 보이면 루디에에게 달려와 알리라는 명령을 받았다. 그라누와 루공은 지난밤의 걱정에 완전히 지쳐, 가까이 있는 자신들의 집으로, 서로 부축하면서 돌아갔다.

펠리시테는 자신의 남편을 애지중지하면서 침대에 눕혔다. 그녀는 그를 '불쌍한 고양이'라고 불렀다. 그녀는 그런 망상 때문에 걱정하지 말라고, 모두 잘 끝날 거라고, 그에게 되뇌었다. 그러나 그는 머리를 저었다. 그는 정말로 두려워했다. 그녀는 그를 열한 시까지 자도록 놔두었다. 그가 식사를 마치자, 그녀는 끝까지 가야 한다고 말하면서, 그를 부드럽게 밖으로 내몰았다. 시청에서 루공은 시 의원을 네 명밖에 보지 못했다. 나머지는 핑계를 댔다. 그들은 정말로 병이 났다. 아침부터, 공포가 더 맹렬한 힘으로 도시를 휩쓸었다. 시 의원들은 드 발케라 저택 테라스에서 보낸 기념비적인 밤의 이야기를 그들만 간직할 수 없었다. 그들의 하녀들이, 그 소식을, 극적 요소들을 첨가해 미화시키면서, 서둘러 퍼뜨렸다. 그때쯤, 사람들이 평원에서, 플라상의 언덕들에서 보았던 것들이, 포로들을 잡아먹는 식인종의 춤, 아이들을 삶고 있는 솥 주위를 돌며 춤추는 마녀들의 원무, 달빛을 받아 번쩍이는 무기를 든 산적들의 끝없는 행렬들이라는 이야기로 자리 잡았다. 쓸쓸한 대기 속에서 저절로 경종이 울리는 종들에 대한 말들도 돌았고, 사람들은 반란군이 주변 숲들에 불을 질러, 온 지방이 화염에 휩싸였다고 단언했다.

그날은 화요일이었고, 플라상의 장날이었다. 루디에는 채소, 버터, 달걀들을 갖고 오는 몇몇 농부 아낙네들을 들여보내도록 모든 문을 활짝 열어야 한다고 생각했다. 시 의회가 소집되자, 의장을 포함해 다섯 명밖에 없는 시 의회는 용납할 수 없는 경솔한 짓이라고 부르짖었다. 드 발케라 저택에 남겨진 보초가 아무것도 보지 못했을지라도, 도시를 계속 닫아 놓아야 했다. 그래서 루공은, 관원을 시켜 거리마다 돌아다니게 하면서, 도시가 포위되었고, 누구든 외출하는 이들은 더는 집으로 돌아갈 수 없을 거라는 포고 사항을 주민들에게 공고하기로 결정했다. 모든 문이, 대낮에도, 공식적으로 닫혔다. 그 조치는 주민들을 안심시키려는 것이었지만, 공포가 절정에 이르게 했다. 훤한 대낮에, 19세기 한가운데에서, 틀어박힌 채, 빗장을 걸어 잠근 그 도시보다 더 기묘한 것은 아무것도 없었다.

플라상이 자신을 둘러싼 낡아 빠진 성벽을 허리띠처럼 꽉 조여 매고, 다가오는 공격에, 포위당한 요새처럼 틀어박혀 있자, 음울한 집들 위로 죽음 같은 불안이 흘렀다. 매 시간, 도시의 중심부에서도, 도성 밖에서 터지는 총소리가 들리는 것 같았다. 사람들은 더는 아무것도 알 수 없었고, 지하실이나, 벽을 쌓아 막아 놓은 구덩이 안에서, 해방이나 최후의 일격을 불안스레 기다리고 있었다. 이틀째, 들판을 헤매고 다니는 반란군 무리 때문에 모든 연락이 차단되었다. 플라상은 막다른 골목에 세워진 도시인 터라, 거기에서 꼼짝도 못 한 채 나머지 프랑스 지역과는 분리되어 있었다. 플라상은 전국에서 항거가 일어나고 있다고 느끼고 있었다. 시 주변에서 경종 소리가 울리고, 「라 마르세예즈」가 범람하는 강물처럼 요란하게 우르릉댔다. 도시는 버려진 채 두려움에 떨면서 정복자들에게 약속된 노획품 같았고, 산책로의 산보객들은 그랑포르트에서 어떤 때는 저항군의 작업복을 또 어떤 때는 군인들의 군복을 본 것 같아서, 매 순간 공포와 희망을 오가곤 했다. 군청 소재지가, 자신이 만들어 놓은 감옥 벽이 무너져 내리는 그 안에서, 고통스러운 죽음의 공포를 그렇게까지 느낀 적이 없었다.

두 시경, 쿠데타가 실패했다는 소문이 퍼졌다. 왕자 대통령이 뱅센 탑에 갇혔다. 파리는 가장 진보적인 선동가들 손에 떨어졌다. 마르세유, 툴롱, 드라기냥, 남부 전체가 승리한 반도군의 것이 되었다. 반란군은 밤에 도착해서 플라상을 살육할 것이다.

한 대표단이 시청으로 가서, 성문 폐쇄가 반란군을 자극하는 데만 좋다며, 시 의회를 비난했다. 루공은 발끈하여, 남은 기력을 다해 자신의 명령을 옹호했다. 성문들을 철저히 잠근 것은 자신이 행한 행정 업무 중에서 가장 영리한 조치로 보였다. 그는 그 조치를 정당화하는 설득력 있는 주장을 펼쳤다. 그러자 사람들이 그를 껴안았고, 그에게 군인들이, 그가 약속한 부대가 어디에 있는지 물었다. 그러자 그는 거짓말을 했고, 자신은 아무것도 약속하지 않았다고 아주 단호하게 말했다. 전설적인 부대가 없다는 것이, 주민들이 곧 오리라고 열망했던 부대가 없다는 것이, 공포의 제일 큰 원인이 되었다. 정보통들은 군인들이 도살된 도로의 정확한 장소까지 읊었다.

네 시경, 루공은 그라누를 동반하고, 드 발케라 저택으로 갔다. 오르셰르에서, 반란군과 합류하는 작은 무리가 멀리서, 비요른 계곡으로 계속 가고 있었다. 온종일, 개구쟁이들은 성벽 위로 기어 올라갔고, 부르주아들은 감시구들을 통해 보려고 왔다. 자발적으로 보초가 된 이들은, 엄청난 전투 부대로 여기게끔, 사람들 수를 큰 소리로 읊고 다니면서, 도시를 계속 공포 속으로 몰아넣었다. 그 겁쟁이 무리는, 감시구들을 통해 보면서, 모두를 학살하기 위한 모종의 준비를 목격하고 있다고 믿었다. 석양 무렵, 전날 밤처럼, 공포의 바람이 더 차갑게 휘몰아쳤다.

시청으로 돌아가면서, 루공과 그와 한 몸인 그라누는 상황이 끔찍하게 돌아가고 있음을 알아차렸다. 그들의 부재 동안, 시의원 한 명이 다시 사라졌다. 이제는 네 명밖에 남지 않았다. 그들은 창백한 얼굴로, 몇 시간 동안 아무 말 없이, 서로를 바라보며, 자신들이 웃음거리가 되었다고 생각했다. 그들은 드 발케라 저택 테라스에서 다시 밤을 보낼 생각에 견딜 수 없이 두려웠다.

루공은 상황이 달라질 게 없으므로 계속 남아 있을 필요가 없다고 엄숙하게 선언했다. 어떤 심각한 사건이 일어나면 그들에게 알려 줄 것이다. 틀림없이 누군가의 조언이었을, 그런 결정으로, 그는 루디에에게 자신의 행정 업무를 위임했다. 파리에서 루이 필립 치하에서 국민군이었을 때를 그리워했던 가련한 루디에는 그랑포르트를 열렬한 마음으로 경비에 임했다.

피에르는 기가 죽은 채, 집들의 그림자 속으로 슬그머니 몸을 감추고 집으로 돌아갔다. 그는 자신의 주변에서, 플라상이 그에게 적대적으로 돌아서는 것을 느꼈다. 사람들이 모여서 분노와 경멸에 찬 말들과 함께 그의 이름이 흘러나오는 것이 그의 귀에 들렸다. 그는 비틀거리며, 진땀을 흘리며, 층계를 올라갔다. 펠리시테가 그를 말없이 깜짝 놀란 얼굴로 맞이했다. 그녀도 절망하기 시작했다. 그들의 모든 꿈이 물거품이 되고 있었다. 그들은 노란 거실에서, 마주 보며 서 있었다. 어느덧 해가 지고 있었다. 겨울의 칙칙한 빛이 커다란 당초 문양이 있는 오렌지색 벽지에 지저분한 빛깔을 드리웠다. 그 방이 그렇게까지 퇴색하고, 더럽고, 수치스러워 보인 적이 없었다. 지금은 그들뿐이었다. 전날 밤처럼 그들을 축하해 주는 아첨꾼들도 이제는 없었다. 그들이 승리의 노래를 부르고 있는 바로 그 순간에, 그들이 무너지는 데는 한나절이면 충분했다. 다음 날, 상황이 바뀌지 않는다면, 끝장난 시합이었다. 전날 오스테를리츠 평원을 생각했던 펠리시테는 노란 거실의 폐허를 보면서, 너무나 음울하고 너무나 황량한 거실을 보면서, 지금은 워털루의 저주받은 전쟁터를 떠올렸다.

남편이 아무 말이 없자, 그녀는 자신도 모르게 창가로, 그녀가 군청 소재지의 거룩한 향을 마음껏 들이마셨던 창가로 갔다. 그녀는, 아래, 광장에 많은 사람이 모여 있는 것을 보았다. 그녀는 그들의 집을 쳐다보고 있는 사람들을 보자, 야유당할까 두려워 덧창을 닫았다. 사람들은 그들에 대해 말하고 있었다. 그녀는 그런 예감이 들었다.

어둑어둑해지는 땅거미 속에서 목소리들이 위에까지 들려왔다. 한 변호사가 소송에서 이기고 있는 소송인의 어조로 큰 소리로 외쳤다.

"내가 분명히 말했소. 반란군은 자발적으로 떠났소. 그들은 다시 돌아오는 데 그 마흔한 명의 허락이 필요 없을 거요. 마흔한 명이라니! 장난하는 거요! 상대는 적어도 2백 명은 되는 것 같았는데."

"천만에." 기름 장수이며 정치가처럼 대단히 타산이 빠른 뚱뚱한 상인이 말했다. "그들은 아마 열 명도 되지 않았소. 사실 그들은 싸우지 않았기 때문이오. 아침이니, 피가 눈에 띄었을 텐데. 여러분에게 말하고 있는 이 사람이, 시청에 갔었소, 직접 보려고. 안마당은 내 손만큼 깨끗했소."

머뭇거리며 슬며시 그 무리에 끼어든 한 노동자가 말을 보탰다.

"시청을 차지하려고 책략을 쓸 필요도 없었지. 문이 닫혀 있지도 않았으니까."

그 말에 사람들이 웃음으로 화답했고, 그 노동자는 자신이 성원을 받자, 다시 말했다.

"루공 부부는, 다 알지 않소, 별 볼 일 없는 사람들이잖소."

그런 모욕은 펠리시테의 마음에 사무쳤다. 그녀 자신도 루공

가문의 사명을 믿었기 때문에, 은혜도 모르는 그 사람들이 그녀를 몹시 가슴 아프게 했다. 그녀는 남편을 불렀다. 그녀는 그가 군중의 변덕에 대해 교훈을 얻기를 바랐다.

"그들이 말하는 거울만 봐도 그렇소." 변호사가 계속했다. "가엾게 깨진 그 거울로 얼마나 야단법석을 떨었소! 이 루공이라는 작자는 그 안에서 한 방 쏘고서도, 전투를 벌였다고 믿게끔 할 수 있는 자요."

피에르는 고통에 찬 외침을 참았다. 사람들은 깨진 거울에 대해서도 더는 믿지 않았다. 조만간 사람들은 그가 자신의 귓가를 스치는 총알 소리도 듣지 않았다고 할지 모른다. 루공 가문의 전설은 사라질 것이고, 그들의 영광은 아무것도 남아 있지 않을 것이다. 하지만 그의 수난은 그게 끝이 아니었다. 사람들은 그 전날 박수갈채를 보냈던 만큼이나 악착스레 물고 늘어졌다. 일흔 살의 노인인, 은퇴한 모자 제조업자는, 예전에 도성 밖에 공장이 있었던 만큼 루공 집안의 과거를 파헤쳤다. 그는 기억이 가물가물한지 더듬거리면서도, 푸크가의 땅, 아델라이드의 땅에 대해서, 그녀와 밀수업자의 사랑에 대해서, 어렴풋이 말했다. 그 정도만 말해도, 험담에 새로운 날개를 달아 주기에 충분했다. 떠버리들이 서로 뭉쳤다. 상스러운 말들, 사기꾼, 파렴치한 모사꾼들의 말들이, 덧창 위까지 들렸고, 덧창 뒤에 있던 피에르와 펠리시테는 두려움과 분노에 휩싸였다. 사람들은 마카르를 동정하기까지 했다. 그것이 최후의 일격이었다. 어제만 해도, 루공은 브루투스였고, 조국을 위해 자신의 우애를 희생시켰던 의연한 사람이었다. 지금, 루공은 자신의 목적을 달성하기 위해 가련한 동생을 희생시키고, 그를 행운의 징검다리로 이용한, 야심 많은 비열한 자박에 되지 않았다.

"들려, 들리냐고." 피에르가 목멘 소리로 중얼거렸다. "아! 저 망나니들이 우리를 죽이고 있어. 결코 우리는 재기하지 못할 거야."

펠리시테가 노기를 띠고, 부들부들 떨리는 손끝으로 덧창을 두들기며 대답했다.

"말하도록 내버려둬요. 우리가 다시 최강자가 되면, 그들을 가만두지 않겠어요. 나는 어디서 그 타격이 오는지 알고 있어요. 신시가지가 우리에게 원한을 품고 있지요."

그녀의 말이 옳았다. 루공 부부에 대한 갑작스러운 나쁜 평판은, 예전 기름 장수이며 망하기 일보 직전에 놓인 집안의 무식한 자가 위세를 떨치자, 매우 시기하던 변호사 집단의 작품이었다. 생마르크 지구는 이틀째, 죽은 듯 꼼짝도 하지 않았다. 구시가지와 신시가지 사람들만 모습을 드러냈다. 신시가지 사람들은 상인들과 노동자들의 마음에서, 노란 거실을 끊어 내기 위해 공포를 이용했다. 루디에와 그라누는 훌륭한 사람들이고 명예로운 시민인데 모사꾼 루공이 그들을 속이고 있다, 우리가 그들을 깨우쳐 줄 것이다, 배불뚝이 뚱뚱이에 한 푼도 없는 거지 대신 이지도르 그라누 씨가 시장의 의자에 앉아야 하지 않을까? 바로 거기에서 시작되어, 시기하는 사람들은, 겨우 하루 전에 시작된 루공의 모든 행정 조치들을 비난했다. 그는 이전 시 의회를 보호하지 말았어야 했다. 그는 성문을 닫게 하면서 중대한 실수를 했다. 다섯 명의 시 의원이 드 발케라 저택 테라스에서 폐렴에 걸린 것은 그의 어리석음 때문이었다. 그들의 말은 한도 끝도 없었다. 공화파들도 고개를 쳐들었다. 사람들은, 도성 밖의 노동자들이 시청 공격을 도와줄 수도 있었다고 말했다. 그 말들에 모두 화를 냈다.

모든 희망이 무너져 내리는 순간에, 피에르는 필요한 경우, 믿을 수 있는 지원이 있는지 생각했다.

"아리스티드가 화해하려면 오늘 밤 와야 하지 않았어?" 그가 물었다.

"그래요." 펠리시테가 대답했다. "나한테 멋진 기사를 약속했어요. 『랑데팡당』이 아직 나오지 않았어요……."

"이런! 저기 군청에서 나오는 게 녀석 아니오?"

노파는 단번에 알아보았다.

"개가 다시 붕대를 걸었네요!" 그녀가 외쳤다.

아리스티드는 다시 손을 스카프로 숨기고 있었다. 공화국도 승리하지 못하고, 제국도 악화되고 있었다. 그는 다시 팔을 다친 척하는 것이 신중한 행동이라고 판단했다. 그는 머리를 숙이고 어물쩍 광장을 지나갔다. 그리고 당연히 사람들 속에서 연루될 수 있는 위험한 말들을 듣자, 서둘러 라 반로의 모퉁이를 돌아 사라졌다.

"개는 올라오지 않을 거예요." 펠리시테가 비통하게 말했다. "우리는 끝났어요……. 자식들까지 우리를 버리는군요!"

그녀는 더는 보지도, 듣지도 않으려고, 거칠게 창문을 닫았다. 그녀가 램프에 불을 켰고, 그들은 낙심한 채, 저녁을 먹었고, 입맛도 없어, 접시에 음식을 남겼다. 그들이 뭔가 방침을 정하려면 몇 시간밖에 없었다. 그들이 열망했던 재산을 포기하고 싶지 않다면, 잠에서 깼을 때, 플라상을 그들 발밑에 두고, 플라상 사람들이 그들의 자비를 구하게 만들어야 했다. 확실한 소식이 전혀 없다는 것이, 그들이 불안하게 만들고 망설이게 하는 유일한 이유였다. 펠리시테는 명료한 정신으로 이 점을 빠르게 알아차렸다. 쿠데타의 결과를 알 수 있다면, 그들은 과감하게 밀고 나갈 수 있을 것이고, 그나마 구원자 역할을 계속할 수 있을 것이다. 그게 아니라면 그들은 가능한 한 빨리 그들의 불행한 군사작전을 서둘러 잊히도록 해야 할 것이다. 그런데 그들은 정확히 아는 것이 아무것도 없었다. 그들은 미칠 지경이었고, 사건들에 대해 완전히 무지한 가운데, 도박에, 자신들의 전 재산을 거는 것에 식은땀이 흘렀다.

"고약한 으젠, 나한테 편지도 보내지 않다니!" 루공이 폭발하는 절망 속에서, 아내에게 아들과의 통신 비밀을 노출했다는 것을 생각도 못 한 채, 외쳤다.

그러나 펠리시테는 듣지 못한 척했다. 남편의 외침에 그녀는 몹시 놀랐다. 정말로, 으젠은 왜 아버지에게 편지를 쓰지 않았던 거지? 남편에게 나폴레옹파의 대의 성공에 대해 아주 충실하게 알려 주고 있었으니, 루이 왕자의 승리든 패배든 서둘러 알려 주어야 했을 것이다. 그가 소식을 전달할 때에는 신중함이 제일 중요했다. 그에게서 아무 소식이 없다는 것은, 승리한 공화파가 왕위를 요구하는 그분과 함께 아들을 뱅센 감옥으로 보냈기 때문일 것이다. 펠리시테는 온몸이 얼어붙는 것 같았다. 아들의 침묵은 그녀의 마지막 희망까지 죽였다.

바로 그때, 누군가 아직도 따끈따끈한 『라 가제트』를 가져왔다.

"뭐라고!" 피에르가 놀라며 말했다. "뷔예가 신문을 발간했나?"

그는 끈을 찢고 머리기사부터 읽었고, 다 읽은 다음 백지장처럼 하얘져서는, 의자에 주저앉았다.

"읽어 봐." 그가 신문을 펠리시테에게 내밀며 말했다.

그것은 반란군에 행해진 전대미문의 폭력을 찬미하는 찬란한 기사였다. 그런 악의, 그런 거짓말, 그런 경건한 오물이 글로 쓰인 적은 단연코 없었다. 뷔예는 플라상에 그 무리가 들어온 이야기부터 쓰기 시작했다. 완전 명작 그 자체였다. 그 글에는 "산적 떼들, 교수대에 오를 만한 악당들, 감옥의 인간쓰레기들"이 "술에, 음란한 짓거리, 약탈에 취한 채", 온 도시를 휩쓸고 있다는 글이 보였다. 그리고 그는 저항군을 "거리에서 당당하게 파렴치함을 보이고, 야만인 같은 고함으로 주민들을 놀라게 하고, 강간과 살인만을 찾아다니는" 이들로 그리고 있었다. 그 아래 글에서, 시청 장면과 행정 관계자들의 체포 장면은 완전히 잔혹 드라마가 되었다. "그때, 그들이 가장 존경스러운 분들에게 폭력을 행사했다. 그리고 시장, 국민군의 용감한 사령관, 너무나 친절한 관리, 우체국장, 이들은 예수처럼, 그 가증스러운 놈들에 의해 가시관이 씌워졌고, 얼굴에 침을 맞았다." 미에트와 그녀의 붉은 망토에 할애된 다음 문단은 온통 서정적 표현 속에서 그려졌다. 뷔예는 피 흘리는 열 명, 스무 명의 소녀들을 보았다. "그 괴물들 속에서, 붉은 옷을 입은 혐오스러운 매춘부들, 산적들이 도로를 따라가면서 죽였던 순교자들의 핏속에서 뒹굴었음이 분명한 그녀들을 보지 못한 사람이 있었는가? 그 여자들은 깃발을 휘두르며, 사거리 어디서나, 온 무리의 역겨운 애무에 몸을 내맡겼다." 뷔예는 성서 속의 과장법을 사용하며 덧붙였다. "공화국은 매춘과 살인 사이로만 걸어가리니." 거기까지는 기사의 첫 번째 부분일 뿐이었다. 이야기를 끝내며, 악의에 찬 결론 속에서, 서적 상인은, 이 지방이 "소유권도 사람들도 존중하지 않는 야수들로 인한 치욕을" 더 오래 견딜 수 있는지 묻고 있었다. 그는 더 길게 참는다면 격려가 될 것이고, 그러면 반란군이 "어머니의 품 안에서 딸을, 남편의 품 안에서 아내를 뺏으러 올 거"라고 말하면서, 용감한 모든 시민에게 호소했다. 끝으로 하느님은 그 사악한 놈들을 끝장내기를 원하신다고 선언하는 경건한 문장 뒤에 이런 나팔 소리로 끝맺었다. "그 파렴치한 놈들이 다시 우리들의 성문 앞에 와 있다고 확신한다. 그러니! 우리 모두 총을 들고 그들을 개처럼 죽이자. 제일 앞줄에서, 이 땅에서 그런 해충들을 없애 버린 것을 행복해하는 나를 보게 될 것이다."

지방 언론의 특성인, 지나치게 힘이 들어간 그 기사는 상스러운 수사법을 남발하며, 루공을 얼어붙게 했다. 그는 펠리시테가 『라 가제트』를 식탁에 놓자, 중얼거렸다.

"아! 운도 지지리 없는 사람! 그가 우리에게 최후의 일격을 가하는구려. 사람들은 그런 독설을 사주한 것이 나라고 생각할 거요."

"그런데……." 생각에 잠겨 있던 아내가 말했다. "오늘 아침 나한테 그가 공화파들을 공격하는 것을 전적으로 거부했다고 하지 않았나요? 소식을 듣고, 난 그가 겁에 질렸다고, 죽은 사람처럼 창백했다고 했잖아요."

"그렇지, 무슨 영문인지 도무지 모르겠군. 내가 당신에게 말했듯이, 그는 반란군을 다 죽이지 않았다고 나를 비난까지 했는데……. 이 글은 바로 어제 쓴 게 틀림없는데. 오늘, 그는 우리를 죽게 만들겠군."

펠리시테는 몹시 의아해하며 갈피를 잡지 못했다. 도대체 무엇 때문에 뷔예는 그렇게 예기치 못한 격한 반응을 보일까? 머저리 교회지기가, 손에 총을 들고, 플라상의 성벽 위에서 총을 쏘는 모습은 그녀에게는 상상조차 안 되는 가장 터무니없는 상황으로 보였다. 그 이면에는 분명히 그녀가 놓친 결정적인 뭔가가 있었다. 반란군 무리가 실제로 성문들 아주 가까이 있다면, 뷔예는 너무나 방자할 정도로 모욕했고 지나칠 정도로 용감했다.

"그는 사악한 놈이야. 그런 놈이라고, 내가 늘 말했지." 방금 기사를 다시 읽은 루공이 말했다. "그는 우리에게 피해를 주고 싶었던 거야. 그에게 우체국 관리를 맡긴 것은 내가 너무 사람 좋은 탓이었어."

그 말이 한 줄기 빛이었다. 펠리시테는, 마치 홀연 어떤 생각으로 명확해진 듯, 급히 일어났다. 그녀는 보닛을 쓰고 어깨에 숄을 걸쳤다.

"당신 도대체 어디 가려고?" 남편이 놀라 물었다.

아홉 시가 넘은 시간이었다.

"당신은 주무세요." 그녀가 무뚝뚝하게 대답했다. "당신은 힘들었을 테니, 쉬어야 해요. 나를 기다리다가 주무세요. 필요하면 당신을 깨울게요. 그런 다음 이야기해요."

그녀는 재빠른 걸음걸이로 나갔고, 우체국으로 달려갔다. 그녀는 뷔예가 아직 일하고 있는 사무실로 불쑥 들어갔다. 그는 그녀를 보자, 순간 당황한 듯한 움직임을 보였다.

뷔예가 그렇게나 행복한 적은 일찍이 없었다. 자신의 가느다란 손가락으로 우편물들 속을 부드럽게 헤집을 때부터, 고해자들의 고백을 즐길 준비가 된 호기심 많은 사제의 즐거움 같은, 그런 강렬한 쾌감을 맛보았다. 모든 은밀한 누설(漏泄), 제의실의 불분명한 모든 수다가 그의 귓가에서 맴돌았다. 그는 길고 창백한 코를 편지들에 가까이 대고, 사팔뜨기 눈으로 수신인들의 인적 사항들을 다정하게 바라보았고, 처녀들의 마음을 파헤치는 젊은 사제들처럼, 봉투들을 유심히 조사했다. 그것은 끝없는 즐거움, 간질거림으로 가득 찬 유혹이었다. 플라상의 수많은 비밀이 거기에 있었다. 그는 부인들의 명예, 남자들의 운명에 손을 댔고, 사람들, 정확히 말하자면 도시의 모든 사람이 속내 이야기를 할 수 있는 대성당의 주교 총대리보다 더 상세히 알고자 한다면, 봉인만 제거하면 되었다. 뷔예는 모든 것을 알고 있고, 모든 것을 듣고, 사람들을 오로지 소문들로 죽이기 위해 소문을 퍼뜨리는, 차갑고, 물어뜯는 무시무시한 수다쟁이 아낙네들 부류였다. 그러니 그가 종종 꿈꾸는 것은 편지 상자 속에 자신의 팔을 어깨까지 깊숙이 넣어 보는 것이었다. 전날부터, 그에게, 우체국장 사무실은 뭔가 어둡고 뭔가 경건한 신비가 가득 찬 고해실이었다. 그는 그곳에서, 편지에서 풍겨 나오는 흐릿한 속삭임, 떨리는 고백들을 맡으면서 황홀해했다. 또 한편으로는, 파렴치 그 자체인 서적 상인은 자신의 사적인 일도 계속하고 있었다. 그 고장을 관통하고 있는 위기 덕분에 그가 처벌받을 일은 없었다. 편지들이 좀 늦어도, 그리고 완전히 헤매고 있는 편지들이 있더라도, 그것은 시골을 장악하고 연락을 차단하고 있는 사악한 공화파들의 잘못일 것이다. 성문들이 닫힌 것이 잠시 그를 화나게 했다. 그러나 우편물이 들어올 수 있도록, 시청을 거치지 않고 그에게 바로 전달되도록 루디에와 합의했다.

사실 그는 편지 몇 통을, 중요해 보이는 것들을, 성당지기의 직감으로 다른 사람들보다 먼저 알아야 할 유익한 소식들이 담겨 있다고 느껴진 편지들을 열어 보았다. 그러고 나서 그는, 온 도시가 두려워 떨고 있을 때, 경계심을 일깨워, 그가 용감하게 공적을 쌓을 기회를 빼앗기지 않도록, 나중에 배달되게끔, 서랍 속에 간직했다. 경건함을 앞세우는 이 인물은, 우체국장 자리를 택하면서, 상황을 아주 잘 이해하게 되었다.

루공 부인이 들어왔을 때, 그는 거대한 더미의 편지와 신문들 속에서, 당연히, 그것들을 분류한다는 명목으로, 선별 작업을 하고 있었다. 늘 하듯 겸손한 미소를 띠고, 그가 일어나 의자 하나를 내밀었다. 그의 붉어진 눈꺼풀은 불안하게 깜박거렸다. 그러나 펠리시테는 앉지 않았다. 그녀가 불쑥 말했다.

"내 편지 주시오."

뷔예는 아주 순진무구한 표정으로 두 눈을 크게 떴다.

"무슨 편지 말인가요, 부인?" 그가 물었다.

"당신이 오늘 아침에 받은 우리 남편에게 온 편지……. 이봐요, 뷔예 씨, 나는 시간이 없어요."

그가 모른다고, 아무것도 보지 못했다고, 정말로 놀랄 일이라고 쭈뼛거리며 말하자, 펠리시테가 은근히 협박이 담긴 목소리로 다시 말했다.

"파리에서 온, 우리 아들 으젠에게서 온 편지, 당신은 내가 무슨 말을 하는지 잘 알고 있지 않나요? ……내가 직접 찾아보겠어요."

그녀가 책상에 잔뜩 널려 있는 편지 묶음을 뒤질 기세였다. 그러자 그가 재빨리, 자신이 찾아보겠다고 말했다. "업무가 불가피하게 너무 혼란스럽다 보니! 말씀대로, 편지가 있을지도 모르겠군요. 그렇다면, 그것을 찾을 수 있을 겁니다." 그러나 자신은, 맹세코 보지 못했다고 했다. 말을 하면서, 그는 사무실을 돌아다니면서, 모든 서류를 뒤죽박죽으로 만들었다. 그러더니 서랍들, 상자들을 모두 열었다. 펠리시테는 태연하게 기다렸다.

"정말, 부인 말이 맞는군요. 여기 당신들에게 온 편지가 있습니다." 그가 한 상자에서 몇 가지 종이들을 꺼내면서, 마침내 소리쳤다. "아! 이런 몹쓸 직원들 같으니, 그들은 이런 상황을 핑계로 아무것도 하지 않는답니다!"

펠리시테는 편지를 들고, 봉인을 주의 깊게 살폈다. 그런 검사가 뷔예에게는 모욕적일 수 있다는 데에는 조금도 신경 쓰는 것 같지 않았다. 그녀는 누군가 봉투를 열었음을 알아차렸다. 늘 어설픈 서적 상인은, 봉인을 다시 붙이는 데 더 진한 밀랍을 사용했다. 그녀는, 필요한 경우 증거가 될 수 있도록, 봉인을 건드리지 않고 조심스레 봉투를 열었다. 으젠은 쿠데타의 완벽한 승리를 몇 마디로 알려 주고 있었다. 그는 승전가를 불렀고, 파리는 굴복했으며, 지방은 동요하지 않았다. 그는 부모에게 남부에서 일어나고 있는 일부 저항 앞에서 아주 굳건한 태도를 지니라고 조언했다. 그리고 그들의 마음이 약해지지만 않는다면, 그들의 출세는 확실하다고 말하면서 끝을 맺었다.

루공 부인은 편지를 주머니 속에 넣고, 뷔예를 똑바로 바라보면서 천천히 일어났다. 뷔예는 매우 바쁜 척, 열렬히 선별 작업을 하고 있었다.

"여보세요, 뷔예 씨." 그녀가 그에게 말했다.

그가 머리를 들었다.

"서로 솔직하게 털어놓지요? 당신은 우리를 배반하는 잘못을 저질렀어요. 당신에게 불행이 닥칠 수도 있어요. 우리 편지들을 열어 보는 대신…….”

그가 소리치며, 모욕적이라고 우겼다. 그러나 그녀는 침착하게 말을 이어 갔다.

“알아요, 당신이 어떤 사람인지. 당신은 절대로 인정하지 않겠지요……. 자, 불필요한 말은 그만. 쿠데타를 도와 뭘 얻고 싶은 거지요?”

그가 여전히 더할 나위 없이 정직한 자신에 대해 말하자, 그녀는 결국 더는 참지 못했다.

“당신은 나를 바보로 여기는군요!” 그녀가 외쳤다. “당신의 기사를 읽었어요…… 우리와 잘 지내는 것이 당신에게 훨씬 더 좋을 거예요.”

결국, 아무것도 인정하지 않은 채, 그는 중학교를 고객으로 삼고 싶다고 솔직하게 실토했다. 예전에 학교에 교재를 납품한 것은 바로 그였다. 그런데 학생들에게 은밀히 포르노물을, 책상들이 음란한 판화와 작품들로 넘쳐 날 정도로 아주 많은 양을 팔고 있다는 것이 들통났다. 그때 그는 하마터면 경범 재판소로 갈 뻔했다. 그 사건 이후부터 그는 지독한 집착으로, 관료들에게 잃었던 호의를 되찾기를 열렬히 원했다.

펠리시테는 그의 야망이 너무 소박해서 놀란 듯했다. 그녀는 그에게 그 점을 말해 주기까지 했다. 사전 나부랭이를 팔려고, 남의 편지들을 뒤지고, 감옥에 갈 위험을 감수하다니!

“아니!” 그가 날카로운 목소리로 말했다. “매년 4천에서 5천 프랑이 확실한 판매입니다. 나는 여느 사람들처럼, 불가능한 것을 꿈꾸지 않아요."

그녀는 그 말에 다시 반박하지 않았다. 이제는 개봉된 편지들이 문제가 아니었다. 동맹 조약이 체결되었고, 그걸로 뷔예는, 루공 부부가 그에게 중학교를 고객으로 확보해 준다는 조건으로, 어떤 소식도 누설하지 않고 앞에 나서지 않기로 약속했다. 그와 헤어지면서, 펠리시테는 그가 더는 자신의 평판을 위태롭게 하지 않도록 약속시켰다. 그는 편지들을 가지고 있다가 이틀 후 전달하기로 했다.

"정말 간교한 놈이야!" 길에 나섰을 때, 방금 자신도 편지들을 금지시켰다는 것은 생각하지 못하고, 그녀가 중얼거렸다.

그녀는 생각에 잠겨, 천천히 걸으며 돌아왔다. 그녀는 우회까지 하면서, 집으로 돌아가기 전, 더 오래, 더 편히 생각하고 싶은 듯, 소베르 중앙로를 거쳐 갔다. 산책로의 나무 아래에서, 그녀는, 자신의 평판을 위태롭게 하지 않고도 시내 상황을 캐고 다니기 위해 밤을 이용하던, 드 카르나방 씨를 만났다. 투쟁을 혐오하는 플라상의 성직자들은, 쿠데타가 알려진 후부터, 가장 완전무결한 중립성을 지키고 있었다. 그들이 보기에, 제국이 성립되었고, 새로운 방향 속에서, 자신들의 매우 오래된 술책을 다시 시작할 때를 기다리고 있었다. 그때부터 쓸모없는 대리인이 된 후작은 한 가지 호기심밖에 없었다. 난타전이 어떻게 끝날 것인지, 루공 부부가 어떤 방식으로 그들의 역할을 끝까지 밀고 갈 것인지 알고 싶었다.

"애야, 너로구나." 그가 펠리시테를 보자, 말했다. "너를 만나러 가고 싶었단다. 네 문제가 복잡해지고 있구나."

"무슨 말씀을요, 모두 다 잘되고 있어요." 그녀가 생각에 잠긴 채 대답했다.

"다행이구나. 나에게 말해 주겠니? 아! 나도 고백해야겠네. 내가, 지난밤에, 네 남편과 동료들에게 무시무시할 정도로 겁을 먹게 했지. 내가 그들에게 계곡 양쪽 숲에 있는 반란군 무리를 보여 주었을 때, 그들이 테라스에서 얼마나 우스웠는지 너도 봤어야 했는데! ……나를 용서해 주겠니?"

"감사드려요." 펠리시테가 활발히 대답했다. "그 사람들이 죽을 만큼 공포를 느꼈어야 했어요. 제 남편은 속을 거의 드러내지 않는 사람이에요. 저 혼자 있을 때, 아침나절에 아무 때나 오세요."

그녀는 후작을 만나면서 마음이 정해졌는지, 잰걸음으로 걸으면서, 빠져나갔다. 그 여자의 작은 체구는 가차 없는 의지를 드러냈다. 그녀는 비밀을 숨겨 온 피에르에게 마침내 복수할 것이며, 그를 굴복시키고, 집에서는 자신이 절대 권력을 영원히 확보하게 될 것이다. 한바탕 소동이, 연극이 필요할 것이고, 그녀는 벌써 마음속으로 그 조롱을 즐기며, 상처받은 아내가 꾸미는 계획답게 그 장면을 꼼꼼히 짜고 있었다.

그녀는 깊은 잠에 빠져 있는 피에르를 보았다. 그녀는 잠시 초를 가까이 갖다 대고, 이따금 가벼운 경련을 일으키고 있는, 그의 살찐 얼굴을 불쌍한 듯 바라보았다. 그다음 그녀는 침대 머리맡에 앉아 보닛을 벗고, 자신의 머리를 헝클어뜨리고는 절망적인 사람의 모습을 한 뒤 아주 크게 흐느끼기 시작했다.

"응! 무슨 일이오, 왜 울고 있소?" 피에르가 갑자기 깨어 물었다.

그녀는 대답하지 않고 더 비통하게 울었다.

"제발, 대답해 봐." 그녀의 말 없는 절망에 겁에 질린 남편이 다시 물었다. "어디 갔다 왔소? 반란군을 본 거요?"

그녀는 아니라는 몸짓을 했다. 그리고 꺼져 가는 목소리로 대답했다.

"드 발케라 저택에서 오는 길이에요." 그녀가 중얼거렸다. "드 카르나방 씨에게 조언을 구하려고 했어요. 아! 여보, 우린 완전히 망했어요."

피에르는 아주 창백해져, 일어나 앉았다. 단추가 끌러진 셔츠에서 드러난 그의 굵고 강인한 목, 그의 물렁물렁한 살이 온통 두려움으로 채워졌다. 흐트러진 침대 가운데, 그는 창백하게, 울음을 터뜨릴 것 같은 모습으로, 중국 도자기 인형처럼 내려앉았다.

"후작은……." 펠리시테가 계속했다. "루이 왕자가 패했다고 생각해요. 우리는 망했어요. 절대로 한 푼도 못 가질 거예요."

그러자 겁쟁이들이 그러듯, 피에르가 화를 냈다. 후작의 잘못이고, 아내의 잘못이고, 온 가족의 잘못이었다. 드 카르나방 후작과 펠리시테가 그런 바보 같은 짓에 그를 끌어들였을 때, 그가 정치를 생각해 본 적이 있었던가!

"나, 나는 손을 떼겠소." 그가 외쳤다. "그런 어리석은 짓을 벌인 것은 당신들 두 사람이오. 적은 연금이나마 편안하게 먹는 것이 더 현명하지 않았겠소? 당신은 항상 이기고 싶어 했지! 그것 때문에 우리가 처하게 된 상황을 보시오."

그는 분별력을 잃었고, 아내만큼이나 자신도 맹렬히 뛰어든 모습을 보였다는 것을 더는 기억하지 못했다. 그는 자신의 패배를 다른 사람들에게 전가하면서, 자신의 분노를 진정시키고자 하는 마음만 팽배했다.

"그런데……." 그가 계속했다. "우리 자식들 같은 아이들로 성공할 수 있었겠소! 으젠은 결정적인 순간에 우리를 버렸소. 아리스티드는 진흙탕으로 우리를 끌고 들어갔고, 박애를 실천한다고 저항군을 따라가면서, 우리의 평판을 해친 지지리도 순진한 파스칼까지……. 그 아이들을 사람답게 키운다고 우리는 거렁뱅이 신세가 되었는데!"

그는 울분 속에서, 한 번도 쓴 적 없는 말들을 사용했다. 펠리시테는 그가 한숨 돌리며 잠깐 멈추는 것을 보고, 조용히 그에게 말했다.

"마카르는 잊으셨구려."

"그렇군! 그놈을 잊고 있었다니!" 그는 더 격하게 말했다. "나를 열받게 하는 놈이 또 하나 있었군! ……그런데 그게 다가 아니야. 알겠지만, 어린 실베르, 요전 날 밤, 피투성이 손을 한 그 아이를 어머니 집에서 봤지. 어떤 헌병의 눈을 찔렀소. 당신을 조금이라도 걱정시키지 않으려고 말하지 않았지. 조카 중 한 놈이 중죄 재판소에 가게 되었다고. 아이고! 무슨 가족이 이렇

담! ……마카르는, 요전 날 내가 총을 가지고 있을 때, 그 머리를 깨부수고 싶을 정도로, 우리를 괴롭혔지. 그래, 정말 그러고 싶었소…….”

펠리시테는 격랑이 지나가도록 놔두었다. 그녀는 남편의 비난을 천사처럼 상냥하게 받으며, 죄인처럼 머리를 숙이고 있었지만, 그 밑에서는 몰래 웃고 있었다. 그런 태도로, 그녀는 피에르를 몰아갔고, 그의 얼을 빼놓았다. 그 가련한 남자의 목소리가 잠겨 더는 나오지 않자, 그녀는 한숨을 크게 쉬었고, 후회하는 척했다. 그러고는 유감스러운 목소리로 되풀이했다.

“이제 어떻게 해야 하지요. 맙소사! 어떻게 해야 하나! ……우리는 빚투성이인데.”

“당신 잘못이야!” 피에르가 그 외침 속에 남아 있는 모든 힘을 다해 외쳤다.

사실 루공 부부는 사방에서 빚지고 있었다. 곧 성공하리라는 희망에 그들은 신중함을 내던져 버렸다. 1851년 초기부터, 그들은 매일 밤 노란 거실의 단골들에게 어쩌다 보니, 달콤한 음료와 펀치, 케이크, 완벽한 간식들을 제공하게 되었고, 그렇게 먹고 마시면서 사람들은 공화국의 죽음을 건배했다. 한술 더 떠, 피에르는 자기 자본의 4분의 1을 반동을 준비하느라, 소총과 실탄을 사는 데 보태느라 사용했다.

“제과점에 줘야 할 돈이 적어도 3천 프랑이에요.” 펠리시테가 짐짓 부드러운 어조로 말했다. “그리고 주류상에게는 아마도 그 곱절은 갚아야 해요. 푸줏간, 빵집, 과일 가게도 있고요…….”

피에르는 거의 빈사 상태였다. 펠리시테는 다음과 같이 덧붙이면서 그에게 최후의 일격을 가했다.

"당신이 무기 사라고 주었던 만 프랑도 있잖아요."

"내가, 내가!" 그가 말을 더듬거렸다. "나는 속았고, 내 돈도 도둑질당했다고! 바로 그 멍청이 시카르도가, 나폴레옹이 이길 거라고 장담하면서, 나를 끌어들였소. 나는 선금을 준다고만 생각했지. 그러니 그 늙은 얼간이가 내 돈을 돌려주어야 할 거야."

"아니! 당신은 한 푼도 돌려받지 못할 거예요." 그의 아내가 어깨를 으쓱 올리며 말했다. "우리는 전쟁의 시련을 감내해야 할 거예요. 우리가 다 갚고 나면 그때는 우리한테 빵 살 돈도 남지 않겠지. 아! 정말 멋진 작전이네요! ……이제, 구시가지의 판잣집에서 살면 되겠어요."

그 마지막 문장이 침울하게 울렸다. 그것은 그들 삶의 종말을 알리는 소리였다. 피에르는, 아내가 떠올리게 한, 구시가지의 누추한 집이 보였다. 평생을 기름지고 편한 쾌락이라는 야망을 품고 내달렸지만, 초라한 침대 위에서, 바로 그런 곳에서 죽게 되었다. 어머니의 돈을 강탈했고, 가장 더러운 술책을 부렸고, 오랜 세월 거짓말을 했지만, 다 헛것이 되었는지도 모른다. 붕괴에서 그를 구해 줄 수 있는 유일한 제국은, 그의 빚을 갚아 주지 않을 것이다. 그는 침대에서 셔츠 바람으로 뛰어내리며 소리쳤다.

"아냐, 나는 총을 들 거야. 이럴 바엔 차라리 반란군한테 죽는 게 낫겠어."

"그런 일은……." 펠리시테가 아주 침착하게 대답했다. "내일이나 모레 해도 돼요. 공화파들이 멀리 있지 않으니까요. 물론 그렇게 끝내는 것도 보통 하는 방법이긴 해요."

피에르는 오싹했다. 갑자기 누군가가 자신의 어깨 위에 차가운 물동이를 한가득 쏟아부은 것 같았다. 그는 천천히 다시 누웠다. 이불의 온기로 따뜻해지자, 그가 울음을 터뜨렸다.

뚱뚱한 남자가 곧바로 눈물을 울컥 쏟아 냈다. 따뜻한 눈물이, 하염없이, 샘솟듯이 그의 눈에서 흘러내렸다. 그의 마음에는 참담한 반응이 일어났다. 그토록 분노하고 나서, 그는 포기한 듯, 아이처럼 통곡했다. 이런 비탄의 순간을 기다리고 있던 펠리시테는, 그녀 앞에서 너무나 연약하고, 너무나 공허한, 너무나 기가 꺾인 그를 보며, 순간 기뻐했다. 그녀는 말없이, 침통하고 공손한 태도를 견지했다. 긴 침묵을 지키며 아내가 보여 주는, 조용히 낙담 속에 빠진 모습, 그 체념한 모습에, 피에르의 비탄은 더욱더 격해졌다.

"그런데 무슨 말이든 해 보구려!" 그가 간청했다. "함께 찾아봅시다. 정말로 마지막 구원의 길이 전혀 없는 거요?"

"없어요. 잘 아시잖아요." 그녀가 대답했다. "당신도 좀 전에 상황을 보여 주었잖아요. 누구에게도 기대할 만한 도움이 없어요. 자식들도 우리를 저버렸어요."

"그럼 도망갑시다…… 오늘 밤 바로 플라상을 떠나겠소?"

"도망이라! 그런데 여보, 내일이면 우리는 도시의 이야깃거리가 될 텐데요……. 당신이 성문들을 다 닫게 한 것을 기억하지 못하나요?"

피에르는 몸부림쳤다. 그는 자신의 머리를 쥐어짰다. 그러고는 패배자처럼, 간청하는 어조로 중얼거렸다.

"제발, 뭐든 찾아봐, 당신. 당신은 아직 아무 말도 안 했어."

펠리시테는 놀란 척하면서 머리를 들어 올렸다. 그리고 깊은 무력감이 보이는 몸짓을 하며, 그녀가 말했다.

"나는 그 방면에는 바보예요. 나는 정치에 대해서는 아무것도 몰라요. 당신도 내가 그렇다고 골백번 말했지요."

그녀의 남편이 당황해하며 시선을 떨구고 입을 다물자, 그녀가, 비난은 아니지만, 천천히 계속했다.

"당신은 나한테, 당신의 일에 대해 알려 주지 않았잖아요? 나는 아무것도 몰라요. 당신에게 조언조차 해 줄 수 없군요……. 하지만 당신은 잘해 왔잖아요. 여자들은 때때로 수다스러우니, 남자들이 혼자 배를 끌고 가는 편이 백번 나아요."

그녀는 이 말을 눈치채지 못할 정도로 묘하게 빈정거리며 말해서 그녀의 남편은 그녀의 조롱 속에 깃든 잔인함을 느끼지 못했다. 그는 그저 엄청난 후회만을 느꼈다. 그리고 갑자기 자백했다. 그는 으젠의 편지에 대해 말했고, 그의 계획, 그의 행동에 대해 진정 반성하면서 구원자에게 애걸복걸하는 남자처럼 달변으로 설명했다. 매번 그는 말을 멈추고 물었다. "당신이 나라면, 어떻게 했을 것 같소?" 또는 "그렇지 않소? 내 생각이 옳았소. 나는 달리 행동할 수 없었소"라고 소리쳤다. 펠리시테는 아무런 몸짓도 보이지 않았다. 그녀는 판사처럼 냉정하고도 심각하게 귀를 기울이고 있었다. 사실 그녀는 달콤한 기쁨을 즐기고 있었다. 그녀는 마침내 그를, 그 엉큼한 뚱뚱이를 손에 쥐게 되었다. 그녀는 마치 고양이가 종이 공을 가지고 놀듯이 그를 가지고 놀았다. 그는 그녀가 쇠고랑을 채우도록 두 손을 내밀었다.

"기다려 보구려." 그가 침대에서 재빨리 뛰어내리며 말했다. "당신에게 으젠의 편지들을 읽어 줄 테니. 당신은 상황을 더 잘 파악하게 될 거야."

그녀는 그의 셔츠 자락을 잡고 멈추려 했지만 소용없었다. 그는 머리맡 탁자에 편지들을 늘어놓더니, 다시 자리에 누워, 편지 모두를 읽었고, 아내도 다 훑어보라고 강요했다. 그녀는 웃음을 참았고, 그 가련한 남자가 불쌍해지기 시작했다.

"그런데!" 그가 끝내면서, 불안스레 말했다. "지금 당신이 다 알게 되었는데, 우리를 파멸에서 구할 방법이 보이지 않아?"

그녀는 여전히 대답하지 않았다. 그녀는 깊이 생각에 잠긴 듯 보였다.

"당신은 영리한 여자이니……." 그가 그녀의 비위를 맞추려고 말했다. "내가 당신에게 숨긴 것은 잘못했소. 그 점은 인정하지……."

"그 얘기는 이제 그만해요." 그녀가 대답했다. "내 생각에, 당신이 아주 용감하다면……."

그가 너무나 궁금하다는 듯 그녀를 바라보자, 그녀는 말을 멈추고, 미소를 띠며 말했다.

"이제는 나를 불신하지 않겠다고 약속하겠어요? 나한테 모두 말할 거예요? 나한테 물어보지 않고는 행동하지 않을 거지요?"

그는 맹세했고, 가장 힘든 조건들도 받아들였다. 그러자 이번에는 펠리시테가 자리에 누웠다. 그녀는 한기가 들었고, 그의 옆으로 와 누웠다. 그리고 마치 누가 그들 말을 들을까 봐 두려운 듯, 낮은 목소리로, 그에게 전투 계획을 상세히 설명했다. 그녀의 말에 따르면, 공포의 바람이 도시를 더 격렬하게 휩쓸어야 하고, 피에르는 아연실색한 주민들 속에서 영웅적인 태도를 견지하는 것이 필요했다. 그녀는, 확실하지는 않지만, 반란군이 아직 멀리 있다는 예감이 든다고 말했다. 게다가 조만간 질서당이 이길 것 같고, 루공 집안은 보상을 받을 것 같다. 구원자의 역할을 한 후, 순교자의 역할도 무시해서는 안 된다. 그녀가 너무나 그럴듯하게, 그리고 확신을 두고 말했기 때문에, 그녀의 남편은 우선 과감하게 밀고 나가야 한다는 그녀의 계획의 단순함에 놀라고, 마침내 그 계획이 경이로운 전략임을 알게 되고, 가능한 용기를 최대로 보여 주면서, 그 계획대로 할 것을 약속했다.

"당신을 구한 게 나라는 것 잊지 말아요." 노파가 교태 어린 목소리로 속삭였다. "당신, 잘할 거지요?"

그들은 서로 입 맞추고는 잘 자라고 말했다. 탐욕으로 불타오르는 두 노인네에게, 그것은 부활이었다. 그러나 그 누구도 잠들지 못했다. 15분 후쯤, 야등(夜燈)의 붉은 얼룩을 바라보고 있던 피에르가 몸을 돌려, 아주 낮은 목소리로 방금 그의 머리에 떠오른 생각을 아내에게 말해 주었다.

"오! 안 돼요, 안 돼." 펠리시테가 소스라치며 중얼거렸다. "그건 너무 잔인해요."

"글쎄!" 그가 말했다. "당신은 주민들이 아연실색하기를 원하잖아! ……내가 당신에게 말한 대로 일어나기만 하면, 사람들은 나를 신뢰할 텐데……."

그리고 자신의 계획을 마무리하면서, 그가 소리쳤다.

"마카르를 이용할 수도 있어…… 그놈을 치워 버릴 방법도 될 수 있고."

펠리시테는 그런 생각에 놀란 듯했다. 그녀는 곰곰이 생각했고, 망설였으며, 당혹한 목소리로 떠듬거리며 말했다.

"당신이 옳을 수도 있겠네요. 두고 봅시다……. 어쨌든 가책을 느낀다면 우리가 정말로 어리석은 걸 거예요. 우리에게는 죽느냐 사느냐의 문제예요……. 내가 해 볼게요. 내일 마카르를 만나러 가겠어요. 그리고 그 사람과 합의할 수 있을지 알아볼게요. 당신과는 언쟁하게 될 테니, 다 망칠지도 몰라요. 안녕히 주무세요, 푹 자요, 여보. 이제 우리의 고통은 끝날 거예요."

그들은 다시 입 맞추고, 잠들었다. 그리고 천장에는, 번진 빛이 마치 겁에 질려 동그랗게 뜬 눈처럼, 이불 속에서 범죄를 위해 땀 흘리며, 꿈속에서 핏빛 비가 그들의 침실로 떨어지고, 그 굵은 빗방울이 타일 위에서 금화로 바뀌는 꿈을 꾸고 있는, 그 창백한 부르주아들의 잠을, 오랫동안 응시했다.

다음 날 해 뜨기 전, 펠리시테는 마카르를 만나기 위해 피에르의 지령을 갖추고 시청으로 갔다. 그녀는 서류 가방 속에 남편의 국민군 군복을 넣어 갔다. 그런데 초소에는 주먹을 쥔 채 잠든 몇 사람밖에 보지 못했다. 포로에게 음식을 제공하는 임무를 맡은 수위가 그녀에게 작은 방으로 바뀐 화장실을 열어 주러 올라갔다. 그리고 그는 조용히 다시 내려갔다.

마카르는 이틀 낮과 이틀 밤을 방에 갇혀 있었다. 그는 거기에서 충분히 생각할 시간이 많았다. 그가 자려고 했을 때, 처음에는 분노가, 무능한 분노의 시간이었다. 그는 자신의 형이 옆방에서 편안하게 자리 잡고 있다는 생각에 문을 부수고 싶은 욕망을 느꼈다. 그는 저항군이 구해 주러 오면, 두 손으로 형의 목을 조르겠다고 결심했다. 그러나 저녁에, 석양 무렵, 냉정을 되찾았고, 좁은 방을 미친 듯이 돌아다니기를 멈추었다. 그는 그곳에서 달콤한 향내를, 긴장된 신경을 풀어 주는 안락함을 마셨다. 가르소네 시장은 매우 부자인 데다 세련되고 멋을 부리는 편이어서 아주 우아한 방식으로 그 골방을 꾸몄다. 등받이 없는 소파는 폭신하고 포근했다. 향수, 포마드, 비누들이 대리석 세면대에 구비되어 있고, 희미한 빛이 천장에서, 규방에 걸린 램프 불빛처럼, 나른한 쾌감을 주며 비추었다. 마카르는 세면장에 퍼져 있는 사향 냄새에, 후덥지근하고, 진정시키는 그런 공기 속에서 빌어먹을 부자들은 '암튼 정말 행복하구나'라고 생각하며 잠들었다. 그는 그에게 가져다준 모포 하나를 덮고 있었다. 그는 머리, 등, 팔을 쿠션으로 받치면서 아침까지 뒹굴었다. 그가 눈을 떴을 때, 한 줄기 햇빛이 창구멍을 통해 살짝 들어왔다. 그는 소파를 떠나지 않았고, 더워서, 주변을 둘러보며 생각했다. 그는 세수하기 위해 그와 같은 화장실은 결코 갖지 못할 거라는 생각이 들었다. 세면대가 특히 그의 관심을 끌었다. 그렇게 많은 작은 용기들과 유리병으로, 깨끗이 씻는 것은 나쁘지 않았다. 그런 것들이 자신의 실패한 삶을 더욱더 비통하게 만들었다. 어쩌면 자신이 길을 잘못 들었다는 생각이 들었다. 가난한 사람들과 어울려 봤자 아무것도 얻지 못한다. 루공 부부에게 적의를 드러내지 말고 잘 지냈어야 했는지도 모른다. 하지만 그는 그런 생각을 물리쳤다. 루공 부부는 그의 돈을 훔친 극악무도한 사람들이었다. 그러나 소파의 포근함, 부드러움은 그의 마음을 계속 누그러뜨렸고, 그에게 어떤 희미한 후회를 안겨 주었다. 어쨌든 저항군은 그를 버렸고, 그들은 바보처럼 두들겨 맞았다. 그는 결국 공화국이란 것이 기만이었다고 결론 내렸다. 루공 부부는 운이 좋았다. 그는 자신의 쓸데없는 악의와 암투를 떠올렸다. 집안에서는, 아무도 그를 편들지 않았다. 아리스티드도, 실베르의 형도, 실베르도. 그는 공화파들에 열광했던 바보였고, 결코 아무것도 이루지 못할 것이다. 지금, 그의 아내는 죽었고, 자식들은 그를 떠났다. 그는 돈 한 푼 없이, 개처럼, 어떤 구석진 곳에서, 혼자 죽어 갈 것이다. 정말이지, 반동파에게 자신을 팔았어야 했었다. 그렇게 생각하자, 그는 크리스털 상자에 담긴 가루비누로 손을 씻으러 가고 싶다는 열망에 사로잡혀, 세면대를 곁눈질했다. 아내나 자식들이 먹여 살리는 게으름뱅이들처럼, 마카르도 자신을 꾸미려는 욕망이 있었다. 비록 기운 바지를 입고 있을지라도 그는 향유를 잔뜩 바르는 것을 좋아했다. 그는 이발소에 가서 몇 시간을 보내곤 했는데, 거기서 정치를 토론하고, 서로 다른 논쟁을 벌이는 중에, 이발사는 그에게 빗질했다. 유혹이 너무나 강렬해졌다. 마카르는 세면대 앞에 자리 잡았다. 그는 손과 얼굴을 씻었다. 머리를 빗고, 향수를 뿌렸으며, 완벽한 세면을 마쳤다. 그는 향수병, 비누, 파우더를 있는 대로 죄다 사용했다. 그러나 그의 가장 큰 기쁨은 시장의 수건으로 닦는 것이었다. 수건들은 부드럽고 톡톡했다. 그는 젖은 얼굴을 수건에 파묻고, 부유함의 모든 향내를 행복하게 들이마셨다. 그리고 포마드를 발랐을 때, 머리에서부터 발끝까지 향긋해지자, 그는 다시 소파로 가서 누웠다. 원기를 되찾자 타협할 생각이 들었다. 가르소네 시장의 유리병에 코를 들이민 이후부터, 그는 공화국에 대해 훨씬 더 강한 경멸을 느꼈다. 어쩌면 형과 화해할 시간이 아직 남아 있다는 생각이 들었다. 자신이 공화국을 배반할 경우 무엇을 요구할 수 있을지 재 보았다. 루공 부부를 향한 원한은 항상 그의 마음을 괴롭혔다. 그러나 지금 그는 말없이 누워 자신의 실상을 괴롭지만 인정하면서, 자신의 증오에 대한 가장 비싼 대가를 치르더라도, 무력한 몸과 마음이 뒹굴 수 있는, 행복한 굴을 파지 않은 자신을 원망하고 있었다. 저녁 무렵, 앙투안은 다음 날 형을 부르기로 했다. 그러나 다음 날 아침, 펠리시테가 들어오는 것을 보고, 그들에게 자신이 필요하다는 것을 알아차렸다. 그는 경계 태세를 갖추었다.

협상은 길었고, 온갖 배신행위에, 끝없는 간계가 동반되었다.

그들은 우선 애매한 하소연부터 주고받았다. 펠리시테는, 일요일 밤, 그녀의 집에서 앙투안이 무례한 태도를 보였던 다음이라, 거의 공손하기까지 한 그의 모습에 놀라, 부드럽게 비난하는 어투로 그를 대했다. 그녀는 가족들 사이를 갈라놓는 반감에 대해 한탄했다. 정말이지, 그는 가련한 루공이 열불 날 정도로 집요하게 형을 비방했고 못살게 굴었다.

"젠장! 형은 나를 동생으로 대한 적이 한 번도 없었소." 마카르가 난폭한 성질을 죽이고 말했다. "그가 나를 도와준 적이 있었나? 내가 판잣집에서 죽도록 놔두었을걸……. 그가 나한테 잘해 주었을 때, 2백 프랑 주었던 그때, 당신도 기억하지요. 내가 그에 대해 나쁘게 말했다고 나를 비난할 수는 없다고 생각합니다. 나는 그것이 온정이라고 사방에다 말하고 다녔소."

그 말의 의미는 명백했다.

'당신이 계속 나에게 돈을 준다면, 나는 당신들에게 상냥한 사람이 될 것이고, 당신들을 공격하는 대신, 당신들을 도와줄 것이오. 당신들이 잘못한 거지. 나를 사야 했소.'

펠리시테는 그의 말을 이내 알아차리고 대답했다.

"알아요. 우리가 여유롭게 산다고들 생각하기 때문에, 당신은 우리가 몰인정하다고 비난했겠지요. 그런데 시동생님, 사람들이 오해한 거예요. 우리는 불쌍한 사람들이에요. 우리 마음은 그렇게 해 주고 싶었어도, 그럴 수가 없었어요."

그녀가 잠시 머뭇거리다, 계속했다.

"부득이한 경우, 위중한 상황에서 우리는 희생할 수도 있을 겁니다. 그런데 정말로, 우리는 너무 가난해요, 너무 가난하다고요!"

마카르는 귀를 쫑긋 세웠다. '내가 그들을 잡았군!' 하고 생각했다. 그는 형수의 우회적인 제안을 알아들은 티를 내지 않고, 구슬픈 목소리로 자신의 불행을 늘어놓았다. 그는, 아내는 죽고, 자식들은 도망갔다고 이야기했다. 펠리시테는 자기 쪽에서도 지방이 겪고 있는 위기에 대해 말했다. 그녀는 공화국이 결국 그들을 파멸시켰다고 주장했다. 말마디마다, 형제끼리 서로를 감옥에 가두는 시대를 저주해 댔다. 법정이 자기 노획품을 돌려주지 않으려 한다면, 그들의 마음은 얼마나 아플까! 그녀는 형벌이라는 말도 내비쳤다.

"흥, 그렇게는 할 수 없겠지요." 마카르가 차분히 말했다.

그러나 그녀가 외쳤다.

"나는 차라리 내 피로 가문의 명예를 구할 거예요. 내가 당신에게 말하는 것은 우리가 당신을 버리지 않는다는 것을 당신에게 보여 주기 위해서랍니다……. 사랑하는 앙투안, 당신이 도망갈 방법을 강구하기 위해 왔답니다."

그들은 잠시 서로의 눈을 바라보면서, 전투를 시작하기에 앞서 서로를 살피며 타진했다.

"조건 없이?" 마침내 그가 물었다.

"아무 조건 없이." 그녀가 대답했다.

그녀가 그의 옆에, 소파에 앉아 단호한 목소리로 계속했다.

"그리고 국경을 통과하기 전에, 당신이 천 프랑 수표를 받고 싶다면, 그 방법을 제공할 수 있어요."

다시 침묵이 흘렀다.

"일이 깔끔하다면." 숙고하는 듯한 앙투안이 중얼거렸다. "알다시피, 나는 당신의 음모에 연루되고 싶지 않소."

"음모가 아니에요." 펠리시테가 늙은 망나니의 의심에 미소 지으며 말했다. "그보다 간단한 것은 없어요. 당신은 조금 후 이 방에서 나가세요. 그리고 오늘 밤 당신의 친구들을 만나 시청을 다시 빼앗으러 오면 됩니다."

마카르는 너무 놀란 모습을 숨길 수 없었다. 그는 이해하지 못했다.

"나는 당신들이 이겼다고 생각했는데." 그가 말했다.

"오! 당신한테 알려 줄 시간이 없어요." 노파가 약간 불안해하며 대답했다. "승낙할 거예요 아님 거절할 거예요?"

"그것참! 아니, 나는 받아들이지 않겠소……. 생각 좀 해 보겠소. 천 프랑 받으려다 더 큰 돈을 놓치게 된다면 나는 정말 바보일 거요."

펠리시테가 일어났다.

"마음대로 하세요." 그녀가 차갑게 말했다. "정말이지, 당신은 당신 처지를 깨닫지 못하는군요. 당신은 우리 집에 와서 나를 늙은 매춘부로 취급했어요. 바보짓을 해서 구덩이에 빠진 당신에게 내가 손을 내미는 호의를 베풀었는데도, 당신은 점잔이나 빼며, 구해 주기를 원치 않는군요. 그것참! 여기에 그냥 계시다가, 당국자들이 돌아오기를 기다리세요. 나는 손 떼겠어요."

그녀는 문으로 갔다.

"그럼." 그가 간청했다. "설명 좀 해 보시오. 아무것도 모른 채 당신과 거래할 수는 없소. 이틀째 나는 무슨 일이 일어나는지 모르고 있소. 당신이 나를 속이는 게 아닌지 내가 어찌 알겠소?"

"이런, 당신은 바보예요." 펠리시테가 대답했다. 앙투안에게서 튀어나온 그의 본심에 그녀는 되돌아갔다. "무조건 우리 편이 되지 않는다면 당신은 크게 실수하는 거예요. 천 프랑, 그것도 큰 금액이고, 승리를 위해서만 위험을 감수할 수 있는 금액이지요. 승낙하는 게 좋아요."

그는 계속 머뭇거렸다.

"그런데 우리가 시청을 빼앗으려 할 때, 우리가 조용히 들어가도록 놔둘 거요?"

"그건 모르겠네요." 그녀가 미소를 띠며 말했다. "어쩌면 총격이 있겠지요."

그가 그녀를 응시했다.

"아니! 그럼 말해 보시오, 형수." 그가 쉰 목소리로 말했다. "당신은 내 머리에 총알을 박게 할 생각은 아니겠죠?"

펠리시테의 얼굴이 붉어졌다. 그녀는 사실 방금, 시청을 공격하는 동안, 총알 하나가 그들이 앙투안으로부터 해방되는 데 큰 도움이 될지도 모른다고 생각했다. 그럼 천 프랑도 벌게 될 것이다. 그래서 그녀는 중얼거리면서 화를 냈다.

"말도 안 되는 생각이네요! ……정말이지, 그런 생각을 하다니 끔찍하군요."

그러고는 급히 마음을 진정시킨 뒤, 다시 한번 물었다.

"받아들일 건가요? 이해했지요?"

마카르는 완벽히 이해했다. 그에게 제안된 것은 바로 함정이었다. 그는 그러는 이유도, 그 결과도 알지 못했다. 그래서 그는 흥정하기로 마음먹었다. 이제는 매우 유감스럽게도 사랑하지 않게 된 자신의 애인에 대해 말하듯이 공화국을 언급하고 나서, 그는 무엇보다 자신이 감수해야 할 위험 요소들을 내세우며, 결국 2천 프랑을 요구했다. 그러나 펠리시테는 버텼다. 그들의 흥정은, 그가 프랑스로 다시 돌아왔을 때, 아무 일도 하지 않아도 이익을 톡톡히 보게 될 일자리를 얻어 주기로 그녀가 약속할 때까지 이어졌다. 그렇게 거래는 체결되었다. 그녀는 그에게 가져온 국민군 군복을 걸치게 했다. 그는 평온하게 디드 아줌마 집으로 물러나 있다가 자정 무렵에 만나게 될 공화파들에게 시청에는 아무도 없으며, 시청을 빼앗기 위해서는 문만 밀면 된다고 단언하면서 그들을 데려와야 했다. 앙투안은 선금을 요구했고, 2백 프랑을 받았다. 그녀는 다음 날 나머지 8백 프랑을 그에게 주기로 약속했다. 루공 부부는 그들에게 남아 있는 마지막 돈을 그 일에 걸었다.

펠리시테가 내려갔을 때, 그녀는 마카르가 나오는 것을 보기 위해 잠시 광장에 머물렀다. 그는 코를 풀면서 조용히 우체국 앞을 지나갔다. 세면실에서, 그는 천장의 창문을, 그가 도망갔다는 것을 믿게 하려고, 주먹으로 깨뜨렸다.

"합의되었어요." 집으로 돌아온 펠리시테가 남편에게 말했다. “자정이 될 거예요……. 나야, 그런 것쯤 이제 아무것도 아니에요. 나는 그 사람들이 모두 사살되었으면 좋겠어요. 어제, 그들이 거리에서 우리에게 얼마나 극심한 고통을 주었는지!”

“당신이 망설인 것은 참 잘한 일이오.” 피에르가 면도하면서 대답했다. “모두 우리 처지가 된다면 우리처럼 할 거요.”

그날 아침 — 수요일이었다 — 피에르는 특히 꼼꼼하게 단장했다. 그의 머리를 빗겨 주고 넥타이를 매어 준 것은 바로 그의 아내였다. 그녀는 그를 시상식에 가는 아이처럼 자신의 두 손 사이에서 이리저리 돌렸다. 그가 준비되자, 그녀는 그를 살펴보았고, 충분하다고, 닥쳐올 위중한 사건들 속에서 그가 훌륭하게 처신해야 할 것이라고 강조했다. 창백하고 뚱뚱한 그의 얼굴은 사실 매우 위엄이 있었고 영웅적인 고집스러움도 있었다. 그녀는 2층까지 그를 전송하면서 마지막 당부를 했다. 어떤 두려운 상황이 와도, 그는 조금도 담대한 태도를 잃지 않아야 했다. 그는 그 어느 때보다도 더 엄중히 성문들을 닫게 하고, 도시가 성벽 안에서 공포로 죽어 가도록 놔두어야 했다. 그 혼자만 질서라는 명분으로 죽고자 한다면, 그것은 탁월한 선택이 될 것이다.

얼마나 대단한 날인가! 루공 부부는, 영광스럽고 결정적인 전투의 날처럼, 지금도 그날을 이야기한다. 피에르는 곧장 시청으로 향했다. 그가 지나갈 때 놀라는 사람들의 시선이나 말에 신경 쓰지 않았다. 그는 거기에서 이제는 그 자리를 떠나지 않고자 하는 남자로서, 위엄 있게 자리 잡았다. 그는 권위를 되찾았다는 것을 루디에에게 알리기 위해, 간단히 한마디 써 보냈다. "문들을 잘 지키시오." 그는 그 말이 공개될 수 있다는 것을 알고 쓴 말이었다. "나는 안을 지키겠소. 나는 재산과 사람들이 존중받도록 할 것이오. 지금이야말로 옳지 못한 흥분들이 다시 나타나고 세를 떨칠 수 있는 때요, 선량한 시민들은 목숨을 걸고 그런 것들을 잠재워야 할 때인 것이오." 화법, 철자의 실수는 오히려 이 쪽지를, 고대식의 간결한 표현으로, 더욱 영웅적으로 만들었다. 임시 시 의회 의원 중 한 명도 나타나지 않았다. 마지막까지 남은 충실한 두 사람도, 그라누까지, 그들 집에서 신중하게 있었다. 공포의 바람이 더 강하게 불수록, 정신이 혼미한 의원들 가운데, 그 의회에서 의장의 의자에 앉아, 자신의 자리를 지킨 사람은 오직 루공뿐이었다. 그는 소환 명령도 보내지 않았다. 그 혼자만으로 충분했다. 나중에 지방 신문이 한마디로 규정했던 숭고한 장면이었다. '의무를 행하게 만든 용기.'

아침나절 내내, 피에르가 시청을 줄곧 오가는 모습이 보였다. 그는 그 텅 빈 커다란 건물에서, 완전히 혼자였고, 높은 방에서 그 자신의 구두 소리가 오래 울렸다. 게다가 모든 문이 열려 있었다. 그는 그 황량한 곳에서, 자신의 임무에 대해 너무나 확신에 찬 태도로 보좌진도 없는 의장직을 수행하고 다닌 터라, 그를 두세 번 복도에서 마주친 관리인은, 놀라고 존경하는 태도로 그에게 인사했다. 십자형 유리창마다 그 뒤에 그가 보였다. 살을 에는 듯한 추위에도 불구하고, 그는 중요한 전언을 기다리며 분주히 일하는 사람처럼, 손에는 서류 뭉치를 들고, 여러 번 발코니에 나타났다.

그런 다음, 정오경, 그가 시내를 달렸다. 그는 초소를 방문해서, 공격이 있을 수 있다고 말하며, 반란군이 멀리 있지 않다는 것을 넌지시 알렸다. 그러나 그는 용감한 국민군들의 용기를 믿는다고 말했다. 필요하다면, 대의를 지키기 위해 몰살을 당해야 한다. 그가 자신의 조국 일을 수습하고 오직 죽음만을 기다리는, 그런 영웅의 자세로, 천천히, 엄숙하게, 순시에서 돌아올 때, 그는 길에서 진짜로 경악하는 모습을 확인할 수 있었다. 어떤 재앙이 닥쳐도 햇볕을 쬐러 오는 것을 그만둘 수 없는 중앙로의 산보객들, 소액 연금 생활자들이 그가 지나가자, 마치 그를 처음 보는 사람처럼, 그들 중 한 사람인 예전의 기름 장수가 군대 앞에서 대항하고 있다는 것을 믿을 수 없다는 듯이, 깜짝 놀란 태도로 쳐다보았다.

도시의 불안은 절정에 이르렀다. 사람들은 이제나저제나 반도들 무리를 기다리고 있었다. 마카르가 도망쳤다는 소문을 언급할 때는 몹시 두려워하는 모습들이었다. 그는 혁명당인 그의 친구들에 의해 구조되었고, 어디선가 숨어서, 주민들을 공격하고 도시 사방에 불을 지르기 위해, 밤을 기다리고 있다고들 했다. 플라상은 칩거한 채, 얼이 빠져, 감옥 같은 성벽에 갇혀 스스로 애를 태우며, 두려워 떨기 위한 말을 만들어 내는 것밖에 할 줄 몰랐다. 공화파들은 루공의 자부심 강한 태도 앞에서, 잠깐 의심을 품었다. 신시가지 사람들, 변호사들, 은퇴한 상인들은 전날 노란 거실을 향해 거세게 비난했지만, 너무나 놀라, 감히 그런 용기를 가진 사람을 더는 공개적으로 공격하지 못했다. 그들은 의기양양한 반란군에게 그토록 용감하게 맞서는 것은 미친 짓이라고만, 그런 불필요한 영웅심은 플라상에 가장 큰 불행을 가져올 거라고만 말했다. 그리고 세 시경에 그들은 대표단을 결성했다. 피에르는 동료들 앞에서 자신의 헌신을 공고히 드러내고 싶어 죽을 지경이었지만, 그런 좋은 기회를 감히 기대하지 못하던 참이었다.

그는 숭고한 단어들을 나열했다. 임시 시 의회 의장이 신시가지 대표단을 맞아들인 곳은 시장실이었다. 그 사람들은 그의 애국심에 경의를 표한 후, 그에게 저항을 생각하지 말라고 간청했다. 그러나 그는 큰 목소리로 의무에 대해, 조국, 질서, 자유 그리고 다른 여러 가지에 대해 말했다. 게다가 그는 그를 따르라고 누구에게도 강요하지 않았다. 그는 그저 그의 양심, 그의 마음이 시키는 대로 실행하고 있었다.

"여러분, 보시다시피." 그가 말을 끝맺으며 덧붙였다. "나 말고 다른 어느 누구도 연루되지 않도록 모든 책임을 다하고자 합니다. 희생이 필요하다면 기꺼이 나를 내놓겠습니다. 나는 내 목숨을 희생해서라도 주민들의 목숨을 구할 겁니다."

무리 중에서 예리한 편인, 한 공증인이, 그가 틀림없이 죽음을 향해 달려간다고 지적했다.

"알고 있소." 그가 엄숙하게 말했다. "나는 준비되었소!"

사람들은 서로 바라보았다. "나는 준비되었소"라는 말에 그들은 완전히 감동했다. 정말이지, 이 남자는 용감한 사람이었다. 공증인이 그를 도와줄 헌병들을 부르라고 간청했다. 그러나 그는 군인들의 피는 소중하므로 마지막 순간에만 그 피를 흘리게 할 것이라고 대답했다. 대표단은 깊이 감동하여 천천히 물러났다. 한 시간 후 플라상은 루공을 영웅으로 대했다. 가장 겁 많은 자들은 그를 '어리석은 늙은이'라고 불렀다.

저녁 무렵, 피에르는 그라누가 달려오는 것을 보고 몹시 놀랐다. 은퇴한 아몬드 장수는, 그를 '위대한 사람'이라고 부르며, 그와 함께 죽겠다며, 그의 품에 뛰어들었다. 그의 하녀가 과일 장수네 집에서 가져온 "나는 준비되었소"라는 그 말이 그를 정말로 감격하게 했다. 겁쟁이이고, 우스꽝스러운 그 사람의 마음속에는 순진함이라는 매력이 있었다. 피에르는 그가 크게 지장을 줄 것 같지는 않아서, 그를 남게 했다. 그는 그 가련한 남자의 헌신에 감동까지 했다. 그는 도지사에게 그를 공적으로 치하하도록 하겠노라 약속했고, 그렇게 한다면 그를 비겁하게 저버린 다른 부르주아들이 원통해 죽을 것이다. 두 사람 모두 황량한 시청에서 밤을 기다렸다.

그 시간, 아리스티드는 집 안에서 극도로 불안한 모습으로 돌아다녔다. 뷔예의 기사에 그는 놀랐다. 아버지의 태도에 그는 아연실색했다. 그는 방금 창문에서, 하얀 넥타이를 매고, 검은 프록코트를 입고, 위험이 다가오는데도 너무나 차분한 아버지를 보았을 때, 그의 가련한 머릿속에서 모든 생각이 온통 뒤죽박죽되었다. 하지만 저항군은 승리자로 돌아오고 있었고, 전 도시가 그렇게 믿었다. 그러나 그는 의심이 들었고, 뭔가 음산한 소극(笑劇)의 냄새를 맡았다. 이제는 감히 부모님 집에 나타날 수 없어, 자신의 부인을 보냈다. 앙젤이 다녀와서, 단조롭고 길게 끄는 목소리로 그에게 전했다.

"어머니가 당신을 기다리고 계세요. 그녀는 전혀 화나 있지 않아요. 하지만 당신을 꽤나 비웃는 것 같아요. 그녀는 여러 번 나한테 당신의 스카프를 주머니 속에 다시 넣어 둬도 된다고 말했어요."

아리스티드는 극도로 자존심이 상했다. 하지만 그는 최대한으로 겸손하게 항복할 자세가 되어 라 반로로 달려갔다. 어머니는 그를 맞으며 조소만 띨 뿐이었다.

"아이고! 내 불쌍한 아들." 그녀가 아들에게 말했다. "너는 정말이지 영리하지 못해."

"플라상 같은 촌구석에서 무얼 할 수 있겠어요!" 그가 분개하며 외쳤다. "허 참, 나는 여기서 바보가 되어 가요. 소식도 하나 없이, 무서워 떨기만 하잖아요. 이런 몹쓸 성채 안에 갇혀 있다니……. 아! 으젠 형을 따라 파리로 갔어야 했는데!"

그러고선, 계속 웃고 있는 펠리시테를 씁쓸히 바라보며 말을 이었다.

"어머니는 나한테 잘해 준 적이 없었어요. 나는 상황들을 잘 알고 있어요. 형은 무슨 일이 일어나고 있는지 어머니에게는 알려 주었지만, 어머니는 나한테 필요한 정보를 조금도 주지 않았어요."

"너도 알고 있어? 너도." 펠리시테가 진지한 얼굴로 경계하며 말했다. "아니, 내가 생각한 것보다 바보는 아니네. 내가 아는 어떤 사람처럼, 너도 몰래 편지들을 열어 보니?"

"아니요. 하지만 문에서 엿듣지요." 아리스티드가 아주 태연자약하게 대답했다.

그런 솔직함이 노파를 기분 나쁘게 하지는 않았다. 그녀는 다시 웃으며 더 부드럽게 물었다.

"자, 맹꽁이야." 그녀가 물었다. "왜 우리와 더 빨리 합류하지 않은 거니?"

"아! 그렇지." 젊은이가 당황하며 말했다. "어머니와 아버지한테 믿음이 가지 않았어요. 그런 바보들을 맞아들이고 있었잖아요. 우리 장인, 그라누와 같은 부류들! ……나는 나서고 싶지 않았어요."

그는 머뭇거렸다. 그가 초조한 목소리로 계속했다.

"지금, 어머니는 적어도 쿠데타의 성공에 대해 확신하고 있지요?"

"내가?" 아들의 의심에 기분이 상한 펠리시테가 소리쳤다. "나는 아무것도 확신하지 않아."

"하지만 스카프를 치워 버리라는 말을 나한테 전했잖아요?"

"그래, 사람들이 너를 비웃으니까 그랬지."

아리스티드는 오렌지색 벽지의 당초 문양 하나를 보는 것처럼, 멍하니, 그 자리에 못 박힌 듯 서 있었다. 어머니는 그가 그렇게 머뭇거리는 것을 보며 갑자기 초조해졌다.

"자." 그녀가 말했다. "내 처음 생각에 대해 다시 말해 주마. 너는 영리하지 않아. 너는 으젠의 편지들을 읽게 해 주기를 바랐겠지! 그러나 딱하게도, 네가 계속 확신을 갖지 못하니, 너는 모두 망치게 될 거야. 너는 망설이기만 해…….”

“내가 망설인다고요?” 그가 맑고 차가운 시선으로 어머니를 바라보면서 물었다. “이런! 어머니는 나를 잘 몰라요. 내 발을 따뜻하게 하고 싶다면, 도시에 불도 지를 수 있을걸요. 그러니 내가 잘못된 길을 가고 싶어 하지 않는다는 것을 알아주세요! 이제는 딱딱하게 굳은 빵을 먹는 것도 지쳤고, 그러니 속임수를 쓰더라도 큰돈을 뺏고 싶거든요. 나는 확실할 때만 걸겠어요.”

그가 이 말을 얼마나 매섭게 말했는지, 그녀는 성공에 대한 강렬한 욕망 속에서 자신과 같은 핏줄임을 알아보았다. 그녀가 중얼거렸다.

“너의 아버지는 정말로 용감하셔.”

“네, 아버지를 봤어요.” 그가 냉소를 지으며 말했다. “믿음이 가는 모습이더군요…… 테르모필레 전투의 레오니다스 얼굴이 떠올랐어요. 어머니예요, 그런 얼굴을 하게 한 것이?”

그리고 쾌활하게, 단호한 몸짓을 하며, 그가 외쳤다.

“할 수 없지요! 나는 나폴레옹파예요! 아버지는 이익을 톡톡히 보지 않는 한, 죽으려고 뛰어들 사람이 아니에요.”

“네 말이 맞아.” 그의 어머니가 말했다. “지금은 말할 수 없지만, 내일이면 알게 될 거야.”

그는 더는 강요하지 않고, 곧 자신을 자랑스럽게 여길 거라고 그녀에게 장담했다. 그는 떠났다. 펠리시테는 창문에서 멀어져 가는 아들을 보며, 예전처럼 그를 편애하는 마음이 다시 깨어나는 것을 느꼈고, 그가 기지가 넘친다고, 그래서 결국 그를 성공의 길로 이끌지 않고, 떠나도록 내버려둘 만한 용기는 그녀 자신에겐 절대로 없겠다는 생각이 들었다.

세 번째로, 밤이, 불안으로 가득 찬 밤이 플라상을 덮치고 있었다. 다 죽어 가는 도시는 마지막 거친 숨을 헐떡거렸다. 부르주아들은 급히 집으로 돌아갔고, 볼트와 쇠막대의 시끄러운 소리와 함께 문들은 굳게 닫혔다. 전체적으로, 다음 날이면 플라상은 더는 존재하지 않을 것 같고, 땅 밑으로 가라앉거나 하늘로 사라질 것 같은 분위기였다. 루공이 저녁을 먹기 위해 집으로 왔을 때, 그는 거리가 완전히 텅 빈 것을 보았다. 그런 적막은 그를 슬프고 우울하게 했다. 그래서 식사가 끝났을 때, 그는 마음이 약해졌고, 마카르가 준비하고 있는 음모를 실천에 옮기는 것이 필요한지 아내에게 물었다.

"사람들이 이제는 욕도 하지 않는구려." 그가 말했다. "신시가지 사람들을 당신이 봤어야 해. 그들이 나한테 경의를 표하더라고! 이 마당에 사람들을 죽이는 것은 전혀 필요해 보이지 않는데, 응! 당신 생각은 어때? 우리는 그러지 않아도, 적은 돈을 알뜰히 모으면 그런대로 잘살 수 있을 거요."

"아! 당신은 정말로 나약한 사람이에요!" 펠리시테가 화를 내며 외쳤다. "그런 생각을 낸 것이 바로 당신인데, 지금 물러서려 하다니! 나 없이는 당신은 절대로 아무것도 못 할 거예요! ……자, 그러니 당신의 길을 가세요. 공화파들이 당신을 잡으면 너그럽게 봐줄 거 같아요?"

루공은 시청으로 돌아가, 매복을 준비했다. 그라누는 그에게 아주 유용했다. 그는 성벽을 지키는 여러 초소에 자신의 명령을 전하러 그를 보냈다. 국민군은 소그룹으로, 최대한 비밀리에 시청으로 와야 했다. 시골에서 정신 줄 놓고 사는 파리의 부르주아, 루디에는 인류애를 들먹이며 일을 망칠 수 있는 위인이라 알려 주지도 않았다. 열한 시경, 시청 안뜰은 국민군들로 가득 찼다. 루공은 그들을 겁주었다. 그는 그들에게 플라상에 남아 있는 공화파들이 필사적인 도움을 주려 할 것이라고 말하면서, 그는 자신의 비밀경찰 요원을 통해 때마침 알게 되었다고 생색을 냈다. 그리고 그 비루한 무리가 권력을 빼앗을 경우, 학살된 도시의 피 흘리는 광경을 묘사한 다음, 그는 모든 불을 끄고 더는 한마디도 하지 말라는 명령을 내렸다. 그 자신도 소총을 들었다. 아침부터, 그는 마치 꿈속에 있는 것처럼 걸어 다녔다. 그는 자신이 누군지 더는 알 수 없었다. 그는 자기 뒤에 펠리시테가 있음을, 그 급변의 밤부터 그녀의 손아귀에 들어갔음을 느꼈다. 그는 교수대에 매달리더라도 이렇게 말할 것이다. "괜찮아, 마누라가 나를 구해 주러 올 테니." 잠든 도시 위로 소란을 더 증폭시키고 더 오래 공포 분위기를 유발하도록, 그는 그라누에게 성당에 가서 총성이 울리는 순간, 경종을 울리라고 부탁했다. 후작의 이름을 대면 교회지기가 문을 열어 줄 게 분명했다. 어둠 속에서, 안뜰의 어두운 침묵 속에서, 불안으로 미칠 것 같은 국민군은 입구를 응시한 채, 늑대 무리를 기다리며 매복하고 있듯이 총을 쏠 순간을 초조하게 기다리고 있었다.

그동안 마카르는 디드 아줌마 집에서 하루를 보냈다. 그는 가르소네 시장의 소파를 아쉬워하며 낡은 궤 위에서 몸을 쭉 펴고 누워 있었다. 몇 번이나, 그는 가까운 카페에 가서 2백 프랑을 축내고 싶어 미칠 지경이었다. 조끼 주머니에 넣어 둔 돈이 그의 심장에 불을 질렀다. 그는 그 돈을 쓰는 상상을 하면서 시간을 보냈다. 그의 어머니는 며칠째 자식들이 번갈아 창백한 얼굴로, 정신이 나간 채 들이닥치자, 여전히 입을 열지는 않아도, 얼굴도 여전히 죽은 사람처럼 굳어 있어도, 그의 주변을 꼭두각시처럼 뻣뻣한 움직임으로 맴돌았지만, 아들은 그녀의 존재조차 느끼지 못하는 듯 보였다. 그녀는 봉쇄된 도시를 혼란에 빠뜨린 공포에 대해 몰랐다. 그녀는 플라상과는 완전히 동떨어진 채, 두 눈은 뜨고 있어도, 멍하니, 끊임없이 떠오르는 강박적인 생각 속에서 살았다. 하지만 지금은 어떤 불안, 어떤 인간적인 걱정 때문인지 이따금 그녀의 눈꺼풀이 떨렸다. 앙투안은 맛있는 음식을 먹고 싶은 욕구를 견딜 수 없어, 구운 닭고기를 사 오라고 도성 밖 음식점에 그녀를 보냈다. 식탁에 앉자, 그가 그녀에게 말했다.

"이런? 엄마는 닭고기를 자주 먹지 않나 봐. 이건 일하고 사업을 할 줄 아는 사람들을 위한 거지. 엄마는, 항상 몽땅 다 써 버렸잖아……. 엄마가 모아 놓은 돈을 성인군자인 척하는 실베르 놈에게 준 게 분명해. 그는 여자가 있어, 엉큼한 놈. 엄마가 어딘가에 돈을 숨겨 두었다면, 그 녀석이 언젠가 그 돈을 멋지게 다 털어먹겠지.”

그는 비웃었고, 야수처럼 열광했다. 그의 주머니 속에 들어 있는 돈, 그가 준비하고 있는 배반, 좋은 값으로 자신을 팔았다는 확신 때문에, 악한 짓을 할 때 절로 즐거워하고 빈정거리는 그런 악당들답게 완전히 만족에 겨워했다. 디드 아줌마에게는 실베르의 이름만 들렸다.

“그를 만났어?” 마침내 그녀가 입을 열며 물었다.

“누구? 실베르?” 앙투안이 대답했다. “그 녀석은 키 큰 빨간 여자애를 껴안고 반도들 속을 왔다 갔다 하던데. 그가 곤경에 처한다면, 아주 잘된 거지.”

아이의 할머니는 그를 응시하더니 나직한 목소리로, 짧게 말했다.

“왜?”

“아니! 사람들은 그 녀석처럼 바보는 아니니까.” 그가 당황하며 말했다. “사람들이 사상 때문에 자기 목숨을 걸겠어요? 나야, 소소한 일들을 잘 처리했지. 난 애가 아니니까.”

그러나 디드 아줌마는 그의 말을 더는 듣고 있지 않았다. 그녀가 중얼거렸다.

“지난번에 그 아이 손이 온통 피범벅이었어. 내 손주는 그이처럼 죽게 될 거야. 그 애 삼촌들이 그에게 헌병들을 보낼 거야.”

“도대체 거기서 뭘 웅얼거리고 있는 거요?” 뼈를 다 발라 먹은 아들이 말했다. “나를 비난하려면 바로 내 앞에서 하는 게 좋겠네요. 내가 몇 번 그 꼬마랑 공화국에 관해 이야기를 나누었다면, 그것은 그 아이를 더 합당한 사상으로 이끌기 위한 것이에요. 그는 완전히 빠졌어요. 나도 자유를 사랑하지만, 방종으로 타락하진 말아야 해요. 루공은 내가 존경하죠. 형은 분별력이 있고 용감한 남자예요."

"그 아이가 총을 가지고 있었지?" 디드 아줌마가 물었다. 그녀의 넋 나간 정신은 도로 위의 실베르를 멀리서 쫓아가는 것 같았다.

"총이오? 아! 그렇지." 마카르의 소총, 평시에 총이 걸려 있던 벽난로의 맨틀 위를 흘낏 본 후, 앙투안이 말했다. "그 애가 총을 들고 있는 걸 보았던 것 같아요. 여자애랑 팔짱을 끼고 들판을 쏘다닐 때는, 멋진 도구지. 정말 멍청하기는!"

그는 뭔가 진한 농담을 해야 한다고 생각했다. 디드 아줌마는 방 안을 맴돌기 시작했다. 그녀는 더는 한마디도 하지 않았다. 밤이 될 무렵, 앙투안은 작업용 헐렁한 셔츠를 입고 그의 어머니가 사 준 제모(制帽)를 깊숙이 눌러쓰고, 떠났다. 그는 빠져나왔을 때처럼, 로마 문을 지키는 국민군들에게 뭔가 이야기한 다음, 시내로 들어갔다. 그리고 구시가지로 접어들자, 남모르게, 집마다 살짝 들어갔다. 열광한 모든 공화파, 무리를 따라가지 않았던 모든 당원은 아홉 시경에 마카르가 그들에게 모이라고 한, 평판이 좋지 않은 한 카페에 집결했다. 50명가량의 남자들이 모였을 때, 그가 그들에게 연설하면서, 이행해야 할 개인적 복수, 쟁취해야 할 승리, 뒤흔들어 놓아야 할 수치스러운 멍에에 대해 말했고, 그들에게 자신이야말로 시청을 10분 내에 넘겨줄 수 있는 강력한 사람으로 부각하면서 끝냈다. 그가 거기에서 빠져나왔는데 아무도 없었다. 그들이 원하기만 한다면, 붉은 깃발이 바로 오늘 밤 펄럭일 것이다. 노동자들은 상의했다. 지금 반동파들은 죽어 가고 있고, 저항군은 문 가까이에 와 있으니, 그들을 기다리지 않고 힘을 되찾는 것은 명예로운 일이 될 것이며, 그렇게 되면 문들을 활짝 열고, 거리와 광장들을 깃발로 장식하고, 그들을 형제로 맞아들이게 될 것이다. 게다가 아무도 마카르를 의심하지 않았다. 루공 부부에 대한 그의 증오, 그가 언급한 개인적 복수는 그의 충성심을 보장해 주었다. 사냥꾼이었던 사람들은 모두, 그리고 집에 총이 있는 사람들은 가서 가져오기로 하고, 자정에 시청 광장에 모두 모이기로 결정되었다. 부차적인 문제 하나가 그들을 멈출 뻔했다. 그들에게는 총알이 없었다. 그러나 그들은 총에 수렵용 산탄을 장전하기로 했고, 어떤 저항도 만나지 않을 게 틀림없으니 그것조차 쓸 필요도 없을 터였다.

또다시, 플라상은 거리마다 조용한 달빛 아래, 무장한 사람들이 집들을 따라 줄지어 지나가는 것을 보게 되었다. 무리가 시청 앞에 모이자, 마카르는 주의하며 살펴보면서 대담하게 앞으로 나아갔다. 그는 문을 두드렸고, 지침을 전달받았던 관리인이 무슨 일인지 묻자, 그는 무시무시한 협박을 했고, 그 남자는 무서워하는 척하며, 서둘러 문을 열었다. 문이 천천히 돌면서 활짝 열렸다. 현관이, 아무도 없이 입을 크게 벌린 채, 시커먼 구멍처럼 나타났다.

그러자 마카르가 큰 소리로 외쳤다.

“이리 오시오, 여러분!”

그것이 신호였다. 그는 옆으로 재빨리 몸을 던졌다. 공화파들이 돌진하자, 안뜰의 어둠에서 불꽃들이 뿜어져 나왔고, 총알이 우박처럼 쏟아져, 벼락이 훑고 지나가듯 열린 현관 아래로 지나갔다. 문은 죽음을 토해 냈다. 국민군들은 매복해 있는 동안 심하게 긴장해 있었고, 적막한 안뜰에서 그들을 짓누르는 악몽에서 빨리 벗어나고파, 매우 흥분한 나머지 급히, 모두 동시에 불을 내뿜었다. 섬광이 너무나 강렬해서, 마카르는 화약의 붉은빛 속에서 조준하고 있는 루공을 분명히 보았다. 그는 총구가 자신에게로 향한 것을 보았다고 생각했다. 그는 펠리시테의 붉어진 얼굴이 기억났다. 그래서 중얼거리며 도망갔다.

“어리석게 굴지 마라! 저 망나니가 나를 죽이려 하네. 나한테 8백 프랑 갚아야지.”

그사이, 어둠 속에서 아우성이 울렸다. 놀란 공화파들은 배반을 외치면서 이번에는 그들이 총을 쏘았다. 국민군 한 명이 현관 아래에 와서 쓰러졌다. 그들도 세 명이 죽었다. 그들은 도망쳤고, 시체들과 부딪치면서, 완전히 얼이 빠져, 조용한 골목길에서, 아무 반향도 없는 절망적인 목소리로 되풀이 말했다. “우리 형제들이 살해당한다!” 질서의 수호자들은, 자신들의 무기를 재장전한 뒤, 난폭한 미치광이처럼 텅 빈 광장으로 돌진했고, 거리 사방에, 문의 어두운 부분, 가로등의 그림자, 경계석의 튀어나온 곳처럼 그들에게는 반란군으로 보이는 곳에, 총을 쏘아 댔다. 그들은 거기에서 허공에다 총을 발사하면서, 10분을 머물렀다.

매복은 잠든 도시에 벼락처럼 터졌다. 가까운 거리의 주민들은 끔찍한 총격전 소리에 잠이 깨어, 이가 딱딱 부딪칠 정도로 무서워하면서, 깨어 있었다. 그들은 어떤 경우에도 창밖을 내다보지 않았다. 그리고 천천히, 총격으로 찢어진 대기 속에서, 성당의 종이 경종을 울렸다. 아주 불규칙하고 아주 이상한 리듬으로 울려서 모루의 망치질 같았고, 화가 난 아이가 거대한 솥을 두들겨 대는 듯했다. 부르주아들이 들어 본 적 없는 울부짖는 종소리는 총들이 내는 폭발음보다 그들을 더욱 공포에 떨게 했다. 도로 위를 굴러가는 대포의 끝없는 행렬 소리가 들린다고 생각한 이들도 있었다. 그들은 다시 잠자리에 들었고, 마치 그들이 앉은 자리에서, 침실 깊숙이에서, 닫힌 방에서, 어떤 위험을 겪은 것처럼, 몸을 눕히고 이불을 덮었다. 시트를 턱까지 끌어 올리고, 숨을 헐떡거리며, 몸을 아주 잔뜩 웅크렸다. 그들이 쓴 머릿수건의 세모 돌기가 그들의 눈을 가리고, 그들의 아내들은 옆에서 베개 속에 머리를 파묻고 거의 정신을 잃어 가고 있었다.

성벽에 남아 있던 국민군도 총격 소리를 들었다. 그들은 저항군이 지하의 비밀 통로를 이용해 들어왔다고 믿은 나머지, 대여섯씩 무리 지어 마구잡이로 달려왔고, 그들이 황망히 달리며 일으키는 떠들썩한 소리가 조용한 거리를 뒤흔들었다. 루디에는 선두 무리와 함께 도착했다. 그러나 루공은 도시의 성문들을 그렇게 내버려두면 안 된다고 엄하게 말하면서, 그들을 다시 제 위치로 돌려보냈다. 당황한 나머지 그들은 실제로 문을 지키는 사람 하나도 남겨 두지 않았기 때문에, 그의 질책에 깜짝 놀라, 다시 뛰어가느라, 또다시 더 무시무시하게 소란스러운 소리를 내며 거리를 지나갔다. 한 시간 동안, 플라상은 미친 듯한 군대가 사방으로 지나가고 있다고 믿을 지경이었다. 총격전, 경종 소리, 국민군들의 행진과 뒤로 돌아 행진, 곤봉처럼 끌고 가는 무기들, 어둠 속에서 황망히 들리는 북소리들은 공격받고 약탈당하면서 아수라장이 된 도시와 같은 소동을 만들어 냈다. 모두 저항군이 도착했다고 믿었던 가련한 주민들에게는, 그것이 최후의 일격이었다. 그들은 그 밤이 자신들의 최후의 밤이 될 거라고, 플라상은 새벽이 오기 전에 지하로 무너져 내려가거나 연기로 사라질 것이라고들 말했다. 그들은 자신들의 침대 속에서 공포로 제정신을 잃은 채, 때때로 그들의 집이 이미 흔들리고 있다고 생각했다.

그라누는 계속 경종을 울렸다. 도시가 다시 잠잠해지자, 그 종소리는 비통하게 들렸다. 열기로 불타오른 루공은 멀리서 들리는 그 흐느끼는 소리에 격분했다. 그는 성당으로 달려갔고, 작은 문이 열려 있는 것을 보았다. 교회지기는 문간에 있었다.

"이런! 그만하시오!" 그가 남자에게 소리쳤다. "누군가 울고 있는 것처럼 들리는구려. 참을 수가 없군."

"내가 아닙니다, 나리." 교회지기가 유감스럽다는 듯 대답했다. "종탑에 올라간 것은 그라누 씨입니다……. 경종을 울리지 못하도록, 신부님 명령으로 종의 추를 빼놓았다고 말씀드려야겠습죠. 그라누 씨는 들으려 하지 않았어요. 기어 올라가기까지 했다고요. 도대체 뭘 가지고 이런 소리를 내는지 모르겠습니다.”

루공은 급히 종탑으로 향하는 계단을 올라가면서 외쳤다.

“그만해! 그만해! 맙소사, 좀 끝내시오!”

위에 올라간 그는, 첨두아치의 뾰족한 구멍 사이로 들어오는 달빛 속에, 모자도 쓰지 않고, 미친 듯이 커다란 망치로 종을 두들기고 있는 그라누를 보았다. 그는 정말로 선의로 그렇게 하고 있었다! 그는 몸을 뒤로 젖히더니, 뛰어오르며, 마치 쪼개 버리기라도 할 듯, 소리 나는 청동을 내리쳤다. 살찐 그의 몸을 온통 웅크렸다. 그리고 꼼짝하지 않는 두꺼운 종 위로 돌진하자, 종이 진동하면서 그를 뒤로 밀어냈고, 그는 다시 뛰어오르면서 계속했다. 달구어진 쇠를 두들기는 대장장이 같았다. 다만 연미복을 입은, 짧은 키에 대머리, 서툴고 성미 급한 대장장이였다.

달빛 속에서 미친 듯이 종과 싸우고 있는 부르주아 앞에서 루공은 잠시 못 박힌 듯 서 있었다. 그때야 그 괴기스러운 종치기가 도시 위에서 쳐 댔던, 듣기 싫은 소리를 이해했다. 그는 그에게 멈추라고 소리쳤다. 상대방은 듣지 못했다. 그는 남자의 연미복을 잡아끌었고, 그제야 그라누가 그를 알아보았다.

“아니!” 그가 기고만장한 목소리로 말했다. “당신은 들었군요! 나는 처음에 주먹으로 종을 치려고 했지요. 그랬더니 아팠습니다. 다행히 이 망치를 찾아냈지요……. 다시 몇 번 더 쳐야겠지요?"

그러나 루공은 그를 데려갔다. 그라누는 흡족해했다. 그는 이마를 닦았고, 다음 날 그가 그 모든 소리를 단순히 망치를 사용해서 냈다고 꼭 말해 주기를 자신의 동료에게 다짐받았다. 그토록 맹렬하게 종을 울렸으니 그가 얼마나 멋진 위업과 얼마나 대단한 일을 이룬 것인가!

아침 무렵, 루공은 펠리시테를 안심시켜야 한다고 생각했다. 그의 명령으로 국민군은 시청에 틀어박혀 있었다. 그는 구시가지 사람들에게 본보기가 필요하다는 명목으로, 시체들을 치우지 못하도록 했다. 라 반로에서 서둘러 가기 위해, 달이 진 광장을 가로지를 때, 인도 가장자리에 있던 한 시체의 오그라진 손을 밟았다. 그는 넘어질 뻔했다. 그의 뒤꿈치 아래서 으스러지는 물렁물렁한 그 손은 그에게 말할 수 없는 혐오감과 공포심을 불러일으켰다. 그는 등 뒤에서 그를 뒤쫓아 오는 피로 물든 주먹이 느껴지는 것 같아, 큰 걸음걸이로 아무도 없는 거리를 따라갔다.

"땅바닥에 넷이 있더군." 그가 들어가면서 말했다.

부부는 자신들의 범죄에 스스로도 놀란 듯, 서로 쳐다보았다. 램프 불빛에 그들의 창백한 얼굴이 노란빛을 띠었다.

"그들을 그대로 두었지요?" 펠리시테가 물었다. "사람들이 거기 있는 그들을 보아야 해요."

"물론이지! 그들을 수거하지 않았소. 그들은 누워 있소. 내가 뭔가 물렁물렁한 것을 밟았구려……."

그는 자신의 신발을 바라보았다. 뒤꿈치가 온통 피였다. 그가 신발을 갈아 신는 동안, 펠리시테가 말했다.

"그것참! 참 잘됐어요! 다행이에요! 끝났어요……. 이제는 사람들이 당신이 거울에다 총을 쏘았다고는 말하지 않겠지요."

플라상의 구원자로서 결정적으로 인정받기 위해 루공 부부가 꾸민 총격전에 공포에 사로잡힌 도시는 부부에게 감사하면서 그들의 발밑에 엎드렸다. 겨울 아침의 회색빛 우수 속에서, 음울한 날이 밝아 왔다. 주민들은 더는 아무 소리도 들리지 않자, 이불 속에서 떨고만 있는 것이 진력이 났는지, 모험을 감행했다. 그들은 열 명이나 열댓 명이 함께 왔다. 그리고 반란군이 배수구마다 죽은 자들을 두고 도망갔다는 소문이 돌자, 온 플라상이 일어나 시청 광장으로 내려왔다. 아침 내내, 구경꾼들이 네 구의 시체 주위로 줄지어 나타났다. 그들은 끔찍할 정도로 절단된 상태였고, 특히 한 사람은 머리에 세 발을 맞았다. 들쳐진 두개골에서 뇌가 그대로 드러났다. 그러나 네 구 중에서 가장 잔혹한 모습은 현관 아래 쓰러진 국민군이었다. 그는 공화파들이 탄환이 없어서 사용했던 수렵용 산탄을 얼굴에 정통으로 받았다. 체처럼 구멍투성이의, 그의 구멍 난 얼굴에서 피가 흘러나오고 있었다. 사람들은 그 공포스러운 모습을, 비겁자답게 역겨운 장면을 탐닉하며, 오래도록 보았다. 사람들은 그 국민군을 알아보았다. 그는, 월요일 아침 루디에가 성급하게 총을 쏘는 실수를 저질렀다고 비난한, 푸줏간 주인 뒤브뤼엘이었다. 다른 세 명의 사망자 중에서 두 사람은 모자 만드는 직공이었다. 세 번째는 신원 미상으로 남았다. 포석을 물들이고 있는 붉은 웅덩이 앞에서, 입을 다물지 못하던 사람들은, 마치 어둠 속에서 총격으로 질서를 회복한 이런 즉결식 정의가, 자신들을 염탐하고 자신들의 몸짓과 말을 감시하고, 방금 민중 선동에서 자신들을 구해 준 손에 열광적으로 입 맞추지 않는다면, 이번에는 자신들이 총살당할 것 같아서, 경계하듯 뒤돌아보면서, 몸을 떨었다.

지난밤의 공포는, 아침에 네 구의 시체를 보면서 더 엄청나게 증폭되었다. 이 총격전의 진짜 이야기는 절대로 알려지지 않았다. 전투원들의 총격, 그라누의 망치 소리, 거리를 혼란스레 오간 국민군들, 모두 너무나 무시무시한 소리를 냈기 때문에, 사람들 대부분은 여전히, 수를 셀 수 없는 만큼 많은 적과 벌이는 엄청난 전투를 떠올렸다. 승리자들이 본능적인 허세로 적들의 숫자를 부풀려 대략 5백 명이라고 말하자, 사람들이 소리쳤다. 부르주아들은 창가에 있었다고, 한 시간 이상, 거대한 물결처럼 도망병들이 지나가는 것을 보았다고 주장했다. 더군다나 모두가 십자형 유리창 아래에서 반란군이 달리는 소리를 들었다. 5백 명이라면 절대로 그렇게 한 도시가 소스라쳐 깨어날 수 없었을 것이다. 그 정도면 군대이고, 뛰어나고 유능한 군대인데 플라상의 선량한 민병대가 그들을 지하로 돌아가게 만들었다. 루공이 했던 말, "그들은 땅 밑으로 다시 들어갔다"라는 표현은 아주 적절해 보였다. 왜냐하면 성벽 방어를 맡은 초소병들이 단 한 명도 들어가거나 나가지 않았다고, 신을 걸고 맹세했기 때문이었다. 전투에 대해서도, 불가사의한 점이, 불꽃 속으로 사라지는 뿔 달린 악마들이라는 생각이 덧붙여졌고, 결국 도무지 상상되지 않는 일이 되고 말았다. 사실 초소병들은 자신들의 미친 듯한 질주에 대해 말하지 않았다. 그래서 가장 분별 있는 사람들도 반도 무리가 성벽의 어떤 틈이나, 어딘가에 있는 구멍을 통과했음이 분명하다고 생각했다. 나중에, 배반이라는 소문이 퍼지자, 함정에 대해 말들을 했다. 물론 마카르에 의해 도살장으로 끌려왔던 사람들은 그 끔찍한 진실에 대해 가만있지 않았다. 그러나 공포가 다시 퍼지는 데다, 피의 장면을 보고 이러저러한 겁쟁이들이 반동파로 넘어가면서, 사람들은 그런 소문들이 패배한 공화파들의 분노에서 나온 것이라고 보았다. 게다가 마카르는 루공의 포로가 되었고, 루공은 그를 습기 찬 감옥에 가두어 놓고 서서히 굶겨 죽이고 있다는 말도 돌았다. 그런 무시무시한 이야기 때문에 사람들은 루공에게 머리가 땅에 닿도록 절을 했다.

그렇게 우스꽝스럽고, 물렁물렁하고 창백한 배불뚝이 부르주아는, 하룻밤 새에 그 누구도 감히 더는 비웃지 못하는 무시무시한 남자가 되었다. 그는 한 발에 피를 묻혔다. 구시가지 사람들은 시신 앞에서 공포 때문에 아무 말도 못 했다. 그러나 열 시경, 신시가지 사람들이 품위 있게 도착하자, 광장은 은밀한 대화들로, 숨죽인 탄성들로 가득 찼다. 사람들은 다른 습격에 대해, 거울 하나만 부상당한 시청 장악에 대해 말들을 했었다. 그런데 이번에는, 루공을 더는 조롱하지 못하고, 그의 이름을 외경심을 가지고 언급했다. 그는 정말로 영웅, 구원자였다. 두 눈을 뜬 채, 그 사람들을, 변호사들과 연금 생활자들을 바라보고 있는 시신들 속에서, 그들은 내전이 정말로 슬프지만 불가피한 것이라고 낮게 읊조리며 몸을 떨었다. 전날 시청에 파견된 대표단 우두머리인 공증인이 모여 있는 사람들 사이를 오가며, 열정에 넘친 그 남자의 "나는 준비되었소"라는 말을 강조하며 다녔다. 그 덕분에 시는 구원되었다. 모두 그 앞에 납작 엎드렸다. 마흔한 명의 무리를 가장 지독하게 조롱했던 자들, 특히 루공 부부를 허공에 대고 총질을 하는 모사꾼으로, 겁쟁이들로 대했던 이들이 "플라상이 영원히 영광스러워할 그 위대한 시민에게" 월계관을 수여하라고 제일 먼저 말했다. 포석 위 피 웅덩이의 흔적은 사라져 가고, 시신들은 자신들의 상처로 무질서와 약탈, 살인의 당이 얼마나 방약무인했고, 반란을 제압하기 위해 얼마나 강한 손이 필요했었는지를 말하고 있었기 때문이었다.

그라누는 군중 속에서 축하와 악수를 받고 있었다. 사람들은 망치 이야기를 알고 있었다. 단, 그 자신도 이제는 바로 의식하지 못한 채, 순전히 거짓말로, 반란군을 제일 먼저 보았기 때문에, 경보를 울리기 위해 종을 치기 시작했다고 내세웠다. 그가 없었다면 국민군은 살육되었다. 그러자 그의 위세가 배가되었다. 그의 공적은 경이롭다고 선언되었다. 그를 부를 때는 이제, "이지도르 선생, 알겠지만, 망치로 경종을 울리신 분!"이라고 불렀다. 호칭이 좀 길었지만, 그라누는 그런 호칭을 귀족의 칭호처럼 기꺼이 받아들였다. 그 후부터 그 앞에서 '망치'라는 말이 나올 때면 그는 세련된 찬사라고 믿었다.

시신들을 치울 때, 아리스티드는 그들에게서 뭔가 알아내기 위해 왔다. 그는 시신들을 모든 방향에서 살펴보았고, 공기 냄새도 맡아 보고, 얼굴들도 유심히 살펴보았다. 그는 엄중한 표정에 두 눈은 맑았다. 그는, 전날 감싸고 있었지만, 지금은 자유로워진 손으로, 상처를 더 잘 보기 위해, 시신 중 한 시신의 작업복을 들어 올렸다. 그러한 검토를 통해 그는 확신을 얻은 것 같았고, 의심을 지운 것 같았다. 그는 입술을 꾹 다물고, 한마디도 없이 잠시 그 자리에 있다가, 중요한 글을 기고한 『랑데팡당』 배부를 서두르기 위해 물러났다. 집들을 따라가면서, 그는 어머니가 한 말을 떠올렸다. "내일 알게 될 거야!" 그는 보았고, 너무 거칠었다. 그 일이 그를 조금 겁에 질리게 했다.

그렇지만 루공은 그의 승리에 대해 거북해지기 시작했다. 가르소네 시장의 집무실에서 혼자 군중의 웅웅거리는 소리를 들으면서, 그는 발코니에 모습을 드러낼 수 없게 하는 이상한 감정을 느꼈다. 그가 밟았던 피가 그의 두 다리를 뻣뻣하게 만들었다. 그는 저녁까지 무엇을 해야 할지 생각했다. 지난밤의 급변을 겪으면서 이상이 온, 그의 텅 빈 가련한 머리는, 그의 기분을 풀어 줄 수 있는 일거리를, 주어야 할 명령을, 취해야 할 조치를 절망적으로 찾고 있었다. 그러나 이제는 뭐가 뭔지 알 수 없었다. 펠리시테는 도대체 그를 어디로 끌고 갔던 것인가? 끝났나, 아직도 사람들을 죽여야 하나? 그는 다시 두려움에 휩싸였고, 끔찍한 의혹들이 밀려왔다. 시청 창문 아래에서 "반란군! 반란군!"이라고 커다랗게 외치는 소리가 들렸고, 그는 공화파 복수 부대에 의해 사방에 구멍 난 성벽들을 보았다. 그는 벌떡 일어났고, 커튼을 걷고, 광장에서 미친 듯이 달리는 군중을 보았다. 그런 벼락같은 소리에, 순간, 몰락한. 결딴난, 살해된 자신을 보았다. 그는 자신의 부인을 저주했고, 도시 전체를 저주했다. 그가 어정쩡한 태도로 뒤돌아보며, 빠져나갈 길을 찾고 있을 때, 그는 군중이 박수갈채를 터뜨리고, 기쁨에 찬 소리를 지르고, 미친 듯한 환희로 창문들이 흔들리는 소리를 들었다. 그는 창문으로 다시 갔다. 여자들은 손수건을 흔들었고, 남자들은 서로 포옹하며 뺨에 입 맞추고 있었다. 서로의 손을 잡고, 춤추는 이들도 있었다. 그는 어안이 벙벙해서, 더는 이해도 안 되고 머리는 어지러워져, 그대로 서 있었다. 그를 둘러싼, 황량하고 조용한, 커다란 시청이 그를 공포에 빠뜨렸다.

루공이 펠리시테에게 자신의 심정을 토로했을 때, 그는 자신이 얼마 동안이나 그런 극심한 고통을 겪었는지조차도 말할 수 없었다. 그는 단지, 드넓은 방들에서 되울리는, 어떤 발소리 때문에 경악 상태에서 벗어났다는 것만 기억했다. 그는 낫과 방망이로 무장한 작업복 차림의 남자들이 공격해 올 것을 기다리고 있었는데, 예복을 입고, 예절 바르게, 기쁜 얼굴로 들어온 사람은 시 의원들이었다. 빠진 사람은 하나도 없었다. 행복한 소식이 그 남자들을 모두 동시에 치유했다. 그라누가 자신의 친애하는 의장의 품에 뛰어들었다.

"군인들이!" 그가 떠듬거리며 말했다. "군인들이!"

정말로, 마송 연대장과 드 블레리오 도지사의 명령에 따라 한 연대가 막 도착했다. 성벽에서, 저 멀리 평원에서 보았던 소총들은 처음에는 반란군이 오는 것으로 생각되었다. 루공은 너무나 격하게 감동한 나머지, 두 줄기 굵은 눈물이 그의 뺨 위로 흘러내렸다. 그는 울었다, 위대한 시민인 그가! 시 의회는 경의를 표하며 그가 흘리는 눈물을 감탄의 눈빛으로 바라보았다. 그런데 그라누가 다시 친구의 목을 껴안으며, 외쳤다.

"아! 나는 너무 행복합니다! ……그런데 나는 정말 솔직한 사람입니다. 아니, 여러분, 우리 모두 무서워하지 않았습니까? 당신만이 위대하고, 용감하고, 숭고합니다. 당신에게 얼마나 큰 힘이 필요했겠습니까! 나는 좀 전에 내 아내에게 말했답니다. 루공은 위대한 사람이다, 그는 훈장을 받을 자격이 있다."

그러자 시 의원들이 모두 도지사를 만나러 가겠다고 말했다. 루공은 어리둥절하고, 격한 감정으로 숨이 차, 그런 갑작스러운 승리를 믿을 수 없었고, 아이처럼 떠듬거리며 말했다. 그는 안도의 한숨을 내쉬었다. 그는 그런 성대한 예우에 필요한 위엄을 갖추고, 차분하게 내려갔다. 그러나 시청 광장에서 시 의회와 의장을 맞아들이는 열렬한 환호성은 다시 행정관으로서의 그의 근엄함을 깨뜨릴 뻔했다. 그의 이름이, 이번에는 가장 열렬한 찬사와 함께, 군중 속에서 연호되었다. 그는 사람들이 모두 그라누처럼 고백하면서, 그를, 모두가 공포에 떨 때, 굳건히 서 있었던 영웅으로 대하는 것을 들었다. 시 의회가 도지사를 만난 군청 광장까지, 그는 사랑에 빠진 여인이 마침내 자신의 욕망을 충족시킨 것처럼, 남몰래 황홀해하면서, 자신의 인기와 영광을 만끽했다.

드 블레리오 도지사와 마송 연대장은, 부대는 리옹로에 야영하게 하고, 단독으로 시내로 들어왔다. 그들은 반란군의 행군을 잘못 파악하는 바람에 상당한 시간을 소모했다. 하지만 지금은 그들이 오르셰르에 있다는 것을 알았다. 그들은 플라상에서 주민들을 안심시키고, 반란군 재산의 기탁과 손에 무기를 든 것이 들킨 모든 사람을 사형에 처한다는 잔인한 칙령을 공포하기에 필요한 한 시간만 머물렀다. 마송 연대장은, 국민군 사령관이 고철이 삐걱거리는 요란한 소리와 함께, 로마 문의 빗장을 당겨 열었을 때, 미소를 지었다. 초소병들이 도지사와 연대장을 의장대처럼 호위했다. 소베르 중앙로를 따라, 루디에는 그 사람들에게 루공의 영웅적인 무훈을, 지난밤 빛나는 승리로 끝난 공포의 3일간을 들려주었다. 그래서 두 행렬이 마주 보게 되었을 때, 드 블레리오 도지사가 의장을 향해 재빠르게 앞으로 나아가더니, 그와 악수하면서 치하하고, 관청이 자리 잡을 때까지 도시를 계속 잘 지켜 달라고 당부했다. 루공은 고개를 숙여 인사했고, 군청 문에 도착한 도지사는 잠시 휴식을 취하고 싶었던지라, 큰 소리로 그의 멋지고 용감한 행동을 자신의 보고서에서 알리는 것을 잊지 않겠노라고 말했다.

살을 에는 추위에도 불구하고, 모두 창가에 나와 있었다. 펠리시테도 떨어질 위험을 무릅쓰고, 창가에서 몸을 굽히고는, 기쁨으로 완전히 하얘진 얼굴이었다. 바로 그때 아리스티드가 『랑데팡당』 한 부를 가져왔는데, 신문에서 그는 쿠데타를 명백하게 옹호했으며, "질서 속에 자유의 빛으로서, 그리고 자유 속에 질서의 빛으로서" 쿠데타를 맞이한다고 썼다. 그는 자신의 과오를 인정하고, "젊음은 오만하다"라고 말하면서, "위대한 시민들은 투쟁의 날, 영웅적 행위 속에 우뚝 서 있기 위해, 말없이, 침묵 속에서 숙고하며, 모욕을 참고 견딘다"라고 말하며 노란 거실을 우아하게 암시했다. 그는 특히 그 문장에 만족했다. 그의 어머니는 그 글이 탁월하게 잘 쓴 글이라고 생각했다. 그녀는 사랑하는 아들에게 입 맞추었고, 그를 그녀 오른쪽에 두었다. 드 카르나방 후작도 틀어박혀 있는 것에 싫증 난 터라, 불타는 호기심으로 그녀를 만나러 와 있었고, 그녀 왼쪽에, 창문 난간에 팔꿈치를 괴고 있었다.

드 블레리오 도지사가 광장에서 루공에게 손을 내밀었을 때, 펠리시테는 눈물을 흘렸다.

"오! 보렴, 보렴." 그녀가 아리스티드에게 말했다. "저분이 그이와 악수를 하는구나. 어머나, 그이 손을 여전히 잡고 있어!"

그러고는 얼굴들이 몰려 있는 창문들을 곁눈질하면서, 덧붙였다.

"저들이 얼마나 분통을 터뜨리고 있을까! 페로트 씨 부인 좀 보렴. 손수건을 물어뜯고 있네. 저기 공증인 딸들, 그리고 마시코 부인, 브뤼네 집안, 정말 꼴이 가관이지 않니? 그들이 얼마나 화를 내고 있는지! ……아! 정말로, 이제 우리 차례야."

그녀는 군청 문에서 일어나는 광경을 황홀해하며, 팔락거리는 매미처럼 빠르게 몸을 움직이며, 지켜보았다. 그녀는 아주 작은 몸짓도 설명했고, 그녀에게는 들리지 않아도 오가는 말들을 찾아냈고, 피에르가 인사를 아주 잘했다고 말했다. 잠깐 그녀가 시무룩해졌는데, 찬사를 쏟아 낼 기회를 노리며 도지사 옆을 가련하게 맴돌고 있는 그라누에게 도지사가 한마디 건넬 때였다. 물론 드 블레리오 도지사는 망치 이야기를 이미 알고 있었고, 은퇴한 아몬드 상인은 소녀처럼 얼굴이 빨개졌고, 자신의 의무를 했을 뿐이라고 말하는 것 같았다. 그러나 그녀를 더욱더 화나게 한 것은, 그 사람들에게 뷔예를 소개한, 그녀 남편의 친절함이었다. 뷔예는, 사실, 그들 사이에 끼어들었고, 루공은 어쩔 수 없이 그의 이름을 말해야 했다.

"저런 모사꾼이 있나!" 펠리시테가 낮게 중얼거렸다. "그는 어디서나 끼어드는군……. 아이고, 우리 남편이 정말로 당황했겠어! ……지금 그에게 말하는 이가 사령관이야. 도대체 그에게 뭐라고 하는 거지?"

"이런! 애야." 슬쩍 비꼬듯, 후작이 대답했다. "그가 너무나 철저하게 문들을 닫았다고 칭찬하는 거지."

"우리 아버지가 시를 구했어요." 아리스티드가 퉁명스럽게 말했다. "시체들을 보았습니까, 후작님?"

드 카르나방 후작은 대답하지 않았다. 그는 창에서 물러나더니, 약간 불쾌하다는 듯 머리를 저으며, 안락의자에 가 앉았다. 그때 도지사가 광장을 떠났고, 루공이 급히 들어와 자신의 아내를 열렬히 껴안았다.

"아! 여보!" 그가 말을 더듬거렸다.

그는 더는 아무 말도 할 수 없었다. 펠리시테는 『랑데팡당』의 훌륭한 기사에 대해 말하면서 그가 아리스티드의 뺨에도 입 맞추게 했다. 피에르는 너무 감동한 상태라, 후작의 뺨에도 입 맞추었을 것이다. 그러나 그의 아내가 그를 따로 불러, 그녀가 다시 봉투에 넣어 놓은 으젠의 편지를 주었다. 그녀는 방금 편지가 전달되었다고 밝혔다. 피에르는 그것을 읽고 의기양양하여, 아내에게 내밀었다.

"당신은 마술사야." 그가 웃으며 말했다. "당신은 모두 다 짐작했군. 아! 당신이 없었다면 내가 얼마나 허튼짓을 했을까! 자, 이제 우리는 함께 우리들의 소소한 일을 해 나갈 거요. 내 뺨에 입 맞춰 주구려. 당신은 용감한 부인이오."

그는 그녀를 품에 안았고, 그녀와 후작은 은밀한 미소를 주고받았다.

7장

부대가 플라상을 다시 지나간 것은 일요일이었고, 생트루르의 학살 이틀 후였다. 가르소네 시장이 저녁 식사에 초대한 도지사와 연대장만 도시로 들어왔다. 군인들은 성벽을 돌아서, 도성 밖 니스로에 야영했다. 밤이 오고 있었다. 아침부터 흐린 하늘은 이상한 노란빛을 띠고 있었고, 폭풍 때의 희미한 구릿빛과 비슷한, 탁한 빛으로 도시를 비추었다. 주민들은 겁에 질린 채 군대를 맞았다. 군인들이, 아직도 피로 얼룩진 채, 지치고 말없이, 칙칙한 석양 속을 지나가고 있는 모습은 산책로의 소시민들을 진저리치게 했다. 그 사람들은 뒤로 물러서면서, 그 지방이 생생하게 기억하고 있는 총격전, 잔인한 보복의 끔찍한 이야기를 서로의 귀에 대고 주고받았다. 쿠데타에 대한 공포가, 미친 듯이 날뛰며 짓누르는 공포가 시작되었고, 길고 긴 몇 달 동안 남부를 떨게 했다. 플라상은 반란군에 대한 공포와 증오 때문에, 처음 군대가 지나갈 때는 그들을 환호로 맞아들일 수 있었다. 그러나 지금 수장의 말 한마디에 연금 생활자 자신들도, 신시가지의 공증인들까지도 쏠 수 있는, 그 음울한 군대 앞에서, 그들이 총살당할 만한 어떤 정치적 작은 과실이라도 저지르지는 않았는지 불안한 듯 스스로에게 묻고 있었다.

관료들이, 생트루르에서 빌린 두 대의 헌 마차를 타고, 전날부터 돌아와 있었다. 예기치 않았던 그들의 등장은 개선의 영예라곤 전혀 없었다. 루공은 시장에게 별 아쉬움 없이 안락의자를 돌려주었다. 결판이 난 다음이니까. 그는 파리에서 자신의 애국심에 대한 보상을, 열렬히, 기다리고 있었다. 일요일에 — 그는 다음 날 정도로만 기대하고 있었다 — 그는 으젠에게서 편지 한 통을 받았다. 펠리시테는, 목요일부터, 신경 써서 아들에게 『라 가제트』와 『랑데팡당』을 보냈는데, 두 번째 호에는 밤의 전투와 도지사의 도착을 다루고 있었다. 으젠은 편지마다 시 징세관 자리에 아버지가 곧 임명될 것이라고 답했다. 하지만 그는 당장 좋은 소식을 알리고 싶었다고 말했다. 그가 얼마 전에 아버지를 위한 레지옹 도뇌르 훈장을 얻어 냈다. 펠리시테는 울었다. 남편이 훈장을 받다니! 자존심에 대한 그녀의 열망이 거기까지 간 적은 없었다. 기쁨으로 얼굴이 하얘진 루공은 바로 그날 저녁에 멋진 만찬을 베풀어야 한다고 말했다. 그는 이제는 아끼지 않았고, 그 멋진 날을 축하하기 위해, 노란 거실의 두 개의 창문에서 그에게 남은 마지막 돈을 사람들에게 마구 뿌릴 수도 있었다.

"이봐요." 그가 아내에게 말했다. "시카르도를 초대하시오. 꽤 오래전부터 그자는 자기가 받은 약장(略章)으로 내 화를 돋우

었단 말이오! 그리고 그라누와 루디에도. 나는 그들에게 언젠가 십자가 훈장을 받게 해 주는 것은 그들의 돈 때문이 아니라는 것을 기꺼이 알리고 싶구려. 뷔예는 인색한 사람이지만, 승리의 몫은 완전해야 하는 법이니. 그와 잔챙이들 모두에게 알리시오……. 잊고 있었네. 당신이 직접 후작을 찾아가시오. 그를 당신 오른쪽에 앉히겠소. 그는 우리 식탁에 아주 잘 어울릴 거요. 가르소네 시장이 연대장과 도지사를 대접하고 있다지요. 내가 이제는 아무것도 아니라는 것을 말하고 싶은 게지. 나는 그까짓 시장직은 우습구려. 시장직으로는 돈 한 푼 벌지 못하잖소! 그가 나를 초대했지만, 나도 내 손님이 있다고 말할 거요. 당신은 내일이면 쓴웃음을 짓는 그들을 보게 될 거요……. 진수성찬으로 차리시오. 프로방스 호텔에서 다 가져오구려. 시장의 저녁 만찬을 능가해야 하오."

펠리시테는 활동을 개시했다. 피에르는 황홀감 속에서도, 막연한 불안을 느끼고 있었다. 쿠데타는 자신의 빚을 갚아 줄 것이고, 아들 아리스티드는 자신의 실수를 한탄하고 있으며, 마침내 마카르도 치워 버렸다. 그럼에도 그는 둘째 아들 파스칼의 바보 같은 짓이 두려웠고, 특히 실베르가 맞게 될 운명에 대해 매우 불안했는데, 그를 불쌍히 여겨서 그런 것은 결코 아니었다. 그는 단지 헌병 문제가 중죄 재판소까지 가게 될까 봐 두려웠다. 아! 똑똑한 총알 하나가 그 꼬마 흉악범에게서 그를 벗어나게 해 줄 수 있었으면! 아침에 그의 아내가 지적한 대로, 모든 장애물이 그 앞에서 사라졌다. 그의 체면을 떨어뜨렸던 가족은,

그의 출세에 간신히 도움이 되었다. 그의 아들, 돈이란 돈은 죄다 거덜 내는 녀석들인, 으젠과 아리스티드는, 그가 그들을 중학교에 보내느라 들인 돈을 너무나 쓰라리게 후회했었지만, 마침내 그들 교육에 들어간 원금에서 이익을 챙길 수 있게 해 주었다. 하지만 그 보잘것없는 실베르를 생각하니, 그의 승리의 시간을 망칠 것 같았다!

펠리시테가 저녁 만찬을 준비하느라 분주한 동안, 피에르는 부대의 도착을 알았고, 가서 정보를 알아보기로 마음먹었다. 돌아온 시카르도에게 물어보았지만, 그는 아무것도 알지 못했다. 파스칼은 부상자들을 치료하기 위해 남았음이 분명했다. 실베르에 관해서는, 사령관이 그를 잘 몰라서인지, 그의 눈에 띈 적이 없었다. 루공은, 그 참에, 얼마 전에 어렵게 만든 8백 프랑을 마카르에게 줄 생각으로, 도성 밖으로 갔다. 그러나 그가 야영지의 무리 속으로 들어갔을 때, 생미트르 공터의 들보들 위에 길게 줄지어 앉아 있는, 소총을 든 군인들이 감시하고 있는 포로들을 보았을 때, 그는 괜히 말려들까 봐 두려워, 그의 어머니 집으로 어물쩍 내뺐고, 노파를 보내 정보를 알아낼 셈이었다.

그가 누옥으로 들어갔을 때는, 거의 밤이 다 되었다. 그가 제일 먼저 본 사람은, 담배를 피우며 술을 마시고 있는 마카르였다.

"형이야? 다행이네." 그에게 친밀하게 말을 놓기 시작한 앙투안이 중얼거렸다. "여기 있으려니 아주 지루하네. 돈 가져왔어?"

그러나 피에르는 대답하지 않았다. 그는 방금 침대 위로 몸을 구부린 그의 아들 파스칼을 발견했다. 그가 아들에게 급히 물었다. 의사는, 아버지의 불안한 모습에 놀랐지만, 자식에 대한 아버지의 정 때문이라고 생각해, 군인들한테 잡혔지만, 그가 전혀 알지 못하는 한 선량한 사람이 말해 주지 않았다면 총살당했을 거라고, 차분히 대답했다. 의사라는 신분 덕에 목숨을 구한 그는 군대와 함께 돌아왔다. 루공으로서는 크게 안도할 일이었다. 그를 위태롭게 하지 않을 녀석이 하나 또 생긴 것이다. 그가 계속 악수하면서 기쁨을 드러냈지만, 파스칼이 슬픈 목소리로 말하면서 막았다.

"그렇게 기뻐하지 마세요. 방금 우리 불쌍한 할머니가 위독한 상태임을 알게 되었답니다. 할머니에게 소총을 갖다 드렸는데, 지금 할머니가 가지고 있어요. 그런데 할머니가, 저기 저렇게, 더는 움직이지 않으세요."

피에르의 눈이 어둠에 익숙해졌다. 그러자 희미해져 가는 마지막 빛 속에서, 디드 아줌마가, 뻣뻣하게, 죽은 듯이, 침대 위에 누워 있는 모습이 보였다. 태어날 때부터 신경증으로 망가져 가던 가련한 몸은, 극도의 발작으로 무너져 버렸다. 신경이 피를 다 갉아먹어 버린 것 같았다. 뒤늦은 정절 속에서 소진되고, 자신을 갉아먹는, 뜨거운 육체의 은밀한 작용은 끝을 보이면서, 가련한 여인을 전기 충격 같은 발작만이 다시 움직이게 하는 시체로 만들었다. 지금은, 끔찍한 고통이 느리게 해체되어 가던 그녀의 생명을 앞당긴 것 같았다. 수도원 같은 어둠과 금욕의 삶으로 인해 무력해진 여자, 수녀처럼 창백한 얼굴은 붉은 반점들로 얼룩덜룩했다. 경련을 일으킨 얼굴, 무섭게 치뜬 두 눈, 뒤틀리고 꼬인 두 손. 그녀는 자신의 치마 속에 널브러져 있었고, 치마 위로 그녀의 앙상한 사지가 뚜렷하게 드러났다. 그녀는 입술을 꽉 다문 채, 죽음의 처절한 고통을 보여 주며, 어두컴컴한 방에 공포를 불러일으켰다.

루공은 언짢은 듯한 몸짓을 했다. 그런 비통한 광경은 그에게 매우 불쾌했다. 저녁 만찬에 손님을 맞이해야 하는데, 그가 슬퍼 보이면 유감스럽지 않겠는가. 어머니란 존재는 그를 궁지로 몰아넣는 일밖에 몰랐다. 그녀는 다른 날을 택할 수도 있었다. 그래서 그는 매우 진정된 태도를 보이며, 말했다.

"글쎄! 별일 아닐 거야. 어머니가 저러는 걸 수도 없이 봤지. 쉬게 해야 해. 그게 유일한 약이라고."

파스칼은 고개를 저었다.

"아뇨, 이번 발작은 여느 때와 달라요." 그가 중얼거렸다. "나는 할머니를 종종 살펴보았어요. 저런 징후는 한 번도 본 적이 없습니다. 눈을 보세요. 뭔가 특이한 변화가 보여요. 매우 불안해하는 빛이 희미하게 나타나요. 그리고 얼굴이오! 근육이 죄다 너무나 심하게 비틀려 있어요!"

그리고 더욱 몸을 구부려, 더 가까이서 할머니의 모습들을 살펴보면서, 그는 낮은 목소리로 혼잣말하듯이 이어 말했다.

"살해된 사람들, 공포 속에서 죽어 간 사람들에게서만 이런 얼굴들이 보였어요……. 할머니가 어떤 엄청난 충격을 받은 게 분명해요."

"그런데 발작이 어떻게 왔니?" 그 방을 벗어날 방법이 도무지 없어, 초조해진 루공이 물었다.

하지만 파스칼도 알지 못했다. 마카르는 다시 작은 잔을 채우면서, 코냑을 조금 마시고 싶어, 한 병 사 오라고 그녀를 보냈다는 이야기를 했다. 그녀는 아주 잠깐 밖에 나가 있었다. 그리고 들어오자, 한마디 말도 없이, 경직되어 바닥에 쓰러졌다. 마카르가 그녀를 침대로 옮겨 놓아야 했다.

"내가 놀란 것은……." 그가 결론 삼아 말했다. "그녀가 병을 깨뜨리지 않았다는 거야."

젊은 의사는 생각에 잠겼다. 잠시 침묵한 후에 그가 말했다.

"여기 오는 중에 두 번의 총성을 들었어요. 아마도 그 파렴치한 놈들이, 포로들을 총살한 것 같아요. 그때 군인들 대열을 지나갔다면, 피를 보아서 이렇게 발작할 수 있어요……. 할머니가 끔찍한 고통을 받은 게 분명합니다."

다행히도 그는 저항군이 출발할 때부터 가지고 다녔던 작은 구급상자가 있었다. 그는 디드 아줌마의 꽉 다문 이 사이로 불그스레한 액체 몇 방울을 흘려 넣었다. 그러는 동안 마카르가 다시 그의 형에게 물었다.

"돈은 가져왔어?"

"그래, 가져왔소. 우리 일을 마무리해야지." 다른 이야기로 화제가 바뀌자 기분이 좋아진 루공이 대답했다.

그러나 막상 돈을 받은 마카르는 앓는 소리를 내기 시작했다. 그는 자신의 배반 결과를 너무 늦게 깨달았다. 미리 알았더라면, 두세 배 더 많은 돈을 요구했을 것이다. 그래서 그는 불평했다. 정말이지, 천 프랑은 충분하지 않았다. 자식들은 그를 버렸고, 그는 세상에 혼자 남았고, 어쩔 수 없이 프랑스를 떠나야 한다. 그는 자신의 추방에 대해 말하면서 하마터면 울기까지 할 뻔했다.

"자, 어서, 8백 프랑 안 받을 거요?" 속히 떠나고 싶어 루공이 재촉했다.

"아니, 돈을 두 배로 해야지. 형 부인이 나한테 속임수를 썼어. 그녀가 내게 원하던 것을 솔직하게 말했다면, 절대로 나는 그 정도의 하찮은 돈으로 그런 일에 말려들지 않았을 거라고."

루공이 금화 8백 프랑을 식탁 위에 늘어놓았다.

"맹세컨대 나는 더는 없소." 그가 말했다. "나중에 당신을 생각해 주겠소. 그러니 제발, 오늘 밤 바로 떠나시오."

마카르는 투덜거리고 한탄하면서, 식탁을 창문 앞으로 가져가, 저무는 석양의 어렴풋한 빛 속에서 금화를 세기 시작했다. 그의 손가락 끝을 기분 좋게 간질이는 금화들을 위에서 떨어뜨렸고, 금화의 쨍그랑 소리가 맑은 음악처럼 어둠 속에 가득 퍼졌다. 그가 잠시 멈추더니 말했다.

"나한테 한 자리 약속해 주었잖아, 기억하라고. 나는 프랑스로 돌아오고 싶어……. 내가 택할 멋진 고장에서, 전원 감시인 자리라면 나쁘진 않겠지."

"예, 예, 그렇게 합시다." 루공이 대답했다. "8백 프랑 맞소?"

마카르는 다시 세기 시작했다. 마지막 루이 금화가 쨍그랑 울릴 때, 갑자기 들려온 날카로운 웃음소리에 그들은 머리를 돌렸다. 디드 아줌마가 침대 앞에, 끌러진 옷차림, 풀어 헤친 백발, 군데군데 붉은 창백한 얼굴로 서 있었다. 파스칼이 그녀를 붙잡으려 했지만 소용없었다. 그녀는 엄청난 전율로 흔들리는 두 팔을 뻗고는, 머리를 흔들면서, 광란 속에서 말했다.

"피의 대가, 피의 대가!" 그녀가 여러 번 말했다. "나는 금화소리를 들었어……. 그를 팔아넘긴 것이 바로 저들이야, 저들이야. 아, 살인자들! 늑대 같은 놈들아."

그녀는 자신의 머리카락을 쓸어 넘기고, 생각을 모으려는 듯, 이마에 손을 갖다 댔다. 그리고 계속했다.

"난 오래전부터 이마에 총구멍이 난 그가 보였어. 내 머릿속에는, 총을 갖고 그를 노리는 사람들이 늘 있었어. 그들은 총을 쏠 거라는 신호를 나에게 보내곤 했어……. 끔찍해, 그들이 내 뼈를 산산조각 내고 내 두개골을 빼내 버리는 것 같았어. 오! 자비를, 자비를! 제발, 그는 그녀를 더는 만나지 않을 거야, 그는 그녀를 더는 사랑하지 않을 거야, 절대로, 절대로! 나는 그를 가두어 놓을 거야, 그가 그녀 뒤를 쫓아다니지 못하도록 할 거야. 제발, 자비를! 쏘지 마세요…… 내 잘못이 아닙니다. 아셨다면……."

그녀는, 어둠 속에서 보고 있는 어떤 애통한 광경 앞에서, 거의 무릎을 꿇다시피 하며, 울고, 애원하면서, 떨리는 가련한 두 손을 내밀었다. 그러더니 갑자기 일어섰다. 그녀의 두 눈이 다시 더 커졌다. 부들부들 떨리는 그녀의 목에서, 그녀에게만 보이는 어떤 광경에 미칠 것 같은 공포에 사로잡힌 듯, 끔찍한 비명이 터져 나왔다.

"오! 헌병!" 그녀가 말했다. 숨이 막히는 듯, 뒷걸음질 치며, 다시 침대로 와 넘어지더니 엄청나게 울리는 폭소를 오래도록 터뜨리며 뒹굴었다.

파스칼은 주의 깊게 발작을 지켜보았다. 두 형제는 크게 놀란 채, 두서없는 몇 마디만 알아듣고서, 방구석으로 피했다. 헌병이라는 말을 들었을 때, 루공은 알아차렸다. 국경에서 그녀의 연인이 살해된 이후, 디드 아줌마는 헌병들과 세관원들에 대한 깊은 증오를 키우고 있었고, 복수라는 같은 생각 속에서 그 둘을 혼동하고 있었다.

"그녀가 지금 우리에게 말하고 있는 것이 바로 그 밀렵꾼 이야기야." 그가 중얼거렸다.

파스칼이 조용히 하라는 신호를 주었다. 죽어 가는 여자가 고통스럽게 다시 일어났다. 그녀는 놀란 표정으로 주위를 바라보았다. 그녀는, 잠시 말없이, 낯선 곳에서 자신을 발견한 사람처럼, 물체들을 알아보려고 애썼다. 그리고 돌연 불안해하며 물었다.

"총은 어디 있지?"

의사가 그녀의 두 손에 소총을 쥐여 주었다. 그녀는 안도하듯 가볍게 기쁨의 소리를 지르더니, 오랫동안 총을 바라보았고, 낮은 목소리로, 맑게 울려 퍼지는 목소리로 말했다.

"그래, 이 총이야. 오! 나는 알아볼 수 있어……. 온통 피가 묻어 있구나. 지금 이 흔적들은 새로 생긴 것들이야. 그의 피 묻은 손이 개머리판에 피 묻은 선들을 남겼어……. 아 불쌍한, 불쌍한 디드 아줌마!" 그녀의 병든 머리는 다시 흐려졌다. 그녀는 생각에 잠겼다.

"그 헌병은 죽었는데." 그녀가 중얼거렸다. "내가 그를 봤어, 그가 돌아왔어……. 절대 죽지 않아, 그 몹쓸 놈들은!"

음울한 분노에 사로잡혀, 소총을 흔들면서, 그녀는 구석에 몰려 있는, 두려움으로 아무 말도 못 하는 두 아들을 향해 다가왔다. 그녀의 풀어진 치마가 땅에 끌리면서, 거의 벗겨지다시피 한, 노쇠로 인해 무섭게 야윈, 그녀의 비틀어진 몸이 똑바로 일어섰다.

"총을 쏜 것이 너희로구나!" 그녀가 소리쳤다. "나는 금화 소리를 들었어…… 불쌍한 여자! 나는 늑대들만 낳았구나, 한 가족 모두, 한배인 늑대들을……. 불쌍한 아이 하나밖에 없었지. 그들이 그 아이를 잡아먹었어. 모두가 물어뜯었어. 그들의 입술에는 아직도 피가 잔뜩 묻어 있군……. 아! 저주받은 것들! 그것들은 훔치고, 죽였지. 그리고 신사처럼 살아간다. 저주받은 것들! 저주받은 것들!"

그녀는 일제 사격의 요란한 총소리와 비슷한, 이상한 곡조로, 읊고, 웃고, 소리치며, 반복했다. "저주받은 것들!" 파스칼은 눈물을 글썽이며, 그녀를 안아 다시 눕혔다. 그녀는 아이처럼, 파스칼이 하는 대로 가만히 있었다. 그녀는 그 노래를 계속 불렀다. 박자를 빠르게 하면서, 자신의 야윈 손으로, 침대 시트를 두들기며 손장단을 맞추었다.

"내가 두려워했던 게 이거예요." 의사가 말했다. "그녀는 미쳤어요. 그녀처럼 극심한 신경 쇠약증이 예견되는 가련한 사람에게는 그 충격이 너무 견디기 어려웠지요. 그녀는 자기 아버지처럼 정신 병원에서 죽을 겁니다."

"그런데 그녀가 뭔가 보았나?" 숨어 있던 구석에서 나오기로 마음먹은 루공이 물었다.

"나도 무척 의심스럽습니다." 파스칼이 대답했다. "아버지가 들어오실 때, 실베르에 대해 말하려고 했지요. 그 아이가 잡혔어요. 아직 시간이 있다면, 도지사를 움직여, 그 아이를 구해야 합니다."

예전의 기름 장수가 얼굴이 창백해지면서 아들을 바라보았다. 그리고 빠른 목소리로 말을 이었다.

"애야, 할머니를 잘 보살펴라. 나는 오늘 밤 너무 바쁘구나. 할머니를 튈레트 정신 병원으로 보내는 문제는 내일 얘기하자. 마카르, 당신은 오늘 밤 바로 떠나야 하오. 나한테 그러기로 맹세하시오! 나는 드 블레리오 도지사를 만나러 가겠다."

그가 더듬거리며 말했다. 그는 밖으로, 거리의 한기 속으로 나가고 싶어 몸이 달았다. 파스칼은 미친 할머니를, 자신의 아버지를, 자신의 삼촌을 날카로운 시선으로 뚫어지게 바라보았다. 그는 그 어머니와 자식들을, 곤충의 변태를 관찰하는 자연주의자처럼 주의 깊게 살펴보았다. 그리고 한 그루터기에서 여러 가지로 뻗어 나가듯, 한 가족의 밀고 올라오는 힘을 생각했다. 그

취하게 만드는 수액은 햇빛과 그늘의 환경에 따라 다르게 비틀어진, 가장 멀리 있는 줄기에도 같은 배아를 실어 나른다. 그는 잠깐 반짝하는 섬광에서 얼핏 본 것처럼 금빛과 핏빛의 불길이 활활 타오르는 가운데 루공·마카르 일가의 미래를, 욕망을 실컷 채운 패거리의 미래를 본 듯했다.

그러나 실베르의 이름이 들리자, 디드 아줌마는 읊조리기를 멈췄다. 그녀는 잠시 불안스레 귀를 기울였다. 그러더니 무섭게 울부짖기 시작했다. 완전히 밤이 되었다. 방은 온통 깜깜해져 처연하게 구멍처럼 깊게 패었다. 이제는 보이지도 않는 광녀의 울부짖음이 마치 닫힌 무덤에서처럼 어둠에서 흘러나왔다. 루공은 정신없이 도망쳤고, 어둠 속에서 더욱 끔찍하게 들리는 흐느끼듯 낄낄거리는 소리가 그의 뒤를 쫓아왔다.

그가 도지사에게서 실베르의 사면을 끌어내는 것이 위험한 일은 아닌지 생각하며 생미트르 막다른 골목에서 머뭇거리며 나올 때, 들보들 주변에서 얼쩡거리는 아리스티드를 보았다. 아리스티드는, 아버지를 알아보자 불안한 표정으로 달려와 그의 귀에 대고 몇 마디 말했다. 피에르의 낯빛이 파랗게 질렸다. 그는 공터 구석을, 집시들이 피워 놓은 불의 붉은빛만 유일하게 보이는 어둠 속을 놀란 눈길로 쳐다보았다. 그리고 둘 다 마치 살인을 저지른 사람들처럼 눈을 피하고자 짧은 외투의 깃을 세우고 걸음을 재촉하며 로마로를 지나 사라졌다.

"갈 필요가 없게 되었군." 루공이 중얼거렸다. "가서 저녁 먹자. 우리를 기다리고 있단다."

그들이 도착하자, 노란 거실은 빛이 났다. 펠리시테는 다방면으로 활약했다. 시카르도, 그라누, 루디에, 뷔예, 기름 장수들, 아몬드 장수들, 모두 다 거기에 와 있었다. 후작만 류머티즘을 핑계로 댔다. 게다가 그는 잠깐 여행을 떠났다. 피로 얼룩진 그 부르주아들은 그의 과민함을 비웃었고, 그의 친척 드 발케라 백작이 그에게 남의 눈을 피하려면 자신의 코르비에르 영지에 얼마 동안 가 있으라고 했음이 분명했다. 드 카르나방 후작의 거절에 루공은 기분이 상했다. 그러나 펠리시테는 더 대단한 호사를 보여 주겠다는 생각으로 마음을 달랬다. 그녀는 후작을 대신하려는 듯, 큰 촛대 두 개를 빌렸고, 거기에다 두 종류의 애피타이저와 두 종류의 앙트르메를 주문했다. 식탁은 더욱더 성대한 축제를 위해 거실에 차려졌다. 프로방스 호텔이 은그릇과 도자기, 유리 제품을 제공했다. 초대 손님들이 도착하면서 즐겁게 감상할 수 있도록 다섯 시부터 식탁이 다 차려졌다. 하얀 식탁보 위 양쪽 끝에는 꽃들이 그려진 금도금한 도자기 병에 두 개의 조화 장미 다발이 놓였다.

거실의 단골손님들은 다시 모이자 그 광경을 보고 절로 찬탄을 터뜨렸다. 남자들은 당황한 듯 미소 지으며, 분명히 다음과 같은 말을 의미하는 엉큼한 시선을 주고받았다. '루공 부부가 미쳤군. 돈을 마구 낭비하고 있어.' 사실 펠리시테는 사람들을 초대하면서 말하고 싶은 것을 참을 수 없었다. 피에르가 훈장을 받게 되고, 곧 어떤 직에 임명될 것임을 모두 알게 되었다. 그래서 그들이 노파의 표현을 따르자면, 유난히 시무룩한 표정을 짓고 있었다. 루디에가 말했다. "저 쪼끄만 검둥이 여자가 너무 우쭐대는구먼."

보상을 받는 날, 죽어 가는 공화국에 달려들었던 부르주아 무리는, 서로서로 감시하면서, 저마다 옆 사람보다 더 떠들썩하게 물어뜯는 것을 한껏 뽐내면서도, 그들을 초대한 주인들이 전투의 월계관을 모두 차지하는 것은 옳지 않다고 생각했다. 기질적으로 잘 짖어 댔던 이들도, 태동하는 제국에 아무것도 요구하지 않으면서도, 그들 덕분에, 모든 사람 중에서 제일 가난하고, 제일 못난 이가 단춧구멍에 붉은 리본을 달게 될 것을 떠올리자, 극도로 마음이 상했다. 거실에 모인 모두가 훈장을 받을 수만 있다면 좋으련만!

"내가 훈장에 집착하는 것은 아니오." 루디에가 그라누를 창가로 끌고 가서 말했다. "내가 루이 필립 시대에, 궁정에서 납품일을 했을 때, 그런 것은 거부했다오. 아! 루이 필립은 훌륭한 왕이었고, 프랑스는 결코 그런 왕을 만나지 못할 거요!"

루디에는 다시 오를레앙파가 되었다. 그리고 그는 생토노레로(路)의 예전 양품류 판매상답게 교활하게 아첨하면서 덧붙였다.

"그런데, 친애하는 그라누, 훈장 리본이 당신의 단춧구멍에 잘 어울리지 않을 거로 생각하시오? 어쨌거나 당신도 루공만큼 도시를 구했잖소. 어제, 매우 기품 있는 분들 집에서, 당신이 망치로 그렇게나 소리 낼 수 있었다는 것을 절대로 믿으려 하지 않았다오."

그라누가 난생처음 사랑의 고백을 받는 아가씨처럼 얼굴을 붉히며, 감사의 말을 우물거렸고, 루디에의 귀에 대고 낮은 소리로 말했다

"거기에 대해선 아무 말도 마시오. 그래도 루공이 나를 위해 훈장을 요청할 거로 생각하는 것은 당연하지요. 그 사람은 좋은 사람이오."

예전 양품류 판매상은 근엄해졌고 그때부터 아주 공손한 태도를 보였다. 뷔예도 그들의 친구가 방금 받았던, 당연히 받을 만한 보상에 대해 그와 함께 이야기를 나누려고 와서는, 조금 떨어져 앉아 있는 펠리시테가 들을 정도로 아주 크게, 루공 같은 사람들이 "레지옹 도뇌르를 영광스럽게 한다"고 호응했다. 책 장수도 덩달아 찬성했다. 아침에, 그에게 중학교의 고객층이 주어진다는 것에 대한 공식적인 보장이 있었다. 시카르도로 말할 것 같으면, 처음에는 그 무리에서 그가 이제는 유일하게 훈장 받은 남자가 아니라는 것에 약간 우울했다. 그에 따르면, 훈장을 받을 자격이 있는 사람들은 군인들밖에 없었다. 피에르의 용기에 그는 깜짝 놀랐었다. 그러나 본래 호인인 그는 활기를 띠었고, 나폴레옹 가문이 관대하고 기개 넘치는 사람을 알아볼 줄 안다고 외치기까지 했다.

그렇게 루공과 아리스티드는 열광적으로 환대받았다. 모두 그들을 향해 손을 내밀었다. 사람들은 그들의 뺨에 입을 맞추기까지 했다. 앙젤은 소파에, 시어머니 옆에 앉아, 한 번에 그렇게 많은 요리를 본 적이 없었던 대식가답게 놀라워하며, 행복한 표

정으로 식탁을 바라보고 있었다. 아리스티드가 다가왔고, 시카르도는 『랑데팡당』에 실린 멋진 사위의 글에 대해 치하하려고 왔다. 그는 그에게 호의를 표했다. 젊은이는 그가 다가와 장인으로서 묻자, 자신이 원하는 것은 조촐한 자기 가족과 함께 파리로 떠나는 것이라고 대답했다. 그런데 그에게는 5백 프랑이 부족했다. 시카르도는 벌써부터 자기 딸이 나폴레옹 3세로부터 튈르리궁에 초대되는 것을 그려 보면서, 그 돈을 주겠다고 약속했다.

그렇지만 펠리시테가 자신의 남편에게 뭔가 신호를 보냈다. 사람들에게 둘러싸여, 그의 창백한 얼굴에 대해 다정스레 질문을 받고 있던 피에르는 잠시 빠져나올 수 있었다. 그는 아내의 귀에 대고 파스칼을 만났으며, 마카르가 밤에 떠난다고 작은 소리로 말했다. 그는 목소리를 더욱 낮추어 어머니의 광증을 알려 주면서, "입도 뻥긋하지 마시오, 오늘 밤 파티를 망칠 수 있을 테니"라고 말하려는 듯, 입에다 손가락을 댔다. 펠리시테는 입술을 꼭 다물었다. 그들은 시선을 교환했고 서로의 공통된 생각을 읽었다. 이제 그 노파는 그들을 더는 방해하지 않을 것이다. 푸크가의 소유지 벽들을 밀어 버렸듯이, 밀렵꾼의 오두막을 밀어 버릴 수 있을 것이다. 그들 부부는 영원히 플라상의 존경과 경의를 받게 되리라.

그런데 초대 손님들은 식탁을 바라보고 있었다. 펠리시테는 그 남자들을 앉게 했다. 그것은 황홀경이었다. 각자 자신들의 숟가락을 집어 들자, 시카르도가 몸짓으로 잠시 멈추기를 청했다. 그가 일어나더니 진중하게 말했다.

"여러분, 우리 모임을 대표하여, 우리를 초대하신 주인에게, 그의 용기와 애국심에 걸맞은 보상에 대해 우리가 얼마나 기뻐하는지 말하고자 합니다. 그 거지들이 대로에서 우리를 끌고 가는 동안, 나는 루공이 플라상에 머물면서 하늘의 계시를 받았다는 것을 인정합니다. 그래서 나는 정부의 결정에 쌍수를 들고 치하합니다. 내가 끝마치도록 해 주십시오……. 여러분은 그 다음에 우리 친구를 축하해 주십시오. 레지옹 도뇌르 훈장의 기사로 서품된 우리의 친구는, 또한 시 징세관으로 임명될 것입니다."

놀라움에 찬 외침이 들렸다. 사람들은 작은 자리를 예상했다. 몇몇 사람들은 부자연스러운 미소를 띠었다. 그러나 눈앞에 보이는 식탁이 도움이 되었고, 축하의 말들이 더욱 격하게 다시 시작되었다.

시카르도는 다시 조용히 해 달라고 부탁했다.

"좀 기다려 주십시오." 그가 말했다. "아직 끝나지 않았습니다, 딱 한 마디만……. 페로트 씨의 죽음으로, 우리 동료는 우리 사이에 남게 될 것 같습니다."

손님들이 탄성을 발하는 동안, 펠리시테는 순간 심장에 통증을 느꼈다. 시카르도가 이미 그녀에게 시 징세관의 죽음을 말해 주어서 알고 있었다. 그럼에도, 승리의 저녁 파티가 시작될 바로 그때 소환된, 갑작스럽고 소름 끼치는 페로트 씨의 죽음은 그녀의 얼굴 위로 차가운 바람이 살짝 불어오게 했다. 그녀는 자신의 소원을 떠올렸다. 그 남자를 죽인 것은 바로 그녀였다. 은그릇들이 부딪치는 청량한 음악과 함께, 손님들은 식사를 찬양했다. 남부에서는 많이 먹고 떠들썩하게 먹는다. 블르베*가 나올 때부터, 그 남자들은 모두 동시에 말했다. 그들은 이제는 두려워할 필요가 없는 패배자들을 마구잡이로 걷어찼고, 앞장서서 서로에게 감언이설을 퍼부었으며, 후작의 부재에 대해서도 무례한 평을 가했다. 귀족들은 까다로운 거래인들이다. 루디에는 결국, 후작이 양해를 구한 것은, 반란군이 무서워서 황달에 걸렸기 때문이라고, 넌지시 말하기까지 했다. 두 번째 음식이 나오자, 사냥한 먹이를 쟁탈하기 위해 달려드는 것 같았다. 기름 장수들, 아몬드 장수들이 프랑스를 구했다. 사람들은 루공 부부의 영광을 위해 건배했다. 그라누는 시뻘건 얼굴로, 더듬거리며 말하기 시작했고, 매우 창백해진 뷔예는 완전히 취했다. 그러나 시카르도는 계속 마시고 있었다. 반면 앙젤은 너무 많이 먹어서, 설탕물을 마셨다. 생명을 구한 데다, 더는 떨지 않고, 노란 거실로 다시 돌아와, 멋진 식탁을 앞에 두고, 처음으로 검은 파리똥으로 얼룩진 덮개가 없는, 두 개의 큰 촛대와 샹들리에의 밝은 불빛 아래 있다는 데서 오는 기쁨은, 그 남자들을 우둔해 보일 정도로 행복하게 했고, 자유롭고 걸쭉한 즐거움의 절정을 누리게 했다. 뜨거운 공기 속에서, 요리가 나올 때마다, 그들의 찬양하는 목소리가 다 같이 울렸고, 쏟아지는 찬사들 속에, 서로를 껴안으면서, 저녁 만찬은 "진정한 루쿨루스의 연회이다"라는 말까지 나왔다. 그 멋진 말을 찾아낸 것은 은퇴한 피혁 제조업자였다.

피에르는 환하게 빛났고, 살찐 그의 창백한 얼굴에서는 승리자의 환희가 뿜어져 나왔다. 그런 분위기에 벌써 익숙해진 펠리시테는 신시가지에 작은 집을 살 수 있을 때까지, 그들은 당연히 그 불쌍한 페로트 씨의 집에 세 들 것이라고 말했다. 그녀는 이미 징세관의 방마다 앞으로 사용할 가구류를 배치해 놓고 있었다. 그녀는 자신만의 튈르리궁을 갖게 된 것이었다. 갑자기, 목소리들이 귀가 먹먹할 정도로 시끄러워지자, 그녀는 돌연 어떤 기억을 떠올렸다. 그녀는 일어났고, 아리스티드에게 가서 그의 귀에 몸을 숙였다.

"그런데 실베르는?" 그녀가 그에게 물었다.

젊은 남자는 그 질문에 놀라서, 몸을 떨었다.

"그 아이는 죽었어요." 그가 낮은 목소리로 대답했다. "내가 거기 있었어요. 그 헌병이 총을 쏘아서 그 애 머리를 박살 냈을 때."

이번에는 펠리시테가 가볍게 몸을 떨었다. 그녀는 아들에게, 아이가 살해당하는 것을 왜 막지 않았는지 물으려고 입을 열었다. 그러나 그녀는 아무 말도 하지 않았다. 그녀는 당혹스러워하면서, 거기에 그대로 있었다. 아리스티드는 떨리는 그녀의 입술에서 그녀의 질문을 알아차렸고, 낮은 소리로 속삭였다.

"어머니도 알다시피, 나는 아무 말도 하지 않았어요…… 그 애한테는 안된 일이지만! 내가 잘한 거예요, 시원하게 됐어요."

그런 노골적인 솔직함에 펠리시테의 마음은 불편해졌다. 아리스티드는 그의 아버지처럼, 그의 어머니처럼, 그만의 시체를 갖게 된 것이었다. 그가 프로방스 호텔의 포도주와 파리 진출에 대한 꿈을 키우고 있지 않았다면, 평소의 의뭉스러움을 잊어버리고, 도성 밖을 이리저리 기웃거리다가, 자기 사촌의 머리가 박살 나도록 놔두었다는 것을 그런 식으로 고백하지 않았으리라는 것은 분명했다. 그 말을 내뱉은 후, 그는 자기 의자에서 몸을 좌우로 흔들거렸다. 피에르는, 아내와 아들의 대화를 멀리서 지켜보며 알아차렸고, 침묵을 간청하는 공범의 시선을 서로 교환했다. 그것은 식탁의 화려함과 뜨거운 즐거움 속에서, 루공 부부가 서로에게 내쉰 마지막 공포의 숨결이었다. 자기 자리로 다시 돌아오면서 펠리시테는, 길 건너편, 창유리 뒤에 켜진 양초를 보았다. 아침에 생트루르에서 운반해 온 페로트 씨의 시신 곁에서 사람들이 밤새하고 있었다. 그녀는 자리에 앉으며 그녀 뒤에서, 그 양초가 그녀의 등을 뜨겁게 달구는 것을 느꼈다. 그러나 디저트가 나타나자, 웃음소리가 드높아졌고, 노란 거실은 황홀경의 외침으로 가득 찼다.

그 시간에 도성 밖은, 방금 생미트르 공터를 피로 물들인 참극에 아직도 모두 떨고 있었다. 노르 평원에서의 학살을 끝내고 돌아온 군대는 잔혹한 학살로 눈길을 끌었다. 어떤 남자들은 담벼락 뒤에서 개머리판으로 살해되었고, 또 어떤 이들은 계곡에서 헌병의 총격으로 머리가 박살 났다. 공포를 주어 입을 다물도록, 군인들은 도로 위 곳곳에 시체들을 놔두었다. 사람들은 그들이 남긴 피의 흔적을 따라 그들을 따라갔다. 그것은 긴 시간 동안의 참수였다. 숙영지마다 몇몇 저항군이 살육되었다. 생트루르에서는 두 명, 오르셰르에서는 셋, 르베아주에서는 하나를 죽였다. 군대가 플라상에, 니스로에 야영할 때, 포로 중에서 반란에 가장 깊이 연루된 한 명을 또 총살하기로 결정되었다. 승리자들은, 태동하는 제국에 대한 존경심을 도시에 불러일으키려면, 그들 뒤에 새로운 시체를 남기는 것이 좋다고 판단했다. 야전 침대처럼, 작업대의 들보 위로 던져진 포로들은 두 명씩 손이 묶인 채, 경악 속에서 지치고 포기한 상태로 귀를 기울이며 기다리고 있었다.

그때 호기심으로 모여든 군중 속을 헤치고 헌병 랑가드가 갑자기 나타났다. 군대가 수백 명의 반도를 데리고 돌아온다는 소식을 듣고, 그는 열에 덜덜 떨면서도, 12월 밤의 추위 속에서 생명이 위태로울 수 있는데도 일어났다. 밖에서 그의 상처는 다시 벌어졌고, 그의 텅 빈 눈구멍을 감추고 있던 붕대는 피로 얼룩졌다. 그의 뺨과 수염 위로 붉은 피가 가늘게 계속 흘러내렸다. 그는 말 없는 분노와 함께, 소름 끼치도록 무서운, 피로 붉게 물든 헝겊에 싸인, 창백한 얼굴로, 포로마다 얼굴을 살피며 오랫동안 이리저리 뛰어다녔다. 그는 그렇게 들보들이 있는 곳까지 쫓아왔고, 몸을 구부리며, 이리저리 오가면서, 자신의 갑작스러운 출현으로 가장 의연한 사람들도 떨게 만들었다. 그리고 갑자기, 그가 외쳤다.

"아! 저 반도 녀석, 잡았다!"

그는 실베르의 어깨를 잡았다. 실베르는 들보 위에 웅크린 채, 죽은 듯한 얼굴로 저 멀리 자기 앞을, 어슴푸레한 석양 속에서 온화하고 바보 같은 태도로 바라보고 있었다. 생트루르를 떠난 이후부터, 그는 그렇게 초점 없는 눈이었다. 도로를 따라, 긴 긴 거리를 가는 동안, 군인들이 개머리판으로 내려치면서 대열의 걸음을 독촉할 때, 그는 아이처럼 온순한 모습을 보였다. 먼지로 뒤덮이고, 목마르고 피곤해서 죽을 정도였지만 그는 목동들의 채찍질 아래 떼 지어 가는 유순한 짐승처럼 말 한마디 없이 계속 걸었다. 그는 미에트를 생각했다. 그는 깃발에 싸여 누워 있는 그녀를, 나무 아래에서 허공을 바라보고 있는 그녀를 보고 있었다. 3일째, 그는 그녀밖에 보이지 않았다. 지금도, 점점 짙어 가는 어둠 속에서도, 여전히 그녀가 보였다.

랑가드가, 군인 중에서 처형에 필요한 사람들을 찾지 못하고 있던 장교를 향해 몸을 돌렸다.

"이 몹쓸 놈이 내 눈을 찔렀소." 그가 실베르를 가리키며 장교에게 말했다. "나한테 저놈을 맡기시오……. 당신에게도 잘된 일이 될 것이오."

장교는 대답 없이 애매한 몸짓을 하면서 무심하게 자리를 떴다. 헌병은 그가 자신에게 그 녀석을 넘겼다는 것을 알았다.

"자, 일어나!" 그가 실베르를 흔들며 말했다.

실베르는 다른 포로들처럼 같이 묶여 있는 사람이 있었다. 그와 푸졸에 사는 농부가 팔 하나로 같이 묶여 있었는데, 무르그라는 이름의 50세 정도 된 남자로, 땡볕 아래에서 땅을 일구는 힘든 일 때문에 바보가 다 돼 버린 남자였다. 벌써 허리가 굽고,

뻣뻣해진 두 손, 납작한 얼굴에, 채찍질 당한 짐승들의 고집스럽고 경계하는 표정과 함께, 그는 얼이 빠진 채 두 눈을 끔벅거렸다. 그는 무기라고는 쇠스랑 하나 들고 떠났는데, 마을 사람 모두가 떠났기 때문이었다. 그러나 어쩌다 그가 큰길로 나서게 되었는지 그는 도무지 설명할 수 없었을 것이다. 하물며 포로가 되어서도, 그는 더욱더 이해하지 못했다. 그는 막연히 자신의 집으로 데려가는 것으로 생각했다. 자신이 묶여 있는 것에 놀란 데다, 그를 바라보는 모든 사람의 시선이 그를 어리둥절하게 했고, 그를 더욱더 바보로 만들었다. 그는 사투리만 알아듣고 말하기 때문에, 헌병이 무엇을 원하는지도 짐작할 수 없었다. 그는 애를 쓰면서, 자신의 뚱뚱한 얼굴을 헌병을 향해 들었다. 그리고 자기 고장의 이름을 묻는다고 생각하여, 쉰 목소리로 말했다.

"나는 푸졸 사람이오."

군중 속에서 폭소가 터져 나왔고, 사람들이 외쳤다.

"그 농부의 포승을 풀어 주시오."

"턱도 없지!" 랑가드가 대답했다. "이런 벌레는 짓밟아 죽일수록, 훨씬 나을 거요. 그들이 함께 있으니, 둘 다 죽을 거요."

사람들이 웅얼거리는 소리가 들렸다.

헌병이 피로 얼룩진 무시무시한 얼굴로 돌아보자, 구경꾼들이 물러섰다. 말쑥한 차림의 한 소시민이, 더 있다가는 저녁을 먹지 못할 것 같다고 말하면서 자리를 떴다. 실베르를 알아본 아이들이 붉은 소녀에 대해 말했다. 그러자 그 소시민이 깃발을 든 여자, 『라 가제트』가 언급했던 그 매춘부의 애인을 보려고 되돌아왔다.

실베르에게는 아무것도 보이지도, 들리지도 않았다. 랑가드가 그의 목덜미를 잡았다. 그러자 그가 일어섰고, 무르그도 뒤따라 일어서야 했다.

“이리 와.” 헌병이 말했다. “오래 걸리지 않아.”

그제야 실베르는 애꾸눈을 알아보았다. 그는 미소 지었다. 그는 이해했음이 분명했다. 그리고 그는 머리를 돌렸다. 애꾸눈, 굳은 피가 음산한 서리처럼 뻣뻣하게 달라붙은 턱수염을 보자, 그는 엄청난 후회가 밀려왔다. 그는 무한한 감미로움 속에서 죽고 싶었는데. 그는 허연 헝겊 아래 빛나고 있는 랑가드의 하나뿐인 눈과 마주치는 것을 피했다. 생미트르 공터 끝으로, 판자 더미들 때문에 보이지 않는 좁은 오솔길로 자진해서 들어선 것은 바로 그 젊은이였다. 무르그가 뒤따랐다.

공터는 황색 하늘 아래 쓸쓸히 펼쳐져 있었다. 구릿빛 구름이 여기저기 혼탁한 그림자를 드리웠다. 아무것도 없는 공터, 추위로 굳어 버린 듯한, 들보들이 잠들어 있는 작업대가, 너무나 느린, 너무나 비탄스러운 석양 아래 그렇게까지 우수 어린 적이 없었다. 도로 옆, 포로들, 군인들, 군중들은 어두워진 나무들 속에서 점점 보이지 않았다. 오로지 지면(地面), 두꺼운 널빤지들, 판자 더미들만 점점 사라져 가는 빛 속에서, 진흙 같은 색깔로, 말라 버린 시내처럼 희미하게 보였다. 한쪽 구석에서 얇은 구조물의 측면이 보이는, 세로톱의 사각대는 T자형 지주(支柱), 기요틴의 기둥 같은 모양을 띠었다. 그곳에서 살아 있는 사람이라고는, 마차 문에서 놀란 얼굴을 드러낸 세 명의 집시, 노인 한 명과 노파 한 명 그리고 숱 많은 곱슬머리에 늑대의 눈처럼 반짝이는 눈을 가진 아가씨뿐이었다.

오솔길로 들어가기 전, 실베르는 바라보았다. 그는 아득히 먼 어떤 일요일을, 아름다운 휘황한 달빛 아래 작업대를 가로질렀던 그날을 떠올렸다. 얼마나 감동적이고 감미로웠던가! 희미한 빛들이 두꺼운 널빤지들을 따라 느리게 흐르고 있었지! 차가운 하늘 아래 모든 것이 지독히도 고요했었다. 그런 고요 속에서, 곱슬머리 집시 여자가 낯선 말로 나지막이 노래를 불렀지. 실베르는 아주 오래전이라고 느꼈던 그 일요일이 일주일 전이었다는 것을 기억했다. 그가 미에트에게 작별을 고하러 온 것이 바로 일주일 전이었다. 시간이 한참 지난 것 같았는데! 그는 몇 년째 그 작업장에 오지 않았던 것처럼 느껴졌다. 그러나 그가 좁은 오솔길로 들어섰을 때, 그의 심장이 멈추는 것 같았다. 그는 풀 냄새를, 나무판자들의 그림자들을, 커다란 벽들에 난 구멍들을 알아보았다. 그 모든 것에서 슬픔에 젖은 목소리가 울려왔다. 아무도 없는, 서글픈 오솔길이 길게 뻗어 있었다. 그 길은 그에게 더 길어 보였다. 그는 거기서 찬 바람이 불어오는 것을 느꼈다. 그 구석은 무참히도 낡아 보였다. 그는 이끼로 덮인 벽을, 강추위로 초토화된 융단 같은 풀밭을, 물 때문에 썩어 버린 판자 더미들을 보았다. 그것은 유린당한 모습이었다. 노란빛 석양이 고운 진흙처럼 그의 소중한 사랑의 폐허 위에 내려앉고 있었다. 그는 두 눈을 감았다. 다시 푸른 오솔길이 보였고, 행복한 계절들이 펼쳐졌다. 따뜻한 날이었고, 그는 따뜻한 대기 속을 미에트와 달렸다. 그다음, 12월의 비가 거세게, 끝없이 내렸다. 그들은 언제나 그곳에 와서, 판자 속에 숨어, 폭우가 쏟아지는 소리를, 넋을 잃은 채 듣곤 했다. 섬광처럼 스쳐 지나간 것은, 그의 온 생애, 그의 모든 기쁨이었다. 미에트는 벽을 뛰어넘었고, 깔깔 웃느라 몸을 흔들며, 그에게로 달려왔다. 소녀가 거기에 있었고, 그에게 어둠 속에서도 하얗게 빛나는 그녀가, 발랄한 투구 같은, 새까만 머리의 그녀가 보였다. 그녀는 까치집에 대해, 새집에서 끄집어내는 것은 매우 어렵다고 말하면서, 그를 데리고 갔다. 그때, 그는 멀리서 비요른강의 부드러운 속살거림을, 때늦은 매미들의 노랫소리를, 생트클레르 초원의 포플러 숲에서 부는 바람 소리를 들었다. 아무튼, 그들은 얼마나 많이 달렸던가! 그는 명확하게 기억했다. 그녀는 2주 만에 수영을 배웠다. 정말로 씩씩한 아이였다. 그녀에겐 딱 하나 큰 결점이 있었다. 훔치는 것이었다. 그러나 그는 그녀를 바로잡을 수 있었을 것이다. 그들이 처음 나눈 애무가 생각나자, 좁은 오솔길이 떠올랐다. 그들은 언제나 그 구석으로 돌아오곤 했었다. 그는 점점 멀어져 가는 집시 여자의 노랫소리를, 마지막 덧문이 닫히는 소리를, 시간을 알리는 괘종시계의 장중한 소리를 들었다고 생각했다. 그러면 이별의 순간이 울린 것이고, 미에트는 다시 그녀의 벽 위로 올라갔다. 그녀는 그에게 입맞춤을 보냈다. 이제 그녀는 보이지 않았다. 견디기 힘든 감정에 그의 숨이 막혔다. 그는 영원히, 그녀를 결코 다시 보지 못할 것이다.

"너 좋을 대로." 애꾸눈이 비웃었다. "자, 네 장소를 골라."

실베르는 다시 몇 발짝을 걸었다. 그는 오솔길 끝으로 다가갔지만, 녹슨 빛으로 저물어 가는 한 뼘 하늘 외에는 아무것도 보이지 않았다. 그곳은, 2년 동안, 그의 삶을 지탱해 주었다. 아주 오래전부터 자신의 마음을 어루만져 주었던 그 오솔길에서, 죽음을 향해 천천히 다가가니, 말할 수 없이 감미로웠다. 그는 걸음을 늦추었고, 사랑했던 그 모든 것에, 풀들, 나뭇조각들, 낡은 벽의 돌들, 미에트가 생명력을 부여했던 그 모든 것들에 찬찬히 작별 인사를 하며 행복해했다. 그의 생각은 다시 방황했다. 그들은 결혼할 나이가 되기를 기다렸다. 디드 아줌마는 그들과 함께 살았을 것이다. 아! 그들이 멀리, 아주 멀리, 도성 밖 악동들이 샹트그레유 딸에게 그녀 아버지의 죄를 물어 모욕하지 않는, 낯선 마을 깊숙이 도망쳤더라면! 얼마나 행복한 평화를 누렸을까! 그는 대로변에 작은 공장을 차리고 수레를 만들었을 것이다. 그가 장인으로서의 포부를 가볍게 여긴 것은 분명했다. 그는 이제는 사륜마차를, 거울처럼 빛나는, 니스를 칠한 외판을 가진 사륜마차를 부러워하지 않았다. 자신의 절망적인 상황에 망연자실하면서, 그는 행복을 좇았던 그의 꿈이 왜 결코 이루어지지 못했는지 알 수 없었다. 미에트와 디드 아줌마와 함께, 왜 떠나지 않았을까? 기억을 더듬자, 그는 총격의 날카로운 소리를 들었고, 자기 앞에 떨어지는 깃발을, 깨어진 자루, 총격에 쓰러진 새의 날개처럼 늘어져 있는 천을 보았다. 붉은 깃발 자락에 싸여, 미에트와 함께 잠든 것은 바로 공화국이었다. 아! 이럴 수가, 그 둘이 모두 죽었다니! 둘 다 뻥 뚫린 가슴에서 피를 흘렸고, 지금 그의 삶을 가로막아 선 것은 바로 그가 사랑한 그 둘의 시신이었다. 그에게는 아무것도 남은 것이 없었으므로, 미련 없이 죽을 수 있었다. 생트루르에서부터 내내, 어린아이처럼 순하고, 무기력하고 바보같이 보였던 것은 바로 그 때문이었다. 그가 느낄 새도 없이 누군가 그를 쓰러뜨릴 수 있었을 것이다. 그의 혼은 이제 그의 육신을 떠났고, 그가 가장 사랑했던 두 주검 옆에 무릎 꿇은 채, 나무 아래, 화약의 매운 연기 속에 그대로 남아 있었다.

그런데 애꾸눈이 조급증을 냈다. 그는 질질 끌려가는 무르그를 밀었고, 닦아세웠다.

"자 자, 나는 여기서 쓰러뜨리고 싶지 않아."

실베르가 비틀거렸다. 그는 자신의 발을 쳐다보았다. 두개골 한 조각이 풀 속에서 하얗게 바래 가고 있었다. 그는 좁은 오솔길을 가득 채우는 목소리들을 들은 것 같았다. 죽은 이들이, 오래전 죽은 이들이 7월의 밤이면, 뜨거운 숨결로 그와 그의 연인의 마음을 아주 이상하게 흔들어 놓았던, 그들이 그를 부르고 있었다. 그는 그들의 은밀한 속삭임을 잘 알아들었다. 그들은 반가워했고, 그에게 오라고 말하며, 지하에, 이 오솔길 끝보다 더 비밀스러운 은거지에서, 미에트를 그에게 돌려주겠다고 약속하고 있었다. 진한 향기로, 짙은 초목으로, 잡초들이 만들어 놓은 편안한 침대를 펼쳐 놓으면서, 아이들의 마음에 얼얼한 욕망을 불어넣었던 묘지는, 그들이 서로의 품에 뛰어들게 하지는 못했지만, 지금은 실베르의 뜨거운 피를 마시고 싶어 했다. 두 번의 여름부터, 묘지는 그 어린 부부를 기다리고 있었다.

"여기야?" 애꾸눈이 물었다.

젊은이는 자기 앞을 바라보았다. 그는 어느새 오솔길 끝에 와 있었다. 그는 묘비를 알아보고, 흠칫했다. 미에트가 맞았다, 묘비는 그녀를 위한 것이었다. **여기 잠들다…… 마리…… 사망……**. 그녀는 죽었고, 돌판 아래 있는 것은 그녀였다. 그때, 그는 정신이 혼미해져, 차가운 돌에 몸을 기댔다. 예전에, 그들이 긴긴 밤 동안, 구석에 앉아 놀 때면, 그 묘비는 얼마나 포근했던가! 그녀는 그쪽으로 넘어오곤 했고, 벽에서 내려올 때 발을 놓느라 돌판 한구석이 닳아 떨어졌었다. 그 자국 속에, 그녀가 조금, 그녀의 날렵한 몸의 흔적이 남아 있었다. 그는 이 모든 일이 운명이었다고, 이 돌이, 그곳에서 사랑한 후, 그곳에서 죽으러 올 수 있도록 그 자리에 있었다고 생각했다.

애꾸눈이 총을 겨누었다.

죽는 것, 죽는 것, 그 생각이 실베르를 황홀하게 했다. 그러니까 생트루르에서 플라상까지 길게 내려오는 하얀 길로 그를 데려온 곳이 바로 여기였다. 그가 알았더라면, 더 빨리 오고 싶어 서둘렀을 것이다. 이 돌 위에서 죽는 것, 좁은 오솔길 끝에서 죽는 것, 이 대기 속에서, 아직도 미에트의 숨결이 느껴진다고 생각되는 그곳에서 죽는 것, 그는 자신의 고통 중에서도 한 번도 그런 위안을 기대한 적이 없었을 것이다. 하느님은 선했다. 그는 희미한 미소를 띠며 기다렸다.

그렇지만 무르그는 총을 보았다. 그때까지 그는 멍청하니 끌려왔다. 그러다가 그는 공포에 사로잡혔다. 그는 필사적인 목소리로 되뇌었다.

"나는 푸졸 사람이오, 나는 푸졸 사람이오!"

그는 바닥에 쓰러졌고, 아마 사람들이 그를 다른 사람으로 착각하고 있다고 생각했는지, 헌병의 발아래에서 뒹굴며 애걸복걸했다.

"당신이 푸졸 사람이란 것이 나와 무슨 상관이오?" 랑가드가 낮은 소리로 말했다.

그 가련한 사람은 부들부들 떨면서, 공포로 울부짖으면서, 자신이 왜 죽어야 하는지 알지도 못한 채, 떨리는 손을, 노동으로 변형되고 딱딱하게 굳은 가련한 두 손을 내밀며, 사투리로 아무것도 하지 않았다고, 용서해 주어야 한다고 말했다. 애꾸눈은 마음이 흔들렸고, 그 사람의 관자놀이에 총구를 겨눌 수 없자 초조해했다.

"입 닥쳐!" 그가 소리쳤다.

그러자 공포로 미쳐 가는 무르그는 죽고 싶지 않아, 짐승처럼, 교살되는 돼지처럼 울부짖었다.

"입 닥쳐, 나쁜 놈아!" 헌병이 반복했다.

그가 그의 머리를 깨부쉈다. 농부는 덩어리처럼 굴렀다. 그의 시체는 굴러가더니 판자 더미 아래에서 튀어 올랐고, 둥글게 웅크린 몸으로 멈추었다. 심하게 흔들리는 바람에 그의 동료와 그를 묶어 놓았던 끈이 끊어졌다. 실베르는 묘비 앞에서 무릎을 꿇고 쓰러졌다.

랑가드는 무르그를 먼저 죽임으로써 극도로 잔인한 복수를 했다. 그는 두 번째 권총으로 장난쳤고, 그것을 천천히 들어 올리면서 실베르의 최후를 즐겼다. 실베르는 조용히, 그를 쳐다보았다. 애꾸눈을 보자, 남자의 살기등등한 눈이 그에게 쓰라린 고통을 주었고, 그의 마음이 불편해졌다. 그는 더럽혀진 가는 띠와 피 묻은 수염을 하고, 열에 떨고 있는 그 남자를 계속 보게 되면, 비굴하게 죽을까 두려워서 눈길을 돌렸다. 그러다 그가 눈을 들어 올렸을 때 미에트가 뛰어오르던 벽 가까이에서 쥐스탱의 얼굴이 보였다.

쥐스탱은 헌병이 두 포로를 끌고 갈 때, 로마 문에, 군중 사이에 있었다. 그는 처형 장면을 놓치지 않으려고, 부리나케 달리기 시작했고, 자스·메프랑을 통해 돌아갔다. 도성 밖 악동 중에서 그 혼자, 마치 발코니 위에서처럼, 그 극적 드라마를 편히 볼 수 있다는 생각에, 어찌나 서둘렀는지, 두 번이나 넘어졌다. 미친 듯이 달렸음에도 첫 번째 권총을 발사하는 장면에는 너무 늦게 도착했다. 실망한 그는 뽕나무 위로 기어 올라갔다. 실베르가 아직 있는 것을 보고, 그는 미소를 지었다. 군인들이 그에게 사촌의 죽음을 알려 준 데다, 수레 만드는 목수까지 살해되니 그는 너무나 기뻤다. 그는 다른 사람들의 고통에서 느끼는 쾌감과 함께 발사를 기다리면서, 그 장면이, 생생한 공포와 뒤섞여 무섭기까지 하니, 열 배나 더 즐거워했다.

실베르는 혼자 벽에 붙어 있는, 아주 즐거워하는 창백한 얼굴, 머리카락이 이마 위로 살짝 들린 그 얼굴을 알아보고는 맹렬한 분노를, 살고 싶은 욕망을 느꼈다. 그의 피가 마지막으로 솟구치는, 아주 짧은 순간의 저항이었다. 실베르는 무릎을 꿇고 쓰러지며 앞을 바라보았다. 쓸쓸한 석양 속에서, 마지막으로 어떤 모습이 스쳤다. 오솔길 끝에, 생미트르 막다른 골목 입구에서, 그는 석상으로 된 성녀처럼 서 있는, 하얗고 굳은 모습으로, 멀리서 그의 마지막을 보고 있는 디드 아줌마를 본 듯했다.

그때 그는 자신의 관자놀이에 총의 차가움을 느꼈다. 핼쑥한 쥐스탱의 음산한 얼굴이 웃고 있었다. 실베르는 두 눈을 감으면서, 오래전 죽은 이들이 그를 맹렬히 부르는 소리를 들었다. 어둠 속에서, 그는 나무 아래, 깃발로 덮여, 허공을 바라보고 있는 미에트 외에는 이제는 아무것도 보이지 않았다. 애꾸눈이 총을 쏘았고, 모든 것이 끝났다. 아이의 머리는 잘 익은 석류처럼 터졌다. 그의 얼굴이 돌판 위로 다시 떨어졌고, 그의 입술은 미에트의 발에 의해 닳아 떨어진 곳에, 연인의 흔적이 조금이라도 남아 있는 따뜻한 그곳에 닿았다.

루공의 집에서는, 밤에 디저트가 나오자, 저녁 만찬에서 먹다 남은 음식으로 아직도 온통 더운, 식탁의 뿌연 공기 속에서, 웃음소리들이 울려 퍼졌다. 마침내 그들은 부자들의 향락을 물어뜯었다! 30년이나 억제된 그들의 욕구는 날이 섰고 무자비한 이빨을 드러냈다. 결코 만족을 모르는 그들, 굶주린 맹수들은 하루 전날 막 향락 속에 놓인 그들은, 태동하는 제국을, 맹렬한 쟁탈전의 시대를 환호로 맞이했다. 제국이 보나파르트 가문의 재산을 부흥시켰듯이, 쿠데타는 루공 부부가 부(富)를 쌓는 토대가 되었다.

피에르가 일어서더니, 잔을 내밀며 외쳤다.

"루이 왕자, 제국을 위해 건배!"

샴페인을 거덜 내면서 자신들의 질투를 달래던 남자들이 모두 일어나, 요란하게 외치며 건배했다. 멋진 광경이었다. 플라상의 부유층들, 루디에, 그라누, 뷔예와 그 외 모두가 눈물을 흘렸고, 아직도 온기가 남아 있는 공화국의 시신 위에서 서로를 안고 뺨에 입 맞추었다. 그런데 시카르도가 대성공에 걸맞은 생각을 해냈다. 그는, 펠리시테가 친절을 다해 대접하려는 의미에서 오른쪽 귀 위에 꽂은 장밋빛 새틴 리본을 잡더니, 자신의 디저트 칼로 새틴 끝을 자른 다음, 루공의 단춧구멍에 성대하게 달아 주기 위해 왔다. 루공은 겸손한 척했고 흡족한 얼굴로 중얼거리면서 사양했다.

"아니요, 제발, 너무 이릅니다. 법령이 공표되기를 기다려야 합니다."

"제기랄!" 시카르도가 외쳤다. "그것 좀 달고 계시겠소! 당신에게 훈장을 주는 것은 나폴레옹의 은퇴한 군인이란 말이오!"

노란 거실 모두가 박수갈채를 터뜨렸다. 펠리시테는 황홀하게 바라보았다. 그라누는 말을 잃은 채 열광에 휩싸여, 의자 위로 올라가 손수건을 흔들면서 소란 속에서 들리지도 않는 연설을 했다. 노란 거실은 승리를 구가했고 열광했다.

그러나 피에르의 단춧구멍에 꽂힌 장밋빛 새틴 천은 루공의 승리에서 유일한 붉은 자국이 아니었다. 옆방 침대 아래에 놔두고 잊어버린, 뒤축에 피가 묻은 신발 한 짝이 있었다. 길 맞은편, 페로트 씨 옆에 타고 있는 양초는 벌어진 상처처럼 어둠 속에서 피를 흘리고 있었다. 그리고 저 멀리, 생미트르 공터 깊숙이에서 묘비 위에 흥건히 쏟아진 피가 엉기며 굳어 가고 있었다.

11 **생미트르** Saint Mittre. 전설에 따르면, 미트르(또는 미트리우스) 성인은 그리스 출신으로 433년 유복한 가정에 태어났으나, 24세에 자비와 가난의 삶을 실천하기 위해 엑상프로방스에 와서 포도밭 노동자로 일했다. 엑스의 집정관의 부도덕한 생활을 비판하다가 그의 미움을 산 끝에 함정에 빠져 마술을 행했다는 죄목으로 466년에 머리가 잘려 순교했다. 성인은 자신의 잘린 머리를 들고 간 노트르담 드 라 세드 성당의 수호성인이 되었다. 포도밭과 포도주의 수호성인이기도 한 성인의 기념일은 11월 13일이다.

21 **떠돌이 기사** 중세 시인들에게서, 이들은 나쁜 자들을 벌하고 억압받는 자들을 보호하고 자신이 수호하고자 하는 귀부인의 명예와 미를 지키는 이들로 그려진다.

27 **동물 가죽** peau de bête. 주로 사슴 가죽으로 고대 그리스·로마 신화의 포도주의 신, 풍요, 황홀경의 신인 디오니소스(또는 바쿠스) 신 제의의 무녀들이 주로 입으며 동물성, 격렬한 동작 속에서 펼쳐지는 강한 생명력을 상징한다.

57 **프리지아 모자** 1791년 프랑스 급진 혁명가들이 자유의 상징으로 쓰던 붉은 모자.

59 **가리그** garrigue. 건조하고 석회질이 많아 메마른 지역 특성상 언덕에 드문드문 형성된 키 작은 관목 숲. 지중해 지역의 대표적 경관이다.

61 **소베르 중앙로** Cours Sauvaire. 쿠르(Cours)는 가로수가 있는 넓은 대로이며, 도시 내의 주요 지역 사이를 연결하는 주 간선 도로 역할을 한다.

141 **루이 나폴레옹 보나파르트** Louis Napoléon Bonapart. 나폴레옹 1세의 조카로 1848년 2월 혁명 이후 국민들의 지지를 받아 제2공화국 대통령이 되었으나 1851년 쿠데타로 제2제정을 선포했다.

196 **리자** Lisa. 『파리의 복부(*Le Ventre de Paris*)』에 나오는 푸줏간의 여주인.

제르베즈 Gervaise. 『목로주점(*L'Assommoir*)』의 주인공.

197 **장** Jean. 『대지(*La Terre*)』와 『패주(*La Débâcle*)』의 주인공.

211 **마르트** 프랑수아(François)와 마르트(Marthe) 부부는 『플라상의 정복(*La Conquête de Plassans*)』의 중요 인물로 나온다.

229 **예루살렘로** 파리 경시청이 있는 거리.

322 **사회 신비주의** mysticisme social. '신비주의'라는 말 자체에는 종교적 황홀경 같은 초월적 의미가 담겨 있다. '사회'가 붙은 '신비주의'는 강렬한 신비 체험을 한 성서의 예언자처럼, 세상의 고통, 불의, 불평등을 끝내고 정의를 위해 용기 있게 행동하고 나아가려는 사상이라고 볼 수 있다.

361 **가로등** 프랑스 혁명 당시 유행가의 후렴에서 가로등이 나온다. "Ah, ça ira, ça ira, ça ira, les aristocrates à la lanterne". 귀족들을 가로등에 매달아라!에서 유래한 'A la lanterne!'는 '놈들을 죽여라!'의 의미이다.

483 **를르베** relevé. 수프와 앙트레(entrée) 사이에 나오는 요리.

해설

‘기원’의 의미에 대해

조성애(연세대 인문학연구원 전문연구원)

『루공가의 치부』는 제2제정 프랑스 파리의 지방 축소판인 남부의 플라상이라는 가상 도시를 배경으로 삼고 있다. 1851년 루이 나폴레옹 보나파르트의 쿠데타를 전후로 대부분의 프랑스 지역들이 무관심하고 수동적으로 반응하는 데 반해 1848년 2월 혁명 이후 민주화 정신이 자리 잡은 남부 바르(Var) 지역에서 일어난 항거 운동이 소설의 역사적 소재가 된다. 쿠데타의 틈을 타 무고한 이들을 제물 삼아 권력과 부를 얻는 루공 부부와 이들의 탐욕으로 희생되는 실베르와 미에트의 이야기가 서로 맞물리면서 그려진다. 자신들의 안위와 출세만 생각하는 어른들의 세계가 우스꽝스럽고 비열하고 잔혹한 세계로 그려질수록, 졸라의 소설 중에서 가장 아름다운 목가라는 평을 받는, 두 젊은이의 순수한 사랑과 희망, 연대는 아름답고, 그들의 희생은 처연하게 다가온다.

그러나 작가 서문에서 이 소설이 ‘기원’이라고 밝히고 있듯이,

반동파의 쿠데타 시작 전후를 배경으로 하는 이 소설은 19세기 근대 사회의 역사적·사회적 기원을 다루고 있지만, 소설 속에 넘쳐 나는 신화적 상징과 이미지는 '우리는 어디서 왔고, 어디로 가고 있는가?'에 대한 존재론적 질문을 던지며, 인류의 심리적 기원에 대해 질문하고 있다. 루공·마카르 가문의 시조 어머니 디드 아줌마는 이 가문의 생리학적 시조를 넘어 양육과 보호, 무한한 사랑, 그리고 정화의 성스러운 모성적 가슴에 대한 인류의 근원적 환상을 보여 준다. 두 눈만 살아 있는 디드 아줌마는 목격자로서 이들의 폭력을 증명하는 증인(작가의 역할)을 상징하고 망자들(조상들)을 대표하며, 정복이나 지배의 욕망과 평행선을 달리면서, 영원히 이어져 내려오는 인류의 또 다른 욕망, 사랑과 연대를 상징한다. 디드 아줌마가 지극히 사랑한 실베르는 방랑하는 구도자처럼 숭고하고 고결한 열정을 가지고 만인이 행복한 공동체를 꿈꾸는 인물이며, 미에트는 인류의 강하고도 아름다운 생명력을 상징한다. 이 두 젊은이가 유랑하는 공간들에서 보이는 행복과 보금자리에 대한 원초적 욕망은 인류의 생존과 발전을 이끄는 근원적이고 본능적인 욕망인 보편적 행복의 추구와 이상적 공동체에 대한 질문이라고 할 수 있다. 사회적 약자이기도 한 이들의 삶과 죽음은, 한 체제가 세워질 때의 폭력성과 희생제의 논리를 뛰어나게 보여 주지만 이에 그치지 않고, 이들이 사랑했던 옛 묘지 생미트르 공터가 삶과 죽음의 영원한 회귀를 보여 주듯이, 그들의 죽음은 끝이 아니라, 언제나 돌아오는 봄처럼 인간의 행복에 대한 염원, 공정한 사회에 대한 희망이 인류의 또 다른 숙명처럼 영원히 되살아나리라는 것을 말하고 있다.

디드 아줌마, 미에트, 실베르를 통해, 공화정 수립이라는 역사적 사명을 넘어, 자연 속에 거저 주어진 거대한 생명력을 예찬하고, 자연과의 일치 속에서 자유롭고 행복한 은신처-보호처에 대한 꿈, 모두가 행복을 누리는 이상적인 공동체에 대한 열망이 바로 졸라의 '루공·마카르' 총서의 진정한 기원이라고 할 수 있다. 『루공가의 치부』는 역사와 신화가, 역사적 기원과 인류학적 기원이 서로를 보완하면서 역사를 뛰어넘어 공동선을 지향하는 인류애적 작품이라 할 수 있다. 다음 글에서, 이 소설 서문에서 '이 첫 번째 이야기의 과학적인 제목은 기원'이라고 밝히는 이상, 기원의 의미에 대해 좀 더 깊이 살펴보고자 한다.

기원의 의미에 대해 - 인류의 심리적 기원

소설 서문은, 중력처럼 작용하는 유전이라는 법칙에 따라 상당히 달라 보여도 서로 밀접하게 연결된 10~20명의 개인이, 즉 생리학적 기원이 같은 개인들이, 돈과 권력에 대한 욕망이 폭발적으로 분출되는 제2제정하에서 어떻게 행동하는지 보여 주겠다고 설명하고 있다. 생물학적 기원과 사회적 기원의 꼭대기에, 바로 루공·마카르 가문의 시조 어머니 디드 아줌마(아델라이드)가 있다. 그녀의 신경증은 루공·마카르가의 생리학적 기원(유전 인자)으로 작용한다. 그리고 민중의 민주주의적 열망을 배반하고 쿠데타로 세워진 제2제정은 자본주의의 도래와 맞물려 행복과 쾌락에 대한 모든 본능적 욕망을 자극하고 돈이 새로운 신으로 강력하게 등장하는 사회적 배경 역할을 한다. 디드 아줌마와 제2제정, 이 두 가지 요인이 인물들에게 강한 영향을 미치면서 다양한 이야기를 만들어 낸다는 의미이다.

그 첫 번째 이야기가 바로 루공 부부의 출세기이다. 농부 출신인 피에르 루공과 몰락해 가는 기름 장수 딸 펠리시테의 결혼은 마치 생존을 건 전쟁에서 승리하기 위해 연합하는 계약과도 같은 결혼이다. 자신의 계급을 벗어나 부유한 계급으로 올라가고자 하는 열망으로 살아가는 루공 부부는 쿠데타의 성공에 일조한 덕분에 변변하지 못한 사회적 위치에서 최고 권력층이 된다. 그러나 이들 새로운 권력의 탄생에는 가난하고 소외된 이들의 희생이 깔려 있다. 그들의 부와 권력은 타자-약자를 희생시키고 강탈한, 피로 얼룩진 강도들의 출세기이다. 어머니와 의붓동생들의 몫을 가로채고, 자신들의 반대파와 만인의 행복을 꿈꾸는 순수한 공화파 어린 조카 실베르를 무고하게 희생시킨 덕분이다. 동네 사람들의 최하층민에 대한 맹목적인 배척과 증오에도 꿋꿋이 살아가던 미에트를 비롯해 이들의 무고한 죽음은, 헌병에게 살해되어 어느 산속 이름 없는 무덤에 묻힌 마카르의 죽음과도 맞닿아 있다. 그들은 모두 사회적으로 배제된 약자들의 죽음을, 어느 시대 어디에서나 일어나고 있는 무고한 죽음을 가리키고 있다.

하지만 소설은, 1789년 대혁명에서부터 1851년 12월까지의 역사적 소재들을 넘어, 신화적·상징적 이미지들로 넘쳐 나고, 주요 인물들과 공간성 및 시간성은 인간 조건에 대한 성찰을 보여 주며 인류의 원초적 심리 차원의 태곳적 이야기에 할애된다. '루공·마카르' 총서의 첫 소설과 마지막 소설에 등장하는 루공가의 실질적인 시조 디드 아줌마는 죽음이 임박한 듯 창백하고 표정이나 생기도 없는, 가면처럼 초연한 얼굴로, 사회적 존재감을 보여 주기보다는 조상을 상징한다. 주요 인물들 또한 신화적 이미지가 강하게 나타난다. 모든 사람의 행복을 꿈꾸는 순진한 공화주의자 실베르는 '방랑하는 기사'라는 이미지에서 영원히 이 세상을 떠도는 구도자의 모습을 보여 주며, 본명이 마리인 미에트는 바쿠스 신의 여제관처럼 대자연의 강한 생명력을 보여 준다는 점에서 성과 속을 결합한 새로운 이브, 새로운 인류의 탄생을 알린다. 디드 아줌마의 주기적으로 반복되는 발작, 아델라이드와 마카르의 운명을 반복하는 미에트와 실베르, 이 연인들이 처음 만난 우물과 가장 좋아하는 장소인 옛 묘지에서 들리는 망자들의 소리, 이 모든 것은 죽은 자들의 운명을 반복하는 산 자들의 운명을 암시한다.

공간 또한 상징성이 강하다. 가상 도시 플라상은 성벽으로 둘러싸인 "원형적 공간인 데다 밤이면 성문이 닫히는 시간이 잠든 곳, 움직이지 않는 시간의 원, 영원한 회귀의 시간성을 보여 주며",[1] '루공·마카르' 총서의 첫 소설과 끝 소설의 배경이 되는 플라상은 이런 닫힌 원을 다시금 강조한다. 공간 또한 영원한 회귀의 공간성을 보여 준다. 소설이 시작되고 끝나는 생미트르 공터는 도성 밖 공간으로 예전에는 묘지였고, 봄이면 초록이 무성하게 자라는 엄청나게 비옥한 땅으로, 뒤틀린 가지들과 기괴한 마디를 가진 배나무, 무성하게 자라는 풀과 나무들, 꽃과 과일들은 자연의 엄청난 생명력과 함께 삶과 죽음의 지속적인 교환을 보여 준다. 이곳을 드나드는 사람들은 어린이와 젊은이들, 노인들 같은 제도권에서 배제된 이들이거나 보헤미안들이다. 보헤미안은 억압받은 자들의 회귀를 상징한다는 점에서 마을 사람들에게는 혐오의 대상이고, 묘지 또한 과도한 성장을 보이는 배나무에 대한 혐오에서 드러나듯이, "자연에 대한 공포를 가진 곳"[2]이라는 점도 주목해야 한다. 이야기 전개에서도 공간상의 안과 밖의 대립이 중요하게 나타난다. 세 구역으로 정확히 나뉜 플라상의 공간 구조나, 저항군이 도성 안으로 들어오지 않고 들판에서 살해당하는 것처럼 도성 안과 밖이라는 공간적 대립은 체제와 반체제, 기존 세력과 새로운 세력, 부자와 빈자, 어른과 젊은이, 반동파와 저항파, 돈-권력에 대한 욕망과 보편적 사랑과 같은, 인류사에서 늘 되풀이되는 대립 관계를 가리키고 있다. 신구의 대립처럼 태초의 인류에서부터 이어져 온 대립 관계는 인류사의 더 먼 과거로, 심리적 기원으로 다가가며, '인간은 무엇으로 사는가, 어디에서 왔고, 어디로 가고 있는가'와 같

1 Patricia Carles, Beatrice Desgranges, *La Fortune des Rougon*, Nathan, 1995, p. 110.

2 Naomi Scholar "Mythe des origines, origine des mythes. *La Fortune des Rougon*", *CN*, 1978 n. 52, p. 128.

은 인간의 삶에 대한 가장 근원적인 질문을 던지고 있다.

『루공가의 치부』는 공화정에 대한 민주적 열망을 살해한 제2제정의 폭력성과 사기극을 고발하고 역사적 퇴행을 경계하는 정치적 소설이 분명하지만, 아델라이드-마카르, 미에트-실베르, 이들 연인에게서 억압과 항거, 금지와 위반 그리고 벌과 정화라는 인류사에서 늘 반복되는 이야기를 읽을 수 있다. 영원한 회귀라는 신화적 시공간과 인물들을 보여 주는 이 소설은 1789년 대혁명에서부터 1851년 12월까지의 역사적 사건들을 넘어 인류의 삶을 이끌어 가는 가장 원초적인 욕망, 인류의 심리적 기원들에 대해 질문하고 있다고 할 수 있다. "산 자들과 죽은 자들 사이의 영원한 대면, 신들과 성인들 앞에서 인간들의 정신을 언제나 분열시켜 왔던 숭배와 신성 모독의 대치와 같은 이야기를 전개하는 플라상은 '원초적' 사회로 볼 수 있으며 이 사회의 심리학적 고고학을 읽을 수 있는 건축물이 된다."[3] 그리고 그 중심에, 디드 아줌마가 있다.

시조 어머니 디드 아줌마

루공·마카르가의 조상 아델라이드, 곧 디드 아줌마는 플라상 제일 부자인 채소 재배업자 푸크 가문의 외동딸이다. 1768년에

3 Henri Mitterand, *Le Discours du roman*, puf, 1980, p. 176.

태어났고 자라면서 이성적으로 설명할 수 없는 행동으로 그녀도 아버지처럼 머리가 돈 아이라는 소문이 돌았다. 그녀의 아버지가 미쳐서 사망한 시기는 그녀가 성년이 된 18세 때이다. 성년이 되었기 때문에 후견인이 필요 없었어도, 당시의 관습과는 달리 독자적으로 자신의 결혼을 결정한다. 부유한 상속녀인 그녀를 탐내던 부유한 농부의 아들들을 제치고, 프랑스어도 겨우 말하는 둔하고 뚱뚱한 외지인 농부 루공을 남편으로 선택한 것은 지역 사회를 충격에 빠뜨린 첫 번째 사건이었다. 루공이 결혼 15개월 뒤 일사병으로 죽고, 겨우 1년이 지난 시점에 정부를 두었는데, 그 상대가 마카르라는 사실에 온 동네가 경악한다. 밀렵꾼에 밀수업자이며 친척도 친구도 없는 남자, 어린아이를 산 채로 잡아먹는다는 소문이 도는 인물, 가난과 술에 찌들어 제 나이보다 훨씬 더 들어 보이고, 도둑질도 살인도 한 적이 없지만 그런 일이 일어나면 제일 먼저 의심받는 음산한 얼굴의 마카르를 택한 그녀의 정신세계를 마을 사람들은 도무지 이해할 수 없다. 그러다 아델라이드가 마카르의 오두막과 자신의 뜰 사이에 있는 담에 문을 내고 공개적으로 자유롭게 오가는 생활을 하자 그동안 이들의 연애 사건을 마카르 탓으로 돌렸던 마을 사람들은 그녀가 염치를 모르는 처신을 했다며 완전히 등을 돌리고 그녀를 마을의 수치로 여긴다. 그녀의 남다른 행동들이 지역 사회에 해악을 끼친다는 판단의 여파인지 또는 최하층민에게 암묵적으로 가해지는 사회적 배제와 억압의 결과인지 마카르는 국경 지역에서 세관원에게 살해당한다. 이러한 배타적인 분위기 속에서 그녀의 아들 피에르 루공은 별다른 제재 없이 그녀와 의붓동생들의 돈을 강탈하고, 그녀를 마카르의 오두막으로 내쫓는다. 거의 감금 상태에서 무고한 희생에 대한 기억(증거)처럼 주기적으로 발작을 일으키는 그녀는 죽은 자처럼 살아간다.

사실 아델라이드는 미쳤다기보다 그 당시 여성들과는 달리 자신의 본능, 기질에 따라 주도적으로 산 것뿐이라 할 수 있다. "그녀가 살던 시대의 규범에 맞지 않게 신분의 차이를 의식하지 않고 남편을 직접 택하고 당당하게 정부를 두는 자유로운 생활 방식은 당시의 사회 통념에 맞지 않는 행동으로, 사회적·도덕적 기존 질서를 어지럽힌 행동으로 간주된다."[4] 아델라이드가 마카르를 만난 것은 1789년 대혁명의 해로, 그들의 만남은 수많은 벽과 경계들을 허물고 새로운 관계로 나아가려 했던 대혁명처럼, 한 세계를 허물고 새로운 세계로의 시작을 상징한다고 할 수 있다. 신분의 차이처럼 아델라이드와 마카르의 집을 갈라놓았던 담을 뚫고 자유롭게 오갈 수 있는 문을 만들면서 어린아이처럼 기뻐한 아델라이드는 신분과 공간의 금기를 위반한 것이고, 성 밖으로 내쫓겨 죽은 자처럼 잊힌 채 사는 것은 그에 대한 징벌이라 할 수 있다.

보통 가계수(家系樹)의 기원에는 남성의 이름이 오르지만 졸

4 Colette Becker, "Zola, un déchiffreur de l'entre-deux", *Zola, explorateur des marges*, *Études françaises*, Volume 39, numéro 2, Les Presses de l'Université de Montréal, 2003, pp. 14~15.

라의 가계수에서는 디드 아줌마 혼자 가계수의 조상, 토대, 몸체로 나타나며 여성이 기원이 된다는 점이 특이하다. 첫 번째 남편 루공은 결혼 후 존재감 없이 곧바로 죽음을 맞이하고, 마카르 역시 밀렵과 술에 빠져 무위도식하며 자식들에게도 무관심하다. "남자는 완전히 부재하며 디드 아줌마만이 이 새로운 종족을 창조한 조상이 된다. 졸라는 최고 결정권을 가진 가모장 아델라이드 푸크와 함께 새로운 왕조를 창조한다. … 가계수에 남편의 이름이 나오지 않는 것은 당시 제도들의 통념에 대항하는 작가의 모습을 볼 수 있으며 가모장 디드 아줌마는 전통적 가부장적 체계를 부인하고 도전하는 새로운 종족의 이브, 마리아라고 할 수 있다. 아담과 이브가 그들의 불순종으로 신에게서 멀어지게 되었다면, 디드 아줌마는 통념들을 거부한 죄로 그녀의 세계에서 소외된다."[5]

체제 밖으로 내쫓겨 죽은 자처럼 살아가던 그녀의 심장이 다시 인간의 온기를 느낀 것은 외손자인 어린 실베르와 살기 시작하면서부터이다. 실베르는 모두에게 버려져 눈물 속에 살아가는 불행한 고아이지만 아델라이드만이 그를 불쌍히 여겨 자신의 집으로 데려간다. 그때 아델라이드의 나이는 자신의 몸도 제대로 가누기 힘든 75세였으며, 생미트르 막다른 골목의 오두막에서 두문불출, 세상사에 초연한 듯 혼자 살아간다. 언제나 반듯하게 하얀 머리쓰개를 쓰고 있는 그녀의 창백한 얼굴은 죽음

5 Ibid., pp. 137, 141~142.

이 임박한 얼굴, 표정 없는 가면처럼 차분하고 너무나 초연하며, 오랫동안 말없이 지낸 탓에 완전히 닫힌 말문, 샘처럼 맑은 눈을 가진 그녀는 사랑에 미친 연인의 모습에서 점차 엄숙하고도 위엄 있는 부인(matrone)이 된다. 'matrone'은 위엄 있는 부인이면서 어머니 또는 산파를 의미하기도 한다. 그녀 주위를 맴돌며 미소 짓는 어린 실베르에게 무한한 애정을 쏟는 가운데 그녀의 모성적 사랑이 깨어난다.

디드 아줌마와 실베르의 관계는 서로 간의 무한한 사랑과 보호 그 자체이다. 실베르는 주기적으로 발작을 일으키는 그녀를 보호하고, 두 사람은 말없이 그러나 한없이 큰 사랑을 공유하며 살아간다. 실베르는 그녀를 할머니나 증조할머니라고 불러야 하지만 "어린아이 같은 어리광으로 디드 아줌마라고 부른다. '아줌마(tante)'는 프로방스 지역에서 단순한 호의나 애정을 보이는 호칭으로 사용되지만, 여성 친지(이모, 고모, 숙모, 외숙모 등)를 총칭하는 데서 루공가의 생리학적인 시조 어머니를 넘어 인류학적 모계를 포괄하는 호칭으로, 모가장제의 상징성을 함축하고 있다. 아줌마 'tante'는 라틴어 ante, 즉 앞 avant의 어음 변조이며, 첫 번째 소설에서 83세, 마지막 소설에서 105세로 나타나는 디드 아줌마는 다른 사람들보다 이전에 태어난 사람들을 총칭한다고 할 수 있다. 나오미 쇼어는 노인들의 역할은 전설적 과거와 역사적 현재를 잇는 것이라고 말한다."[6]

6 Pascale Krumm, "Dide, ou la Didon des temps modernes", *CN* 1994, n.68, p. 39.

쿠데타에 항거하면서 실수로 헌병 랑가드의 눈을 상하게 한 실베르는 피 묻은 자신이 불결하다고 여기며 디드 아줌마만이 자신에게 묻은 피를 깨끗이 지울 수 있고 자신의 죄가 사면될 수 있다고 생각한다. 그런 실베르에게서, "죄를 사면하는 힘, 정화의 힘을 가진 최고 결정권을 가진 여족장 또는 가모장으로서의 그녀의 위치"[7]를 볼 수 있다. 실베르뿐만 아니라 그녀를 이용하고 핍박하던 아들 피에르와 앙투안조차 자신들이 위험에 빠진 순간 그녀의 품을 찾아들 때 디드 아줌마는 우리 모두의 어머니가 된다. 아델라이드의 '미친 사랑'이 모든 금기와 경계를 뛰어넘는 힘의 상징으로, 역사적·사회적 환경의 결정론적인 억압의 요인들을 폭로하고 극복하려는 의지를 드러내는 역할이라면, 그녀의 또 다른 이름인 디드 아줌마는 보호와 양육 그리고 정화의 성스러운 모성적 품을 상징하며, 루공·마카르가의 생물학적 시조를 넘어 인류학적·신화적 차원의 '위대한 어머니(La Grande Mère)', 구원자를 키워 내어 세상에 내놓는 성모라고 할 수 있다. 디드 아줌마의 또 다른 역할은, 작가 졸라처럼, '보는 자', 증인의 역할이다. 보는 자로서의 눈은 "인물들의 행동 속에 자신을 투사"[8]하는 역할이기도 하다. 마카르가 살해된 후에

7 Christian Mbarga, "Adelaïde Fouque et le pouvoir méconnu de Tante Dide", *CN* 2000, n. 74, p. 134.

8 Sébastien Niel, *Zola et l'inconscient*, Thèse de doctorat, Université Paris 8, 2011, p. 43. 프로이트는 자신의 환자들이 꿈속에서 개입하는 일 없이 수동적인 단순한 관찰자로 남아 자신들의 무의식적 욕망을 연출하면서도 행동과는 거리를 두는 것을 본다. 보는 자는 억압된 드라마화로 자신의 욕망을 충족하고 투사한다는 것이다. 즉 꿈꾸는 당사자는 인물들을 무대에 올리고, 이 인물들은 보는 자의 심리를 형상화하는 데 쓰인다.

유령처럼 살면서 오로지 눈만 살아 있는 그녀는 실베르의 무고한 죽음을 목격하게 되면서, 구원과 해방의 이상적 공동체를 수립하리라고 본 공화정에 대한 실베르의 열망을 무참히 짓밟은 쿠데타의 역사적 증인이기도 하다. 온 우주의 생명을 움트게 하는 힘이며 풍요의 어머니인 태모(胎母)로서의 신화적 이미지와 역사의 결합에서 졸라 고유의 어머니상이 탄생하는 것을 볼 수 있다.

미에트, 신아델라이드

미에트는 여러 면에서 아델라이드와 겹쳐진다. 미에트가 사는 자스·메프랑은 예전에 아델라이드가 살았던 곳으로, 그녀의 삶과 사랑이 묻혔던 곳이다. 최하층 천민에 대한 동네 사람들의 맹목적인 배척과 혐오 속에서 살아가는 미에트는 아델라이드의 연인 마카르 또한 상기시킨다. 그녀의 아버지도 마카르처럼 밀렵꾼으로 1847년 헌병과 다투다가 정당방위이지만 헌병을 살해한 죄로 감옥에 가게 된다. 미에트는 할아버지와 함께 주위의 도움으로 살다가, 비탄 속에 할아버지가 세상을 떠나자 플라상에 있는 고모 윧랄리에게 보내진다. 그녀가 열한 살이 되던 해 고모가 죽자 고모부 레뷔파와 사촌 쥐스탱은 그녀를 가축처럼 부리고 학대하지만, 제 나이보다 성숙한 그녀는 어른이나 할 수 있는 고된 노동 속에서도 놀라운 힘으로 이런 고통을 감내

한다. 도망갈 수도 있지만, 학대에 무릎 꿇은 패배자가 되지 않으려고 저항의 정신으로 꿋꿋이 버틴다. 최하층의 억눌리고 비천한 삶에 대한 분노 속에 살아가던 미에트는 실베르와의 사랑에서 다시 순수한 어린 시절을 회복하고, 행복한 미래를 꿈꾸게 된다. 어린 연인의 순수하고 아름다운 사랑을 보여 주고, 민중의 꽃으로서 죽음을 맞이하며 독자들의 심금을 울리는 그녀는 이 소설의 진정한 여주인공이다.

실베르가 처음으로 담 위에서 미에트를 발견했을 때 그녀는 귀엽고 커다란 검은 눈, 붉은 입술, 햇볕에 탄 금빛 도는 구릿빛 팔, 그가 당황할 정도로 봉긋해 보이는, 우유처럼 하얀 가슴의 '색다른 매력'을 가진 열한 살의 꼬마이다. 엄청난 숱을 자랑하는 검은 머리, 붉은 입술의 그녀가 밤의 들판과 숲을 뛰노는 모습은 바쿠스 신의 무녀를 연상시킬 정도로 관능적인 반면, 본명이 마리인 그녀가 저항군 행렬에서 깃발을 든 자신의 모습이 성체 축일 행렬 때 마리아 깃발을 든 것 같다고 말할 때, 그녀는 순결무구한 동정 성모 마리아의 모습과 겹쳐진다. 바로 이런 양면적인 모습이 그녀의 '색다른 매력'이다. 연인들의 짜릿하면서도 순결한 품이 되는 그녀의 망토처럼 순결하면서도 관능적이라는 대립적이고 이질적인 가치들의 통합에서 오는 매력이라 할 수 있다. 아델라이드의 육체적 욕망이 피와 신경 간의 균형 결핍, 일종의 머리와 마음의 불협화음으로, 오로지 자신의 기질에 따라 단순하게 사는 것과 같은 표현 속에서 부정적으로 그려진다면, 관능성과 순결함이라는 대립적 가치를 결합한 미에트의 모습에서 새로운 매력이 나온다고 할 수 있다.

아델라이드가 마카르를 만나기 위해 담벼락에 뚫은 문을 실베르와 미에트가 다시 찾아 여는 것, 쿠데타에 대항해 봉기한 행렬에 실베르가 마카르의 소총을 들고 참여하는 것 등에서 아델라이드-마카르의 이야기가 실베르-미에트의 이야기로 이어지고 중첩된다. 사실 마을 사람들에게는 이성적 설명이나 이해가 불가한 아델라이드-마카르의 사랑은 미에트-실베르의 사랑과 비교될 때 좀 더 이해될 수 있다. 이들 어린 커플의 사랑 이야기는 아델라이드와 마카르의 사랑 이야기의 회귀를 보여 주는 동시에 먼 조상과 이어진 가운데 영원히 인간의 삶 속에서 끈질기게 살아남아 되돌아오는 어떤 이야기를 전달하고 있다. 그들의 만남에는 낯설고 무섭게 들려도 언제 어디서나 함께하는 목소리들이 있다.

우물을 통해 처음 서로를 보게 된 그들은 우물 속에서 공명을 일으키면서 너무나 낯설게 들리는 자신들의 목소리에 깜짝 놀란다. 밤이면 들판에서 들리는 가벼운 선율처럼 아주 먼 곳에서 들려오는 소리 같기도 하고, 보이지 않는 세계에서 오는 것 같기도 한 그 소리가 무섭게 느껴지면서도, 종종 자신들의 목소리에 응답하는 것 같아, 서로의 말을 멈추고 귀를 기울이면 그들에게 알 수 없는 수많은 하소연처럼 들린다. 그들을 이상하리만큼 두렵게 만들어도, "우물은 그들의 오랜 친구(un vieil ami)였다". un vieil ami가 죽은 친구도 의미하듯이 예전에 디드 아줌마의 소유였던 우물은, 디드 아줌마를 넘어 미에트와 실베르를 먼 조상과 연결하고 있다. 디드 아줌마는 마카르가 죽은 후 닫아 버린 문을 다시 연 어린 커플을 우연히 발견하고 자신의 옛 사랑을 떠올린다. 다시 열린 문은 공범이고, 또다시 사랑이 오가는 곳으로 영원한 시작이었다. 기쁨도 눈물도 영원히 다시 시작되는 곳이다. 디드 아줌마는 마카르처럼 두 아이도 무고하게 희생되는 운명을 맞을까 두려워 문을 다시 잠그고 열쇠를 우물에 던지지만, 미에트-실베르 커플의 운명은 바뀌지 않는다. 우물 대신 그들은 옛 묘지 생미트르 공터에서 만남을 이어 가고, 그곳에서 망자들의 목소리는 더 본격적으로 그들에게 들려온다. 수많은 하소연처럼 들리는 망자들(조상)의 목소리는 무고하게 배우자를 잃고 존재하지 않는 사람처럼 살아가는 디드 아줌마나 천대받는 고아인 미에트와 실베르처럼 사회적 배제와 억압 속에서 축출되거나 무고하게 희생된 조상들일지도 모른다.

그러나 옛 묘지에서 시작된 미에트와 실베르의 밤의 여정은 무엇보다 이들의 자아 성장과 연결된다. 미에트와 함께 늘 등장하는 망토와 생미트르 옛 묘지는 인간적 삶의 근원인 원초적 욕망과 연결된다. 소설 첫 장의 옛 묘지 생미트르 공터에 나타나는 열세 살 그녀의 모습에서 유난히 강조되는, 발까지 내려오는 두건 달린 풍성한 망토, 어린 연인들을 포근히 감싸고 숨겨 주는 은신처가 되는, 안에 털을 댄 넉넉하고 따뜻한 갈색 망토는 연인들이 숨을 수 있는 안전한 은신처, 보호처가 된다. 이런 보호처의 이미지는 우물에서의 만남이 금지되면서 밤마다[9] 젊은 연인들의 새로운 만남의 장소가 된 생미트르에서 더 뚜렷하게 나타난다. 달 밝은 밤이면 훤한 곳에서 개구쟁이들처럼 서로를 잡으러 다니면서 웃고 뛰놀며, 어두우면 어두운 대로 막 사랑에 눈뜬 설렘 속에 즐겁고 달콤한 시간을 보내는 생미트르 옛 묘지는 그들에게는 마을 사람들의 어떤 시선도 걱정할 필요 없이, 평화롭게 뛰놀 수 있는 그들만의 자유롭고 보호받는 공간이 된다. 자스·메프랑의 담벼락과 판자 더미 사이의 오직 그들만 알고 있는 조용한 오솔길은 아지트처럼 행복한 곳이다. 비를 피하기 위해 판자 더미를 헤쳐서 만들어 놓은 그들만의 작은 방은 오롯이 그들만을 위한 행복하고 안전한 작은 보금자리, 피난처이다. 망토와 생미트르 공터는 이상적 보금자리에 대한 압축과 확장의 표현이라 할 수 있다. "전통적으로 집은 모성적 모습과 일치하는 데 비해 '루공·마카르' 총서에서 집은 보호자인 착한 어머니와 은유적으로 연결되어 있지 않다. 보금자리의 부재를 볼 수 있는데, 내밀성을 가진 보금자리 차원의 방"[10]은, 『목로주점』에 나오는 제르베즈의 꿈이기도 하고, 졸라의 소설 세계에서는 중요한 주제에 속한다.

자신들만의 고유한 공간에서 느끼는 안전감과 보호받는 데서 느끼는 행복은 낯선 세상에 난폭하게 버려진 이들 고아가 힘겨

9 Bernard Urbani, "La nature et ses pouvoirs dans *La Fortune des Rougon* d'Emile Zola", *Acta Iassyensia Comparationis*, 2006, n. 4. p. 291. "밤은 항거와 무질서의 시간이며 미에트와 실베르, 혁명가들의 시간이다. 혁명을 꿈꾸는 이들은 연인들처럼 밤마다 꿈을 꾼다. 반동적 보수파들은 그들을 언제나 낮과 현실로 데려간다."

10 op. cit., Maarten Van Buuren, p. 77.

운 삶을 이겨 내고 다시 세상으로 나아가는 데 필요한 에너지를 축적하는 곳이라 할 수 있다. 어린 연인들의 행복한 보금자리, 안전한 공간에 대한 꿈은 플라상과는 다른 공간이다. 플라상은 정체되어 있고 비겁함, 이기주의, 타성, 외부에 대한 증오, 매일 밤 모든 성문을 걸어 잠그는 열쇠의 여행 속에서 어떤 움직임이나 변동도 허락하지 않는 꽉 닫힌 코쿤(cocoon)의 세계이다. "인간에게 안전성, 안식의 개념은 삶의 필수 조건이지만 외부 세계와 분리된 내부 공간에서 오는 안전성이 아니라 내면의 자유를 통해 그의 본질을 실현하는 과정으로 발전해야 하는 과제를 안고 있는 안전성이라 할 수 있다."[11] 어린 연인들의 안전성에 대한 욕망은 닫힌 코쿤의 세계가 아닌, 좀 더 성숙해지고 확장된 열린 공간이 되어야 한다. 어린 연인들은 더 넓은 곳으로 나아간다.

겨울이 지나고 봄날의 포근한 밤이 오면 생미트르 공터의 방문객들이 많아지고 숨을 곳을 찾아야 하는 데다 봄의 생명력이 주는 나른함과 어렴풋이 느껴지는 욕망에 당황해하며 들판으로 나가 신선한 공기를 맡기로 한다. 미에트의 품이 넉넉한 망토 속에 두 연인은 몸을 감추고 들판으로 나아간다. 바다 같은 밤의 들판, 파도처럼 힘 있게 흐르는 공기는 대자연의 충만함과 일치하는 그들의 순수하고 해방된 자아를 상징한다. 대자연은 그들에게 어머니 같은 품이 되고, 그들은 큰길로, 자유로운 드

11 조성애, 『공간, 어떻게 읽을 것인가』, 연세대학교 대학출판문화원, 2015, p. 49.

넓은 들판으로 들어서면서 더는 숨 막히지 않았고 그곳에서 자신들의 잃어버린 어린 시절의 행복을 되찾는다.

들판에 이어 그들이 즐겨 찾는, 별들이 쏟아지는 밤의 비요른강은 그들이 육감적인 사랑에 눈뜨는 순간이 되기도 하지만 무엇보다 그들이 느끼는 자유와 해방감, 되찾은 순수함은 이들의 자아가 성숙해지는 시간을 의미하기도 한다. 달빛 가득한 밤의 비요른강에서 수영하는 거뭇하게 피부가 탄 실베르는 어린 밤나무의 어두운 몸통 같고, 드러난 소녀의 동글동글한 팔다리는 강가의 자작나무 줄기를 닮았다. 생명을 키워 내는 모태인 물속에서 아이들은 자연의 일부(나무)가 되어 자연과 교감하며 자연의 생명력과 일치한다. 강에서의 수영 장면 이미지들인 '밤, 달, 물, 나무'는 끝없이 재탄생하는 자연을, 치유와 풍작을 가져오는 자연을, 모든 생명의 잉태와 성장을 대표하는 이미지들이다. 밤의 비요른강에서 새의 가벼운 날갯짓처럼 물을 가르며 수영하는 미에트는 자연과의 원초적인 융합의 모습, 모든 생명의 모태인 물과 결합한 비상의 모습이다.

이들이 들판과 비요른강의 밤의 산책에서 언제나 되돌아오는 곳은 바로 생미트르 옛 묘지이다. 그곳에서 그들은 자기 집에 돌아온 것처럼 편안하고 죽음으로 비옥해진 이 토양에서, 건강하고 무성하게 자라는 아름다운 식물처럼 그들의 사랑이 커 갔다고 생각한다. 하지만 그들이 들판과 비요른강에서 자연의 풍요로운 생명력과 조우한 다음의 생미트르는 예전과는 다른 의미로 나타난다고 볼 수 있다. 봄의 생미트르에서 발산되는 강한 생명력이 어린 그들에게 어렴풋하지만 관능적인 열기로 혼란스러운 감정을 일으켰다면, 그들이 두 해 동안 누비고 다닌 들판과 강의 강한 생명력은 12월의 차가운 빗속에서, 7월의 뜨거운 유혹도 지나가면서 대다수의 부끄러운 사랑으로 빠지지 않게 하며 순수한 사랑을 지키는 힘이 된다. 그들에게 관능적인 사랑을 부추기는 옛 묘지에서는 애수만 느낄 뿐이고, 짧게 끝날지도 모르는 자신들의 생을 막연히 예감할 뿐이다. 어린 연인들의 순수하고 절대적인 사랑은 생미트르 옛 묘지에 밴 억압과 죽음의 공포를 사라지게 하고 강한 연대의 힘으로 나타난다.

새로운 세상을 위한 그들의 봉기가 실패로 끝날지도 모르지만 죽음을 넘어선 그들의 강한 연대는 실베르와 미에트의 성장한 내적 자아를 의미하며, 저항군에 참여하기 전, 들판 언덕에서 실베르의 어깨에 기대 평화로이 잠들다 깬 미에트 앞에 펼쳐진 새벽녘 대자연의 충만한 생명력의 풍경과 일치한다. 하얀 하늘 아래 환하게 펼쳐진 계곡, 샘물처럼 맑고 차갑게, 수정처럼 투명한 빛으로 지평선을 가득 채우고 있는 여명, 황톳빛 대지 가운데로 끝없이 흘러가는 비요른강, 올리브나무와 포도나무들의 회색 바다가 끝없이 펼쳐진 계곡의 풍경 속에서, 떠오르는 태양, 강, 대지는 모두 대자연의 강한 생명력을 찬미하고 있다. 잠에서 깨어난 미에트가 마주한 것은 바로 생명을 잉태하고 양육하는 풍요로운 생명력의 힘, 물과 태양의 어머니 대지이다.[12]

---

12 Maarten Van Buuren, *Les Rougon-Macquart d'Emile Zola*, Librairie Jose Corti, 1986, p. 68. 태모의 아바타는 물, 태양으로 에너지 저장고이며 풍요로운 생명력을 가진 요소들이다.

실베르와 미에트가 보여 주는 사랑과 성장의 여정인 긴 회고의 장을 거친 후, 1장과 다시 이어진 5장에서, 비로소 이들은, 짧은 순간이지만, 자신들을 환호하는 광장의 거대한 파랑돌 춤과 어우러지면서 사회적 존재로서, 해방자 및 구원자로서 인정받는 환희를 맛본다.

그런 어린 커플의 꿈은 어디서부터 잘못된 길로 들어선 것인가. 기성세대의 이기적인 욕망 때문인가, 아니면 저항군의 잘못된 전략 때문인가. 사회적으로 배제된 채 술에 빠져 살았던 무기력한 마카르와 달리, 실베르[13]는 모두에게 조롱받는 미에트를 구원하고, 마카르나 미에트의 아버지 같은 사회적 약자들에 대한 억압이 없는, 모두가 자유롭고 행복한 공동체를 꿈꾼다. 그러나 모두가 행복한 인도주의적 유토피아는 그의 설익은 독서가 의미하듯 폭력을 통한 정화의 길, 총을 택한다. 미에트는 그의 총을 두려워하면서도 그를 따라 항쟁에 참여했다가 비극적인 죽음을 맞이한다. 사실 이들의 실패는 예정되어 있었다. 어린 커플의 여정에는 언제나 죽음의 그림자가 동반되고 있다. 모성적 사랑에 굶주린 고아 실베르와 미에트를 어머니같이 부드럽게 위로하는 "우물은 이들에게 피난처, 보금자리, 순수한 순결의 장소, 모성적 잉태의 상징인 자궁인 동시에 죽음의 지하

13 Henri Mitterand, "Une archéologie mentale. *Le Roman expérimentale* et *La Fortune des Rougon*", *Le Discours du roman*, puf, 1980, p. 179. 실베르 또한 역사적으로 진짜인 인물인 동시에 인간을 잠에서 깨우고 생명과 구원을 가져오는 태곳적 인물, 파수꾼이자 메신저로서의 신화적 인물이기도 하다.

세계를 연상"[14]시킨다. 그들이 가장 좋아하는 옛 묘지는 삶보다 죽음의 공간이란 점, 이들 만남의 시간이 낮이 아닌 밤이란 점에서 이들의 내적 시공간이 외적 세계와의 긴장을 해결하기에는 부정적으로 보이기 때문이다. 그러나 그들의 죽음은 폭력을 정화시키는 희생 제물로서의 비극적 죽음도 아니며, 전진하는 역사의 선형적인 시간을 무너뜨리고, 억압이 승리하는 체제의 영원한 회귀의 닫힌 원의 이야기도 아니다. 어린 연인들이 꿈꾼 공화정이라는 역사적 시간은, 자아의 성장에 필수적인 자유롭고 행복한 보금자리에 대한 욕망, 그리고 구원과 해방에 대한 꿈이라는, 시간을 뛰어넘어 영원히 되돌아오는 인류의 꿈과 결합되는 한, 언제나 되돌아오는 열린 결말이 된다.

어머니 신화의 심리적 기원

『루공가의 치부』의 주요 인물인 디드 아줌마, 미에트, 펠리시테는 여성을 넘어 어머니들의 이야기를 들려준다는 점에서 이들 어머니의 존재가 무엇을 가리키고 있는지 보아야 할 것이다. 루공·마카르가의 시조 어머니인 디드 아줌마, 잉태에 이르지 못한 어린 어머니 미에트, 루공가의 실질적 시조이며 플라상

---

14 Joel July, "Vertus du puits mitoyen dans *La Fortune des Rougon* d'Emile Zola", *Visage de la Provence. Zola. Cezanne, Giono*……, Actes du colloque international d'Aix-en-Provence, 19-21 octobre 2007, p. 61.

의 새로운 정복자가 되는 펠리시테라는 세 어머니 유형은, 졸라의 루공·마카르가 이야기의 또 다른 심리적 기원을 가리키고 있다.

이 소설의 원제 'La Fortune des Rougon'에서 'la Fortune'은 운명, 행운, 운, 횡재, 큰돈 등 여러 가지 의미로 해석되며 포르투나 여신에서 파생된 단어이다. 바퀴가 어원인 포르투나 여신은 번영과 재앙의 영원한 변환을 의미한다. 행운과 불운을 배분하는 운명의 여신 포르투나는 본래 풍요를 가져다주는 대지의 여신으로, 생명과 죽음을 관장하는 '위대한 어머니'의 계보에 속한다. 실베르에게 헌신적 사랑을 보여 주는 디드 아줌마는 구원자를 키워 내는 양육과 보호의 '위대한 어머니' 신화와 연결되어 있다. 그리고 미에트와 펠리시테는 대립되는 두 얼굴의 어머니 신화를 가리킨다. "태모 원형은 무엇보다 포동포동한 몸과 같은 둥근 형체의 상징으로 표현된다. 모든 생명의 형태들을 생산하고 취하는 우주적 배처럼 둥근 형태는 아이를 낳고 키우는 착한 어머니를 은유한 것이지만 다시 취하고 죽이고 삼키는 무서운 어머니라는 악한 쪽 측면으로 쉽게 변화된다."[15]

우선 미에트는 강한 생명력을 상징하는 거대한 쪽 찐 머리와 둥글고 굵은 팔다리 같은 신체뿐만 아니라, 비요른강에서 수영하는 그녀는 '밤, 물, 달'의 이미지와 함께 모든 생명의 모태인 대자연과의 원초적인 융합, 풍요와 다산의 원형인 '위대한 어머

15 op. cit, Maarten Van Buuren, p. 96.

니'의 긍정적 측면을 가리킨다. 사실 그녀의 본명인 마리는 "위대한 어머니 숭배 의식에서 어머니로서의 존재를 물려받은 측면이 있다. 마리(Marie)라는 이름은 본래 바다(mare)에서 유래되며 바다로 상징되는 거대한 자궁을 상징한다. 여기서 탄생하는 것이 풍요로운 대지를 책임질 위대한 어머니, 여성 구세주이다."[16] 자신의 죽음 앞에서 미에트는 잉태에 이르지 못한 동정녀로 죽는 것을 한탄한다.

반면, 루공가의 실질적 시조 어머니인 펠리시테[17]는 다산의 어머니이지만 그녀의 마른 몸매는 요셉의 꿈 해몽에 등장하는 흉년을 상징하는 비쩍 마른 암소를 연상시킨다. 펠리시테는 자녀에 대한 애정보다는 자녀를 투자로, 자본으로 생각하며, 권력 쟁취에 대한 무자비한 욕망을 대표한다. 자신의 종족을 위해 타자는 물론 아들 파스칼도 희생시키는(『파스칼 박사』), 삼킴의 공포를 주는 태모의 부정적 측면이 강하게 나타난다. '루공·마카르' 총서에는 삼킴의 공포를 주는 존재들이 반복되어 나타나는데, 보뢰 탄광(『제르미날』)이나 백화점 물류 창고(『여인들의 행복 백화점』)는 지하에 웅크리고 앉은 거대한 하반신과 거대한 입으로 그려지면서 태모의 부정적 측면을 드러낸다.

이들 세 어머니에게서 보이는 흥미로운 점은, 플라상이라는 도시의 중심 공간에서 모두 배제된 존재라는 공통된 공간적 위

16 버나드 리테어, 『돈 그 영혼과 진실』, 강남규 역, 참솔, 2004, p. 92,

17 펠리시테는 『플라상의 정복(*La Conquête de Plassans*)』에서는 66세, 『파스칼 박사(*Le Docteur Pascal*)』에서는 80세이지만 언제나 원기 왕성하게 움직이는 젊은 여성의 활기찬 모습으로 나이를 종잡을 수 없다.

상을 가지고 있다는 것이다. 디드 아줌마는 플라상 도성 밖으로 쫓겨나 주변인으로서 죽은 자처럼 잊힌 채 살며, 미에트는 도성 밖에서도 가장 낮은 천민으로 박해받으며 사회적으로 완전히 배제된 채 살아간다. 펠리시테는 플라상의 가난한 구시가지에 살면서 창문으로 늘 부유한 신시가지를 훔쳐보며 자신의 초라한 계층을 탈출하여 신시가지로 가서 살고 싶은 염원뿐이다. 이들은 '루공·마카르' 총서 대부분의 여성 주인공들처럼 지리적으로나 심리적으로나 "자신들의 거주지에 한정된"[18] 인물이며, 이런 심리적 갇힘에서 존재적 불안감을 느끼는 존재들이라 할 수 있다. 미에트가 실베르와 함께 자신의 울타리를 넘어 사회적 정체성을 확립해 간다면, 펠리시테도 결국 플라상을 정복하고 그 중심에 서게 된다. 그녀들은 모두 공간 정복을 통해 내밀한 자아, 사회적 자아를 확립하고 증명하려는 보편적인 인간적 욕망을 상징한다. 사실 '루공·마카르' 총서의 이야기들은 플라상과 파리라는 두 도시의 정복 이야기라고 할 수 있다. 『루공가의 치부』 바로 다음 소설 『쟁탈전』과 18번째 소설 『돈』은 펠리시테의 아들 사카르(아리스티드)의 파리 정복 이야기이며, 네 번째 소설 『플라상의 정복』은 펠리시테의 플라상 완전 정복 이야기이다. 『으젠 각하』는 펠리시테의 첫째 아들 으젠 루공의 파리 정복 이야기이다. 이 밖에도, '루공·마카르' 총서의 많은 주요 인물이 파리 정복의 열망을 드러낸다. 주변인의 위상을 가진 어머

18 op. cit., Christian Mbarga, pp. 127~128.

니에게서는 본인뿐만 아니라 그 자식들에게서도 자아 확립에 대한 욕망으로, 공간에 대한 욕망으로, 도시 정복 이야기로 확장된다고 할 수 있다. 실제로 "태모는 무엇보다 땅과 연결되지만 도시, 교회, 방과 같은 인간의 구조물 묘사에서도 태모를 암시함을 볼 수 있다. 특히 도시는 태모를 상징해 왔다. 고대 도시들의 건립은 중심-가슴을 확정하고 축성하는 데서 시작된다".[19]

한 가계의 시조 어머니 디드 아줌마는 그녀와 이름이 비슷한 디동의 도시 창립 신화[20]에서 한 집안을 넘어 새로운 도시의 건립에 대한 원초적 욕망을 유추해 볼 수 있다. 디드라는 이름은 카르타고의 건립자이며 비극적 운명의 전설적 여왕인 디동(또는 디도)의 이름을 연상시킨다. 티로스의 왕 벨로스의 딸인 디동은 그녀의 형제에게 왕좌를 빼앗기고 남편까지 살해당하자 가신들을 이끌고 티로스를 떠나 지금의 튀니지 해변에 카르타고라는 도시를 세운다. 디동 신화와 디드 아줌마의 공통된 이야기 구조는 권력을 쟁취하기 위한 억압과 항거 사이에 친족 살해가 일어났다는 것과 새로운 체제의 탄생에 희생 제물이 있다는 것이다.

---

19 op. cit., Maarten Van Buuren, pp. 73~74.

20 Pascale Krumm, "Dide, ou la Didon des temps modernes", *CN* 1994, n.68, pp. 39-47. Wikipedia, 'Didon'. 네이버 지식 백과, '디도'. 디동의 도시 건립 이후 이야기는 두 가지로 전달되는데, 그중 하나는 원주민의 왕인 이아르바스의 청혼을 거절한 다음 거대한 장작불을 피우고 그 불 속에 뛰어들어 자신을 산화시킨다는 이야기이다. 베르길리우스의 아이네이스 버전에는, 그녀가 그곳에 도착한 트로이 유민 아이네이스와 열정적인 사랑에 빠지는데 제우스가 헤르메스를 보내 아이네이스에게 로마를 건설할 운명임을 알리고 카르타고를 떠날 것을 명하자 버림받은 디동은 장작불 속으로 뛰어든다. 디동의 죽음은 새로운 공동체를 건립하면서 일어났던 폭력을 정화하고 축성하기 위한 희생 제물을 상징한다고 할 수 있다.

디드 아줌마가 디동이라는 전설적 인물을 연상시키면서 부지중에 이상적 공동체 또는 새로운 도시 건립이라는 꿈을 내재하고 있다면, 미에트의 행복한 보금자리에 대한 원초적 욕망은 이상적 공동체나 구원과 해방이라는 영원한 인류학적 욕망으로 연결되어 있다. 미에트는 본명이 마리이며, 닫힌 문을 열고 실베르를 처음 만난 날이 성모 마리아 승천절인 점, 봉기한 민중의 깃발을 든 자신이 성체 성혈 대축일 행렬에서 성모의 깃발을 들고 행진하는 모습과 같다고 말한 점, 생미트르 옛 묘지에서 실베르와 늘 만나는 곳이 마리라는 여성의 묘비라는 점에서 마리아와 계속 연결되어 있다. 여기서 마리는, 구원자를 잉태하고 세상에 내놓으며 새로운 영적 공동체(교회)의 어머니가 된 성모 마리아의 이미지를 넘어, 잉태의 상징으로서 모든 여성을 의미한다. 미에트는 비록 잉태에 이르지는 못하지만, 고대 신화에서 아버지 없이 어머니 혼자 영웅-구원자를 양육하고 세상에 내놓는 태모 신화처럼, 새로운 공동체를 상징하는 클로틸드와 구원자 아기(『파스칼 박사』)를 예고한다고 할 수 있다.

펠리시테는 디드 아줌마나 미에트와는 달리, 가장 적극적으로 도시 정복의 꿈을 실현한다. 『루공가의 치부』에서 쿠데타 반대파들을 제거하고 플라상의 지배 세력이 된 그녀는 제2제정 초기에 나폴레옹 3세의 통치를 적극적으로 활용하면서 플라상에서 여왕으로 칭송되고 플라상을 지배하는 세력이 된다(『플라상의 정복』). 그녀는 제정이 끝난 후에도, '루공 양로원'을 세우고 건물 초석에 루공가의 이름을 새기며 플라상 모두의 열렬한 환호 속에 도시의 어머니-여왕으로 칭송된다(총서 마지막 소설 『파스칼 박사』). 무고하게 살해된 이들이 흘린 피로 플라상을 정복하고 루공가를 일으킨 펠리시테는 희생과 폭력을 토대로 세워진 공동체를 상징한다. 사실 그녀가 세운 집-양로원은 행동보다 인간 후반기의 휴식, 잠, 평안한 영면을 위한 공간이다. 『목로주점』의 제르베즈가 그토록 원했던 평안한 잠이 죽음의 본능으로 드러나듯, 그녀의 양로원 건설은 생명의 본능보다 죽음의 본능에 가깝다고 할 수 있다. 제르베즈처럼, 이들 어머니의 이야기는 모두 문제점을 드러낸다. 양육과 보호의 어머니 디드 아줌마는 잃어버린 낙원(푸크가의 옛집)에 대한 모든 기억을 거부한 채 죽은 자처럼 수동적으로 살아간다. 따뜻한 품과 넘치는 생명력의 어린 어머니 미에트는 들판과 비요른강에서 자연의 충만한 생명력 속에서 자유롭고 행복한 은신처-낙원을 찾지만, 그녀가 뛰놀던 곳이 밤의 옛 묘지나 들판인 것처럼 사회적 관계의 공간이 아니라 고립되고 단절된 공간이며, 낮의 현실적인 억압에 대항하기에는 밤의 낙원은 꿈과 환상의 시간에 속할 뿐이다. 야욕의 어머니 펠리시테 또한 수단과 방법을 가리지 않고 부와 권력을 강탈하는 지독한 이기심과 물질 지상주의는 그녀의 성취를 부정적으로 만든다.

생미트르 옛 묘지의 묘비 "마리 여기 잠들다"에서 끝나는 이야기는 전진하는 역사적 시간이 신화적 시간 속에 매몰되면서 실패한 것으로 보이지만, 과거의 마리를 미에트가 이어 갔듯이 또다시 태어날 마리를 예고한다. 미에트와 실베르의 꿈이 공화정 수립이라는 역사적 열망에 그치지 않고 자유롭고 행복한 보호처, 나아가 모두가 행복한 이상적인 공동체(도시)에 대한 인류의 근원적인 욕망인 이상, 언제나 다시 돌아오기 때문이다. 이 욕망은 인류로 하여금 더 나은 세상으로 나아가게 만드는 원초적 생명력인 동시에 졸라의 소설들과 그의 생애를 통과하는 심리적 기원이라 할 수 있다. 그의 소설에 나타나는 주변인의 반란, 희생, 구원 같은 신화적 이야기와 역사, 꿈과 현실, 이상과 체제는 대립적이 아니라 서로를 보완하고 풍요롭게 만드는 에너지가 된다. 이들은 "신화로도 역사로도 돌아가지 않고 서로의 의미 작용"[21]이 된다.

21 Henri Mitterand, "Une archéologie mentale. *Le Roman expérimental* et *La Fortune des Rougon* dans *Le Discours du roman*", *Le Discours du roman*, puf, 1980, p. 184.

판본 소개

본 역서의 원전으로는 갈리마르 출판사에서 1960년에 출판한 Emile Zola, *La Fortune des Rougon*, Les Rougon-Macquart, Bibliothèque de la Pléiade, t. 1, Gallimard, 1960을 사용했다.

에밀 졸라 연보

1840 4월 2일, 파리에서 이탈리아인 프랑수아 졸라(1795~1847)와 남부 보스 지역 출신의 에밀리 오베르(1819~1880) 사이에서 출생.

1843 엑상프로방스의 댐과 운하 건설을 맡은 아버지를 따라 엑스로 이주함. 프랑수아 졸라는 운하 건설 사업 중 갑작스레 폐렴으로 사망(1847)하고, 졸라 모자는 막대한 부채와 긴 소송으로 극심한 생활고를 겪음. 졸라에게 아버지는 진보의 영웅, 자유로운 정신의 남자, 개척자, 건설자, 정복자의 이미지로 남으며 그의 작품에서 중요한 위치를 가짐.

1852~1856 부르봉 중학교에서 만난 폴 세잔, 장 바티스탱 바유와 엑스의 산천을 뛰놀며, 위고와 뮈세를 읽고 시, 드라마, 소설을 쓰면서 서정적이며 낭만적 감성이 충만한 시기를 보냄. 졸라는 이 트리오 시절의 우정을 늘 그리워함.

1858 어머니와 파리에 정착 후 아버지 지인의 도움으로 명문 생루이 고등학교에 입학. 이 학창 시절은 이상주의적 성향의 가난한 시인 지망생 졸라에게 실망과 부적응의 시절임.

1859 엑스 지방지 『라 프로방스』에 시 「졸라 운하」 발표. 바칼로레아에 낙방 후 학업을 포기함. 그 당시 바칼로레아는 고등 교육을 받을 수

있는 자격증이며 신분 상승의 길이었음.

1860 파리 화물 창고에서 두 달 일하고 사직함. 생존과 시인의 꿈 사이에서 좌절을 맛본 시기. 1860년 중반에서 1862년 초반까지 바느질로 생계를 꾸려 가는 어머니에게 짐이 되고 싶지 않아 독립한 뒤 무직 상태에서 전당포를 오가는 궁핍한 삶이지만 많은 독서를 통해 정신적으로는 풍요롭고 성숙했던 시기임. 꾸준히 시를 습작하고 신문에 단편, 시 발표함. 지극히 순수한 인물이나 이상적 사랑을 그린 동화와 뮈세를 모방한 수백 편의 시를 씀. 세잔과 에콜 폴리테크니크에 입학한 바유와 함께 교외 산책이나 화가들의 전시회와 아틀리에를 방문하고 피사로, 마네, 모네, 드가, 르누아르, 팡텡-라투르, 시슬레 등과 교류함.

1862 아셰트 출판사의 소포 발송부에서 일함. 탁월한 지성 덕분에 자유주의와 실증주의의 온실인 아셰트사의 작가, 비평가, 기자들과 폭넓은 친분 관계 쌓음. 실증주의 문학론의 선구자 텐, 에밀 리트레, 생트뵈브, 미슐레 등의 저서를 통해 새로운 시각을 키우면서 점차 서정적 낭만주의의 성향에서 벗어남. 10월 귀화 신청이 승인되어 프랑스 국적 취득함. 1864년 문학 광고 부서 책임자로 승진되고 언론과 문학에 대해 많은 것을 경험함. 1859~1864년까지 쓴 8편의 단편들(1866년 모음집 『니농에게 바치는 이야기』로 출간)은 주로 환상적인 이야기로 꿈과 현실 사이에서 망설이는 낭만주의자 졸라의 모습이 반영되어 있음. 아셰트사 시절 이후 이런 이야기들에서 벗어나 사회의 불평등을 비판적 시각으로 바라보게 됨.

1865 『르 피가로』, 『르 살뤼 퓌블리크』 등 다양한 신문에 기고함. 첫 소설 『클로드의 고백』 출간. 공쿠르 형제들과 편지를 주고받음.

1866 전업 작가로 살기 위해 아셰트사 퇴직함. 생활을 위해 『레벤망』의 문학평 담당자로 일하며 전시회에 대한 보고서도 씀. '나의 살롱'이라는 제목으로 신고전주의, 낭만주의와 다른 새로운 미술 흐름을 소개하고 주류 아카데미파를 신랄하게 비판하면서 예술가들 사이

에 엄청난 반향을 불러일으킴. 관객들이 조롱하고 분노했던 마네를 옹호하는 졸라의 글에 독자들이 격렬히 항의하면서 기사를 중단하게 됨. 마네는 자신을 옹호해 준 졸라에 대한 보답으로 졸라의 초상화를 그림(1868년 전시회에 출품됨). 비평 모음집 『내가 증오하는 것들』, 미술 비평 모음집 『나의 살롱』 출간. 『레벤망』에 두 번째 소설 『한 죽은 여인의 서원』 연재. 1867년 '마네의 새로운 그림 방식' 발표. 『마르세유의 신비』, 『테레즈 라캥』 출간. 이 작품으로 당대 문학계의 거장인 텐과 공쿠르 형제, 생트뵈브의 주목을 받음.

1868 1862년부터 문학 비평과 편지에서 이상주의적이고 교화적인 당대의 문학에 대항해 과학적 방법을 차용하면서 진실의 문학을 옹호하고 이론화시키고자 함. 자연주의 소설이라는 명칭도 자연 과학에 대한 순명에서 나온 것임. 텐과 리트레의 영향으로, 소설가의 연구 영역은 온전히 현실이며, 작가는 관찰하는 대로 사실을 기록하는 자연 과학의 엄격함을 갖춘 관찰자로서 모두 말하고 모두 보여 주어야 하며, 다루지 못할 터부란 있을 수 없고 원인과 결과의 연관성 속에서 인간과 사회를 움직이는 법칙을 이해시키는 것이 목표라고 봄. 특히 생리학자 클로드 베르나르의 『실험 의학 서설』(1865)에서 영감을 받음. 그럼에도 무엇보다 예술가의 고유한 기질이 드러나는 창조적인 시각이 중요하다고 설파함. 나아가 유전학과 생리학으로 신과학의 돌풍을 일으킨 프로스퍼 루카스(1847~1850)의 『자연 유전의 철학적·생리학적 개론』, 샤를 르투르노의 『정념의 생리학』에 심취하면서 생리적·사회적 분석으로 나아가고자 하는 '자연주의 소설'의 초석을 세움. 생리학에 의존한 결과, 졸라는 정신보다 육체를, 감정보다 본능을, 교육보다 유전을 우위에 놓으며 환경과 상황이 인간을 결정짓는 것을 전제로 함.

1869 루공가(家)와 마카르가(家) 후손들을 중심으로 제2제정기의 프랑스 사회를 묘사한 20권짜리 소설 연작 '루공·마카르' 총서(부제: '제2제정하의 한 가족의 자연적 사회적 역사')에 대해 구체적으로 구

상함. 총서 1권 『루공가의 치부(*La Fortune des Rougon*)』 집필을 시작하고 1870년에 『르 시에클(*Le Siècle*)』에 연재한 후 1871년에 출간. 차후 그의 모든 소설은 신문 연재를 먼저하고 그 후 책으로 출간되는 독특한 방식임.

1871~1893 '루공·마카르' 총서는 매년 한 권씩 20년 동안 20권의 연작소설로 이어짐. 평생토록 매일 8시 기상, 한 시간 산책, 9시부터 오후 1시까지 규칙적인 글쓰기에 할애한 자신을 집요하고 일에 미친 노동자라고 표현함. 초기 소설들은 그다지 주목받지 못하였으나 『목로주점』이 엄청난 대중의 호응을 얻으면서 명성을 얻기 시작하고 『나나』, 『제르미날』 등으로 프랑스에서 가장 주목받는 작가가 됨.

1870 가브리엘 알렉상드린 멜레와 결혼.

1871 『루공가의 치부』 출간.

1888 알렉상드린의 양재사 겸 가정부로 들어온 잔 로즈로와 연인 관계로 발전하면서 이중 살림 시작함. 잔 로즈로와의 사이에 1889년 딸 드니즈, 1891년 아들 자크 출생함.

1894~1898 '세 도시 이야기' 1권 『루르드』, 2권 『로마』, 3권 『파리』 출간.

1896~1901 드레퓌스 사건의 진실을 파헤친 베르나르 라자르 기자의 방문으로 사건의 진상에 관심을 갖게 됨.

1897 드레퓌스 사건과 관련된 인사들과 만나면서 드레퓌스의 무죄를 확신하고 진실을 밝히기로 결심한 뒤 군부와 정치권이 거부한 드레퓌스 사건의 재심을 요청하기 위해 『르 피가로』에 반유대주의를 비판하는 글들을 기고하고 「청년에게 고함」, 「프랑스에 고함」 등의 팸플릿을 씀.

1898 드레퓌스 사건의 진범 에스테라지가 형식적인 재판을 거쳐 무죄로 풀려나자 1월 13일 『로로르』에 펠릭스 포르 대통령에게 보내는 공개서한 「나는 고발한다(J'accuse...!」를 발표함. 이를 계기로 대중은 처음으로 사건의 전모를 알게 되고 프랑스 전역과 전 세계가 정

치적, 이데올로기적 논쟁에 휘말림. 국방부로부터 명예 훼손죄로 고소당한 뒤 센 중죄 재판소에서 징역 1년형과 3천 프랑의 벌금형을 선고받고 런던으로 망명함. 허위 증거로 드레퓌스를 유죄로 몰고 간 앙리 중령이 자살함. 1899년 여론의 압박으로 드레퓌스 재판이 재개되고, 형 집행이 정지된 졸라는 11개월의 망명 생활을 끝내고 귀국.

1899~1902 연작 소설 '4복음서'의 1권 『풍요』, 2권 『노동』 출간.

1900 『르 피가로』에 드레퓌스의 복권을 촉구하는 글 계속 발표함. 5월 파리 만국 박람회를 여러 차례 방문해 사진을 찍어 기록물로 남김. 드레퓌스와 처음으로 만남.

1901 드레퓌스 사건과 관련된 팸플릿과 기고문 13편을 모은 졸라의 『전진하는 진실』 출간. 졸라의 아파트 뒷문에서 폭탄이 담긴 상자가 발견됨.

1902 드레퓌스 사건에서 영감을 받은 '4복음서' 3권 『진실』 완결. 졸라 부부가 메당에서 여름을 보내고 파리로 온 다음 날 9월 29일 아침에 가스 중독으로 졸라 사망함. 「나는 고발한다」 발표 이후 반유대주의자, 인종 혐오주의자, 국수주의자들에게 살해 위협을 받던 터라 정치적 보복 살인이라는 설이 분분했으나 경찰은 증거가 없다는 이유로 단순 사고사로 처리함. 10월 5일 거행된 장례식에서 광부들이 "제르미날!"을 연호하는 가운데 몽마르트르 공동묘지에 인장됨. 아나톨 프랑스가 아카데미 프랑세즈의 대표로 조사를 읽음. "그는 인간의 양심의 위대한 한순간이었습니다."

1903 유작 『진실』 출간. '4복음서' 마지막 권 『정의』는 초안 상태로 남음.

1906 드레퓌스는 무죄가 선고되고 군에 복직되며 레지옹 도뇌르 훈장 수훈.

1908 6월 4일 졸라의 유해는 프랑스 위인들의 전당인 팡테옹으로 이장됨.

새롭게 을유세계문학전집을 펴내며

을유문화사는 이미 지난 1959년부터 국내 최초로 세계문학전집을 출간한 바 있습니다. 이번에 을유세계문학전집을 완전히 새롭게 마련하게 된 것은 우리가 직면한 문화적 상황에 적극적으로 대응하기 위해서입니다. 새로운 을유세계문학전집은 세계문학의 역할이 그 어느 때보다 중요해졌다는 인식에서 출발했습니다. 오늘날 세계에서 타자에 대한 이해는 우리의 안전과 행복에 직결되고 있습니다. 세계문학은 지구상의 다양한 문화들이 평등하게 소통하고, 이질적인 구성원들이 평화롭게 공존할 수 있는 문화적인 힘을 길러 줍니다.

을유세계문학전집은 세계문학을 통해 우리가 이런 힘을 길러 나가야 한다는 믿음으로 만들어졌습니다. 지난 5년간 이를 준비하기 위해 많은 노력을 기울였습니다. 세계 각국의 다양한 삶의 방식과 문화적 성취가 살아 있는 작품들, 새로운 번역이 필요한 고전들과 새롭게 소개해야 할 우리 시대의 작품들을 선정했습니다. 우리나라 최고의 역자들이 이들 작품 속 한 문장 한 문장의 숨결을 생생히 전하기 위해 심혈을 기울였습니다. 또한 역자들은 단순히 번역만 한 것이 아니라 다른 작품의 번역을 꼼꼼히 검토해 주었습니다. 을유세계문학전집은 번역된 작품 하나하나가 정본(定本)으로 인정받고 대우받을 수 있도록 최선을 다했습니다. 세계문학이 여러 경계를 넘어 우리 사회 안에서 주어진 소임을 하게 되기를 바라며 을유세계문학전집을 내놓습니다.

을유세계문학전집

1. 마의 산(상) 토마스 만 | 홍성광 옮김
2. 마의 산(하) 토마스 만 | 홍성광 옮김
3. 리어 왕 · 맥베스 윌리엄 셰익스피어 | 이미영 옮김
4. 골짜기의 백합 오노레 드 발자크 | 정예영 옮김
5. 로빈슨 크루소 대니얼 디포 | 윤혜준 옮김
6. 시인의 죽음 다이허우잉 | 임우경 옮김
7. 커플들, 행인들 보토 슈트라우스 | 정항균 옮김
8. 천사의 음부 마누엘 푸익 | 송병선 옮김
9. 어둠의 심연 조지프 콘래드 | 이석구 옮김
10. 도화선 공상임 | 이정재 옮김
11. 휘페리온 프리드리히 횔덜린 | 장영태 옮김
12. 루쉰 소설 전집 루쉰 | 김시준 옮김
13. 꿈 에밀 졸라 | 최애영 옮김
14. 라이겐 아르투어 슈니츨러 | 홍진호 옮김
15. 로르카 시 선집 페데리코 가르시아 로르카 | 민용태 옮김
16. 소송 프란츠 카프카 | 이재황 옮김
17. 아메리카의 나치 문학 로베르토 볼라뇨 | 김현균 옮김
18. 빌헬름 텔 프리드리히 폰 쉴러 | 이재영 옮김
19. 아우스터리츠 W. G. 제발트 | 안미현 옮김
20. 요양객 헤르만 헤세 | 김현진 옮김
21. 워싱턴 스퀘어 헨리 제임스 | 유명숙 옮김
22. 개인적인 체험 오에 겐자부로 | 서은혜 옮김
23. 사형장으로의 초대 블라디미르 나보코프 | 박혜경 옮김
24. 좁은 문 · 전원 교향곡 앙드레 지드 | 이동렬 옮김
25. 예브게니 오네긴 알렉산드르 푸슈킨 | 김진영 옮김
26. 그라알 이야기 크레티앵 드 트루아 | 최애리 옮김
27. 유림외사(상) 오경재 | 홍상훈 외 옮김
28. 유림외사(하) 오경재 | 홍상훈 외 옮김
29. 폴란드 기병(상) 안토니오 무뇨스 몰리나 | 권미선 옮김
30. 폴란드 기병(하) 안토니오 무뇨스 몰리나 | 권미선 옮김
31. 라 셀레스티나 페르난도 데 로하스 | 안영옥 옮김

32. 고리오 영감 오노레 드 발자크 | 이동렬 옮김
33. 키 재기 외 히구치 이치요 | 임경화 옮김
34. 돈 후안 외 티르소 데 몰리나 | 전기순 옮김
35. 젊은 베르터의 고통 요한 볼프강 폰 괴테 | 정현규 옮김
36. 모스크바발 페투슈키행 열차 베네딕트 예로페예프 | 박종소 옮김
37. 죽은 혼 니콜라이 고골 | 이경완 옮김
38. 워더링 하이츠 에밀리 브론테 | 유명숙 옮김
39. 이즈의 무희 · 천 마리 학 · 호수 가와바타 야스나리 | 신인섭 옮김
40. 주홍 글자 너새니얼 호손 | 양석원 옮김
41. 젊은 의사의 수기 · 모르핀 미하일 불가코프 | 이병훈 옮김
42. 오이디푸스 왕 외 소포클레스 | 김기영 옮김
43. 야쿠비얀 빌딩 알라 알아스와니 | 김능우 옮김
44. 식(蝕) 3부작 마오둔 | 심혜영 옮김
45. 엿보는 자 알랭 로브그리예 | 최애영 옮김
46. 무사시노 외 구니키다 돗포 | 김영식 옮김
47. 위대한 개츠비 프랜시스 스콧 피츠제럴드 | 김태우 옮김
48. 1984년 조지 오웰 | 권진아 옮김
49. 저주받은 안뜰 외 이보 안드리치 | 김지향 옮김
50. 대통령 각하 미겔 앙헬 아스투리아스 | 송상기 옮김
51. 신사 트리스트럼 섄디의 인생과 생각 이야기 로렌스 스턴 | 김정희 옮김
52. 베를린 알렉산더 광장 알프레트 되블린 | 권혁준 옮김
53. 체호프 희곡선 안톤 파블로비치 체호프 | 박현섭 옮김
54. 서푼짜리 오페라 · 남자는 남자다 베르톨트 브레히트 | 김길웅 옮김
55. 죄와 벌(상) 표도르 도스토예프스키 | 김희숙 옮김
56. 죄와 벌(하) 표도르 도스토예프스키 | 김희숙 옮김
57. 체벤구르 안드레이 플라토노프 | 윤영순 옮김
58. 이력서들 알렉산더 클루게 | 이호성 옮김
59. 플라테로와 나 후안 라몬 히메네스 | 박채연 옮김
60. 오만과 편견 제인 오스틴 | 조선정 옮김
61. 브루노 슐츠 작품집 브루노 슐츠 | 정보라 옮김
62. 송사삼백수 주조모 엮음 | 김지현 옮김
63. 팡세 블레즈 파스칼 | 현미애 옮김
64. 제인 에어 샬럿 브론테 | 조애리 옮김
65. 데미안 헤르만 헤세 | 이영임 옮김

66. 에다 이야기 스노리 스툴루손 | 이민용 옮김
67. 프랑켄슈타인 메리 셸리 | 한애경 옮김
68. 문명소사 이보가 | 백승도 옮김
69. 우리 짜르의 사람들 류드밀라 울리츠카야 | 박종소 옮김
70. 사랑에 빠진 여인들 데이비드 허버트 로렌스 | 손영주 옮김
71. 시카고 알라 알아스와니 | 김능우 옮김
72. 변신 · 선고 외 프란츠 카프카 | 김태환 옮김
73. 노생거 사원 제인 오스틴 | 조선정 옮김
74. 파우스트 요한 볼프강 폰 괴테 | 장희창 옮김
75. 러시아의 밤 블라지미르 오도예프스키 | 김희숙 옮김
76. 콜리마 이야기 바를람 샬라모프 | 이종진 옮김
77. 오레스테이아 3부작 아이스퀼로스 | 김기영 옮김
78. 원잡극선 관한경 외 | 김우석 · 홍영림 옮김
79. 안전 통행증 · 사람들과 상황 보리스 파스테르나크 | 임혜영 옮김
80. 쾌락 가브리엘레 단눈치오 | 이현경 옮김
81. 지킬 박사와 하이드 씨 · 존 니컬슨 로버트 루이스 스티븐슨 | 윤혜준 옮김
82. 로미오와 줄리엣 윌리엄 셰익스피어 | 서경희 옮김
83. 마쿠나이마 마리우 지 안드라지 | 임호준 옮김
84. 재능 블라디미르 나보코프 | 박소연 옮김
85. 인형(상) 볼레스와프 프루스 | 정병권 옮김
86. 인형(하) 볼레스와프 프루스 | 정병권 옮김
87. 첫 번째 주머니 속 이야기 카렐 차페크 | 김규진 옮김
88. 페테르부르크에서 모스크바로의 여행 알렉산드르 라디셰프 | 서광진 옮김
89. 노인 유리 트리포노프 | 서선정 옮김
90. 돈키호테 성찰 호세 오르테가 이 가세트 | 신정환 옮김
91. 조플로야 샬럿 대커 | 박재영 옮김
92. 이상한 물질 테레지아 모라 | 최윤영 옮김
93. 사촌 퐁스 오노레 드 발자크 | 정예영 옮김
94. 걸리버 여행기 조너선 스위프트 | 이혜수 옮김
95. 프랑스어의 실종 아시아 제바르 | 장진영 옮김
96. 현란한 세상 레이날도 아레나스 | 변선희 옮김
97. 작품 에밀 졸라 | 권유현 옮김
98. 전쟁과 평화(상) 레프 톨스토이 | 박종소 · 최종술 옮김
99. 전쟁과 평화(중) 레프 톨스토이 | 박종소 · 최종술 옮김

100. 전쟁과 평화(하) 레프 톨스토이 | 박종소·최종술 옮김
101. 망자들 크리스티안 크라흐트 | 김태환 옮김
102. 맥티그 프랭크 노리스 | 김욱동·홍정아 옮김
103. 천로 역정 존 번연 | 정덕애 옮김
104. 황야의 이리 헤르만 헤세 | 권혁준 옮김
105. 이방인 알베르 카뮈 | 김진하 옮김
106. 아메리카의 비극(상) 시어도어 드라이저 | 김욱동 옮김
107. 아메리카의 비극(하) 시어도어 드라이저 | 김욱동 옮김
108. 갈라테아 2.2 리처드 파워스 | 이동신 옮김
109. 마담 보바리 귀스타브 플로베르 | 진인혜 옮김
110. 한눈팔기 나쓰메 소세키 | 서은혜 옮김
111. 아주 편안한 죽음 시몬 드 보부아르 | 강초롱 옮김
112. 물망초 요시야 노부코 | 정수윤 옮김
113. 호모 파버 막스 프리쉬 | 정미경 옮김
114. 버너 자매 이디스 워튼 | 홍정아·김욱동 옮김
115. 감찰관 니콜라이 고골 | 이경완 옮김
116. 디칸카 근교 마을의 야회 니콜라이 고골 | 이경완 옮김
117. 청춘은 아름다워 헤르만 헤세 | 홍성광 옮김
118. 메데이아 에우리피데스 | 김기영 옮김
119. 캔터베리 이야기(상) 제프리 초서 | 최예정 옮김
120. 캔터베리 이야기(하) 제프리 초서 | 최예정 옮김
121. 엘뤼아르 시 선집 폴 엘뤼아르 | 조윤경 옮김
122. 그림의 이면 씨부라파 | 신근혜 옮김
123. 어머니 막심 고리키 | 정보라 옮김
124. 파도 에두아르트 폰 카이절링 | 홍진호 옮김
125. 점원 버나드 맬러머드 | 이동신 옮김
126. 에밀리 디킨슨 시 선집 에밀리 디킨슨 | 조애리 옮김
127. 선택적 친화력 요한 볼프강 폰 괴테 | 장희창 옮김
128. 격정과 신비 르네 샤르 | 심재중 옮김
129. 하이네 여행기 하인리히 하이네 | 황승환 옮김
130. 꿈의 연극 아우구스트 스트린드베리 | 홍재웅 옮김
131. 단순한 과거 드리스 슈라이비 | 정지용 옮김
132. 서동시집 요한 볼프강 폰 괴테 | 장희창 옮김
133. 골동품 진열실 오노레 드 발자크 | 이동렬 옮김

134. E. E. 커밍스 시 선집 E. E. 커밍스 | 박선아 옮김
135. 밤 풍경 E. T. A. 호프만 | 권혁준 옮김
136. 결혼 계약 오노레 드 발자크 | 송기정 옮김
137. 러브크래프트 걸작선 H. P. 러브크래프트 | 이동신 옮김
138. 목련구모권선희문(상) 정지진 | 이정재 옮김
139. 목련구모권선희문(하) 정지진 | 이정재 옮김
140. 두이노의 비가 라이너 마리아 릴케 | 안문영 옮김
141. 루공가의 치부 에밀 졸라 | 조성애 옮김

을유세계문학전집은 계속 출간됩니다.

을유세계문학전집 연표

BC 458 **오레스테이아 3부작**
아이스퀼로스 | 김기영 옮김 | 77 |
수록 작품 : 아가멤논, 제주를 바치는 여인들, 자비로운 여신들
그리스어 원전 번역
서울대 선정 동서고전 200선
시카고 대학 선정 그레이트 북스

BC 434/432 **오이디푸스 왕 외**
소포클레스 | 김기영 옮김 | 42 |
수록 작품 : 안티고네, 오이디푸스 왕, 콜로노스의 오이디푸스
그리스어 원전 번역
「동아일보」 선정 '세계를 움직인 100권의 책'
서울대 권장 도서 200선
고려대 선정 교양 명저 60선
시카고 대학 선정 그레이트 북스

BC 431 **메데이아**
에우리피데스 | 김기영 옮김 | 118 |

1191 **그라알 이야기**
크레티앵 드 트루아 | 최애리 옮김 | 26 |
국내 초역

1225 **에다 이야기**
스노리 스툴루손 | 이민용 옮김 | 66 |

1241 **원잡극선**
관한경 외 | 김우석·홍영림 옮김 | 78 |

1400 **캔터베리 이야기**
제프리 초서 | 최예정 옮김 | 119, 120 |

1496 **라 셀레스티나**
페르난도 데 로하스 | 안영옥 옮김 | 31 |

1582 **목련구모권선희문**
정지진 | 이정재 옮김 | 138, 139 |
원전 완역

1595 **로미오와 줄리엣**
윌리엄 셰익스피어 | 서경희 옮김 | 82 |
미국대학위원회 선정 SAT 추천 도서

1608 **리어 왕·맥베스**
윌리엄 셰익스피어 | 이미영 옮김 | 3 |

1630 **돈 후안 외**
티르소 데 몰리나 | 전기순 옮김 | 34 |
국내 초역 「불신자로 징계받은 자」 수록

1670 **팡세**
블레즈 파스칼 | 현미애 옮김 | 63 |

1678 **천로 역정**
존 번연 | 정덕애 옮김 | 103 |

1699 **도화선**
공상임 | 이정재 옮김 | 10 |
국내 초역

1719 **로빈슨 크루소**
대니얼 디포 | 윤혜준 옮김 | 5 |

1726 **걸리버 여행기**
조너선 스위프트 | 이혜수 옮김 | 94 |
미국대학위원회가 선정한 고교 추천 도서 101권
서울대학교 선정 동서양 고전 200선

1749 **유림외사**
오경재 | 홍상훈 외 옮김 | 27, 28 |

1759 **신사 트리스트럼 섄디의 인생과 생각 이야기**
로렌스 스턴 | 김정희 옮김 | 51 |
노벨연구소 선정 100대 세계 문학

1774 **젊은 베르터의 고통**
요한 볼프강 폰 괴테 | 정현규 옮김 | 35 |

1790 **페테르부르크에서 모스크바로의 여행**
A. N. 라디셰프 | 서광진 옮김 | 88 |

1799 **휘페리온**
프리드리히 횔덜린 | 장영태 옮김 | 11 |

1804 **빌헬름 텔**
프리드리히 폰 쉴러 | 이재영 옮김 | 18 |

1806 **조플로야**
샬럿 대커 | 박재영 옮김 | 91 |
국내 초역

1809 **선택적 친화력**
요한 볼프강 폰 괴테 | 장희창 옮김 | 127 |

1813 **오만과 편견**
제인 오스틴 | 조선정 옮김 | 60 |

1816 **밤 풍경**
E. T. A. 호프만 | 권혁준 옮김 | 135 |

1817 **노생거 사원**
제인 오스틴 | 조선정 옮김 | 73 |

1818 **프랑켄슈타인**
메리 셸리 | 한애경 옮김 | 67 |
뉴스위크 선정 세계 명저 10
옵서버 선정 최고의 소설 100
미국대학위원회 선정 SAT 추천 도서

1819 **서동시집**
요한 볼프강 폰 괴테 | 장희창 옮김 |132 |

1826 **하이네 여행기**
하인리히 하이네 | 황승환 옮김 | 129 |

1831 **예브게니 오네긴**
알렉산드르 푸슈킨 | 김진영 옮김 | 25 |

1831 **파우스트**
요한 볼프강 폰 괴테 | 장희창 옮김 | 74 |
서울대 권장 도서 100선
미국대학위원회 SAT 권장 도서

디칸카 근교 마을의 야회
니콜라이 고골 | 이경완 옮김 | 116 |

1835 **고리오 영감**
오노레 드 발자크 | 이동렬 옮김 | 32 |
서머싯 몸 선정 세계 10대 소설
연세 필독 도서 200선

결혼 계약
오노레 드 발자크 | 송기정 옮김 | 136 |

1836 **골짜기의 백합**
오노레 드 발자크 | 정예영 옮김 | 4 |

감찰관
니콜라이 고골 | 이경완 옮김 | 115 |

1839 **골동품 진열실**
오노레 드 발자크 | 이동렬 옮김 | 133 |

1844 **러시아의 밤**
블라지미르 오도예프스키 | 김희숙 옮김 |75|

1847 **워더링 하이츠**
에밀리 브론테 | 유명숙 옮김 | 38 |
서머싯 몸 선정 세계 10대 소설
서울대 선정 동서 고전 200선
미국대학위원회 SAT 권장 도서

제인 에어
샬럿 브론테 | 조애리 옮김 | 64 |
연세 필독 도서 200선
미국대학위원회 SAT 권장 도서
BBC 선정 영국인들이 가장 사랑하는 소설 100선
「가디언」 선정 가장 위대한 소설 100선

사촌 퐁스
오노레 드 발자크 | 정예영 옮김 | 93
국내 초역

1850 **주홍 글자**
너새니얼 호손 | 양석원 옮김 | 40 |

1855 **죽은 혼**
니콜라이 고골 | 이경완 옮김 | 37 |
국내 최초 원전 완역

1856 **마담 보바리**
귀스타브 플로베르 | 진인혜 옮김 | 109 |

1866 **죄와 벌**
표도르 도스토예프스키 | 김희숙 옮김 | 55, 56 |
미국대학위원회 SAT 권장 도서
하버드 대학교 권장 도서

1869 **전쟁과 평화**
레프 톨스토이 | 박종소·최종술 옮김 |98, 99, 100 |
뉴스위크, 가디언, 노벨연구소 선정
세계 100대 도서

1871 **루공가의 치부**
에밀 졸라 | 조성애 옮김 | 14 |

1880 **워싱턴 스퀘어**
헨리 제임스 | 유명숙 옮김 | 21 |

1886 **지킬 박사와 하이드 씨 · 존 니컬슨**
로버트 루이스 스티븐슨 | 윤혜준 옮김 | 81 |

작품
에밀 졸라 | 권유현 옮김 | 97 |

1888 **꿈**
에밀 졸라 | 최애영 옮김 | 13 |
국내 초역

1889 **쾌락**
가브리엘레 단눈치오 | 이현경 옮김 | 80 |
국내 초역

1890 **인형**
볼레스와프 프루스 | 정병권 옮김 | 85, 86 |
국내 초역

에밀리 디킨슨 시 선집
에밀리 디킨슨 | 조애리 옮김 | 126 |

1896 **키 재기 외**
히구치 이치요 | 임경화 옮김 | 33 |
수록 작품 : 섣달그믐, 키 재기, 탁류, 십삼야, 갈림길, 나 때문에

1896 **체호프 희곡선**
안톤 파블로비치 체호프 | 박현섭 옮김 | 53 |
수록 작품 : 갈매기, 바냐 삼촌, 세 자매, 벚나무 동산

1899 **어둠의 심연**
조지프 콘래드 | 이석구 옮김 | 9 |
수록 작품 : 어둠의 심연, 진보의 전초기지, 『청춘과 다른 두 이야기』 작가 노트, 『나르시서스호의 검둥이』 서문
미국대학위원회 SAT 권장 도서
연세 필독 도서 200선

맥티그
프랭크 노리스 | 김욱동·홍정아 옮김 | 102 |

1900 **라이겐**
아르투어 슈니츨러 | 홍진호 옮김 | 14 |
수록 작품 : 라이겐, 아나톨, 구스틀 소위

1902 **꿈의 연극**
아우구스트 스트린드베리 | 홍재웅 옮김 | 130 |

1903 **문명소사**
이보가 | 백승도 옮김 | 68 |

1907 **어머니**
막심 고리키 | 정보라 옮김 | 123 |

1908 **무사시노 외**
구니키다 돗포 | 김영식 옮김 | 46 |
수록 작품 : 겐 노인, 무사시노, 잊을 수 없는 사람들, 쇠고기와 감자, 소년의 비애, 그림의 슬픔, 가마쿠라 부인, 비범한 범인, 운명론자, 정직자, 여난, 봄 새, 궁사, 대나무 쪽문, 거짓 없는 기록
국내 초역 다수

1909 **좁은 문·전원 교향곡**
앙드레 지드 | 이동렬 옮김 | 24 |
1947년 노벨 문학상 수상 작가

1911 **파도**
에두아르트 폰 카이절링 | 홍진호 옮김 | 124 |

1914 **플라테로와 나**
후안 라몬 히메네스 | 박채연 옮김 | 59 |
1956년 노벨 문학상 수상 작가

돈키호테 성찰
호세 오르테가 이 가세트 | 신정환 옮김 | 90 |

1915 **변신·선고 외**
프란츠 카프카 | 김태환 옮김 | 72 |
수록 작품 : 선고, 변신, 유형지에서, 신임 변호사, 시골 의사, 관람석에서, 낡은 책장, 법 앞에서, 자칼과 아랍인, 광산의 방문, 이웃 마을, 황제의 전갈, 가장의 근심, 열한 명의 아들, 형제 살해, 어떤 꿈, 학술원 보고, 최초의 고뇌, 단식술사
서울대 권장 도서 100선
연세 필독 도서 200선
미국대학위원회 SAT 권장 도서

한눈팔기
나쓰메 소세키 | 서은혜 옮김 | 110 |

1916 **버너 자매**
이디스 워튼 | 홍정아 · 김동욱 옮김 | 114 |

청춘은 아름다워
헤르만 헤세 | 홍성광 옮김 | 117 |
1946년 노벨 문학상 및 괴테 문학상 수상 작가

1919 **데미안**
헤르만 헤세 | 이영임 옮김 | 65 |
1946년 노벨 문학상 및 괴테 문학상 수상 작가

1920 **사랑에 빠진 여인들**
데이비드 허버트 로렌스 | 손영주 옮김 | 70 |

1921 **러브크래프트 걸작선**
H. P. 러브크래프트 | 이동신 옮김 | 137 |

1922 **두이노의 비가**
라이너 마리아 릴케 | 안문영 옮김 | 140 |

1923 **E. E. 커밍스 시 선집**
E. E. 커밍스 | 박선아 옮김 | 134 |

1924 **마의 산**
토마스 만 | 홍성광 옮김 | 1, 2 |
1929년 노벨 문학상 수상 작가
서울대 권장 도서 100선
연세 필독 도서 200선
「뉴욕타임스」 선정 '20세기 최고의 책 100선'
미국대학위원회 SAT 권장 도서

송사삼백수
주조모 엮음 | 김지현 옮김 | 62 |

1925 **소송**
프란츠 카프카 | 이재황 옮김 | 16 |

요양객
헤르만 헤세 | 김현진 옮김 | 20 |
수록 작품: 방랑, 요양객, 뉘른베르크 여행
1946년 노벨 문학상 수상 작가
국내 초역 「뉘른베르크 여행」 수록

1925 **위대한 개츠비**
프랜시스 스콧 피츠제럴드 | 김태우 옮김 | 47 |
미 대학생 선정 '20세기 100대 영문 소설' 1위
모던 라이브러리 선정 '20세기 100대 영문학' 중 2위
미국대학위원회 추천 '서양 고전 100
「르몽드」 선정 '20세기의 책 100선'
「타임」 선정 '20세기 100대 영문 소설'

아메리카의 비극
시어도어 드라이저 | 김욱동 옮김 | 106, 107 |

서푼짜리 오페라 · 남자는 남자다
베르톨트 브레히트 | 김길웅 옮김 | 54 |

1927 **젊은 의사의 수기·모르핀**
미하일 불가코프 | 이병훈 옮김 | 41 |
국내 초역

황야의 이리
헤르만 헤세 | 권혁준 옮김 | 104 |
1946년 노벨 문학상 수상 작가
1946년 괴테상 수상 작가

1928 **체벤구르**
안드레이 플라토노프 | 윤영순 옮김 | 57 |
국내 초역

마쿠나이마
마리우 지 안드라지 | 임호준 옮김 | 83 |
국내 초역

1929 **첫 번째 주머니 속 이야기**
카렐 차페크 | 김규진 옮김 | 87 |

베를린 알렉산더 광장
알프레트 되블린 | 권혁준 옮김 | 52 |

1930 **식(蝕) 3부작**
마오둔 | 심혜영 옮김 | 44 |
국내 초역

안전 통행증·사람들과 상황
보리스 파스테르나크 | 임혜영 옮김 | 79 |
원전 국내 초역

1934 **브루노 슐츠 작품집**
브루노 슐츠 | 정보라 옮김 | 61 |

1935 **루쉰 소설 전집**
루쉰 | 김시준 옮김 | 12 |
서울대 권장 도서 100선
연세 필독 도서 200선

물망초
요시야 노부코 | 정수윤 옮김 | 112

1936 **로르카 시 선집**
페데리코 가르시아 로르카 | 민용태 옮김 | 15 |
국내 초역 시 다수 수록

1937 **재능**
블라디미르 나보코프 | 박소연 옮김 | 84 |
국내 초역

그림의 이면
씨부라파 | 신근혜 옮김 | 122 |
국내 초역

1938 **사형장으로의 초대**
블라디미르 나보코프 | 박혜경 옮김 | 23 |
국내 초역

1942 **이방인**
알베르 카뮈 지음 | 김진하 옮김 | 105 |
1957년 노벨 문학상 수상 작가

1946 **대통령 각하**
미겔 앙헬 아스투리아스 | 송상기 옮김 | 50 |
1967년 노벨 문학상 수상 작가

1948 **격정과 신비**
르네 샤르 | 심재중 옮김 | 128 |
국내 초역

1949 **1984년**
조지 오웰 | 권진아 옮김 | 48 |
1999년 모던 라이브러리 선정 '20세기 100대 영문학'
2005년 「타임」 선정 '20세기 100대 영문 소설'
2009년 「뉴스위크」 선정 '역대 세계 최고의 명저' 2위

1953 **엘뤼아르 시 선집**
폴 엘뤼아르 | 조윤경 옮김 | 121 |
국내 초역 시 다수 수록

1954 **이즈의 무희·천 마리 학·호수**
가와바타 야스나리 | 신인섭 옮김 | 39 |
1952년 일본 예술원상 수상
1968년 노벨 문학상 수상 작가

단순한 과거
드리스 슈라이비 | 정지용 옮김 | 131 |

1955 **엿보는 자**
알랭 로브그리예 | 최애영 옮김 | 45 |1955년 비평가상 수상

1955 **저주받은 안뜰 외**
이보 안드리치 | 김지향 옮김 | 49 |
수록 작품 : 저주받은 안뜰, 몸통, 술잔, 물방앗간에서, 올루야크 마을, 삼사라 여인숙에서 일어난 우스운 이야기
세르비아어 원전 번역
1961년 노벨 문학상 수상 작가

1957 **호모 파버**
막스 프리쉬 | 정미경 옮김 | 113 |

점원
버나드 맬러머드 | 이동신 옮김 | 125 |

1962 **이력서들**
알렉산더 클루게 | 이호성 옮김 | 58 |

1964 **개인적인 체험**
오에 겐자부로 | 서은혜 옮김 | 22 |
1994년 노벨 문학상 수상 작가

아주 편안한 죽음
시몬 드 보부아르 | 강초롱 옮김 | 111 |

1967 **콜리마 이야기**
바를람 샬라모프 | 이종진 옮김 | 76 |
국내 초역

1968 **현란한 세상**
레이날도 아레나스 | 변선희 옮김 | 96 |
국내 초역

1970 **모스크바발 페투슈키행 열차**
베네딕트 예로페예프 | 박종소 옮김 | 36 |
국내 초역

1978 **노인**
유리 트리포노프 | 서선정 옮김 | 89 |
국내 초역

1979 **천사의 음부**
마누엘 푸익 | 송병선 옮김 | 8 |

1981 **커플들, 행인들**
보토 슈트라우스 | 정항균 옮김 | 7 |
국내 초역

1982 **시인의 죽음**
다이허우잉 | 임우경 옮김 | 6 |

1991 **폴란드 기병**
안토니오 무뇨스 몰리나 | 권미선 옮김 | 29, 30 |
국내 초역
1991년 플라네타상 수상
1992년 스페인 국민상 소설 부문 수상

1995 **갈라테아 2.2**
리처드 파워스 | 이동신 옮김 | 108 |
국내 초역

1996 **아메리카의 나치 문학**
로베르토 볼라뇨 | 김현균 옮김 | 17 |
국내 초역

1999 **이상한 물질**
테라지아 모라 | 최윤영 옮김 | 92 |
국내 초역

2001 **아우스터리츠**
W. G. 제발트 | 안미현 옮김 | 19 |
국내 초역
전미 비평가 협회상 브레멘상
「인디펜던트」 외국 소설상 수상
「LA타임스」 「뉴욕」 「엔터테인먼트 위클리」 선정 2001년 최고의 책

2002 **야쿠비얀 빌딩**
알라 알아스와니 | 김능우 옮김 | 43 |
국내 초역
바쉬라힐 아랍 소설상
프랑스 툴롱 축전 소설 대상
이탈리아 토리노 그린차네 카부르 번역 문학상
그리스 카바피스상

2003 **프랑스어의 실종**
아시아 제바르 | 장진영 옮김 | 95 |
국내 초역

2005 **우리 짜르의 사람들**
류드밀라 울리츠카야 | 박종소 옮김 | 69 |
국내 초역

2016 **망자들**
크리스티안 크라흐트 | 김태환 옮김 | 101 |
국내 초역